WATER & AIR

LAURA KNEIDL

WATER & AIR

CARLSEN

Außerdem von Laura Kneidl im Carlsen Verlag lieferbar:

Light & Darkness
Elemente der Schattenwelt, Band 1: Blood & Gold
Elemente der Schattenwelt, Band 2: Soul & Bronze
Elemente der Schattenwelt, Band 3: Magic & Platina

FSC
www.fsc.org
MIX
Papier aus verantwortungsvollen Quellen
FSC® C083411

Originalausgabe
Veröffentlicht im Carlsen Verlag
März 2017

Dieses Werk wurde vermittelt durch die AVA international GmbH Autoren- und Verlagsagentur, München. www.ava-international.de
Umschlagbild: Shutterstock © Sandy MacKenzie/Epsicons/TatyanaMH/JaySi
Umschlaggestaltung: formlabor
Corporate Design Taschenbuch: bell étage
Lektorat: Julia Reuter
Herstellung: Karen Kollmetz
Satz: Dörlemann Satz, Lemförde
Druck und Bindung: CPI books GmbH, Leck
ISBN 978-3-551-31544-1
Printed in Germany

Für meine Leser und all jene, die Dinge nicht einfach hinnehmen,
Fragen stellen und für das einstehen, was ihnen wichtig ist

Prolog

Kenzie saß zusammengesunken in der Dunkelheit. Die Luft um sie herum war ebenso trocken wie ihre Kehle. Sie hatte sich verkalkuliert und ihren letzten Schluck Wasser bereits getrunken.

Ihre Glieder schmerzten und sie war müde, aber in dieser fremden Umgebung konnte sie nicht schlafen. Sie fühlte sich einsam. Eingesperrt. Allein mit ihren Gedanken dachte sie über ihre Vergangenheit in der Wasserkolonie nach und über ihre ungewisse Zukunft.

Das einzige Geräusch war das Rattern des U-Boot-Motors. Mit seinem monotonen Dröhnen unterbrach er die ansonsten unerträgliche Stille. Kenzie wusste nicht, wie lang sie schon in der Dunkelheit saß und wie lang sie hier noch ausharren musste, aber all das spielte keine Rolle, denn was zählte, war allein ihre Freiheit.

Eins

2 Tage vorher

Noël japste nach Luft. Er strampelte mit den Beinen. Seinen Mund hatte er zu einem Schrei aufgerissen. Doch Kenzie hatte nur ein müdes Lächeln für ihren besten Freund übrig.

Er schwamm außerhalb der Kuppel im Meer und war ein Idiot, wenn er dachte, sie würde noch einmal auf diesen Trick hereinfallen. Das erste Mal hatte Kenzie noch um Hilfe gerufen. Beim zweiten Mal hatte sie den Rettungsschwimmer in der Zentrale informiert, denn sollte Noël tatsächlich etwas zustoßen, könnte sie sich das niemals verzeihen.

Beide Male hatte sie Ärger für den falschen Alarm bekommen, obwohl Noël ihn verursacht hatte, und ein weiteres Mal würde Kenzie diesen Fehler nicht begehen.

Sie sah Noël an und schüttelte den Kopf. Eigentlich sollte sie ihm böse dafür sein, dass er wieder einmal versuchte sie hereinzulegen, doch in Wirklichkeit wollte er sie nur ablenken.

Er wusste, wie sehr sie es verabscheute, wie eine Gefangene im Inneren der Kuppel zu sitzen, während er seine Freiheit genoss. Das Meer war in dieser Tiefe bereits dunkel und kalt, aber zumindest hatte Noël die Möglichkeit, an die Oberfläche zu schwimmen und den Horizont zu sehen.

Sein Gesicht wurde ausdruckslos und seine Beine hörten auf zu strampeln. Kenzie konnte erkennen, wie er unter seinem Taucherhelm einen Seufzer ausstieß. Er drückte seine in Neopren gekleidete Hand gegen die Scheibe.

Kenzie hob das Funkgerät an ihre Lippen. »Mehr arbeiten, weniger Blödsinn. Die Fenster putzen sich nicht von allein und Nilam wird wütend, wenn du zu spät zu ihrem Abschiedsessen kommst.«

»Du siehst mich gerne leiden, nicht wahr?« Noëls Stimme kam als verzerrtes Knarzen aus dem Hörer des Funkgeräts.

»Es hat seinen Reiz«, antwortete Kenzie mit einem Grinsen. Noël ließ die Schultern hängen und löste den Glaswischer, der am Gürtel seines roten Taucheranzuges befestigt war. Er gehörte seit einem Jahr zu den Entdeckern, einer Taucherflotte bestehend aus vierzehn Männern, die täglich ihr Leben riskierten, um die Tiefen des Ozeans zu erkunden. Sie nahmen Wasserproben, beobachteten Schwankungen in der Temperatur und versuchten das Meer zu verstehen.

Für gewöhnlich begleitete Noël die anderen bei ihren Missionen, aber an diesem Tag war es seine Aufgabe, die Fenster von Algen zu befreien, damit die Einwohner der Kuppel einen klaren Blick ins tiefe Blau genießen konnten.

»Wo sind die Entdecker heute?«, fragte Kenzie.

Noël, der an die linke Seite des Fensters geschwommen war, fuhr die Scheibe von oben nach unten mit seinem Wischer ab. »Sie untersuchen den Riss im Boden, den wir letzte Woche entdeckt haben.«

»Werden sie Gesteinsproben entnehmen?«

Noël löste eine Wasserschnecke, die sich an der Scheibe festgesaugt hatte. »Wahrscheinlich.«

»Glaubst du, ich kann die Proben sehen?« Hoffnungsvoll sah Kenzie Noël an, der in der Bewegung innegehalten hatte und sie durch das dicke Glas musterte.

Er schüttelte den Kopf. »Ich kann dich nicht schon wieder in die Zentrale schmuggeln.«

Kenzie seufzte. Natürlich nicht. Sie war schließlich der Grund für seine heutige Strafarbeit. Er hatte sie von Grey, dem Leiter der Entdecker, auferlegt bekommen, nachdem er Kenzie verbotenerweise die Zentrale gezeigt hatte.

Das große Gebäude lag am Rande der Kuppel, neben dem U-Boot-Hafen. Nur wenigen Menschen war der Zutritt gestattet und Kenzie gehörte nicht zu ihnen. Noël hatte sie dennoch durch die Räume geführt, sie die Ausrüstung anprobieren lassen und ihr die Schließluke erklärt, die es erlaubte, die Kuppel zu verlassen, ohne sie mit Wasser zu fluten.

Wäre sie ein Mann, hätte Grey über diesen Regelverstoß vielleicht hinweggesehen, aber Frauen waren in seiner Zentrale nicht willkommen. Noël kannte diese Regel und hatte sie absichtlich ignoriert. Er wusste, wie sehr sich Kenzie wünschte eine Entdeckerin zu werden, und unterstützte sie in diesem Vorhaben, wo immer er nur konnte, auch wenn die Situation hoffnungslos war.

Denn in ihrer Kolonie kümmerten sich Frauen um den Haushalt und die Kinder. Sie halfen auf den Feldern oder in der Fischerei, aber niemals wurden ihnen höhere Posten zuteil. Die wenigsten Frauen störten sich an dieser Aufteilung, schließlich galt das weibliche Geschlecht dennoch als das wertvollste Gut des Wasservolkes und es waren immer die Mütter und Ehefrauen, die innerhalb einer Familie den höchsten Rang einnahmen.

Als Mädchen hatte Kenzie von einem solchen Leben geträumt. Sie hatte sich einen gut aussehenden Ehemann, drei Kinder und ein Haus in der Nähe der Bibliothek erhofft. Doch dieser Traum war nicht mehr genug. Sie wollte mehr. Sie wollte die Welt entdecken und Abenteuer erleben.

Sie malte sich häufig Szenarien aus, in denen sie mit Noël das Meer erkundete. Gemeinsam schwammen sie durch Fischschwärme und blickten der Gefahr ins Auge, wenn sie einem Hai begegneten. Sie erreichten neue, noch nie erforschte Tiefen und bargen Schätze aus der alten Zeit.

»Hör auf dich fertigzumachen«, befahl Noëls blecherne Stimme durch den Funk. »Du kannst nichts dafür. Grey ist selbst schuld, wenn er deine Fähigkeiten nicht zu schätzen weiß. Irgendwann wird er bereuen dich nicht engagiert zu haben.«

Kenzie lächelte, aber Noëls gut gemeinte Worte lenkten sie nicht von der Enttäuschung ab, dass Grey sie im vergangenen Jahr mehrfach abgelehnt hatte, immer mit derselben Begründung: »Du bist eine Frau, deine Pflichten in dieser Gesellschaft liegen nicht am Grund des Meeres.«

Grey hatte kürzlich seinen fünfundsechzigsten Geburtstag gefeiert. Trotz seines Alters befehligte er die Entdecker nicht nur, sondern wagte sich noch immer selbst in die Tiefe. Kenzie bewunderte ihn für diese Einstellung und mit den Jahren war er zu ihrem Vorbild geworden. Doch sosehr Kenzie Grey als Entdecker schätzte, so hasste sie den Mann, der zwischen ihr und ihrem neuen Traum stand.

»Kenzie!«

Erschrocken blickte sie beim Klang der rauchigen Stimme auf. *Konnte dieser Mann Gedanken lesen?*

Langsam drehte sich Kenzie um und erblickte Grey, der geradewegs auf sie zukam. Er trug die offizielle Uniform der Entdecker: einen dunkelblauen Anzug mit breiten Schultern, einem steifen Kragen und goldenen Knöpfen, die mit den Jahren trüb geworden waren. Dutzende von Abzeichen steckten an seiner linken Brust und zeugten von seiner Erfahrung.

»Sir«, grüßte Kenzie und neigte ihren Kopf in Ehrfurcht. Sie schielte zu Noël, der nun geschäftig das Fenster putzte und so tat, als würde er sie nicht beachten.

Grey blieb stehen und verschränkte die Arme hinter dem Rücken. Seine Haltung zeugte von Autorität und gab Kenzie das Gefühl, klein und unbedeutend zu sein, obwohl sie mit Grey auf Augenhöhe war. »Hältst du Noël mal wieder von seiner Arbeit ab?«

»Nein, ich schaue mir nur das Meer an.«

»Tatsächlich?« Grey zog die Augenbrauen leicht nach oben. Es war die einzige Regung in seinem stählernen Gesicht, das kaum eine Falte aufwies. Nur sein dunkelgraues Haar ließ erahnen, dass er nicht mehr der Jüngste war. »Und was versteckst du hinter deinem Rücken?«

In Gedanken stieß Kenzie einen Fluch aus. Sie atmete tief ein und zog das Funkgerät hervor. Ohne Aufforderung übergab sie es an Grey.

Er prüfte das Gerät auf seine Unversehrtheit, bevor er es an seinem Gürtel befestigte. »Ich habe mehr von dir erwartet, Kenzie. Du hast letzten Monat einen sehr guten Abschluss gemacht, den besten, wenn ich richtig informiert bin. Es schmerzt mich, mit anzusehen, wie du deine Zeit verschwendest, anstatt ein wichtiges Mitglied der Kolonie zu werden.«

Kenzie biss sich auf die Lippe. Wenn sie die Beste ihres Jahrgangs war, wieso sollte sie ihre Zeit damit vergeuden, Fische auszunehmen und Äpfel zu pflücken? Genauso gut könnte sie mit diesem Wissen Forschungsergebnisse auswerten.

Wut keimte in ihr auf und am liebsten hätte sie Grey ihre Meinung ins Gesicht gebrüllt. Sie wäre längst ein wichtiges Mitglied der Kolonie, wenn er ihr erlauben würde Teil seiner Truppe zu werden. Stattdessen hielt er sie zurück und verlangte von ihr, den anderen Frauen nachzueifern.

»Hast du dich schon nach einer Aufgabe umgesehen?«, fragte Grey. »Einer *realistischen* Aufgabe, die den Bedürfnissen der Kolonie gerecht wird?«

Mit anderen Worten bedeutete das: *eine Aufgabe, die dich später nicht daran hindern wird, deinen familiären Pflichten nachzukommen?*

»Nein, das habe ich nicht«, antwortete Kenzie und reckte ihr Kinn in die Höhe. »Denn ich habe noch keine Aufgabe gefunden, die *meinen* Bedürfnissen gerecht wird.«

Grey stieß ein Schnauben aus und ein feines Lächeln erschien auf seinen Lippen. Es war keines, das von Humor zeugte. »Egoismus hat keinen Platz in einer Kolonie, in der alle aufeinander angewiesen sind.« Grey sah zu Noël, der noch immer geschäftig das Fenster putzte, und verschränkte die Arme vor der Brust. »Und es ist ebenso egoistisch, Leute abzulenken, die gewillt sind ihren Beitrag zu leisten. Mit deiner Einstellung hast du dem Jungen schon genug Schaden zugefügt, findest du nicht?«

»Ich habe Noël nur etwas Gesellschaft geleistet.« Grey wollte von ihr hören, dass es ihr leidtat, aber sie würde sich nicht entschuldigen.

Seine braunen Augen verengten sich zu Schlitzen. Er musterte sie eindringlich und ein kalter Schauer lief Kenzie über den Rücken. Sie schlang die Arme um ihren Oberkörper, um sich vor Grey zu verstecken. Manchmal war sein Blick so intensiv, dass Kenzie glaubte, der ältere Mann könne direkt in ihr Innerstes sehen und das Geheimnis aufspüren, das sie seit Jahren bewahrte. Aber ihre Sorge war unbegründet, denn nur Noël und sie kannten die Wahrheit.

»Komm morgen Mittag in mein Büro«, sagte Grey plötzlich.

Warum? Kenzie betrachtete Grey misstrauisch. Hatte er seine Meinung geändert? Seine Miene verriet nichts, dennoch keimte ein Funke Hoffnung in ihr auf.

»Wir werden eine Aufgabe für dich finden«, fuhr Grey fort und nickte entschlossen. »Wenn du nicht bereit bist selbstständig zu sein, werde ich dich bei deiner Suche unterstützen. Du bist achtzehn Jahre alt und es ist an der Zeit, dass du deine kindliche Naivität ablegst.«

Kenzies Hoffnung verschwand so schnell, wie sie gekommen war, und nur zu gerne hätte sie Grey ins Gesicht geschlagen. Doch das wäre unvernünftig. Er musste ihr wohlgesonnen sein, anderenfalls würde er seine Meinung nie ändern, und aus diesem Grund nickte sie gehorsam.

Greys Lächeln wurde zuversichtlich. »Ich wusste, du würdest zur Vernunft kommen. Du wirst deinen Platz schon noch finden.«

Ihr Platz war außerhalb der Kuppel, in einen Taucheranzug gekleidet, aber das würde Grey wohl nie verstehen. Kenzie starrte auf die Abzeichen an seiner Brust. Das künstliche Sonnenlicht an der Decke reflektierte auf dem Metall, das sie zu verspotten schien. Was würde sie nicht alles tun, um nur eines dieser Abzeichen zu tragen?

Greys Blick glitt zu Noël, der noch immer dasselbe Schaufenster putzte, obwohl es nicht sauberer werden konnte. Es wirkte, als wollte Grey etwas sagen, aber er schwieg und schließlich glitt sein Blick wieder zu Kenzie. In seinen Augen lag dabei ein Ausdruck, den sie nicht genauer benennen konnte. Vorfreude? Stolz? Ehrgeiz? Was immer es war, es gefiel ihr nicht.

»Wir sehen uns morgen, Kenzie«, sagte Grey. Seine Worte beinhalteten weder eine Bitte noch eine Frage, sondern nur einen Befehl.

»Ja, Sir«, bestätigte Kenzie.

Grey nickte zufrieden und trat einen Schritt zurück. Er war im Begriff, sich von ihr abzuwenden, als er noch einmal innehielt. »Und noch eine Sache, Kenzie. Nenn mich nicht Sir. Dies ist kein Vorstellungsgespräch und ich bin nicht dein Vorgesetzter. Ich helfe dir, weil wir eine Familie sind.«

Kenzie zwang sich zu einem Lächeln. »Natürlich, *Großvater*.«

Kenzie beobachtete, wie ihr Großvater sich von ihr entfernte. Einst war sie diesem Mann nahe gewesen, inzwischen hatten sie sich auseinandergelebt. Sie war kein Kind mehr und er nicht mehr ihr strahlender Held.

Erschöpft von dem Gespräch vergrub Kenzie das Gesicht in den Händen und atmete tief ein, als sie plötzlich ein Klopfen hörte. Sie sah zu Noël auf, der sie besorgt musterte. Er neigte den Kopf in einer stummen Frage, denn er wusste, wie sehr ihr die Gespräche mit ihrem Großvater zusetzten.

Kenzie deutete mit den Daumen nach oben, nun da Grey ihr die Möglichkeit genommen hatte, mit Noël zu sprechen.

Er lächelte schwach und drückte seine Hand erneut gegen die Fensterscheibe. Einen Moment verharrte er in dieser Position, ehe er nach rechts zeigte, um anzudeuten, dass er nun zum nächsten Schaufenster schwimmen würde.

Die Kuppel des Wasservolks, die einst auf Festland erbaut worden war, lag inzwischen vierzig Meter unter dem Meeresspiegel. Sie war aus dickem Stahl errichtet worden, um dem Druck des Wassers standzuhalten. Tausende von Strahlern waren am höchsten Punkt des runden Daches montiert und grelles UV-Licht imitierte die Sonne. Am Abend wurde es langsam dunkler, um den Einbruch der Nacht zu signalisieren, und am Morgen ging die künstliche Sonne wieder auf.

Es war eine gute Täuschung, welche die Menschen und Pflanzen innerhalb der Kuppel am Leben hielt und antrieb. Vermutlich dachten die meisten gar nicht darüber nach, dass diese Sonne, die ihnen Licht und Wärme spendete, nicht natürlichen Ursprungs war.

Auf Kenzie wirkte all das Metall allerdings beengend. Sie fühlte sich eingesperrt und bedrängt, weshalb sie ihre Zeit gerne an den Fenstern verbrachte, die in regelmäßigen Abständen die Stahlwände unterbrachen und den Blick auf das Meer freigaben. Diese Fenster gaukelten nur ein Gefühl der Freiheit vor, denn abgesehen von den Tauchern verließ niemand die Kuppel. Manchmal war vorgespielte Freiheit jedoch besser als überhaupt keine Freiheit.

»Ich gehe in die Bibliothek«, sagte Kenzie. Sie bewegte ihren Mund übertrieben deutlich, damit Noël die Worte von ihren Lippen lesen konnte. »Holst du mich ab?« Sie deutete auf ihn und sich und verhakte ihre Finger miteinander.

Kenzie war ebenfalls zu Nilams Abschiedsessen eingeladen. Seit ihrer Kindheit war sie mit Noël und seiner Schwester befreundet und wurde längst als Teil der Familie angesehen.

Noël nickte und winkte ihr zum Abschied, ehe er zum nächsten Fenster schwamm. Kenzie blickte ihm hinterher und stellte wieder einmal fest, was für ein exzellenter Schwimmer er war. Trotz des Lufttanks auf seinem Rücken waren Noëls Bewegungen anmutig, als ob er für das Wasser geschaffen wäre.

Wie alle Bewohner der Kolonie hatte auch Kenzie bereits im Kindesalter das Schwimmen gelernt, und seit ihrem Abschluss besuchte sie täglich den Pool am Rande der Kuppel, um zu trainieren. Es würde allerdings noch eine Weile dauern, bis ihre Bewegungen eine ähnliche Perfektion besaßen wie die von Noël.

Mit einem Seufzen machte sich Kenzie auf den Weg. Eigentlich hatte sie heute nicht vorgehabt die Bibliothek zu besuchen, aber nachdem Grey einmal mehr ihre Hoffnungen zerschlagen hatte, ertrug sie den Anblick des Ozeans nicht länger.

Seine endlose Tiefe löste in ihrer Brust ein schmerzhaftes Ziehen aus, als bekäme sie nicht genug Sauerstoff. Zu Beginn hatte Kenzie dieses Gefühl nicht benennen können und sich Sorgen um ihre Gesundheit gemacht, weshalb sie in der Bibliothek nach Antworten gesucht hatte. Inmitten der hohen Regale, die Tausende von Büchern beherbergten, hatte sie ein altes Lexikon gefunden und ein Wort, das im Sprachgebrauch ihres Wasservolkes nicht mehr existierte: Fernweh – die Sehnsucht nach fernen Ländern.

Länder gab es jedoch nicht mehr. Italien. Kanada. England. Deutschland. Sie alle gehörten der Vergangenheit an. Zuerst hatte das Meer Teile dieser Nationen verschluckt, danach hatten sich die Erdplatten abgesenkt und mittlerweile waren nur noch die höheren Berge übrig. Aber auch wenn diese Länder nicht mehr existierten, gab es noch die anderen Kolonien, die Kenzie erkunden konnte.

Nur dreißig Kilometer von ihnen entfernt lag eine Wasserkolonie, deren Kuppel eine gläserne Spitze besaß, die aus dem

Meer ragte und den Bewohnern eine Aussichtsplattform bot. Noël war einmal dort gewesen und hatte Kenzie anschließend versucht zu beschreiben, wie sich die Sonne auf der Haut anfühlte. »Sie ist wärmer als das UV-Licht – sanfter. Und sie wärmt nicht nur deine Haut, sondern strahlt bis in dein Inneres. Du fühlst sie in deinem ganzen Körper und ihr Licht ist gelblich, nicht so klar wie das der Strahler.« Bei diesen Worten war Kenzie schwindlig vor Neid geworden. Sie gönnte Noël all diese Momente der Freiheit, aber es wäre noch schöner, sie mit ihm teilen zu können.

Es waren allerdings nicht die anderen Wasserkolonien, die Kenzie interessierten, sondern vor allem die Luftvölker, die nicht unter, sondern über Wasser lebten.

Natürlich hatte Kenzie noch nie eine dieser Kolonien gesehen, aber sie hatte alles über die Luftgeborenen gelesen, was sie in der Bibliothek hatte finden können. Die einzigen Belege, die noch existierten, waren Konzepte eines schwebenden Würfels. Auf Grundlage dieser Schriftstücke hatten sich die Staatsoberhäupter der vergangenen Welt – Könige, Kaiser und Präsidenten – vor vielen Jahrhunderten für den Bau der Kuppeln entschieden. Diese Dokumente waren keine leichte Lektüre, doch Kenzie hatte sie schon oft gelesen und sie gaben ihr eine Ahnung davon, wie das Leben über dem Meer sein musste.

Diese Pläne waren allerdings veraltet, wie alle Schriftstücke, die noch existierten. In diesem Sinne war die Bibliothek vielmehr ein Archiv, denn die Dokumentation war bereits vor vielen Jahren abgerissen. Es wurden keine Romane mehr geschrieben, keine Statistiken skizziert und keine Nachrichten festgehalten. Damals hatte man die Produktion von Papier eingestellt, denn die Folgen der Klimaerwärmung waren nicht länger zu ignorieren gewesen. Sie hatten den Meeresspiegel gefährlich steigen lassen und mit jedem Quadratmeter Land, der vom Meer verschluckt worden war, hatten Bäume an Wert gewonnen und man hatte genau überlegt, wofür man ihr Holz einsetzte.

Kommunikation und Dokumentation fanden von diesem Zeitpunkt an nur noch digital statt. Früher waren die Kolonien durch Datenleitungen verbunden gewesen, aber diese Technik war mit dem Land untergegangen und niemand hatte die Zeit und die Mittel, um sie wiederaufzubauen. Alle Ressourcen und alles Wissen wurden darauf verwendet, die Kolonien am Laufen zu halten. Weshalb es nur noch wenig Austausch zwischen den einzelnen Völkern gab.

Gelegentlich brachten die U-Boote und Frachter der Industrieinseln Informationen mit, aber hauptsächlich waren es die Repräsentativen, die für Aufklärung sorgten.

Kenzie schüttelte den Kopf und verdrängte den Gedanken an die Repräsentativen, der sie ebenso mit Schmerz erfüllte wie der Blick auf das Meer. Doch an diesen Tagen war es kaum möglich, die Repräsentativen zu ignorieren. Der jährliche Austausch stand kurz bevor und das war deutlich zu spüren – und zu sehen.

Die kahl aussehenden Reihenhäuser wirkten die meiste Zeit des Jahres wie Klone und es war leicht, sich in den identisch aussehenden Straßen zu verlaufen, die in einem ordentlichen Schachbrettmuster angelegt waren.

Doch jedes Jahr, zur Ankunft und Abfahrt der Repräsentativen, verwandelte sich die Stadt. Zerrupfte Girlanden, welche bereits viele Jahre überdauert hatten, zierten die Dächer und Lichterketten schmückten die Fenster. Die Leute hatten Schiefertafeln mit Nachrichten angebracht, in denen sie sich von den eigenen Repräsentativen verabschiedeten und die Neuankömmlinge willkommen hießen.

Kenzie erreichte das Zentrum der Kuppel, einen großen Platz, an dem die künstliche Sonne am hellsten strahlte. Die wichtigsten Gebäude der Kolonie reihten sich an diesem Ort aneinander und auch die Verabschiedung der Repräsentativen würde hier stattfinden. Eifrige Helfer bereiteten alles für die morgige Zeremonie vor. Hunderte von Tischen und Bänken wurden aufgestellt und es gab auch eine kleine Bühne.

Kenzie beschleunigte ihre Schritte. Die Bibliothek lag auf der gegenüberliegenden Seite des Zentrums. Das fünfstöckige Gebäude war ein Würfel aus Glas und Stahl, und zahlreiche Fenster gewährten einen Blick in das Innere. Es waren hauptsächlich junge Leute und Kinder, die sich in der Bibliothek tummelten, denn die Bibliothek war zugleich die Schule der Kolonie.

An Tagen wie diesem verstand Kenzie nicht, weshalb die Kolonie an ihrem alten Bildungssystem festhielt. Wieso ließ man sie die Grundlagen der Sprache, Mathematik, Geschichte und Naturwissenschaften erlernen, wenn die gesellschaftlichen Normen ihr Leben kontrollierten und sie ohnehin auf den Feldern oder in der Fischerei enden würde?

Morgen um diese Zeit hätte Grey bereits ein Urteil über ihre Zukunft gefällt. Sie würde ihre Individualität aufgeben müssen, um Teil des Kollektivs zu werden. Jeder hatte seine Rolle zu spielen, und wer seine Aufgabe nicht erfüllte, wurde auf das verbleibende Festland verbannt.

Bei dieser Vorstellung zog sich Kenzies Magen zusammen. Sie hatte in ihren achtzehn Jahren nur eine Handvoll Verbannungen miterlebt. Das erste Mal hatte sie die Tragweite einer solchen Entscheidung nicht begriffen, doch heute wusste sie, dass eine Verbannung den langsamen Tod bedeutete.

Kenzie musste ihren Großvater einfach davon überzeugen,

dass sie in einem *Männerberuf* den größten Wert für die Kolonie hatte. Anderenfalls war ihre Verbannung nur eine Frage der Zeit. Entweder ließ sie zu, dass man sie sofort wegschickte, oder sie arbeitete so lange auf den Feldern, bis sie ihr Geheimnis nicht länger verbergen konnte.

Kenzie verdrängte diese Vorstellung und stieß die Tür zur Bibliothek auf. Ein Schwall warmer Luft, der den Geruch von Papier mit sich trug, schlug ihr entgegen. Ihre Sorgen verklangen und ein Gefühl der Zufriedenheit breitete sich in ihr aus. Sie liebte diesen Ort. Seinen Duft, sein Aussehen und die Art, wie sich die Bretter der deckenhohen Regale unter dem Gewicht der Bücher leicht bogen.

Doch heute war sie nicht wegen der Bücher hier. Sie hatte noch einen ganzen Stapel zu Hause und Sasha würde ihr keinen weiteren mitgeben. Die Ausleihzahl der Bücher war begrenzt, was ohnehin ein großes Zugeständnis der Kolonie war, schließlich besaßen die alten Schriften einen unschätzbaren Wert, da sie nicht mehr ersetzt werden konnten.

Kenzie wandte sich der Informationstheke neben dem Eingang zu und entdeckte dort Sasha, ihren Bruder, der in seine Arbeit vertieft war. Auf dem ganzen Tresen waren Folien, Klebstoffe und Pinsel der verschiedensten Größen verteilt. Die meiste Zeit versteckte Sasha sich in seinem stillen Kämmerchen, wo er Bücher restaurierte, aber während der Schulzeit verlegte er sein Büro an die Theke, da die anderen Bibliothekare unterrichteten.

»Hallo, Herr Buchdoktor.«

Ruckartig blickte Sasha auf. »Hey, was machst du hier?«

Kenzie zuckte mit den Schultern und setzte sich auf einen der Stühle, die vor der Theke standen. »Nichts.« Seit ihrem Abschluss waren ihre Tage gefüllt von *Nichts*.

Sasha musterte Kenzie skeptisch. Während ihre Schwester Isla nach ihrer Mutter kam, mit ihren blonden Haaren und blauen Augen, sahen Sasha und sie ihrem Vater zum Verwechseln ähnlich. Ihre Haare waren braun und ihre Augen so dunkel, dass man ihre Pupillen bei schwachem Licht kaum ausmachen konnte.

»Warst du wieder bei Noël?«

»Er muss meinetwegen die Schaufenster putzen.« Kenzie griff nach einem von Sashas Pinseln.

Er schnaubte. »Der Junge ist selbst schuld, er weiß, dass Großvater es nicht mag, wenn Frauen in der Zentrale sind.«

Kenzie zwirbelte die Härchen des Pinsels zwischen ihren Fingern, bis sie eine glatte Spitze ergaben. »Ich bin nicht irgendeine Frau, ich bin seine Enkelin.«

»Und du glaubst, das macht es besser?« Sasha nahm sich eines der zerschundenen Bücher, die er aus seiner Kammer mitgebracht hatte.

»Grey hat mich für morgen in sein Büro bestellt. Er will mir dabei helfen, eine Aufgabe zu finden.« Kenzie legte den Pinsel zurück und nahm sich den nächsten, aus dessen Härchen sie ebenfalls eine Spitze formte.

Sasha gab ein wissendes Grunzen von sich. »Du weißt, ich unterstütze dich gerne, aber dein Abschluss ist schon einen Monat her und allmählich ist es an der Zeit, dass du dir eine Arbeit suchst.«

Kenzie verzog das Gesicht. »Ich bin nicht faul, ich will nur nicht für den Rest meines Lebens Fische ausnehmen.«

»Das verlangt auch niemand.« Sasha zog kleine, in Vierecke geschnittene Folien unter dem Schreibtisch hervor, um die Ecken des alten Buches zu verstärken. »Es würde aber auch nicht schaden, wenn du dich etwas anpassen würdest. Großvater ist fünfundsechzig und wird die Entdecker nicht für immer leiten. Vielleicht ist sein Nachfolger aufgeschlossener. Vielleicht wird es Noël sein.«

»Vielleicht«, erwiderte Kenzie, ohne Sashas Worten wirklich Glauben zu schenken. Selbst wenn Grey nicht mehr ewig für die Entdecker arbeiten konnte, er würde bis zu seinem Tod Einfluss auf die Truppe haben. Und Noël würde niemals sein Nachfolger werden, nicht in den nächsten zwanzig Jahren, dafür fehlte es ihm an Erfahrung.

Kenzie legte den vierten und letzten Pinsel zurück und hielt nun das Buch für ihren Bruder fest, während er die Folie anlegte.

»Ich möchte gerne diese Bücher ausleihen.« Ein Mädchen war an die Theke getreten. Kenzie kannte ihren Namen nicht, aber sie erinnerte sich an die feuerroten Haare, eine genetische Seltenheit, die man nicht mehr oft sah.

Sasha legte das Buch, das sie gemeinsam geklebt hatten, zur Seite und zog ein Tablet unter seinen Pinseln hervor, um darin die Entleihung zu vermerken. Es gab nur ein Dutzend dieser Geräte in der gesamten Kolonie. Sie waren beinahe ebenso teuer und wertvoll wie Bücher und die einzige Möglichkeit, dauerhaft Informationen zu speichern, weshalb allein fünf der Tablets in der Zentrale der Entdecker lagerten und für die Forschung genutzt wurden.

Mit einem Lächeln auf den Lippen verabschiedete Sasha sich von dem Mädchen, das anschließend mit geröteten Wangen zurück zu seinen Freundinnen eilte, die an der Tür warteten.

»Wie geht es Valerie und dem Baby?«, fragte Kenzie, bevor Sasha noch etwas sagen konnte, denn sie war es leid, über sich und ihre Zukunft zu reden, das bereitete ihr nur Kopfschmerzen.

»Gut«, antwortete Sasha mit einem Grinsen. »Sie macht sich nur Sorgen wegen der Geburt.«

»Das ist vermutlich normal, aber sie ist in guten Händen.« Sasha und Kenzie stammten aus einer großen Familie und ihre Mutter war zudem Hebamme. Sie hatte schon etliche Kinder zur Welt gebracht und würde auch Valerie helfen. Doch der Druck auf Sasha und seine drei Jahre ältere Frau war besonders groß.

Lange hatten sie versucht schwanger zu werden, aber es hatte nicht geklappt, was vermutlich ein Grund dafür war, wieso die beiden Kenzie so gut verstanden. Auch sie hatten unter den Erwartungen der Kolonie gelitten.

In diesem geschlossenen System war das Gebären von Kindern eine Notwendigkeit für den Erhalt der Bevölkerung. Es gab Gesetze, die genau regelten, wie viele Kinder eine Frau bekommen musste und wann, um den Fortbestand zu sichern, ohne dass eine Überbevölkerung der Kolonie zum Verhängnis werden konnte.

»Besuchst du Nilam später?«, fragte Sasha.

Kenzie nickte. »Sie hat mich zum Abendessen eingeladen, damit wir alle noch einmal zusammenkommen, ehe sie die Kolonie verlässt.«

»Es muss schwer für Piper und Lincoln sein, ihre einzige Tochter gehen zu lassen.« Sasha griff nach seiner Klebepistole und drückte etwas von dem Leim auf die lose Bindung des Buches.

»Vermutlich«, stimmte Kenzie zu. »Ich mach mir jedoch mehr Sorgen um Noël.« Nach der Abreise seiner Schwester würde er nicht mehr derselbe sein. Nilam würde als Repräsentative bereits übermorgen in ihr neues Leben aufbrechen. Man würde sie und die neun anderen Vertreter der Kolonie mit einem U-Boot zu einer Luftkolonie bringen, weit weg von ihrer Heimat.

Dort würde Nilam die Leute über ihr Wasservolk unterrichten und einen Mann heiraten, der für sie erwählt worden war.

Es war eine Ehre, zu den Repräsentativen zu gehören, denn sie trugen die Verantwortung für das Wissen der Kolonie, die kulturelle Vielfalt und den Erhalt von sauberem Genmaterial. Aber mit dieser Ehre gingen auch Bürden einher. Die Repräsentativen durften beispielsweise nicht frei über ihre Arbeit oder ihren Partner entscheiden. Genauso wie Kenzie mussten sie ihre Individualität aufgeben, um der Kolonie zu dienen, nur dass ihr Opfer mit jener Freiheit belohnt wurde, nach der Kenzie sich so sehr sehnte.

Zwei

2.1.0 Struktur der Luftkolonien: Um den Raum innerhalb des Würfels optimal zu nutzen, wird dieser in drei Ebenen geteilt. Die Ebenen können mit dem Transporter (siehe 4.1.2 Transporter) erreicht werden.

Der Grund der Kolonie dient dem öffentlichen Leben sowie dem Anbau von Nahrung und der Lagerung von Lebensmitteln. Die erste Ebene liegt 50 Meter über dem Grund. Hier leben die Einwohner der Kolonie. Ebene zwei, die in 100 Metern Höhe liegt, ist der Forschung vorbehalten und gewährt bei Überbevölkerung weitere Wohnfläche.

»Und sie lebten glücklich bis ans Ende ihrer Tage …«

»… und wenn sie nicht gestorben sind, dann leben sie noch heute«, antwortete Kenzie, die auf dem Boden der Bibliothek saß, und blickte auf. Noël trat zwischen den Buchreihen hervor. Seinen Taucheranzug hatte er gegen eine Jogginghose und ein schwarzes T-Shirt getauscht, das seine helle Haut noch blasser wirken ließ. Das blonde Haar hatte er sich aus dem Gesicht gekämmt.

»Du weißt hoffentlich, dass du keine Sachbücher mehr lesen musst, nun, da du mit der Schule fertig bist?« Noël lehnte sich an das Regal für Geschichtsbücher.

»Ich lerne gerne, abgesehen davon ist die Auswahl an Romanen nicht sonderlich groß.« Kenzie schlug ihr Buch zu.

»Du hast trotzdem einen merkwürdigen Lesegeschmack.« Noël nahm ihr das Buch ab und schob es zurück in die Lücke über Kenzies Kopf.

»Lieber einen merkwürdigen Lesegeschmack als überhaupt keinen.« Kenzie stand auf und folgte Noël zur Treppe nach unten ins Erdgeschoss. In der vergangenen Stunde war es deutlich ruhiger geworden und Sasha war wieder in sein Kämmerchen gegangen.

Sie verließen die Bibliothek und betraten den großen Platz. Die künstliche UV-Sonne hatte an Helligkeit verloren, um den Einbruch der Nacht zu signalisieren. Die Aufbauarbeiten für das große Fest waren für heute beendet und ein paar Jugendliche hatten sich bei den Tischen und Bänken eingefunden.

»Wie weit bist du mit den Fenstern gekommen?«

Noël ächzte. »Frag nicht. Das Fensterputzen ist endlos. Kaum ist man einmal um die Kuppel, könnte man wieder von vorne anfangen.«

»Zum Glück hat Grey dir nur eine Woche aufgebrummt.«

»Zwei Wochen.«

»Zwei?«

»Er hat eben meine Strafe erhöht, weil wir das Funkgerät geklaut haben und es ›kein Spielzeug‹ ist.«

»Das war nicht deine Schuld. Es war meine Idee, das Gerät zu nehmen. Ich rede morgen mit Grey, vielleicht kann ich ihn auf eine Woche zurückhandeln.«

»Nein, schon in Ordnung. Ich bringe dich in Schwierigkeiten und du mich. Es wäre doch langweilig, diese Tradition zu brechen.« Er zwinkerte ihr zu. »Außerdem, was wäre ein Tag ohne ein paar belehrende Worte von Grey?« Noël räusperte sich und imitierte Greys rauchige Stimme: »Unsere Ressourcen sind begrenzt, mein Junge. Sie dürfen nicht als Spielzeug verwendet werden. Wenn du meine Enkelin beeindrucken willst, lass dir ein paar Eier wachsen und lade sie auf ein Date ein, du Trottel!«

Kenzie zog eine Augenbraue nach oben. »Das hat Grey zu dir gesagt?«

»Okay, er hat mich nicht als Trottel beschimpft, aber die Botschaft war dieselbe«, sagte Noël mit einem Grinsen. Er amüsierte sich inzwischen nur noch über Greys Bemühungen, ihre *Beziehung* auf die nächste Ebene zu heben. Vermutlich glaubte ihr Großvater, dass Kenzies lächerlicher Wunsch, eine Entdeckerin zu werden, sich in Luft auflösen würde, wenn sie erst einmal den richtigen Mann gefunden hatte. Als könnte dieser neue Sehnsüchte und Wünsche in ihr wecken. Doch Grey täuschte sich. Kenzie wusste, wer sie war und was sie wollte, und daran würde kein Mann etwas ändern. Nicht einmal Noël – besonders nicht Noël, denn dieser hatte ganz eigene Vorstellungen von seiner Traum*frau.*

»Was hast du eigentlich mit Grey besprochen?«

»Er will, dass ich morgen in sein Büro komme«, sagte Kenzie.

»Wirst du hingehen?«, fragte Noël und steuerte den Weg in Richtung der Plantagen an.

»Habe ich eine andere Wahl? Grey verlangt von mir, dass ich mir eine Aufgabe suche.«

»Vielleicht ist es an der Zeit, ihm von der Sache zu erzählen.« Noëls Worte waren nur ein Murmeln, als wüsste er bereits selbst, wie albern dieser Vorschlag war.

Kenzie schnaubte. »Natürlich, und im selben Atemzug fordere ich meine Verbannung. Muss ich dich an das Paar erinnern, das vor zwei Jahren weggeschickt wurde?« Obwohl die Ältesten der Kolonie immer versuchten diese Vorfälle im Stillen abzuwickeln, hatte es damals keinen Tag gedauert, bis alle wussten, dass Lindy und Dylan verbannt werden sollten.

Der Grund dafür war nie offiziell bestätigt worden, aber es ging das Gerücht um, dass Lindy keine Kinder bekommen konnte und gehen musste, weil sie ihrer Pflicht als Frau nicht gerecht werden konnte. Dylan hatte sie begleitet. Sein Drang, bei ihr zu bleiben, war größer gewesen als sein Wunsch nach Sicherheit und dafür bewunderte Kenzie ihn. Doch anders als Dylan hatte sie keine Wahl.

»Lass uns über etwas anderes reden«, sagte Kenzie schließlich. »Kannst du deine Strafarbeit aufschieben und dir ein paar Tage freinehmen? Wir können uns vor der Welt verstecken, zu viel essen und ein paar alte Brettspiele aus der Bibliothek ausleihen.«

Seit ihrer Begegnung mit Grey war sie so auf ihre eigenen Probleme konzentriert gewesen, dass sie beinahe vergessen hatte, dass Noël Nilam bald für immer verlieren würde. Schon in weniger als achtundvierzig Stunden würde sie in ihr neues Leben aufbrechen und nie wieder zurückkehren.

»Das hört sich verlockend an. Aber ich glaube, ich arbeite lieber. Die Routine wird mich ablenken.«

Kenzie hätte gerne mehr Zeit mit ihm verbracht. Auch sie würde Nilam vermissen und könnte die Ablenkung gebrauchen, aber sie würde Noëls Entscheidung respektieren.

Er legte ihr einen Arm um die Schulter und sie schmiegte sich in seine Berührung, um Trost zu finden für alles, was in den nächsten Tagen auf sie zukommen würde. Ihr war egal, wie sie auf die Leute wirken mussten – sollten sie doch Gerüchte in Umlauf bringen, das würde Grey sicherlich glücklich machen.

Die Plantagen der Kolonie lagen am südlichsten Punkt der Kuppel und nahmen mehrere Hundert Quadratmeter für sich ein. Zusätzliche UV-Lichter halfen dabei, die Pflanzen wachsen zu lassen, und Sprinkleranlagen befeuchteten den Boden jeden Morgen mit gefiltertem Salzwasser.

Tüchtig arbeiteten Dutzende von Frauen auf den Feldern. Sie trugen einfache Kleidung und hatten ihre Haare mit Tüchern und Bändern zurückgebunden. Sie gruben Kartoffeln aus, trennten Salatköpfe ab, pflückten Äpfel oder sammelten Samen für die nächste Bepflanzung. Kinder huschten ebenfalls auf den Feldern umher. Sie halfen ihren Müttern oder spielten miteinander.

Noël und Kenzie liefen zu einem Tisch, der etwas abseits der Felder stand. Dahinter saß Tammy, die älteste Frau der Kolonie. Tammy war einundneunzig Jahre alt, fast taub und auf einem Auge blind. Sie hatte bereits zwei ihrer Kinder überlebt. Nun trat ein schmales Lächeln auf ihre runzeligen Lippen. »Noël und Kenzie«, sagte sie wie zum Gruß. Ihre Stimme war kratzig, aber von Wärme erfüllt.

»Hallo, Tammy.« Noël griff über den Tisch und umfasste Tammys von Flecken übersäte Hand. Ihre Finger waren schwielig und unbeweglich von den vielen Jahren Feldarbeit. Seit über zehn Jahren betreute sie den Ausgabetisch. Es war keine anspruchsvolle Aufgabe, weder geistig noch körperlich, aber sie hielt die alte Dame beschäftigt.

»Du siehst von Tag zu Tag besser aus«, sagte Tammy zu Noël, obwohl sie ihn vermutlich kaum erkennen konnte. Sie entzog ihm ihre Hand und wandte sich Kenzie zu. »Und du wirst auch immer hübscher.« Sie lächelte. »Ich habe gehört, du machst dem Miesepeter zurzeit mächtig Ärger.«

Kenzie erwiderte das Lächeln. »Nicht absichtlich. Außerdem ist er derjenige, der mir Ärger macht.«

Tammys schmallippiges Lächeln wurde breiter. Sie gehörte zu den wenigen Leuten, die wie Sasha und Noël immer zu ihr gehalten hatten, obwohl sie selbst das typische Leben einer Frau geführt hatte. Vielleicht lag es an ihrem Alter, aber sie nahm diese Dinge weniger ernst und genoss das Schauspiel, das ihr die jüngere Generation bot, zu der in ihren Augen auch Grey gehörte.

»Was kann ich für euch tun?«, fragte Tammy und stand von ihrem Hocker auf. Sie trug ein Kleid mit Blumenmuster, das sich über ihrer ausladenden Brust spannte und ihre kleine Gestalt korpulenter erscheinen ließ, als sie tatsächlich war.

»Ich bräuchte einen Salat«, sagte Noël und ergänzte: »Heute ist unser letztes gemeinsames Abendessen mit Nilam.«

»Oh, das tut mir leid«, sagte Tammy und dabei wurde ihr Lächeln schmäler.

»Das muss es nicht.« Noël räusperte sich. »Es wird nicht leicht sein, Nilam gehen zu lassen. Aber wir bereiten uns seit acht Jahren auf diesen Tag vor.«

Bereits im Alter von zehn Jahren erfuhren die Repräsentativen ihre Bestimmung. Jedes Kind musste sich einem psychologischen Test unterziehen, aber auch optische Faktoren wurden berücksichtigt. Diese Prüfung entschied letztlich darüber, ob man selbst ein Repräsentativer sein würde, der spätere Partner eines Repräsentativen oder ob man ein gewöhnliches Leben führen musste.

Dieses Ergebnis beeinflusste auch die schulische Ausbildung und die Fächer, die man belegte. Während die normalen Schüler und die Partner späterer Repräsentativer regulären Unterricht erhielten, erlernten die Repräsentativen erste Grundlagen über das Leben in einer Luftkolonie. Zudem mussten sie jedes Detail über die eigene Kolonie kennen, um diese Informationen weitertragen zu können.

»Zu wissen, was die Zukunft bringt, ist nicht immer das Beste«, sagte Tammy. »Dieses Wissen lenkt uns davon ab, im Hier und Jetzt zu leben. Denk nicht dran, dass sie bald weg sein wird, sondern daran, dass sie jetzt hier ist.«

Noël schluckte schwer und Kenzie griff nach seiner Hand.

Tammy war an eine Reihe Holzkisten getreten, in denen geerntetes Gemüse und Obst lagerten. Sie nahm einen Salatkopf hervor und reichte ihn Kenzie. Noël trug sich währenddessen in die Ausgabenliste ein, die auf dem Tablet geöffnet war, da es Tammy zunehmend schwerer fiel, mit den empfindlichen Geräten zu arbeiten. Denn im Gegensatz zu anderen Kolonien gab es bei ihnen keine Währung.

In ihrer Kolonie herrschte ein Geben und Nehmen und jeder bekam, was er brauchte, ohne in Luxus zu schwelgen. Natürlich hatte es in der Vergangenheit immer wieder Menschen gegeben, die versucht hatten dieses System auszunutzen. Um dem entgegenzuwirken, gab es die Listen auf den Tablets und aus diesem Grund war Grey auch so erpicht darauf, Kenzie eine Aufgabe zukommen zu lassen.

»Worüber denkst du nach?« Noël verpasste Kenzie einen sanften Stoß gegen die Schulter.

Sie sah zu Tammy, aber die alte Frau widmete ihre Aufmerksamkeit bereits jemand anderem. »Darüber, dass ich wirklich froh sein kann, dass es in unserer Kolonie kein Geld gibt. Sonst sähe es inzwischen schlecht für mich aus.«

»Das kann ich nicht abstreiten. Stell dir vor, du wärst in der Kolonie aufgewachsen, aus der Lachlan kommt.« Noël lachte.

»Erinnerst du dich daran, wie er mir am Anfang erzählt hat, dass man in seiner alten Kolonie mit Schachfiguren bezahlt, und dann sauer war, als ich behauptet habe, sein kostbares Geld gehöre zu einem Spiel? Er denkt vermutlich noch immer, ich hätte mir das nur ausgedacht.«

»Genau genommen *hast* du es dir nur ausgedacht.« Noël und sie hatten vor Jahren ein altes Schachspiel in der Bibliothek gefunden, allerdings ohne Anleitung, und so hatten sie einfach selbst Regeln erfunden.

»Wir könnten heute Abend mit Nilam spielen.«

»Weil es das letzte Mal so wunderbar funktioniert hat.«

»Ich habe die Regeln überarbeitet«, sagte Noël und erklärte ihr seine neuen Spielregeln, die mit jedem Mal komplizierter wurden, und Kenzie ertappte sich dabei, wie sie ihm nur noch mit einem Ohr zuhörte, während sie durch die Kolonie liefen.

Schließlich erreichten Kenzie und Noël das Haus, in dem er gemeinsam mit seinen Eltern und Nilam lebte. Es lag inmitten der Kuppel und anders als die umliegenden Häuser war Noëls Elternhaus nicht geschmückt. In diesen vier Wänden feierte niemand die Abreise der Repräsentativen. Der Schmerz über den Verlust von Nilam überschattete die Ehre, die ihr zuteilwurde.

Noël blieb vor der Tür stehen und zögerte. Er wusste genau, dass dies ihren letzten gemeinsamen Abend mit Nilam einläuten würde. Doch es gab nichts, was er tun konnte, um das zu verhindern, also hob Kenzie ihre Hand und klopfte an seiner Stelle.

Die Tür schwang auf und Nilam stand vor ihnen. »Wieso hat das so lange gedauert?«, fragte sie mit ihrer glockenhellen Stimme, die mit ihrem Aussehen zu verschmelzen schien. Nilam war eine strahlende Erscheinung, mit ihren blonden Haaren, die ihr bis zur Taille reichten, und ihren leuchtend blauen Augen.

»Kenzie hat sich in der Bibliothek versteckt«, sagte Noël und schob sich an Nilam vorbei in das Haus.

»Ich hab mich nicht versteckt!« Kenzie warf Noël einen bösen Blick zu, aber er hatte ihr bereits den Rücken zugewandt und ging in die Küche. »Ich habe mich nicht versteckt«, wiederholte Kenzie. »Ich saß zwischen den Regalen und habe gelesen.«

Nilam lächelte und zog Kenzie in eine Umarmung. »Mach dir keine Sorgen, der Abend ist noch jung und wir haben Zeit.«

Kenzie lächelte, aber unweigerlich hatte sich bei Nilams Worten ein Knoten in ihrem Hals gebildet. Sie hatte die letzten Tage versucht, für Noël stark zu sein. Niemand würde Nilam so sehr vermissen wie er. Doch in Anbetracht ihrer baldigen Abreise fiel es Kenzie zunehmend schwer, ihren eigenen Schmerz zu leugnen. Widerwillig ließ sie Nilam los. »Wie laufen die Vorbereitungen?«

»Mama dreht wegen des Essens durch. Sie will, dass es perfekt wird, und hat Papa eben noch einmal losgeschickt, um neuen Fisch zu holen.« Nilam senkte ihre Stimme, damit nur Kenzie sie hören konnte. »Um ehrlich zu sein, ist mir das Essen völlig egal. Davon bekomme ich in der neuen Kolonie noch genug, meinen Vater gibt es nur hier.«

»Hast du das Piper gesagt?«, fragte Kenzie und unterdrückte den Drang, Nilam noch einmal an sich zu ziehen.

Diese schüttelte den Kopf. »Es würde ihr das Herz brechen und ich ertrag es nicht, wenn sie noch einmal weint. Sie versucht es zu verbergen, aber ich kann sie nachts durch die dünnen Wände schluchzen hören.«

»Das tut mir leid.« Kenzie griff nach Nilams Hand und führte sie vom Eingang weg ins Wohnzimmer. Die Häuser der Kolonie glichen sich nicht nur in ihren Umrissen, sondern auch in der

Einrichtung. Überall standen steril aussehende weiße Schränke aus Metall, die über die Jahre Dellen bekommen hatten. Der Boden war gefliest und die Wände hell gestrichen. In einigen Häusern hatte die Tapete einen gelblichen Stich, in anderen war sie frisch gestrichen und von einem strahlenden Weiß. Im Wohnzimmer gab es eine Couch und zwei Sessel. Die Gestelle waren aus Stahl und nur die purpurnen Polster brachten Farbe in die eintönige Umgebung. Piper hatte zudem Orangen in Scheiben geschnitten und trocknen lassen. Nun verströmte das Obst einen wunderbar süßen Duft und setzte überall im Zimmer farbliche Akzente. Manch einer hätte dies vielleicht als Verschwendung bezeichnet, aber Kenzie fand es nicht verwerflich, wenn man versuchte sich in seinem Zuhause wohler zu fühlen.

Vermutlich war auch das einer der Gründe, weshalb Kenzie ihre Zeit lieber bei Noël und Nilam verbrachte als bei sich zu Hause. Sie liebte ihre Eltern, aber sie lebten nach den vorgegebenen Standards. Es gab keine Extras, keinen Luxus, keine Individualität.

»Möchtest du etwas trinken?«, fragte Nilam, als sie sich setzten. Auf dem Tisch stand ein Tablett mit einer Wasserkaraffe und fünf Gläsern bereit.

Kenzie nickte. »Ich sollte dich warnen. Noël will heute mit uns Schach spielen. Er hat neue Regeln erfunden.«

Nilam rollte mit den Augen und reichte Kenzie ein volles Glas. »Ich wünschte, du hättest ihm dieses Spiel niemals gezeigt. Er ist besessen von den Figuren.«

Kenzie nippte an ihrem Wasser und streifte sich die Schuhe von den Füßen. Sie wollte etwas sagen, um Nilam abzulenken, aber sie konnte an nichts anderes denken außer an ihre Abreise. »Weißt du, worauf ich mich an deiner Stelle am meisten freuen würde?«, fragte sie.

»Worauf?«

»Auf meinen heißen Ehemann.«

Nilam lachte. »Du weißt doch gar nicht, ob er heiß ist.«

»Natürlich ist er das. Die Erwählten der Repräsentativen sind immer heiß. Heiß und intelligent, damit ihr die schlausten, niedlichsten und perfektesten Babys zeugt. Und weißt du, was das Beste daran ist?«

»Was?«, fragte Nilam neugierig.

»Das Beste ist, dass du nicht wie andere Frauen nach ihm suchen musst«, erwiderte Kenzie mit einem ehrlichen Lächeln. »Du bekommst ihn auf dem Silbertablett serviert.«

Nilam seufzte. »Ich hoffe, er hat dunkle Haare.«

»Wie fast jedes Mädchen«, erwiderte Kenzie. Wassergeborene hatten von Natur aus helle Haut und blonde Haare. Die schwarzen oder braunen Haare der Luftgeborenen hingegen waren selten und symbolisierten für sie gute Gene, Schönheit und Intelligenz, weshalb Kenzie sich bei den Jungs in ihrem Alter einer gewissen Beliebtheit erfreute.

Die Haustür wurde aufgestoßen. Schritte waren zu hören und verklangen in Richtung Küche, ehe Nilams Vater kurze Zeit später das Wohnzimmer betrat. Lincoln war ein hochgewachsener Mann mit breiten Schultern, der über die Jahre einen kleinen Bauch bekommen hatte. In seiner linken Hand balancierte er ein Tablett, das er vor Kenzie und Nilam auf den Tisch stellte. Darauf waren rohe Gemüse-Sticks und Dips angerichtet. »Für den kleinen Hunger, bis das Essen fertig ist. Piper ist offensichtlich davon überzeugt, heute ein Meisterwerk kreieren zu müssen.«

Nilam seufzte. »Mama soll es nicht übertreiben.«

»Das hab ich ihr auch gesagt«, erwiderte Lincoln und setzte sich ihnen gegenüber auf den Sessel. Kenzie lächelte und zwang sich dazu, nicht auf den Stumpf zu starren, der vor vielen Jahren einmal Lincolns rechter Arm gewesen war.

Lincoln war fünfzehn Jahre älter als seine Frau und hatte als junger Mann auf einer der Industrieinseln gearbeitet. Neben den Kolonien gab es Hunderte von diesen Inseln, die Rohstoffe abbauten, Technologie und Ersatzteile produzierten und mit Frachtdampfern die Kolonien belieferten. Lincoln war mit dem Abpumpen von Öl beauftragt gewesen, bis er bei einem Unfall seinen Arm verloren hatte. Anschließend war er in die Wasserkolonie zurückgekehrt und hatte einen Posten als Kontrolleur im Lager übernommen, wo er die Bestände überwachte und den Wareneingang steuerte.

Sie unterhielten sich eine Weile und schließlich gesellte sich auch Noël zu ihnen ins Wohnzimmer. Kenzie berichtete von Sasha, Valerie und dem Baby. Lincoln redete über das Frachtschiff, das sie nächste Woche erwarteten, und Noël erzählte Geschichten über das Tauchen, bis das Abendessen serviert wurde.

Während des Essens schwelgten Piper und Lincoln in Erinnerungen und Noël fühlte sich dazu berufen, all die Schandtaten aufzudecken, die Nilam in ihrer Kindheit begangen hatte. Anschließend spielten sie Schach, oder wie immer man das Spiel mit den verworrenen Regeln nennen wollte, bis ein heller Glockenton von außerhalb des Hauses Mitternacht verkündete.

Nilams Lächeln fiel bei diesem Klang in sich zusammen, denn damit war offiziell ihr letzter Tag in der Kolonie angebrochen. Sie räusperte sich. »Bevor der Abend endet, möchte ich mit jedem von euch noch allein sprechen.« Ihre Stimme war kratzig und von Tränen belegt. »Nur ein paar Minuten.«

Ein ersticktes Japsen wich aus Pipers Kehle. Sie presste ihre Hände vor den Mund, um ihr Schluchzen zurückzuhalten. Lincoln legte den gesunden Arm um seine Frau und zog sie an sich; auch seine Augen glänzten.

»Noël?« Nilam sah zu ihrem Bruder und deutete in Richtung ihres Schlafzimmers. Noël schluckte schwer und kämpfte ebenfalls gegen die Tränen, aber er nickte und die beiden ließen Kenzie mit Piper und Lincoln allein.

Für gewöhnlich störte sich Kenzie nicht an der Gegenwart der beiden Erwachsenen, denn über die Jahre waren sie für sie wie zweite Eltern geworden. Doch dieser Moment, wie sie einander in den Armen lagen und den Verlust ihrer Tochter betrauerten, fühlte sich zu intim an.

Kenzie ließ sich tief in das Polster des Sessels sinken, in dem Versuch, sich klein zu machen, um sich Lincoln und Piper nicht aufzudrängen. Sie fragte sich, ob ihre Eltern auch auf diese Weise um sie trauern würden, wäre sie dazu bestimmt, morgen die Kolonie zu verlassen.

Die Antwort war einfach und schmerzhaft zugleich: nein.

Meryl und Rupert waren keine schlechten Eltern, sie liebten Kenzie und ihre Geschwister, aber sie waren Traditionalisten und Patrioten der Kolonie. Ihr Stolz darauf, eine Tochter den Repräsentativen zu überlassen, würde ihre Trauer um den Verlust überschatten. Und vermutlich waren sie insgeheim enttäuscht darüber, dass keines ihrer Kinder für die Aufgabe eines Repräsentativen erwählt worden war, obwohl Grey durchaus Einfluss auf eine solche Entscheidung hatte. Doch Kenzies braune Haare und dunkle Augen hatten ihre Chancen von Beginn an geschmälert. Zwar war sie wegen ihres Aussehens innerhalb der Kolonie begehrt, aber sie entsprach nicht dem Standard einer Wassergeborenen und war deshalb als Repräsentative ihres Volkes ungeeignet.

Die Tür zu Nilams Zimmer öffnete sich und Noël kam mit geröteten Augen heraus. Er lief zu seinen Eltern, gab Piper einen Kuss auf die Wange und sagte ihr, dass sie an der Reihe war. Ihre Bewegungen waren langsam und ihr Gesicht von Schmerz erfüllt, als sie von der Couch aufstand und zu Nilam in das Zimmer ging.

Noël nahm Pipers Platz neben seinem Vater ein. Er sah zu Kenzie und der Schatten eines Lächelns huschte über seine Lippen. Kenzie wünschte sich, sie könnte etwas sagen, das Nilams Verlust erträglicher machte, aber es gab keine Worte, die Lincoln und Noël in diesem Moment Trost spenden konnten.

Grey oder ihr Vater hätten eine Rede darüber gehalten, wie wertvoll das Opfer war, das die Familie brachte, und wie bedeutend Nilam für ihre Gesellschaft war. Aber solche Ansprachen waren wertlos für die Menschen in diesem Haus.

Die Minuten verstrichen. Piper kam zurück, Lincoln nahm ihren Platz ein und schließlich war Kenzie an der Reihe. Sie fühlte sich wie betäubt, als sie Nilams kahles Zimmer betrat. Einst hatten bunte Tücher und getrocknete Früchte den sterilen Raum dekoriert, aber all das war verschwunden.

Nilam war verschwunden.

Alles, was sie je besessen hatte, alles, was sie ausmachte, war in die Kisten verpackt worden, die nun an der Wand standen und darauf warteten, in das U-Boot verladen zu werden, das sie in ihre neue Heimat bringen würde. Nilam saß auf ihrem Bett, ein Kissen im Schoß und ein Stofftuch in der Hand. Auch sie hatte geweint, aber ihr Blick war klar.

Kenzie setzte sich neben sie auf das Bett und starrte auf ihre Füße. Die Socken, die sie trug, waren dünn und an der Ferse bereits durchgelaufen, so dass sie die Haut unter dem dünnen Stoff sehen konnte.

»Du weinst nicht«, sagte Nilam.

Kenzie zuckte mit den Schultern.

»Du weinst nie.«

Sie nickte, denn es war die Wahrheit. Kenzie hatte seit Jahren nicht geweint und erinnerte sich nur noch vage an das Gefühl der Tränen, die sie mit fünfzehn das letzte Mal vergossen hatte. Damals war sie endlich bereit gewesen sich den Makel ihres Körpers einzugestehen und zu akzeptieren, dass sie ihre monatlichen Blutungen wohl nie bekommen würde. Alle anderen Mädchen hatten sie bereits, nur Kenzie nicht, und dieses Wissen hatte ihr die Fähigkeit zu weinen geraubt. Vermutlich hatte sie damals die Tränen für ihr ganzes Leben verbraucht.

»Du bist stark, Kenzie. Stärker als wir alle«, sagte Nilam. Dabei sah sie ihre Freundin nicht an, sondern die helle Wand ihnen gegenüber. »Du bist unabhängig und weißt, was du willst. Du kämpfst dafür und unterwirfst dich keinen Normen.«

Beinahe hätte Kenzie aufgelacht. Nilams Worte ließen sie erscheinen wie eine der Heldinnen aus den alten Romanen, aber sie war keine Heldin. Sie war nur ein gebrochenes Mädchen, das keine andere Wahl gehabt hatte, als zu der Person zu werden, die sie heute war. »Ich–«

»Widersprich mir nicht.« Nilams Stimme klang überraschend barsch. »Akzeptiere mein Kompliment. Es wird das letzte sein, das ich dir je mache, und ich muss mich auf deine Stärke verlassen können.«

Kenzie runzelte die Stirn. »Wie meinst du das?«

Die Trauer war aus Nilams Blick verschwunden und an ihre Stelle war Sorge getreten. »Wir wissen beide, dass Noël ... anders ist. Er redet nie darüber und unsere Eltern ignorieren es. Aber wenn der Tag kommt, an dem er sich dazu entscheidet, alles offenzulegen, musst du für ihn da sein.«

Kenzies Lippen teilten sich. Sie wünschte, sie könnte Nilam dieses Versprechen ohne Vorbehalte geben, aber das war unmöglich. »Nilam.« Sie seufzte. »Ich … Ich kann nicht.« Kenzie spuckte die Worte aus, bevor der Mut sie verließ. »Denn ich weiß nicht, wie lange ich noch hier sein werde. Ich werde verbannt.«

Nilams Augen weiteten sich und Kenzie konnte förmlich spüren, wie ihre Freundin aufhörte zu atmen. Jeder wusste, dass eine Verbannung einem Todesurteil gleichkam. Es gab kaum mehr Nahrung auf dem verbleibenden Land und mit dem Anstieg des Meeresspiegels waren die meisten Süßwasserquellen verschwunden. »Verbannt? Wieso habe ich davon nichts gehört?«

»Noch ist es nicht passiert.« Kenzie stand vom Bett auf und streifte rastlos durch den Raum. Ihre Haut kribbelte und ihre Hände waren feucht. »Aber es wird passieren, vielleicht morgen, vielleicht übermorgen, vielleicht erst in acht Jahren. Je nachdem, wann die Wahrheit ans Licht kommt.«

Ungläubig starrte Nilam sie an. »Welche Wahrheit?«

»Ich kann keine Kinder bekommen.« Kenzies Stimme war unweigerlich zu einem Flüstern verkommen. »Ich bin wertlos für diese Kolonie.«

»Keine Kinder«, wiederholte Nilam. »Bist du dir sicher?«

Sie nickte. »Das ist auch einer der Gründe, weshalb ich eine Entdeckerin werden möchte. Diese Aufgabe würde mich auf eine andere Art wertvoll für die Kolonie machen.«

Kenzie wappnete sich für eine Diskussion mit Nilam, wie sie sie damals mit Noël geführt hatte, nachdem sie ihm ihr Geheimnis verraten hatte. Er war durchgedreht und hatte es nicht verstehen wollen. Er hatte sie angefleht, mit Grey über die Sache zu reden, weil er davon überzeugt war, dass der alte Mann Verständnis für sie aufbringen würde, immerhin war er ihr Großvater. Kenzie hatte Noël widersprochen und mit der Zeit hatte er schließlich begriffen, dass eine Frau ohne Kinder eine Frau ohne Zukunft war.

»Weiß Noël es?«, fragte Nilam. Tränen waren ihr in die Augen getreten, aber dieses Mal weinte sie nicht um sich selbst oder den Verlust ihrer Familie, sondern um Kenzie.

»Er ist der Einzige, der es weiß.«

»Jetzt nicht mehr.« Nilam wischte sich mit dem Handrücken über das Gesicht. »Ich wünschte, du hättest es mir früher gesagt. Du hättest das alles nicht alleine durchstehen müssen.«

»Ich war nicht allein. Ich hatte Noël. Ich *habe* Noël«, korrigierte sich Kenzie und blieb vor ihrer Freundin stehen. »Und ich habe es – *mich* – längst akzeptiert.«

»Nein, hast du nicht«, sagte Nilam und trat neben Kenzie. Sie schenkte ihr ein trauriges Lächeln, und noch bevor Kenzie etwas erwidern konnte, zog Nilam sie in eine Umarmung. Eine Ewigkeit hielten sie einander fest, denn dies war kein Auf Wiedersehen, dies war ein Abschied für immer.

Drei

Nilams Worte wollten Kenzie nicht mehr aus dem Kopf gehen. Sie hatte die ganze Nacht wach gelegen und darüber nachgedacht, ob ihre Freundin womöglich Recht haben könnte, aber das hatte sie nicht.

Kenzie akzeptierte *sich*– nur nicht ihr Schicksal.

Sie war nicht mehr das Mädchen von damals, das sich auf seinem Bett zusammengerollt und tagelang um ihr Leben geweint hatte, das sie glaubte schon verloren zu haben. Nein, heute war sie bereit zu kämpfen und für sich einzustehen. Und sie würde sich nicht aufgeben, solange es noch eine Chance gab. Aus diesem Grund lief sie mit festen Schritten auf die Zentrale der Entdecker zu, als es Zeit war, sich mit Grey zu treffen.

Die Zentrale lag am Rande der Kuppel, halb innerhalb des Metallgewölbes, halb außerhalb im Wasser. Ein hoher Maschendrahtzaun umrahmte das Grundstück und sollte Unbefugte davon abhalten, es zu betreten. Kenzie hatte diese Absperrung allerdings schon häufig ignoriert.

Mit fünfzehn hatte sie das Gebäude zum ersten Mal betreten. Damals hatte Grey ihren Regelbruch mit einer Warnung und einem schiefen Lächeln abgetan. Beim zweiten Mal hatte er nicht mehr gelächelt und nach dem dritten Mal hatte sie ihre erste Strafe erhalten. Seit Noël zu den Entdeckern gehörte, war es meistens er, der für diese Missachtungen getadelt wurde, da er sie dabei unterstützte, die Verbote zu umgehen.

Und obwohl Kenzie schon Dutzende Male in der Zentrale gewesen war, tat sie dies nun das erste Mal mit Erlaubnis.

Die Eingangstür war nicht abgeschlossen und Kenzie trat in das leere Foyer. Wie die Bibliothek hatte auch die Zentrale ihren ganz eigenen Geruch, bitter und salzig, nach Algen und Meer. Von ihren früheren Besuchen wusste Kenzie, wie die Zentrale aufgebaut war. Die Treppe in den ersten Stock führte zu den Zimmern der jungen Taucher, die sich dazu entschieden hatten, hier zu leben. Der Gang rechts von Kenzie brachte einen zu den Gemeinschafts- und Fitnessräumen. Der linke Korridor führte in die Verwaltung und zu den Forschungsräumen, die man nur mit dem dazugehörigen Sicherheitscode betreten konnte, und lief man vom Foyer aus weiter geradeaus, kam man zu den Umkleideräumen, der Luke, welche die Taucher ins Meer entließ, und zu Greys Büro. Kenzie folgte dem Flur, bis sie vor einer Metalltür stehen blieb. Sie holte tief Luft, und ohne zu klopfen, trat sie in das Zimmer, in dem Grey auf sie wartete.

Kenzie war in der Vergangenheit bereits des Öfteren in Greys Büro gewesen, aber die Schlichtheit des Raumes überraschte sie jedes Mal aufs Neue. Es gab keine Fenster und nur ein schmales Regal, in dem alte Atlanten und zusammengerollte Karten lagerten. In der Mitte des Raumes stand ein Schreibtisch; es gab keine Stühle, nur einen schwarzen Sessel, der Grey gehörte. Das einzige

Schmuckstück in diesem Zimmer war ein Globus, der auf einem Sockel stand. Er maß gut einen halben Meter im Durchmesser und zeigte die alte Welt mit all ihren Kontinenten. Europa. Australien. Afrika. Amerika. Asien. Von dieser einst gigantischen Fläche waren nur noch Inseln übrig.

»Hallo, Kenzie. Schön, dass du da bist.« Grey stand von seinem Sessel auf und zog damit Kenzies Aufmerksamkeit auf sich. Er trug keine Uniform, wie bei ihrem gestrigen Treffen, sondern eine alte Jeans und ein rot kariertes Hemd. Seine grauen Haare waren feucht, ob von einer Dusche oder einem Tauchgang, vermochte Kenzie nicht zu sagen.

»Großvater.« Sie deutete ein Nicken an.

»Setz dich.« Grey nahm den Globus vom Sockel und stellte ihn auf seinen Schreibtisch. »Wie war Nilams Abschiedsessen? Noël hat mir davon erzählt.«

»Schön«, erwiderte Kenzie. Grey zog eine Braue nach oben, in der Erwartung, mehr von ihr zu erfahren, aber sie war nicht hier, um mit ihm über Nilam zu sprechen.

»Wie ich sehe, bist du heute besonders gesprächig.« Grey lehnte sich in seinem Stuhl zurück. »Ich weiß, dass ich dich mit diesem Treffen in eine unangenehme Situation bringe, aber wir können das Unausweichliche nicht länger aufschieben. In unserer Kolonie ist alles ein Geben und Nehmen. Und die Kolonie hat dir die letzten achtzehn Jahre deines Lebens nur gegeben. Lebensmittel, Fürsorge und Bildung. Leute haben hart gearbeitet, um dir diese Dinge zu ermöglichen, und nun solltest du deine Schuld begleichen.«

Kenzie senkte ihren Blick, damit Grey nicht sehen konnte, wie sehr seine Worte sie trafen. Ihr Schuldgefühle einzureden war eine clevere Methode. Natürlich wollte sie den Leuten, die all die Jahre für sie geschuftet hatten, etwas zurückgeben, und ginge es nur darum, würde sie längst auf den Feldern arbeiten. Dauerhaft würde sich die Kolonie damit jedoch nicht zufriedengeben.

»Die Menschen, die geholfen haben dich aufzuziehen, verlassen sich auf dich. Sie haben dir deinen Freiraum gegeben, aber nun musst du deine Schuld begleichen.« Grey beugte sich nach vorne und stützte sich mit den Ellenbogen auf seinem Schreibtisch ab. Er starrte sie an, ein erwartungsvolles Lächeln im Gesicht.

Kenzie räusperte sich. »Ich möchte etwas für die Kolonie tun und meinen Beitrag leisten. Ich bin bereit zu arbeiten. Ich drücke mich nicht. Ich bin nicht faul.«

»Das weiß ich«, sagte Grey mit einer Selbstverständlichkeit, die Kenzie zeigte, dass er es ernst meinte. »Dennoch unternimmst du nichts, um dies unter Beweis zu stellen, stattdessen beharrst du auf deinen unrealistischen Ansprüchen.«

Unrealistische Ansprüche? Sie wollte eine Entdeckerin werden, und nicht die Ziehmutter eines Einhorns!

»Wie dem auch sei, wir sind hier, um für dich eine Aufgabe zu finden, die deinen Ansprüchen und denen der Kolonie gerecht wird, damit wir alle zufrieden sind«, fuhr Grey fort. »Was sind deine Interessen?«

Kenzie zog eine Braue nach oben. Er war ihr Großvater, sollte er das nicht wissen? »Ich lese gerne, manchmal Romane, aber meist Sachliteratur, vor allem über die Luftkolonien. Ich mag auch Naturwissenschaften und interessiere mich für Meereskunde, außerdem bin ich sehr gut in Monopoly.«

Der letzte Kommentar entlockte Grey ein Lächeln. Sie hatten früher immer gemeinsam gespielt und Kenzie hatte jedes

Mal gewonnen. Egal welche Strategie Grey sich ausgedacht hatte, sie hatte die bessere gehabt. »Dein Talent bei Monopoly ist leider nicht von Relevanz. Aber vielleicht können wir dein Interesse an der Meereskunde nutzen. Kennst du dich gut mit Fischen aus?«

Angewidert rümpfte Kenzie die Nase. Sie wusste genau, was ihr Großvater ihr damit sagen wollte: Sie sollte in der Fischerei arbeiten. »Ich interessiere mich durchaus für Fischarten. Ich habe in meiner Abschlussarbeit über die Auswirkungen der Industrieinseln auf die Fischpopulation geschrieben.«

Greys Augen verengten sich zu Schlitzen. Ihm konnte Kenzie nichts vormachen. Er durchschaute ihr Spiel und ihre zurechtgelegten Antworten. »Wie wäre es mit der Fischerei?« *Natürlich.* »Du wärst dort gut aufgehoben. Du könntest die Fänge inspizieren, sie aussortieren und von mir aus selbstständig Forschung betreiben, wenn es einen besonders interessanten Fang gibt.«

Einen besonders interessanten Fang? Selbstständige Forschung? Im Klartext wollte er ihr damit sagen, dass sie keinen Zutritt zu den Laboren bekommen würde. »Tote Fische zu untersuchen hat weder einen Sinn noch einen Reiz. Lass sie mich in freier Wildbahn erforschen.«

Grey lachte und verpasste dem Globus einen leichten Stoß, so dass die Kugel sich zu drehen begann. »Netter Versuch.«

Kenzie spürte, wie eine allzu vertraute Wut in ihr aufkam. Sie ballte die Fäuste und rang das Gefühl nieder, um bei klarem Verstand zu bleiben. »Ich möchte nicht in der Fischerei arbeiten und auch nicht auf dem Feld.«

»Du bist egoistisch.«

»Ich …« Kenzie wollte Grey widersprechen, verstummte aber. Es stimmte; es war egoistisch von ihr, sich gegen die Normen auflehnen zu wollen. Denn sie tat es nicht aus irgendwelchen heldenhaften Gründen, um für das Recht der Frauen zu kämpfen. Nein, sie wollte es nur für sich. Für sich ganz allein. Für ihre Zukunft und ihr Leben. »Wieso kannst du mir nicht einfach meinen Wunsch erfüllen? Wieso kann ich keine Entdeckerin werden?«

Grey seufzte und rieb sich die Augen, als hätte ihn jegliche Energie verlassen. »Kenzie, wenn ich könnte, würde ich dir erlauben eine Entdeckerin zu werden. Du bist meine Enkelin und es würde mich freuen, dich mit einer solchen Entscheidung glücklich zu machen, aber das kann ich nicht.«

Überrascht sah Kenzie auf. Trotz der Ablehnung war dies das größte Zugeständnis, das er ihr je gemacht hatte. »Wieso nicht?«

»Es würde das System gefährden und das kann ich nicht zulassen. Du setzt den anderen Frauen Flausen in den Kopf, und ehe wir's uns versehen, haben wir Dutzende von Entdeckerinnen und Mechanikerinnen, aber keine Mütter mehr. Das verstehst du doch, oder?«

Bevor Kenzie wusste, was sie tat, nickte sie. Greys plötzliches Feingefühl für ihre Wünsche irritierte sie und ein verräterischer Teil ihres Selbst forderte sie dazu auf, ihm ihr Geheimnis anzuvertrauen. Dieser Grey, der nun vor ihr saß, würde sie womöglich verstehen und einen Präzedenzfall für sie schaffen. Doch Kenzie kannte ihren Großvater zu gut, und wenn sie an all die vergangenen Diskussionen dachte, wusste sie, dass dieses Verständnis nur eine Maskerade war.

»Und wenn du mich verstehst«, fuhr Grey fort, »verzeihst du mir hoffentlich, dass ich dein persönliches Glück nicht über das der Kolonie stellen kann, und vergisst deinen Egoismus, zum Wohl unserer funktionierenden Gesellschaft.«

»Nein.«

Das feine Lächeln, das die ganze Zeit über auf Greys Gesicht geruht hatte, fiel in sich zusammen. »Nein?«

»Nein«, wiederholte Kenzie. Selbst wenn sie wollte, könnte sie sich dieser Gesellschaft nicht anpassen. »Ich will keinen zweitrangigen Beruf und mich nicht mit weniger zufriedengeben, als ich verdient habe. Ich will Entdeckerin werden und nichts anderes.«

Grey presste seine Lippen aufeinander. Er schüttelte den Kopf. »Wenn das dein Ernst ist, musst du gehen. Leute, die ihr eigenes Wohl über das der Gemeinschaft stellen, sind hier nicht willkommen.«

Kenzie hatte sich schon des Öfteren ausgemalt, wie sie im Moment ihrer Verbannung reagieren würde. Manchmal war sie vor Wut ausgerastet und hatte ganze Räume demoliert, andere Male war sie unter Tränen zusammengebrochen. Doch niemals hätte sie mit dieser gleichgültigen Leere gerechnet, die sie in diesem Moment verspürte. Die Angst war noch immer da, denn sie war ein stetiger Begleiter – ein Schatten –, aber sie verspürte keine Wut, keine Trauer, noch nicht einmal Verachtung, denn sie konnte Grey verstehen. Er glaubte im Interesse der Kolonie zu handeln, die Kenzie trotz allem liebte. »Ich bin also eine Verbannte.«

Grey schloss seine Augen und Schmerz mischte sich unter seine Wut. »Noch nicht«, widersprach er und sah Kenzie eindringlich an. »Niemand weiß von unserem Gespräch. Offiziell hat es nicht stattgefunden und ich gebe dir Zeit, deine Entscheidung zu überdenken, bevor ich damit an die anderen Ältesten herantrete.«

Zeit ändert nichts an meiner Entscheidung.

»Darf ich gehen?«

Er nickte und Kenzie stand von dem Sockel auf, aber Grey war offenbar noch nicht fertig: »Bitte überleg dir deine Entscheidung noch einmal, Kenzie. Was ist mit deinen Eltern? Deinen Geschwistern? Du wirst bald zum vierten Mal Tante, willst du das wirklich verpassen?«

Kenzie antwortete nicht auf Greys Fragen, sondern verließ umgehend das Büro. Sie schloss die Tür hinter sich und lehnte sich im Flur gegen die Wand. Natürlich wollte sie nichts von alldem verpassen, aber das änderte nichts an der Situation. Im besten Fall konnte sie ihre Verbannung ein paar Jahre hinauszögern, nur was sollte das bringen? Es würde den Abschied nur schwerer machen und nach ihrem Gespräch mit Grey war sich Kenzie sicher, dass sich die Gegebenheiten innerhalb der Kolonie nicht ändern würden. Zumindest nicht in den Jahren, die ihr zur Verfügung standen.

Sie stieß sich von der Wand ab und verließ die Zentrale. Was sollte sie tun? Wo sollte sie hin? Ihr erster Reflex war, Noël aufzusuchen. Mit ihm zu reden war wie eine Therapie, aber heute konnte sie ihm das nicht antun, nicht während seiner letzten Stunden mit Nilam.

Und bei dem Gedanken, ihrer Familie von der Verbannung zu erzählen, wurde Kenzie übel. Vor allem, weil sie sich nicht sicher war, welches Gefühl bei ihren Eltern überwiegen würde. Die Trauer um den Verlust ihrer Tochter oder die Demütigung, die eine Verbannung mit sich brachte?

Noch heute, Jahre später, galten Lindys und Dylans Eltern als Außenseiter. Ein solcher Ruf würde vor allem Kenzies Mutter das Herz brechen, die schon immer viel Wert auf das Ansehen ihrer Familie gelegt hatte.

Kenzie schüttelte diesen Gedanken ab. Ihre Familie würde nichts von einer Verbannung erfahren. Nicht solange es kein offizielles Urteil gab. Und bis es so weit war, blieben ihr noch ein paar Tage. Tage, in denen sie sich auf das vorbereiten konnte, was unweigerlich kommen würde.

Ihre Chancen, außerhalb der Kuppel zu überleben, standen schlecht, aber sie hatte zu viel durchgemacht, um jetzt einfach aufzugeben. In der Bibliothek gab es Bücher über die Gewinnung von Trinkwasser und das Überleben in der Natur. Sie könnte von Piper mehr über den Fischfang lernen und womöglich gelänge es ihr, Lincoln den Schlüssel für das Lager zu klauen, um sich ein paar Vorräte anzulegen.

»Hey!« Kenzie blickte auf und erkannte Ross, einen der Schutzleute, der nur wenige Schritte von ihr entfernt stand. »Ist alles in Ordnung?« Neben Ross stand ein Mann, dessen Name Kenzie nicht kannte. In ihrer Mitte hatten sie einen Wagen, auf dem ein Dutzend Plastikkisten gestapelt waren, wie sie in Nilams Zimmer gestanden hatten.

Kenzie nickte und zog die Tür der Zentrale hinter sich ins Schloss. »Ist das das Gepäck der Repräsentativen?«

»Ein Teil davon«, antwortete Ross. »Ich habe das Gefühl, sie nehmen jedes Jahr mehr mit in ihre neue Kolonie. Das ist schon der dritte Wagen.« Der andere Mann brummte zustimmend, aber Ross schenkte ihm keine Beachtung, sondern musterte Kenzie. Sein Blick glitt zur Zentrale und wieder zurück zu ihr. »Du siehst blass aus. Sicher, dass alles in Ordnung ist?«

»Ja, alles bestens«, log Kenzie. Sie zwang sich zu einem Lächeln, auch wenn sich die nach oben gezogenen Mundwinkel völlig falsch anfühlten.

Ross lehnte sich mit der Schulter gegen den Wagen. Sein Kollege tat auf der anderen Seite dasselbe, damit das Gepäck nicht wegrollte. »Willst du uns vielleicht helfen?«

»Euch helfen?«, fragte Kenzie überrascht und musterte Ross in seiner dunkelgrünen Uniform. Frauen arbeiteten nicht für den Schutz, ebenso wie sie keine Entdeckerinnen und Mechanikerinnen wurden. Dass er sie um Hilfe bat, war schon unter normalen Umständen merkwürdig, doch nach ihrem Gespräch mit Grey erschien es ihr noch eigenartiger.

Ross zuckte mit den Schultern. »Es gibt viel zu tun.«

Das war nicht weiter verwunderlich. Mit den anstehenden Feierlichkeiten und der angespannten Stimmung musste der Schutz seine Augen und Ohren überall haben.

»Jede Hand ist eine helfende Hand«, drängte Ross. *»Bitte.«*

Kenzie zögerte kurz, dann nickte sie. »Einverstanden.«

Ross machte Platz, damit sie an seiner Seite mit anpacken konnte, und sie schoben den Wagen in Richtung des U-Bootes. Kenzie spürte die Vibrationen des unebenen Bodens in ihren Armen und trotz der Rollen war das Gepäck unglaublich schwer. Der Wagen ließ sich kaum schieben, geschweige denn lenken, und es dauerte ungewöhnlich lang, bis sie den Hafen erreichten.

Wie die Zentrale war der Hafen von einem hohen Zaun umgeben. Die eingelassene Tür war an normalen Tagen mit einem Schloss verhangen, aber heute stand sie weit offen.

Hinter dieser Grenze lag ein unbebautes Grundstück, das mit Schildern dekoriert war, die vor unbefugtem Betreten warnten. Eine runde Metalltür, welche in die Kuppel eingelassen war, führte von dort aus zu dem angekoppelten U-Boot, das man durch eine große Fensterwand bereits sehen konnte.

Kenzie hatte den Steg mit ihrer Schulklasse vor Jahren

schon einmal besichtigt, um mehr über den Schließmechanismus zu lernen, der das Wasser verdrängte. Aber noch nie hatte sie das U-Boot selbst betreten dürfen. Wände aus mattem Stahl formten den Körper wie ein Rohr. An einem Ende lief das Boot spitz zusammen und am anderen waren Turbinen befestigt. Zahlreiche Leitersprossen umgaben das Gehäuse und führten auf das Deck, eine flache Ebene in der oberen Mitte.

Dort würden sich die Repräsentativen versammeln, sobald das Boot die Meeresoberfläche durchbrach. Nilam und die anderen würden den Himmel sehen, die Sonne spüren und ihre Freiheit genießen. Bei dieser Vorstellung durchfuhr Neid Kenzie wie ein Blitz. Doch ihre Eifersucht verschwand so plötzlich, wie sie gekommen war, und ließ etwas zurück.

Einen Gedanken.

Eine Idee.

Einen Hauch von Wahnsinn.

Und ein Plan formte sich in Kenzies Kopf.

Wieso war sie nicht schon früher darauf gekommen?

Wie hatte sie die Möglichkeit nur übersehen können?

Sie würde ihr Schicksal nicht den Ältesten überlassen und die Kolonie als Verbannte verlassen. Auf keinen Fall! Wenn Kenzie ging, dann zu ihren Bedingungen.

Ihre Entscheidung brachte Risiken mit sich, die sie nicht einschätzen konnte. Aber es war ihre beste Chance – nein, ihre einzige Chance – auf ein langes Leben.

Kenzies Herz schlug schneller und ihre Hände zitterten. Es war keine Angst, die sie erfasste, und auch keine Panik. Es war Vorfreude und Aufregung.

Natürlich wusste sie nicht, ob man sie in der Luftkolonie aufnehmen würde, aber auch von dort konnte man sie nur verbannen und somit hatte sie nichts zu verlieren, abgesehen von ein paar Monaten, die sie anderenfalls damit verbracht hätte, sich zu fragen: *Was wäre passiert, wenn du damals mit den Repräsentativen gegangen wärst?*

Vier

Kenzie half Ross und den anderen dabei, das Gepäck ins U-Boot zu verladen. Dabei prägte sie sich vom Eingang bis zum Lager jedes Detail ein. Es gab Dutzende von Schächten, noch mehr Türen und zahlreiche Gänge, die sich in der Dunkelheit verloren. Den ganzen Nachmittag waren sie damit beschäftigt, die Plastikkisten der Repräsentativen aus den Häusern einzusammeln und zum U-Boot zu manövrieren. Während der letzten Fuhre verabschiedete sich Ross, der sich um Angelegenheiten des Schutzes kümmern musste. Erst da erkannte Kenzie, wie fortgeschritten die Zeit war und wie wenig ihr davon in dieser Kolonie noch blieb. Aber sie war dankbar für die Ablenkung, die sie davor bewahrt hatte, ihre Entscheidung zu überdenken und durchzudrehen. In gut zwölf Stunden würde das U-Boot ablegen und sie würde an Bord sein. Sie würde nie wieder in die Kolonie zurückkehren, in der sie die letzten achtzehn Jahre ihres Lebens verbracht hatte. Diese Vorstellung war surreal, wie aus einem Traum oder Albtraum – je nachdem, wie ihre Reise enden würde.

Schließlich erfüllte das Läuten der Glocke die Kolonie und kündete den Beginn der Abschlussfeier an. Innerhalb weniger Minuten versammelten sich zahlreiche Einwohner auf dem großen Platz. Es war laut und durch die vielen Menschen wurde die

Luft so stickig, dass Kenzie Kopfschmerzen davon bekam. Doch sie erlebte die Feier ohnehin nur wie in Trance.

Grey hielt eine Rede und jeder der Repräsentativen richtete ein paar Worte an die Kolonie, aber Kenzie konnte nichts von alldem verstehen. Sie war erfüllt von Freude, Angst, Entschlossenheit und anderen Empfindungen, von denen sie nicht wusste, ob sie überhaupt einen Namen trugen. Die Sorgen, die sie während ihrer Arbeit mit Ross hatte verdrängen können, stürzten nun auf sie ein. Immer wieder spielte sie ihren Plan durch und fragte sich, ob die Entscheidung, die sie getroffen hatte, die richtige war.

Doch irgendwann würde sie ihre Familie und Noël verlassen müssen, auf die eine oder andere Weise. Und sie tat es lieber jetzt, in der Erwartung eines Abenteuers, als rastlos auf ihre Verbannung zu warten. Kenzie wollte niemandem das Herz brechen, aber sie konnte nicht bleiben, nicht unter diesen Umständen – nicht um diesen Preis.

Wie aus der Ferne drang Beifall an Kenzies Ohren. Er galt den Repräsentativen, welche die Kolonie in den Morgenstunden verlassen würden. Und obwohl Kenzie nicht zu ihnen gehörte, war sie nun ein Teil dieser Mission. Nicht, weil sie eine Erwählte war und man sie für die Kolonie gehen ließ, sondern weil sie mutig genug war, um für sich einzustehen. Sie war bereit alles hinter sich zu lassen, um die Freiheit zu finden und sich selbst zu retten.

Um Mitternacht löste sich die Abschiedsfeier auf. Die meisten Repräsentativen hatten sich mit ihren Familien längst davongestohlen, um letzte gemeinsame Stunden miteinander zu verbringen. Nur drei oder vier der patriotischsten Familien waren zurückgeblieben, um den Ruhm ihrer Kinder auszukosten.

Eine warme Hand legte sich auf Kenzies Schulter. Sie blickte auf und sah in die dunklen Augen ihres Vaters. Fünfzehn Jahre ihres Lebens hatte sie keine Veränderung an ihm bemerkt, aber seit drei Jahren schien er mit jedem Tag zu altern. Fältchen hatten sich um seine Augen gebildet, seine Schläfen waren ergraut und an seinem Hinterkopf hatte sich eine kahle Stelle gebildet. »Wir gehen, kommst du mit?«

Kenzie nickte und stand von der Bank auf. Ihre Glieder waren steif. Von der plötzlichen Bewegung wurde ihr schwindelig und sie schwankte zur Seite.

Der Griff um Kenzies Schulter wurde fester. »Kenzie? Ist alles in Ordnung? Willst du dich noch einmal hinsetzen?«

»Meine Beine sind nur eingeschlafen«, log Kenzie. Sie schüttelte demonstrativ erst den einen, dann den anderen Fuß und ließ ihren Blick über die umstehenden Leute gleiten. Der Kreis ihrer Familie hatte sich bereits gelichtet. Sasha und Valerie waren gegangen, Isla ebenso.

Kenzie hatte sich nicht von ihnen verabschiedet, aber das wäre ohnehin keine kluge Idee. Natürlich wollte sie Sasha in den Arm nehmen. Ihn festhalten und ihm sagen, was für ein großartiger Vater er sein würde. Sie wollte Isla auf die Wange küssen und ihr gestehen, dass sie damals ihre pinkfarbene Haarbürste geklaut hatte. Doch wie hätte sie diese Dinge sagen können, ohne einen Verdacht zu wecken? Und ohne sich selbst den Mut zu nehmen, den sie brauchte, um ihren Plan in die Tat umzusetzen?

Kenzie und ihre Eltern machten sich auf den Heimweg. Sie drängten sich durch die Leute und zwischen den Tischen hindurch, die voller schmutzigem Geschirr waren. Kinder lagen erschöpft auf Bänken, während ihre Eltern letzte Gespräche beendeten. Ein paar Frauen huschten umher, um das gröbste Chaos zu beseitigen. Die Tanks für das Trinkwasser wurden weggeschafft und die Essensreste der Buffets wurden für den nächsten Tag zusammengetragen.

»Das war eine schöne Abschlussfeier«, sagte Kenzies Mutter, nachdem sie den schlimmsten Trubel hinter sich gelassen hatten. Sie lief neben ihrem Mann und hielt seine Hand. Ihr blondes Haar hatte sie zu einem straffen Zopf gebunden, der sie jünger wirken ließ als ihre fünfundvierzig Jahre.

»Allerdings«, stimmte Rupert zu. »Ich wünschte nur, dein Vater hätte seine Rede etwas kürzer gehalten. Wie kann man eine halbe Stunde darüber philosophieren, welche Bedeutung die Repräsentativen haben?«

Meryl lachte. »Du weißt, wie gern sich mein Vater selbst reden hört. Außerdem mögen die Leute seine Ansprachen.«

»Sie müssen sich auch nicht bereits die Proben in unserem Wohnzimmer anhören«, schnaubte Rupert. »Kenzie kann sich glücklich schätzen, den Abend gestern verpasst zu haben.«

»Wie war das Essen bei Lincoln und Piper?«, fragte ihre Mutter. Kenzie erzählte von ihrem Abend, dem Essen und dem Schachspiel, das Noël gewonnen hatte. Sie bemühte sich ihren Sätzen Leben einzuhauchen, aber es fiel ihr schwer, sich dabei nicht von den Erinnerungen überwältigen zu lassen. Mit jedem Wort wurde ihre Kehle enger und das nervöse Gefühl in ihrem Magen dichter. Hätte sie gestern um diese Zeit gewusst, dass sie die Kolonie verlassen würde, hätte sie Noël noch mehr Aufmerksamkeit geschenkt. Doch wenn es jemanden gab, der ihre impulsive Entscheidung verstehen würde, dann war er es.

Sie brauchten nicht lange bis zu ihrem Haus, denn es lag im

inneren Kreis der Kolonie, ganz in der Nähe des Platzes. Eine Girlande aus Sternen zierte das Dach und auf einer Tafel, die mit einer Halterung am Fenster befestigt war, stand in der schiefen Handschrift ihrer Mutter: *Nilam, mach uns stolz!*

Dies waren nicht die Worte, die Kenzie gewählt hätte, aber ginge es nach ihr, wäre ihr Haus ebenso schmucklos wie das von Noël und seinen Eltern.

Ihr Vater öffnete die Haustür und streifte sich noch im Überschreiten der Schwelle die Sandalen von den Füßen. Er gähnte und rieb sich den Bauch. »Ich glaube, ich fange morgen eine Schicht später an. Sechs Stunden Schlaf reichen nicht, um all das Essen zu verdauen. Gute Nacht, Kenzie.«

»Gute Nacht.« Kenzies Stimme war nur ein heiseres Flüstern und sie war froh darüber, ihre Fähigkeit zu weinen verloren zu haben.

»Schlaf gut.« Kenzies Mutter beugte sich vor und hauchte ihr einen Kuss auf die Stirn. Kenzie schloss ihre Augen, um sich das Gefühl dieses Moments einzuprägen und um sich für immer daran zu erinnern. Die Lippen ihrer Mutter waren etwas rau, ihr Atem war warm und sie duftete nach süßer Birne.

Viel zu früh wich ihre Mutter zurück und folgte ihrem Mann ins Schlafzimmer. Kenzie sah ihr nach, bis sich die Tür hinter ihr geschlossen hatte. Sie würde die beiden nie wiedersehen, denn sie musste sich bereits vor Sonnenaufgang auf das U-Boot schleichen.

Kenzie ließ ihren Blick durch das Haus gleiten, in dem sie aufgewachsen war. Doch die Wehmut, mit der sie gerechnet hatte, überkam sie nicht. Sie würde nichts von alldem hier vermissen. Nicht die harten Stühle, nicht die abgesessene Couch, nicht die verbeulten Schränke und auch nicht die viel zu enge Dusche.

Materiell hielt sie nichts an diesem Ort, mit Ausnahme der Bibliothek.

Mit einem Seufzen ging Kenzie in ihr Zimmer, das kaum größer als eine Kammer war. Links war ein Schrank in die Wand eingelassen und rechts daneben, unter dem Fenster, stand ihr Bett, daneben ein Stapel Bücher. Die Matratze war dünn und durchgelegen, die Kissen waren flach und die Decke rau von den vielen Jahren, die sie sie benutzt hatte.

Die Tür ihres Kleiderschrankes knarzte, als Kenzie sie aufzog. Sie besaß nicht viel, nur zwei Hosen, eine Handvoll Shirts und gerade genug Unterwäsche, um nicht täglich waschen zu müssen. Eilig stopfte Kenzie alles in einen Beutel. Sie überlegte, auch eines der Bücher mitzunehmen, brachte es aber nicht über sich, Sasha eines seiner Schätze zu berauben. Außerdem brauchte sie den Platz in ihrer Tasche.

Auf Zehenspitzen schlich sie in die Küche. Dort nahm sie sich etwas von dem Obst und Gemüse, und aus dem Kanister füllte sie Wasser in eine Flasche.

Viel schneller als in ihrer Vorstellung war Kenzie mit dem Packen fertig. Ihr Beutel war zum Bersten voll; vor allem das Wasser wog schwer in ihrer Tasche.

Kenzie kniete sich neben ihr Bett, hob die Matratze hoch und zog darunter einen Stift hervor, den sie bereits vor zwei Jahren aus dem Büro ihres Großvaters gestohlen hatte. Die dunkle Tinte und das metallene Gehäuse hatten sie fasziniert und sie hatte den Stift eingesteckt, ohne lange darüber nachzudenken. Bisher hatte sie keine Gelegenheit gehabt, ihn zu benutzen, aber dies würde sich heute ändern.

Sie richtete sich wieder auf, nahm sich eines der Bücher vom Boden und riss die erste Seite, auf der lediglich der Titel stand, heraus. Es tat Kenzie in der Seele weh, ein Buch zu beschädigen, doch sie konnte die letzten Worte, die sie an ihre Familie richtete, unmöglich auf eine Schiefertafel schreiben, denn sie wollte, dass diese Nachricht von Dauer war.

Ich habe die Wasserkolonie verlassen und bin mit den Repräsentativen auf dem Weg zur Luftkolonie. Bitte macht euch keine Sorgen um mich. Ich kenne das Risiko und bin mir aller Konsequenzen bewusst, doch ich habe keine andere Wahl.

Es tut mir leid, dass dieser Abschied so heimlich passieren muss, aber ich habe nicht den Mut, mich persönlich von euch zu verabschieden. Ich liebe euch und werde niemals aufhören an euch zu denken.

Eure Kenzie

P.S. Noël, du kennst den Grund für diese Entscheidung. Du hast mir versprochen mein Geheimnis zu bewahren, aber mit diesem Brief entbinde ich dich von dieser Verantwortung.

Kenzie war sich nicht sicher, wieso sie den letzten Satz geschrieben hatte. Sie hatte nie gewollt, dass ihre Familie von ihrer Unzulänglichkeit erfuhr, allerdings sollten sie verstehen können, warum sie diese Entscheidung getroffen hatte. Doch wollte Kenzie ihr Geständnis nicht auf Papier bannen. Wenn ihre Familie sie verstehen wollte, sollten sie mit Noël sprechen, und wenn sie lieber in Ungewissheit lebten, so sollte ihnen auch diese Chance bleiben.

Kenzie schob den Brief zurück in das Buch, aus dem sie die Seite gerissen hatte. Vermutlich würde es ein paar Stunden oder gar Tage dauern, bis Sasha oder jemand anderes den Brief dort fand. Und bis es so weit war, hätte das U-Boot längst abgelegt und wäre außerhalb der Reichweite der Funkgeräte.

Rückwärts ließ Kenzie sich auf ihr Bett fallen. Die Beine auf dem Boden und die Arme hinter dem Kopf verschränkt starrte sie an die Decke. Sie machte sich nichts vor, sie würde in diesen letzten Stunden keinen Schlaf finden. Ihr Herz raste, sie schwitzte und in ihrem Bauch rumorte es. Sie hatte den Abend über nichts gegessen und doch hatte sie das Gefühl, sich jeden Moment übergeben zu müssen. Unaufhörlich kreisten *Was wäre, wenn?*-Fragen durch ihre Gedanken, aber die Angst davor, alles Bekannte hinter sich zu lassen, wurde immer wieder von Vorfreude vertrieben.

Endlich würde Kenzie eine der Luftkolonien betreten, über die sie schon so viel gelesen hatte. Sie würde die Drei-Ebenen-Struktur mit eigenen Augen sehen und auch die Transporter, die sich durch die Kolonie bewegten. Und egal wohin ihr Weg sie führte, sie wäre frei. Frei von der Kuppel, frei von gesellschaftlichen Normen und frei von den Erwartungen und Pflichten, die man ihr auferlegt hatte.

Kenzie war eingeschlafen. Sie hätte es nicht für möglich gehalten, aber als sie nun die Augen öffnete, warfen Lichtstrahlen weiche Schatten an die Wände ihres Zimmers. Die künstliche Sonne war erwacht und spendete der Kolonie gedimmtes Licht, um den Anfang des Tages zu symbolisieren.

Es wurde Zeit zu gehen. Kenzie suchte noch einmal das kleine Badezimmer am Ende des Flures auf, ehe sie nach ihrem Beutel griff und das Haus verließ, in dem sie aufgewachsen war. Den Blick starr geradeaus gerichtet lief sie in Richtung des Hafens. Sie unterdrückte den Drang, sich umzudrehen, und beeilte sich, bevor die Realität sie einholen konnte.

In diesem Augenblick fühlte sich Kenzie nicht wie sie selbst. Ihre Füße, die hart auf den Boden aufsetzten, waren kein Teil von ihr. Das Gewicht ihres Gepäcks nahm sie kaum wahr und ihr Verstand war vollkommen leer. Doch sie war dankbar für die Taubheit, die sie vorantrieb, bis sie schließlich den Hafen erreichte.

In der Dunkelheit konnte Kenzie nur die Umrisse des U-Bootes erkennen, das auf der anderen Seite der Kuppel lag. Ein nervöses Kribbeln erfasste Kenzies Glieder, denn bald gab es für sie kein Zurück mehr.

Die Schleuse zum Boot stand offen. Vermutlich hatten sich bereits die ersten Mitglieder der Crew eingefunden, um letzte Vorbereitungen zu treffen.

Die Tür, die im Zaun eingelassen war, hatte man allerdings wieder mit einem Schloss verhangen. Kenzie streifte ihren Beutel ab. Mit einem Blick über die Schulter versicherte sie sich, dass niemand sie beobachtete, ehe sie die Tasche in einer fließenden Bewegung über die Absperrung warf und selbst über den Zaun kletterte.

Seit Noël für die Entdecker arbeitete, war sie nicht mehr über einen solchen Zaun geklettert, schließlich kam sie nun problemlos in die Zentrale. Aber manche Dinge verlernte man nie, beispielsweise wie man sein Gewicht verlagern musste, damit ein Maschendrahtzaun nicht unnötig ins Wanken geriet.

Beinahe geräuschlos überwand Kenzie das Hindernis. Sie kam auf der anderen Seite auf, schnappte sich ihre Tasche und huschte durch den Durchgang, der zum U-Boot führte, bevor sie jemand entdecken konnte.

»Rechts, links, runter, rechts, links, links«, murmelte Kenzie, als sie auf Zehenspitzen ins Innere des Stahlkolosses schlich. Nur die Notbeleuchtung brannte und ihr dürftiges Licht spendete nicht mehr Helligkeit als eine Kerze.

Ohne den Weg zu kennen, hätte sich Kenzie niemals in den identisch aussehenden Gängen zurechtgefunden. Immer wieder blieb sie stehen und lauschte auf verdächtige Geräusche. Doch sie konnte die Mannschaft nicht hören und vernahm nur das leise Rattern der Lüftung und das Knacken der Mechanik.

Rechts. Links.

Eine Treppe.

Runter.

Rechts. Links. Links.

Kenzie folgte den Notizen, die sie sich im Kopf gemacht hatte, während sie das Gepäck verstaut hatten, und fand sich wenige Minuten später vor dem Lagerraum wieder. Er war nicht abgeschlossen, denn niemand auf diesem Schiff würde sich an dem Besitz der Repräsentativen vergreifen.

Dutzende der Plastikkisten türmten sich aufeinander und ließen nur ein paar schmale Gänge frei. Kenzie sah sich im Lager um. Ihr Herz flatterte bei der Vorstellung, die nächsten Tage in diesem kleinen Raum verbringen zu müssen, aber es war der einzige Weg, um unbemerkt zu bleiben.

In der hintersten Ecke des Lagers gab es einen Hohlraum, den Kenzie beim Stapeln der Kisten extra für sich ausgespart hatte. Sie lächelte und sah ein letztes Mal ins Licht, ehe sie die Tür hinter sich schloss und von der Dunkelheit verschluckt wurde.

Fünf

Heute

Kenzie verspürte eine Veränderung in der Dunkelheit. Ein unangenehmes Ziehen breitete sich in ihren Schläfen aus und sie hörte ein Knacken in den Ohren.

Tauchte das U-Boot endlich auf? War das möglich? Kenzie hoffte es inständig, denn sie hatte in der Finsternis jedes Gefühl für Zeit verloren und allmählich raubte die Schwärze ihr den Verstand und die Vernunft. Mehr als einmal hatte sie darüber nachgedacht, den Lagerraum zu verlassen und Nilam aufzusuchen. Doch sie musste sich bedeckt halten, bis sie die Luftkolonie erreicht und das U-Boot abgelegt hatte. Anderenfalls riskierte sie, dass man sie mit zurücknahm, und die Vorstellung, wieder in der Wasserkolonie zu sein, war schlimmer als der Gedanke an eine Verbannung.

Kenzie zog die Beine an ihren Oberkörper und stützte das Kinn auf ihre Knie. Sie lauerte auf ein Anzeichen für ihre Ankunft und zählte die Sekunden, die zu Minuten wurden.

Sie war gerade bei der vierunddreißigsten Minute angekommen, als sich unter das Rauschen des Motors Schritte mischten, die von den Gängen des U-Bootes widerhallten. Angespannt hielt sie die Luft an und drängte sich gegen die Wand, um nicht entdeckt zu werden.

Kurz darauf schwang die Tür zum Lagerraum auf und die Lampen leuchteten auf. Es war nicht der gedimmte Schein der Notbeleuchtung, der den Raum erhellte, sondern ein strahlendes Licht, das in Kenzies Augen schmerzte.

»Wofür brauchen die Repräsentativen nur diesen ganzen Scheiß?« Kenzie kannte die Stimme des Mannes, konnte ihm aber keinen Namen zuordnen. »Und wir müssen sie wirklich alle einzeln durch die Luke schaffen?«

Ein anderer Mann gab ein zustimmendes Brummen von sich.

»Verdammt«, fluchte der erste. »Das kann Stunden dauern, wenn uns diese Feiglinge aus der Luftkolonie nicht helfen wollen.«

Feiglinge?

»Wir sind in zehn Minuten oben. Besser, wir schaffen die ersten Kisten schon einmal hoch«, sagte nun der zweite Mann. Cash. Kenzie erkannte seine Stimme. Er war einmal mit Isla ausgegangen.

Cash und sein Begleiter schnappten sich die ersten Kisten und stapften wieder davon. Die Tür zum Lager ließen sie offen stehen. Inzwischen hatte sich Kenzie auch an das Licht gewöhnt und der Druck war aus ihren Ohren verschwunden. Ihr war noch etwas schwindelig, allerdings aus einem anderen Grund.

Noch zehn Minuten!

Kenzie konnte es kaum mehr erwarten. Schon bald würde sie das U-Boot verlassen und eine Welt sehen, die nicht unter einer Kuppel gefangen war. Würde sie von Sonnenschein begrüßt werden oder wäre der Himmel grau und von Wolken verhangen? Womöglich regnete es sogar!

Das Prinzip von Regen war Kenzie vertraut, auch wenn sie es

sich nur schwer vorstellen konnte. Wasser, das in Tropfen vom Himmel fiel und gepaart mit der Sonne eine Illusion erzeugte, die sich Regenbogen nannte.

Cash und der andere Mann kamen zurück, um weitere Kisten nach oben zu tragen. Allmählich lichtete sich Kenzies Versteck und sie war froh, dass die Repräsentativen in diesem Jahr so viel eingepackt hatten.

Erneut hörte sie Schritte. Dieses Mal waren es Dutzende von Schuhpaaren, begleitet von einem Gewirr aus Stimmen. Es waren die Repräsentativen auf dem Weg zur Luke. Ihre Aufregung war nicht zu überhören und am liebsten wäre Kenzie zu ihnen gestürmt, um diesen Moment gemeinsam mit Nilam erleben zu können, aber sie musste sich noch gedulden.

Plötzlich hörte Kenzie ein Zischen, ein Gluckern, dann ein Rauschen und Quietschen und schließlich andächtiges Schweigen, als alle Repräsentativen gleichzeitig verstummten.

Die Luke des U-Bootes war geöffnet worden und nach einem Moment der Stille setzten sich die Repräsentativen wieder in Bewegung. Leiser als zuvor sprachen sie miteinander und Kenzie konnte vor ihrem inneren Auge sehen, wie Nilam ihr Gesicht in den Himmel reckte, egal ob Sonne, Regen oder Wind.

Kenzie ballte die Hände zu Fäusten und drückte sie gegen den stählernen Boden, um sich zu verankern und nicht einfach loszurennen.

Es verging eine Dreiviertelstunde, ehe Cash und der andere Mann erneut zurückkamen. Vermutlich hatten sie den Repräsentativen geholfen aus der Luke zu steigen und bereits die ersten Kisten ausgeladen. »Hast du ihre Gesichter gesehen? Wie Blinde, denen man das Augenlicht geschenkt hat.«

»Als hättest du das erste Mal anders reagiert«, sagte Cash.

»Diese Kolonie ist einfach beeindruckend«, erwiderte ein dritter Mann. »Grey hat mir schon gesagt, dass die Quito-Kolonie mit zu den größten gehört, aber damit hätte ich nicht gerechnet. Wie viele Leute wohl in diesem Glaskasten wohnen? Dreißigtausend?«

Dreißigtausend Menschen? Kenzie konnte sich diese Zahl kaum vorstellen. In der Wasserkolonie war das Leben mit fünftausend Einwohnern bereits schwer zu koordinieren. Kaum auszudenken, wie kompliziert es mit sechsmal so vielen Leuten sein musste.

»Ich würde mich hier nicht wohlfühlen«, sagte Cash. »Aber wir müssen ja zum Glück nicht hierbleiben, also lasst uns anfangen, damit wir wieder verschwinden können.«

Kenzie wartete, bis die Mannschaft gegangen war, ehe sie aus ihrem Versteck hervorkroch. Sie schulterte ihre Tasche und nahm sich eine der Kisten. Ihre steifen Glieder protestierten gegen die plötzliche Anstrengung, dennoch eilte sie hinter den Männern her, immer darauf bedacht, genügend Abstand zu halten. Die Umgebung des U-Bootes nahm sie dabei kaum wahr. Ihre ganze Konzentration lag darauf, die Oberfläche zu erreichen – und schließlich sah sie es, nur aus der Ferne, aber sie sah es, endlich: das Sonnenlicht.

Es trat durch eine Öffnung in der Decke und wirkte völlig anders als das künstliche Licht der Lampen. Weicher und weniger kühl, so dass Kenzie die Wärme allein vom Anblick förmlich spüren konnte. Eine Leiter war durch die Luke heruntergelassen worden und Cash kletterte gerade ins Freie.

Es kostete Kenzie viel Kraft, nicht loszustürmen, sondern sich erneut zu verstecken. Sie huschte in einen Nebengang – weg von der Sonne – und verharrte dort, bis Cash und seine Männer zurück zum Lager liefen. Erst als ihre Schritte in der Ferne verhallt waren, schlich Kenzie zurück zur Luke.

Sie stemmte die Plastikkiste in die Hüfte, wie sie es bei Cash beobachtet hatte, und hielt sie mit einem Arm gegen ihren Körper gedrückt, während sie sich langsam die Leiter hochhangelte.

Plötzlich griff eine Hand durch die Luke und Kenzie wäre beinahe von der Leiter gefallen, hätte sich die Hand nicht um ihren Arm geschlossen. Kenzie wollte zurückweichen, aber dafür war es zu spät. Sie wurde die letzten Sprossen nach oben und über den Rand der Luke gezogen.

Das natürliche Sonnenlicht blendete Kenzie und es dauerte einen Moment, bis sich ihre Sicht klärte und sie den Mann erkennen konnte, der ihr geholfen hatte.

Er war groß, mit breiten Schultern, und vielleicht zwei oder drei Jahre älter als Noël. Doch während Noël eine durch und durch helle Erscheinung war, wirkte der Fremde dunkel und irgendwie bedrohlich, mit seiner gebräunten Haut, den schwarzen Haaren und den tiefblauen Augen, die Kenzie eindringlich musterten.

»Danke.« Kenzies Stimme war rau von den Tagen des Schweigens. Sie räusperte sich, um einen ruhigen Tonfall bemüht. »Diese Kisten sind wirklich verdammt schwer.«

»Ich habe eurem Kapitän schon gesagt …«

Der Fremde redete weiter, aber Kenzie hörte ihm nicht mehr zu. Eine Bewegung hatte ihren Blick eingefangen und nun sah sie *alles* und der Anblick war überwältigend. Die Sonne, der Himmel, die Kolonie und das Meer.

Der Ozean, der unter der Oberfläche so dunkel und kalt erschien, war in Wirklichkeit ein Feld aus funkelnden Kristallen. Das Wasser bewegte sich im Einklang mit dem Wind und aalte sich im Licht. Und in diesem Meer spiegelte sich der Himmel wider. Weit und blau und strahlend, wie die Sonne, die auf den höchsten Punkt des Firmaments zusteuerte. Ihre Wärme kitzelte auf Kenzies Haut und die Härchen an ihren Armen reckten sich ihr entgegen.

Doch ebenso beeindruckend wie das Meer und die Sonne war der von Menschen geschaffene Würfel, der seitlich des U-Bootes schwebte. Die Kolonie lag gut fünfzig Meter über dem Meeresspiegel. Die Fläche musste mehrere Quadratkilometer messen und direkt neben dem U-Boot tauchte dieser Würfel alles in einen kühlen Schatten. Das gläserne Dach der Kolonie ragte mindestens weitere hundert Meter in die Höhe, allerdings reflektierte das Glas das Sonnenlicht so stark, dass Kenzie nichts anders übrigblieb, als ihren Blick abzuwenden.

»Du bist das erste Mal an der Oberfläche, nicht wahr?«, fragte der Luftgeborene. Die Andeutung eines Lächelns umspielte seine Lippen und seine ganze Erscheinung hellte sich auf. Kenzie verspürte auf einmal den Drang, sich ihm vorzustellen, aber sie tat es nicht und nickte nur.

Das Lächeln des Mannes wurde breiter, und ohne etwas zu sagen, nahm er ihr die Kiste ab und brachte sie zu einer Metallplatte, die durch Stahlseile mit der Kolonie verbunden war. Kenzie hatte so etwas noch nie gesehen. Vermutlich war es eine Art Hebemechanismus, um das Gepäck nach oben zu befördern. Mehrere Kisten standen bereits darauf und weitere Leitern hingen von der Kolonie herab.

Sie beobachtete den Fremden dabei, wie er ihre Kiste zu den anderen stellte, und überlegte sich, was sie als Nächstes tun sollte. Es war nicht geplant gewesen, von einem Einwohner der Luftkolonie entdeckt zu werden, aber Kenzie war sich immer bewusst gewesen, dass ihr Plan zu großen Teilen aus Variablen bestand, die sie nicht hätte einplanen können, und dafür lief es bisher ziemlich gut. Dieser Fremde war nur ein kleines Hindernis, und solange er Cash und den anderen nicht von ihr erzählte, war alles kein Problem.

»Weißt du, wohin die anderen Repräsentativen gegangen sind?«, fragte Kenzie, als sich der Fremde ihr wieder zuwandte. »Ich habe sie verloren.«

»Du gehörst zu den Repräsentativen?« Er klang überrascht.

»Kaum zu glauben, oder?« Kenzie setzte ihr reizendstes Lächeln auf. Sie beherrschte diese Kunst bei weitem nicht so gut wie Nilam, aber bisher hatte es immer gereicht.

»Wieso warst du nicht bei den anderen?« Hoffentlich hatte er sie nicht durchgezählt, anderenfalls wüsste er, dass sie als Nummer elf nicht zu ihnen gehörte.

»Ich ... ähm.« Kenzies Lächeln verblasste und sie senkte den Kopf. »Mir ist das Auftauchen nicht bekommen. Mein Magen wollte mir nicht mehr gehorchen und, tja ...«

Der Fremde zögerte und für einen Moment glaubte Kenzie Misstrauen in seinem Blick zu erkennen, aber dieser Ausdruck verschwand so schnell, wie er gekommen war. »Immerhin wirst du nie wieder einen Fuß in solch ein Ding setzen müssen.« Sein Lächeln kehrte zurück. »Ich bin übrigens Callum.«

»Freut mich dich kennenzulernen«, sagte Kenzie, ohne sich vorzustellen. »Wie komme ich nach oben?«

»Das ist ganz einfach.« Callum ging zu einer der Leitern und nahm eine lederne Schlaufe in die Hand. »Du legst dir diesen Gürtel an und ziehst ihn fest, bis du ein Klicken hörst, und kletterst los. Bei plötzlichen Bewegungen, wie einem Sturz, verkeilt sich der Gürtel und stoppt dich. Du darfst nur nie diesen roten

Hebel nach unten drücken.« Er deutete auf einen kleinen Hebel, der direkt am Gürtel befestigt war.

Kenzie nickte und Callum half ihr den Gürtel anzulegen, ehe er sich selbst an eine der Leitern kettete. Kenzie wollte ihm sagen, dass es nicht nötig war, sie zu begleiten, aber das hätte vielleicht sein Misstrauen geweckt, also schwieg sie.

Den Blick nach oben gewandt kletterte Kenzie der Kolonie entgegen. Sie wollte den Rand des Würfels so schnell wie möglich erreichen, um Cash und seinen Männern zu entkommen. Doch das stetige Schwanken der Leiter, die nicht im Boden verankert war, machte ein schnelles Vorankommen beinahe unmöglich, obwohl es bei Callum kinderleicht aussah.

Endlich erreichte Kenzie das obere Ende der Leiter und kletterte in die Kolonie. Mit zittrigen Fingern löste sie den Gurt um ihre Taille. Callum, der schon am Rand saß und seine Füße in die Tiefe baumeln ließ, beobachtete sie dabei, machte aber keine Anstalten, seinen eigenen Gurt zu lösen.

»Wo sind die anderen Repräsentativen?«, fragte Kenzie erneut und sah sich in der Kolonie um. Noch gab es nicht viel zu sehen, mit Ausnahme einiger Gebäude mit flachen Dächern, die Kenzie entfernt an das Lagerhaus der Wasserkolonie erinnerten, nur waren sie viel größer.

»Ihr seid im Gemeinschaftshaus in der ersten Ebene untergebracht«, erklärte Callum. Kenzie hatte keine Ahnung, was das bedeutete, aber es hörte sich danach an, als könnte sie dort bei Nilam Unterschlupf finden, bis die Luft rein war. Es war riskant, sich bei den Repräsentativen zu verstecken, allerdings war das besser, als plan- und heimatlos durch eine fremde Kolonie zu irren.

»Könntest du mich hinbringen?«, bat Kenzie. Sie wollte nicht, dass Callum sie begleitete, aber jeder Repräsentative hätte ihm diese Frage gestellt.

»Ich muss auf die Klippe aufpassen.«

Die Klippe. Was für ein passender Name für diesen Abgrund. »Kann sie nicht jemand anders bewachen?«

Callum schüttelte den Kopf. »Leider nicht. Du wirst bald merken, dass sich kaum jemand außer mir hierherwagt. Die meisten Luftgeborenen sind sehr ... zurückhaltend, wenn es um das Meer geht. Lauf einfach geradeaus, bis zu den Feldern, die direkt hinter den Hallen liegen. Bitte dort jemanden um Hilfe und sag ihm, dass Callum dich schickt.«

Kenzie wollte wissen, was genau Callum meinte, wenn er sagte, die anderen seien *zurückhaltend.* Aber in diesem Moment fing eine der Metallleitern an, sich zu bewegen. Ob es Cash und seine Crew waren oder nur eine Windböe, wusste Kenzie nicht, aber es wurde Zeit für sie zu gehen. »Danke für deine Hilfe, Callum.«

»Kein Problem, das ist mein Job. Und es tut mir leid, dass wir dich vergessen haben.«

»Schon in Ordnung. Ich werde den Weg sicherlich finden.«

Callum lächelte. »Da bin ich mir sicher. Wir sehen uns.«

Noch bevor Kenzie etwas erwidern konnte, stieß sich Callum vom Rand der Kolonie ab und drückte den Hebel an seinem Gurt nach unten. Ein Quietschen war zu hören, dann wurde er in die Tiefe gerissen. Kenzie schnappte nach Luft und beugte sich gerade noch rechtzeitig über den Rand, um zu sehen, wie Callum seinen Fall nur wenige Meter über dem U-Boot wieder bremste. Ein Ruck ging durch seinen Körper und dann kletterte er die restlichen Sprossen nach unten, als wäre nichts gewesen.

Kenzie wich von dem Abgrund zurück und lief in Richtung

der Hallen, wie von Callum beschrieben. Allerdings folgte sie dem Weg nicht bis zu den Feldern, sondern tauchte zwischen den Gebäuden ab.

In einer Gasse, die von zwei Lagerhäusern gebildet wurde, blieb sie stehen und ließ sich gegen die Wand sinken. Verstohlen sah sie sich um, ehe sie ein sauberes T-Shirt aus ihrem Beutel nahm und sich umzog. Mit den Fingern kämmte sie sich durch ihr strähniges Haar und fasste es zu einem Knoten zusammen. Kenzie wollte überhaupt nicht daran denken, wie sie auf Callum gewirkt haben musste, und eigentlich sollte es ihr auch egal sein. Er hatte zwar gesagt, sie würden sich wiedersehen, aber bei einer Kolonie dieser Größe gab es dafür keine Garantie.

Kenzie blieb noch einen Moment an der Hausmauer lehnen. Sie schloss die Augen und holte tief Luft. Die letzten Minuten waren für sie anstrengend gewesen. Hunger und Durst hatten sicherlich ihren Teil dazu beigetragen und ihr war noch immer etwas schwindelig vom Aufstieg. In diesem Moment hätte Kenzie die Welt um sich herum gerne entschleunigt, um alles, was in den letzten Minuten passiert war, verarbeiten zu können. Doch die Welt interessierte sich nicht für ihr Wohlbefinden, also blieb ihr nichts anders übrig, als sich anzupassen und weiterzumachen.

Sie stieß sich von der Wand ab und lief in Richtung der Felder, um einen selbstsicheren Gang bemüht, der zeigte, dass sie jedes Recht hatte, hier zu sein. Doch als sie zwischen den Lagerhäusern hervortrat, geriet sie ins Stolpern. Der Anblick, der sich ihr bot, war überwältigend.

Hunderte Quadratmeter Felder breiteten sich vor ihr aus und reichten weiter, als ihr Auge sehen konnte. Wege aus gepflastertem Stein ermöglichten den Einwohnern, sich ungehindert zwischen den Äckern hin und her zu bewegen, auf denen offensichtlich Getreide und Gemüse angepflanzt wurden. Weiter in der Ferne gab es Bäume und Büsche, an denen vermutlich Früchte wuchsen. Es waren aber nicht die Felder, die Kenzie hatten erstarren lassen.

Über dem Grund, auf dem sie jetzt stand, lag die erste Ebene in gut fünfzig Metern Höhe, und deren Unterseite imitierte den Himmel. Die gesamte Fläche wurde von einem sanften, bläulichen Licht erhellt, das den Anschein erweckte, als wäre die Höhe endlos.

Kenzie hätte den falschen Himmel vermutlich nicht einmal entlarvt, gäbe es nicht in regelmäßigen Abschnitten Öffnungen in der Ebene, die das Blau durchbrachen. Manche dieser Löcher maßen mehrere Meter im Durchmesser, während andere gerade einmal groß genug waren, damit ein Mensch hindurchpasste.

Leitern wie jene, die Kenzie an der Klippe benutzt hatte, baumelten von diesen Öffnungen herab. Und nur ein paar Schritte von ihr entfernt hangelte sich nun eine junge Frau an einer solchen Leiter hinab. Ihre Bewegungen waren anmutig, als würde es ihr nichts abverlangen, in die Tiefe zu steigen.

Allerdings waren die Leitern nicht die einzige Möglichkeit, sich zwischen den Ebenen zu bewegen. Es gab auch den Transporter, dessen Schienen sich offenbar durch die gesamte Kolonie erstreckten. Meist verliefen diese Gleise parallel zum Boden, aber gelegentlich beschrieben sie Bögen in die Höhe, um durch die größeren Öffnungen zu verschwinden und die Ebenen so miteinander zu verbinden.

Dutzende von Gondeln bewegten sich an diesen Schienen hin und her. Immer wieder stoppten die Wagen für ein paar Sekunden, um Leute ein- und aussteigen zu lassen.

Kenzie riss sich von diesem Anblick los und hoffte, dass sie mit ihrem Starren keine Aufmerksamkeit erregt hatte. Sie ging zu einer der Stellen, an denen die Schiene besonders tief verlief, und wartete auf die nächste Gondel, die nur ein paar Sekunden auf sich warten ließ.

Darin saß bereits eine Frau, die allerdings nicht vorhatte auszusteigen. Verunsichert blieb Kenzie stehen. War es erlaubt einzusteigen, wenn bereits jemand im Transporter saß?

Die Frau mit den rabenschwarzen Haaren schenkte ihr ein Lächeln und nahm ihr damit die Entscheidung ab. Kenzie hüpfte in die Gondel, kurz bevor diese weiterfuhr.

Der Transporter glitt gemächlich über die Schienen, bis sich diese anhoben. Kenzie spähte beim Anstieg über ihre Schulter und konnte über die Dächer der Lagerhäuser hinweg die Klippe erkennen.

»Die Repräsentativen sind heute angekommen«, sagte die Frau neben Kenzie mit erregter Stimme. »Ich habe ein paar von ihnen gesehen. Reizende Jungen und Mädchen und alle haben sie goldene Haare.«

»Diese Haare sind typisch für eine Wasserkolonie«, sagte Kenzie und sah die Frau an. Ihre schwarzen Haare fielen in sanften Wellen über ihr Dekolleté und waren von grauen Strähnen durchzogen. Ihre Haut war gebräunt und von dunklen Flecken übersät, wie Kenzie sie noch nie gesehen hatte. Rief die Sonne diese Irritationen hervor?

»Ich hoffe nur, es gefällt ihnen im Gemeinschaftshaus«, fügte Kenzie hinzu. Es war ein Schuss ins Blaue, aber vielleicht konnte sie auf diesem Weg in Erfahrung bringen, wo genau sich Nilam befand.

»Wem würde das Gemeinschaftshaus nicht gefallen?« Die

Frau machte eine wegwischende Handbewegung. »Die Renovierungsarbeiten haben sich gelohnt, aber sie hätten etwas mehr Zeit einplanen können, um nicht erst gestern fertig zu werden. Hast du dir das Haus schon angesehen?«

Renovierungsarbeiten? Kenzie konnte sich nicht daran erinnern, wann in der Wasserkolonie das letzte Mal ein Haus vollständig renoviert worden war. Natürlich tauschte man hier und dort Altes aus oder strich Wände neu, aber von einer Renovierung war nie die Rede.

In diesem Augenblick durchfuhr der Transporter eine der Öffnungen und für einen Moment sah Kenzie nichts außer den Stahl, der den Boden der ersten Ebene bildete. Doch dann tauchten sie aus der Dunkelheit auf und Kenzie war nicht länger von Äckern und Feldern umgeben.

Sie hatte erwartet, weiße Häuser mit flachen Dächern zu sehen, die sich in Reih und Glied wie ein Schachbrett anordneten, aber der Anblick, der sich ihr bot, war ein völlig anderer.

Mehrstöckige Häuser der unterschiedlichsten Formen säumten die Straßen, die kreuz und quer verliefen. Es gab zwar weiß gestrichene Fassaden, wie in der Wasserkolonie, aber dies war nicht die einzige Farbe – von Gelb und Orange zu Rot, Violett und Blau war alles dabei.

Die Fenster an den Häusern waren klein und Klappen mit Verzierungen gingen rechts und links von ihnen ab. An manchen Gebäuden waren diese Klappen geschlossen, also dienten sie vermutlich dazu, das Licht auszusperren. In der Wasserkolonie wäre eine solche Funktion unnötig, in der Luftkolonie ergab sie durchaus einen Sinn. Hier war es hell, die Luft war warm und schwül und schnell sammelte sich Schweiß auf Kenzies Stirn.

Der Transporter beschrieb einen leichten Bogen über den

Rand der Öffnung, ehe er sich über den Boden absenkte und zum Stillstand kam. Die Luftgeborene verabschiedete sich und stieg aus. Kenzie beschloss, noch sitzen zu bleiben. Wie lange würde es wohl dauern, die gesamte Kolonie mit dem Transporter zu erkunden? Vermutlich mehrere Stunden, wenn man bedachte, dass es noch ein weiteres Schienennetz und eine zweite Ebene gab, die ebenfalls darauf wartete, entdeckt zu werden.

Kenzie lehnte sich in der Gondel zurück und ließ sich durch die Kolonie treiben. Und während sie dahinglitt, holte ihr Verstand endlich ihren Körper ein und sie begriff, wo sie war. Sie war in einer Luftkolonie – über der Meeresoberfläche. Sie hatte den Himmel gesehen, die Sonne und das Meer.

Ein Lachen entwich ihrer Kehle. Zuerst war es nur ein ersticktér Laut, wie ein Japsen, aber dann wurde ihr Lachen lauter. Sie schlug sich die Hand vor den Mund, um sich zum Schweigen zu bringen und mit ihrer Hysterie nicht aufzufallen. Dabei berührten ihre Finger feuchte Haut und zuerst verstand Kenzie nicht, wie das möglich war. Doch dann begriff sie, dass es Tränen waren, die über ihr Gesicht rannen. Sie weinte. Das erste Mal seit vielen Jahren weinte sie und es waren keine Tränen der Trauer, sondern der Freude. Sie hatte es geschafft. Dies war ihre Flucht.

Ihr Abenteuer.

Ihr Traum.

Ihr *Mehr*.

Sechs

Kenzie fuhr noch eine Weile mit dem Transporter umher. Sie genoss die Aussicht auf die Häuser und versuchte sich von den vielen Eindrücken nicht überwältigen zu lassen.

Schließlich erreichte der Transporter eine Grünfläche in der Mitte der ersten Ebene. Kieswege durchzogen den Rasen, der mit zahlreichen Bäumen gespickt war. Es gab Beete voller Blumen, die ihre bunten Köpfe dem falschen Himmel entgegenreckten, und überall saßen Menschen.

Kenzie hätte sich am liebsten zu ihnen gesellt, aber sie musste das Gemeinschaftshaus finden und ihr Gefühl sagte ihr, dass es ganz in der Nähe war. Dies war offensichtlich eine Art Zentrum, und wenn die Luftkolonie etwas mit der Wasserkolonie gemein hatte, würden sich alle wichtigen Gebäude in der Nähe befinden.

Als der Transporter zum Stillstand kam, stieg Kenzie aus. Sie schob den Beutel über ihre Schulter und betrat den Park. Zögerlich näherte sie sich einer Bank, die unter einem Baum im Schatten stand und auf der zwei Mädchen saßen. Kenzie behagte es nicht, sich weiteren Leuten zu zeigen. Callum und die Frau aus der Gondel brachten bereits ein Risiko mit sich. Aber sie sah keine andere Möglichkeit. Diese Kolonie war zu groß, um sich als Neuling allein zurechtzufinden, und wenn sie sich täuschte und das Gemeinschaftshaus nicht in der Nähe des Parks lag, würde sie noch Stunden umherirren.

»Entschuldigung, könnt ihr mir vielleicht helfen?« Die beiden Mädchen verstummten und sahen zu ihr auf. »In welcher Richtung liegt das Gemeinschaftshaus?«

Das Mädchen mit den Sommersprossen, die wie Sandkörner auf ihrem Gesicht verteilt waren, deutete nach rechts. »Du folgst dem Weg durch den Park bis ans andere Ende. Dann gehst du nach links und läufst gerade auf das Haus zu. Es ist nicht zu übersehen.«

»Danke«, erwiderte Kenzie und eilte davon, um den neugierigen Blicken der Mädchen zu entkommen. Der Kies unter ihren Schuhen knirschte, dennoch konnte sie die beiden tuscheln hören: »Das war eine der Repräsentativen.« – »Bist du dir sicher?« – »Ich habe sie noch nie gesehen.« – »Das bedeutet gar nichts.« – »Aber wieso sollte sie sonst nach dem Weg zum Haus fragen?« – »Sie ist nicht blond.«

Kenzie beschleunigte ihre Schritte und die Stimmen der Mädchen verklangen. Sie folgte dem beschriebenen Weg und zehn Minuten später erreichte sie das Gemeinschaftshaus, das man in der Tat nicht übersehen konnte.

Das Wort *Haus* wurde diesem dreistöckigen Gebäude allerdings unter keinen Umständen gerecht. Die Fassade war hellblau gestrichen und die Fenster waren reich verziert. Eine Treppe führte zum überdachten Eingang, der von hohen Säulen gestützt wurde, und goldene Lettern über dem Torbogen formten das Wort *Gemeinschaftshaus.*

Kenzie hatte ein solches Gebäude noch nie gesehen. Sie kam sich schäbig vor, es mit ihren abgelaufenen Schuhen, der zerschlissenen Hose und dem zerknitterten T-Shirt zu betreten, aber sie verdrängte das Gefühl und spazierte mit einer vorgespiegelten Selbstverständlichkeit in das Haus, das von innen nicht weniger prachtvoll war. Das Foyer war mit marmorierten Fliesen ausgelegt. Überall standen Pflanzen in Töpfen und es gab Dutzende von Sitzmöglichkeiten, auf Polstern, die bequemer nicht hätten aussehen können.

Am anderen Ende des Raumes befand sich ein großer Empfangstresen. Ein junger Mann saß dahinter und hielt ein Tablet in den Händen. Er sah nicht auf, als Kenzie näher kam, und sein Blick zuckte konzentriert über den Bildschirm. Kenzie kannte dieses weggetretene Starren nur zu gut und wusste, dass er dieses Tablet gerade nicht dienstlich nutzte. »Was liest du?«

Der Mann blickte auf. Ein irritierter Ausdruck huschte über sein Gesicht, ehe er verstand, was sie gefragt hatte, und lächelte. »*Der Fänger im Roggen* von J. D. Salinger.«

Interessant. Ein Roman und dazu einer der seltenen Klassiker, die es auch in der Wasserkolonie gab. Kenzie stützte sich mit den Ellenbogen auf dem Tresen ab und musterte den Mann. Sein braunes Haar kräuselte sich in kleine Locken und seine Augen waren von einem bestechenden Grün. Er trug eine Art Uniform, aber nicht allzu förmlich. Es war lediglich ein dunkelgrünes T-Shirt mit einer goldenen Stickerei über dem Herzen: *Gemeinschaftshaus – Yves.*

»Gefällt es dir?«, fragte Kenzie.

»Ich bin erst auf Seite fünfzig. Frag mich heute Abend noch einmal, wenn meine Schicht vorbei ist.«

»Du sitzt den ganzen Tag hier?«

Er nickte. »Ich bin der Ansprechpartner für die Repräsentativen, die hier wohnen. Gehörst du zu ihnen?«

Kenzie lachte und schüttelte den Kopf. »Nein, leider nicht.

Callum hat mich geschickt. Ich soll der Repräsentativen Nilam ihre Tasche bringen.« Sie deutete auf den Beutel, der noch immer unter ihrem Arm klemmte. »Sie hat ihn auf dem U-Boot vergessen. Wo finde ich sie?«

Yves gab etwas in das Tablet ein. »Nilam hat das Zimmer 206 im zweiten Stock.«

»Danke.« Kenzie lächelte und zog mit gestrafften Schultern an Yves vorbei. Hinter dem Foyer zweigte in jede Richtung ein Flur ab und eine Wendeltreppe führte in die oberen Stockwerke. Kenzie huschte nach oben, bevor jemand sie sehen konnte, denn die Repräsentativen würden natürlich wissen, dass sie hier nicht hergehörte, und sie war noch nicht bereit sich zu erkennen zu geben.

Die nächsten Stunden und Tage würde sie sich bei Nilam verstecken, so lange, bis sie sich sicher sein konnte, nicht wieder zurück in die Wasserkolonie zu müssen.

Im zweiten Stock angekommen folgte Kenzie den ausgeschilderten Fluren, bis sie Raum 206 fand. Sie holte tief Luft und klopfte an. Die Tür schwang umgehend auf und Kenzies Blick begegnete dem von Nilam. Starr und fassungslos.

»Hey«, sagte Kenzie und in ihrer Stimme lag ein leichtes Zittern. »Darf ich reinkommen?« Sie wartete nicht auf Nilams Antwort, sondern schob sich an ihrer Freundin vorbei in das Zimmer, bevor sie jemand auf dem Flur stehen sah. Der Raum war kleiner als erwartet und dennoch luxuriös.

Kenzie ließ ihre Tasche fallen und setzte sich auf das Bett, das nur aus Kissen und Decken zu bestehen schien.

Nilam stand noch immer in der geöffneten Tür und starrte sie mit weit aufgerissenen Augen an. »Was … was machst du hier?«, stotterte sie.

Kenzie zog ihre Schuhe aus. »Das ist eine gute Frage, von der ich nicht weiß, wie ich sie beantworten soll. Meine Abreise war eine spontane Idee. Aber nach allem, was ich dir erzählt habe, verstehst du sicherlich, wieso ich nicht länger in der Wasserkolonie bleiben konnte.«

»Eine spontane Idee«, echote Nilam.

»Ich hatte am Tag nach deinem Abschiedsessen ein Gespräch mit meinem Großvater. Er wollte mit mir über meine Aufgaben und Pflichten reden. Das Gespräch lief nicht wie erhofft, und nachdem ich ihm klar und deutlich gesagt habe, dass ich mich seinen Vorstellungen nicht unterwerfen würde, meinte er, ich solle die Kolonie verlassen.«

»Nein«, raunte Nilam und schloss die Tür. »Das hat er gesagt?«

Kenzie nickte. »Anschließend sagte er, er gäbe mir eine Woche Bedenkzeit und würde mich den Ältesten noch nicht melden, weil unser Treffen inoffiziell war«, erklärte Kenzie. »Aber egal wie ich mich entschieden hätte, es hätte die Sache nur hinausgezögert und nicht geändert. Also habe ich die Kolonie zu *meinen* Bedingungen verlassen.«

Nilam fuhr sich mit der Hand durch das Haar. »Das ... das ist verrückt. Du solltest nicht hier sein. Sie können dich auch aus dieser Kolonie verbannen.«

»Ich weiß, aber ich habe nichts zu verlieren. Im schlimmsten Fall habe ich ein paar Jahre verloren, im besten viele Jahre gewonnen.«

Eine Weile sagte Nilam nichts, dann schüttelte sie fassungslos den Kopf. »Ich ... ich weiß überhaupt nicht, was ich sagen soll. Ich kann das nicht glauben. Du bist tatsächlich hier. Wo warst du?«

»Im Lagerraum.«

»Du bist verrückt.«

Kenzie lächelte. »Ich nehme das als Kompliment.«

Nilams Haltung entspannte sich, aber sie blieb weiterhin ernst. »Ich hoffe, du weißt, dass ich dir böse bin, weil du Noël alleingelassen hast. Ich will gar nicht daran denken, wie es ihm gerade geht.«

Kenzies Magen verkrampfte sich. Während der Fahrt hatte sie versucht nicht an Noël und ihre Familie zu denken, aber es war ihr nicht gelungen und das schlechte Gewissen nagte an ihr, seit das U-Boot abgelegt hatte. »Ich wollte Noël nicht im Stich lassen, doch es ging nicht anders.«

Nilam seufzte und setzte sich neben sie auf das Bett. »Ich werde ihn vermissen.«

»Ich auch.« Kenzie presste ihre Lippen aufeinander und schluckte schwer, um ihre neu gefundenen Tränen zu verdrängen. »Ist es für dich in Ordnung, wenn ich hierbleibe?«

Nilam blickte auf und lächelte. »Mehr als in Ordnung. Ich bin froh, dass du da bist. Die nächsten Wochen werden eine Katastrophe sein. Evie, eine unserer Betreuerinnen, meinte, wir bleiben jetzt einen Monat im Gemeinschaftshaus und haben Unterricht, um alles über die Luftkolonie zu lernen.« Sie seufzte. »Aber wieso erzähle ich dir das überhaupt? Das ist uninteressant. Wie sieht dein Plan aus? Du kannst dich doch nicht für immer verstecken und wie ein Schatten durch die Kolonie streifen.«

»Nicht für immer, aber für ein paar Tage.« Kenzie stand von dem Bett auf und trat ans Fenster. Von dort aus hatte man einen wunderbaren Blick über den Park. »Nur so lange das U-Boot noch hier ist. Es muss unbedingt ohne mich ablegen.«

Bevor Nilam Kenzie eine Antwort geben konnte, klopfte es an die Tür und die beiden zuckten zusammen. »Wer ist das?«, fragte Nilam mit gesenkter Stimme.

»Woher soll *ich* das wissen?«

»Versteck dich im Badezimmer.«

Kenzie huschte in den angrenzenden Raum, in dem kein Licht brannte, und verschmolz mit den Schatten. Nilam wartete noch einen Augenblick, dann öffnete sie die Tür. »Ist alles in Ordnung?« Nilams Stimme klang zuckersüß und vermutlich trug sie das dazu passende Lächeln.

»Dasselbe wollte ich dich gerade fragen.« Yves. »Eine Frau wollte dir eine Tasche bringen und ich habe sie nicht wieder herunterkommen sehen. Gibt es ein Problem?«

»Nein, sie hat mir meine Tasche gebracht und ist wieder gegangen.« Kenzie konnte hören, wie Nilam zum Bett ging und ihren Beutel mit der zerknitterten Kleidung aufhob.

»Dann muss ich sie wohl verpasst haben.« Yves klang verlegen. Hatte er gehofft sie noch einmal zu sehen? »Hat man dich über das Empfangsdinner heute Abend informiert?«

»Ja, Evie hat uns davon erzählt. Ich werde dort sein.«

Yves verabschiedete sich und Nilam ließ die Tür hinter ihm zufallen. Kenzie schaltete das Licht im Bad ein.

»Danke, dass du mich gedeckt hast.« Sie trat an das Waschbecken, um sich die Hände zu waschen und im Spiegel zu betrachten. Dunkle Ringe lagen unter ihren Augen, ihr Gesicht war gerötet und ihre strähnigen Haare ein zerzaustes Nest.

»Natürlich habe ich dich gedeckt«, sagte Nilam und lehnte sich gegen den Türrahmen. Ein liebevolles Lächeln lag auf ihren Lippen. »Ich weiß nicht, ob es eine gute Idee war, hierherzukommen. Aber ich würde dich niemals verraten.«

»Heißt das, ich darf bleiben?«

Nilam rollte mit den Augen. »Hast du mir gerade nicht zugehört?«

»Doch, aber …« Kenzie unterbrach sich und zuckte mit den Schultern. Sie wusste nicht, was sie getan hätte, hätte Nilam sie weggeschickt. »Danke. Du rettest mir das Leben.«

Sieben

Kenzie drängte sich mit dem Rücken gegen eine Wand im Flur des Gemeinschaftshauses und lauschte auf verdächtige Geräusche. Nichts. Nilam war vor einer halben Stunde zu dem Empfangsdinner aufgebrochen, das irgendwo im Gemeinschaftshaus stattfand und bis in die Nacht dauern würde. Kenzie wollte mit ihren Gedanken nicht allein sein und hatte beschlossen die Kolonie zu erkunden. Nach einer Dusche, etwas Schlaf und mit sauberer Kleidung am Leib fühlte sie sich auch wieder menschlich genug, um keine Aufmerksamkeit zu erregen. Sie musste es nur unbemerkt aus dem Gemeinschaftshaus schaffen.

Zögerlich spähte sie um die Ecke in Richtung des Empfangs. Yves war nicht an seinem Platz, an seiner Stelle saß nun eine Frau.

Yves hatte sie leicht etwas vorspielen können, aber wie sollte sie sich dieser Frau erklären?

Und aus einem Fenster zu steigen würde nur unnötigen Verdacht erregen, sollte man sie dabei erwischen. Ein schnellerer Abgang durch die Tür war am sichersten. Sie musste nur hoffen, dass die Frau von dem Tablet in ihren Händen genügend abgelenkt war.

Kenzie warf ihr einen letzten Blick zu, ehe sie loslief. Aus dem

Augenwinkel nahm sie eine Bewegung wahr, ignorierte sie aber und erreichte die Tür mit wenigen Schritten. Eilig schlüpfte sie ins Freie und ein erleichtertes Seufzen entkam ihren Lippen, als sie auf der Treppe vor dem Gemeinschaftshaus stand.

In der Kolonie war es Nacht geworden. Kenzie legte ihren Kopf in den Nacken und sah in den falschen Himmel, der sich dunkelblau gefärbt hatte. Vereinzelt brannten helle Punkte in der Dunkelheit, aber sie spendeten nicht genug Licht, um die Kolonie zu erleuchten. Stattdessen waren es Lampen auf hohen Säulen, welche diese Aufgabe übernahmen und in regelmäßigen Abständen die Wege säumten. Sie waren Kenzie am Tag nicht aufgefallen, dafür war ihr Anblick bei Nacht umso schöner. Ihr Licht war sanft und gedämmt, schummrig und romantisch.

Viele der Einwohner teilten offensichtlich ihre Meinung, denn die Straßen waren belebt, wie es in der Wasserkolonie zu dieser Uhrzeit undenkbar gewesen wäre.

Ohne ein Ziel vor Augen schlenderte Kenzie die Straße entlang, die parallel zum Park verlief. Die Häuser in diesem Viertel waren besonders beeindruckend, mit ihren Säulen und den Verzierungen, die sich durch das Mauerwerk zogen wie Blumenranken.

Vor einem der größten Gebäude mit roter Fassade hatte sich eine Menschentraube versammelt. Kenzie verlangsamte ihre Schritte, um einen Blick ins Innere zu erhaschen, aber sie sah nur noch mehr Leute, die auf etwas zu warten schienen. Sie war versucht jemanden zu fragen, was hier vor sich ging, verwarf diesen Gedanken aber sofort wieder.

Stattdessen tauchte Kenzie in eine der schmalen Seitenstraßen ab. Um sie herum wurde es augenblicklich ruhiger. Die Anspannung und Furcht, entdeckt zu werden, fielen von ihr ab, je tiefer sie in die Kolonie vordrang und je weniger Menschen sie begegnete.

Abermals verlor sich Kenzie in den neuen Eindrücken, den bunten Farben der Häuser und dem leisen Rauschen des Transporters. Es war ungewohnt, auf die Öffnungen im Boden achten zu müssen. Überall gab es diese Löcher, die Kenzie bereits vom Grund aus gesehen hatte. Sie zogen sich durch die meterdicken Stahlplatten, und Leitern reichten von der zweiten Ebene hinab bis zum Grund. Passte man nicht auf, war einem ein Sturz in die Tiefe fast gewiss. In der Wasserkolonie hätte man solche Öffnungen abgesichert, doch in der Luftkolonie schien sich niemand an der Gefahr zu stören.

Kenzie umrundete ein weiteres Loch, als ihr ein zuckersüßer Geruch in die Nase stieg. Ihr Magen knurrte und ihr wurde bewusst, dass sie bereits seit drei Tagen nichts mehr gegessen hatte. Sie atmete tief ein und versuchte auszumachen, woher der unbekannte Duft kam.

Sie folgte ihm bis ans Ende der Gasse. Er kam aus einer Hütte mit weit geöffneten Fensterläden. Darin stand eine Frau Ende vierzig, die mit routinierten Bewegungen an etwas arbeitete und erst aufblickte, als Kenzie vor der Hütte stehen blieb. »Guten Abend«, grüßte die Frau und wischte sich die Hände an ihrer Schürze ab.

»Guten Abend.« Kenzie stellte sich auf die Zehenspitzen, um besser ins Innere der Hütte sehen zu können. Hitze schlug ihr entgegen und sie entdeckte einen Herd, auf dem mehrere Tongefäße standen, welche diesen herrlich süßen Duft verströmten. Kenzie lief das Wasser im Mund zusammen und ihr Magen gab erneut ein bestimmendes Knurren von sich.

»Was ist das?«, fragte Kenzie und verfluchte sich sogleich für ihre Frage. Eine Einwohnerin der Kolonie sollte die Antwort vermutlich kennen.

Die Frau hob einen der Tondeckel an. »Gebratene Äpfel, gefüllt mit getrockneten Rosinen, in Honig aus eigenem Anbau karamellisiert.«

Honig? Kenzie hatte in einem alten Sachbuch einmal davon gelesen, aber die Insekten, die einst Honig produziert hatten, waren unter der künstlichen Sonne gestorben.

»Willst du einen?«

Kenzie nickte und beobachtete, wie die Frau einen Apfel auf einen Teller gab und Honig darüberträufelte, bis die goldene Flüssigkeit sich auf dem ganzen Teller ausgebreitet hatte. Sie legte auch eine Gabel dazu.

»Das macht drei Aktiva für den Apfel und zwei Aktiva Pfand, die du zurückbekommst, wenn du mir den Teller wiederbringst.«

Kenzies Vorfreude fiel in sich zusammen wie ein Kartenhaus. Wie hatte sie das nur vergessen können? Natürlich musste man in anderen Kolonien für Essen zahlen. »Ich … Ich glaube, ich habe mein Geld zu Hause liegenlassen«, gestand sie und tastete über ihren Körper, als erwartete sie, vielleicht doch noch ein paar Münzen zu finden.

»Dann kann ich dir den Apfel leider nicht geben«, sagte die Frau mit einem Lächeln, aber sie war sichtbar von ihrer nicht zahlenden Kundschaft genervt.

»Tut mir leid«, entschuldigte sich Kenzie.

»Ich übernehme das«, sagte eine männliche Stimme, gerade als sich Kenzie zum Gehen abwenden wollte. Sie blickte auf und sah einen jungen Mann neben sich. Er lächelte die Verkäuferin an und reichte ihr über die Theke eine Handvoll Münzen. »Mach zwei draus. Ich nehme auch einen.«

»Danke«, sagte Kenzie und konnte nicht anders, als den Mann anzustarren. Noch nie hatte sie jemanden wie ihn gesehen. Seine Haut hatte die Farbe von nasser Erde und seine Augen waren ebenso schwarz wie seine kurz geschorenen Haare.

»Es wäre grausam gewesen, dir diesen Apfel nicht zu kaufen, so sehnsüchtig, wie du ihn angestarrt hast«, sagte der Mann.

Kenzie legte die Hand auf ihren grummelnden Bauch. »Du rettest mir damit das Leben.«

Er lachte und nahm die Teller von der Theke. »Damit bin ich wohl offiziell ein Held.«

»Und wie heißt mein Held?«

»Kalif.«

»Ich bin Kenzie«, erwiderte sie und wartete darauf, dass Kalif ihr einen der Äpfel gab und sich verabschiedete. Stattdessen behielt er ihren Teller für sich und lief in eine der Gassen. Als er bemerkte, dass sie ihm nicht folgte, blieb er stehen. »Kommst du oder hast du es dir anders überlegt?«

Er wollte mit ihr gemeinsam essen? Kenzie zögerte. Sie wusste, sie sollte sich auf niemanden einlassen, solange die Möglichkeit einer Verbannung bestand. Doch ihr Hunger war größer als ihre Vernunft, also ging sie Kalif nach. »Du musst mir keine Gesellschaft leisten.«

»Ich weiß, aber ich esse nicht gerne allein.« Er schenkte ihr ein Lächeln und führte sie zu einer Bank. Diese stand zwischen zwei farbigen Wohnhäusern, die ihrer Größe nach zu urteilen von mehreren Familien bewohnt wurden.

»Willst du dich nicht setzen?« Kalif sah zu Kenzie auf und lächelte sie an. Sie erwiderte sein Lächeln und nahm neben ihm Platz. Er reichte ihr ihren Teller und machte sich über seine eigene Portion her. »Iss, bevor er kalt wird.«

Warmer Dampf stieg auf, als Kenzie mit der Gabel in den Apfel stieß. Sie schob sich den ersten Bissen in den Mund und ein leises Stöhnen entwich ihrer Kehle. Der Apfel schmeckte fruchtig und sauer, die Rosinen herb, und der Honig herrlich süß. »Fantastisch.«

»Ist das dein erster Apfel von Rosie?«, fragte Kalif.

Kenzie nickte und nahm den nächsten Bissen. Und während Kalif und sie sich schweigend dem Genuss hingaben, nutzte Kenzie die Chance, ihn sich noch einmal genauer anzuschauen.

Kalif war groß, das erkannte sie selbst im Sitzen, und er war schmal gebaut. Sein langer Hals verlieh ihm eine anmutige Haltung, die gar nicht zu seiner Kleidung passen wollte. Seine Schuhe waren abgetragen, die dunkle Farbe seiner Hose verblasst und die Ärmel seines weißen Shirts hatte er nach oben geschlagen. Seine Arme waren definiert, aber nicht so muskulös wie die von Noël – oder Callum.

»Bist du eine Repräsentative?«

Überrascht blickte Kenzie auf. »Wie kommst du darauf?«

»Weil du mich anstarrst, und das kann nur zwei Dinge bedeuten. Entweder bist du eine Repräsentative aus einer der Wasserkolonien, denn ich weiß, wie selten schwarze Menschen dort sind, oder du findest mich unglaublich attraktiv.«

Kenzie lachte, um ihre Unsicherheit zu überspielen. »Was würdest du sagen, wenn ich dir verrate, dass ich keine Repräsentative bin?«

»Ich würde mich geschmeichelt fühlen, dir aber sagen müssen, dass du leider nicht mein Typ bist.«

Natürlich waren braunhaarige Mädchen mit dunklen Augen nicht sein Typ, diese gab es in der Luftkolonie zur Genüge. Hier waren blonde Schönheiten wie Nilam das exotische Ideal, von dem jeder träumte. »Du weißt nicht, was du verpasst.«

»Ich bin eben ein Idiot.«

»Das stimmt wohl.«

Kalif zog eine Augenbraue nach oben. »Du könntest wenigstens versuchen mir zu widersprechen.«

»Wieso sollte ich die Wahrheit abstreiten?«

»Wie fies.«

Kenzie unterdrückte ein Lachen und ein schmerzhaftes Ziehen breitete sich in ihrem Inneren aus. Sie vermisste Noël. Es waren kaum drei Tage vergangen und dennoch sehnte sie sich bereits nach ihrem besten Freund.

Auf irgendeine Weise erinnerte Kalif sie an Noël. Es war die Unbeschwertheit in seinem Blick und die Art, wie er sich selbst nicht zu ernst nahm. Kenzie hatte diese Leichtigkeit an Noël immer geliebt. Er hatte ihr damit aus den dunkelsten Stunden geholfen und nun hatte sie ihn zurücklassen müssen.

»Kenzie?« Kalif musterte sie besorgt. »Ist alles in Ordnung?«

War ihr die Trauer um Noëls Verlust so deutlich anzusehen?

»Ja.« Sie lächelte, aber sie wusste, dass es ein trauriges Lächeln war. »Du hast mich gerade nur an einen Freund erinnert, den ich sehr vermisse.«

»Gehört er zu den Repräsentativen?«

Kenzie wollte verneinen, doch dann nickte sie, weil es die einzige Erklärung war, die sie ihm geben konnte. Und bei all der Aufmerksamkeit, die Nilam und den anderen entgegengebracht wurde, war es leicht zu vergessen, dass auch die Luftkolonie zehn Repräsentative ausgesandt hatte.

Kenzie senkte ihren Blick auf ihren Teller mit dem halb aufgegessenen Apfel. Der Geschmack des süßen Honigs lag noch immer auf ihrer Zunge, aber ihr war der Appetit vergangen. Sie seufzte und stellte den Teller neben sich auf die Bank. »Tut mir leid, ich wollte die Stimmung nicht verderben.«

»Das hast du nicht. Außerdem ist der Abend noch nicht vorbei. Ich war auf dem Weg zu einer Party. Willst du mitkommen?«

Kenzie schüttelte den Kopf. »Ich kann nicht.«

»Wieso? Hast du etwas Besseres vor?«

Nein. Sie würde noch eine Weile durch die Kolonie streifen und sich anschließend zurück in das Gemeinschaftshaus schleichen, um auf Nilam zu warten. Doch es war zu riskant, auf eine Party zu gehen. Wenn Kalif dort mit Kenzie auftauchte, würden die Leute Fragen stellen, die sie vermutlich nicht beantworten konnte, und das würde nur zu weiteren unerwünschten Fragen führen.

»Ich bin einfach nicht in der Stimmung.«

»Das verstehe ich«, sagte Kalif und in diesen wenigen Worten schwang so viel Verständnis mit, dass Kenzie wusste, auch Kalif hatte jemanden verloren. »Soll ich dich nach Hause begleiten?«

»Nein, das ist nicht nötig.« Unter anderen Umständen hätte sie das Angebot angenommen, aber sich von Kalif zum Gemeinschaftshaus bringen zu lassen hielt sie für keine gute Idee. »Ich bleibe noch etwas hier und genieße den Abend.« Sie lehnte sich auf der Bank zurück. »Viel Spaß auf der Party. Womöglich findest du ja dort jemanden, der deinem Typ entspricht.«

Kalif stand von der Bank auf und nahm ihre Teller. »Vielleicht kann ich dir morgen davon erzählen. Selbe Zeit, selber Ort?«

»Unbedingt«, entgegnete Kenzie, ohne zu zögern. Es war riskant, sich auf einen Einheimischen einzulassen, solange sie ihre Identität verbergen musste, aber sie wollte die Chance, Kalif besser kennenzulernen, nicht verstreichen lassen.

Acht

Ein Klopfen riss Kenzie aus dem Schlaf. Sie war wohl versehentlich eingenickt, denn das Licht im Zimmer brannte noch. Im Flur waren die heiteren Stimmen der Repräsentativen zu hören, die von ihrem Dinner zurückkamen.

Kenzie blinzelte gegen die Helligkeit an und rollte sich von der Matratze, während jemand erneut gegen die Tür klopfte. Es war kein gewöhnliches Klopfen, sondern ein Erkennungszeichen. Mit dem Fuß stieß Nilam im vereinbarten Takt gegen die untere Kante, bis Kenzie öffnete.

»Wieso hat das so lange gedauert?« Nilam drängte sich an ihr vorbei in den Raum, kaum dass die Tür einen Spalt offen stand. »Ich habe schon zwei Mal geklopft.«

»Ich bin eingeschlafen.« Kenzie gähnte. Nach ihrem Spaziergang durch die Kolonie und der Begegnung mit Kalif wäre sie am liebsten noch stundenlang umhergelaufen. Und doch hatte es nur ein paar Sekunden auf dem Bett gebraucht, um sie ins Land der Träume zu ziehen. Die Anstrengungen der letzten Tage hatten ihr offenbar mehr zugesetzt, als ihr adrenalindurchfluteter Körper bereit gewesen war zu begreifen.

»Schon in Ordnung.« Nilam ließ sich auf das Bett fallen und atmete seufzend aus.

»Was ist los?«, fragte Kenzie und setzte sich neben Nilam.

»Wir haben ein Problem.«

»Was für ein Problem?«

»Hast du wirklich mit Callum gesprochen, als du in die Kolonie gekommen bist?«

Kenzie hob die Achseln. »Nicht absichtlich. Er stand am Deck des U-Bootes. Ich habe ihm erzählt, ich wäre eine von euch, damit er mich gehen lässt.«

»Weißt du, wer Callum ist?«

Natürlich nicht. Woher auch? Aber die Art, wie Nilam die Frage stellte, verriet Kenzie, dass mehr hinter dem Mann steckte, den sie für einen einfachen Lagerarbeiter gehalten hatte.

»Er ist Beauftragter der Sicherheit«, erklärte sie, ohne auf eine Antwort von Kenzie zu warten. »Er sitzt außerdem in dem Rat, der diese Kolonie leitet, und ist für alle Repräsentativen verantwortlich.«

»Er sitzt im Rat?«, fragte Kenzie überrascht. In der Wasserkolonie besteht der Rat aus den ältesten Einwohnern. Callum hingegen konnte kaum älter als zwanzig sein. »Wie alt ist er?«

»Achtzehn.« Nilam kickte ihre Schuhe von den Füßen. »Hier herrscht eine Demokratie und er wurde gewählt, aber das tut jetzt nichts zur Sache. Er hat dich beim Abendessen vermisst und Fragen gestellt und natürlich ist ihm aufgefallen, dass wir mit dir eine Person zu viel sind.«

Kenzie vergrub das Gesicht in den Händen und massierte sich die Stirn, zu fest, um es als angenehm zu empfinden. Natürlich musste sie sich der Kolonie irgendwann stellen, aber sie hatte gehofft, ihr würde mehr Zeit bleiben. »Was wird er jetzt tun?«

Nilam seufzte. »Keine Ahnung. Nachdem klar war, dass du

nicht zu uns gehörst, hat er das Thema fallengelassen. Wahrscheinlich wird er seine Wachen auf dich ansetzen.«

Kenzie ließ sich rückwärts auf das Bett fallen. Das hörte sich an, als wäre sie eine Verbrecherin, aber vermutlich war sie das in Callums Augen auch. Eine Verbrecherin, die unangemeldet in die Kolonie eingedrungen war und ein Ratsmitglied belogen hatte. »Glaubst du, ich sollte mich stellen?«

Nilam antwortete nicht sofort, doch dann nickte sie. »Callum wird dich finden. Es ist nur eine Frage der Zeit, und je weniger Ärger du ihm machst, umso milder wird deine Strafe ausfallen.«

Dessen war sich Kenzie nicht sicher. Was immer mit ihr passieren würde, hing von der Mentalität der Kolonie ab, und dass sie ein Ratsmitglied hinters Licht geführt hatte, machte die Sache nicht besser. Hätte sie gewusst, wer er wirklich war, hätte sie sich eine andere Ausrede einfallen lassen oder ihm die Wahrheit erzählt und auf sein Mitleid spekuliert. Aber wie hatte sie ahnen können, dass ein Achtzehnjähriger in schlichter Kleidung zu den einflussreichsten Menschen der Kolonie zählte?

»Vielleicht kann ich ein gutes Wort für dich einlegen«, sagte Nilam.

»Nein, auf keinen Fall.« Kenzie schüttelte den Kopf. »Du wirst deine Position als Repräsentative nicht für mich riskieren. Ich habe diese Sache selbst zu verschulden.« Sie sprang vom Bett auf. »Ich sollte besser verschwinden.«

»Benimm dich nicht lächerlich.« Nilam stellte sich vor die Tür. »Du hast mich in die Sache mit reingezogen, als du an meiner Tür aufgekreuzt bist. Ich habe mich entschieden dir zu helfen, und das werde ich tun. Außerdem kann man eine Repräsentative nicht einfach ihrer Position entheben. Es gibt Gesetze, die mich schützen.«

Diese Gesetze waren Kenzie bekannt, aber das änderte ihre Meinung nicht. Nilam sollte ihretwegen keinen Ärger bekommen. Sie sollte nicht für den Rest ihres Lebens die Repräsentative sein, die einen Flüchtling bei sich versteckt hatte. »Nilam, ich weiß deine Hilfe zu schätzen. Ich–« Kenzie wurde von einem Klopfen an der Tür unterbrochen. Das flaue Gefühl in ihrem Magen kroch ihr in die Kehle.

»Versteck dich«, zischte Nilam. Sie sah sich panisch um. »Unterm Bett!«

Kenzie zögerte nicht und robbte unter das Bettgestell. Dabei fiel die lange Decke über die Ränder der Matratze und verdeckte Kenzie vor allzu aufmerksamen Blicken.

Nilam machte einen tiefen Atemzug, ehe sie die Tür öffnete. Kenzie konnte von ihrem Platz aus nur ein Paar dunkle Schuhe erkennen. »Hallo, Callum.«

Kenzies Herz hörte beim Klang dieses Namens auf zu schlagen, zumindest fühlte es sich danach an. Wie betäubt lag sie auf dem Boden und beobachtete, wie Callum an Nilam vorbei in das Zimmer lief. »Wo ist sie?«, fragte er ohne jeden Gruß.

»Was meinst du?« Nilams Stimme klang zuckersüß.

»Du weißt, was ich meine ... *wen* ich meine. Das Mädchen mit den braunen Augen und den dunklen Haaren.« Callum schritt durch den Raum zum Badezimmer. Er schaltete das Licht ein, ging aber nicht hinein.

»Wüsste ich etwas über sie, hätte ich es dir gesagt.«

Callum wandte sich wieder Nilam zu. »Ich weiß, dass du sie kennst. Yves hat mir erzählt, dass sie dich gestern aufgesucht hat, unter dem Vorwand, ich hätte sie geschickt.«

Es war vorbei. Kenzie wusste es sofort. Es gab keine Lüge mehr, die Nilam Callum auftischen konnte. Die Gewissheit in seiner Stimme sagte alles und das Einzige, was Kenzie noch tun konnte, war sich zu stellen.

Sie kroch unter dem Bett hervor. Nilam stieß einen leisen Fluch aus und wich ein Stück zurück, während Callum einen Schritt auf sie zu trat. Kenzie stand vom Boden auf und klopfte sich etwas Staub von der Kleidung. Sie richtete sich auf und sah Callum an. Überrascht stellte sie fest, dass sich weder Wut noch Verachtung in seinem Blick widerspiegelte. »Ich bin hier«, sagte Kenzie. *Was für eine überflüssige Bemerkung.*

»Das sehe ich.« Abschätzend musterte Callum sie von Kopf bis Fuß und Kenzie war froh mitsamt ihrer Kleidung ins Bett gefallen zu sein. »Trägst du Waffen bei dir?«

»Waffen?«, japste Nilam. »Sie ist doch keine Kriminelle!«

Callum beachtete Nilam nicht, sein Blick ruhte unverändert auf Kenzie. Sie schüttelte den Kopf. »Keine Waffen. Alles, was ich habe, ist in diesem Beutel.« Sie deutete auf die Tasche, die neben dem Fenster auf dem Boden lag.

»Bring sie mir.« Der Befehl war an Nilam gerichtet. Sie gehorchte ohne ein Zögern und brachte Callum die Tasche. Er kippte den Inhalt auf das Bett und durchsuchte ihn. Doch alles, was er fand, waren Kenzies Kleidung und die leeren Wasserflaschen, die er nun in seinen Händen hielt und betrachtete, wie um zu beurteilen, ob man sie als Waffen nutzen könnte.

Dabei fiel Kenzie erstmals auf, dass Callum seine legere Kleidung abgelegt hatte. Stattdessen trug er eine dunkelblaue Uniform. Der Stoff war glatt gebügelt, die Schultern verstärkt und an seiner Brust steckten vier Abzeichen, drei goldene Sterne und eine Spirale – das Emblem der Luftkolonien. Kenzie erkannte es aus den Abhandlungen wieder, die sie so oft gelesen hatte.

Callum warf die Flaschen zurück auf die Matratze. »Ich muss

dich ins Quartier der Sicherheit bringen. Du stehst unter Arrest und wirst mir keinen Ärger machen.« Es war eine Aufforderung, keine Frage und keine Bitte.

»Natürlich nicht«, erwiderte Kenzie mit einem falschen Lächeln. Sie wusste es besser, als den Mann zu verärgern, der über ihre Zukunft entscheiden würde.

»Gut, dann komm mit.« Callum bedeutete ihr, ihm zu folgen. Obwohl sie in der Luftkolonie keine Chance auf Flucht hatte, überraschte er sie mit seinem Vertrauen. Kenzie hätte zumindest Handschellen erwartet, aber diese gab es nicht. Sie sah ein letztes Mal zu Nilam. Sorge lag in ihren Augen und Härte in ihren geballten Fäusten. Kenzie lächelte ihr aufmunternd zu, ehe sie Callum in den Flur folgte. Sie war dankbar dafür, dass die Repräsentativen inzwischen alle auf ihren Zimmern waren und nicht Zeuge ihres Abgangs wurden. Im Foyer warf die Frau, die bei Kenzies Rückkehr am Tablet gearbeitet hatte, ihr im Vorbeigehen einen finsteren Blick zu.

Die Nacht war mittlerweile so weit vorangeschritten, dass die Straßen vollkommen leer waren, dennoch brannten die Laternen. Kenzie bemerkte, dass an jeder fünften Lampe ein schwarzer Kasten befestigt war, ähnlich den Lautsprechern, die man in der Wasserkolonie bei Festlichkeiten aufstellte.

Callum wählte den Weg durch den Park. Dort warfen die Bäume im Schein der Laternen lange Schatten auf die Wiesen, und als Kenzie genau hinhörte, vernahm sie ein leises Surren und Zirpen, wie es nur von Insekten stammen konnte.

Callum schien es für selbstverständlich zu halten, dass sie ihm folgte, und ignorierte sie. Seine Schritte wurden erst langsamer, als sie den Transporter erreichten. Er bewegte sich nicht mehr, doch es stand eine Gondel für sie bereit.

»Steig ein«, befahl Callum.

Kenzie setzte sich und er nahm neben ihr Platz. Der Transporter fuhr los, aber die Schienen führten nicht abwärts zu den Plantagen, sondern aufwärts in die zweite Ebene, die Kenzie noch nicht kannte. Sie richtete ihren Blick auf die Öffnung und war sich dabei deutlich bewusst, dass Callum sie beobachtete. Sie würde ihm allerdings nicht die Genugtuung geben, seiner Aufmerksamkeit Beachtung zu schenken.

Der Transporter glitt in die zweite Ebene, die sich auf den ersten Blick nicht von der ersten zu unterscheiden schien. Doch der Himmel, der nun über ihren Köpfen lag, war makellos und echt – ohne Öffnungen, ohne Leitern –, völlig natürlich.

Der Mond, eine unwirkliche Legende, die Kenzie nur aus ihren Büchern kannte, war voll und ließ den nächtlichen Himmel erstrahlen. Sein Licht hatte nicht dieselbe Wärme wie das der Sonne, aber sein Anblick war nicht weniger schön.

Der Transporter schwebte langsam über die Kolonie hinweg. In den Häusern war es dunkel und das einzige Geräusch war das Rattern an den Schienen, das eine geradezu einschläfernde Wirkung hatte.

Kenzie spähte aus dem Augenwinkel zu Callum, der nun ebenfalls den Himmel betrachtete. Widerwillig musste sie sich eingestehen, dass er in seiner Uniform gut aussah. Sie betonte seine muskulöse Statur und gepaart mit seinen schwarzen Haaren und den dunkelblauen Augen verlieh sie ihm eine autoritäre Ausstrahlung, ohne ihn hart oder grausam erscheinen zu lassen. Seine kantigen Wangenknochen und das breite Kinn gaben seinem Gesicht etwas Erhabenes. Er wirkte in diesem Moment auf Kenzie wie der Anführer, der er war, und nicht wie der Gepäckträger, den sie in ihm gesehen hatte.

»Wieso hilft ein Ratsmitglied beim Verladen von Kisten?« Bevor Kenzie es hätte verhindern können, hatte sich ihr Gedanke zu einer ausgesprochenen Frage geformt.

Callum sah wieder zu ihr. Er zögerte, als müsste er abwägen, ob sie die Antwort erfahren durfte. »Die Klippe ist kein beliebter Ort. Nur sehr wenige Einwohner nähern sich ihr.«

Etwas Ähnliches hatte er ihr bereits bei ihrer ersten Begegnung erzählt. »Sie scheinen aber keine Angst vor der Höhe zu haben.«

»Es ist auch nicht die Höhe, die ihnen Angst macht«, erklärte Callum. Kenzie wartete auf eine Erklärung, aber sie kam nicht, stattdessen fragte er: »Wie heißt du?«

»Kenzie.«

»Callum.«

Sie nickte. »Ich weiß. Du hast dich schon vorgestellt.«

»Ich erinnere mich.« Er stieß ein Geräusch aus, halb Lachen, halb Schnauben. »Nilam hat dir von meinen Aufgaben erzählt?«

»Nicht wirklich.« Sie kannte seine Position, aber nicht seine Aufgaben, abgesehen von der Koordination der Repräsentativen.

»Ich bin Beauftragter der Sicherheit«, erklärte Callum. »Rund hundert Leute, die überall in der Kolonie verteilt sind, stehen unter meinem Befehl. Wir sind verantwortlich für den Schutz der Kolonie und entscheiden über jede Bedrohung, die von innen oder außen kommt.«

Kenzie wollte schon fragen, welche äußeren Bedrohungen eine schwebende Kolonie denn heimsuchen konnten, als ihr bewusst wurde, dass Callum sie meinte. Sie war eine äußere Bedrohung, ein Eindringling. »Was passiert jetzt mit mir?«

»Das kann ich nicht allein entscheiden. Es gibt sechs Beauftragte in dieser Kolonie, die den Rat bilden, und jedes Mitglied hat seinen eigenen Aufgabenbereich. Octavius ist beispielsweise Beauftragter für die Versorgung und damit für alles verantwortlich, was die Leute brauchen. Wasser, Essen, Kleidung und vieles mehr«, erklärte Callum weiter. »Sobald ich beschließe, dass du keine Bedrohung für diese Kolonie bist, wirst du dem Rat vorgeführt und er entscheidet über dein Verbleiben. Dabei zählt meine Stimme doppelt und überwiegt bei einem Unentschieden, denn alles, was dich betrifft, betrifft auch mich und die Sicherheit der Kolonie.«

Callums Stimme klang ruhig, aber es war eine aufgesetzte Ruhe, eine professionelle Ruhe, wie Kenzie sie bei Grey schon oft erlebt hatte. Sie verriet ihr nichts über Callums Innenleben und seine wahren Gefühle. War er ihr gegenüber wirklich aufgeschlossen oder war das nur eine Maskerade, um sie mit falscher Freundlichkeit in die Falle zu locken?

»Wieso erzählst du mir das?«, fragte Kenzie. »Sollte ich nicht diejenige sein, die Antworten gibt?«

»Das wirst du, sobald wir im Quartier sind. Es wäre allerdings ungerecht, dich unwissend in die Sache zu führen. In deiner Heimatkolonie herrscht ein anderes Rechtssystem, aber die Strafe ist dieselbe und du solltest wissen, was dich erwartet.«

»Ich weiß, was mich erwartet«, sagte Kenzie.

»Tatsächlich?«

Sie nickte und richtete ihren Blick wieder auf die vorbeiziehenden Häuser. Callum schien darauf zu warten, dass Kenzie ihre Behauptung ausführte, doch sie tat es nicht. Sie kannte das Risiko der Verbannung und die Angst vor dem Tod war ihr zu vertraut, um sich davon beherrschen zu lassen.

»Steig aus«, sagte Callum. Die Gondel war vor einem schmalen, aber hohen Gebäude in der zweiten Ebene stehen geblieben. Es sah unscheinbar aus, mit dem flachen Dach und der hellen Fassade, doch einige Fenster waren von Gittern versperrt und trotz der späten Stunde stand die Eingangstür offen und Licht brannte.

Mit gebührendem Abstand folgte Kenzie Callum in das Gebäude. Es gab eine Art Foyer, wie im Gemeinschaftshaus, nur weniger prachtvoll. Der Raum war kleiner, in der Mitte stand ein Tisch aus Metall und dahinter saß eine Frau, die kaum älter als Callum war. Sie hatte ihre schwarzen Haare zu einem straffen Zopf gebunden und trug ein Shirt, auf dem ebenfalls das spiralenförmige Symbol der Luftkolonie gedruckt war. »Evie, hast du den Verhörraum vorbereitet?«, fragte Callum.

Evie warf Kenzie einen verstohlenen Blick zu und nickte. »Ich habe auch eine Zelle für sie gerichtet. Es ist schon spät. Vielleicht willst du die Befragung lieber verschieben?«

Callum schüttelte den Kopf. »Ich habe jetzt Zeit.«

Evie stand von ihrem Schreibtisch auf. Sie packte Callum am Ärmel seiner Uniform und zog ihn zur Seite. Eine vertraute Geste, die Kenzie überraschte. »Es geht nicht nur darum, ob du Zeit hast«, sagte sie mit gesenkter Stimme, in dem Glauben, Kenzie könnte sie nicht hören. »Es geht darum, dass du schlafen solltest. Wie lange bist du schon wach? Dreißig Stunden? Vierzig?« Callums Schweigen war Evie Antwort genug und sie sprach weiter. »Du solltest fit für die Repräsentativen sein. Lass mich das Mädchen in eine Zelle bringen. Du kannst dich um sie kümmern, sobald die ganzen Veranstaltungen und der Ball vorbei sind.«

Die Vorstellung, in einer Zelle auszuharren, bis Callum sich ihrer annahm, gefiel Kenzie nicht, aber sie konnte Evie diesen Vorschlag nicht verübeln. Ehrliche Sorge um Callum sprach aus ihren Worten – und sie hatte Recht. Im fahlen Licht der Nacht waren Kenzie die dunklen Ringe unter seinen Augen nicht aufgefallen und er wirkte blasser als bei ihrer ersten Begegnung am Deck des U-Bootes.

Callum seufzte. »Einverstanden, wir verlegen die Befragung. Aber sorg dafür, dass jederzeit ein Verhörraum frei ist.«

Kenzie zog eine Braue in die Höhe. Wie oft wurde der Raum von Callum und seinen Männern belegt, wenn er verlangte, dass er freigehalten wurde? In der Wasserkolonie gab es noch nicht einmal ein Gefängnis, geschweige denn einen Verhörraum. Andererseits gab es auch keine Verbrecher, und wenn doch jemand gegen die Gesetze verstieß, wurde er verbannt. Dies war jedoch nur selten geschehen, denn die Angst vor den Konsequenzen hatte mögliche Täter immer zurückgehalten.

Callum führte Kenzie aus dem Foyer und sie fuhren mit einem Aufzug in den dritten Stock. Kenzie folgte Callum zu einer offen stehenden Tür. Dahinter lag ein Raum, der sie an die Wasserkolonie erinnerte. Bläuliches Licht brannte, ein Regal mit fünf Brettern war in die Wand eingelassen und eine dünne Matratze lag auf einer wackligen Metallkonstruktion. Der einzige Unterschied zu ihrem Zimmer war das vergitterte Fenster.

»Deine Zelle.« Callum bedeutete Kenzie einzutreten. »Es gibt einen Waschraum am Ende des Flures. Drück die Ruftaste neben der Tür, wenn du ihn benutzen musst. Um sieben Uhr bringt man dir Frühstück und frische Kleidung und du darfst die Duschen benutzen.«

»Und wann ist mein Verhör?«

Callum zögerte. »Bald.«

Bald konnte unter diesen Umständen eine Ewigkeit sein. Doch Kenzie nahm die Antwort mit einem Nicken hin und sah zu, wie Callum die Tür schloss und mit einem Klicken verriegelte.

Eingesperrt und allein drehte sich Kenzie um die eigene Achse, nur um festzustellen, dass sie hier nichts tun konnte, außer zu warten. Sie legte sich auf das Bett und rollte sich zur Seite. Die Hände unter ihre Wange geschoben starrte sie die Wand an und wartete darauf, dass die Ruhe von ihr abfiel und sie von ihren Ängsten und Sorgen heimgesucht wurde.

Nichts dergleichen geschah. Zu ihrem Erstaunen musste Kenzie feststellen, dass sie tatsächlich müde war. Die durchgelegene Matratze, das flache Kissen und die dünne Decke zu ihren Füßen hatten etwas Vertrautes an sich. Und wenn sie die Augen schloss, konnte sie sich vorstellen, wieder in der Wasserkolonie zu sein, umgeben von ihren Eltern, ihren Geschwistern und Noël.

Neun

Ein Wachmann kam am nächsten Morgen in Kenzies Zelle. Er überreichte ihr ein Bündel grauer Kleidung aus kratzigem Stoff und führte sie zu dem Waschraum, vor dessen Tür er auf sie wartete. Kenzie nahm eine lange Dusche und putzte sich die Zähne. Die ganze Zeit über war sie allein und sie fragte sich, ob sie momentan die einzige Insassin war oder ob man die anderen nur von ihr fernhielt.

Zurück in der Zelle stand eine Schüssel auf ihrem Bett. Sie war gefüllt mit etwas, das Kenzie noch nie gesehen hatte. Sie ahnte, dass es zerschnittenes Obst war, aber keines, das sie aus der Wasserkolonie kannte. Rotes, wässriges Fruchtfleisch, säuerliches Grün mit schwarzen Kernen und zuckersüße, orange Stückchen.

Am Mittag brachte Evie Kenzie einen Teller mit einer warmen weiß-gelblichen Masse und zwei Scheiben Brot. Kenzie begann sofort zu essen, obwohl sie keine Ahnung hatte, was sie sich da in den Mund schaufelte. Es schmeckte gut, auf eine Art, die sie nicht definieren konnte, irgendwie schwefelig und salzig.

Erst nach dem dritten Bissen bemerkte Kenzie, dass Evie noch immer in ihrer Zelle stand. Sie lehnte am Türrahmen und beobachtete sie. »Stimmt es, was die anderen über dich sagen?«

Die anderen, damit konnte sie nur die Repräsentativen meinen. »Das kommt darauf an, was sie sagen.«

»Dass du eine Unruhestifterin bist.«

Kenzie hätte sich selbst niemals als Unruhestifterin bezeichnet, schließlich hatte sie ihre Gründe – gute Gründe. Aber sie konnte verstehen, wieso die anderen sie als eine solche wahrnahmen. Wenn alle in Reih und Glied marschierten, war schon ein Stolpern ein Akt der Auflehnung. »Vielleicht. Das hängt wohl davon ab, wen du fragst.«

Evie schmunzelte. »Die anderen habe ich bereits gefragt, jetzt will ich deine Meinung hören.«

»Nein, ich bin keine Unruhestifterin.«

»Gut, das will ich hoffen.« Evie stieß sich von der Tür ab. »Das Letzte, was wir in dieser Kolonie brauchen, ist noch mehr Ärger.«

Bald stellte sich tatsächlich als eine Ewigkeit heraus. In den ersten zwei Tagen rechnete Kenzie sekündlich mit Callums Rückkehr, aber er kam nicht. Am dritten Tag wurde sie wütend, am vierten Tag bekam sie Angst und am fünften wusste sie nicht länger, was sie denken sollte, und das machte sie nervös. Sie zuckte bei jedem Geräusch zusammen und war schon wach, lange bevor die ersten Sonnenstrahlen den Himmel berührten. Ihre Glieder kribbelten und sie war ständig in der Erwartung, aus ihrer Zelle gezerrt zu werden. Sie hatte Albträume, in denen sie verbannt wurde, ohne dass man ihr die Chance bot, sich zu rechtfertigen, und manchmal verbannte man Nilam gemeinsam mit ihr, als Strafe für ihre Beihilfe.

Es war das Morgengrauen des siebten Tages, das Kenzie zum

wiederholten Male aus einem solchen Albtraum weckte. Sie schwitzte und hatte die Decke von ihrem Körper gestrampelt. Ihr Haar war feucht und ihr Herz raste, denn es hatte noch nicht begriffen, dass die Bilder in ihrem Kopf nicht real gewesen waren.

Kenzie blinzelte und fuhr sich mit der Hand über das Gesicht. Sie hatte länger geschlafen als die Tage zuvor, dennoch war sie müde. Ächzend rollte sie sich von der Matratze und trat an das vergitterte Fenster, um das morgendliche Treiben zu beobachten; eine Art Ritual, das sie für sich entdeckt hatte.

Inzwischen war sich Kenzie sicher, dass die Männer und Frauen, die in der zweiten Ebene lebten, keine gewöhnlichen Arbeiter waren, die auf den Feldern Gemüse ernteten und Obst pflückten. Ihre Kleidung war zu sauber und ihr Auftreten zu erhaben. Geschäftig liefen sie jeden Tag schon bei Sonnenaufgang umher und ließen sich vom Strom der Masse tragen.

Kenzie war versunken im Anblick der Menschen, die von ihrem Platz im dritten Stock aus so klein aussahen, als sie das Klicken der Entriegelung hörte. Die Tür zur Zelle schwang auf, aber es war nicht die Wache, die Kenzie abholte, damit sie sich waschen konnte, sondern Callum.

»Guten Morgen.« Er grüßte sie, als wäre keine Woche seit ihrer letzten Begegnung vergangen.

»Guten Morgen«, erwiderte Kenzie. Sie verschränkte die Arme vor der Brust und versuchte sich ihre Erleichterung nicht anmerken zu lassen. Einen weiteren Tag ohne Callum und ohne Antworten hätte sie nicht überstanden. »Es ist schön zu sehen, dass du mich nicht vergessen hast.«

Callum hatte seine Uniform abgelegt und seine Haare waren so durcheinander wie bei ihrer ersten Begegnung. Er hatte ihren Beutel bei sich. »Dich vergessen? Das ist unmöglich.«

Kenzie blinzelte. »Was soll das heißen?«

Er trat in die Zelle und stellte sich neben sie an das Fenster. Sein Kiefer spannte sich an und Kenzie kam nicht umher zu bemerken, wie erschöpft er noch immer aussah. Das Weiß seiner Augen war rot unterlaufen und dunkle Schatten darunter ließen ihn krank erscheinen. Callum hatte nicht geschlafen, zumindest keine Sekunde länger, als es nötig war, um seinen Körper auf den Beinen zu halten. »Die Leute reden über dich.«

Überrascht zog Kenzie eine Braue nach oben. »Und was sagen sie?« Eine ähnliche Frage hatte sie Evie vor knapp einer Woche gestellt.

»Dass du hier nicht hergehörst.« Unruhig fuhr sich Callum mit den Fingern durch das Haar. »Dass wir keinen Platz für dich haben und ich dich wegschicken soll.«

»Was?« Kenzie erstarrte. »Sie kennen mich doch gar nicht!«

»Das ist ihnen egal.«

»Und was ... was ist mit meinem Verhör?« Sie verfluchte sich für das Beben ihrer Stimme und die gestotterten Worte. In ihren Gedanken hatte sie sich jeden Satz zurechtgelegt. Starke, mächtige und beeindruckende Worte, die von Selbstbewusstsein zeugten, aber nun war nichts mehr von alldem übrig.

»Ein Verhör ist nicht nötig.« Callum löste seinen Blick von den Menschen unter ihnen und betrachtete Kenzie. Er sah sie eindringlich an – eindringlicher, als es für jemanden in seinem erschöpften Zustand hätte möglich sein sollen. »Ich habe mich bereits entschieden.«

»Nein.« Kenzie schüttelte den Kopf. »Das geht nicht. Ich habe ein Recht auf ein Verhör. Du hast es selbst gesagt. Du hast mir erklärt, wie euer System funktioniert. Du kannst mich nicht einfach verbannen und mein Todesurteil unterschreiben, nur weil die Leute mich nicht hier haben wollen. Sie kennen mich nicht. Der Rat–«

»Kenzie.« Ihr Name aus Callums Mund schnitt ihr das Wort ab. »Ich habe mich *für dich* entschieden.«

»Was?« Er hatte sich für sie entschieden? Die Bedeutung dieses Satzes sickerte nur langsam zu Kenzie durch. »Wieso? Was ist mit den Leuten?«

»Es ist meine Entscheidung, nicht ihre.«

Kenzie taumelte zum Bett und ließ sich auf die Matratze fallen. Sie war froh über Callums Entscheidung, doch sie vertraute der Sache nicht. Es war zu leicht und nach all den Tagen in der Zelle erschien ihr diese Wendung der Dinge unwirklich. »Wieso vertraust du mir? Bei unserer letzten Begegnung hast du mich noch verdächtigt Waffen zu besitzen.«

Callum holte tief Luft. Zögerte. »Ich habe meine Gründe.«

Sein Tonfall ließ erahnen, dass keine weiteren Fragen in diese Richtung erwünscht waren, und Kenzie respektierte das. Er stand auf ihrer Seite und sie wäre eine Närrin, seinen Wunsch zu ignorieren. »Und was ist mit dem Rat?«

»Den wirst du gleich selbst von dir überzeugen müssen.« Callum warf ihr den Beutel aufs Bett. »Zieh dich um. Ich bin in drei Minuten zurück.« Er ging aus dem Raum und ließ die Tür einen Spalt offen stehen. Sie streifte sich die Gefängniskleidung vom Körper und zog sich ihre eigenen Sachen an, was etwas sehr Befreiendes an sich hatte.

Callum kam zurück. Er hatte sich ebenfalls umgezogen und trug nun wieder seine Uniform. »Fertig?«

Kenzie nickte entschlossen und ballte die Hände zu Fäusten. Ihre Finger waren kalt und ihre Handflächen feucht. Hoffentlich würde die Sache nicht allzu lange dauern. Sie wusste nicht, wie lange ihre flatternden Nerven diese Ungewissheit noch ertragen konnten.

Mit dem Aufzug fuhren sie ins Erdgeschoss. Evie saß hinter ihrem Schreibtisch und blickte auf, als sie das Foyer betraten. Kenzie lächelte verkrampft und gemeinsam mit Callum verließ sie das Quartier der Sicherheit.

Noch war das morgendliche Treiben in vollem Gange und Callum hatte nicht gelogen, als er gesagt hatte, die Einwohner wollten sie nicht hier haben. Zuerst lächelten die Leute sie an, doch das änderte sich, nachdem die Ersten erkannt hatten, wer sie war. Gemurmel mischte sich unter die freundlichen Begrüßungen und auf einmal blickte Kenzie in Dutzende verschlossene Gesichter.

»Gibt es etwas, das ich über den Rat wissen sollte?«, fragte Kenzie und versuchte den Mann zu ignorieren, der sie von der anderen Seite der Straße unverhohlen anstarrte.

»Alaric wird gegen dich sein«, antwortete Callum. Er lief dicht neben Kenzie, dichter, als unter normalen Umständen nötig gewesen wäre. Fürchtete er, jemand könnte sie angreifen? »Er ist der Vorsitzende des Rats und der Kolonie. Seine Stimme zählt immer doppelt, egal um was es geht, und er hält nicht viel von dir. Er teilt die Meinung vieler Bürger und mag keine unnötigen Belastungen, vor allem nicht in diesen Zeiten. Versuch gar nicht erst, ihn zu überzeugen, das wird dir nicht gelingen. Konzentrier dich auf die anderen Mitglieder.«

Kenzie bemühte sich, nicht eingeschüchtert zu wirken. Dieser Alaric erinnerte sie schon jetzt an Grey und daran, wie nutzlos all ihre Argumente bei ihm gewesen waren. »Wird es lange dauern?«

»Vermutlich nicht. Man wird dir ein paar Fragen stellen. Ich werde meine Position darstellen und dann werden wir abstimmen.«

Kenzie atmete schwer. »Und du bist für mich, richtig?«

»Richtig«, bestätigte Callum mit nüchterner Stimme, als wäre ihm diese Entscheidung völlig egal, dabei setzte er einiges aufs Spiel. Kenzie wusste nicht viel über Politik, aber es war immer riskant, sich nicht den Forderungen der Gesellschaft zu beugen.

»Gut, das wollte ich nur noch einmal klarstellen.« Kenzie wischte sich die feuchten Hände an der Hose ab, richtete ihren Blick starr geradeaus und ignorierte die Leute um sie herum.

Sie folgten der Straße zu einem Gebäude, welches dem Gemeinschaftshaus ähnelte. Es hatte einen Vorplatz und zahlreiche Menschen tummelten sich dort. Neben den Treppen, die zum Eingang führten, war eine Tafel angebracht: Rathaus.

Kenzie zitterte mehr und mehr mit jeder weiteren Stufe, die sie emporstieg. Sie war froh kein Frühstück zu sich genommen zu haben, denn ihr Magen war ein einziger nervöser Knoten. Sie hatte schon bei Grey versagt und niemand konnte ihr versichern, dass es mit dem Rat anders laufen würde.

Unter den neugierigen Blicken der Leute durchschritten sie den Eingang, der sich zu einem breiten Flur aus Marmor und Glas öffnete. »Ist der Rat immer so früh hier?«

»Selten.« Callum nickte einer Frau im Vorbeigehen zu. »Aber die Geschehnisse der letzten Zeit haben die Dinge geändert.«

»Welche Geschehnisse?«, fragte Kenzie neugierig. Es war nicht das erste Mal, dass sie eine solche Anspielung hörte: *Das Letzte, was wir in dieser Kolonie brauchen, ist noch mehr Ärger.*

Callum sah sie aus dem Augenwinkel an und zögerte so lange, dass Kenzie bereits glaubte, er würde ihr nicht mehr antworten.

»Offiziell reden wir noch nicht darüber, aber unsere Bücher stimmen nicht.«

»Was soll das heißen? Welche Bücher?«

»Wir führen Protokoll darüber, was in unseren Lagern liegt, und laut unseren Listen sollten wir mehr Vorräte haben, als tatsächlich vorhanden sind«, erklärte Callum. Er packte Kenzie am Arm und dirigierte sie zu den Aufzügen. »Alle sechs Monate wird eine Inventur gemacht und es gibt immer kleine Abweichungen, allerdings sind die Abweichungen für dieses Halbjahr enorm.«

»Und was bedeutet das?«, fragte Kenzie.

»Nichts Gutes«, erwiderte Callum. »Wir lassen gerade die Bücher überprüfen und Octavius' Leute haben gestern eine neue Inventur begonnen. Wir müssen sicherstellen, dass man sich nicht nur verzählt hat. Wir brauchen Gewissheit.«

Mehr gab er nicht preis, aber das konnte Kenzie verstehen. Sie war kein Mitglied der Gesellschaft und vermutlich hatte er ihr schon mehr gesagt, als Alaric und der Rest des Rates gutheißen würden. »Wer sitzt noch im Rat, abgesehen von Alaric, Octavius und dir?«

»Eleanor, sie ist die einzige Frau im Rat und die Beauftragte für das soziale Leben und die Anliegen der Bürger«, erklärte Callum. »Sie ist eine Menschenfreundin und wird für dich stimmen.«

»Das höre ich gerne.« Kenzie überschlug die Stimmen des Rats in Gedanken. Wenn Callum und Alaric doppelt zählten, und Eleanor auf ihrer Seite stand, war es bisher ein 3:2-Verhältnis. Ein knapper Sieg, aber trotzdem ein Sieg – vorerst. »Wird Octavius für oder gegen mich stimmen?«

»Gegen dich.«

Verdammt. 3:3.

»Und wer sitzt noch im Rat?«

»Ricardo. Er ist der Beauftragte der Forschung.«

»Wird er für mich sein?«

»Ich weiß es nicht. Ricardo ist undurchschaubar. Ich würde mich nicht auf ihn verlassen, ebenso wenig wie auf Virgil, den Beauftragten der Beseitigung.«

»Verstehe«, murmelte Kenzie.

Der Aufzug kam mit einem sanften Ruck zum Stillstand. Sie waren im obersten Stockwerk des Rathauses angekommen. Hier war es ruhig und im breiten Flur hallten ihre Schritte von den Wänden wider. Diese waren mit Fotos geschmückt, die aus einer Zeit vor der Katastrophe stammten. Sie zeigten gigantische Städte mit Gebäuden, die selbst diese Luftkolonie klein wirken ließen.

»Callum?«

Er blickte zu ihr.

»Danke für deine Hilfe.«

»Du musst mir nicht danken.«

»Doch«, sagte Kenzie nachdrücklich und lächelte ihn an. »Ich habe keine Ahnung, wieso du mir hilfst, aber dieses Wissen könnte mir das Leben retten, also danke.«

»Wie ich schon sagte, ich habe meine Gründe.« Der Schatten eines Lächelns kroch auf Callums Lippen, verweilte dort aber nicht, denn sie näherten sich bereits dem Ende des Korridors. Die zweiflügelige Tür dort war zu beiden Seiten von einer Wache in Uniform flankiert. Sie grüßten Callum mit einem Salut, bevor er und Kenzie den Raum des Rats betraten.

Dieser war weniger prachtvoll, als Kenzie erwartet hatte. Mit Ausnahme einer Zimmerpflanze war er vollkommen schmucklos. Es gab nur ein Regal, auf dem Getränke standen, und die Fensterfront wurde von Vorhängen verdeckt.

Das Kernstück war ein runder Tisch in der Mitte des Raumes.

Fünf Leute saßen daran, ein sechster Mann stand in der Ecke des Zimmers. Wie eine Statue verharrte er reglos auf der Stelle. Vermutlich gehörte er zu Callums Leuten, nur trug er keine Uniform, sondern normale Jeans und ein T-Shirt.

Eleanor konnte Kenzie natürlich problemlos identifizieren. Sie war Mitte dreißig und hatte braunes Haar, das ihr über die schmalen Schultern fiel. Sommersprossen sprenkelten ihre Nase, die sich kräuselte, während sie Kenzie anlächelte.

»Wir haben auf euch gewartet«, sagte einer der vier Männer. Er war der Älteste in der Runde. Seine Haut war dunkel und ledrig und bildete einen starken Kontrast zu seinen hellblauen Augen. Kenzie wusste es nicht mit Gewissheit, aber ihr Gefühl sagte ihr, dass dieser Mann mit dem grauen Haar und dem löchrigen Drei-Tage-Bart Alaric sein musste.

»Wir sind pünktlich«, erwiderte Callum. Er zog einen Stuhl zurück und bedeutete Kenzie sich zu setzen. Ihre Glieder kribbelten und am liebsten wäre sie stehen geblieben, aber sie wollte nicht unhöflich sein, also nahm sie Platz.

Callum setzte sich zwischen Eleanor und einen Mann, der Mitte zwanzig sein musste. Sein dunkles Haar war nur wenige Millimeter lang und sein Gesicht ... sein Gesicht verwirrte Kenzie. Er war ohne Frage attraktiv, aber in seiner Haut steckte ... Metall? Ein Ring zog sich durch die Nase des Mannes und seine Unterlippe war auf beiden Seiten durchstochen. Die Stäbe, die darin steckten und sich leicht bogen, wirkten aus der Ferne wie die Giftzähne einer Schlange, faszinierend und Angst einflößend zugleich.

Alaric lehnte sich im Stuhl zurück, seine Haltung war jedoch angespannt, als wäre er bereit jede Sekunde aufzuspringen und diese Sitzung zu beenden. »Wir sollten anfangen. Callum?«

»Wir haben uns eingefunden, um über den Fall der Akte E1F16 zu entscheiden. Unerlaubtes Eindringen in die Kolonie, mit einhergehender Täuschung von Ratsmitgliedern und Antrag auf Asyl durch den Eindringling. Die Repräsentative Nilam hat ein Zeugnis für die Angeklagte erstellt und eine Bewilligung des Antrags meinerseits liegt ebenfalls vor.«

Nilam hatte ihr ein Zeugnis ausgestellt? Bei der Vorstellung wurde Kenzie warm ums Herz. Sie hatte Nilam zwar verboten sich in die Sache einzumischen, aber an ihrer Stelle hätte sie nicht anders gehandelt.

»Eleanor, willst du anfangen?«, fragte Callum.

Eleanor lächelte und wandte sich Kenzie zu. Der freundliche Ausdruck verließ ihr Gesicht nicht. Sie beugte sich nach vorne, die Arme auf den Tisch gestützt. »Ich bin Eleanor, die Beauftragte für Soziales, und für das Leben und die Leute verantwortlich. Ich würde gerne etwas mehr über dich erfahren.«

»Mein Name ist Kenzie. Ich bin achtzehn Jahre alt und habe vor gut einem Monat meinen Abschluss gemacht. Mein Fachgebiet war die Meeresforschung, aber ich habe auch einige Abhandlungen über die Luftkolonien gelesen. Ich fand die Entwürfe sehr interessant, da sie sich deutlich von dem Konzept einer Wasserkolonie unterschieden.«

»Bist du deswegen hergekommen?«, fragte der Mann mit den Schlangenzähnen. »Weil du eine Luftkolonie sehen wolltest?«

Kenzies erster Reflex war es zu verneinen, denn das schien die Antwort zu sein, die der Mann von ihr erwartete. Doch sie wollte ihr neues Leben nicht auf dem Konstrukt einer Lüge erbauen. »Es war einer der Gründe, allerdings nicht der ausschlaggebende«, erklärte Kenzie und ihr wurde bewusst, dass sie nicht die vollständige Wahrheit sagen konnte, nicht vor diesen Fremden, aber das bedeutete nicht, dass sie lügen musste. »Ich habe meine Wasserkolonie verlassen, weil man Dinge von mir erwartet hat, denen ich nicht nachkommen konnte, weshalb man mir die Verbannung angedroht hat. Das war am Tag, bevor die Repräsentativen die Kolonie verlassen haben. Ich habe eine Möglichkeit gesehen und sie genutzt.«

»Wir könnten dich auch verbannen. Dessen bist du dir bewusst, oder?« Alaric zupfte gelangweilt an seinen Bartstoppeln.

Kenzie nickte. »Natürlich. Aber hier habe ich eine Chance, die ich in meiner Heimat nicht gehabt hätte.«

»Darf ich fragen, was man von dir erwartet hat?« Die Frage kam von dem Mann, der neben Alaric saß. Er war jünger als der Anführer, sein Alter vermochte Kenzie dennoch nicht zu schätzen. Er hatte dichtes, braunes Haar und keine einzige Falte, aber sein Blick war schwermütig, als hätte er schon zu viel durchstehen müssen.

»Ich … Ich würde lieber nicht darüber reden«, gestand Kenzie und bei ihren Worten entglitten Callum seine bisher nüchternen Gesichtszüge. Seine Augenbrauen zogen sich zu einer unausgesprochenen Frage zusammen. Er hatte nicht erwartet, dass sie Antworten verweigerte.

»Es ist dir überlassen, was du uns sagst und was nicht.« Alaric sah Kenzie durchdringend an. »Dennoch solltest du dir genau überlegen, was für einen Eindruck dein Schweigen erweckt. Hast du etwas zu verbergen?«

»Nein, ich kenne euch nur nicht gut genug, um euch meine ganze Lebensgeschichte anzuvertrauen.« Bei diesen Worten sah Kenzie Alaric in die Augen. Er sollte wissen, dass sie nichts zu verheimlichen hatte, zumindest nichts von Belang, wenn sie die Luftkolonie richtig einschätzte. Die Frauen hier hatten einen anderen Status und der beste Beweis dafür war Eleanor. Wären sie in der Wasserkolonie, würde Eleanor in diesem Augenblick Frühstück für ihre Kinder vorbereiten, aber sie saß hier, in diesem Raum, und hatte ein Stimmrecht und eine Meinung, auf die gehört wurde.

Callum räusperte sich. »Lasst uns weitermachen. Octavius?«

Der Mann mit den Giftzähnen schüttelte den Kopf. »Keine Fragen. Und ich wäre dankbar, wenn wir die Sache vorantreiben könnten. Ich habe noch ... *Dinge* zu erledigen.« Er betonte das Wort auf eine Art, die keinen Zweifel daran ließ, dass es um die falschen Bücher ging.

»Virgil, was ist mit dir?«

Virgil war der Mann mit dem schwermütigen Blick, der neben Alaric saß, und er verneinte ebenfalls. Ob das etwas Gutes oder Schlechtes war, konnte Kenzie nicht sagen.

Callum sah zu dem Mann am anderen Ende des Tisches, der bisher geschwiegen hatte. »Ricardo?«

Er nickte und wandte sich an Kenzie. »Du sagtest, du interessierst dich für Meeresforschung. War das ein rein theoretisches Interesse oder konntest du auch schon praktische Erfahrung sammeln?«

Es war nicht zu übersehen, welche Antwort sich Ricardo wünschte, und Kenzie verfluchte Grey dafür, dass er nicht nur ihre Vergangenheit, sondern nun auch ihre Zukunft boykottierte. »Leider nicht. Vermutlich gab es in meiner Kolonie mehr Anschauungsmaterial als hier, aber die Praxis ist den Leuten in der Ausbildung vorenthalten.«

»Verstehe«, murmelte Ricardo und fuhr sich mit der Hand über seinen kahl geschorenen Kopf. »Wärst du bereit aktiv Forschung zu betreiben und dafür den Würfel zu verlassen?«

Kenzies Augen weiteten sich und sie nickte heftig. »Ja, auf jeden Fall wäre ich dazu bereit. Ich bin eine sehr gute Schwimmerin. Ich kann tauchen und kenn mich auch etwas mit Laborausstattung aus.« Dass dieses Wissen nicht zu ihrer Schulausbildung gehört hatte und sie es sich verbotenerweise angeeignet hatte, musste Ricardo ja nicht erfahren.

Er lächelte. »Enthusiastisch, das gefällt mir.«

»Das wäre ich an ihrer Stelle auch.« Alaric schnaubte. »Hätte ich die Wahl, würde ich den Würfel auch lieber nur für ein paar Stunden verlassen anstatt für immer.«

Kenzie setzte zu einer Erwiderung an, aber Callum fiel ihr ins Wort. »Ihre Absichten spielen keine Rolle. Sollte Ricardo sie für sein Team engagieren, ist das seine Entscheidung.«

»Noch haben wir nicht entschieden, ob sie bleiben darf.«

»Dessen bin ich mir durchaus bewusst, Alaric.« Callum lächelte, aber die Missbilligung, die in dem Namen mitschwang, war nicht zu überhören.

»Gut, nachdem es keine Fragen mehr gibt und ich dem nichts hinzuzufügen habe, sollten wir die Sache hier zu einem Abschluss bringen.« Alarics Finger tanzten unruhig über die Tischplatte, ohne einen Laut von sich zu geben. »Callum?«

Kenzie drückte sich mit ihrem ganzen Gewicht in den Stuhl, aus Angst, das Bewusstsein zu verlieren. Sie konnte es nicht glauben. Das soll alles gewesen sein? Diese wenigen Fragen sollten über ihr Schicksal entscheiden? War das ein gutes oder ein schlechtes Zeichen?

Callum erhob sich erneut von seinem Platz. Mit der rechten Hand öffnete er einen Knopf an seiner Uniform. »Stimmen wir ab. Wer der Meinung ist, wir sollten Kenzies Antrag auf Asyl bewilligen, möge die Hand heben.«

Kenzie presste die Lippen aufeinander und hielt den Atem an. Ihr Herz flatterte, als sie beobachtete, wie zuerst Callum seine Hand hob ...

dann Eleanor ...

Ricardo.

Drei Hände.

Vier Stimmen.

Konnte das wahr sein?

Träumte sie?

Hatte sie vor lauter Aufregung tatsächlich das Bewusstsein verloren und halluzinierte? Kenzie zählte die erhobenen Hände noch einmal. Octavius, Virgil und Alaric meldeten sich nicht.

Es stand damit 4:4 für sie!

Bei einem Unentschieden überwog Callums Stimme.

Sie durfte bleiben.

Sie durfte tatsächlich bleiben.

Kenzie japste nach Luft, aber sie konnte nicht atmen. Ihre Kehle war wie zugeschnürt von den Tränen, die bereits zum zweiten Mal seit ihrer Ankunft in der Luftkolonie in ihr aufkamen.

In den letzten Tagen und Wochen hatte Kenzie versucht sich selbst davon zu überzeugen, dass die Angst vor einer Verbannung sie nicht beherrschte – aber sie hatte sich selbst belogen. Denn erst jetzt, da die Angst verschwunden war, erkannte sie, wie viel Platz sie doch eingenommen hatte.

»Vier gegen vier mit Mehrgewicht zu meiner Seite. Der Antrag auf Asyl wird damit bewilligt. Kenzie darf für die Zeit von zwei Monaten im Gemeinschaftshaus wohnen, um sich hier einzuleben.« Callum nickte und ein Lächeln, das kaum mehr als das

Zucken der Mundwinkel war, umspielte seine Lippen. »Nun, da das geklärt ist, sollten wir über die anderen Punkte der Anklage sprechen.«

Kenzie wischte sich mit dem Handrücken eine Träne von der Wange. Sie hatte die anderen Anklagepunkte schon beinahe vergessen, denn im Vergleich zu ihrer möglichen Verbannung erschienen sie ihr alle nebensächlich.

»Kenzie hat sich des unerlaubten Eindringens in die Kolonie schuldig gemacht. Wer dafür ist, dass sie hierfür eine angemessene Strafe erhält, soll die Hand heben.«

Alle Mitglieder des Rates meldeten sich und Alaric lächelte. Die Ruhe hatte seinen Blick verlassen und Verachtung war an ihre Stelle getreten. Ihm gefiel es nicht, dass Kenzie in der Kolonie aufgenommen wurde – ganz und gar nicht.

»Einstimmig«, stellte Callum fest. »Das Strafmaß für unerlaubtes Eindringen in die Kolonie liegt bei zweihundert Stunden gemeinnütziger Arbeit und ist sofort zu verrichten.«

»Natürlich.« Kenzie wusste nicht, was für eine Arbeit auf sie zukam, aber wenn sie sich beeilte, konnte sie die zweihundert Stunden innerhalb eines Monats abarbeiten.

»Dann bleibt nur noch der Punkt: Täuschung eines Ratsmitgliedes.« Callum sah seine Ratskollegen an. »Wer dafür ist, dass Kenzie auch für dieses Vergehen verurteilt wird, soll die Hand heben.«

Kenzie wunderte es nicht, dass sich erneut alle Ratsmitglieder meldeten. Sie hatten ihr Asyl gewährt und das war ein großes Zugeständnis. Sie ungestraft davonkommen lassen? Unmöglich. Aber Kenzie würde jede Strafe hinnehmen, solange sie nur bleiben durfte.

»Auf die Täuschung eines Mitgliedes des Rates stehen weitere hundert Stunden gemeinnützige Arbeit oder eine fünfwöchige Freiheitsstrafe, die Wahl liegt bei dir, Kenzie.«

»Ich nehme die gemeinnützige Arbeit«, antwortete sie, ohne auch nur eine Sekunde über ihre Worte nachzudenken. Sie war endlich angekommen und würde sich ihrer Freiheit nicht wieder berauben lassen.

»In Ordnung. Damit liegt das Strafmaß bei dreihundert Stunden, zu verrichten innerhalb eines halben Jahres.«

Ein halbes Jahr? Sie hatte gehofft, die Sache schneller hinter sich zu bringen. »Ich brauche kein halbes Jahr.«

»Doch, das tust du«, erwiderte Alaric. »Die gemeinnützige Arbeit wird nicht deine einzige sein. Die Dinge laufen hier nicht wie in deiner Wasserkolonie. Essen. Kleidung. Wohnraum. All diese Dinge kosten Geld, und woher soll dieses Geld kommen, wenn du nicht etwas dafür tust?«

Im Gedanken stieß Kenzie einen Fluch aus. Daran hatte sie überhaupt nicht gedacht. Sie hatte nichts und besaß auch nichts von Wert, was sie verkaufen konnte. Sie musste bei null beginnen, und solange die Einwohner der Kolonie sie nicht hier haben wollten, würde es schwer werden, einen Job zu finden.

»Darf ich einen Vorschlag für die ehrenamtliche Arbeit vorbringen?«, fragte Ricardo. »Ich könnte eine Assistentin in meinem Labor gebrauchen, die Arbeitsflächen und Reagenzgläser säubert.«

»Auf keinen Fall«, sagte Alaric. »Diese Arbeit soll eine Strafe sein, und wenn ihr Enthusiasmus von vorhin der Wahrheit entspricht, wäre dies eine Belohnung. Ich schlage stattdessen vor, dass sie in einem der Lager arbeitet.«

»Das halte ich für eine gute Idee«, pflichtete ihm Eleanor bei.

»Sie sollte in der Frühschicht arbeiten. Die ist ohnehin immer viel zu knapp besetzt, nicht wahr?«

Alle Augenpaare richteten sich auf Octavius. Dieser gab ein Brummen von sich, das nicht gerade von Begeisterung zeugte, und ihr ging es ähnlich. Wollte sie wirklich für jemanden arbeiten, der gegen sie gestimmt hatte?

Die Vorstellung gefiel Kenzie ebenso wenig wie der Gedanke an all die Menschen, denen sie im Lager begegnen würde. Aber sie hatte keine andere Wahl und würde das Beste daraus machen müssen. Vielleicht konnte sie in dieser Zeit sogar den einen oder anderen Einwohner für sich gewinnen.

»Einverstanden«, sagte Callum. »Kenzie wird täglich in der Frühschicht arbeiten. Um das Lager kennenzulernen, wird sie in den nächsten Tagen bei der Inventur aushelfen. Wenn es weiter nichts zu besprechen gibt, erkläre ich die Akte E1F16 für geschlossen und die Sitzung für beendet.«

Zehn

Callum begleitete Kenzie zurück ins Gemeinschaftshaus. Sie konnte es kaum erwarten, Nilam die gute Nachricht zu erzählen. Die letzten Tage mussten auch für sie schwer gewesen sein, ohne ihre Familie und ohne zu wissen, was mit Kenzie passieren würde.

Yves saß am Empfangstresen und blickte von dem Tablet auf, als sie das Foyer betraten. Er war der erste Mensch, der Kenzie ein Lächeln schenkte, seit sie das Rathaus verlassen hatten.

»Guten Morgen, Yves«, grüßte Callum. Er hatte das Jackett seiner Uniform aufgeknöpft und die Ärmel nach oben geschoben.

»Hallo, Callum.« Yves sah sie an. »Kenzie.«

Es war beirrend, dass er ihren Namen kannte, obwohl sie sich einander nie richtig vorgestellt hatten.

»Yves, hast du noch ein Zimmer für Kenzie übrig?«, fragte Callum. »Sie wird bei uns bleiben und die nächsten zwei Monate im Gemeinschaftshaus wohnen.«

Yves' Blick glitt von Kenzie zurück zu Callum. »Du hast es tatsächlich geschafft, Alaric zu überzeugen? Das hätte ich nicht erwartet.« Er tippte etwas in das Tablet.

»*Ihn* konnte ich nicht überzeugen aber der Rat besteht noch aus fünf weiteren Mitgliedern, die nicht so verbissen sind.«

»Verbissen.« Yves stieß ein Schnauben aus. »Das ist eine nette Bezeichnung für einen Tyrannen wie Alaric.«

»Als Mitglied des Rates habe ich das nicht gehört.«

»Und ich habe nichts gesagt.« Yves lächelte verschwörerisch und griff in eine Schublade hinter der Theke. »Im dritten Stock ist noch ein Zimmer frei. Raum 326.«

»Danke.« Callum nahm den Schlüssel an sich. Sie verließen das Foyer und nahmen die Treppen nach oben. Stimmen waren zu hören und in der Luft lag ein herrlicher Frühstücksduft.

»Können wir bei Nilam vorbeischauen?«, fragte Kenzie und wich einem Angestellten aus, der eilig die Treppe nach unten rannte. »Ich will ihr für das Zeugnis danken.«

Callum verlangsamte seine Schritte. »Willst du nicht zuerst dein Zimmer sehen?«

»Dafür ist noch genug Zeit.« Kenzie wartete nicht auf Callums Antwort, sondern lief voraus. Sie klopfte an Nilams Tür, die kurz darauf von ihr geöffnet wurde. Ihre blonden Haare waren zerzaust und sie wirkte verschlafen, doch die Müdigkeit verschwand bei Kenzies Anblick.

»Kenzie!« Nilams Stimme klang atemlos. »Bitte sag mir, dass du nicht hier bist, um dich zu verabschieden.«

»Nein.« Ein breites Grinsen trat auf Kenzies Lippen. »Ich darf bleiben.«

»Ehrlich?«

»Ehrlich.«

»Ehrlich?«, fragte Nilam erneut.

Kenzie setzte abermals zur Antwort an, als sie erkannte, dass die letzte Frage nicht ihr galt, sondern Callum, der hinter sie getreten war. »Sie muss einige Stunden gemeinnützige Arbeit leisten«, räumte er ein.

»Grey würde es freuen zu hören, dass du endlich arbeitest«, neckte Nilam und schloss Kenzie im selben Moment in die Arme. »Ich habe mir Sorgen um dich gemacht. Geht es dir gut?«

»Es könnte nicht besser sein.« Es war die absolute Wahrheit. Sie war hier und sie durfte bleiben, das war alles, was sie je gewollt hatte. »Danke für dein Zeugnis.«

Nilam löste sich von Kenzie. »Das war Callums Idee.«

Kenzie spähte über ihre Schulter zu Callum. Er lehnte an der gegenüberliegenden Seite des Flurs und spielte mit ihrem Zimmerschlüssel. Warum war er auf ihrer Seite? »Ich würde zu gerne wissen, was du geschrieben hast.«

»Dies und das.« Nilam machte eine wegwischende Handbewegung. Vermutlich hatte sie hoffnungslos übertrieben. »Wollen wir zusammen frühstücken?«

»Dafür ist keine Zeit«, antwortete Callum an Kenzies Stelle. »Kenzies Schicht im Lager hat bereits begonnen. Wir sind nur hier, damit sie ein Zimmer zugeteilt bekommt.«

»Ich muss heute schon anfangen?«

»Ich habe doch gesagt, du hilfst bei der Inventur.«

Einen Moment überlegte Kenzie, ob sie protestieren sollte, aber sie besann sich eines Besseren. »Verstehe. Abendessen?«

Nilam verschränkte die Arme vor der Brust. »Wir sind zum Dinner mit dem Rat eingeladen. Wie wäre es morgen mit einem Frühstück?«

»Die Inventur beginnt um acht Uhr«, erklärte Callum. »Davor musst du nicht arbeiten, solange du also pünktlich bist, könnt ihr gemeinsam frühstücken.«

Nilam klatschte begeistert in die Hände. »Wunderbar, dann sehen wir uns morgen. Ich hoffe, du weißt mein Opfer des frühen Aufstehens zu schätzen. Wie wäre es mit sechs Uhr?«

Sechs Uhr erschien Kenzie früh – zu früh. Andererseits würde sie sich daran gewöhnen müssen, früh aufzustehen. Und sie war gespannt darauf zu hören, was Nilam in ihrer ersten Woche als Repräsentative erlebt hatte. »Einverstanden. Ich hol dich um sechs Uhr ab.«

»Ich kann es kaum erwarten.« Nilam zog Kenzie noch einmal in eine Umarmung, ehe sie sich verabschiedeten.

Kenzie seufzte und wandte sich an Callum. Sie nahm ihm den Schlüssel aus der Hand und schob ihn in ihre Hosentasche. »Lass uns zum Lager gehen, damit ich die Sache hinter mich bringen kann. Wenn ich mich in eines von diesen Betten lege, werde ich wohl nie wieder aufstehen.«

»Wie du willst.« Callum stieß sich von der Wand ab und sie verließen das Gemeinschaftshaus. Zu Kenzies Überraschung liefen sie nicht durch den Park zum Transporter, sondern folgten dem Labyrinth aus Straßen.

Die nächtliche Ruhe, die während Kenzies letztem Spaziergang geherrscht hatte, war verflogen. Überall gingen und standen Leute, die sich unterhielten, und ihr Weg war begleitet von dem Gelächter und Gekreisch der Kinder, die noch nicht alt genug waren die Schule zu besuchen.

Kenzie sog dieses Gefühl der Freude und Freiheit in sich auf und versuchte die Einwohner zu ignorieren, die sie neugierig anstarrten. Ihr wurde wärmer, je länger sie unterwegs waren, denn trotz der frühen Morgenstunden war es bereits unerträglich heiß. Sie schob die Ärmel ihres T-Shirts nach oben und fragte sich, wie Callum diese Temperaturen in seiner Uniform ertrug.

Doch sie war froh um die Autorität, die er damit ausstrahlte. Ein Blick von ihm genügte, um die glotzenden Leute weiterziehen zu lassen. Nur einige Kinder ließen sich nicht von ihm beirren und machten sich einen Spaß daraus, ihnen möglichst unauffällig durch die Gassen zu folgen.

»Die Leute respektieren dich«, stellte Kenzie fest.

»Natürlich. Wieso sollten sie das nicht tun?«

»Ist das nicht offensichtlich?«

Callum zog fragend eine Augenbraue nach oben.

»Du bist jung.«

»Ich bin achtzehn.«

Kenzie lachte. »Habe ich das nicht gerade gesagt? Du bist jung.« Die Vorstellung, in seinem Alter – in *ihrem* Alter – die Verantwortung für eine ganze Kolonie zu tragen, war einschüchternd. Kenzie konnte nur erahnen, was für ein Druck auf Callum lasten musste.

»Die Leute respektieren mich, weil ich der Sohn meines Vaters bin. Dabei spielt das Alter keine Rolle.«

Ruckartig blieb Kenzie mitten auf der Straße stehen. Sie packte Callum am Arm und sah zu ihm auf. »Bitte sag mir, dass Alaric nicht dein Vater ist.«

Ausdruckslos starrte Callum sie an, ehe sich langsam ein Grinsen auf seinem Gesicht ausbreitete. »Niemals. Wäre ich mit ihm verwandt, wäre ich schon längst von der Klippe gesprungen. Mein Vater war Beauftragter der Sicherheit und ist vor zwei Jahren an Krebs gestorben.«

»Das tut mir leid.« Kenzie lockerte ihren Griff um Callums Arm, ließ ihn aber nicht los.

»Ich bin darüber hinweg.« Seine Worte waren so falsch wie das Blau des künstlichen Himmels, der über ihren Köpfen hing. »Er wollte, dass ich in seine Fußstapfen trete, und die Einwohner der Kolonie haben ihn genug geachtet, um seinen Wunsch zu respektieren und mich in den Rat zu wählen.«

Kenzie lächelte. »Er wäre sicherlich stolz auf dich.«

»Ich hoffe es«, erwiderte Callum. Er lief langsam weiter, damit Kenzie ihm folgte, und auch die Kinder hinter ihnen setzten sich wieder in Bewegung. »Mein Vater hat Alaric verabscheut. Sie waren Kontrahenten und haben oft gestritten. Ich mache dort weiter, wo mein Vater aufgehört hat.«

»Der Apfel fällt bekanntlich nicht weit vom Stamm.« Kenzie musste an ihre Eltern denken und wie weit von ihnen sie gefallen war. In die Luftkolonie zu gehen war die richtige Entscheidung gewesen, nur wussten dies ihre Eltern nicht. Vermutlich saßen sie mit gebrochenem Herzen in ihrem Wohnzimmer und trauerten um den Verlust ihrer Tochter.

Unerwartet stoppte Callum. Er stand vor einer der Öffnungen im Boden; eine Leiter zog sich von der zweiten Ebene bis hinunter zum Grund, wo sie verankert zu sein schien. »Bist du bereit für deine erste Lektion als Einwohnerin einer Luftkolonie?«

Kenzie wusste genau, worauf Callum hinauswollte. Sie trat näher an das Loch und spähte hinab. Einige Meter unter ihr erkannte sie die Menschen, die wie Miniaturen auf den Feldern umherliefen. Ihr wurde etwas schwindelig, aber das lag weniger an der Höhe als an dem Adrenalin, das auf einmal durch ihren Körper pumpte. »Mir erscheinen diese Öffnungen nicht sonderlich sicher«, bemerkte Kenzie und trat dennoch dichter an den Rand. »Wie viele Leute sind bei diesen Kletteraktionen schon ums Leben gekommen?«

»In den letzten fünf Jahren? Keiner.«

»Wirklich?«

»Das Klettern gehört einfach dazu. Unsere Kinder lernen von klein auf, die Löcher zu meiden und an den Leitern hinunterzusteigen. Wenn du mich fragst, wie viele Leute dabei schon gestorben sind, frage ich dich: Wie viele Leute sind in der Wasserkolonie beim Schwimmen ums Leben gekommen?«

»Keine.« Natürlich hatte es die eine oder andere heikle Situation gegeben und gelegentlich einen Notruf, aber noch nie war jemand gestorben. Zumindest konnte sich Kenzie an keinen tödlichen Zwischenfall erinnern. »Und was ist mit Verletzungen?«

Callum lächelte. »Die gab es, aber die meisten verstauchten Knöchel und gebrochenen Beine sind dem Übermut der Leute verschuldet, die glauben, sie könnten die letzten Meter einfach springen.«

»Eine Sicherung gibt es nicht, oder?«

»Nein.« Callum trat neben sie an die Öffnung. Dabei standen sie so dicht aneinander, dass Kenzie den verstärkten Stoff seiner Uniform an ihrem nackten Arm fühlen konnte. »Hast du Angst?«

Kenzie nickte. Sie war nicht feige und sie würde es tun, aber ungesichert über fünfzig Meter in die Tiefe zu steigen bereitete ihr trotzdem ein mulmiges Gefühl.

»Hey!«, rief Callum und Kenzie zuckte zusammen. Er hatte sich zu den Kindern umgewandt, die sie umschwirrten wie Bienen ein Nest, und winkte ein Mädchen zu sich heran. Sie konnte kaum älter als sieben Jahre sein und an ihrer Nase war Schorf zu sehen, als wäre sie erst kürzlich gestürzt. Ihre braunen Haare waren mit einem rosa Tuch nach hinten gebunden.

»Hallo, Callum!« Sie hatte ein breites Grinsen im Gesicht.

»Hallo, Kleine.« Er ging in die Knie, um mit dem Mädchen auf Augenhöhe zu sein. »Meine Freundin hat Angst, die Leiter runterzuklettern, und glaubt mir nicht, wie einfach es ist. Willst du es ihr vielleicht zeigen?«

»Natürlich!« Das Mädchen nickte entschlossen und in ihren

Blick trat eine Ernsthaftigkeit, die Kenzie noch nie an einem Kind gesehen hatte.

Das Mädchen lief an ihnen vorbei zur Öffnung, griff in vollkommen routinierten Bewegungen nach der Leiter, schwang sich auf eine der Stufen und kletterte hinab. Das alles geschah so schnell, dass Kenzie nicht einmal Zeit blieb, sich Sorgen zu machen. Bewundernd sah sie der Kleinen hinterher.

»Siehst du?« Callum winkte dem Mädchen zu. »Kinderleicht.«

»*Kinderleicht.*« Kenzie schnaubte. »Mal sehen, ob du das auch noch sagst, wenn ich falle und mir das Genick breche.« Doch sie zögerte nicht länger, sondern nahm die Leiter, die nun leicht schwankte, und folgte dem Mädchen in die Tiefe. Sie wagte es nicht, sich umzusehen, und konzentrierte sich stattdessen auf die Sprossen der Leiter. Ihre Knöchel, die das Seil umklammert hielten, traten weiß hervor.

Langsam näherte sich Kenzie dem Grund. Obwohl sie den Leuten unter sich keine Beachtung schenkte, spürte sie ihre Anwesenheit und Aufmerksamkeit so deutlich, als würde sie ihre Blicke erwidern. Und dieses Gefühl gab ihr auch den Antrieb, schneller zu werden. Sie wollte den Schaulustigen beweisen, dass sie eine von ihnen war, und ehe sie sich's versah, berührten ihre Füße festen Boden. Sie wankte einen Schritt rückwärts, fing sich aber wieder, bevor jemand ihren Fehltritt bemerkte. Ihre Knie waren weich und ihre Muskeln verkrampft. Das Mädchen klatschte begeistert in die Hände und dieser Zuspruch löste etwas in Kenzie aus, das sie nicht genauer benennen konnte, aber auf einmal waren ihr die feindseligen Blicke der Erwachsenen egal.

Sie legte ihren Kopf in den Nacken und schirmte mit der Hand ihre Augen gegen das künstliche Sonnenlicht ab. Callum hatte gewartet, bis sie unten war, und stieg nun auf die Leiter. Trotz der steifen Uniform waren seine Bewegungen geschmeidig und die Leiter schwankte kaum. Den letzten Meter sprang er zu Boden und Staub wirbelte unter seinen Stiefeln auf. »Und? War es so schlimm wie erwartet?«

»Nein, aber es wird wohl noch etwas dauern, bis ich mich daran gewöhnt habe.« Kenzie sah an der Leiter hoch und der Gedanke, nach oben zu klettern, war schon jetzt weniger beängstigend als noch vor ein paar Minuten.

»Soll ich dir zeigen, wie man wieder hochkommt?« Das Mädchen trat neben Kenzie und zupfte ihr Kopftuch zurecht.

»Das wird nicht nötig sein.« Callum griff in seine Hosentasche und zog eine Aktiva-Münze daraus hervor. »Für deine Hilfe.« Mit einem Lächeln nahm das Mädchen das Geld entgegen. Sie bedankte sich und sprang dennoch auf die Leiter, um zurück zu ihren Freunden zu klettern.

»Woher kennst du sie?«, fragte Kenzie.

»Sara? Sie ist Eleanors Tochter.« Callum ließ seinen Blick über das Feld gleiten, an dem sie vorbeiliefen. Es war mit Karotten bepflanzt, deren grüne Büschel reihenweise aus der Erde ragten. Dahinter waren die Lagerhäuser, die genauso aussahen wie in Kenzies sieben Tage alter Erinnerung.

Die Gebäude waren aus Metall, mit flachen Dächern und großen Toren, die aufgeschoben waren. Arbeiter brachten das geerntete Gemüse in die Hallen oder trugen Säcke mit Samen zu den Feldern. Tafeln, die vor den Toren angebracht waren, ließen die Leute wissen, was in der jeweiligen Halle lagerte.

Callum führte Kenzie zu einem Lagerhaus in der Nähe der Klippe, dessen Tore zugezogen waren, aber davon ließ sich Callum nicht beirren. Er hämmerte mit der flachen Faust gegen das

Metall, das unter seinen Stößen vibrierte. Das Tor öffnete sich und Octavius winkte sie ins Innere. »Ich hätte nicht so früh mit euch gerechnet.«

»Kenzie konnte es gar nicht erwarten anzufangen«, erwiderte Callum und sagte zu Kenzie: »Viel Spaß und lass mich meine Entscheidung nicht bereuen.« Das war sein Abschied, und bevor Kenzie reagieren konnte, war sie mit Octavius und seinen Giftzähnen alleine.

Octavius räusperte sich und verschränkte die Arme vor der Brust. »Ich will ehrlich zu dir sein: Die meisten meiner Leute sind nicht froh darüber, dass du hier bist.«

»Das weiß ich.«

»Gut, denn meine Männer können manchmal etwas rauer sein und ich habe nicht die Zeit, dir das Händchen zu halten. Mir ist egal, was meine Männer über dich denken und du über sie. Mir ist nur wichtig, dass ihr gut zusammenarbeitet und euren Job erledigt. Ich will kein Drama. Verstanden?«

Kenzie nickte.

»Wir zählen in Paaren, damit weniger Fehler unterlaufen«, fuhr Octavius fort und bedeutete ihr, ihm zu folgen. »Ein Bekannter von mir hat sich bereit erklärt gemeinsam mit dir zu zählen, also benimm dich.«

Was sollte das denn heißen? Sie sollte sich benehmen? Sie hatte seit ihrer Ankunft nichts verbrochen, abgesehen von den Regelverstößen, für die sie gerade bestraft worden war.

Das Lager war ein einziger großer Raum, der von grellem Licht ausgeleuchtet wurde. Die Luft war warm, aber nicht so feucht wie außerhalb der Halle. Ein Teil des Lagers bestand aus hohen Regalen, in denen Eimer und Kisten standen, und überall waren bewegliche Leitern angebracht.

»Wir sind in einem von drei Getreidelagern. Viel nachgefragte Ware, wie Mehl, Mais oder Reis, werden in Säcken eingelagert. Exklusivere und teurere Lebensmittel wie Sonnenblumenkerne stehen hier im Regal«, erklärte Octavius.

Sie bogen in eine der Regalreihen ein, in der bereits mehrere Männer arbeiteten. Sie hoben die Hand zum Gruß und musterten Kenzie mit demselben Misstrauen, das ihr die meisten Einwohner bisher entgegengebracht hatten.

»Wer braucht denn eimerweise Sonnenblumenkerne?«, fragte Kenzie.

»Lager wie dieses sind für unsere Großabnehmer gedacht. Überall in der Kolonie gibt es Märkte, in denen die Leute einkaufen können. Und die Besitzer dieser Läden kommen hierher.«

»Verstehe«, murmelte Kenzie. »Stimmen nur für dieses Lager die Bücher nicht oder für alle?«

»Callum hat dir also von unserem Problem erzählt.«

»Er meinte, es wäre der Grund für die zweite Inventur.«

Octavius senkte seine Stimme. »Du solltest besser leise sprechen. Meine Leute glauben, die Daten der ersten Inventur seien verloren gegangen. »Wir wollten nicht, dass die Leute sich unnötig Sorgen machen, sollte das alles nur ein dummer Fehler sein. Deshalb reden wir nicht darüber; erst, wenn wir uns sicher sein können.«

»Ein sehr pragmatisches Vorgehen.«

»Es ist ein notwendiges Vorgehen. Ich weiß nicht, wie ihr das in eurer Kolonie auf die Reihe bekommen habt, aber sobald wir den Leuten erzählen müssen, dass Vorräte spurlos verschwunden sind, wird die Hölle auf Erden ausbrechen und ich kann meine Position im Rat vergessen.«

»Es ist doch nicht deine Schuld.«

»Natürlich ist es das. Diese Nahrungsmittel stehen unter meiner Verantwortung. Ich muss die Leute ernähren, und wenn unter meiner Aufsicht Lebensmittel verschwinden ...« Octavius schüttelte den Kopf und beendete den Satz nicht.

Kenzie sah an einem der Regale nach oben. Mit diesen Massen an Vorräten könnte man die Wasserkolonie problemlos zwei Jahre lang versorgen, womöglich länger, wenn sie sich genau an den Rationalisierungsplan der Gründer hielten.

»Ich weiß, was du denkst«, sagte Octavius. »Du glaubst, wir hätten viele Vorräte, aber wir sind anders als deine Wasserkolonie. Wir sind größer und die Leute hier haben andere Bedürfnisse.«

Bevor Kenzie Octavius weitere Fragen stellen konnte, führte er sie zu ihrem Partner. Der stand am anderen Ende der Regalreihe und hatte ihnen den Rücken zugewandt, dennoch erkannte Kenzie ihn sofort.

»Kalif.« Sein Name verließ tonlos ihre Lippen. Er trug eine dunkle Hose, die er bis zu den Knien nach oben gekrempelt hatte, und bereits aus der Ferne war zu erkennen, dass sein Shirt vom Dreck und Staub des Lagers schmutzig war.

»Hey, Kalif!«, rief Octavius.

Er drehte sich um und lächelte, dabei kam er ihnen ein paar Schritte entgegen. »Für die Sache hier schuldest du mir etwas.«

»Ich bezahle dich doch schon«, entgegnete Octavius.

»Diese Drecksarbeit ist mehr wert als ein paar Aktiva.« Kalif klopfte demonstrativ die staubigen Hände an seiner Hose ab. »Und du musst Kenzie sein, die meistgehasste Verbrecherin der Kolonie.« Er streckte ihr seine – nun etwas weniger dreckigen – Finger entgegen.

Kenzie zögerte, ehe sie seinen Gruß erwiderte. Sollte Octavius nicht erfahren, dass sie sich bereits kannten, oder hatte Kalif ihre erste Begegnung vergessen? »Ich sehe, mein Ruf eilt mir voraus.« Kalif hielt ihre Hand länger fest, als nötig gewesen wäre, und drückte sie sanft.

Er erinnerte sich.

»Kalif arbeitet seit gut einem Jahr für mich. Er kennt das System und wird es dir erklären. Wenn du Fragen hast, wende dich zuerst an ihn.«

Bevor du mich nervst, ergänzte sie in Gedanken.

»Und falls Kenzie Probleme macht«, mahnend sah Octavius sie an, obwohl sich seine Worte an Kalif richteten, »geh zu Callum. Er ist für sie verantwortlich. Und lass sie arbeiten. Sie ist nicht grundlos hier.«

»Ihre Finger werden bluten«, versprach Kalif ohne jeden Hauch von Sarkasmus in der Stimme. Octavius grunzte zustimmend und wies ihn an, sie am Ende ihrer Schicht in sein Büro zu bringen, damit er ihre Arbeitszeit bestätigen konnte. Er verabschiedete sich und mit nüchterner Miene beobachtete Kalif, wie Octavius zwischen den Regalen verschwand. Erst als dieser außer Sichtweite war, kehrte Leben in sein Gesicht zurück und er grinste. »Hallo, Fremde, lange nicht gesehen.«

Kenzie konnte ein Lächeln nicht unterdrücken, denn auch wenn sie Kalif nicht gut kannte, so freute sie sich ihn wiederzusehen. »Du arbeitest also für Octavius?«

»Irgendwie muss ich meine Bratapfelsucht ja finanzieren.«

»Wieso hast du ihm nicht gesagt, dass wir uns kennen?«

»Das hätte nur unnötige Fragen aufgeworfen.« Er zuckte mit den Schultern. »Außerdem kann ich Octavius nun Vorwürfe machen, weil er mich mit der unbeliebtesten Person der Kolonie zusammenarbeiten lässt.«

»Rede so weiter und *du* machst dich bei mir unbeliebt.«

»Das ist unmöglich«, schmunzelte Kalif. Er zog zwei Eimer aus dem untersten Regalbrett und setzte sich darauf.

Kenzie sah ihn mit hochgezogenen Augenbrauen an. »Sagtest du nicht etwas von harter Arbeit und blutenden Fingern?«

»Ich sagte, *dir* werden die Finger bluten, nicht mir.« Er grinste und klopfte auf den Platz neben sich.

Kenzie sah über ihre Schulter, um sicherzugehen, dass sie allein waren, bevor sie sich setzte.

»Ich habe mir Sorgen um dich gemacht, als du nicht zu unserer Verabredung am nächsten Abend erschienen bist«, gestand Kalif mit gesenkter Stimme. »Ich dachte zuerst, dir wäre etwas zugestoßen, aber als ich am nächsten Morgen die Nachricht gehört habe, dass man einen Flüchtling gefangen genommen hat, war mir alles klar.«

»Ach ja?«

»Wie sonst hätte ich mir dein unruhiges Verhalten erklären sollen? Oder die Tatsache, dass du keine Aktiva bei dir hattest?« Kalif lächelte, aber hinter seinem Grinsen lag etwas, das Kenzie verriet, dass er noch etwas sagen wollte, die Worte jedoch zurückhielt.

»Wollen wir unser Treffen heute Abend nachholen?«, fragte Kenzie. Nilam würde beim Rat sein und abgesehen von Kalif kannte sie niemanden. »Ich kann dich leider nicht einladen, aber ich verspreche, ich werde dich diesmal nicht versetzen.«

Kalifs lautes Lachen hallte vom blechernen Dach des Lagers wider. »Wenn du heute Abend tatsächlich noch in der Lage bist, mit mir essen zu gehen, lade ich dich ein.«

»Ich nehme dich beim Wort«, sagte Kenzie und stand von dem Eimer auf. »Wir sollten besser anfangen. Wenn Alaric mich beim Faulenzen erwischt, verbannt er mich sofort.«

Kalif stieß ein verächtliches Schnauben aus. »Der alte Herr würde sich niemals dazu herablassen, eines der Lager zu besuchen. Er verlässt die zweite Ebene nur selten.«

»Leben dort die höhergestellten Bürger?«, fragte Kenzie, um ihre Vermutung bestätigt zu bekommen.

»Ja, aber das war nicht immer so.« Kalif drehte sich zur Seite. Den Kopf auf den Arm gestützt sah er Kenzie an. »Die Ebenen erleben einen ständigen Wandel. In einem Jahrzehnt ist es angesagt, unter der künstlichen Sonne zu leben, und im nächsten Jahrzehnt treibt es die Wohlverdienenden wieder unter den natürlichen Himmel.«

»Die Leute ziehen ständig um?«

»Nicht alle, aber einige. Aus diesem Grund werden auch viele der Häuser häufig renoviert. Manchmal werden sie von einer einzigen wohlhabenden Familie bewohnt, manchmal von vier oder fünf ärmeren.«

Kenzie hatte sich in der Wasserkolonie nie Gedanken darüber machen müssen, wo sie leben würde. Jede Familie besaß seit Generationen ein und dasselbe Haus. Alles wurde weitervererbt, und stand doch einmal ein Haus leer, so wurde von den Ältesten beschlossen, wer einen Anspruch darauf hatte.

»Die wenigsten Familien haben eine Wahl«, erklärte Kalif weiter. »Der Verkauf des eigenen Hauses, das zufällig im neuen Trend-Viertel steht, ist für viele Einwohner die einzige Chance, wirklich Gewinn zu erzielen.«

»Verstehe«, murmelte Kenzie, obwohl das nur zum Teil der Wahrheit entsprach. Natürlich kannte sie das Prinzip von Wirtschaft, sie hatte in der Schule davon gehört, aber das Konzept dahinter erschloss sich ihr nicht. Wie kam es, dass manche Menschen so viel mehr besaßen als andere? Es wäre so viel einfacher, alles gerecht aufzuteilen, wie sie es in der Wasserkolonie taten, oder nicht?

Mit einem Seufzen stand Kalif ebenfalls von seinem Eimer auf. Er drückte den Rücken durch und stöhnte, als würde er bereits seit Stunden arbeiten. »Lass uns anfangen. Octavius macht uns die Hölle heiß, wenn wir nicht fertig werden.«

»Wie gehen wir vor?«, fragte Kenzie.

Kalif griff in seine Hosentasche und zog ein kleines Tablet hervor. Mit seinen staubigen Fingern tippte er auf der Oberfläche herum, ehe er Kenzie alles erklärte. »Alles klar?«

»Ich glaube schon.«

»Gut, ich mache den Anfang«, sagte Kalif und begann die Eimer zu gleichmäßigen Türmen aufzubauen. Die ersten Male wirkten seine Bewegungen mühelos. Die Muskeln in seinen Armen schienen die Arbeit zu kennen. Doch mit jedem weiteren Eimer wurde sein Atem lauter und die stickige Hitze des Lagers brachte seine Haut zum Glänzen. Kenzie fühlte sich schlecht dabei, reglos neben Kalif zu stehen und einfach nur zu zählen, während ihm der Schweiß über die Stirn rann.

»Dreiundsiebzig«, sagte Kenzie, nachdem Kalif den letzten Eimer auf den neuen Stapel gewuchtet hatte.

»Weißt du, wie das Tablet funktioniert?«

»Ja, denn ob du es glaubst oder nicht, Tablets gibt es auch in meiner Kolonie«, bemerkte sie und tippte die Zählung ein.

»Du solltest aufhören die Wasserkolonie als *deine* Kolonie zu bezeichnen, wenn du dazugehören willst«, sagte Kalif. »Diese Kolonie ist jetzt deine Kolonie, und zwar für den Rest deines Lebens ... zumindest, solange du keine weiteren Fluchtversuche unternimmst.«

»Ich weiß, aber ich werde wohl eine Weile brauchen, um mich

daran zu gewöhnen.« In einer solchen Luftkolonie zu leben war alles, was Kenzie sich immer gewünscht hatte, und sie war überglücklich darüber, einer Verbannung entkommen zu sein. Aber nach all den Jahren des Träumens fühlte es sich geradezu surreal an, wirklich hier zu sein. Achtzehn Jahre lang war sie Einwohnerin einer Wasserkolonie gewesen. Sie kannte nichts anderes und es würde mehr als eine Woche dauern, ihr dieses Denken auszutreiben.

»Lass dir so viel Zeit, wie du willst, aber pass auf. Wenn dich die falschen Leute so reden hören, wirst du deinen Ruf als Fremde nie los«, mahnte Kalif mit strengem Blick und nahm ihr das Tablet aus der Hand. »Du bist an der Reihe.«

Kenzie seufzte und machte sich ans Werk. Harte Arbeit war ihr nicht fremd. Während der Erntezeit hatte sie oft stundenlang auf den Feldern der Wasserkolonie ausgeholfen und sich die Hände dreckig gemacht, aber das war nicht mit dieser Arbeit zu vergleichen.

Die ersten Eimer zu schichten war für Kenzie kein Problem, aber nach einiger Zeit fühlten sich die zehn Kilo nicht länger wie zehn Kilo an, sondern wie zwanzig.

Schweiß rann ihr über den Rücken. Ihre Knie und Muskeln zitterten und das Atmen fiel ihr immer schwerer. Noël hätte diese Tortur geliebt. Er mochte es, seinen Körper bis an seine Grenzen zu treiben und immer noch eine Liegestütze mehr zu machen, als Grey von ihm verlangte. Kenzie hingegen verabscheute das Gefühl der Anstrengung, wenn sie nicht mehr Herrin ihres eigenen Körpers war.

»Vierundfünfzig!«, verkündete Kalif schließlich und Kenzie ließ sich neben ihm auf den staubigen Regalboden sinken. Sie japste nach Luft, ihre Kehle brannte und ihre Wangen glühten.

»Nur vierundfünfzig? Kam mir mehr vor.«

»Möchtest du noch einmal nachzählen?«

Sie stieß ein abgehacktes Lachen aus. »Auf keinen Fall!«

Kalif hinterlegte die Daten in dem Tablet, ehe er es Kenzie reichte. Diese Prozedur wiederholten sie noch etliche Male und im Geheimen freute sich Kenzie darüber, dass ihre Regale häufig weniger Eimer enthielten als die von Kalif. Doch er sollte Recht behalten mit seiner Vermutung. Am Ende des Tages war sie zu erschöpft, um noch mit ihm essen zu gehen.

Nach fast acht Stunden durchgehender Arbeit läuteten sie den Feierabend ein und Kenzie konnte sich kaum mehr bewegen. Sie meldete sich bei Octavius ab und machte sich umgehend auf den Weg ins Gemeinschaftshaus, wo sie eine warme Dusche nahm. Fast eine halbe Stunde stand sie unter dem dampfenden Wasserstrahl, der ihre Muskeln lockerte und ihre Lider immer schwerer werden ließ. Noch in das Handtuch eingehüllt fiel sie schließlich in ihr Bett und schlief augenblicklich ein.

Elf

Das Piepsen des Weckers holte Kenzie am nächsten Morgen aus dem Schlaf. Sie zog sich das Kissen über den Kopf, um den Laut zu dämpfen, aber er schallte wie eine Sirene durch das Zimmer. Mit einem frustrierten Seufzen ergab sich Kenzie ihrem Schicksal, schaltete den Wecker aus und räkelte sich. Ihre Arme waren schwer von der Arbeit des Vortages und sie spürte jeden Muskel in ihrem Körper. Die Vorstellung, in zwei Stunden wieder im Lager stehen zu müssen, bereitete ihr Übelkeit.

Kenzie zog sich ihr letztes gutes T-Shirt an und die Hose, die bereits staubig war. Es war kein sehr stilvoller Aufzug, aber Nilam würde es verstehen. Eilig putzte sich Kenzie die Zähne und befüllte die zwei Glasflaschen, die im Zimmer bereitstanden. Sie stopfte sie zusammen mit dem Zimmerschlüssel in ihre Tasche und machte sich auf den Weg.

Im Gemeinschaftshaus war es um diese Uhrzeit völlig ruhig. Nur vereinzelt waren Stimmen zu hören und die Treppenstufen quietschten unter Kenzies Schritten.

Vor Nilams Zimmer blieb sie stehen und klopfte. Sie wartete einige Sekunden, doch nichts geschah. »Nilam? Bist du wach?«

Sie lauschte auf eine Antwort, bekam aber keine. Womöglich stand Nilam unter der Dusche und konnte sie nicht hören. Ungeduldig trat Kenzie von einem Fuß auf den anderen. Sie wartete eine Minute, ehe sie abermals klopfte. Erneut folgte nur Stille.

»Nilam?«

Nervosität keimte in Kenzie auf. Es sah Nilam nicht ähnlich, sie zu versetzen.

»Nilam?«

Nichts.

Als Kenzie frustriert an der Klinke rüttelte, öffnete sich die Tür. Nilam hatte nicht abgeschlossen?

Merkwürdig.

Unsicher verharrte Kenzie noch einen Moment im Flur, ehe sie die Tür aufstieß und erstarrte.

Nein.

Das war nicht möglich.

Kenzies Augen weiteten sich bei dem Anblick, der sich ihr bot. Sie wollte nach Luft schnappen, doch als sie den Mund öffnete, entkam ihren Lippen nur ein Schrei. Er durchschnitt die Stille des Gemeinschaftshauses und schmerzte ihr in der Kehle.

Nilam lag reglos auf dem Boden. Ihr Hals war von dunklen Malen übersät und ihr Gesicht hatte eine unnatürlich blaue Färbung angenommen. Mit weit aufgerissenen, rot geschwollenen Augen starrte sie an die Decke des Zimmers.

»Nein. Nein. Nein …« Kenzie hörte sich dieses eine Wort immer und immer wieder sagen. Erst laut und dann immer leiser, je näher sie Nilam kam. Sie kniete sich auf den Boden. Zitternd streckte sie ihre Hände nach Nilam aus. Ihre wächserne Haut war kalt und ihre Lippen waren leicht geöffnet, wie zu einem letzten Atemzug. Mehrere Wunden überzogen ihr

Gesicht, als hätte sie versucht sich gegen ihren Mörder zu verteidigen.

Kenzie fuhr mit dem Finger über Nilams fahle Wange. Dabei sah sie alles und nichts. Sie war wie betäubt, und obwohl die Realität direkt vor ihr lag, konnte sie sie nicht begreifen. Ihre Augen brannten und dennoch brachte sie es nicht über sich, den Blick von Nilam abzuwenden.

Mittlerweile gehörte die Stille im Gemeinschaftshaus der Vergangenheit an. Stimmen und Schritte waren zu hören und vor Nilams Zimmer hatten sich Repräsentative in ihren Schlafsachen versammelt. Unter den Leuten konnte Kenzie auch Yves ausmachen. Er war beinahe so blass wie Nilam und in seiner rechten Hand hielt er ein Tablet. Es war absurd, dass Kenzie es bemerkte, obwohl die Leiche ihrer besten Freundin vor ihr lag, aber sie konnte den Titel erkennen: *Wer die Nachtigall stört* von Harper Lee.

Kenzie kniete noch immer neben Nilam und strich ihr über das Haar, als jemand ihre Schulter berührte. Sie wandte sich um und sah geradewegs in Callums dunkelblaue Augen. Unendlich viele Gefühle, die von Sorge und Trauer bis zu Wut und Reue reichten, spiegelten sich in seinem Blick.

»Ich muss dich bitten von der ... von Nilam wegzutreten.« Callums geflüsterte Worte gingen im Durcheinander beinahe unter. Wachleute waren dabei, die Schaulustigen vom Flur zu vertreiben. Nur Yves war zurückgeblieben, um mit Evie zu sprechen. Ihr Haar war zerzaust und ihr T-Shirt hatte sie in der Eile falsch herum angezogen.

»Komm.« Callum griff Kenzie unter den Arm. Seine andere Hand legte sich auf ihre Hüfte. Besorgt musterte er sie einen Augenblick, ehe er sie von Nilam wegbrachte. Er führte sie nicht aus dem Raum, wie all die anderen, sondern zu dem Sessel vor dem Fenster. »Setz dich.« Kenzie gehorchte. »Ist alles in Ordnung?«

Kenzie stieß ein Geräusch aus, das irgendwo zwischen Lachen und Schluchzen lag. *Ist alles in Ordnung?* War das etwa sein Ernst?

Nilam war tot.

Ermordet.

Und Noël und ihre Eltern würden nie davon erfahren.

Sie würden die nächsten Jahre in der Annahme verbringen, dass Nilam lebte und in ihrer neuen Kolonie glücklich war.

Die darauffolgende Stunde verbrachte Kenzie damit zu beobachten, wie Callums Leute den Raum sicherten. Sie hatte die Beine zu sich auf den Sessel gezogen und hielt sie gegen ihre Brust gedrückt. Ihr Blick wanderte unruhig durch das Zimmer. Einige der Schaulustigen kehrten zurück, um abermals einen Blick auf Nilams Leiche zu erhaschen, aber inzwischen war sie mit einem Tuch bedeckt.

Schließlich wurden Callums Leute weniger und Virgil, der Beauftragte der Beseitigung, kam vorbei. Er hatte seine eigenen Helfer mitgebracht. Sie hoben Nilam auf eine Bahre und trugen sie davon. In diesem Moment traf die Gewissheit Kenzie wie ein Schlag ins Gesicht: Sie würde Nilam nie wiedersehen. Und kaum hatte dieser Gedanke sie erfasst, schien die Erinnerung an Nilam schon zu verblassen.

Nachdem man Nilam weggebracht hatte, leerte sich der Tatort, bis nur noch Callum übrig war. Er stand neben dem Bett, die Hände in die Hosentaschen geschoben. Seine Haare waren ein wirres Durcheinander, als wäre er im Verlauf der letzten Stunden häufig mit den Fingern hindurchgefahren. »Ich muss dich mit ins Quartier der Sicherheit nehmen und dir ein paar Fragen stellen.«

»Muss das sofort sein?«, fragte Kenzie. Ihre Stimme klang heiser von den zurückgehaltenen Tränen.

Callum senkte den Blick. »Ich kann mir nicht vorstellen, was du gerade durchmachst, aber ich sollte dich befragen, denn erst wenn die Unterlagen vollständig sind, kann ich mit der Arbeit beginnen.«

»Du meinst mit der Suche nach dem Mörder?«

Callum nickte und das motivierte Kenzie aufzustehen. Sie konnte nichts an Nilams Schicksal ändern, aber zumindest konnte sie dabei helfen, für Gerechtigkeit zu sorgen.

Auf dem Weg zum Revier sprachen Callum und sie kein Wort miteinander. Kenzie konnte nicht aufhören daran zu denken, wie unwirklich sich alles anfühlte. War Nilam wirklich gestorben? Überall um sich herum entdeckte Kenzie Leute, die miteinander redeten, lachten und ihrer Arbeit nachgingen, als wäre nichts geschehen.

Sie verstand nicht, wie sie so einfach weitermachen konnten. Nilam war tot – ermordet! Sie alle sollten von dieser Tat betroffen sein. Doch die einzigen Menschen, die sich wirklich für Nilam interessierten – Noël und ihre Eltern –, wussten nichts von alldem hier.

»Gab es hier schon öfter Morde?«, fragte Kenzie, als sie die Treppen zum Quartier nach oben stiegen.

»Keine, die hiermit vergleichbar wären«, antwortete Callum. »Es sind schon Leute umgekommen, bei Unfällen oder Taten im Affekt. Ein Mann, der seine Frau im Streit erschlagen hat, oder

Ähnliches, aber diese Leute haben sich den Konsequenzen sofort gestellt.«

»Das heißt, du hast noch nie in einem Mordfall ermittelt?«

Callum schüttelte den Kopf und hielt Kenzie die Tür zum Quartier auf. Evie saß an ihrem Platz, umgeben von Frauen und Männern der Sicherheit. Sie diskutierten lautstark und einige von ihnen hielten Tablets in den Händen, aber sie alle verstummten und hielten in der Bewegung inne, als Callum und Kenzie den Raum betraten.

»Haben wir schon eine Meldung rausgegeben?«, fragte Callum umgehend.

»Wir sind gerade dabei«, sagte eine Wache, die Kenzie nicht kannte. Der Mann war Mitte vierzig und hatte eine hohe Stirn mit sichtbarem Haarausfall.

Callum nickte zufrieden. »Ich bin mit Kenzie im Verhör. In zwei Stunden ist eine Besprechung mit allen Mitgliedern der ersten Einheit angesetzt. Evie, kannst du den Einsatzplan überarbeiten?«

»Natürlich.« Evie wirkte entschlossen und konzentriert. Wie Kenzie während ihrer einwöchigen Inhaftierung herausgefunden hatte, war sie nicht einfach für die Sicherheit tätig, sondern speziell für Callum. Sie war seine Beraterin und unterstützte ihn bei all seinen Tätigkeiten.

Callum führte Kenzie an den Wachen vorbei in einen Verhörraum. Das Zimmer war karg eingerichtet und es gab nur ein vergittertes Fenster gegenüber der Tür. In der Mitte stand ein quadratischer Tisch mit zwei Stühlen und ein Tablet lag für Callum bereit. Er umrundete den Tisch und zog einen Stuhl für Kenzie zurück. Sie setzte sich und Callum nahm ihr gegenüber Platz.

Er seufzte und schüttelte den Kopf. »Ich weiß nicht, was ich sagen soll, Kenzie. Es tut mir leid.«

»Es ist nicht deine Schuld.«

Callum ließ die Schultern hängen. »Irgendwie schon. Schließlich ist es mein Job, die Leute zu schützen, und wenn so etwas passiert…« Er seufzte erneut. »Das Gemeinschaftshaus hätte besser bewacht werden müssen, aber die Ruhe der letzten Jahre hat mich geblendet.«

»Also ist so etwas doch schon einmal passiert?«

Callum schüttelte den Kopf. »Nicht in diesem Ausmaß, aber… wir brauchen das System der Repräsentativen nicht, wie so viele andere, kleinere Kolonien. Die meisten Bewohner nehmen diesen Umstand einfach hin und ärgern sich hinter vorgehaltener Hand darüber, dass wir ihre Steuergelder an die Repräsentativen ›verschwenden‹. Aber es gab schon immer Leute, die ihrer Abneigung auch Ausdruck verliehen haben. Vor acht Jahren wurde ein Repräsentativer verprügelt, das war im Vergleich hierzu allerdings noch harmlos.«

»Und du glaubst, dieselben Leute könnten Nilam ermordet haben?«

»Es wäre der nächstliegende Verdacht, zumal…« Callum verstummte. »Ich sollte mit dir nicht über laufende Ermittlungen reden.« Er nahm das Tablet an sich und fuhr mit dem Finger ein paarmal über das Display, bevor er das Gerät in Kenzies Richtung schob. »Ich werde dir nun ein paar Fragen stellen. Versuch laut und deutlich zu sprechen.«

Kenzie nickte und Callum nannte ihre Namen, das Datum und den Grund der Befragung für das Protokoll, bevor er begann.

»Was wolltest du so früh bei Nilam?«

Kenzie räusperte sich. »Ich… Wir waren zum Frühstück verabredet. Um acht Uhr beginnt meine Schicht in einem der Lagerhäuser und wir wollten etwas Zeit für uns haben.«

Callum ließ Kenzie die letzten vierundzwanzig Stunden Revue passieren. Sie redeten nicht nur über die genauen Umstände ihres Funds, sondern auch über ihre Freundschaft mit Nilam und ihre Flucht aus der Wasserkolonie. Kein Detail blieb unausgesprochen. »War Nilam mit anderen Repräsentativen befreundet?«, fragte Callum.

Bevor Kenzie antworten konnte, klopfte es an der Tür und Evie steckte ihren Kopf ins Zimmer. »Callum, könntest du bitte kurz kommen?«

»Gleich. Wir sind fast fertig.«

Evie presste die Lippen aufeinander und senkte den Blick, bevor sie verkündete: »Alaric ist hier und will dich sprechen.«

Callum stieß einen Fluch aus, nicht laut genug, um vom Tablet aufgenommen zu werden. Er sah Evie über die Schulter hinweg an. »Sag ihm, dass ich komme, aber lass ihn wissen, dass er stört.«

Evie nickte und ließ die Tür offen stehen. Callum schob seinen Stuhl zurück und stoppte die Tonaufnahme. »Warte hier. Ich beeile mich.«

»Du meinst, du versuchst ihn abzuwimmeln?«

Callum sagte nichts, aber sein Schweigen war Antwort genug, als er den Raum verließ. Kenzie lehnte sich in ihrem Stuhl zurück und nahm mehrere tiefe Atemzüge. Sie hatte sich bemüht während des Verhörs Stärke zu beweisen, doch in Wahrheit ging es ihr nicht gut. Sie zitterte, wenn auch nicht vor Kälte, und ihr Magen war ein nervöser Knoten, der nur darauf wartete, sich gegen sie zu wenden.

Es dauerte fast eine halbe Stunde, bis erneut Schritte im Flur erklangen. Sie wurden von einem Gewirr von Stimmen begleitet. Kenzie konnte die von Callum und Evie ausmachen, aber es mussten noch andere Leute bei ihnen sein. Und auch wenn Kenzie nicht alles verstehen konnte, so kristallisierte sich doch Alarics Name immer wieder heraus.

Die Tür zum Verhörraum öffnete sich, letzte Worte wurden gesprochen und Callum trat ein. Er hatte seine Haare gekämmt und auch seine Uniform hatte er zurechtgezupft, so dass sie perfekt auf seinen breiten Schultern saß. Er schob die Tür hinter sich zu und lehnte sich dagegen.

»Was ist passiert?«, fragte Kenzie.

Callum öffnete den Mund, sagte jedoch nichts und schloss ihn wieder. Er seufzte. »Ich …« Er schüttelte den Kopf, als könnte er nicht glauben, was er als Nächstes sagen musste. »Alaric hat Anzeige erstattet.«

Kenzie runzelte die Stirn. »Gegen wen?«

Er lachte trocken. »Gegen dich.«

»Gegen mich?«

Callum nickte.

»Wieso? Was habe ich getan?«

»Wenn du mich fragst? Nichts. Aber im Namen der Kolonie beschuldigt Alaric dich, den Mord an Nilam begangen zu haben.«

Kenzie klappte der Mund auf. War das etwa Alarics Ernst? Er beschuldigte sie Nilam ermordet zu haben? Das … Das war doch absurd! Ein Lachen bahnte sich seinen Weg aus Kenzies Kehle. Laut und hysterisch hallte es durch den Verhörraum. »Warum um alles in der Welt hätte ich das tun sollen?«

»Alaric denkt, du wolltest deinen Platz in der Kolonie festigen, indem du Nilams einnimmst.«

Ein Teil von Kenzie hatte gehofft, dass Callum sich nur einen Scherz mit ihr erlaubte, aber diese Hoffnung fiel bei seinen Worten in sich zusammen. Er war wütend und aufgebracht und viel zu ernst, als dass alles nur ein Witz hätte sein können. »Selbst wenn Alaric Recht hätte und ich den Platz einer Repräsentativen einnehmen wollen würde. Ich hätte mir sicherlich nicht Nilam als Opfer ausgesucht. Sie war meine Freundin!«

»Das weiß ich.« Callum sprach langsam und betonte jede einzelne Silbe. »Ich habe versucht Alarics Anschuldigungen abzuweisen, aber er besteht auf seiner Anklage.«

»Und was passiert jetzt?«, fragte Kenzie. »Werde ich verbannt?« Vielleicht war das der Grund für Alarics Vorwurf. Es war seine Art, sie loszuwerden, nachdem der Rat entgegen seiner Meinung gestimmt hatte.

»Nein. Eine Anklage ist kein Schuldspruch.« Callum stieß sich von der Tür ab. Er kam auf Kenzie zu, lief aber an ihr vorbei bis zu dem vergitterten Fenster. »Wir haben dein Zimmer durchsucht und es gibt keine Beweise, die Alarics Verdacht bekräftigen, aber auch keine Hinweise, die dich entlasten. Also bleibt die Anklage bestehen und du stehst bis auf weiteres unter Beobachtung.«

Kenzie drehte sich auf dem Stuhl, um Callum anzusehen. »Und was bedeutet das? Dass ich in einer Zelle ausharren muss, bis ihr mich für schuldig erklärt oder der Täter gefunden wird?«

»Du wirst mit einem Tracker ausgestattet, der es uns ermöglicht, deinen Aufenthaltsort jederzeit zu bestimmen«, erklärte Callum, den Rücken zu Kenzie. Er machte einen tiefen Atemzug, der seine Gestalt wachsen ließ, ehe er sich umdrehte. Sein Blick fing den von Kenzie ein und er senkte seine Stimme.

»Außerdem werde ich dafür verantwortlich sein, dich im Auge zu behalten.«

»Das ist ein Scherz, oder?« Kenzie sprang von ihrem Stuhl auf, der nach hinten umkippte und ein schallendes Geräusch in den Raum warf. »In dieser Kolonie läuft ein Mörder frei herum und du sollst deine Zeit verschwenden, nur weil Alaric ein Problem mit mir hat? Er weiß genauso gut wie wir, dass ich Nilam nicht ermordet habe.«

Callums Kiefer spannte sich an und er kam wieder auf Kenzie zu, bis er bedrohlich vor ihr aufragte. »Glaubst du, mir ist das entgangen? Es geht hier nicht um dich. Alaric handelt im Sinne der Einwohner, die nicht gut auf dich zu sprechen sind, um seinen Platz im Rat zu festigen.«

»Und du lässt ihm das durchgehen?«

»Natürlich nicht, aber wenn ich zu aggressiv vorgehe, findet Alaric nur neue Wege, mir Steine in den Weg zu legen.«

»Und was wirst du jetzt tun?«

Ein entschlossenes Lächeln trat auf Callums Lippen. »Ich werde Nilams Mörder finden und Alaric deine Unschuld beweisen. Und bis es so weit ist, wirst du unter meiner Aufsicht stehen. Alaric kann meine Entscheidungen vielleicht in Frage stellen, aber ich muss ihm nicht die Genugtuung geben, selbst daran zu zweifeln.«

»Und indem du mich selbst beaufsichtigst, vertrittst du deinen Standpunkt, ohne ihn zu hintergehen.« Kenzie nickte anerkennend. »Aber schadet das nicht *deiner* Position im Rat? Die Leute mögen mich nicht sonderlich.«

Das Lächeln auf Callums Lippen wurde breiter. »Darüber mache ich mir Gedanken, wenn es so weit ist. Im Moment ist es mir wichtiger, das Richtige zu tun.« Unerwartet legte er eine

Hand auf Kenzies Arm und die Wärme aus seinen Fingern kroch Kenzie geradewegs unter die Haut und ließ sie erschaudern. Seine Berührung war sanft und hatte etwas Tröstliches an sich, aber vor allem beinhaltete sie ein Versprechen. Das Versprechen, Nilams Mörder zu finden und Alaric zur Rechenschaft zu ziehen.

Zwölf

Kenzie fuhr mit den Fingern über die wunde Stelle an ihrem Unterarm, dort, wo man ihr den Tracker eingesetzt hatte. Mit dem bloßen Auge konnte man ihn nicht sehen, nur eine leichte Erhebung war zu ertasten. Mit einer Nadel hatte man ihr das Gerät unter die Haut gespritzt.

»Hör auf es ständig anzufassen«, mahnte Callum und schob Kenzies Arm zur Seite. Sie saßen in einem Transporter, der sie vom Quartier der Sicherheit zu Callums Haus brachte.

Kenzie zu *beaufsichtigen* bedeutete nämlich nicht nur, ihren Tagesplan in- und auswendig zu kennen, sondern auch, wann immer es möglich war, in ihrer Nähe zu sein. Und dies war am einfachsten, wenn Kenzie bei Callum einzog. Sie hatte ablehnen wollen, aber Callum schien kein Problem damit zu haben, sein Haus mit einer angeklagten Verbrecherin zu teilen, also hatte sie nicht protestiert – aus Angst, die Alternative wäre eine Zelle.

»Der Tracker stört unter der Haut.« Kenzie schob sich eine nasse Haarsträhne aus dem Gesicht. Sie hatte im Quartier geduscht und frische Häftlingskleidung angezogen. »Was hält mich davon ab, dieses Ding einfach rauszuschneiden?«

»Die Tatsache, dass du es *rausschneiden* müsstest?«, fragte

Callum mit hochgezogenen Augenbrauen. »Außerdem würdest du damit gegen deine Auflagen verstoßen und Alaric einen Grund geben, auf deine erneute Verhaftung zu drängen, und das würde ich gerne vermeiden.«

»Nicht nur du«, stimmte Kenzie zu. Sie hatte Callum noch nicht in ihren Plan eingeweiht, aber sie würde ihm dabei helfen, Nilams Mörder zu finden. Sie konnte nicht tatenlos danebenstehen und darauf warten, dass er für Gerechtigkeit sorgte. »Wie geht es mit den Ermittlungen jetzt weiter?«

»Meine Leute und ich werden die nächsten Tage damit verbringen, Zeugen aufzuspüren und Einwohner zu befragen, die zur Zeit von Nilams Ermordung in der Nähe des Gemeinschaftshauses waren«, erklärte Callum. »Wir hoffen darauf, dass der Forschungsbericht uns mehr Klarheit gibt.«

»Was für ein Forschungsbericht?«, fragte Kenzie, gerade als der Transporter stehen blieb, um wartende Fahrgäste aufzunehmen. Sie stiegen in die Gondel vor ihnen, aber nicht ohne ihnen misstrauische Blicke zuzuwerfen. Die Nachricht von dem Mord hatte sich schnell verbreitet, und seit sie das Quartier der Sicherheit verlassen hatten, starrten die Leute sie an. Jeder schien zu erwarten, dass Callum etwas sagte oder tat, das ihnen die Angst vor dem Mörder nehmen würde.

Callum senkte den Kopf und sah auf den Boden, der unter ihnen davonglitt. »Nilams Obduktionsbericht. Ricardo wird aus der Untersuchung ihres Körpers Prognosen über den Tathergang erstellen, die uns vielleicht weiterhelfen. Womöglich findet er sogar DNA-Spuren des Mörders.«

»Verstehe«, murmelte Kenzie und verdrängte den Gedanken an Nilam, wie sie nackt und leblos vor Ricardo lag, der gerade ihre Wunden inspizierte.

Nahe der Glaswand des Würfels stiegen Callum und Kenzie aus dem Transporter, bevor dieser einen Bogen beschrieb, um zurückzufahren. Die Häuser am Rande der zweiten Ebene waren nicht so imposant wie die Gebäude im Stadtkern, die mit ihrer Größe und ihren auffälligen Farben beeindruckten, aber sie besaßen ihren eigenen Charme. Jedes Haus hatte einen eigenen Garten, der von einem Zaun umgeben war.

»Ich hätte nicht erwartet, dass du in einem so abgeschiedenen Teil der Kolonie lebst«, sagte Kenzie und folgte Callum in eine schmale Straße, die quer zum Transporter verlief.

Er zuckte mit den Schultern. »Es ist ruhig und sonnig.«

Schließlich blieb Callum vor einem zweistöckigen Haus stehen. Der Garten war überwuchert von exotischen Blumen, wie Kenzie sie noch nie gesehen hatte. Rote und orange Blüten wuchsen aus fächerartigen Blättern und ein hochgewachsener Baum mit hängendem Blattwerk warf seinen Schatten über das satte Grün des Rasens. Auf der Veranda stand eine Bank, die dazu einlud, sich hinzusetzen. Doch dieses Haus wollte nicht zu dem Mann passen, der neben Kenzie lief.

»Das Haus hat bereits meinem Vater gehört«, erklärte Callum, als hätte er ihre Gedanken gelesen. »Er hatte eine Vorliebe für seinen Garten und wäre sicherlich enttäuscht zu erfahren, dass ich seinen größten Schatz einem Gärtner anvertraue.«

»Mir gefällt es«, bemerkte Kenzie und beugte sich im Vorbeigehen zu einer der roten Blüten.

Callum entriegelte die Tür und stieß sie mit einer einladenden Geste auf. Das Innere des Hauses war weit und offen. Es gab kaum Wände, dafür aber viele Fenster, und eine Treppe führte in die höher gelegene Galerie, von deren Brüstung aus man in das Erdgeschoss blicken konnte. Das Mobiliar war schlicht, mit vielen hellen Farben, dennoch wirkte das Haus nicht kalt, denn es war sichtbar bewohnt. Der Stoff auf der Couch war abgewetzt, der Esstisch hatte Schrammen und überall lagen Sachen herum, die Callum nicht aufgeräumt hatte.

»Es ist leider etwas unordentlich«, sagte er und legte die Schlüssel in eine kleine Schale neben dem Eingang. »Die letzten Tage waren stressig.«

Und sie werden garantiert noch stressiger, dachte Kenzie. Nilam war vielleicht nicht mehr hier, aber die übrigen Repräsentativen wollten noch immer von Callum betreut werden und würden seinen Schutz nun mehr denn je einfordern, solange der Mörder auf freiem Fuß war.

»Mein Schlafzimmer ist oben auf der Galerie«, erklärte Callum. Er schlenderte durch den Raum und Kenzie folgte ihm. »Für gewöhnlich esse ich auf dem Sofa, aber die nächste Zeit wird es dein Schlafplatz sein. In der Küche gibt es noch ein paar Cracker, meine Vorräte sind allerdings ziemlich aufgebraucht. Auf meinem Tablet sind Bücher und Spiele installiert, solltest du dich langweilen.«

Kenzie sah sich in der Küche um, in der sie stehen geblieben waren. Sie befand sich in einer Nische, war aber dennoch geräumig mit Schränken und Regalen, voller Gläser und Dosen der unterschiedlichsten Größen. »Was ist mit meiner gemeinnützigen Arbeit? Ich war heute nicht bei Octavius.«

Callum lehnte sich gegen die Küchenzeile und eine tiefe Falte zog sich über seine Stirn. »Es wird das Beste sein, wenn du vorerst nicht weiter im Lager arbeitest. Ich dachte, es wäre eine gute Möglichkeit, dich einzubringen, aber die Anklage wegen Mordes macht alles viel komplizierter und Alaric wird dafür sorgen, dass jeder davon erfährt.«

»Und was soll ich stattdessen tun?«

»Nichts, bis ich herausgefunden habe, welche Konsequenzen Alarics Anschuldigungen mit sich bringen.«

»Ich soll also warten, bis die Sache ausgesessen ist?« Das war das Letzte, was Kenzie wollte. Die Einsamkeit in dem fremden Haus würde sie erdrücken. Und wie sollten die Einwohner der Kolonie sie kennen- und akzeptieren lernen, wenn sie sich aus Angst vor der Konfrontation wie eine Aussätzige verhielt? »Ich finde nicht, dass ich mich verstecken sollte. Das wirkt, als hätte ich etwas zu verbergen.«

Die Falte auf Callums Stirn wurde weicher. »Vielleicht, aber ich kann dich unmöglich in die Nähe der Lager lassen. Die Leute müssen den Vorräten vertrauen können, und sollten die Statistiken nach der Zählung nicht aufgehen, werden sie dich für den Verlust an den Pranger stellen, auch wenn du erst seit einer Woche hier bist.«

»Das verstehe ich, aber es gibt trotzdem vieles, was ich tun kann.« Kenzie trat vor Callum. »Ich kann dir helfen den Mörder zu finden. Ich habe sämtliche Kriminalromane in der Wasserkolonie gelesen.«

Callums Mundwinkel zuckten. »Du kannst mir nicht helfen, egal wie viele Romane du gelesen hast. Du bist Nilams Freundin und persönlich zu involviert. Du würdest der Integrität der Ermittlung schaden.«

»Der Integrität der Ermittlung? Persönlich zu involviert? Pah! Wenn überhaupt, bin ich die Einzige mit genügend Ernst und Motivation. Du lässt dich von Alaric beeinflussen–«

»Du täuschst dich, wenn du glaubst, ich hätte nicht die richtige Motivation. Du ahnst gar nicht, wie sehr ich Nilams Mörder finden möchte«, sagte Callum, bevor Kenzie den Satz beenden konnte. »Und du gehörst nicht zum Team. Meine Leute haben für diese Arbeit nicht genug Vertrauen zu dir.«

Kenzie biss sich auf die Unterlippe. Callums Argument war nicht zu missachten. Evie und die anderen hatten sie eine Woche lang wie einen Häftling behandelt und plötzlich sollten sie Kollegen sein? »Und was ist mit dir?« Kenzie sah zu ihm auf. Sein Blick ruhte auf ihrem Mund, als könnte er es nicht erwarten, bis sie die nächsten Worte aussprach. »Vertraust du mir?«

»Ich weiß nicht … Ich denke schon.«

»Dann beweis es mir und nimm meine Hilfe an.« Unbeabsichtigt war Kenzie ihm noch näher gekommen. »Lass mich an den Ermittlungen teilhaben. Erzähl mir beim Abendessen, welche Spuren du verfolgst, und beim Frühstück, welche Zeugen du befragt hast. Ich kann helfen.«

»Es ist mir nicht erlaubt, diese Informationen weiterzugeben, auch nicht als Beauftragter der Sicherheit. Ich könnte Ärger bekommen, wenn die anderen davon erfahren.«

»Das werden sie nicht. Mit wem sollte ich schon darüber reden? Ich kenne niemanden.« Kenzies Stimme hatte einen flehenden Tonfall angenommen. »Bitte lass mich helfen.«

Callum musterte sie eindringlich. Der Kampf, den er dabei in seinem Inneren focht, war nicht zu übersehen. Schließlich seufzte er. »Einverstanden, aber du hältst dich aus der aktiven Ermittlungsarbeit raus, und wenn ich merke, dass es nicht funktioniert, brechen wir diesen Versuch ab.«

Ein Lächeln breitete sich auf Kenzies Gesicht aus, und bevor sie wusste, was sie tat, schlang sie ihre Arme um Callum und drückte ihn an sich. Dabei kitzelte der raue Stoff seiner Uniform an ihren Wangen. »Danke, danke, danke. Du wirst es nicht bereuen. Versprochen.«

Callum legte ihr eine Hand auf die Schulter. Dabei war sich Kenzie der tröstenden Wärme seiner Berührung nur allzu bewusst. Und es wäre leicht gewesen, sich ihr hinzugeben, aber Callum erwiderte die Umarmung nicht, sondern räusperte sich verlegen. »Ich muss zu der Besprechung.«

»Natürlich.« Kenzie zog sich zurück, bis sie ihm wieder ins Gesicht sehen konnte. Hätte Nilam sie so gesehen, läge längst ein anzügliches Grinsen auf ihrem Gesicht. »Wann kommst du zurück?«

»Ich weiß noch nicht.« Callum lief an ihr vorbei zur Tür. »Sicherlich nicht vor Sonnenuntergang, aber wir reden später weiter, okay?« Kenzie nickte. Sie sah zu, wie Callum noch einen letzten Blick in den Spiegel warf, bevor er ging und Kenzie alleinließ.

Augenblicklich breitete sich ein Gefühl von Einsamkeit in ihr aus. Es saß tief und eng in ihrer Brust und es war nur eine Frage der Zeit, bis die Erinnerung an Nilam sie einholen würde. Hilflos sah sich Kenzie um. Unter anderen Umständen hätte sie Callum um dieses Haus beneidet. Es lag direkt am Rande des Würfels mit Blick auf das Meer und wurde vom natürlichen Sonnenschein geflutet. Hier fühlte man sich frei. Es gab kein Gefühl der Beklommenheit, wie Kenzie es in ihrem Elternhaus oft verspürt hatte. Dennoch wünschte sie sich gerade an diesen Ort und in die Arme ihrer Eltern zurück.

In dieser Kolonie gab es niemanden, der ihr Trost spenden und sie festhalten konnte. Die Person, die einem Freund noch am nächsten kam, war Kalif, aber auch dessen konnte sich Kenzie nicht mehr sicher sein, nicht nach der Anklage wegen Mordes. Ein Flüchtling zu sein und aus einer anderen Kolonie zu stammen war eine Sache, eine angebliche Mörderin zu sein eine ganz andere.

Kenzie schüttelte diese Gedanken ab. Sie wollte jetzt nicht an ihre Eltern, Noël oder Kalif erinnert werden. Was sie brauchte, war eine Ablenkung, die ihren Verstand zum Erliegen brachte, und als sie ihren Blick ein zweites Mal durch das Haus gleiten ließ, kam ihr eine Idee.

Schon kurze Zeit später lief Kenzie mit einem Eimer schäumendem Wasser durch das Haus. Sie wischte über den Boden, über Tische und Regale und sammelte liegengebliebenes Geschirr ein. Callums schmutzige Wäsche warf sie in einen Korb, der am Fußende seines Bettes stand. Und nachdem alles zumindest auf den ersten Blick sauber war, machte sie sich über die Küchenschränke her. Sie stapelte sämtliche Vorräte auf die Theke und wischte die Regale aus. Dabei summte sie die Melodie eines alten Volkslieds aus der Wasserkolonie, um ihren Verstand ebenfalls beschäftigt zu halten.

Sie räumte gerade die Dosen zurück ins Regal, als sie hörte, wie sich die Eingangstür öffnete. Ihr Summen verstummte. Callum sollte noch nicht zurück sein. Es waren mittlerweile einige Stunden vergangen, aber die Sonne war noch nicht untergegangen.

»Callum?«, fragte eine verunsicherte Frauenstimme. Wer war das? Callums Freundin? Er hatte sie mit keinem Wort erwähnt, aber wer sonst sollte einen Schlüssel haben?

Kenzie kletterte von der Anrichte und wischte sich ihre Hände, die vom Putzwasser aufgequollen waren, an einem Tuch ab. Sie trat aus der Nische und entdeckte die Frau, die Callums Namen gerufen hatte, an der Tür. Sie hatte ihr dunkles Haar zu einem Knoten gebunden und trug ein helles Kleid, das ihre schmale Figur betonte. Entweder hatte Callum etwas für ältere Frauen übrig oder es war seine Mutter, die nun vor Kenzie stand. »Callum ist im Quartier.«

Irritiert sah die Frau sie an. In ihrem Blick lag keine Feindseligkeit, sondern eine Mischung aus Neugier und Verwirrung. »Du bist das Mädchen aus der Wasserkolonie, das wegen Mordes angeklagt ist.«

Kenzie verzog das Gesicht zu einer Grimasse. Es sollte sie nicht wundern, dass sich die Neuigkeit um ihre Anklage schnell verbreitet hatte. »Ich war es nicht.«

»Das weiß ich«, sagte die Frau. »Callum hat einen guten Instinkt. Er würde nie einer Verbrecherin helfen, und wenn er von deiner Unschuld überzeugt ist, bin ich es auch.«

Unweigerlich musste Kenzie lächeln. Mit ihr gab es nun immerhin schon zwei Personen in dieser Kolonie, die sie nicht für eine Mörderin hielten. »Ich heiße Kenzie.«

»Auch das weiß ich.« Die Frau kam näher und reichte ihr die Hand. Ihre Finger waren so lang und schmal wie ihr Körper. »Ich bin Vivian.«

»Es freut mich, dich kennenzulernen«, sagte Kenzie und verschränkte die Arme. »Bist du Callums Mutter?«

Vivian lachte. »Nein, aber manchmal fühlt es sich so an. Ich arbeite für ihn und komme einmal die Woche vorbei, um aufzuräumen. Der Junge weiß vielleicht, wie man eine Kolonie in Ordnung bringt, aber vom Führen eines Haushaltes hat er keine Ahnung.«

»Oh.« Kenzie sah sich in dem Raum um, der inzwischen so sauber war, dass man vom Boden hätte essen können. »Ich glaube, ich habe dir heute die Arbeit abgenommen.«

Vivian machte eine wegwischende Handbewegung. »Bist du schon fertig oder kann ich dir helfen?«

»Ich bin gerade dabei, die Küche aufzuräumen«, sagte Kenzie. Unter anderen Umständen hätte sie Vivian weggeschickt, aber sie wollte mehr über Callum und die Kolonie in Erfahrung bringen und Vivian erschien ihr dafür die Richtige zu sein.

Gemeinsam liefen sie in die Küche, in der noch das Chaos regierte. Überall auf der Theke standen Callums Vorräte verteilt und in der Spüle lagen noch die dreckigen Teller, die Kenzie eingesammelt hatte. Sofort nahm sich Vivian einen Lappen und kletterte auf die Anrichte, auf der Kenzie kurz zuvor selbst noch gestanden hatte.

»Wie lange kennst du Callum schon?«, fragte Kenzie.

»Eine Ewigkeit.« Vivian seufzte. »Ich habe mich schon um ihn gekümmert, als er noch ein Baby war. Nicolas, sein Vater, hat viel gearbeitet und mich gut dafür bezahlt, auf ihn aufzupassen. Später, als er älter wurde, habe ich kleine Aufgaben im Haushalt übernommen und zum Schluss habe ich Nicolas gepflegt, während Callum das Geld verdient hat.«

»Dann gehörst du fast zur Familie.«

Vivian wischte über die Bretter. »Das könnte man sagen. Wir haben viel zusammen durchgemacht. Callum ist wie ein Sohn für mich, aber seit Nicolas' Tod ist alles anders.« Das sanfte Lächeln auf Vivians Lippen konnte nicht über die Traurigkeit in ihrer Stimme hinwegtäuschen und unweigerlich musste Kenzie sich fragen, ob diese Frau mehr für Callums Vater empfunden hatte als Freundschaft.

»Der Tod kann einen verändern«, erwiderte Kenzie. Sie hatte bisher noch nicht viel Erfahrung auf diesem Gebiet gehabt, aber sie war gerade dabei zu verstehen, was es bedeutete, jemanden zu verlieren, der einem nahestand. Doch sie wollte jetzt nicht an Nilam denken, denn das zu verhindern war ja der Sinn der ganzen Arbeit. »Wo ist Callums Mutter?«

Vivian hielt einen Moment inne, dann warf sie den Lappen

in die Spüle. »Wenn er dich fragt, weißt du es nicht von mir, aber seine Familiengeschichte ist ein offenes Geheimnis.« Vivian legte eine Kunstpause ein. »Callum hat seine Mutter nie kennengelernt. Sie war eine Repräsentative und dazu bestimmt, die Kolonie zu verlassen. Nicolas und sie haben sich verliebt und die beiden haben beschlossen ein Kind zu bekommen, in der Hoffnung, dass man Ayda nicht wegschickte, wenn sie Mutter wäre.«

»Aber das hat man«, schlussfolgerte Kenzie und reichte Vivian die Vorräte für die Regale nach oben.

»Es war damals Alarics erstes Jahr im Rat und er hat sich schon immer dazu verpflichtet gefühlt, Gesetze zu befolgen und keine Nachsicht walten zu lassen«, erklärte Vivian. »Ayda musste Callum bei seinem Vater lassen und in ihre neue Kolonie gehen. Nicolas hat Alaric nie verziehen, dass er sie fortgeschickt hat, und Callum hat das ebenfalls nicht.«

Dreizehn

Vivian leistete Kenzie für die nächsten Stunden Gesellschaft. Sie erzählte ihr nicht nur Geschichten über Callum, sondern vor allem über die Kolonie und ihre Eigenheiten. Wer beispielsweise Arbeit suchte, musste dies am Rathausplatz tun. Dort gab es eine Tafel, an der alle Stellen aushingen. Man durfte frei wählen, was man tun wollte, aber es gab verschiedene Stufen von Qualifikationen. Manche Luftgeborene gingen länger zur Schule als andere, und bevor Kenzie sich überhaupt bewerben konnte, musste sie herausfinden, welche Stufe ihr Abschluss einnahm.

Nachdem sich Vivian verabschiedet hatte, machte Kenzie es sich auf der Couch bequem. Es war bereits dunkel, als sie schließlich das Klicken des Türschlosses hörte. Sie blickte auf und entdeckte Callum. »Ich dachte schon, du kommst nicht mehr.«

»Tut mir leid, dass es so lange gedauert hat.« Er stieß die Haustür mit dem Ellenbogen zu. In den Händen hielt er mehrere Boxen, die einen herrlichen Duft verströmten, den Kenzie nicht genau benennen konnte. »Ich habe uns etwas zu essen mitgebracht. Ich hoffe, du magst asiatisch.« Er lief zu dem Tisch, der im Schatten der Galerie lag, und schaltete das in die Decke eingelassene Licht ein.

»Asiatisch?«, fragte Kenzie überrascht. Vor der Flut hatte jeder

Kontinent, jedes Land und sogar jede Region eine eigene Küche gehabt, aber mit dem Anstieg des Meeresspiegels und den immer knapper werdenden Ressourcen war diese Vielfalt ausgestorben, vor allem in den Wasserkolonien, die sich fast ausschließlich von Fisch ernährten.

»May Wangs Familie stammte aus dem ehemaligen China und sie hat noch ein altes Kochbuch. Ohne sie wäre ich vermutlich längst verhungert. Ich zieh mich eben um. Das Geschirr ist über der Spüle.«

»Ich weiß, wo das Geschirr ist. Vivian und ich haben heute gemeinsam die Küche aufgeräumt.«

Callum, der bereits auf der Treppe stand, erstarrte und drehte sich zu ihr um. Er ließ seinen Blick durch den Raum gleiten und seine Augenbrauen zogen sich dicht zusammen. Er schien erst jetzt zu bemerken, dass Ordnung herrschte. »Ich habe Vivian ganz vergessen. War sie nett zu dir?«

Kenzie nickte. »Sie hält mich für unschuldig.«

Die Anspannung in Callums Gesicht löste sich, bis er beinahe lächelte. »Vivian hatte schon immer eine gute Menschenkenntnis.«

Sie traut vor allem deinem Urteilsvermögen, dachte Kenzie, bevor sie aber etwas sagen konnte, war Callum bereits außer Sichtweite. Das Geräusch von sich öffnenden Schubladen und raschelndem Stoff war zu hören. Unweigerlich formten sich vor Kenzies innerem Auge Bilder von Callum, wie er sich seiner Kleidung entledigte. Zuerst würde er die Jacke seiner Uniform aufknöpfen, ehe er sie sich von den Schultern streifen würde. Danach würde er das schwarze Shirt ausziehen und seine Hose öffnen ... Ob der Rest seines Körpers dieselbe ebenmäßige Bräune hatte wie seine Arme?

Kenzie schüttelte den Kopf und verbot ihren Gedanken weiter in diese Richtung zu wandern. Nilam war keinen Tag tot und sie dachte darüber nach, wie irgendein Kerl ohne Kleidung aussah? Was war nur los mit ihr? Sie hatte noch nie zu diesen Mädchen gehört, deren ganzes Leben sich um die Männer drehte, die darin vorkamen. Wobei es Nilam sicherlich gefallen hätte, mit ihr über Callum zu reden und Pläne zu schmieden, wie Kenzie ihn für sich gewinnen konnte.

Doch das würde nie passieren. Nilam war tot, Kenzie war eine angeklagte Mörderin und Callum ein anerkanntes Ratsmitglied. Er konnte sich keine Romanze mit Kenzie leisten und sie wollte das auch nicht. Seine ganze Aufmerksamkeit sollte Nilam und der Erfassung ihres Mörders gelten.

Kenzie seufzte und holte das Geschirr aus der Küche, um den Tisch zu decken. Die Teller waren aus altem Porzellan, das an den Kanten abgestoßen war, und die einstigen Verzierungen waren bereits zu undefinierbaren Flecken verkommen.

»Ich habe ein altes Shirt für dich, in dem du heute schlafen kannst«, rief Callum von der Galerie. Er polterte die Treppe herunter und warf das Stück Stoff im Vorbeigehen auf die Couch. »Ich habe leider nichts anderes. Vielleicht sollten wir die Tage bei *Third-Hand* vorbeischauen.«

»Third-Hand?«

»Das ist eine Organisation unserer Kolonie«, erklärte Callum, während er die Boxen öffnete, die er mitgebracht hatte. »Leute können bei *Third-Hand* Dinge abgeben, die sie nicht mehr haben wollen, und *Third-Hand* verteilt sie kostenlos an die Einwohner, die sie brauchen.«

»Verstehe«, murmelte Kenzie. Sie war es gewohnt, alles umsonst zu bekommen. Das war Alltag in der Wasserkolonie und niemals hatte sie sich dabei unwohl gefühlt. Doch die Vorstellung, die alten, unerwünschten Sachen von reichen Leuten wie Alaric zu bekommen, bereitete ihr aus irgendeinem Grund Unbehagen. Allerdings hatte sie keine andere Wahl. Sie besaß keine Aktiva und ihre Kleidung war schon vor der Abreise nicht in der besten Verfassung gewesen.

»Wenn ich morgen Zeit habe, könnten wir zusammen hingehen.«

»Gerne.« Kenzie lächelte Callum an. Sie war ihm dankbar für all die Hilfe, die er ihr bot, allerdings machte sie sich nichts vor. Natürlich war Callum nur nett zu ihr, weil es zu seinen Aufgaben gehörte, und vielleicht, weil er Alaric eins auswischen wollte. Aber in diesen Stunden war Kenzie bereit jede Nettigkeit hinzunehmen, egal welche Absicht dahintersteckte. Und in Callums Nähe zu sein bedeutete gleichermaßen tiefer in die Ermittlungen involviert zu sein. »Hat sich bei der Besprechung im Quartier etwas ergeben?«

Callum schüttelte den Kopf und zog Kenzies Teller zu sich heran. Er teilte das Essen aus den Boxen zwischen ihnen auf. »Wir sind uns einig, dass sich dieses Verbrechen gegen das Repräsentativen-System richtet. Deshalb haben wir einige Wassergeborene befragt, aber ihre Aussagen sind schwammig. Jeder will plötzlich etwas gehört und gesehen haben.«

»Werde ich von den Repräsentativen verdächtigt?« Kenzie starrte auf den vollen Teller, den Callum ihr zuschob. Der süße Duft des Essens war jetzt noch intensiver und das erste Mal seit den Morgenstunden verspürte sie Appetit. Sie nahm einen Bissen und seufzte. *Herrlich.*

Callum lachte. »Um auf deine Frage zurückzukommen. Ja, ein paar der Repräsentativen halten dich für schuldig, aber sie haben keine Beweise und reden Alaric nur nach. Nichts, worüber du dir Sorgen machen müsstest.«

»Ich mache mir keine Sorgen … nicht deswegen.« Eine mögliche Verbannung war zu lange Teil ihres Lebens gewesen, um sie zu beunruhigen. Außerdem vertraute sie Callum und darauf, dass die Einwohner irgendwann bereit waren sie zu akzeptieren.

Callum legte seine Gabel zur Seite und musterte sie eindringlich, als suche er eine Antwort, die ihr ins Gesicht geschrieben sein müsste. »Wie geht es dir?«, fragte er mit Sorge in der Stimme. »Ich meine, nicht wegen der Anklage, wegen Nilam. Du wirkst sehr … gefasst.«

Kenzie zuckte mit den Achseln. Denn nichts, was sie sagte, dachte oder tat, würde Nilam zurückbringen. »Ich bin geübt darin, Negatives zu verdrängen.«

»Negatives wie den Grund, weshalb du die Wasserkolonie verlassen hast?« Callum begann wieder zu essen, um die Frage beiläufig klingen zu lassen, aber es gelang ihm nicht.

Kenzie schmunzelte, ohne wirklich belustigt zu sein. »Lenk nicht vom Thema ab. Du warst den ganzen Tag unterwegs und hast mit Leuten gesprochen. Was hast du in Erfahrung gebracht? Und was ist mit diesem Forschungsbericht?«

Callum lehnte sich in seinem Stuhl zurück. Seine Bewegungen waren träge und sein Blick müde, als er Kenzie dieses Mal ansah. »Ich wünschte, ich könnte dir jede Menge Beweise und Fakten vorlegen, aber die gibt es nicht und der Forschungsbericht war wertlos.«

»Was meinst du damit?«

»Ricardos Ergebnisse sind nicht besonders aussagekräftig. Die Tatwaffe war ein Kletterseil und die gibt es hier überall zu kaufen.«

Ein Kletterseil? Wie konnte es sein, dass ein so banaler Gegenstand das Leben eines Menschen beenden konnte? Wie hatte es sich für Nilam angefühlt zu sterben? Woran hatte sie gedacht? Was war das Letzte, das sie gesehen hatte? War es ihr Mörder gewesen? Hatte sie ihn erkannt?

Bei diesem Gedanken durchlief ein Schauder Kenzies Körper. Sie wusste nicht, was schlimmer war, allein zu sterben oder mit dem Anblick des eigenen Mörders vor Augen.

Ein Kloß bildete sich in ihrer Kehle und der Geruch des asiatischen Essens hatte plötzlich nichts Verführerisches mehr an sich. Sie schob den Teller von sich und presste die Lippen aufeinander, um die aufkommende Übelkeit zu verdrängen. Ihr Herz begann zu flattern und sie glaubte schon keine Luft mehr zu bekommen, als sie eine Berührung an ihrem Arm verspürte, kurz bevor sich eine warme Hand um ihre eigene schloss.

»Es war nicht deine Schuld«, sagte Callum. Seine Stimme war so sanft wie seine Geste. »Niemand hat damit gerechnet, dass Nilam so etwas zustößt.«

»Ich war nicht bei ihr«, sagte Kenzie und schloss die Augen, damit Callum ihre Tränen nicht sehen konnte.

»Du warst ihr eine gute Freundin.« Seine Worte klangen vollkommen überzeugt, obwohl er keine Ahnung hatte, wovon er redete. Würde er die Wahrheit kennen, wüsste er, dass sie Nilam keineswegs eine gute Freundin gewesen war. Denn wäre Noël an Nilams Stelle gewesen, hätte Kenzie die Nacht in seinem Zimmer verbracht und ihn nicht alleingelassen.

Callum drückte ihre Hand fester. »Ich wünschte, ich könnte etwas sagen, damit du dich besser fühlst. Aber ich weiß, dass ich das nicht kann. Es vergeht kein Tag, an dem ich kein schlechtes Gewissen habe, weil ich nicht da war, als mein Vater gestorben ist. Doch wärst du bei Nilam gewesen, hätte ihr Mörder vielleicht auch dich getötet.«

Vermutlich hatte er Recht, dennoch bekam Kenzie die Frage *Was wäre, wenn?* nicht aus dem Kopf. Was wäre, wenn sie bei ihr gewesen wäre? Hätten sie gemeinsam den Mörder überlisten können? Hätten sie ihn mit vereinten Kräften in die Flucht geschlagen? Oder wäre er überhaupt nicht aufgetaucht?

Kenzie schluckte schwer und öffnete die Augen. Schnell wischte sie mit der freien Hand die Tränen weg, während Callum ihre andere noch immer festhielt. Er hatte sich über den Tisch zu ihr gelehnt und musterte sie eindringlich. In diesem Moment erkannte sich Kenzie in Callum wieder. In seinen Augen standen all die Gefühle geschrieben, die auch in ihr tobten. »Du gibst dir selbst die Schuld an Nilams Tod«, stellte sie fest.

Ein schmerzerfülltes Lächeln trat auf Callums Lippen. »Erwischt, aber wie könnte ich mich nicht schuldig fühlen? Du bist nur ihre beste Freundin, ich bin verantwortlich für die Sicherheit der Leute und habe bei Nilam kläglich versagt.«

»Du hättest es nicht wissen können.«

»Und du auch nicht.«

»Versuchst du mich oder dich selbst davon zu überzeugen?«

»Uns beide?« Er zuckte mit den Schultern und nahm seine Hand von ihrer. Augenblicklich vermisste sie seine Wärme und am liebsten hätte sie erneut nach ihm gegriffen. Doch nach allem, was er für sie getan hatte, hatte sie nicht das Recht dazu, auch noch seine Nähe einzufordern.

Vierzehn

Regungslos lag Kenzie auf der Couch und starrte an die Decke. Sie war umgeben von Dunkelheit und Stille, aber an Schlaf war nicht zu denken. Sie fürchtete die Bilder, die ihre Träume hervorrufen könnten, also hielt sie sich mit Erinnerungen an bessere Zeiten wach. Zeiten, in denen Nilam noch am Leben gewesen war und sie gemeinsam mit Noël durch die Straßen der Wasserkolonie spaziert waren.

Sie vermisste Noël in diesem Moment mehr denn je. Ihm konnte sie sich anvertrauen und er würde ihre Trauer nicht nur verstehen, sondern sie mit ihr teilen. Callum empfand vielleicht dieselbe Schuld wie sie, aber ihre Trauer konnte er nicht erfassen und auch Kalif würde sie niemals so gut verstehen wie der Freund, den sie zurückgelassen hatte.

Sie wünschte, er wäre bei ihr. Gemeinsam könnten sie auf der Couch liegen und sich Geschichten von Nilam erzählen, bis die schönen Erinnerungen lebendig wurden und die grausamen Bilder vertrieben.

Plötzlich riss ein Geräusch Kenzie aus ihren Gedanken. Es war so leise, dass sie es unter normalen Umständen gar nicht gehört hätte. Doch in der Stille der Nacht war es wie ihr Schrei im Gemeinschaftshaus: zu laut, um ignoriert zu werden.

Kenzie hob den Kopf und lauschte in den Raum. Das Rascheln kam eindeutig aus der oberen Etage. Sie blickte auf, aber dort brannte kein Licht, obwohl sie hören konnte, wie eine Schublade aufgezogen wurde, gefolgt von weiterem Knirschen und Knistern.

Wie spät war es?

Über ihre Schulter spähte Kenzie durch das Fenster, das zum Meer ausgerichtet war. Die Nacht war klar und dunkel und die Morgendämmerung schien noch weit entfernt. Wieso war Callum schon wach? Und wo wollte er um diese Uhrzeit hin? Teilten sie neben den Schuldgefühlen womöglich auch ihre Schlaflosigkeit?

Kenzie blinzelte und hielt die Luft an, als eine Gestalt auf der Galerie erschien. Auf Zehenspitzen schlich Callum die Treppe nach unten, ohne sich Kenzies Aufmerksamkeit bewusst zu sein.

Einen Augenblick dachte sie darüber nach, Callum anzusprechen. Doch er lief so schnell und zielstrebig auf die Haustür zu, dass Kenzie ihre Worte zurückhielt. Er nahm seine Schlüssel aus der Schale und kurz darauf war das Klicken der Tür zu hören, die zurück ins Schloss fiel. Callum war gegangen und Kenzie wieder allein.

Warmes Licht ließ Kenzie langsam aus dem Schlaf gleiten. Sie blinzelte gegen die Helligkeit an und versuchte sich daran zu erinnern, wann sie eingeschlafen war. Sie lag nicht länger auf dem Sofa, sondern hatte sich auf dem Boden zu einer Kugel zusammengerollt, die Decke über sich geworfen. Sie drehte sich um, bis sie flach auf dem Rücken lag.

Im Haus war es still und Kenzie musste nicht einmal zur Galerie schauen, um zu wissen, dass Callum von seinem nächtlichen Ausflug nicht zurückgekommen war.

Wo war er?

Angetrieben von einem Gefühl der Sorge stand Kenzie auf und zog ihre Hose an. Es gab Dutzende von Gründen, weshalb Callum die Nacht woanders verbracht haben könnte. Womöglich war ihm eine Idee gekommen und er hatte im Quartier gearbeitet. Oder er hatte doch eine Freundin, bei der er sein wollte. Es waren logische Erklärungen, die ihr keine Sorgen bereiten sollten. Dennoch musste Kenzie an Nilams Mörder denken und daran, dass er frei herumlief und Callum ihm begegnen könnte.

Er war zwar nicht so hilflos, wie Nilam es gewesen war, aber die Vorstellung, Callum könnte diesem Monster begegnet sein, ließ Kenzie erzittern. Und noch bevor sie wusste, was sie tat, lief sie nach oben auf die Galerie. Sie konnte nicht tatenlos herumsitzen und darauf warten, dass Callum unbeschadet zurückkam – *wenn* er zurückkam. Sie musste ihn suchen.

Sein Bett war ungemacht und sein Schrank stand offen. Er besaß mehr Kleidung, als Kenzie es bei einem einzelnen Menschen für möglich gehalten hätte. Dutzende von Shirts in den verschiedensten Farben, drei Uniformen, mehrere Paar Stiefel und etliche Hosen in den verschiedensten Ausführungen. Einige Materialien hatte Kenzie noch nie gesehen, aber vermutlich behielten die Industrieinseln diese Stoffe den reichen Kolonien vor, die mehr zu bieten hatten als etwas Getreide und Fisch.

Eilig streifte sich Kenzie das Shirt, in dem sie geschlafen hatte, vom Körper und zog sich ein frisches an. Sie stopfte den Saum in den Bund ihrer Hose und rannte die Treppe wieder nach unten. Vor der Haustür blieb Kenzie stehen. Sie spähte in die Schale, aus der Callum seine Schlüssel genommen hatte. Darin lagen noch ein Ersatzschlüssel und ein paar Aktiva-Münzen, die Kenzie, ohne zu zögern, ebenfalls in ihre Hosentaschen stopfte. Sie war sich nicht sicher, ob sie das Haus überhaupt verlassen durfte. Callum hatte kein Verbot ausgesprochen, aber auch keine Erlaubnis. Kenzie beschloss das Risiko eines Regelverstoßes einzugehen. Schließlich sollte dies kein Spaziergang durch die Kolonie werden. Sie musste Callum finden und ihr erstes Ziel war das Quartier der Sicherheit.

Kenzie hatte nicht bemerkt, wie lange sie geschlafen hatte. Die Sonne steuerte bereits ihren Höhepunkt am Firmament an. In der Wohnsiedlung, in der Callum lebte, war es ruhig, denn die meisten Einwohner waren wohl dabei, ihre Aktiva zu verdienen.

Kenzie stieg in eine der Gondeln und ließ sich vom Transporter zum Quartier tragen. Obwohl sie sich dabei nicht bewegte, geriet sie ins Schwitzen. Die Hitze in der Luftkolonie war stechend und daran änderte auch die leichte Brise nichts, die dank der Lüftung wehte.

Vor dem Quartier stieg Kenzie aus. Sie verschränkte die Arme vor der Brust und huschte schnell zum Gebäude, bevor jemand sie entdecken konnte. Es fühlte sich seltsam an, allein durch die Kolonie zu laufen. Seit ihrem ersten Tag war Kenzie nicht mehr ohne die Begleitung von Callum oder Kalif gewesen.

Die Tür zum Quartier stand einen Spaltbreit offen, gerade weit genug, um Besucher willkommen zu heißen, gleichzeitig aber auch die stickige Luft auszusperren. Kenzie wollte die Tür aufstoßen, als etwas sie innehalten ließ.

»Ich bin mir sicher, diese Fanatiker stecken hinter alldem. Wer sonst sollte es auf ein Mädchen wie Nilam abgesehen haben?« Es war eindeutig Callum, der sprach. Seine Stimme klang rauer als gewöhnlich, aber vielleicht war es auch nur die Wut in seinen Worten. »Es würde mich nicht wundern, wenn diese Leute auch für das Verschwinden der Vorräte verantwortlich sind. Es ergibt Sinn, wenn du darüber nachdenkst.«

»Tatsächlich?«, antwortete eine andere männliche Stimme – Octavius. Gleichmäßige Schritte waren zu hören, als würde einer der beiden nervös auf und ab laufen.

»Sobald die Leute erfahren, dass Nahrungsmittel fehlen, werden sie eine Abschiebung der Repräsentativen und einen Austritt aus dem System fordern, und Alaric wird sich dem beugen.«

Callum hatte Recht. Ihr war dieser Gedanke noch nicht gekommen, aber der Austausch von Repräsentativen war teuer. Allein der Transfer zwischen den Kolonien kostete ein kleines Vermögen und anschließend bekamen die Repräsentativen alles gestellt, was sie für ihr neues Leben brauchten: Geld, Kleidung und ein Dach über dem Kopf – und all das wurde von den Einwohnern der Kolonie finanziert.

»Alaric würde niemals zustimmen«, bemerkte Octavius.

»Da täuschst du dich. Ob es nun unsere Ältesten sind oder die Repräsentativen, was macht das für einen Unterschied?«, fragte Callum mit bitterem Spott in der Stimme. »Wir hätten vor zehn Jahren auch nicht gedacht, dass er das *Gesetz des Alters* durchbringt.«

Octavius antwortete nicht sofort und einen Moment herrschte Stille. »In Ordnung. Angenommen, du hast Recht und diese Leute stecken wirklich hinter allem: Was willst du dagegen unternehmen?«

»Das weiß ich noch nicht. Wir werden die Einwohner befragen, aber ich habe nicht viel Hoffnung. Mein Vater hat damals gegen diese Fanatiker ermittelt, aber er konnte niemanden festnehmen, dabei war er für diesen Job viel qualifizierter als ich.«

»Vielleicht war er das, aber Nicolas ist nicht mehr hier«, sagte Octavius. »Jetzt liegt es an dir, die Sache aufzuklären, und ich bin mir sicher, dass du das schaffen wirst.«

Callum lachte trocken. »Wirklich? Wie? Alles, was ich habe, ist ein Haufen nichtssagender Beweise.«

»Wenn du diese Leute nicht finden kannst, dann lass sie dich finden. Leg einen Köder aus.«

»Einen Köder?« Kenzie konnte vor ihrem inneren Auge förmlich sehen, wie Callum bei diesen Worten die Stirn runzelte.

Octavius stieß ein Schnauben aus. »Muss ich es wirklich aussprechen? Kenzie. Mit ihrer Hilfe kannst du sie aus ihrem Versteck locken. Sie repräsentiert alles, was diese Schweine verabscheuen, und wenn du ihnen die Chance bietest, sie in ihre Finger zu bekommen, werden sie sie nutzen.«

»Auf keinen Fall! Ich werde Kenzie nicht in Gefahr bringen, nur weil ich schlechte Arbeit leiste. Sie hat inzwischen genug durchgemacht, wofür sie sich bei Alaric bedanken kann.«

Gespannt hielt Kenzie die Luft an, um Octavius' Antwort nicht zu verpassen, aber dieser begann zu lachen. »Ich fass es nicht. Das ist jetzt nicht dein Ernst, oder?«

»Ich weiß nicht, was du meinst.«

»O doch, das weißt du *ganz* genau.« Octavius klang atemlos. »Du magst sie. Du magst Kenzie! Hunderte von Frauen liegen dir zu Füßen, auch wenn sie wissen, dass sie dich nicht haben können, und du suchst dir die einzige aus, für die du dich nicht interessieren solltest. Alaric wird dir das Leben zur Hölle machen, wenn er das erfährt.«

»Alaric macht mein Leben bereits jetzt zur Hölle«, erwiderte Callum und Kenzie wartete darauf, dass er Octavius' Worte abstritt und ihm sagte, dass er sie nicht mochte, aber er tat nichts dergleichen. »Und wir werden Kenzie nicht als Köder benutzen. Was ist, wenn ihr etwas zustößt? Ich habe schon Nilam nicht beschützen können, und wenn Kenzie unter meinem Befehl verletzt wird oder umkommt, könnte ich mir das niemals verzeihen.«

»Mach, was du willst. Es ist deine Entscheidung. Mit Kenzies Hilfe kannst du deine Suche allerdings erheblich erleichtern.« Erneut waren Schritte zu hören, die lauter wurden. Kenzie wich von der Tür zurück, gerade als Octavius sie öffnete. Seine Augen weiteten sich, als er sie erkannte. »Hallo, Kenzie, wir haben gerade über dich gesprochen.«

Ich weiß, dachte Kenzie, aber das konnte sie schlecht sagen. »Wenn du Kalif siehst, richte ihm aus, dass es mir leidtut. Ich wollte ihn nicht im Stich lassen.«

»Ich sag es ihm.« Octavius spähte über seine Schulter zu Callum, der gegen den Empfangstisch im Foyer lehnte. »Wir sehen uns.«

»Wir sehen uns«, bestätigte Callum, wesentlich weniger enthusiastisch. Er wartete, bis Octavius gegangen war, bevor er seine Aufmerksamkeit auf Kenzie richtete. »Was machst du hier?«

»Ich wollte wissen, ob es dir gut geht.« Kenzie schloss die Eingangstür, denn nun wusste sie, wie leicht es war, von draußen belauscht zu werden. »Du bist letzte Nacht einfach verschwunden. Ich hab mir Sorgen gemacht, als du nicht mehr zurückgekommen bist. Ist alles in Ordnung?«

»Du hast dir Sorgen gemacht?«

Kenzie nickte. »Falls du es vergessen hast, in dieser Kolonie treibt ein Mörder sein Unwesen und es ist vielleicht nicht das Sicherste, allein durch dunkle Straßen zu laufen.«

»Ich kann mich verteidigen.«

»Die Vorstellung, du könntest angegriffen werden, gefällt mir trotzdem nicht.« Es war ein egoistischer Gedanke, aber Kenzie konnte es sich nicht erlauben, Callum zu verlieren. Ohne ihn war auch sie verloren und Alarics Willkür ausgesetzt. »Wo warst du überhaupt?«

»Nirgendwo.« Callums Lächeln konnte nicht darüber hinwegtäuschen, wie müde und erschöpft er aussah. Die Ringe unter seinen Augen waren noch dunkler geworden, falls das überhaupt möglich war. Seine Haare standen wirr in alle Richtungen ab und er brauchte dringend eine Dusche. Davon abgesehen trug er noch immer das verwaschene T-Shirt, in dem er geschlafen hatte. Er wirkte bemitleidenswert und nicht wie das autoritäre Ratsmitglied, das er in seiner Uniform repräsentierte.

»Du solltest nach Hause gehen«, sagte Kenzie und trat vor den Schreibtisch, bis Callum nur noch eine Armlänge von ihr entfernt war. Wenn er ihr nicht sagen wollte, wo er die Nacht verbracht hatte, war das seine Entscheidung. Aber sie konnte nicht zulassen, dass er sich so gehenließ. In seinem jetzigen Zustand würde er Nilams Mörder nie finden. »Nimm eine Dusche, iss was und ruh dich aus.«

»Das kann ich nicht. Ich habe gleich ein Treffen mit Eleanor und anschließend halte ich vor den Repräsentativen eine Rede.«

Kenzie ließ ihren Blick an Callums Körper entlangwandern. »In diesem Aufzug?«

»Ich habe noch eine Uniform in meinem Büro.« Callum deutete in den Gang, der nach links führte, als wäre das Beweis genug für seine Behauptung. »Und was planst du für heute?«

Kenzie entging nicht, dass er das Thema wechselte, aber sie ließ es zu und zuckte mit den Schultern. Ihr Plan hatte darin bestanden, Callum zu finden, und nun, da er mehr oder weniger unversehrt vor ihr stand, lag ein langer, freier Tag vor ihr.

»Vielleicht solltest du besser zurückgehen«, sprach Callum weiter.

»Wieso? Hab ich Hausarrest?«

»Nein.«

»Dann vertraust du mir nicht?«

»Doch.« Callum seufzte. »Aber die Leute sind nicht gut auf dich zu sprechen. Sie sind aufgewühlt und verunsichert.«

»Ich will mich nicht verstecken, denn ich habe nichts verbrochen.« Kenzie kam Callum noch näher und legte eine Hand auf seinen Arm. Seine Muskeln spannten sich an und unweigerlich hallten Octavius' Worte durch Kenzies Kopf: *Du magst sie.* »Ich kann nicht herumsitzen, nichts tun und auf bessere Zeiten warten. Und falls du es vergessen hast, ich brauche einen Job. Du kannst nicht alles für mich bezahlen.«

»Du musst dir keine Gedanken um das Geld machen. Ich verdiene als Ratsmitglied genug, um zehn Familien davon ernähren zu können, außerdem erhalte ich von der Kolonie einen Bonus für deine Verpflegung.« Callum hatte seinen Blick gesenkt und starrte auf die Hand, die ihn berührte.

»Früher oder später brauche ich trotzdem mein eigenes Geld.« Kenzie wich zurück, bevor die Nähe zu Callum sie ihre Meinung ändern ließ. Es wäre so leicht gewesen, sich von ihm versorgen zu lassen und so zu tun, als wäre alles in Ordnung.

Callum seufzte. »Versprich mir, vorsichtig zu sein, bleib auf den Hauptstraßen in der Nähe des Transporters und sei zurück, bevor es dunkel wird. Ich will nicht losziehen und dich suchen müssen.«

»Versprochen«, erwiderte Kenzie und verabschiedete sich von Callum. Sie wusste nicht, wo sie hingehen und mit ihrer Suche beginnen sollte. Die Möglichkeiten schienen so endlos und waren dennoch so begrenzt.

Kurzerhand folgte Kenzie der Straße zum Ratsgebäude, in der Hoffnung, dort auf Ricardo zu treffen. Er hatte ihr für die gemeinnützige Arbeit einen Job in seinem Labor angeboten, vielleicht würde er sie dafür auch bezahlen. Reagenzgläser zu reinigen wäre nicht gerade spannend und sie wäre weit davon entfernt, als Entdeckerin zu arbeiten, aber dieser Job wäre ein erster Schritt in die richtige Richtung.

Kenzie schob die Hände in ihre Hosentaschen und klimperte mit den Aktiva-Münzen, die sie aus der Schale geklaut hatte. Es war nicht viel, dennoch hatte das Geld etwas Beruhigendes an sich. Nun könnte sie sich etwas zu essen kaufen, ohne auf die Hilfe eines fremden Wohltäters angewiesen zu sein. Bei dem Gedanken an Essen knurrte sogleich Kenzies Magen und erinnerte sie daran, dass sie das asiatische Essen am Abend kaum angerührt hatte.

Ihr Appetit war noch immer nicht zurück, aber sie wäre eine Heuchlerin, wenn sie ihren Hunger ignorierte. Erst vor wenigen Minuten hatte sie Callum dafür getadelt, nicht auf sich zu achten, und sie selbst war keinen Deut besser.

Obwohl Kenzie noch nie ein Restaurant gesehen hatte und nur ansatzweise mit dem Konzept vertraut war, wurde sie in der Nähe des Rathauses sofort fündig. Ein Dutzend Tische waren vor einem kleinen Haus mit heller Fassade aufgebaut und Schirme spendeten Schatten. Alle Plätze waren besetzt. Die Leute unterhielten sich angeregt, lachten und aßen, was einige flinke Männer und Frauen in schwarzen Hosen und Hemden ihnen servierten.

Kenzie blieb vor dem Restaurant stehen und es dauerte nicht lange, bis sie bemerkt wurde. Zuerst verstummte eine Frau, deren Haare so lockig waren, dass sie eine Wolke um ihren Kopf bildeten. Mitten im Satz hörte sie auf zu sprechen. Ihr Tischnachbar erkannte Kenzie als Nächstes und ihnen folgten all die anderen Gäste. Einige warfen ihr nur kurze Blicke zu und straften sie mit Gleichgültigkeit. Andere starrten Kenzie unverblümt an, als würde sie jeden Augenblick ein Messer hervorziehen.

Verunsichert sah Kenzie sich um. Unter keinen Umständen wollte sie auf offener Straße unter den angewiderten Blicken dieser Leute essen. Doch sie wollte auch kein Feigling sein und einfach wieder verschwinden.

Entschlossen straffte Kenzie die Schultern und betrat das Restaurant, mit dem Vorhaben, sich an einen Tisch in der hintersten Ecke zu setzen. Im Inneren des Lokals gab es viel Glas und Metall. Die Tische waren symmetrisch ausgerichtet; keiner war auch nur einen Millimeter verrückt. Es duftete herrlich nach frischen Kräutern, Tomaten und Knoblauch. Diese Gerüche waren Kenzie vertraut und erinnerten sie an die Tomatensuppe ihrer Mutter.

Kenzie wollte sich gerade an einen Tisch setzen, der zwischen zwei Pfeilern stand, als sie abermals spürte, dass sie beobachtet wurde. Natürlich starrten auch die Menschen im Restaurant sie an, aber es waren die Blicke einer bestimmten Person, die ihre Haut wie Feuer versengten.

Alaric.

Er saß nur wenige Meter entfernt an einem Tisch in der Nähe der Bar und nippte genüsslich an einem Glas mit dunkelroter Flüssigkeit. Er war nicht allein, aber er aß allein. Der Mann, der im Rathaus in der Ecke gestanden hatte, war bei ihm.

Kenzies Instinkt riet ihr, nun doch aus dem Restaurant zu fliehen, aber dafür war es bereits zu spät. Alaric hatte sie gesehen. Er lächelte und zu Kenzies Überraschung bedeutete er ihr mit einer Handbewegung, sich zu ihm zu setzen.

Was? Auf keinen Fall wollte sie gemeinsam mit Alaric zu Mittag essen! Callum würde durchdrehen, wenn er davon erfuhr, aber hatte sie wirklich eine andere Wahl? Wegzurennen würde sie sicherlich auch nicht in Alarics Gunst steigen lassen.

Mit bedachten Schritten näherte sich Kenzie dem Tisch. Ihre Hände waren auf einmal feucht und sie fühlte sich erschöpft, als würde Alarics Anwesenheit ihr jede Energie rauben. Sie räusperte sich. »Hallo, Alaric.«

»Kenzie, es freut mich, dich hier anzutreffen«, sagte Alaric lächelnd. »Setz dich. Ich hoffe schon seit Tagen auf eine Gelegenheit, dich besser kennenzulernen.«

Kenzie zog eine Braue nach oben. Überrumpelt von diesem Geständnis und gespannt darauf, was Alaric ihr zu sagen hatte, setzte sie sich zu ihm.

»Wie ich gehört habe, hat Callum dich bei sich aufgenommen.«

»Ich schlafe auf seinem Sofa«, sagte Kenzie. Aus irgendeinem Grund war es ihr wichtig, Alaric wissen zu lassen, welche Art von Beziehung Callum und sie pflegten.

»Callum hat ein großes Herz, wie sein Vater.« Alarics Lächeln wurde trauriger und Kenzie erkannte, dass die Freundlichkeit, die sie eben noch für echt gehalten hatte, nur ein gutes Schauspiel war. Denn sie wusste, wie Alaric und Nicolas wirklich zueinander gestanden hatten.

»Er hat nicht nur ein großes Herz«, erwiderte Kenzie und imitierte dabei Alarics falsches Lächeln. »Sondern auch eine überragende Menschenkenntnis und Sinn für Gerechtigkeit. Es ist nur eine Frage der Zeit, bis er herausfindet, wer Nilam umgebracht hat.«

»Ja, hoffentlich kann er den wahren Mörder deiner Freundin festnehmen«, sagte Alaric und seufzte. »Weißt du, Kenzie, ich habe nichts gegen dich, aber ich stehe an der Spitze des Rats und bin verantwortlich für diese Kolonie. Ich hoffe, du verstehst die Anklage gegen dich nicht falsch. Seit Jahren gab es hier keinen Mord mehr, dann tauchst du auf und mit dir die erste Tote.«

»Ich hätte Nilam nie etwas angetan«, sagte Kenzie und schloss für einen Moment die Augen, um die aufkommenden Tränen niederzuringen. Sie würde sich nicht die Blöße geben, vor Alaric zu weinen.

»Das kann ich nicht beurteilen.« Alaric nippte erneut an seinem Glas. »Ich kenne dich nicht, genauso wenig wie ich Nilam kannte. Ich kenne eure Vergangenheit nicht und habe eure Freundschaft nie mit eigenen Augen gesehen. Ein Mann in meiner Position darf nicht blind vertrauen.«

Einer der Kellner trat zu ihnen an den Tisch, bevor Kenzie etwas erwidern konnte. Unauffällig wischte sie sich mit dem Handrücken über die Augen, ehe sie die Tafel entgegennahm, die der Kellner ihr reichte. Darauf standen die heutigen Gerichte.

»Unser Special-Menü ist Reis mit Tomaten und Zucchini an einer scharfen Mango-Soße. Weißt du schon, was du trinken möchtest?«

Kenzie kräuselte die Lippen. »Ich nehme nur ein Wasser.«

»Und einen Annocentre«, ergänzte Alaric. »Der Wein ist köstlich.«

Wein. Das also war die dunkelrote Flüssigkeit in seinem Glas. Der Kellner nahm ihre Bestellung auf und zog weiter zum nächsten Tisch.

»Was muss ich tun, damit du die Anklage zurückziehst?«, fragte Kenzie. Sie hatte keine Lust mehr auf dieses Spiel, und wenn das Zeugnis, das Nilam ihr ausgestellt hatte, nicht Beweis genug für ihre Freundschaft war, was sollte es dann sein?

»Beweise mir, dass du es nicht getan hast.«

»Wie denn?« Die Empfangsdame hatte Kenzie am Abend gesehen, aber ihr Aufenthalt in den Stunden zwischen ihrer Rückkehr aus dem Lager und ihrem Fund war ungeklärt.

»Das weiß ich nicht.« Alaric zuckte mit den Schultern.

Kenzie seufzte. Diese Unterhaltung war sinnlos. Der einzige Weg, ihre Unschuld zu beweisen, war die Schuld eines anderen nachzuweisen, und bis Callum den wahren Täter fand, würde die Anklage bestehen bleiben. Doch mit jedem weiteren Tag, den sie eine Verdächtige war, würde sich ihr Ruf als Mörderin festigen und einen bleibenden Eindruck bei den Einwohnern hinterlassen. »Du machst mir das Leben in der Kolonie mit dieser Anklage sehr schwer.«

Alaric senkte den Blick auf sein Glas. »Das war nie meine Absicht.«

Beinahe hätte Kenzie laut aufgelacht. Seine Lüge war geschickt verpackt. Er beherrschte sein Mienenspiel perfekt und jemand anderes hätte seinem untröstlichen Blick vielleicht Glauben geschenkt, aber Kenzie durchschaute ihn sofort. Er hatte sie nicht zu sich gewunken, um sie kennenzulernen. Er wollte sie vorführen und Kenzie tadelte sich selbst dafür, ihm je geglaubt zu haben. Dieses Essen war nur eine Gelegenheit, um sie einzuschüchtern und Callum aus der Fassung zu bringen. Bei der Geschwindigkeit, in der sich hier Neuigkeiten verbreiteten, war es vermutlich nur eine Frage von Minuten, bis er davon erfuhr, dass sie mit Alaric an einem Tisch saß.

Am liebsten wäre Kenzie aufgesprungen und hätte Alaric das falsche Lächeln aus dem Gesicht geschlagen. Er gab sich wie ein Mann des Volkes, dabei wurde er von seiner Gier nach Macht geleitet.

Unweigerlich musste Kenzie an Callums Worte denken: *Wenn ich zu aggressiv vorgehe, findet Alaric nur neue Wege, mir Steine in den Weg zu legen.* Das Letzte, was sie wollte, war Callum das Leben noch schwerer zu machen. All ihre Taten würden auf ihn zurückfallen und das konnte sie nicht zulassen, also beschloss sie Alarics Spiel mitzuspielen. »Ich wünschte nur, es wäre alles leichter. Ich habe die Wasserkolonie verlassen, um mein Leben zu leben, und in meiner Fantasie war diese Kolonie ein Paradies.«

»Sie ist ein Paradies.« Alaric beugte sich über den Tisch. »Du kannst es vielleicht noch nicht sehen, aber irgendwann erkennst du es und dann wirst du es verstehen. Ich meine ... Sieh dich an. Du wohnst in einem großartigen Haus, genießt fantastisches Essen und bist auf freiem Fuß. Da erscheint die Anklage doch wie eine formelle Nebensache, oder?«

Formelle Nebensache? Alaric hatte leicht reden. *Ihn* starrten die Leute nicht an wie das personifizierte Böse. Sie vergötterten ihn, als hätte er die Kolonie eigenhändig aus dem Boden geschlagen.

»Vermutlich hast du Recht. Callum wird den wahren Täter finden und du wirst ihn verbannen.«

»Natürlich.« Alaric lehnte sich in seinem Sitz zurück. Der Kellner kam an ihren Tisch, servierte Kenzie ihre Getränke und nahm ihre Bestellung auf. Laut und für alle umstehenden Tische gut hörbar verkündete Alaric, dass er Kenzie einlud und sie sich bestellen konnte, was immer ihr Herz begehrte.

Ihr blieb keine andere Wahl, als das Angebot anzunehmen, und wenige Minuten später stand eine Portion Reis mit Gemüse und Mango-Soße vor ihr. Kenzie zwang sich dazu, etwas zu essen, aber genießen konnte sie es nicht. Alarics Anwesenheit bereitete ihr Übelkeit und die Blicke der Leute verliehen dem Ganzen zusätzlich einen bitteren Beigeschmack.

»Stimmt etwas mit dem Essen nicht?«, fragte Alaric. Er hatte ebenfalls den Reis bestellt und sein Teller war bereits leer, während Kenzie lustlos eine Tomate auf die Gabel nahm, nur um sie wieder fallen zu lassen.

»Mir geht nur viel durch den Kopf.« Kenzie nippte an ihrem Wasser. »Die Kolonie ist wirklich beeindruckend und völlig anders. Wusstest du, dass es in der Wasserkolonie, aus der ich komme, kein Geld gibt?«

Alaric nickte. »Eleanor hat mir davon erzählt. Viele der ersten Kolonien haben auf eine Währung verzichtet und basierten auf dem Prinzip des Gebens und Nehmens, aber die meisten sind daran gescheitert.«

»Wirklich? In meiner früheren Kolonie gab es damit selten Probleme.«

»Dann gehört sie zu den Ausnahmen.« Alaric trank von seinem Wein. »Es liegt nicht in der Natur des Menschen, sich einzuordnen und mit allen anderen auf einer Stufe zu stehen. Dafür sind wir zu egozentrisch und unser Drang nach Selbstverwirklichung ist zu groß. Wir trachten nach mehr als dem Minimum.«

»Ist das der Grund, wieso du mit allen Mitteln versuchst an der Spitze des Rats zu bleiben?«

Alaric setzte sein künstliches Lächeln auf, als wäre ihm die Kritik entgangen. »Natürlich, aber es geht auch darum, den Leuten zu helfen. Es gehört viel dazu, eine so große Kolonie zu leiten, und ich habe sie nicht nur geführt, sondern ihr auch zum Wohlstand verholfen.«

»Wie hast du das geschafft?«

»Glaub mir, Kenzie, das würdest du nicht verstehen.«

Fünfzehn

»Wieso hast du dich mit Alaric getroffen?« Callum schleuderte Kenzie die Worte entgegen und schlug die Haustür hinter sich zu. Wut funkelte in seinen Augen.

Kenzie, die auf der Couch lag, richtete sich auf. »Ich habe mich nicht mit Alaric getroffen«, erwiderte sie. »Wir haben uns zufällig in einem Restaurant gesehen und er hat mich zu sich an den Tisch geholt.«

»Und über was habt ihr geredet? Das Wetter?«, grollte Callum und fuhr sich durchs Haar. Seit ihrem Treffen am Mittag hatte er geduscht und er trug tatsächlich die Uniform aus seinem Büro. Sie saß etwas enger, als stammte sie aus einer Zeit, in der seine Schultern weniger breit und seine Arme weniger muskulös gewesen waren.

»Was hätte ich denn tun sollen? Die Einladung ablehnen, damit er noch einen Grund hat, mich zu verachten?«

Callum seufzte und mit einem Mal war all der Zorn aus seinem Gesicht verschwunden. Mit trägen Schritten lief er zur Couch und ließ sich neben Kenzie auf das Polster fallen. »Vielleicht ist es meine Schuld. Ich hätte dich nicht gehen lassen dürfen oder dich deutlicher vor Alaric warnen sollen. Du konntest nicht ahnen, wie er und seine Anhänger ticken.«

»Wie meinst du das?«

Callum streifte sich die Stiefel von den Füßen und warf sie achtlos in eine Ecke. »Ich habe nach eurem Treffen drei Dutzend Beschwerden bekommen. Die Leute werfen mir vor, dich nicht im Auge zu haben. Es sei verantwortungslos von mir, dich allein auf die Straße zu lassen. Und ich sollte Alaric dafür danken, dass er *empathisch* genug ist, um mit Leuten wie dir klarzukommen.«

War es das, was Alaric die Einwohner glauben ließ? Dass sie eine Wahnsinnige sei, die von ihm beschwichtigt werden musste?

Doch schlimmer als diese Erkenntnis war das Wissen, dass sie nur hatte verlieren können. In dem Moment, in dem sie Alaric über den Weg gelaufen war, hatte sie nur die falsche Entscheidung treffen können. Hätte sie seine Einladung abgelehnt, hätte sie seinen Zorn entfacht, und mit ihrer Zusage hatte sie ihm eine Waffe gegen Callum in die Hand gelegt. Welche der beiden Möglichkeiten das schlimmere Übel war, würde sich noch zeigen.

Dennoch wünschte sich Kenzie, sie könnte ihre Entscheidung rückgängig machen. Dank ihr wirkte Alaric nicht nur wie ein besorgter, sondern auch wie ein mutiger Anführer, der es wagte, sich mit ihr abzugeben, wenn Callum es nicht tat. »Es tut mir leid, Callum.«

»Es ist nicht deine Schuld, sondern Alarics. Er würde alles tun, um sich ins rechte Licht zu rücken.« Er zuckte mit den Schultern. »Über was habt ihr gesprochen? Über die Anklage oder vielleicht die fehlenden Lebensmittel?«

Eigentlich sollte Kenzie fragen, was das eine mit dem anderen zu tun hatte, aber nachdem sie Callums Gespräch mit Octavius belauscht hatte, wusste sie es bereits. »Er meinte, er könne die Anklage nicht fallenlassen, solange meine Unschuld nicht bewiesen sei. Außerdem ist er davon überzeugt, dass diese Kolonie nur seinetwegen ein *Paradies* ist.«

Callum stieß ein Geräusch aus, das weder Lachen noch Seufzen war, in dem jedoch all die Verachtung mitschwang, die er für Alaric empfand. »Ich freue mich darauf, sein Gesicht zu sehen, wenn ich ihm Nilams Mörder präsentiere und er sich seinen Fehler eingestehen muss.«

Alaric war gewitzt und vermutlich würde er selbst in dieser Situation eine Möglichkeit finden, sich als Helden darzustellen, aber Kenzie wollte Callum seiner Illusion nicht berauben. »Hat sich in den Ermittlungen etwas Neues ergeben?«

»Vielleicht.« Callum beugte sich nach vorne und stützte die Ellenbogen auf den Knien ab. »Ich habe mir den ganzen Tag darüber Gedanken gemacht, welchem Zweck all diese Verbrechen dienen könnten, die unsere Kolonie gerade heimsuchen.«

»Und zu welchem Ergebnis bist du gekommen?«, fragte Kenzie.

Callum erzählte ihr von seiner Vermutung, dass die Person, die Nilam ermordet hatte, auch für das Verschwinden der Vorräte mit verantwortlich sein könnte. Kenzie lauschte ihm gespannt, als würde sie diese Theorie das erste Mal hören.

»Wer immer hinter alldem steckt, ist gut organisiert. Wir reden hier nicht von Taten, die im Affekt begangen wurden. Unsere Täter – ich gehe davon aus, dass es mehrere sind – werden sich in nächster Zeit bedeckt halten, um nicht aufzufallen, was es schwer machen wird, sie zu finden.«

»Ich könnte dir dabei helfen«, erwiderte Kenzie und dachte an den Vorschlag, den Octavius unterbreitet hatte. »Vielleicht könnten wir sie mit einem Hinterhalt aus ihrem Versteck locken.«

Callum runzelte die Stirn. »Hast du mit Octavius gesprochen?«

Kenzie konnte nicht zugeben, dass sie von dem Vorschlag mit dem Köder wusste, denn dann müsste sie auch gestehen, Octavius' andere Vermutung belauscht zu haben. *Du magst sie.* »Nein, ich habe ihn nur kurz am Quartier getroffen und mich von den Lagern ferngehalten, wie du gesagt hast.«

»Es ist nur ...« Callum machte eine wegwerfende Handbewegung und ließ den Satz unbeendet. »Dein Plan wird nicht aufgehen. Wir jagen hier keine Mäuse, sondern Verbrecher. Es wird nicht reichen, dir oder einem anderen Repräsentativen ein *Holt mich*-Schild um den Hals zu hängen.«

»Aber es muss einen Weg geben, wie wir meine Unbeliebtheit ausnutzen können, wenn es dem Täter wirklich darum geht, Leute aus dem Weg zu räumen, die angeblich nicht hierhergehören.«

»Selbst wenn, wir werden dich einem solchen Risiko unter keinen Umständen aussetzen, verstanden? Es könnte dich das Leben kosten, das ist es nicht wert.« Callums Stimme klang nicht länger verständnisvoll, sondern energisch. Sein Verbot war keine Bitte, sondern ein Befehl vom Beauftragten der Sicherheit.

»Du täuschst dich, Callum. Das Risiko ist es wert. Spätestens wenn der nächste Repräsentative ermordet wird, wirst du bereuen mich nicht geopfert zu haben.«

»Nein, *du* täuschst dich.« Ein Schmunzeln umspielte Callums Lippen, als hätte sie einen Witz erzählt, den nur er verstehen konnte. Er stand von der Couch auf und nahm auf dem niedrigen Wohntisch gegenüber von Kenzie Platz. Schweigend starrte er sie an und in seinen dunkelblauen Augen erkannte Kenzie wilde Entschlossenheit. »Ich werde es niemals bereuen, dich *nicht* geopfert zu haben.«

Kenzie schüttelte den Kopf. Vielleicht konnte Callum sich selbst mit diesen Worten überzeugen, sie jedoch nicht. »Ich kann nicht zulassen, dass noch jemand zu Schaden kommt, während ich helfen könnte.«

»Zu helfen bedeutet nicht, sich um jeden Preis selbst aufzugeben, Kenzie, also hör auf mit dieser Spinnerei. Du musst mir nur etwas mehr Zeit geben als einen Tag.«

Einen Tag.

In der Wasserkolonie hatte Kenzie Nilam manchmal tagelang nicht gesehen. Damals hatte sie ihre Abwesenheit kaum wahrgenommen, dafür spürte sie sie in diesem Moment umso intensiver. Nilams Fehlen war ein stechender Schmerz in ihrer Brust und sie wünschte sich einmal mehr, Noël wäre bei ihr, um den Schmerz mit ihr zu teilen. »Einverstanden«, sagte Kenzie, plötzlich zu erschöpft, um noch weiter zu diskutieren. »Was schlägst du vor, wenn du mich schon nicht opfern willst?«

»Gibt es wirklich niemanden in dieser Kolonie, der sich in den letzten Monaten auffällig verhalten hat?«, fragte Kenzie mit vollem Mund und reichte Callum etwas von dem aufgewärmten Essen vom Vortag. Sie saßen sich mit überkreuzten Beinen auf der Couch gegenüber und Callum hatte seine Uniform abgelegt. Er trug wieder ein dunkles Shirt und eine tief sitzende Sporthose.

»Nicht, seit ich im Dienst bin«, antwortete Callum.

»Dein Vater hat doch an einem ähnlichen Fall gearbeitet,

oder?« Callum nickte. »Hast du dir seine Unterlagen dazu schon einmal angesehen?«

»Nur oberflächlich.«

»Das sollten wir ändern.« Kenzie schaufelte sich noch eine Portion Curryreis auf ihren Teller. »Wenn ich eines aus den Kriminalromanen gelernt habe, die ich gelesen habe, dann, dass die Lösung des Rätsels meist näher liegt, als man glaubt.«

»Ich lese nicht viel.«

»Das solltest du ändern.« Kenzie zwinkerte ihm zu, ehe sie wieder ernst wurde. »Vielleicht steht in den Unterlagen deines Vaters etwas, das für uns wichtig sein könnte.«

»Er konnte den Fall damals nicht aufklären.«

»Vielleicht, aber du bist heute im Vorteil.«

»Wie das?«

»Erstens hast du neue Informationen und zweitens, noch viel wichtiger, hast du mich.«

»Ach ja?« Callum bemühte sich sein Gesicht ausdruckslos zu halten, aber er konnte sein Lächeln nicht verbergen. »Noch bin ich mir nicht sicher, ob *dich zu haben* ein Vorteil ist.«

»Natürlich ist es das. Ich habe aufgeräumt.«

»Und ich habe dich aus einer Zelle geholt ... zweimal.«

Kenzie öffnete den Mund und schloss ihn wieder. Diese Runde hatte Callum gewonnen, allerdings konnte sie ihm deswegen kaum böse sein. Vermutlich wäre sie ohne ihn vor Einsamkeit und Trauer längst wahnsinnig geworden.

»Ich zieh die Daten morgen auf mein Gerät«, fuhr Callum fort. »Aber wir sollten uns nicht darauf verlassen, die Antwort darin zu finden.«

Kenzie nickte. »Vielleicht sollten wir eine Liste der Verdächtigen erstellen. Oder all jener, die wir ausschließen können.«

»Oder beides«, sagte Callum mit einem Gähnen, das seine Worte beinahe verschluckte.

Kenzie schob sich einen Bissen Reis in den Mund, bevor sie ihren Teller zur Seite rückte und nach Callums Tablet griff. Inzwischen hatte sie sich mit dem Gerät vertraut gemacht und öffnete ein Programm, um Notizen zu hinterlegen. Sie teilte die Seite in zwei Bereiche, »Verdächtige« und »Nicht Verdächtige«. Ihren eigenen Namen sowie die von Callum, Vivian und Yves schrieb sie in die zweite Spalte.

Callum rückte dichter an Kenzie heran, um ihr über die Schulter zu schauen. Es war eine logische Handlung, die keine Bedeutung haben sollte, dennoch war sich Kenzie seiner Anwesenheit nur allzu deutlich bewusst. Ihre Arme berührten sich und das Gefühl von nackter Haut an nackter Haut weckte in ihr eine Sehnsucht nach Verbundenheit. »Ausgeschlossen sind auch alle Kinder und Leute, die kleiner als eins sechzig sind, meinte zumindest Ricardo«, sagte Callum, der nicht zu bemerken schien, was seine Nähe in Kenzie auslöste. »Und alle älteren Menschen. Zwar gibt es hier nicht viele von ihnen, aber die Liste sollte vollständig sein.«

Kenzie nickte und tippte die Daten in das Tablet. Sie war darum bemüht, nicht auf die Wärme zu achten, die Callum ausstrahlte, als ihr bewusst wurde, was sie da schrieb. »Was meinst du damit, es gibt nicht viele ältere Menschen?«

In einer anderen Kolonie hätte Kenzie diese Frage nicht gestellt. Sie hatte früh gelernt, dass es Kolonien gab, in denen die Lebenserwartung sechzig Jahre nicht überstieg, aber die Luftkolonie gehörte eindeutig nicht dazu. Es gab Sonnenlicht, Wasser und Nahrung im Überfluss. Nichts deutete auf ein frühes Ableben hin. Doch wenn Kenzie an die letzten Tage zurückdachte, musste sie sich eingestehen, dass die älteste Person, die sie gesehen hatte, Alaric war.

»Ich meine es genauso, wie ich es gesagt habe.« Callums Stimme klang überraschend hohl. »Es gibt in dieser Kolonie ein Gesetz, das *Gesetz des Alters*. Es besagt, dass jeder, der zur Belastung wird, dazu verpflichtet ist, im Wohl der Allgemeinheit zu handeln und die Kolonie zu verlassen.«

Fassungslos starrte Kenzie auf das Tablet in ihren Händen. *Gesetz des Alters*. Callum hatte diese Formulierung schon in seinem Gespräch mit Octavius verwendet. Sie hatte dem keine Beachtung geschenkt, doch nun wehrte sich ihr Verstand gegen die Bedeutung dieser Worte. »Ihr verbannt also die Leute, die zu alt und krank sind, um in eure Gesellschaft zu passen?«

Callum nickte langsam. Es war nicht zu übersehen, wie sehr es ihm widerstrebte, dies einzugestehen. »Alaric hat dieses Gesetz vor zehn Jahren erlassen. Er meinte, es wäre zum Wohl der Kolonie, wenn die schwächsten Mitglieder verbannt werden. Er hat so lange dafür argumentiert, bis die Leute ihm geglaubt und das Gesetz in einer Volksabstimmung befürwortet haben.«

Kenzie dachte an ihr Gespräch mit Alaric zurück und wie er ihr nicht hatte verraten wollen, mit welchen Entscheidungen er die Kolonie zum Wohlstand geführt hatte. Vermutlich gehörte das *Gesetz des Alters* dazu und er wusste genauso gut wie Callum und sie, dass es nicht richtig war. Aber Alaric hatte nur Augen für das große Ganze. Ihm fehlte der Blick fürs Detail. Er interessierte sich nicht für das Schicksal einzelner Menschen. Alles, was zählte, war der positive Gesamteindruck seiner Macht, und die Einwohner der Kolonie waren offensichtlich bereit dazu, den Preis ihres Wohlstandes zu vergessen.

Kenzie ließ sich tief in das Sofa sinken. Sie dachte an Grey und ihre Großmutter und an Tammy, die auf dem Festland schon vor Jahren ihren Tod gefunden hätten. »Und ihr nehmt es einfach hin? Ihr lasst eure Väter, Mütter und Großeltern gehen? In der Wasserkolonie hat Lebenserfahrung einen Wert, den man nicht einfach wegwirft.«

»Die meisten Einwohner haben für das Gesetz gestimmt und damit ihr Recht auf Kritik verwirkt. Natürlich gibt es ein paar Leute, die sich dagegen wehren, aber Gesetz ist Gesetz. Was nicht bedeutet, dass ich es gut finde. Hätte ich vor zehn Jahren schon wählen dürfen, hätte ich mich dagegen entschieden, aber jetzt kann ich nichts mehr daran ändern.«

»Du kannst nicht oder du willst nicht? Ich meine, irgendwann wirst du selbst alt und gebrechlich werden und in diese Lage kommen.«

»Ratsmitglieder sind vom Gesetz ausgeschlossen.«

»Natürlich.« Kenzie rollte mit den Augen. Wie hatte sie nur auf die Idee kommen können, dass Alaric ein solches Gesetz erließ, ohne ein Schlupfloch für seinen eigenen Lebensabend einzubauen? Doch noch schlimmer war die Tatsache, dass Kenzie in der Illusion gelebt hatte, einer Verbannung entgangen zu sein. Dabei war es nur eine Frage der Zeit, bis ihr Schicksal sie einholen würde.

»Hey, mach dir keine Sorgen.« Callum verpasste Kenzie einen sanften Stoß mit der Schulter, damit sie ihn ansah. Er lächelte, aber sein Lächeln war von einer Dunkelheit umschattet. »Alaric ist nicht unsterblich und seine Gesetze sind nicht in Stein gemeißelt.«

»Nur weil es das Gesetz in fünfzig Jahren vielleicht nicht mehr gibt, ist es noch lange nicht in Ordnung«, erwiderte Kenzie und versuchte sich ihre Erleichterung über Callums Worte nicht anmerken zu lassen.

»Nein, aber es gibt nichts, was wir im Augenblick dagegen tun können. Zuerst müssen wir Nilams Mörder finden.« Callum nahm Kenzie das Tablet aus der Hand und öffnete einen passwortgeschützten Bereich. Das Logo der Luftkolonie war zu sehen und einen Moment später erschien ein Verzeichnis aller Einwohner der Kolonie. »Ein Schritt nach dem anderen, einverstanden?«

Widerwillig nickte Kenzie. Sie wollte dieses Gesetz nicht akzeptieren, aber sie würde es vorerst tun, denn Callum hatte Recht. Sie waren momentan nicht in der Position, die Gesetzeslage zu ändern, zumindest nicht, solange ihre Verurteilung wie ein Damoklesschwert über ihnen schwebte.

»Vielleicht kannte Nilam ihren Mörder«, sagte Callum, als es bereits nach Mitternacht war. Gedankenverloren fuhr er mit seinen Fingern über das Tablet. Es war dunkel und seine Haut erschien blass im fahlen Licht des Displays.

»Niemals.« Obwohl Kenzie, anders als Callum, keinen Wein getrunken hatte, war ihr Verstand benebelt und ihre Zunge schwer von all den Argumenten, die sie ausgetauscht hatten.

Gemeinsam hatten sie versucht alle Einwohner den beiden Spalten zuzuordnen. Doch der Plan, der ihr während des Abendessens noch so logisch erschienen war, war inzwischen im Chaos versunken. Es gab zu viele Variablen und Kenzie musste sich eingestehen, dass diese Liste im besten Fall eine Hilfestellung war.

Ohne weitere Hinweise war es unmöglich, auf diesem Weg den Täter zu finden. »Wen soll Nilam schon gekannt haben? Sie war doch neu hier.«

»Im Verhör meintest du, die Tür zu Nilams Zimmer sei geschlossen gewesen, aber nicht *ver*schlossen, was darauf hindeutet, dass der Täter nicht gewaltsam eingedrungen ist.«

»Du meinst, Nilam hat ihren Mörder hereingelassen?«

»Es sieht ganz danach aus.« Callum richtete seinen Blick auf die Uhr an der Wand und versuchte ein Gähnen zu unterdrücken.

»Du solltest schlafen gehen«, sagte Kenzie.

»Ich bin nicht müde.«

Diese Lüge entlockte ihr ein Lächeln. »Du gähnst die ganze Zeit und kannst die Augen kaum noch offen halten. Wann hast du das letzte Mal mehr als fünf Stunden am Stück geschlafen?«

Callum zuckte mit den Schultern. »Ich bin nicht müde.«

»Das sagtest du bereits und ich glaube dir noch immer nicht.« Kenzie nahm Callum das Tablet aus der Hand. »Ruh dich aus. Nur ein paar Minuten, dann machen wir weiter.«

»In Ordnung, aber du weckst mich?«

»Natürlich.« Kenzie setzte ihr unschuldigstes Lächeln auf und beobachtete Callum dabei, wie er sich tiefer in die Couch sinken ließ und die Augen schloss, in der Erwartung, sie würde ihn bald wieder wecken.

Sie hatte nichts dergleichen vor.

Eine Berührung holte Kenzie aus dem Schlaf. Dankbar dafür, dem Albtraum um Nilam entkommen zu sein, öffnete sie blinzelnd die Augen. Die Kerzen, die sie am Abend angezündet hatten, waren niedergebrannt und der leichte Geruch von Rauch lag in der Luft, als wäre die letzte Flamme erst kürzlich erloschen.

Kenzie gähnte und tastete nach der Decke, die ihr von den Schultern gerutscht sein musste, aber ihre Finger ertasteten keinen Stoff, sondern nur warme Haut. Augenblicklich kehrte die Erinnerung zurück: Callum, der sich nur kurz hatte ausruhen wollen, und sie, die ihm ein falsches Versprechen gegeben hatte, ehe sie sich selbst zu einer Kugel zusammengerollt hatte.

Kenzie konnte sich jedoch nicht daran erinnern, wie es dazu gekommen war, dass sich Callums Körper nun an ihren schmiegte. Er lag hinter ihr; ein Arm unter ihrem Kopf, der andere um ihre Taille geschlungen. Sein Atem streifte ihren Nacken und brachte ihre Haut nicht nur zum Glühen, sondern die Art, wie er atmete, verriet ihr zugleich, dass Callum wach war. Vermutlich hatte er sie im Versuch, seinen Arm hervorzuziehen, geweckt.

Was sollte sie jetzt machen? Sollte sie liegen bleiben und so tun, als würde sie noch schlafen? Oder sollte sie sich der Situation stellen, die ihr immer merkwürdiger erschien, je länger sie darüber nachdachte? Wie waren sie nur in diese Lage gekommen? Aneinandergedrängt. Umschlungen. Vielleicht hatte sie ihre Sehnsucht nach Nähe zu Callum getrieben, aber wieso hatte er das zugelassen?

Du magst sie.

Octavius' Worte hallten abermals durch ihren Kopf, als hätten sie sich in ihren Verstand eingebrannt. Aber das konnte nicht sein. Callum kannte sie doch nicht einmal – nicht richtig.

Die Entscheidung, was sie tun sollte, wurde Kenzie abgenommen, als Callum seinen Arm unter ihrem Kopf hervorzog. Er tat es langsam und sachte, als hoffte er, dass sie noch einmal zurück in den Schlaf gleiten würde. Seine Hand rutschte von ihrer Hüfte und im nächsten Moment schlängelte er sich geschickt zwischen ihr und der Couch hervor.

Mehrere Herzschläge lang verharrte er regungslos neben ihr, bevor er sich in Bewegung setzte. Er stieg allerdings nicht zur Galerie empor, sondern zog die Stiefel an, die er am Abend zuvor in die Ecke geworfen hatte.

Kenzie überlegte, ob sie sich zu erkennen geben sollte. Doch bevor sie diesen Gedanken zu Ende führen konnte, eilte Callum schon aus dem Haus und ließ die Tür mit einem leisen Klicken hinter sich ins Schloss fallen.

Es war bereits das zweite Mal, dass sich Callum bei Nacht davonschlich, und das, obwohl er wusste, dass die Kolonie bei Dunkelheit nicht mehr sicher war. Was war so wichtig und dringend, dass es nicht bis zum Morgengrauen warten konnte?

Kenzie wäre am liebsten aufgestanden, um ihm zu folgen, aber sie hatte kein Recht darauf, ihn in Frage zu stellen. Er tat das, was er eben tat, und sie konnte sich glücklich schätzen, ihn auf ihrer Seite zu haben.

Zum zweiten Mal innerhalb weniger Stunden wurde Kenzie von einer Berührung geweckt. Sie lag noch immer auf dem Sofa und vor ihr kniete Callum. Seine Hand lag auf ihrer Schulter. »Wach auf, wir müssen los.«

»Los?« Ihre Stimme klang kratzig und ihre Zunge fühlte sich rau und trocken an, als hätte sie mit offenem Mund geschlafen – hoffentlich hatte Callum sie so nicht gesehen. »Wohin?«

»Zu Virgil.«

»Mhhh, wieso?«

»Nilam wird heute abgeholt. Sie wird zu einer der Verbrennungsanlagen gebracht.« Der Name ihrer verstorbenen Freundin wirkte auf Kenzie wie ein Eimer Eiswasser. Blitzschnell richtete sie sich auf. »Ich dachte, du würdest sie noch einmal sehen wollen«, fuhr Callum fort. »Aber ich kann das Treffen mit Virgil auch wieder absagen.«

»Nein! Nein ... Ich will sie sehen«, erwiderte Kenzie. Besser gesagt, sie *wollte* nicht, aber sie *musste.* Sie musste sich verabschieden und Nilam sagen, wie sehr ihr all dies leidtat.

»Auf meinem Bett liegen frische Sachen für dich.«

»Danke«, murmelte Kenzie und eilte sofort die Treppenstufen nach oben. Zwei Minuten später stand sie neben Callum an der Haustür. Ihre Haare hatte sie eilig zu einem Zopf zusammengefasst und ihren Mund hatte sie nur mit dem Minzwasser ausgespült, das im Badezimmer stand. Die Kleidung, die Callum ihr geliehen hatte, war zu groß, aber dunkel und schlicht – dem Anlass angemessen.

Das Haus, vor dem Callum und Kenzie stehen blieben, unterschied sich äußerlich nicht von den anderen. Die Fassade war in einem kräftigen Rot gestrichen und die Fenster waren geöffnet, um die frische Morgenluft hereinzulassen. Der einzige Hinweis, der erahnen ließ, dass Nilam in diesem Gebäude lag, war ein Schild, das neben der Eingangstür angebracht war. In silbernen Lettern stand darauf geschrieben: *Quartier der Beseitigung.*

Beseitigung. Wie pietätlos, dachte Kenzie. Man konnte zerrissene Kleidung oder vielleicht einen toten Fisch beseitigen, aber doch keine Menschen. Man sollte sie nicht achtlos wegschmeißen, aber genau das würde passieren. Die Arbeiter in den Verbrennungsanlagen hatten jeden Tag mit Verstorbenen zu tun und waren vermutlich bereits abgestumpft. Sie sahen keine Personen mehr, nur noch Hüllen, die es zu *beseitigen* galt.

»Wir können noch umkehren«, sagte Callum. Er stand dicht bei Kenzie und immer wieder berührten sich ihre Hände. Am liebsten hätte sie nach seinen Fingern gegriffen und sie fest umschlossen, aber sie wollte ihn nicht in eine Situation bringen, die Fragen aufwerfen könnte. Nicht in der Öffentlichkeit. Nicht, wenn jeder sie sehen konnte.

Den ganzen Weg hierher hatten sie kein Wort miteinander gesprochen. Schweigend hatte Kenzie die neugierigen und zugleich ablehnenden Blicke der Einwohner ertragen. Nach dem Essen mit Alaric war sie geradezu geübt darin, sie zu ignorieren. Aber zu sehen, dass die Menschen mittlerweile nun auch Callum auf diese Weise betrachteten, nur weil er ihr half, war beinahe zu viel für Kenzie und sie wollte es nicht noch schlimmer machen. Weitere Gerüchte waren das Letzte, was sie gebrauchen konnten.

»Ich bin gleich so weit.« Kenzie schloss die Augen und machte einen tiefen Atemzug, der ihre Lunge fast zum Zerplatzen füllte. Einige Sekunden hielt sie die Luft an. Sie rief sich ein Bild der lebendigen Nilam in den Kopf und schlug die Augen wieder auf. Von einer wilden Entschlossenheit erfasst lief Kenzie voraus. Sie fürchtete, dass sie wieder umkehren würde, wenn sie noch länger zögerte.

Callum folgte ihr und übernahm kurz darauf wieder die Führung, als sie Virgil begegneten. Er lehnte gegen einen Tisch im Eingangsbereich.

»Guten Morgen, Virgil. Ich hoffe, wir kommen nicht zu spät.« Callums offizieller Tonfall passte nicht zu der legeren Kleidung, die er trug, denn es war dieselbe, mit der er auf dem Sofa eingeschlafen war.

»Noch nicht, aber ihr habt nicht mehr viel Zeit.« Virgil stieß sich von dem Tisch ab und kam ihnen entgegen. Er hatte einen hellen Kittel angelegt, sein braunes Haar hatte er sich aus dem Gesicht gekämmt. Doch es war die Betrübtheit in seinen Augen, die erneut Kenzies Aufmerksamkeit erregte. Bei ihrer ersten Begegnung hatte sie diesem Ausdruck nicht viel Beachtung geschenkt, aber in diesem Moment erkannte Kenzie das Gefühl in seinem Blick: Trauer.

Virgil trauerte und deswegen überraschten Kenzie die Worte nicht, die er als Nächstes an sie richtete. »Es tut mir leid, was mit deiner Freundin passiert ist. Niemand hat es verdient, so jung gehen zu müssen.«

Kenzie nickte und hoffte, dass Virgil ihr Schweigen nicht als Unfreundlichkeit oder Abneigung wertete. Wenn sie ihren Mund öffnete, bestand nämlich die Gefahr, dass sie ihn danach fragte, wen er verloren hatte.

»Folgt mir«, sagte Virgil und führte den Weg an. Sie stiegen mehr Treppen nach unten, als Kenzie es für möglich gehalten hätte. Die Luft in der untersten Etage war kühl und trocken. Schließlich blieb Virgil vor einer Tür stehen. Er hielt einen Moment inne, ehe er sie öffnete, und Kenzie konnte auf einmal das Blut in ihren Ohren rauschen hören. Trotz der kalten Temperaturen in den Räumen wurde ihr plötzlich warm – zu warm. Sie begann zu schwitzen und ihr Herz schlug wie wild. Sie fürchtete sich davor, Nilam wiederzusehen und der Realität nicht länger ausweichen zu können. Ob sie noch genauso aussah wie in ihrer Erinnerung?

»Du schaffst das«, flüsterte Callum. Er stand hinter Kenzie

und seine Hand legte sich auf ihren Rücken. Er drängte sie nicht, weiterzugehen, aber seine Nähe gab ihr die Kraft, es selbst zu tun.

Der Raum wurde von einem grellen Licht ausgeleuchtet, alles war weiß oder aus poliertem Chrom. Die Luft war kühl und roch nach nichts – nach gar nichts. Sie war leer und leblos, so wie der Körper, der nur wenige Schritte von Kenzie entfernt lag.

Nilams Haut war noch blasser als an dem Morgen, an dem Kenzie sie gefunden hatte, aber womöglich war dies nur eine optische Täuschung. Man hatte sie gewaschen und ihre Haare gekämmt. Ihre Wunden waren versorgt worden und jemand hatte ihr ein Halstuch umgebunden. Ihr Nachthemd war gegen ein frisches T-Shirt getauscht worden, das offensichtlich Callum gehört hatte. Er hatte veranlasst, dass man Nilam auf diese Weise für sie aufbahrte. Kenzie hatte einmal gelesen, dass es früher normal gewesen war, sich so von den Toten zu verabschieden. Doch in der heutigen Zeit wurden alle Ressourcen für die Lebenden gebraucht.

Sie beugte sich über Nilam, um ihr Gesicht besser sehen zu können, und was sie in diesem Moment am meisten vermisste, war Nilams Lächeln. Sie hatte immer gelächelt, manchmal mit den Lippen, manchmal mit den Augen und manchmal nur mit ihrer freundlichen Ausstrahlung. Nilam war immer von diesem Leuchten umgeben gewesen, ob sie es gewollt hatte oder nicht, aber dieses Licht war nun erloschen und sie war nicht mehr dieselbe.

»Nilam.« Kenzie flüsterte ihren Namen. »Es tut mir leid. Ich …« *Ich wünschte, ich wäre an deiner Stelle gewesen.* Sie brachte es nicht über sich, die Worte auszusprechen, denn sie wären eine Lüge gewesen.

Vieles wäre heute unkomplizierter, wäre der Mörder in Kenzies Zimmer eingedrungen und nicht in das von Nilam. Doch Kenzie liebte ihr neu gewonnenes Leben und ihre Zukunft und würde sie gegen nichts eintauschen wollen. Es war ein selbstsüchtiger Gedanke und in diesem Moment ekelte sich Kenzie vor sich selbst. Sie sollte so nicht empfinden, aber sie tat es und sie würde Nilam nicht belügen.

Mit zittrigen Fingern streckte Kenzie ihre Hand nach Nilam aus und streichelte ihr über die Wange. Ihre Haut war kühl und von einer eigenartigen Starre, die Kenzie nicht beschreiben konnte. Ein Wimmern entkam Kenzies Lippen und ihre Kehle schnürte sich zu. Kurz darauf konnte sie nur noch nach Luft japsen. Ihr Herz krampfte sich zusammen und hinterließ einen stechenden Schmerz in ihrer Brust, der sich anfühlte, als würde er nie, nie, nie wieder fortgehen.

»Es tut mir leid«, schluchzte Kenzie abermals und ließ sich von ihrer Trauer überwältigen. Ihre Knie gaben nach und sie sackte auf den Boden. Das Gesicht in den Händen vergraben, ließ sie ihren Tränen freien Lauf. Dabei weinte sie nicht nur für sich, sondern auch für Noël, Piper und Lincoln, die niemals von Nilams Tod erfahren würden.

Kenzie vermochte es nicht zu sagen, wie lange sie bereits vor Nilam kauerte, als Callum sich neben sie auf die Fliesen setzte. Er berührte sie nicht, aber allein seine Anwesenheit reichte aus, um sie langsam, aber stetig in die Wirklichkeit zurückzuholen. Und schließlich legte er ihr eine Hand auf die Schulter und streichelte ihr behutsam über den Rücken.

Kenzie erwartete nicht mehr von ihm, nicht in Virgils Anwesenheit, doch dann nahm Callum sie in den Arm. Er hielt sie nicht einfach nur fest, sondern drückte sie an sich und erlaubte ihr, sich mit ihrem tränenüberströmten Gesicht an seine Brust zu schmiegen. Callum roch salzig wie das Meer und sie fühlte das Herz in seiner Brust schlagen, stark und lebendig.

Callum sagte nichts. Er wusste, dass es keine Worte gab, die diesen Moment erträglicher machen konnten, nur seine Nähe vermochte ihr Trost zu spenden. Sanft presste er seine Lippen gegen Kenzies Haaransatz. Sie drängte sich an ihn und suchte seine Wärme – brauchte seine Wärme.

Ihre Gedanken waren nirgendwo und überall, bei Nilam und Noël, den Repräsentativen, der Kolonie und Alaric.

Erst ein Piepsen trieb Kenzie schließlich aus Callums Armen. Zuerst nahm sie es gar nicht wahr. Es war so leise, dass es von ihren Schluchzern übertönt wurde. Doch dann wurde es immer lauter und Callum nervöser, bis sie begriff, dass es ein kleines Tablet war, das er bei sich trug.

Widerwillig löste sich Kenzie aus der Umarmung und gab Callum den Freiraum, den er brauchte. Entschuldigend lächelte er sie an und zog das Tablet aus seiner Hosentasche. Er öffnete eine Nachricht und begann sie zu lesen.

Kenzie fuhr sich derweil mit dem Saum ihres T-Shirts über das tränenverquollene Gesicht und rang um ihre Fassung. Sie schmeckte ihre salzigen Tränen und musste schniefen, um wieder durch die Nase atmen zu können.

»Verdammt«, zischte Callum zwischen zusammengebissenen Zähnen hervor. Sein Blick war starr auf das Display gerichtet und die Hand, in der er das Tablet hielt, hatte angefangen zu zittern.

Kenzie beugte sich nach vorne. »Was ist los?«

Callum hob seinen Blick und sah sie an. »Sie haben eine neue Leiche gefunden.«

Sechzehn

Seit ihrem ersten und einzigen Arbeitstag hatte Kenzie den Grund nicht mehr betreten. Sie hatte sich von den Lagerhäusern ferngehalten, doch nun stand sie vor einer Halle, in der Obst lagerte. Äpfel und Birnen reiften nach, junge Bäume wurden in einem Gewächshaus am Rande des Lagers gezogen und der süße Duft von Bananen lag in der Luft.

Zuerst hatte Callum sich geweigert Kenzie mit an den Tatort zu nehmen, aber sie hatte ihren Willen durchgesetzt. Kaum hatte sie die Leiche gesehen, bereute sie ihre Entschlossenheit jedoch. Zwischen zwei deckenhohen Regalen lag ein junger Mann, nicht älter als zwanzig. Er hatte dunkelbraunes Haar und stechend grüne Augen, die einmal schön gewesen sein mussten. Doch nun war sein Blick starr und leer und seine Augen waren aus seinem Gesicht hervorgetreten. Er war erwürgt worden, genau wie Nilam. Selbst aus der Distanz konnte Kenzie die Male an seinem Hals sehen. Seine Haut war aufgescheuert und blutig.

Eine Horde Sicherheitsleute bewegte sich um den jungen Mann herum, darunter auch Callum. Sie suchten die umliegenden Regale nach Hinweisen ab und versuchten den Tathergang zu rekonstruieren, auch Virgil war ihnen gefolgt. Er konnte zwar nicht wie Ricardo einen Obduktionsbericht erstellen, dennoch kniete er neben der Leiche und betaste die Würgemale. Als Beauftragter der Beseitigung kannte er sich schließlich mit Toten aus.

Wie auch Nilam hatte das Opfer Kampfspuren davongetragen. Er hatte eine aufgeplatzte Lippe und mehrere Blutergüsse zierten seine Arme, als hätte der Angreifer ihn mehrmals fest gepackt.

Kenzie verschränkte die Arme vor der Brust und näherte sich langsam Virgil, den Blick weiterhin auf den Toten gerichtet. »Wie war sein Name?«, fragte sie flüsternd, da sie es trotz des Stimmengewirrs in der Lagerhalle nicht wagte, lauter zu sprechen.

»Robin«, antwortete Virgil, ohne aufzusehen. »Er war der Sohn eines Händlers.«

»Wie lange ist er schon tot?«

Virgil richtete sich auf und griff nach seinem Tablet. »Meiner Einschätzung nach ist er vor sieben oder acht Stunden gestorben, was bedeutet, er liegt seit gestern Abend hier, und das ist ziemlich eigenartig.«

»Wieso?«

»Die Lager werden jeden Abend durchsucht, bevor sie abgeschlossen werden, damit niemand eingesperrt wird.« Es war nicht Virgil, der Kenzie antwortete, sondern Octavius. Er schlich bereits seit einiger Zeit durch das Lager und versuchte seine Mitarbeiter zu beruhigen und Ordnung in das Chaos zu bringen.

»Deine Mitarbeiter haben ihn also übersehen?«

Octavius zuckte mit den Schultern. »Es wäre möglich.«

Kenzie konnte das stumme »oder?« in seinen Worten nicht überhören. »Du glaubst nicht, dass Robin eingesperrt wurde?« Wieder ein Schulterzucken. »Du denkst doch nicht etwa, er hätte …« *Die Vorräte gestohlen.*

»Es würde einiges erklären«, erwiderte Octavius.

Das konnte Kenzie nicht abstreiten, aber wenn Robin für die Diebstähle verantwortlich gewesen war, könnte das bedeuten, dass Nilams Mörder auch Gutes bewirkte?

Andererseits war es für Kenzie fraglich, ob es sich bei dem Mörder tatsächlich um denselben handelte. Die Wahl der Opfer hätte nicht unterschiedlicher sein können: ein junger Mann, der seine Wurzeln in der Kolonie hatte, und eine Repräsentative, die erst kürzlich angereist war.

»Wir sollten keine voreiligen Schlüsse ziehen«, sagte Kenzie daher und wünschte sich, sie könnte ihre Theorien mit Callum austauschen, aber er war zu beschäftigt damit, seine Leute zu delegieren. Zwischen all den uniformierten Wachen wirkte er mit seiner Jogginghose deplatziert. Doch seine Befehle strahlten eine Autorität aus, der man sich nicht entziehen konnte. Nur hin und wieder blieben seine Leute stehen, um Kenzie zu beobachten. Ihre Anwesenheit behagte ihnen offenbar nicht und sie zweifelten an Callums Entscheidung, sie mitgebracht zu haben.

»Ich möchte jedenfalls nicht in Callums Haut stecken«, sagte Octavius. Sein Blick war dem von Kenzie gefolgt. »Zwei Leichen und eine Menge verschwundener Vorräte.«

»Die sind allerdings deine Sache.«

Octavius schnaubte. »Callum hängt da genauso drin wie ich. Diebstähle sind seine Kategorie. Er hätte in seinen Plänen mehr Wachen für die Lager einteilen sollen.«

»Er hätte nichts von den Diebstählen wissen können, genauso wenig, wie er die Morde hätte voraussagen können.«

»Das wird die Leute nicht interessieren, solange sie jemanden haben, dem sie die Schuld in die Schuhe schieben können.« Octavius schenkte Kenzie ein finsteres Lächeln und sah dann zu Virgil. »Sieh zu, dass die Leiche verschwindet. Wir können es uns nicht erlauben, das Lager den ganzen Tag geschlossen zu halten.«

»Meine Leute holen Robin in ein paar Minuten ab.«

Octavius schien mit dieser Antwort zufrieden zu sein und eilte zu zweien seiner Mitarbeiter, die abseits des Geschehens warteten.

»Glaubst du, dass Robin der Dieb war?«, fragte Kenzie an Virgil gewandt. Ihr war nicht entgangen, wie still der Mann sich in der letzten Minute verhalten hatte.

Virgil zögerte, als wäre er nicht sicher, ob er ihr auf diese Frage wirklich antworten sollte. Schließlich schüttelte er den Kopf. »Niemals. Robin war ein anständiger Junge. Er hat nie etwas Unrechtes getan und die Märkte seines Vaters erzielen seit Jahren gute Gewinne. Er hätte keinen Grund gehabt, Vorräte zu stehlen. Octavius sucht nur nach einer einfachen Lösung für sein Problem.« Virgil seufzte. »Ich sollte zurück zum Quartier gehen und letzte Vorbereitungen treffen. Der Industriefrachter müsste innerhalb der nächsten Stunde anlegen. Willst du noch einmal mitkommen?«

Willst du Nilam noch einmal sehen?, übersetzte Kenzie. Ihr Abschied hatte mit der Meldung von Robins Tod ein plötzliches Ende genommen, dennoch wollte sie nicht mehr zurückkehren, vor allem nicht ohne Callum. »Danke, aber ich glaube, es ist besser, wenn ich hierbleibe.«

Virgil verabschiedete sich und versprach Callum, die Leiche für die Obduktion zu Ricardo zu bringen. Kenzie setzte sich auf eine umgedrehte Obstkiste und versuchte nicht aufzufallen, während sie Callum dabei beobachtete, wie er Anweisungen gab. Er positionierte seine Männer um die Lager, ließ Berichte schreiben und hielt einige seiner Leute dazu an, das Archiv seines Vaters nach Hinweisen auf den Täter zu durchforsten.

»Hallo, Fremde.«

Kenzie zuckte zusammen.

Kalif war wie aus dem Nichts vor ihr aufgetaucht. Auf seinen Lippen lag ein schiefes Lächeln, das jedoch verblasste, als er ihren erschrockenen Blick bemerkte. »Entschuldige. Ich wollte dir keine Angst einjagen.«

»Ich war nur in Gedanken versunken.« Kenzie versuchte sein Lächeln zu erwidern, aber es wollte ihr nicht gelingen, obwohl sie sich tatsächlich freute Kalif zu sehen. Er war ein Stück Normalität und ein freundliches Gesicht inmitten all der Menschen, die sie missbilligend musterten. »Was machst du hier?«

»Ich habe von Robin erfahren und gehofft Callum hier anzutreffen.«

»Du willst mit ihm sprechen?«

Kalif schüttelte den Kopf. »Jetzt nicht mehr. Ich wollte ihn fragen, wie es dir geht. Seit deiner Verhaftung war es schwer, an dich heranzukommen. Ich habe mir Sorgen um dich gemacht.«

»Das musstest du nicht.« Kenzie rutschte zur Seite, damit sich Kalif neben sie auf die Kiste setzen konnte. Er wirkte auf eine Art erschöpft, die sie bisher nur von Callum kannte, als hätte er mehrere Nächte lang nicht geschlafen. »Ich hoffe, du hast die Inventur auch ohne mich überstanden.«

Er machte eine wegwischende Handbewegung. »Octavius hat mir jemand Neues zugeteilt. Er beschwert sich immer, kein Personal zu haben, aber von irgendwoher zaubert er doch immer einen Helfer.«

»Seid ihr fertig?«

Er nickte. »Der Bestand geht nicht auf.«

»Ich weiß«, erwiderte Kenzie. Die Gewissheit in Octavius' Stimme, als er zuvor über die Diebstähle geredet hatte, hatte es ihr verraten.

»Aber lass uns jetzt nicht über die Arbeit sprechen.« Kalif legte Kenzie einen Arm um die Schultern. Es war eine vollkommen natürliche Geste, die jedoch keine Gefühle oder Wärme in Kenzie weckte. Und vermutlich hätte sie der Berührung keine Beachtung geschenkt, hätte sich Callum nicht in diesem Moment zu ihnen umgedreht. Ein dunkler Schatten legte sich auf sein Gesicht und er betrachtete Kalif mit einem Ausdruck, den Kenzie an ihm noch nie gesehen hatte. »Ich kann nicht fassen, dass Alaric dich des Mordes angeklagt hat«, sagte Kalif, der Callum überhaupt nicht zu bemerken schien. »Er ist ein Idiot.«

»Alaric ist eben ... Alaric. Ich bin gespannt darauf, wie er reagiert, wenn er erkennt, dass ich Robin nicht ermordet haben kann. Ich war die ganze Zeit über bei Callum und habe außerdem dieses Ding unter der Haut.« Kenzie drehte ihren Arm und deutete auf die Stelle, unter der sich der Tracker befand.

»Ihr zwei kommt gut miteinander aus.« Kalif formulierte es nicht als Frage, aber seine Neugier war nicht zu überhören.

Kenzie sah zu Callum, der gerade mit einem seiner Sicherheitsleute sprach, sie allerdings im Auge behielt. »Ich wüsste nicht, was ich ohne ihn tun sollte.«

»Das sind große Worte.«

»Es sind wahre Worte. Ohne Callum säße ich wahrscheinlich einsam auf einem letzten Stück Festland, vergeblich auf der Suche nach einem Schluck Süßwasser.«

»Du übertreibst.« Kalif nahm den Arm von ihren Schultern. »Ich glaube nicht, dass das Festland so verkommen ist, wie alle behaupten. Wusstest du, dass es hier in der Nähe einmal eine Großstadt gegeben hat, mit über zwei Millionen Einwohnern? Irgendetwas davon muss doch übrig sein.«

»Vielleicht, aber was spielt das für eine Rolle? Allein und verloren wäre ich trotzdem.«

Kalif setzte zu einer Antwort an, schüttelte dann aber den Kopf. »Vermutlich hast du Recht. Wir sollten einfach froh darüber sein, dass Callum auf deiner Seite steht.«

»Ich frage mich, wie lange noch«, sagte Kenzie und presste die Lippen aufeinander, kaum hatten die Worte ihren Mund verlassen. Bisher hatte sie es sich nicht erlaubt, diese Sorge auszusprechen, auch wenn sie ein stetiger Begleiter war, seit sich Callum das erste Mal für sie eingesetzt hatte.

»Wie meinst du das?«

»Na ja, was ist, wenn er eines Morgens aufwacht und erkennt, dass er ohne mich besser dran ist? Dass ich den Ärger mit Alaric nicht wert bin und es andere ... bessere Wege gibt, die Sache anzugehen.«

»Ich glaube nicht, dass du dir deswegen Sorgen machen musst. Erstens bist du den Ärger wert, da bin ich mir ziemlich sicher, und zweitens geht Callum nicht sehr leichtfertig mit Menschen um.«

»Was hat das eine mit dem anderen zu tun?«

»Alles«, entgegnete Kalif und beugte sich zu Kenzie, um ihr zuzuflüstern: »Callum interessiert sich zwar für die Menschen dieser Kolonie, aber er lässt sie nicht wirklich in sein Leben. Er geht nicht auf Partys, trägt ständig seine Uniform, als müsste er irgendjemandem etwas beweisen, und versteckt sich die meiste Zeit in seinem Haus, in dem er nur zwei Leute duldet. Evie und Vivian und jetzt dich ... Das sagt schon alles, meinst du nicht? Er hätte das nicht getan, wäre er nicht absolut und vollkommen überzeugt, sowohl von deiner Unschuld als auch von dir.«

Irritiert starrte Kenzie Kalif an, ehe sie die Sprache wiederfand und unweigerlich zu schmunzeln begann. »Was bist du? Ein Callum-Experte?«

»Nee, nur sehr scharfsinnig.« Kalif grinste sie verschmitzt an. »Hast du Hunger?«

Kenzie schüttelte den Kopf. »Nicht wirklich.«

»Ich schon.« Kalif sprang von der Kiste auf. »Leistest du mir Gesellschaft oder willst du mich vielleicht einladen? Du schuldest mir noch einen Bratapfel.«

»Ich kann dir nur mit meiner Gesellschaft dienen. Ich habe kein Geld.« Sie dachte an die Aktiva, die sie am Tag zuvor aus der Schüssel in Callums Haus entwendet hatte.

»Du hast noch keinen Job?«

»Nein, wie auch? Ich bin eine angeklagte Mörderin und ich besitze keine der geforderten Qualifikationen.«

»Was ist mit Octavius?«

Kenzie schüttelte den Kopf. »Ich soll mich von den Lagern fernhalten. Callum meint, die Leute würden sonst mir die Schuld für die gestohlenen Vorräte in die Schuhe schieben.«

»Verstehe«, murmelte Kalif. Er versuchte nicht einmal, diese Theorie abzustreiten. »Ich werde mich später für dich umhören, aber zuerst gehst du mit mir frühstücken.«

»Danke.« Kenzie wollte gerade aufstehen, als sie bemerkte, dass Callum zu ihnen kam. Ein missbilligender Zug umspielte seine Lippen und sein Gang hatte etwas Hartes, geradezu Militärisches. In diesem Augenblick erkannte Kenzie nur allzu deutlich, was Kalif gemeint hatte. Callum war nicht immer der Mann, der das Essen mit ihr teilte, der sie in den Armen hielt und sich ihre verrückten Theorien anhörte. Es gab noch eine andere Seite an ihm, die sie zu gerne vergaß.

»Hast du alles geregelt?«, fragte Kenzie.

Callum nickte. »Ich habe zusätzliche Wachen in der ganzen Kolonie verteilt. Mir bleiben nur wenige Ermittler übrig, aber die Sicherheit der Menschen steht an oberster Stelle. Robins Obduktionsbericht sollte innerhalb der nächsten Stunden kommen. Vielleicht erfahren wir dieses Mal mehr daraus.«

»Octavius glaubt, Robin sei der Dieb gewesen.«

Callum machte eine wegwischende Handbewegung. »Er versucht nur, seinen Kopf aus der Schlinge zu ziehen. Heute Abend wird er die Ergebnisse der Inventur offiziell bekannt geben und er würde den Leuten einfach zu gerne sagen, dass der Dieb bereits gefasst ist.«

»Heute Abend?« Kalif schnaubte. Er hatte die Arme verschränkt und musterte Callum. »Den Bericht kann er sich sparen. Bis dahin haben es die Lagerarbeiter jedem erzählt.«

»Kennen wir uns?«, fragte Callum mit hochgezogener Braue.

»Nicht offiziell. Ich bin Kalif, ein Freund von Kenzie.«

»Callum, Beauftragter der Sicherheit.« Sie reichten sich die Hände. Es war ein kurzer, intensiver Händedruck, der ihre Knöchel hell hervortreten ließ. »Arbeitest du im Lager?«

Kalif hob die Achseln. »Manchmal. Ich leg mich nicht gerne fest und verdiene mein Geld mal hier, mal dort.«

»Wir wollten gerade frühstücken gehen«, sagte Kenzie und wünschte sich, die Härte würde endlich aus Callums Gesicht weichen. Ihr gefiel es nicht, ihn so verkrampft zu sehen, auch wenn es dem Anlass entsprach. »Willst du mitkommen?«

»Ich bin mir sicher, Callum hat gerade Besseres zu tun, als mit uns essen zu gehen. Wir sollten ihn nicht davon abhalten«, erwiderte Kalif mit einem steifen Lächeln.

»Ich vereitle eure Pläne nur ungern, aber du musst mit mir ins Quartier kommen, Kenzie.« Callum trat dichter an sie heran und senkte seine Stimme. »Ein bekanntes Mitglied unserer Kolonie ist tot und du stehst bereits unter Anklage. Ich muss dokumentieren, dass du zur Zeit des Mordes bei mir warst, und wir sollten den Tracker auslesen lassen.«

»Wird die Anklage danach fallengelassen?«

Callum seufzte. »Ich weiß es nicht. Für den Mord an Robin kannst du nicht zur Verantwortung herangezogen werden. Aber es gibt noch immer keine eindeutigen Beweise, die bezeugen, dass du Nilam nicht umgebracht hast. Damit könnte Alaric die Anklage aufrechterhalten.«

Kalif bestand darauf, Kenzie und Callum zum Quartier der Sicherheit zu begleiten. Er wollte Kenzie unterstützen und dafür war sie ihm dankbar, doch zugleich machte seine Anwesenheit sie nervös. Es gab hier nicht viele Leute, die sie für unschuldig hielten, aber Kalif war einer von ihnen. Er sollte nicht mit ansehen müssen, wie sie in einen Verhörraum geführt wurde. Dennoch brachte es Kenzie nicht über sich, ihn wegzuschicken. Sie wollte seine Gefühle nicht verletzen und er sollte nicht glauben, sie hätte etwas vor ihm zu verbergen.

Die Fahrt mit dem Transporter verlief größtenteils schweigend. Jeder Versuch von Kalif, ein Gespräch zu beginnen, wurde von Callum abgeblockt. Seine Antworten bestanden aus abgehackten Sätzen und brummenden Lauten, welche jede Unterhaltung im Keim erstickten.

»Wir haben Besuch«, murmelte Callum, als der Transporter schließlich in Sichtweite des Quartiers kam. Alaric wartete auf den Treppenstufen vor dem Gebäude. Dieser große, schweigsame Typ war wieder bei ihm. Er hatte breite Schultern und hellbraunes Haar, das er sich aus dem Gesicht gekämmt hatte. In der Hand hielt er einen Schirm, um Alaric Schatten zu spenden. Schweiß glänzte bereits auf dessen Stirn und dunkle Flecken hatten sich auf dem Stoff unter seinen Armen gebildet.

»Er will sich mein Verhör wohl nicht entgehen lassen.«

»Darf er überhaupt dabei sein?«, fragte Kalif und beugte sich nach vorne, was die Gondel zum Schwanken brachte.

Callum stieß ein bejahendes Knurren aus und sprang von seinem Platz auf, noch bevor der Transporter richtig zum Stehen gekommen war. Mit donnernden Schritten näherte er sich dem Quartier. »Was willst du hier, Alaric?«

»Ich habe gehört, was mit Robin passiert ist.« Alarics Gesicht spiegelte Betroffenheit wider, aber Kenzie hatte den Glauben an seine Menschlichkeit längst verloren. Er spielte ihnen doch nur etwas vor und heuchelte Mitgefühl, um nicht als das kalte Monster gesehen zu werden, das er war.

»Und was erwartest du hier zu unternehmen?«, fragte Callum und lief an Alaric vorbei die Stufen zum Quartier empor. »Geh zurück in dein Büro. Ich schicke dir eine Kopie von Kenzies Aussage und die Aufzeichnung des Trackers.«

Alaric folgte Callum die Treppe nach oben. Seine Begleitung lief hinterher. »Jetzt, wo ich schon einmal hier bin, kann ich doch auch bleiben. Hast du dich schon mit Octavius in Verbindung gesetzt?«

»Natürlich«, sagte Callum, ohne sich umzudrehen.

»Du solltest verschwinden«, flüsterte Kenzie Kalif zu.

»Ich habe keine Angst vor Alaric.« Kalif griff nach ihrer Hand. Er drückte sie sachte und gemeinsam traten sie ins Foyer der Sicherheit.

Callum und Alaric warteten dort auf sie, und während Alaric Kalif das erste Mal zu bemerken und allein von seiner Anwesenheit irritiert zu sein schien, starrte Callum auf ihre ineinander verflochtenen Hände. Sein Blick verfinsterte sich. »Kalif, du musst hier warten, du bist nicht autorisiert dem Verhör beizuwohnen.«

Kalif nickte und lächelte Kenzie aufmunternd an, bevor er sie losließ und sich auf die Besucherbank setzte.

Kenzie folgte Callum und Alaric und zu ihrer Überraschung liefen sie an den Verhörräumen vorbei, bis in die hinterste Ecke des Gebäudes, und dort stiegen sie eine Treppe hinauf. Dieser Teil des Quartiers war heruntergekommener als der Rest, als hätte man ihn bei der letzten Renovierung ausgespart. Farbe blätterte von den Wänden, die Fliesen auf dem Boden waren an etlichen Stellen gesprungen und die Luft stand in den Gängen, als wäre die Lüftung ausgefallen.

Alarics schweigsamer Schatten öffnete eine Tür mit der Aufschrift *Technischer Service.* Der Raum dahinter schien mehr Elektronik zu beherbergen als die gesamte Wasserkolonie. Gigantische Schränke aus Metall reichten bis unter die Decke. An ihnen waren zahlreiche Knöpfe, Schalter und Lampen angebracht und Dutzende von Monitoren bedeckten fast eine komplette Wandseite. Jeder Bildschirm zeigte eine andere Aufnahme aus der Kolonie und das nervöse Flackern der Szenen ließ Kenzie blinzeln.

Vor einem besonders großen Monitor saß eine Frau mit schwarzem Haar, das ihr bis zum Kinn reichte. Sie hatte ihnen den Rücken zugewandt und starrte auf den Bildschirm. »Ich komme gleich!«, rief sie, ohne sich abzuwenden.

Callum nickte, obwohl sie ihn nicht sehen konnte, und selbst Alaric übte sich in Geduld. Kenzie erkannte, dass die Frau eine Aufnahme der Lagerhäuser studierte. Im Video war es dunkel und kein Mensch war zu sehen.

»Nichts. Auf diesen Videos ist nichts zu erkennen.« Die Frau seufzte und wirbelte auf ihrem Drehstuhl herum. Sie war jünger als erwartet und hatte ein freundliches Gesicht mit großen, braunen Augen und vollen Lippen, die sich nun zu einem Lächeln verzogen.

Callum trat vor. »Hallo, Anny. Wir sind wegen der Daten auf Kenzies Tracker hier. Kannst du sie uns auslesen?«

»Ob ich das kann? Natürlich!« Blitzschnell glitten ihre Finger über den Monitor und öffneten eine Datei. Dann war das dreidimensionale Bild eines Würfels zu erkennen – die Kolonie. »Welche Uhrzeit wollt ihr euch ansehen?«

Alaric trat dicht an Anny heran. »Zeig uns die komplette Aufnahme.«

Wieder flogen Annys Finger über den Bildschirm und im nächsten Moment war ein roter Faden zu sehen. In rasender Geschwindigkeit schlängelte er sich durch das Diagramm, bis er schließlich stoppte.

Kenzie wartete darauf, dass Anny etwas sagte, doch sie starrte weiterhin konzentriert auf den Bildschirm und auch Alaric und Callum wandten den Blick nicht ab.

»Was ist los?« Kenzie beugte sich weiter nach vorne, um besser sehen zu können.

»Ich weiß nicht.« Anny tippte einige Male auf den Monitor und das Diagramm begann von vorne. Wieder lief der rote Faden durch die Kolonie, bis er in der zweiten Ebene anhielt.

Etwas stimmte nicht. Kenzie konnte nicht sagen, was es war, denn sie hatte keine Ahnung, was genau das Diagramm zeigen sollte, aber sie erkannte es an Callums angespannter Haltung, Alarics selbstgefälligem Lächeln und Annys in Falten gelegter Stirn.

»Ist das schon einmal passiert?«, fragte Callum.

Anny schüttelte den Kopf. »Noch nie.«

»Würde mich bitte jemand aufklären?«, fragte Kenzie mit wachsender Unruhe und wischte sich die feuchten Handflächen an der Hose ab.

»Der Tracker ist defekt«, antwortete Anny und deutete auf eine Zahl am unteren Bildschirmrand, die Kenzie entgangen war. »Er hat um 2:41 Uhr seine Funktion eingestellt.«

»Was für ein Zufall«, murmelte Callum.

Nur langsam sickerte die Bedeutung von Annys Worten in Kenzies Verstand und die Haare in ihrem Nacken stellten sich auf. Der Tracker hatte ihre Bewegungen nicht verfolgt. »Und was bedeutet das?«

»Dass es keinen Beweis für deine Unschuld gibt und du–«

»Es gibt einen Beweis«, sagte Callum und schnitt Alaric das Wort ab. Der war es offenbar nicht gewohnt, unterbrochen zu werden, denn der Blick, den er Callum zuwarf, konnte man nur als tödlich bezeichnen. »Kenzie war die ganze Zeit über bei mir. Sie hat den Mord an Robin nicht begangen.«

»Du kannst also mit Gewissheit sagen, dass Kenzie bei dir war? Den ganzen Abend und die ganze Nacht, ohne Ausnahme?«

»Das kann ich.«

»Ich nehme an, du hast sie gefesselt, damit sie dein Haus nicht verlassen konnte«, sagte Alaric.

»Nein«, erwiderte Callum. Er sah zu Kenzie und musterte sie abschätzend von Kopf bis Fuß. »Ich habe es nicht nötig, jemanden wie sie zu fesseln, um die Kolonie zu schützen.«

Alaric kam Callum näher, ohne sich von seiner Größe einschüchtern zu lassen. »Also war das Haus abgesperrt?«

»Nein.« Callum war in diesem Moment ganz Beauftragter der Sicherheit. Sein Tonfall war ruhig und über jede Kritik von Alaric erhaben. Er ließ sich auch nicht davon irritieren, dass er keine Uniform, sondern lediglich eine Jogginghose trug, die die besten Jahre schon hinter sich hatte.

»Und wie hast du sichergestellt, dass sie das Haus nicht verlässt? Wer garantiert, dass sie sich nicht rausgeschlichen hat, während du geschlafen hast?«

»Ich hätte es bemerkt.«

Alaric zog die Augenbrauen nach oben, was ihn jünger und zugleich noch herablassender erscheinen ließ. »Sie war nicht gefesselt, das Haus war nicht abgeschlossen und du hast geschlafen, vermutlich zugedröhnt von irgendwelchen Medikamenten. Das ist keine Beweisgrundlage, das ist Schwachsinn.«

Callum machte einen Schritt nach vorne, bis er direkt vor Alaric stand. Brust an Brust. Er war ihm so nahe, dass es nur eine Bewegung seines Kopfes gebraucht hätte, um dem älteren Mann die Nase zu brechen. Und dem Zorn nach zu urteilen, der in Callums Augen loderte, zog er diese Möglichkeit durchaus in Betracht.

»Callum, mach keinen Ärger«, flüsterte Kenzie. Sie legte ihm eine Hand auf den Arm, um ihn von Alaric wegzuziehen, aber er bewegte sich nicht und stand dort wie angewurzelt.

»Hör auf die Kleine«, sagte der schweigsame Kerl an Alarics Seite. Es waren die ersten Worte, die Kenzie von ihm hörte. Und auch wenn er seine Fäuste nicht erhoben hatte, bestand kein Zweifel daran, dass er diesen Kampf für Alaric austragen würde, sollte die Sache handgreiflich werden.

»Gib ihm nicht das, was er will«, murmelte Kenzie.

Alaric sprach es nicht aus, aber er lechzte danach, von Callum geschlagen zu werden. Eine Platzwunde an der Lippe oder ein blaues Auge würde ausreichen, damit Callum seinen Platz im Rat für immer verlor. Wer wollte seine Sicherheit schon einem Gewalttätigen anvertrauen?

»Callum, bitte.«

Kenzie krallte ihre Fingernägel in sein Fleisch. Es war dieser Schmerz, der Callum aus seiner Trance erwachen ließ. Mechanisch trat er einen Schritt zurück. Sein Blick ruhte weiterhin auf Alaric. »Ich habe nichts genommen«, erklärte Callum. »Und Kenzie ist unschuldig.«

Alaric schmunzelte. »Gib mir einen Grund, dir zu glauben.«

Mit einem Mal war Callums Zorn verschwunden und alles, was zurückblieb, war Verunsicherung. Er senkte seinen Blick. Zögerte. »Kenzie ist unschuldig, weil ...« Er nahm einen tiefen Atemzug. »Weil sie in meinen Armen geschlafen hat. Ich habe die ganze Nacht neben ihr gelegen, deswegen konnte sie sich gar nicht unbemerkt aus dem Haus schleichen.«

Eine Sekunde war es still und sie alle schienen die Luft anzuhalten. Anny machte sich auf ihrem Stuhl klein, wie um sich vor einem aufziehenden Sturm zu verstecken, und Kenzie wurde eiskalt, während zugleich Hitze in ihren Wangen aufstieg. Doch plötzlich begann Alaric zu lachen. Es war ein lautes Lachen, das den ganzen Raum erfüllte und von den Wänden widerhallte. »Du hast mit ihr geschlafen? Ist dir völlig egal, was die Leute von dir denken?«

»Nein, ist es nicht. Aber es wird der Tag kommen, an dem sie erkennen, dass Kenzie ein weitaus besserer Mensch ist, als du es je sein wirst.« Callum wies Alaric nicht darauf hin, dass sie nicht *miteinander*, sondern nur *nebeneinander* geschlafen hatten. Aber vermutlich spielte dieses Detail für Alaric keine Rolle. Selbst wenn er die Wahrheit kannte, würde er sie so biegen und brechen, wie sie für ihn am besten passte.

»Lass uns gehen.« Callum packte Kenzies Hand und zog sie aus dem Raum. An der Tür blieb er noch einmal stehen. »Du wirst keine Anklage gegen Kenzie erheben. Ich bin ihr Augenzeuge und du wirst nicht wagen mich in Frage zu stellen. Hast du mich verstanden?«

»Absolut.« Alaric lächelte und sah zwischen ihnen hin und her. »Kenzie hat nichts zu befürchten.«

Du allerdings schon, ergänzte Kenzie in Gedanken. Doch Callum ignorierte diese stumme Drohung und zog sie weiter hinter sich her. Kenzie konnte kaum mit ihm Schritt halten, aber sie verstand, weshalb Callum von hier wegmusste. Ein Teil von ihm schien sich noch immer danach zu sehnen, Alaric die Faust ins Gesicht zu schlagen. Aber dieser kurze Moment der Befriedigung würde letztlich nichts Gutes hervorbringen, also rannte Callum davon und erst vor dem Treppenaufgang wurde er langsamer. Er ließ Kenzies Hand los und seufzte. Sein Blick war erfüllt von Sorge. »Es tut mir leid. Ich hätte die Fassung nicht verlieren dürfen.«

»Das muss dir nicht leidtun.« Kenzie senkte ihre Stimme und trat dichter an Callum heran, damit die Wände ihre Worte nicht auffangen konnten. »Du hast nur getan, was nötig war, um mich vor einer weiteren Anklage zu bewahren.«

»Es stört dich nicht, dass ich ihm von uns erzählt habe?«

Von uns. Die Worte erzeugten ein Prickeln auf Kenzies Haut und sie dachte daran, wie sie in Callums Armen erwacht war, als er versucht hatte sich davonzustehlen. Das hatte sie beinahe vergessen. »Du hast Alaric angelogen. Du warst nicht die ganze Nacht bei mir.«

Callum zuckte mit den Schultern. »Ich vertraue dir und kann nicht zulassen, dass du wegen meines nächtlichen Ausfluges ein weiteres Mal angeklagt wirst.«

»Danke«, murmelte Kenzie. »Wo warst du überhaupt?«

»Nirgendwo.« Es war dieselbe ausweichende Antwort, die er ihr bereits zuvor gegeben hatte, aber Kenzie hütete sich davor, Callum in diesem Moment zur Rede zu stellen. Stattdessen nahm sie seine Hand und betrachtete die fünf sichelartigen Einkerbungen. Ihre Nägel hatten tiefer in sein Fleisch geschnitten, als sie beabsichtigt hatte, und etwas Blut trat aus den Wunden. »Ich wollte nicht so fest zudrücken.«

»Mach dir darüber keine Gedanken.« Callum bewegte seinen Arm. »Es war wohl das Einzige, das mich davon abgehalten hat, auf Alaric loszugehen.«

»Er ist selbst schuld.« Kenzie dachte an Alarics anklagende Worte. Waren sie eine Lüge gewesen, um alle Anwesenden aus der Fassung zu bringen, oder steckte doch mehr hinter dieser Anschuldigung?

Kenzie hätte Callum gerne gefragt, aber Alaric würde bald nachkommen und sie wollte ihm heute nicht noch einmal begegnen. »Lass uns besser von hier verschwinden.«

Callum nickte. Ohne ihre Hand loszulassen, lief er die Treppe nach oben und durch die Gänge zurück zum Foyer. Erst als sie Kalifs Stimme hörten, löste Callum seinen Griff.

Kalif lehnte am Empfangstresen und unterhielt sich mit einem jungen Wachmann. Er lachte gerade über etwas, das er gesagt hatte, doch sein Lächeln verschwand, als er Callum und sie erblickte. Hastig verabschiedete er sich und kam zu ihnen. »Wie lief es?«

»Nicht jetzt«, sagte Callum und verließ fluchtartig das Quartier. Vermutlich wollte er das Gespräch mit Alaric nicht unter den neugierigen Blicken seiner Leute Revue passieren lassen. Kenzie und Kalif folgten ihm auf die Straße und es dauerte nicht lange, bis Kalif seine Schritte ihren anpasste und sie einige Meter hinter Callum liefen.

»Was ist passiert?« Kalif hielt seinen Kopf gesenkt.

»Nichts.«

»Tatsächlich? Und wieso sieht Callums Arm so aus, als hätte ihn eine Katze angefallen?«

»Ich habe ihn gekratzt, als ich ihn davon abgehalten habe, Alaric die Nase blutig zu schlagen.«

»Warum das denn? Ich bin mir sicher, Alaric hätte es verdient.«

Kenzie lächelte. »Vielleicht, aber wir haben auch ohne die Körperverletzung eines Ratsmitglieds schon genug Probleme. Der Tracker in meinem Arm ist ausgefallen.«

»Scheiße.«

»Du sagst es, aber Callum konnte mir ein Alibi liefern. Es ist nur alles andere als perfekt und wird seine Konsequenzen haben.«

»Wieso? Was hat er erzählt?«

Kenzie seufzte. »Das wirst du noch früh genug erfahren.«

Siebzehn

»Wo hast du dein Verbandszeug?«, fragte Kenzie, kaum hatte Callum die Haustür hinter ihnen geschlossen.

»Im Badezimmer unter dem Becken.« Er runzelte die Stirn. »Bist du verletzt?«

»Nein, aber du.« Sie deutete auf seinen Arm.

Er machte eine wegwischende Bewegung. »Das ist nichts.«

»Ich will nicht, dass es sich entzündet«, sagte Kenzie und eilte die Treppe nach oben, bevor Callum ihr widersprechen konnte. Das Bad lag direkt neben seinem Schlafzimmer. Es war schlicht eingerichtet und beinhaltete nur das Nötigste.

Vor dem Waschbecken ging Kenzie in die Knie. Der Schrank darunter war vollgestopft mit Putzmitteln und Rollen aus synthetischem Klopapier, die bereits Staub ansetzten. Es gab auch Döschen mit Tabletten, gegen Übelkeit und Kopfschmerz. Bei ihrem Anblick musste Kenzie erneut an Alarics Worte denken: *Du hast geschlafen, vermutlich zugedröhnt von irgendwelchen Medikamenten.*

»Was für ein Unsinn«, murmelte sie und schob diesen Gedanken beiseite. Callum nahm keine Medikamente, um besser schlafen zu können, nicht umsonst trieb es ihn in den Nächten umher. Und selbst wenn er seine Erfahrungen mit gewissen Substanzen hatte, so konnte es Kenzie ihm nicht verübeln. Er war noch keine zwanzig und für die Sicherheit von Tausenden von Menschen verantwortlich.

Zwischen den Tabletten und all den anderen vergessenen Utensilien stand auch der Verbandskasten, den Kenzie gesucht hatte. Sie nahm ihn an sich und lief zurück ins Erdgeschoss.

Callum hatte sich auf die Couch gesetzt. Die Anspannung war noch nicht aus seinen Schultern gewichen und er blickte starr geradeaus, als wäre er mit dem Kopf noch immer im Quartier der Sicherheit.

Kenzie setzte sich neben ihn und öffnete den Verbandskasten. Er war randgefüllt mit Pflastern in jeder Form und Größe. Es gab Nadel, Faden, Salben und einige andere Dinge, deren Nutzen Kenzie nur erahnen konnte.

»Worüber denkst du nach?«, fragte sie.

»Über alles.« Callum seufzte. »Die Morde. Die Diebstähle. Alaric. Die ganze Situation schreit danach, dass er früher oder später eine falsche Entscheidung treffen wird, die er als Lösung aller Probleme verkaufen wird, wie damals das *Gesetz des Alters.*«

»Das werden wir verhindern«, sagte Kenzie mit mehr Zuversicht, als sie verspürte. Doch sie konnte nicht zulassen, dass Alaric noch mehr Menschen schadete. Er hatte durch seine Gesetze schon Hunderte von Leben zerstört und dem musste ein Ende bereitet werden. Niemand, der so skrupellos und machtgierig wie Alaric war, hatte es verdient, über eine Kolonie zu herrschen. Und was für ein Anführer musste das Überwachungssystem eines achtzehnjährigen Mädchens manipulieren, um nicht die Kontrolle zu verlieren? Es gab zwar keinen Beweis dafür, aber Kenzie war sich sicher, dass Alaric hinter dem kaputten Tracker steckte. Sie wusste nicht, wie, aber das Timing erschien ihr zu perfekt, um reiner Zufall zu sein.

»Wie geht Kalif mit der ganzen Sache um?«, fragte Callum.

Kenzie stutzte. »Wie meinst du das?« Sie hatte das Frühstück mit Kalif abgesagt. Sie verbrachte gerne Zeit mit ihm, aber es war ihr wichtiger, bei Callum zu sein und ihm zu helfen. Die Liste der Verdächtigen, die sie erstellt hatten, war nun noch wertloser als zuvor. Offensichtlich vergriff sich der Mörder nicht nur an Koloniefremden. Schließlich war Robin kein unwillkommener Gast, sondern ein Eingeborener.

»Er scheint dich zu mögen.«

Kenzie senkte den Kopf, um ihr Lächeln zu verbergen. Ihr war nicht entgangen, wie Callum reagiert hatte, als Kalif und sie Hand in Hand ins Quartier gekommen waren. »Bist du eifersüchtig?«

»Ich will nur nicht, dass es Probleme zwischen euch gibt«, antwortete Callum ausweichend.

»Weswegen sollte es Probleme geben?«

»Wegen dem, was ich zu Alaric gesagt habe.«

Kenzie biss sich auf die Lippe. »Du meinst, dass schon bald die ganze Kolonie glauben wird, wir hätten eine Affäre?«

Er nickte.

»Mach dir darum keine Sorgen.« Kenzie nahm das Desinfektionsspray aus dem Verbandskasten. »Kalif ist nicht auf diese Weise an mir interessiert. Ihm ist egal, was zwischen uns ist.«

»Tatsächlich?«, murmelte Callum und zuckte leicht zusammen, als Kenzie die Flüssigkeit auf die Wunde spritzte. »Für mich sah es so aus, als stündet ihr euch nahe.«

Kenzie hob die Achseln. »Er erinnert mich irgendwie an

Noël.« Seinen Namen nicht nur zu denken, sondern laut auszusprechen, versetzte ihrem Herz einen Stich, erfüllte sie aber zugleich mit Wärme.

»War er dein Freund?«, fragte Callum.

Sie schüttelte den Kopf. »Er ist Nilams Bruder. Mein *bester* Freund. Wir sind gemeinsam aufgewachsen und haben alles miteinander geteilt. Er gehört zu einer Taucherflotte und wir haben immer davon geträumt, das Meer irgendwann gemeinsam zu erkunden.« Kenzie lächelte bei der Erinnerung an diesen alten Wunsch. Es schien ihr eine Ewigkeit her zu sein, dass sie mit Grey über die Entdecker gestritten und sich heimlich auf das U-Boot geschlichen hatte. Dabei lagen zwischen jener Erinnerung und dem heutigen Tag nur knapp zwei Wochen. »Eigentlich ist es verrückt, Kalif und Noël miteinander zu vergleichen. Die beiden haben nichts gemeinsam.«

Callum sah Kenzie unverfroren durch seine dichten Wimpern hindurch an. Seine Augen hatten die Farbe der tosenden See und trotz der Erschöpfung, die ihn seit Tagen zeichnete, war er noch immer unglaublich attraktiv, mit seinen markanten Gesichtszügen und den Lippen, die buchstäblich dazu einluden, geküsst zu werden. »Wie hat er es aufgenommen?«

Kenzie blinzelte irritiert. Sie hatte ihn angestarrt. Was hatte er gesagt? »Wovon redest du?«

»Noël.« Callums Lächeln wirkte selbstzufrieden. »Wie hat er es aufgenommen, als du gegangen bist?«

»Ich weiß es nicht«, gestand Kenzie. »Ich konnte mich nicht von ihm verabschieden. Meine Flucht war ... ungeplant.«

»Du hast deine Kolonie einfach so verlassen?«

»Nein. Ich wusste schon immer, dass ich irgendwann würde gehen müssen, aber mich dieses Jahr den Repräsentativen anzuschließen war eine überstürzte Entscheidung. Man hat mir keine andere Wahl gelassen.«

»Wie meinst du das?«, fragte Callum.

Kenzie schluckte schwer bei der Erinnerung an Grey, an all die Male, die er sie abgelehnt hatte, und an seine letzten, drohenden Worte. Sie schüttelte den Kopf. »Egal.«

»Wenn es dich beschäftigt, ist es nicht egal.«

Kenzie wickelte einen leichten Verband um Callums Arm, damit nicht erneut Dreck in die Wunde kam. »Ich will mich einfach nicht daran erinnern.«

»Das verstehe ich.« Callums Blick wurde leer und er sah auf seinen Arm, den Kenzie noch immer in ihren Händen hielt. Sie wusste, sie sollte loslassen, aber sie wollte nicht. Die Nähe zu Callum beruhigte sie und ließ die schmerzhaften Erinnerungen an Noël, Grey und ihr altes Leben langsam verblassen.

»Wir hätten nicht so viel Zeit mit dieser Liste verschwenden dürfen.« Kenzie lehnte gegen den Küchentresen und starrte auf das Tablet, als könnte sie kraft ihrer Gedanken das nutzlose Dokument in einen brauchbaren Hinweis verwandeln.

»Sie war ein guter Ansatz.« Callum stand am Herd und war bemüht darum, aus wenigen Zutaten ein frühes Abendessen für sie zu kochen, ehe er zurück in das Quartier musste.

»Laut dieser Liste ist die halbe Kolonie verdächtig.«

»Und ohne Liste wäre die ganze Kolonie verdächtig«, erwiderte Callum. »Vielleicht ist sie jetzt wertlos, aber das passiert bei Ermittlungen nun mal. Man stellt Theorien auf und sie verlaufen im Sand. Niemand hätte ahnen können, dass Robin das nächste Opfer wird und wir es mit einem Massenmörder zu tun haben.«

Kenzie glaubte nicht, dass man nach nur zwei Todesfällen von einem Massenmord sprechen konnte, sie machte sich jedoch nicht die Mühe, Callum zu korrigieren. »Hast du schon eine neue Theorie, was unseren Mörder betrifft?«

Callum rührte das eingekochte Gemüse um. »Nein. Robins Mord passt für mich auch nicht ins Bild. Vielleicht soll sein Tod nur eine Ablenkung für uns sein. Oder Robin war an Nilams Ermordung beteiligt und seine Kollegen haben sich gegen ihn gewandt, aus Angst, er könnte etwas ausplaudern. Oder wir haben es mit einem Psychopathen zu tun, der nur bei Gelegenheit tötet und kein Ziel verfolgt.«

»Wie beruhigend«, murmelte Kenzie.

»Meine Leute sind dabei, Befragungen durchzuführen, und ich habe Alaric einen Antrag auf Belohnung zukommen lassen.«

»Was ist das?«

»Wir werden einen finanziellen Anreiz für Leute schaffen, die uns nützliche Hinweise geben. Bisher hat sich kaum jemand zu den Morden geäußert, aber das wird sich ändern.«

»Und wie hoch wird diese Belohnung sein?«, fragte Kenzie mit gerunzelter Stirn. In der Wasserkolonie hätte jeder bereitwillig geholfen und niemand hätte erwartet sich damit selbst zu bereichern. Schließlich ging es um die Sicherheit der Kolonie.

»Darüber müssen wir noch entscheiden. Aber das soll nicht deine Sorge sein.« Callum holte zwei Schalen aus einem der Schränke, als ein Klopfen durch das Haus hallte.

Kenzie drehte sich in Richtung der Tür. »Wer kann das sein?«

»Vielleicht hat Kalif es ohne dich nicht ausgehalten.«

Kenzie verpasste Callum einen leichten Stoß in die Seite, als er an ihr vorbei zur Haustür lief. Es war jedoch nicht Kalif, der vor der Tür stand, sondern Evie. Ihr dunkles Haar hatte sie wie immer zu einem straffen Zopf gebunden, aber einige Strähnen hatten sich gelöst.

»Hallo Callum – Kenzie.« Das erste Mal, seit sie Evie getroffen hatte, ließ diese Abscheu in ihrem Namen mitklingen.

»Was machst du hier, Evie?« Callum klang nicht unfreundlich, nur verwundert. Sein Blick glitt über Evies Körper. Statt eines T-Shirts mit dem Symbol der Sicherheit trug sie heute eine richtige Uniform. Der glatt gebügelte Stoff schmeichelte ihrer weiblichen Figur. Was immer der Grund für ihren Besuch war, der Anlass war offiziell.

Evie zog einen Umschlag aus ihrer Hosentasche, der in der Mitte einmal gefaltet war. Kenzie blinzelte irritiert. Konnte das sein? Evie hielt tatsächlich einen Brief in ihren Händen und das Papier war völlig weiß und rein. Es war nicht gelblich und von den Jahren gezeichnet und hatte auch nicht die für Altpapier typische Maserung.

»Für dich«, sagte sie und reichte Callum den Umschlag. Kenzie konnte förmlich spüren, wie er sich neben ihr anspannte. Seine Miene verfinsterte sich und Zorn flackerte in seinem Blick auf. Fluchend nahm er den Brief entgegen. Seine Hand bebte und fast glaubte Kenzie, er würde diesen perfekten Umschlag in der Luft zerreißen.

»Wer weiß davon?« Callums Stimme war ein wütendes Knurren.

»Alle«, erwiderte Evie. Auch sie schien vor Zorn zu vibrieren und diese Tatsache jagte Kenzie einen Schauer über den Rücken. Was war nur in diesem Umschlag?

»Alaric hätte zuerst zu mir kommen müssen«, sagte Callum.

Evie zuckte mit den Schultern und Tränen glänzten in ihren Augen. »Ich hoffe nur, das war es wert.« Sie wandte sich ab und ging ohne ein weiteres Wort. Callum versuchte nicht, sie aufzuhalten. Er schloss die Tür und lehnte sich dagegen. Sein Gesicht war schmerzverzerrt, als hätte ihm jemand einen Dolch in die Rippen gestoßen.

»Was ist los?« Kenzie trat dichter an ihn heran. Sein Atem ging schnell, wie nach einem Sprint, und die Hand, in der er den Brief hielt, zitterte heftig.

»Sie haben mich aus dem Rat geschmissen.« Callums Finger ballten sich um den ungeöffneten Brief.

»Was?«, platzte es aus Kenzie heraus. »Das kann nicht sein!« Sie schüttelte den Kopf. »Wieso? Dürfen sie das überhaupt?« Sie nahm Callum den Umschlag aus der Hand und riss ihn auf, ohne auf das makellose Papier zu achten, welches sie unter anderen Umständen wie einen kostbaren Schatz behandelt hätte. Im Umschlag war ein Schreiben, verfasst in schiefen Buchstaben, die sich nach links neigten.

Kenzie las laut daraus vor:

Callum,

unsere Kolonie ist eine Demokratie. Der Rat wurde vom Volk bestimmt und es liegt mir fern, diese Wahl zu kritisieren und gegen die Bestimmung der Einwohner zu handeln.

In meiner gesamten Amtszeit habe ich die Entscheidung des Volkes noch nie angezweifelt. Doch auf Grund deiner Verwicklungen mit Kenzie, die uns als angeklagte Mörderin bekannt ist, sehe ich mich gezwungen mich zu fragen, ob die Kolonie für dich noch oberste Priorität hat.

Du stehst der Angeklagten nicht länger neutral gegenüber, wie es deine Aufgabe als Beauftragter der Sicherheit eigentlich von dir ver-

langt. Und die aktuellen Geschehnisse fordern höchste Loyalität der Kolonie gegenüber.

Deshalb sehe ich mich als führendes Ratsmitglied gezwungen dich auf unbefristete Zeit – oder bis zur nächsten Wahl – von deiner Position zu entbinden.

Deine Entlassung aus dem Rat wurde den anderen Mitgliedern bereits vorgelegt und mit einer Mehrheit bewilligt. Eine Einsicht in das Protokoll ist dir jederzeit gestattet.

Alaric

Seinen Namen auszusprechen rief ein Gefühl von Fäulnis auf Kenzies Zunge hervor. Alaric hatte das bekommen, was er immer gewollt hatte, er hatte Nicolas' Sohn aus dem Weg geräumt, und damit seinen einzigen Widersacher. Wie gehörige Sklaven hatten die anderen Ratsmitglieder dies zugelassen – und Kenzie ebenfalls. Sie hätte nicht erlauben dürfen, dass Callum für sie log. Diese Lüge hatte ihn nicht nur seinen Job, sondern auch das Vermächtnis seines Vaters gekostet.

Callum nahm Kenzie den Brief aus der Hand und studierte die Zeilen. Er bebte noch immer vor Zorn. Alaric konnte sich glücklich schätzen, nicht hier zu sein, denn dieses Mal hätte niemand Callum davon abhalten können, auf ihn loszugehen. »Er hatte nicht einmal den Anstand, mich vorzuwarnen und mir die Möglichkeit zu geben, mich zu rechtfertigen.«

Kenzie schluckte schwer. »Ich wollte das alles nicht.«

»Es ist nicht deine Schuld.«

»Doch.« Kenzie wusste, dass er dies nur sagte, damit sie sich besser fühlte. Gäbe es sie nicht, wäre er überhaupt nicht in diese Situation gekommen. »Wir sollten zu Alaric gehen, vielleicht können wir ihn davon überzeugen, dass das alles nur ein–«

»Nein«, unterbrach Callum sie und das Papier raschelte, als er seine Faust darum ballte. »Ihm die Wahrheit zu erzählen würde nichts bringen. Alaric hat in den letzten Monaten nur auf solch eine Gelegenheit gewartet und davon wird er sich nicht mehr abbringen lassen. Vermutlich hat er längst einen seiner Handlanger an meinen Platz gesetzt, der dafür sorgt, dass jeder von meiner Entlassung erfährt.«

»Es tut mir so leid, Callum.« Kenzie schlang ihre Arme um seine Mitte und zog ihn an sich. Ihr Gesicht vergrub sie an seiner Brust und ihre Finger krallten sich in sein Shirt. Callums Muskeln entspannten sich unter ihrer Berührung, bis er schließlich ihre Umarmung erwiderte. Als er seine Hände auf ihren Rücken legte, fiel das zusammengeknüllte Stück Papier hinter Kenzie zu Boden. Es gab nicht viel, das Kenzie in diesem Moment für ihn tun konnte, aber sie würde versuchen ihm Trost und Mut für die ungewisse Zukunft zu spenden, die nun vor ihm lag.

»Was wirst du jetzt tun?«, fragte Kenzie. An seine Brust gepresst, klangen ihre Worte gedämpft.

»Keine Ahnung«, murmelte Callum und seufzte. Er entließ sie aus seiner Umarmung, blieb ihr dabei aber so nahe, dass sie den Kopf heben musste, um ihn anzusehen. Ihr Blick begegnete seinem und zu ihrem Erstaunen war seine Wut gänzlich verflogen. An ihre Stelle war etwas anderes getreten, das Kenzie nicht benennen konnte. »Was hältst du davon, wenn wir zu *Third-Hand* gehen?«

»Jetzt?«

»Jetzt«, bestätigte Callum. »Offensichtlich muss ich heute nicht mehr zur Arbeit, und so gut du auch in meinen Shirts aussiehst, wäre es wohl angebracht, dir Kleidung zu besorgen, die tatsächlich passt.«

Kenzie zupfte an dem Saum ihres Shirts. Es stimmte, sie konnte nicht ewig Callums Kleidung tragen, und auch wenn es ihr widerstrebte *Third-Hand* aufzusuchen, so blieb ihr keine andere Wahl, denn sie hatte nicht genug Geld, um sich neue Sachen zu kaufen. Und keinesfalls würde sie Callum um Aktiva bitten – vor allem nicht, nachdem er ihretwegen seinen Job verloren hatte.

Erst vor kurzem hatte er ihr versichert, dass Geld für ihn keine Rolle spielte, und sie hatte ihm geglaubt, aber das Blatt hatte sich gewendet und es war für sie an der Zeit, auf eigenen Beinen zu stehen. Sie brauchte einen Job und eine Wohnung, schließlich konnte sie nicht für immer hier auf der Couch schlafen. Außerdem würde eine räumliche Trennung vielleicht auch die Gerüchte um ihr Liebesleben abklingen lassen, die vermutlich bereits die Runde machten.

»Und? Was sagst du?«, fragte Callum.

Kenzie bemerkte, dass sie die letzten Sekunden ins Leere gestarrt hatte. »Ich finde, das ist eine gute Idee.«

»Großartig, und vielleicht finden wir auch etwas Elegantes.«

»Etwas Elegantes?« Wenn es ein Wort gab, das nicht zu Kenzies Sprachgebrauch gehörte, dann war es »elegant«. Nichts in ihrem Leben war je elegant gewesen – nicht ihr Elternhaus, das von den Jahren gezeichnet war, nicht ihr zu kleines Zimmer und erst recht nicht ihre Garderobe.

»Der Ball der Repräsentativen«, sagte Callum, als würde das alles erklären. »Dort legen sie Wert auf die Kleidung.«

»Ein Ball?«, fragte Kenzie verdutzt. Sie erinnerte sich daran, dass Evie etwas in der Art einmal erwähnt hatte.

Callum nickte.

»Ein *richtiger* Ball?«

»Gibt es falsche Bälle?«

»Nein, aber ...« Kenzie war noch nie auf einem Ball gewesen – nicht dass sich ihr je die Gelegenheit dazu geboten hätte. In der Wasserkolonie gab es Veranstaltungen, aber keine Bälle. Für Kenzie waren sie ein Fantasieprodukt aus kitschigen Romanen, in denen sich Prinzen in schmutzige Mägde verliebten und Damen in die Gesellschaft eingeführt wurden.

»Der Ball der Repräsentativen ist eine große Sache in unserer Kolonie. Dort lernen die Repräsentativen erstmals ihre zukünftigen Partner kennen.«

Kenzie rollte mit den Augen. Vielleicht unterschied sich dieser Ball doch nicht von den kitschigen Veranstaltungen in den Geschichten. »Hältst du es für eine gute Idee, dort hinzugehen?«

»Eine Einladung zum Ball wird als Ehre angesehen und ist nur den obersten zweihundert vorbehalten. Nicht zu erscheinen wäre ein weiterer Skandal.«

»Und du gehörst zu den obersten zweihundert?«

»Bis vor wenigen Minuten gehörte ich zu den obersten sechs«, erwiderte Callum mit einem Lächeln, das nicht traurig, sondern überraschend erleichtert wirkte. »Vermutlich gehöre ich nun zu den untersten sechs.«

»Und du willst dorthin? Mit mir?«

»Würde ich sonst fragen?«

Es gab Hunderte von guten Gründen, die Einladung abzulehnen, und dennoch ... »Einverstanden, aber ich tanze nicht.«

Callum grinste. »Gut, ich auch nicht.«

Achtzehn

Eine Woge der Erleichterung erfasste Kenzie, als Callum und sie endlich *Third-Hand* erreichten. Nur wenige Minuten auf offener Straße waren nötig gewesen, um den Laden, dem Kenzie mit gemischten Gefühlen gegenüberstand, in einen sicheren Hafen zu verwandeln.

Third-Hand lag inmitten eines Wohnviertels in der ersten Ebene, wo es zwischen all den farbigen Häusern beinahe unterging. In der Ferne konnte man Stimmen und Gelächter hören, doch in Kenzies und Callums Gegenwart unterhielten sich die Menschen nur flüsternd.

Aus diesem Grund konnte es Kenzie kaum erwarten, den Laden zu betreten und die Welt auszusperren. Es war schon eine Tortur gewesen, mit Alaric gemeinsam zu Mittag zu essen, aber das war nichts im Vergleich zu den Minuten, die sie mit Callum auf offener Straße verbracht hatte. Sämtliche Einwohner der Kolonie schienen von ihrer angeblichen Affäre zu wissen. »Ich kann förmlich spüren, wie sie mich mit ihren Blicken zu ermorden versuchen«, bemerkte Kenzie und sah zu einer Gruppe Frauen.

»Vergiss sie«, sagte Callum und hielt ihr die Tür auf.

In dem Laden wurde sie von einem Schwall kalter Luft in

Empfang genommen und ein wohltuendes Frösteln durchlief Kenzies erhitzten Körper. Es roch nach Orangen und leise Musik spielte im Hintergrund. Das Geschäft war leer und sofort fiel die Anspannung von Kenzie ab, während sie ihren Blick durch den Raum gleiten ließ.

Die Ausstattung war schlicht und versprach nicht mehr als kostenlose Kleidung. Die Farbe an den Wänden war ausgeblichen und jemand hatte wohl versucht die besonders schäbigen Stellen hinter Shirts und Tops zu verstecken, indem er sie an die Wand genagelt hatte. Es gab keine Regale oder Schränke, nur Kleiderständer, die im ganzen Zimmer verteilt standen.

Eine zweite Tür, die nicht zur Straße führte, öffnete sich in diesem Moment und ein Mann trat daraus hervor.

»Großartig«, stöhnte Callum, gerade laut genug, dass Kenzie die Verachtung in seiner Stimme wahrnehmen konnte.

»Wen haben wir denn da?« Abschätzig dreinblickend kam der Mann näher. Ein Hinken war auf der rechten Seite zu erkennen, wie von einem alten Bruch, der nie richtig verheilt war. »Nicolas' Sohn und sein neues Spielzeug.«

»Beck, wo ist Tanya?«

»Sie wird wegen Robin verhört. Ich bin ihre Vertretung.«

Callum legte Kenzie eine Hand auf die Schulter und einen Moment erwartete sie von ihm aus dem Laden gezogen zu werden. »Wir brauchen Kleidung für Kenzie.«

Beck kniff die Augen zusammen und sah sie an. Er kräuselte die Stirn, wobei seine mit den Jahren ledrig gewordene Haut diesen Ausdruck verstärkte. Er schüttelte den Kopf. »Wir haben hier nichts für Mörder.«

»Kenzie ist keine Mörderin«, beharrte Callum.

»Das würde ich an deiner Stelle auch sagen.« Beck lachte und fuhr mit der Hand über einen der Kleiderständer. »Der Beauftragte der Sicherheit schläft mit einer Verbrecherin. Du hättest ihr Handschellen anlegen sollen, aber nicht in deinem Bett, Callum.«

»Sie ist keine Verbrecherin.« Callum nahm seine Hand von Kenzies Schulter und trat vor sie. Seine Finger schlossen sich zu Fäusten. »Alaric hat die Anklage gegen sie fallengelassen.«

Fallengelassen? Kenzie sah zu Callum auf und versuchte zu erkennen, ob er log. In seinem Blick lagen allerdings nur wilde Entschlossenheit und ein Funke des Zorns, den er bereits früher am Tag verspürt hatte.

Beck stieß ein Schnauben aus. »Du lügst.«

»Denkst du ernsthaft, Alaric würde jedem erzählen, dass er sich in Kenzie getäuscht hat und sein Verdacht falsch war?« Callum näherte sich Beck. Obwohl er seine Schritte bedacht setzte, wirkten seine Bewegungen fließend und seine verschlossene Miene ließ die Wut, die in ihm brodelte, nur erahnen.

»Ich glaube dir kein Wort.« Beck versuchte sich in Kampfstellung zu bringen, aber sein hinkendes Bein war zu ungelenk und er taumelte gegen einen Kleiderständer.

»Mir ist egal, ob du mir glaubst. Doch es hängt von dir ab, was hier in den nächsten fünf Minuten passiert.«

»Du drohst mir?«

»Nein, ich stelle dich nur vor eine Wahl. Entweder hältst du deinen Mund und lässt Kenzie die Klamotten mitnehmen, die ihr als Einwohnerin dieser Kolonie rechtlich zustehen. Oder ...« Callum zuckte mit den Achseln.

Beck sah zwischen Kenzie und Callum hin und her. Er musterte sie argwöhnisch und schien seine Möglichkeiten abzuwägen. Sie waren jedoch zu zweit, und wenn Callum tatsächlich die

Wahrheit sagte, war auch das Recht auf ihrer Seite. »Ach, macht doch, was ihr wollt«, fauchte Beck schließlich. »Eines Tages werdet ihr bekommen, was ihr verdient habt.« Schneller, als Kenzie es ihm zugemutet hätte, verschwand er in den Raum, aus dem er gekommen war. Die Tür fiel hinter ihm zu und das Klicken eines Schlosses war zu hören, dann wurde es ruhig.

Die Stille hielt einige Sekunden an, ehe sie von Callum gebrochen wurde. »Ist alles in Ordnung mit dir?« Kenzie nickte. »Hätte ich geahnt, dass Beck heute im Laden sein würde, hätte ich nicht vorgeschlagen hierherzukommen. Mit ihm ist es nie einfach. Er klopft gerne Sprüche, kneift aber, wenn es darum geht, zu seinen Worten zu stehen. Vor allem seit ihm sein Mundwerk ein Hinkebein beschert hat.«

»Was ist passiert?« Kenzie löste sich aus ihrer Starre und fing an durch den Laden zu schlendern.

»Das, was bei Männern wie ihm immer passiert. Er hat einen Streit angefangen und sein Gegner ist handgreiflich geworden. Beck ist während des Kampfes gestürzt und hat sich das Bein an mehreren Stellen gebrochen. Die Ärzte haben versucht es zu richten, aber der Schaden war zu groß«, erwiderte Callum. »Früher hat Beck zur Sicherheit gehört. Mein Vater hat ihn entlassen.«

»Wegen seines Beins?«

»Nein, weil er ein Idiot ist.« Callum stellte sich vor einen der Kleiderständer und begann die Klamotten durchzusehen. »Alaric hat den Mann, der Beck verletzt hat, verbannt. Diese Entscheidung war nicht gerechtfertigt, aber damit hat er einen Gegner meines Vaters zu seinem Verbündeten gemacht.« Callum zog eine leicht durchsichtige Bluse aus dem Ständer. »Und?«

Kenzie berührte den knittrigen Stoff. Er fühlte sich seidig zwischen ihren Fingerspitzen an, zart und filigran. Diese Bluse war nicht dazu geschaffen, um damit auf dem Feld zu arbeiten. Sie gehörte zu einer der geschäftigen Frauen in der zweiten Ebene. »Nein, das passt nicht zu mir.«

»Wirklich nicht?« Callum musterte die Bluse. »Ich denke, du würdest darin gut aussehen.«

»Das sagst du nur, weil sie durchsichtig ist.«

Er grinste. »Vielleicht.«

»Du bist unmöglich.« Kenzie lachte und widmete sich dem gegenüberliegenden Kleiderständer. Klamotten wie diese gab es in der Wasserkolonie nicht. Die edlen Stoffe mit den raffinierten Schnitten spiegelten nichts von der Einfachheit wider, die Kenzie gewohnt war.

»Stimmt es, was du Beck gesagt hast?«, fragte sie, ohne von der Kleidung aufzusehen. Sie zog ein schwarzes Top mit Spitze am Saum hervor und legte es sich über den Arm.

Callum hielt in der Bewegung inne. »Was meinst du?«

»Dass die Anklage fallengelassen wurde.«

»Noch nicht, aber es ist nur eine Frage der Zeit.«

Kenzie schnaubte. »Du bist optimistisch, das gefällt mir.«

Callum beugte sich nach vorne, die Arme auf die Kleiderstange gelehnt. »Alaric hat mich aus dem Rat verbannt, damit akzeptiert er dein Alibi für Robins Ermordung. Und wenn er nicht eingestehen will, dass es zwei Mörder gibt, wird er die Anklage fallenlassen müssen. Außerdem hat er bekommen, was er wollte. Ich bin raus.«

»Du nimmst die Entscheidung des Rats einfach so hin?«

Callum zuckte mit den Schultern. »Sicherlich gibt es einen Weg, sie zu annullieren, nur bringt uns das nichts. Alaric würde nur eine andere Möglichkeit finden.«

»Aber wenn Alaric das Alibi akzeptiert, das du ihm gegeben

hast, bin ich nicht länger eine angeklagte Mörderin und du hast nichts falsch gemacht.«

»Stimmt, doch das ändert nichts. Du warst zu dem Zeitpunkt angeklagt, als ich mich auf dich eingelassen habe, und ich hätte nicht mit dir schlafen dürfen.«

»Was du nicht getan hast«, murmelte Kenzie.

»Mach dir keine Sorgen. Die Welt wird nicht untergehen, nur weil ich nicht mehr Beauftragter der Sicherheit bin.«

Kenzie konnte kaum glauben, was sie da hörte. Die ganze Zeit hatte Callum dafür gekämpft, sie zu schützen, und nun, wo er für sich selbst kämpfen musste, tat er es nicht? Er beugte sich Alarics Macht, wie einer der Handlager, die er verabscheute? Und versuchte nicht einmal, daran etwas zu ändern? »Ich hätte dich nie für einen Feigling gehalten, Callum. Aber offensichtlich bist du es doch. Wie kannst du Alarics Entscheidung einfach so hinnehmen?«

»Und was erwartest du von mir, Kenzie?«, fragte Callum. »Was soll ich deiner Meinung nach tun?«

»Ich erwarte, dass du nicht aufgibst. Du kannst dich von Alaric doch nicht so behandeln lassen.«

»Wer hat etwas von Aufgeben gesagt?« Callum zog ein Kleid von einem der Ständer und musterte es kritisch. Der grüne Stoff war in der Form einer Sanduhr geschnitten. »Warum, glaubst du, will ich mit dir auf den Ball gehen?«

»Diese Frage habe ich mir auch schon gestellt.«

Callum lief um die Kleiderständer herum und blieb vor Kenzie stehen. Er schob den Kleiderbügel mit dem Kleid über ihren Kopf und dabei streiften seine warmen Finger über die empfindliche Haut an ihrem Hals. Er musterte das Kleid und lächelte. »Ich will, dass die Leute dich so sehen, wie ich dich sehe.«

Kenzie blickte an sich hinab. Das Kleid reichte ihr bis knapp über die Knie, und während es am Rücken hochgeschlossen war, bot es an der Vorderseite einen verführerischen Einblick. »Und wie siehst du mich, Callum?«

Er zog den Stoff an ihrem Körper glatt. »Ich sehe ein Mädchen, das für sich einsteht, das viel riskiert hat, das liebenswert und loyal ist und zu viel an das Wohl anderer denkt.«

»Das stimmt nicht.« Kenzie schüttelte den Kopf. Würde sie an das Wohl anderer denken, hätte sie die Wasserkolonie nie verlassen und Callum niemals erlaubt, für sie zu lügen.

»Und ob das stimmt.« Callums sanftes Lächeln traf von seinen Lippen direkt in Kenzies Herz und ließ es schneller schlagen. »Wenn die Leute erst einmal erkennen, wer du wirklich bist, können sie mich nicht mehr dafür verurteilen, dass ich angeblich mit dir geschlafen habe.«

»Aber was hat das eine mit dem...« Kenzie beendete ihre Frage nicht, denn noch während sie sie aussprach, verstand sie, worauf Callum hinauswollte. Er wollte seinen Platz im Rat nicht mit unfairen Mitteln zurückerlangen. Er wollte den richtigen Weg gehen und sich erneut in den Rat wählen lassen – ehrlich und rechtmäßig. Doch um sein Ansehen wiederherzustellen, musste er sein neues Image abschütteln und das konnte er nur, wenn die Leute in ihr keine Fremde und Mörderin mehr sahen, sondern einen Menschen. Ein Mädchen, das zu ihnen gehörte und das mehr zu bieten hatte als Alarics falsche Anschuldigungen. »Und das soll funktionieren?«

Callum nickte. »Ich bin noch immer der Sohn meines Vaters, und egal was die Leute im Moment von mir halten, allein dafür werden mich einige immer respektieren. Außerdem ist das nur Teil eins meines Plans.«

»Und was ist Teil zwei?«

»Wir werden Nilams und Robins Mörder finden.« Callum sagte dies mit einer Selbstverständlichkeit, die Kenzie beinahe zum Lachen gebracht hätte. Doch sie war erleichtert zu hören, dass Callum die Suche nicht aufgegeben hatte.

»Das hört sich nach einem guten Plan an.«

»Allerdings, denn wir können nicht erwarten, dass es der Idiot erledigt, den Alaric einstellt.«

»Und wer wird das sein?«

»Ich weiß es nicht. Jedenfalls keiner meiner Leute. Sie sind meinem Vater und mir treu ergeben. Alaric wird einen seiner Männer in die Sicherheit einschleusen, um die Kontrolle zu behalten.«

Kenzie schnaubte. Sie hatte für Alaric keine Worte mehr übrig. Natürlich setzte er lieber einen seiner Sklaven an Callums Stelle anstatt Evie oder einen anderen Mitarbeiter der Sicherheit, der tatsächlich in der Lage war, einen Mord aufzuklären. »Und wie willst du bei der Suche nach dem Mörder vorgehen? Du hast doch keinen Zugang auf die Unterlagen der Sicherheit mehr.«

Callum griff nach dem Kleiderbügel, der noch immer um Kenzies Kopf hing, und nahm ihn ihr ab. »Wie bereits gesagt, meine Leute sind mir gegenüber loyal. Gib Evie zwei Tage, um sich zu beruhigen, und sie wird uns all die Informationen zukommen lassen, die wir brauchen.«

Eine halbe Stunde lang durchforsteten Kenzie und Callum den Laden nach Shirts, Hosen und Kleidern und Kenzie hatte dabei mehr Spaß, als sie es für möglich gehalten hätte. Ihre Vorbehalte

Third-Hand gegenüber hatte sie längst vergessen und immer wieder versuchte Callum sie zu gewagteren Tops zu überreden, die nach Kenzies Geschmack etwas zu viel nackte Haut zeigten.

Noch erstaunlicher als die Mode selbst war die Tatsache, dass in *Third-Hand* kaum ein Kleidungsstück so aussah, als wäre es schon getragen worden. »Diese Leute sind verschwenderisch«, hatte Callum gesagt. »Kaum kommt eine neue Lieferung von einer der Industrieinseln, kaufen sie, was sie sich leisten können, ohne lange zu überlegen, und ein paar Wochen später wird ihnen klar, dass es ihnen doch nicht gefällt.«

Kenzie konnte diese Mentalität nicht verstehen, andererseits hatte sie in der Wasserkolonie aber auch nie die Gelegenheit dazu gehabt, verschwenderisch zu sein. Womöglich würde sie die Sache anders sehen, wenn sie in der Luftkolonie aufgewachsen wäre, denn sie musste zugeben, dass dieser Lebensstil seinen Reiz hatte. Nachdem sie zwei Dutzend Kleidungsstücke zusammengetragen hatten, war Kenzie in die Umkleide gegangen, um die Sachen anzuprobieren. Wobei »Umkleide« wohl nicht das richtige Wort für das Tuch war, das über eine Ecke gespannt worden war. Der kleine Raum bot kaum genug Platz, um sich zu drehen, aber immerhin gab es einen Spiegel.

»Brauchst du noch lange?«, rief Callum von der anderen Seite des Vorhanges.

»Du bist selbst schuld«, ächzte Kenzie und fischte nach dem Verschluss des Kleides, bis sie ein Ziehen in der Schulter spürte. »Du hättest mir nicht so viel Auswahl geben dürfen. In der Wasserkolonie gab es das nicht und es fiel mir wesentlich leichter, mich zu entscheiden.«

Callum lachte. »Manchmal frage ich mich, was es in deiner alten Kolonie überhaupt gibt.«

»Eine Bibliothek«, antwortete Kenzie, ohne zu überlegen, und Sehnsucht breitete sich in ihr aus. Denn wenn sie an die Bibliothek dachte, dachte sie an Sasha, und wenn sie an Sasha dachte, dann dachte sie auch an ihre Eltern, an Grey, Noël, Piper, Lincoln und all die anderen Menschen, die ihr vielleicht nicht so viel bedeuteten, die sie aber dennoch vermisste. »Gibt es hier eigentlich eine?«

»Keine, die öffentlich zugänglich ist«, antwortete Callum. »Die Bücher stehen unter Denkmalschutz. Sie wurden jedoch digitalisiert. Wenn man selbst kein Tablet hat, gibt es im Rathaus öffentliche Geräte, die man nutzen kann.«

Großartig, das bedeutete, sie würde früher oder später eines dieser Geräte brauchen, wenn sie nicht ständig Alaric im Rathaus über den Weg laufen wollte.

Kenzie seufzte und gab den Versuch, das Kleid allein anzuziehen, auf. Sie schob den Vorhang zur Seite. »Kannst du mir helfen? Ich bekomme diesen dämlichen Verschluss nicht zu.«

Callum trat, ohne zu zögern, zu ihr in die Kabine und ließ den Vorhang hinter sich zufallen. Dabei wurde Kenzie einmal mehr bewusst, wie klein diese Ecke war. Sie trat einen Schritt zur Seite, aber es war unmöglich, Callums Nähe zu entkommen. Sie berührten sich nicht, dennoch konnte Kenzie jeden Zentimeter seiner warmen Haut neben sich spüren. Es war befremdend und angenehm zugleich, ihm so nahe zu sein, dass es eine Leichtigkeit gewesen wäre, ihn erneut zu umarmen. Bei diesem Gedanken breitete sich ein Kribbeln in Kenzie aus und ihr Magen zog sich auf diese Weise zusammen, die nichts mit Hunger oder Übelkeit zu tun hatte.

»Geht es dir gut?« Callum beugte sich zu ihr herab. »Du bist etwas blass.«

Blass? Ihr Körper fühlte sich an wie ein Baum, der vom Blitz getroffen worden war – und Callum war der Blitz. »Nein, alles bestens. Kannst du…?«

Sie drehte sich um, ohne den Satz zu beenden, und senkte den Blick, um sich selbst im Spiegel nicht sehen zu müssen. Was stimmte nicht mit ihr? Nur weil Callum nett zu ihr war und hilfsbereit, bedeutete das noch lange nicht, dass er sich auf *diese* Weise für sie interessierte. Und nüchtern betrachtet war sie für ihn ebenso ein Werkzeug wie für Alaric. Zuerst hatte er sie benutzt, um sich den Obersten entgegenzustellen, und nun wollte er mit ihrer Hilfe seinen Platz im Rat zurückerlangen. Kenzie unterstützte Callum auch gerne, schließlich hatte er nur ihretwegen alles verloren, aber es war töricht von ihr, mehr für ihn zu empfinden als Sympathie. Doch sie konnte das warme Kribbeln in ihrem Inneren nicht abstellen und es wurde noch intensiver, als Callums Finger beim Schließen des Kleides über ihren Rücken streiften. Es war eine federleichte Berührung, die sich von ihrem Kreuz bis zu ihren Schulterblättern zog.

»Danke«, murmelte Kenzie und sah wieder in den Spiegel. Ihr Blick wanderte allerdings sofort zu Callum, der dicht hinter ihr stand. Ihm schien zu gefallen, was er sah, denn ein feines Lächeln umspielte seine Lippen.

»Gefällt es dir?«, fragte er.

»Absolut«, antwortete Kenzie.

»Du hast noch gar nicht hingesehen.«

Das hatte sie wirklich nicht, aber in diesem Augenblick war es ihr egal, ob sie das Kleid mochte oder nicht. Die Art, wie Callum sie darin betrachtete, war für sie Grund genug, es während des Balls zu tragen. Dennoch blickte sie von Callum zu dem Kleid und ihr stockte der Atem.

In der alten Welt hatte es ein Sprichwort gegeben, das Kenzie öfter gelesen hatte: »Kleider machen Leute.« Sie hatte nie verstanden, was das zu bedeuten hatte – bis jetzt. Das Kleid veränderte sie vollkommen. Es schien, als hätte es sie reifen und wachsen lassen. Kenzie wirkte nicht länger wie das unbeholfene Mädchen aus der Wasserkolonie, sondern wie eine jener Frauen, die so selbstbewusst durch die zweite Ebene eilten.

Das Kleid schmiegte sich wie eine zweite Haut an ihren Körper, als hätte es nie jemand anderem gehört. Kenzie fuhr über den dunkelgrünen Stoff. »Es ist wunderschön.«

»*Du* bist wunderschön«, flüsterte Callum. Er lächelte nicht, aber seine Augen leuchteten bei diesen Worten. Er legte Kenzie erneut die Hand auf den Rücken und wohlige Schauer überkamen sie. Seine Finger wanderten nach oben. Sie erwartete, dass er den Verschluss wieder öffnen würde, damit sie das Kleid ausziehen konnte, doch seine Finger glitten ihr bis in den Nacken. Dort verweilten sie einen Moment, eher er ihr das Haar über die Schulter streifte und ihren Hals freilegte.

Kenzie schluckte schwer. »Willst du mich beißen?« Es sollte ein Scherz sein, aber ihre Stimme klang dünn und heiser, und wenn Callum kein völliger Idiot war, wusste er, was in diesem Moment in ihr vorging.

Er schmunzelte. »Ist das eine Aufforderung?«

»Vielleicht.« Das Wort war ihren Lippen entwischt, bevor sie es hätte verhindern können. Woher war es gekommen? Hatte sie sich nicht eben noch zurechtgewiesen, wie lächerlich es war, mehr von Callum zu wollen als seine Hilfe?

Er trat dichter an sie heran, bis seine Brust ihren Rücken berührte. Er senkte den Kopf und sein warmer Atem streifte ihre Haut. Mit jedem weiteren seiner Atemzüge schlug Kenzies Herz schneller. Callums Mund schwebte über ihrem Hals und brachte Kenzies Wangen zum Glühen. Sie sollte sich ihm entziehen und ihre Vernunft siegen lassen, aber sie brachte es nicht über sich, vor ihm zurückzuweichen.

Callums Lippen legten sich auf ihren Körper und Kenzie keuchte überrascht auf, als er seine Zähne über die empfindliche Stelle gleiten ließ. Kurz darauf spürte sie einen sanften und zugleich neckischen Biss, der zu einem Lachen wurde, das an ihrer Haut vibrierte.

Hatte Callum sie gerade wirklich gebissen? Sie verpasste ihm einen leichten Stoß mit dem Ellenbogen, damit seine Lippen von ihr abließen. »Du hast mich gebissen!«

»Du hast es darauf angelegt.«

»Trottel«, erwiderte Kenzie. Sie wollte schockiert klingen, aber jede Ernsthaftigkeit ging in ihrem eigenen Lachen verloren. Auch wenn es sich eigenartig anfühlte, mit Callum in dieser Umkleide zu stehen und zu lachen, während außerhalb des Leinentuchs wahrscheinlich bereits die nächste Katastrophe auf sie lauerte. Doch nicht nur die Situation an sich war merkwürdig, sondern auch Callum selbst. Er hatte sich verändert, nicht nur in den letzten Tagen, sondern auch in den letzten Stunden. Er wirkte unbefangener und glücklicher.

Kenzie drehte sich in der engen Kabine, um nicht länger nur mit seinem Spiegelbild zu sprechen. Sie studierte seine Gesichtszüge und er betrachtete sie seinerseits mit einem Lächeln. »Wie geht es dir, Callum?«

Er runzelte die Stirn. »Mir geht es gut ... Warum?«

Kenzie zuckte mit den Schultern. »Du bist so ... fröhlich.«

»Und ich sollte nicht fröhlich sein?«

»Keine Ahnung. Du bist so gut gelaunt. Vielleicht hast

du gerade einen Nervenzusammenbruch und merkst es nur nicht.«

Callum seufzte. »Glaub mir, Kenzie, das hier ist kein Nervenzusammenbruch, sondern etwas ganz anderes. Ich bin einfach gerne mit dir zusammen und unternehme normale Dinge, ohne Leichen und ohne Diebstähle.«

Konnte das der Grund für seine Ausgelassenheit sein? Freude über einen normalen Alltag? Kenzie hatte den Verdacht, dass mehr hinter alldem steckte, doch sie war von Callums Lippen noch immer zu benommen, um klar denken zu können. »Hilfst du mir aus dem Kleid?«

»Natürlich.« Er grinste sie an. »Ich dachte schon, du fragst nie.«

»Gefallen dir deine neuen Sachen?« Callum nahm Kenzie eine der Taschen ab, nachdem sie *Third Hand* verlassen hatten.

»Absolut.« Sie lächelte und sah an sich herab. Sie trug nun eine kurze schwarze Hose und ein purpurfarbenes trägerloses Top. Noch nie in ihrem Leben hatte sie so viel Kleidung anprobiert, aber sie war froh darüber, endlich den Temperaturen angemessen gekleidet zu sein. Dennoch trieb ihr die Nachmittagshitze bereits den Schweiß auf die Stirn. Sie fühlte sich klebrig und fragte sich, ob sie sich jemals an diese Wärme gewöhnen würde oder ob ihr Körper einfach nicht dafür geschaffen war.

»Was hast du heute noch vor?«, erkundigte sich Callum.

Kenzie zog eine Augenbraue in die Höhe. »Was ich vorhabe? Jede Menge. Mein Kalender ist voll. Die Leute reißen sich darum, Zeit mit mir zu verbringen.«

»Das ist aber schade.«

»Wieso?« Neugierig sah Kenzie zu ihm auf. »Was hast *du* denn noch vor? Vielleicht kann ich ein paar meiner Termine absagen, wenn es sich lohnt.«

Callums Blick glitt an ihr vorbei zu einem Mann auf der gegenüberliegenden Straßenseite. Er stand vor einem der Häuser und putzte die von Blütenstaub schmutzigen Fenster, dabei starrte er sie unverhohlen an. »Ich dachte, wir könnten einen Filmabend veranstalten, mit allem, was dazugehört – Popcorn und Chips. Das letzte Mal, als ich das gemacht habe, war mein Vater noch am Leben. Wir waren die ganze Nacht lang wach und sind am Morgen völlig erschöpft in unsere Betten gekrochen.«

Kenzie war stehen geblieben. Sie kannte Filme – zumindest theoretisch. Wie neue Bücher waren sie ein Produkt der Vergangenheit, das es in der Wasserkolonie nicht gab. Früher hatte die Bibliothek über Filme verfügt, aber sie waren schon lange vor Kenzies Geburt dem Zerfall erlegen. Einige Dokumentationen waren noch rechtzeitig für den Schulunterricht digitalisiert worden, aber einen Spielfilm hatte Kenzie noch nie gesehen. »Redest du von richtigen Filmen?«, fragte sie ungläubig. »Mit Schauspielern?«

»Ja?« Callum zog das Wort in die Länge. »Gibt es in der Wasserkolonie etwa auch kein Filmarchiv?«

Kenzie schüttelte den Kopf. »Nein, aber ich bin absolut für einen Filmabend! Habt ihr hier den Film über die Dinosaurier? Die im Park leben?«

Callum lachte. »Keine Ahnung, wir können danach suchen, aber zuerst lass uns ein paar Snacks kaufen.«

Dem hatte Kenzie nichts entgegenzusetzen und gemeinsam

machten sie sich auf den Weg zum Markt. Sie brauchten nicht lange und Kenzie erkannte den Laden schon aus der Ferne. Die Fassade des Gebäudes bestand zu großen Teilen aus Glas und im Inneren reihten sich Dutzende von Regalen aneinander, die bis zum Rand mit Lebensmitteln gefüllt waren. Männer und Frauen liefen in den Reihen umher und befüllten ihre Körbe oder die Wagen, die sie vor sich herschoben. Auf der Straße vor dem Laden spielten Kinder miteinander. Sie kletterten an einer Leiter zwischen den Ebenen auf und ab und feuerten sich gegenseitig an, immer schneller zu werden.

Die Luft im Markt war kühl, geradezu eisig, und trotz des Stimmengewirrs war das laute Rattern der Klimaanlage zu hören. Es duftete süß und Kenzie erkannte sofort, woher dieser Geruch kam. Direkt hinter dem Eingang stapelten sich Kisten voller Obst und Gemüse. Tafeln mit Preisen waren daran befestigt und gerade war eine Frau dabei, diese in die Höhe zu korrigieren.

»Fünf Aktiva für einen Apfel?« Ungläubig starrte Kenzie auf das Schild. Kalif hatte am ersten Abend nach ihrer Ankunft nur drei Aktiva für einen von Rosies Äpfeln bezahlt und diese waren mit Rosinen und Honig gefüllt gewesen.

»Der Laden gehört Robins Eltern. Vermutlich hat man sie mit dem Tod ihres Sohnes auch über die Diebstähle informiert.«

»Und das ist ihre Reaktion darauf? Ihr Sohn ist tot und sie erhöhen die Preise?« Kenzie schüttelte den Kopf. Wie konnten seine Eltern jetzt nur an so etwas denken?

»Jeder geht mit Trauer anders um. Vielleicht hilft es ihnen, den Verlust besser zu bewältigen, wenn sie sich praktischeren Dingen widmen.«

»Vielleicht«, räumte Kenzie ein und drehte sich noch einmal zu der Frau um. Ihre Bewegungen waren träge und von Trauer gezeichnet. Dennoch schleppte sie sich von Tafel zu Tafel und erledigte ihre Arbeit.

Alten Preis wegwischen.

Tafel säubern.

Neuen Preis aufschreiben.

Wiederholen.

Dieser Ablauf hatte etwas Mechanisches an sich. Nach Nilams Tod hatte Kenzie nicht allein sein wollen und war stets darauf bedacht gewesen, beschäftigt zu bleiben – weswegen sie schließlich auch Callums Haus geputzt hatte –, und streng genommen tat diese Frau nichts anderes. Sie hielt ihren Körper und Verstand in Bewegung, um der Realität so lange wie möglich zu entkommen.

»Ich wünschte, ich könnte ihr helfen.«

»Wir werden ihr helfen. Wir werden Robins Mörder finden. Aber nicht heute«, sagte Callum. Seine Hand streifte ihre und zuerst hielt Kenzie es für ein Versehen, doch dann geschah es erneut und seine Finger verflochten sich mit ihren. Er drückte ihre Hand und zog sie weiter.

Kenzie versuchte die Erinnerungen an Nilam und Robin zu verdrängen. Es wollte ihr nicht ganz gelingen, doch die überwältigende Auswahl des Ladens machte es ihr mit der Zeit leichter. Der Markt war größer, als er von außen den Anschein hatte. Dennoch konnten Kenzie und Callum den anderen Kunden nicht völlig aus dem Weg gehen. Die Neuigkeit um ihre Anwesenheit im Laden hatte sich schnell verbreitet. Überall wurde über sie geredet und jedes Mal, wenn sie einen neuen Gang betraten, verstummten die Stimmen, nur um kurz darauf in wildes Getuschel zu verfallen.

»Wie können sie es nur wagen hierherzukommen?«

»Warum darf sie überhaupt frei herumlaufen?«

»Er hat mit ihr geschlafen!«

»Er wurde aus dem Rat geschmissen!«

»Sie hat ihn verführt!«

»Man sollte sie beide verbannen!«

»Angeblich hat er ihr bei Robins Ermordung geholfen!«

Kenzie setzte alles daran, den Worten keine Beachtung zu schenken und sich voll auf Callum zu konzentrieren, der noch immer ihre Hand hielt. Es wurde allerdings von Minute zu Minute schwerer, die falschen Anschuldigungen zu ignorieren. Wie konnten diese Menschen so blind sein und all das glauben? Kenzie wollte die Wahrheit herausbrüllen und die Leute wissen lassen, was für eine verlogene Schlange Alaric war. Dabei ging es Kenzie nicht um sich selbst, sondern vor allem um Callum. Die Beschuldigungen der Einwohner setzten ihm sichtlich zu. Sein Gesicht verhärtete sich mit jeder weiteren Feindseligkeit und seine Schritte wurden wütender. Es musste schwer für ihn sein, auf diese Weise von Menschen behandelt zu werden, die ihm noch vor wenigen Tagen vertraut und ihn geachtet hatten.

Er blieb vor einem Regal mit Teesorten stehen und stellte ihren Einkaufskorb und die Taschen von *Third-Hand* ab, um die getrockneten Kräuter in einen Beutel abzufüllen.

»Jemand hat durch ein Fenster gesehen, wie sie es miteinander getrieben haben«, flüsterte eine Frauenstimme. Doch es war diese Art Flüstern, die dazu bestimmt war, gehört zu werden. »Schmutzige Dinge waren das. Kein Wunder, dass Callum nie eine Beziehung hatte. Welche Frau lässt so was schon mit sich machen?«

Was? Kenzie zog die Augenbrauen hoch und schaute sich nach den Lästermäulern um. Zuerst sah sie niemanden, dann entdeckte sie die zwei Frauen auf der anderen Seite des Regals. Sie sah zu Callum, der in seiner Bewegung innegehalten hatte.

»Ich würde mich von Dan niemals so erniedrigen lassen«, sagte die andere Frau.

»Im Gegensatz zu dieser Wassergeborenen hast du ja auch Niveau, Antje«, erwiderte die Erste.

»Sie wissen nicht, wovon sie reden«, wisperte Callum in Kenzies Ohr. Er hatte sich zu ihr heruntergebeugt und sein warmer Atem streifte zum wiederholten Male an diesem Tag ihre Haut. Er schien allerdings nicht nur sie, sondern vor allem sich selbst mit seinen Worten überzeugen zu wollen. Er hatte seine Hand um das Päckchen Kräuter gekrallt.

»Wie kann man nur so wenig Selbstwertgefühl haben?«, fragte diejenige, die wohl Antje hieß.

»Sie ist nicht besser als die Mädchen in der Nähe des Parks, die ihren Körper für ein paar Aktiva verkaufen.«

»Sie nicht, aber von Callum hätte ich mehr erwartet.«

»Ich werde nie verstehen, was er an ihr findet. Wenn seine Verpflichtungen nicht gewesen wären, hätte er jede haben können, und dann entscheidet er sich für diese Psychopathin.« Die Stimme von Antjes Freundin klang voller Neid. Selbst ihr angewiderter Tonfall vermochte dies nicht zu verbergen.

Antjes Erwiderung konnte Kenzie nicht hören. Die Schritte der beiden Frauen entfernten sich, doch dann bogen sie geradewegs in den Gang ein, in dem Kenzie mit Callum stand, und ihre Worte wurden wieder verständlich. »Es geht ihm nur um ihren Körper. Jemand wie er kann unmöglich etwas für jemanden wie sie empfinden. Dass er sich überhaupt mit ihr …« Die Frau verstummte mitten im Satz, als sie zuerst Callum und anschließend Kenzie entdeckte.

Tonlos starrte Kenzie die Frauen an, unfähig etwas zu sagen. Ihre Beleidigungen hatten keine Erwiderung verdient und doch wäre es falsch, ohne ein Wort zu gehen, denn es würde sich anfühlen wie eine Niederlage.

Kenzie blickte zu Callum auf und fürchtete, in ein von Zorn gezeichnetes Gesicht zu blicken. Er schien jedoch nicht wütend zu sein. Ein schiefes Grinsen lag auf seinen Lippen. Herausfordernd sah er nicht die beiden Frauen, sondern Kenzie an. Schalk blitzte in seinen Augen auf, und noch bevor Kenzie begreifen konnte, was das zu bedeuten hatte, hatte Callum sie bereits gepackt.

Er zog sie an sich, bis sich ihre Körper eng aneinanderdrängten und Kenzie all die Muskeln spüren konnte, die sie während ihrer Umarmungen bereits hatte erahnen können. Callums Grinsen wurde breiter und er ließ seine Hände an ihren nackten Armen emporgleiten. Dabei hinterließen seine Fingerspitzen eine brennende Spur auf Kenzies Haut und sie hatte das Gefühl, jeden Augenblick in Flammen aufzugehen.

Gespannt hielt sie die Luft an. Sie wusste, was als Nächstes geschehen würde, und ihr Verstand war dafür nicht bereit – ihr Herz allerdings schon. Mit jedem Millimeter, den Callums Finger zurücklegten, schlug es schneller und schließlich umfasste er ihr Gesicht.

Zärtlich streichelte er mit den Daumen über ihre Wangen, nur Sekunden bevor er sich herabbeugte und seinen Mund auf ihren presste. Beim ersten Kontakt ihrer Lippen seufzte Kenzie auf. Ihre Hände legten sich auf Callums Hüften und sie stellte sich auf die Zehenspitzen, um ihm noch näher zu sein.

Ihr Kuss war zärtlich und liebevoll und ließ Kenzie das Chaos um sich herum vergessen. Denn in diesem Moment existierte nur noch Callum, der ihr mit seinen Lippen all die Zuneigung schenkte, nach der sie sich in den letzten Tagen gesehnt hatte. Sie hätte sich in diesem wohligen Nichts verlieren können, aber viel zu schnell löste Callum seinen Mund von ihrem und zwang sie dazu innezuhalten.

Blinzelnd öffnete Kenzie die Augen. Ihr Blick begegnete dem von Callum. Er atmete schwer, dennoch zuckte ein träges Lächeln in seinen Mundwinkeln. »Allein dafür hat es sich gelohnt, aus dem Rat entlassen zu werden.«

Kenzie konnte nicht anders: Sie erwiderte Callums Grinsen. Es hatte sich wunderbar angefühlt, ihm so nahe zu sein, und am liebsten hätte sie ihn erneut an sich gezogen, doch sie hatte ihr Publikum noch nicht vergessen.

Fassungslos starrten die Frauen, die alles beobachtet hatten, Callum und Kenzie an. Ihre Gesichter waren Masken der Bestürzung. Vermutlich würde dies nicht lange anhalten und schon bald würden sie allen von dieser *Schandtat* erzählen. Doch in diesem Moment erfüllte ihre Sprachlosigkeit Kenzie mit Genugtuung.

»Komm. Lass uns gehen«, sagte Callum. Er griff wieder nach den Taschen und ihrer Hand und führte sie in Richtung der Kasse.

Kenzie konnte nicht glauben, was eben passiert war. Sie drehte sich noch einmal zu den Frauen um, die weiterhin regungslos vor dem Regal standen. »Es hat ihnen wirklich die Sprache verschlagen. Sie können froh sein, dass wir nicht die *schmutzigen Dinge* getrieben haben, die sie uns vorwerfen.«

»Ich würde gerne wissen, was wir angeblich gemacht haben.«

»Ich kann es mir vorstellen.«

Callum zog die Brauen hoch. »Und was?«

Kenzie schüttelte den Kopf. Sie würde ihre Fantasien sicherlich nicht aussprechen. Ein Liebesleben hatte sie in der Wasserkolonie praktisch nicht gehabt. Doch sie kannte die Bücher, welche die Bibliothekare eigentlich vor ihnen hatten verstecken wollen. Sie standen in einem abgesperrten Schrank in der hintersten Ecke. Kenzie hatte ihn entdeckt und in ihrer Neugier über die verbotene Literatur den Schlüssel dafür gestohlen. Damals war sie gerade einmal dreizehn Jahre alt gewesen, aber die Illustrationen hatten sich bis heute in ihr Gedächtnis gebrannt.

»Kenzie?«, fragte Callum amüsiert. »Du wirst rot.«

»Mir ... Mir ist nur heiß.«

»Ah ja, natürlich.« Callum lachte und zog sie dichter zu sich.

Neunzehn

In dieser Nacht verließ Callum das Haus nicht. Er lag noch immer neben Kenzie, als sie am nächsten Morgen aufwachte. Sie hatten den Abend und die ganze Nacht in seinem Bett verbracht und gemeinsam Filme geschaut.

Das Tablet hatte zwischen ihnen auf der Matratze gestanden und Kenzie hatte sich tief in das Laken gekuschelt, an dem Callums vertrauter Geruch haftete. Doch sie hatte nicht wirklich auf die Filme achten können. Zu deutlich war sie sich Callums Anwesenheit bewusst gewesen und immer, wenn er sich bewegt hatte, hatte Kenzie insgeheim gehofft, er würde sie berühren. Sie hatte nicht aufhören können, an den Kuss zu denken, und daran, wie es sich angefühlt hatte, von ihm in den Armen gehalten zu werden. Mindestens hundertmal an diesem Abend hatte sie erwogen, sich nach vorne zu beugen und Callum erneut zu küssen. Aber sie hatte es nicht gewagt.

Der Kuss im Markt hatte den Leuten zeigen sollen, dass sie zueinanderstanden und einander vertrauten und sich nicht für ihre angeblichen Gefühle schämten. Doch in Callums Haus, in seinem Bett, hätte ein Kuss eine viel tiefere und intimere Bedeutung, von der Kenzie nicht wusste, wie sie damit umgehen sollte.

Sie musterte Callum, der noch immer neben ihr lag und schlief. Sie waren nicht aneinandergekuschelt wie in ihrer gemeinsamen Nacht auf dem Sofa, aber er war ihr zugewandt und so nahe, wie es nur möglich war, ohne dass sie sich berührten. Sein Atem ging tief und im Schlaf konnte er sein wahres Alter nicht verbergen. Manchmal war es leicht zu vergessen, dass er die zwanzig noch nicht erreicht hatte.

Kenzie wollte ihre Hand ausstrecken, um Callum eine Strähne seines dunklen Haars aus der Stirn zu streichen. Doch noch mehr als das wollte sie, dass er sich erholte. Es musste die erste Nacht seit Tagen für ihn sein, die länger als drei oder vier Stunden anhielt.

Auf einmal vernahm Kenzie ein Klopfen. Es war so leise, dass sie es im Schlaf niemals gehört hätte, und auch Callum schien es nicht wahrzunehmen. Vorsichtig, um ihn nicht zu wecken, stieg Kenzie aus dem Bett. Lautlos schlich sie die Treppe hinab und bemerkte dabei, dass es nicht so früh war, wie sie angenommen hatte. Die Sonne war bereits aufgegangen und flutete den Raum mit ihrem warmen Licht.

Erneut klopfte es an der Tür, kurz bevor Kenzie sie öffnete. Erleichtert atmete sie aus, als sie Kalif erkannte, denn ein Teil von ihr hatte mit noch mehr schlechten Nachrichten gerechnet.

»Guten Morgen.« Kalif grinste und sein Blick glitt von ihrem zerzausten Haar bis zu ihren nackten Füßen. »Hab ich dich geweckt?«

»Könnte man sagen.« Kenzie gähnte. »Was machst du hier?«

»Ich habe Frühstück mitgebracht.« Kalif schob sich an ihr vorbei in das Haus und hob eine Tüte in die Höhe, die er bei sich trug. Wie selbstverständlich lief er in die Küche. »Wo sind die Teller?«

»Im Regal über der Spüle, aber sei leise, Callum schläft noch.«

Kenzie lehnte sich gegen den Türpfosten und beobachtete Kalif dabei, wie er frisch gebackenes Brot auf einem Teller anrichtete. Er hatte auch Butter und ein Glas goldenen Honig dabei. »Wieso bist du wirklich hier? Du bist doch nicht hergekommen, nur um mit Callum und mir zu frühstücken.« Sie kniff die Augen zusammen. »Du bist hier, um zu erfahren, ob es stimmt, was sie sich erzählen, nicht wahr?«

»Der Klatsch interessiert mich nicht«, sagte Kalif.

»Ach ja?« Kenzie nahm sich eine Scheibe Brot. Sie riss sich ein noch warmes Stück ab und schob es sich in den Mund.

»Nein«, antwortete Kalif und nahm weitere Teller und Besteck aus einer Schublade. »Aber natürlich weiß ich von der Sache im Markt. Angeblich wart ihr beiden kurz davor, am Tee-Regal übereinander herzufallen. Ich dachte, es wäre nur ein Gerücht, aber nachdem du die Nacht anscheinend nicht auf dem Sofa verbracht hast…« Er zuckte mit den Schultern.

»Wir haben nur Filme geschaut und sind einfach eingeschlafen.«

Kalif lachte und reichte ihr das Geschirr. »Du musst dich vor mir nicht rechtfertigen, Kenzie, und außerdem ist dein Liebesleben nicht der Grund, weswegen ich hier bin.«

»Und was ist der Grund?« Kenzie folgte Kalif zum Esstisch. Von der Galerie aus waren nun Geräusche zu hören. Callum lief über den gefliesten Boden und die Tür zu seinem Kleiderschrank öffnete sich.

»Es geht um gestern Abend. Um die Ansprache, die Alaric und Octavius gehalten haben und die ihr verpasst habt.«

Verpasst? ›Absichtlich ignoriert‹ wäre die bessere Wortwahl. Callum hatte Alarics Rede bereits im Lager erwähnt, aber sie hatten beschlossen sich ihren Abend nicht von Alaric kaputt machen zu lassen. Er hatte nichts zu berichten gehabt, was sie nicht ohnehin schon wussten, oder doch?

»Wurde etwas Wichtiges gesagt?«

»Lass uns auf–«

»Ich bin hier.« Callum kam die Treppe nach unten und noch im Gehen zog er ein neues T-Shirt an. Der friedliche Ausdruck, der im Schlaf auf seinem Gesicht geruht hatte, war verschwunden und einer misstrauischen Miene gewichen.

Wenige Minuten später saßen sie zu dritt am Tisch. Callum hatte ihnen Tee gekocht und der süßliche Duft der Kräuter vermischte sich mit dem herben Geruch des Brots. Es hätte ein idyllischer Morgen sein können, würde es Alaric nicht geben.

»Er hat Jaen zu deinem Nachfolger ernannt«, erklärte Kalif.

Callum verschluckte sich beinahe an seinem Tee. »Jaen?«

Kalif nickte. »Er wird Beauftragter der Sicherheit bleiben, bis die Morde aufgeklärt sind. Erst danach wird es neue Wahlen geben.« Er sah Callum eindringlich an. Auch ohne Kalif davon erzählt zu haben, schien er zu wissen, dass Callum auf die nächste Wahl spekulierte.

»Wer ist Jaen?«, fragte Kenzie.

»Erinnerst du dich an den großen Kerl, der nie etwas sagt, aber immer in Alarics Nähe steht?«

Kenzie dachte an ihre Begegnungen mit Alaric zurück und tatsächlich war immer ein Mann bei ihm gewesen. Er hatte während ihres Verhörs in der Ecke gestanden und im Restaurant neben Alarics Tisch. »Ja, ich erinnere mich.«

»Er ist Alarics *Bodyguard.*« Callum setzte das Wort in Anführungszeichen. »Aber die meiste Zeit steht er einfach nur rum. Sein Platz an Alarics Seite ist rein repräsentativ, damit Alaric wichtig aussieht.«

»Wie kann er rechtfertigen jemanden zum Beauftragten der Sicherheit zu ernennen, der noch nie für die Sicherheit gearbeitet hat?«

»Er begründet seine Entscheidung damit, dass Jaen unvoreingenommen arbeiten kann«, erwiderte Kalif und nahm sich eine Scheibe Brot. »Er war weder Nicolas noch Callum je verpflichtet. Und seine unverdorbene Sichtweise auf den Fall könnte neuen Wind in die Ermittlungen bringen.«

»Das ist lächerlich«, knurrte Callum. »Jaen wird in diesem Fall nichts unternehmen. Wir können von Glück reden, wenn er die Ermittlungen meiner Leute nicht behindert.«

Kenzie entging nicht, dass Callum Evie und die anderen noch immer als *seine Leute* bezeichnete. »Jaen hin oder her, wir können an seiner Beförderung nichts ändern.« Sie sah zu Kalif. »Und du bist auch nicht gekommen, nur um uns von Jaen zu erzählen, nicht wahr? Es ist noch mehr passiert.«

Betroffen senkte Kalif den Blick. »Viel mehr.« Er seufzte und begann zu erzählen. »Nach Jaens Ernennung zum Beauftragten der Sicherheit hat Alaric das Wort an Octavius übergeben und danach ging der Spaß erst richtig los.« Kalif legte eine Kunstpause ein und trank von seinem Tee.

»Nachdem Octavius verkündet hat, dass mehrere Hundert Kilo Nahrungsmittel verschwunden sind, kam es zu Ausschreitungen vor dem Rathaus. Die Sicherheit hat versucht die Leute unter Kontrolle zu bringen, aber das hat sie nur noch aggressiver gemacht. Ich habe so etwas noch nie gesehen.«

»Wie viele Menschen waren auf den Platz?«.

Kalif zuckte mit den Achseln. »Wie viele Leute passen denn darauf?«

»Dreitausend.«

»Dann waren es mindestens dreitausend«, antwortete Kalif. »Die Sicherheit musste den Platz absperren, da er zu voll wurde, aber viele Leute standen in den Seitenstraßen. Es gab Hunderte von Verletzten. Das Krankenhaus ist überfüllt. Sie haben sogar eins der Lager umfunktioniert, für jene, die nur leicht verwundet sind. Der Rathausplatz wurde verwüstet und die umliegenden Häuser sehen nicht besser aus. Die Leute haben Fenster eingeschlagen und Türen eingetreten.«

»Wessen Idee war das mit dem Lager?«, fragte Callum.

Kalif verzog die Lippen zu einem feinen Lächeln. »Nicht die von Jaen. Deine Beraterin, Evie, hat den Vorschlag gemacht und Octavius hat sie dabei unterstützt. Vielleicht fühlt er sich schuldig, weil seine Bekanntgabe zu den Ausschreitungen geführt hat.«

»Und das alles nur, weil ein paar Lebensmittel verschwunden sind?« Kenzie kam diese Reaktion übertrieben vor, genauso wie die Preiserhöhungen im Laden. Diese Kolonie war reich und lebte im Überfluss. Sie hatte mit eigenen Augen gesehen, wie voll die Lager noch immer waren. Ein Frühstück, wie sie es gerade aßen, galt in der Wasserkolonie als Luxus.

»Es geht nicht nur um das Essen«, sagte Callum und lehnte sich in seinem Stuhl zurück. »Wir sind privilegiert und haben mehr Möglichkeiten und Ressourcen als andere, auch wenn sie nicht immer gerecht verteilt sind. Aber dieser Status hat uns geschützt und die Einwohner zufrieden gestimmt. Die Tatsache, dass jetzt nicht nur ein Dieb, sondern auch ein Mörder sein Unwesen treibt, macht die Leute unruhig. Sie wissen nicht, wie sie reagieren sollen, da sie noch nie mit einer solchen Situation konfrontiert waren.«

»Aber mit einem solchen Benehmen stehen sie sich nur selbst im Weg.«

»Das wissen sie.« Nun war es Kalif, der sprach. »Doch es gibt Momente, da siegen Panik und Instinkt über Logik und Vernunft. Und genau das ist gestern Abend passiert. Niemand wollte, dass es zu diesen Ausschreitungen kommt, aber eines hat zum anderen geführt und dann war es zu spät.«

»Verstehe«, murmelte Kenzie, obwohl sie sich dessen nicht sicher war. Kalifs Argument klang logisch, dennoch konnte sie es nicht vollständig begreifen. Vermutlich hätte sie am Rathaus sein müssen, um zu verstehen, was wirklich vorgefallen war. Es war leicht, über Menschen und ihr Handeln zu urteilen, wenn man nicht dasselbe erlebt hatte.

»Was wird wegen der Ausschreitungen unternommen?« Callum hatte sein Essen die ganze Zeit über nicht angerührt, doch nun griff er nach der Scheibe Brot, die er zuvor mit Honig beschmiert hatte, und biss hinein. »Haben sie ein paar der Männer festgenommen, um an ihnen ein Exempel zu statuieren?«

Kalif schüttelte den Kopf. Sein Kiefer spannte sich an und wieder trat dieser Ausdruck in seine Augen, der Kenzie wissen ließ, dass er ihnen noch nicht alles erzählt hatte.

»Sie haben eine weitere Leiche gefunden«, sagte Kenzie. Sie wusste es einfach. Nur ein Mord konnte einen größeren Stellenwert einnehmen als das Aufspüren von Unruhestiftern.

»Nicht nur eine«, erwiderte Kalif. »Zwei.«

Völlige Stille legte sich über den Raum. Kenzie war kaum in der Lage, die Tragweite von Kalifs Worten zu verstehen, und Callum schien es ähnlich zu gehen. Er hatte in der Bewegung innegehalten. Doch nun löste sich seine Starre. Er sprang von seinem Stuhl auf und das Nächste, was Kenzie hörte, war das Klirren von Porzellan, das an der Wand zerschellte. Scherben fielen über den Boden und splitterten in alle Richtungen davon.

»Wer?«, fragte Callum durch zusammengebissene Zähne. Die Ruhe der letzten Stunden war nun gänzlich von ihm abgefallen und er wirkte, als würde er am liebsten noch ein paar Teller gegen die Wand schmeißen.

Kenzie streckte eine Hand nach ihm aus. »Beruhige dich.«

»Wer?«, zischte er erneut und wich Kenzies Berührung aus.

»Ich kenne ihre Namen nicht«, sagte Kalif. »Ich weiß nur, dass es ein Mann und eine Frau waren. Sie wurde auf einem Feld am Grund gefunden, er in seinem Büro. Er hat für die Firma gearbeitet, die Aktiva verwaltet.«

»Gehörten sie zu den Repräsentativen oder waren mit einem verheiratet?«, fragte Callum, der am ganzen Körper zitterte. Während ihrer ersten Zeit in der Kolonie war er Kenzie immer beherrscht erschienen, wie ein Mann, der sich von nichts aus der Ruhe bringen ließ. Diese gelassene Art hatte zu seiner Arbeit als Beauftragter der Sicherheit gepasst. Aber nun hatte Callums ruhige Fassade zu bröckeln begonnen. Immer öfter konnte Kenzie einen Blick auf die Person erhaschen, die sich dahinter versteckte. Und ihr gefiel das Feuer, das in ihm loderte, und der Funke Rebellion, der auch in ihr brannte.

»Callum, ich muss mit dir sprechen ... unter vier Augen.« Kenzie ließ ihm nicht die Möglichkeit einer Antwort. Sie packte seinen Arm und zerrte ihn von Kalif und den Scherben weg. Erst sträubte er sich, aber schließlich gab er nach und folgte Kenzie auf die Galerie.

»Was sollte das?«, fragte Callum und riss sich von ihr los.

Kenzie antwortete nicht. Stattdessen schlang sie ihre Arme um Callums Hals, zog ihn zu sich herab und küsste ihn. Offenbar überrumpelt reagierte Callum zuerst nicht. Seine Lippen waren hart und unnachgiebig. Doch dann erwachte er aus seiner Starre.

Er packte Kenzie an den Hüften und zog sie an sich, bis nichts mehr zwischen sie gepasst hätte. Dabei küsste er sie mit all der Wut, die sich in ihm aufgestaut hatte. Nur war diese Wut nicht aggressiv, sondern fordernd und leidenschaftlich.

Callums Mund bewegte sich wild über ihrem und seine Hände glitten rastlos, geradezu verzweifelt über ihre Hüften, um sie festzuhalten, als fürchtete er, sein Zorn könnte sie vertreiben, aber Kenzie hatte nicht vor irgendwo hinzugehen – ganz im Gegenteil. Ihr gefielen die Härte und die Bestimmtheit, die in seinem Kuss lagen. Sie seufzte und vergrub ihre Hände in Callums dunklem Haar. Er stöhnte an ihrem Mund und sie konnte den süßen Honig auf seiner Zunge schmecken.

Es war ein berauschendes Gefühl, Callum so nahe zu sein, und je länger er sie berührte, umso gieriger wurde Kenzie. Ihre Hände glitten von seinen Schultern und seinen Rücken hinab bis zu seiner Taille. Sie wollte mehr und wünschte sich, all dieser lästige Stoff, der zwischen ihnen lag, würde einfach verschwinden.

Callum schien es genauso zu gehen. Er schob ihr T-Shirt nach oben und erkundete die nackte Haut darunter. Kenzie stöhnte an seinen Lippen, als er einen Finger über ihren Bauch gleiten ließ, und eine vertraute und zugleich fremde Hitze stieg in ihr auf.

»Hey!«, rief jemand aus dem Erdgeschoss – Kalif. »Was treibt ihr denn da oben? Ich dachte, die Besprechung läuft hier unten.«

Callum stieß ein frustriertes Knurren an Kenzies Lippen aus und sie wusste genau, wie er sich fühlte. Widerwillig zog er seine Hand unter ihrem T-Shirt hervor und entließ sie aus seiner Umarmung. Sie sahen einander mit erhitzten Gesichtern an und Kenzie erkannte, dass Callums Wut verflogen war. An ihre Stelle war ein anderes Gefühl getreten, das sie gerne genauer erkundet hätte.

»Wofür war das?«, fragte Callum und streichelte ihr über die Wange.

»Keine Ahnung«, gestand Kenzie. Sie hätte schwören können, einen Grund für diesen Kuss gehabt zu haben, aber wenn dem so war, hatte Callum sie ihn vergessen lassen. »Für alles.«

Sein Lächeln wurde breiter und er stahl einen letzten Kuss von ihren Lippen, bevor sie gemeinsam zu Kalif zurückgingen. Er hatte die größten Scherben bereits aufgesammelt. Callum entschuldigte sich bei ihm und in kürzester Zeit herrschte wieder Ordnung. Sie führten ihr Frühstück fort und Kalif erzählte ihnen alles, was er über die Morde wusste, auch wenn es nicht viel war. Fest stand nur, dass die Morde kurz hintereinander passiert sein mussten, während der Bekanntgabe. Dieses Zeitfenster war nicht groß und ließ auf zwei Täter schließen, aber auch eine Person hätte es unter Eile schaffen können. Nur wieso sollte sich der Mörder abhetzen, um genau diese zwei völlig unterschiedlichen Opfer innerhalb einer Stunde zu ermorden? Und hatte er sie bewusst ausgewählt? Oder waren sie nur die beste Möglichkeit gewesen, eine Chance, die er hatte nutzen wollen?

»Ich werde Evie später einen Besuch abstatten. Vielleicht weiß sie mehr«, sagte Callum entschlossen. Nach ihrem Kuss war zwar seine Wut nicht zurückgekehrt, aber er war sichtlich angespannt. Ständig waren seine Beine und Hände in Bewegung. Er wippte mit dem Stuhl. Trommelte mit den Fingern auf die Tischplatte oder stocherte mit seinem Messer in den Brotkrümeln herum.

»Das wird nicht nötig sein.« Kalif schob seinen Stuhl zurück. »Ich sehe sie gleich. Sie ist verantwortlich dafür, die neuen Sicherheitsleute anzulernen.«

»Du arbeitest jetzt für die Sicherheit?«, fragte Kenzie.

»Sie haben nach Verstärkung gesucht und wegen des höheren Risikos haben sie den Lohn um ein Drittel angehoben.« Kalif zuckte beiläufig mit den Schultern. »Ich sollte besser gehen. Ich will an meinem ersten Tag nicht gleich zu spät kommen.«

»Viel Spaß«, grunzte Callum, offensichtlich verärgert darüber, dass Kalif das leisten durfte, was er selbst tun wollte, aber nicht länger konnte – zumindest nicht offiziell.

»Ich bring dich noch raus.« Kenzie sprang ebenfalls von ihrem Stuhl auf und folgte Kalif. Sie zog die Eingangstür hinter sich zu, bis sie nur noch einen Spaltbreit offen stand und Callum sie nicht länger hören konnte. »Kann ich kurz mit dir über etwas reden?«

»Natürlich.«

»Ich brauche deine Hilfe.«

Kalif zog eine Braue hoch. »Wobei?«

»Dabei, einen Job zu finden. Ich habe keine Ahnung, wo ich anfangen soll, aber ich brauche dringend Geld für eine eigene Wohnung. Ich kann nicht länger auf Callums Kosten leben.«

Kalif seufzte. »Ich will ehrlich zu dir sein, Kenzie. Ich glaube, für dich ist es derzeit unmöglich, eine Arbeit zu bekommen. Vor drei Tagen noch hätte ich dir Chancen eingeräumt, aber nicht nach den neuen Opfern und den Diebstählen. Die Leute halten ihr Geld zusammen und vermutlich werden sogar Mitarbeiter entlassen.«

Kenzie hatte nie in der Illusion gelebt, überall mit offenen Armen empfangen zu werden. Die Klarheit von Kalifs Worten raubte ihr dennoch ihren verbleibenden Mut. »Es muss doch irgendeine –«

»Nein«, unterbrach Kalif sie. »Es gibt im Moment keine Arbeit für dich. Sie suchen gerade nur bei der Sicherheit vermehrt Leute und wir wissen beide, dass du dort nicht arbeiten kannst. Das

Beste, was du tun kannst, ist dich unauffällig zu verhalten und darauf zu warten, dass sich die Situation beruhigt.«

Kenzie dachte an Ricardo und seine Einladung, die Reagenzgläser zu reinigen, aber natürlich hatte Kalif Recht. Niemand würde sie auch nur in die Nähe des Labors lassen, in dem die Morde untersucht wurden. Denn auch wenn Alaric seine Anklage nicht ewig aufrechterhalten konnte, so war sie in den Augen der Bevölkerung noch immer eine Verdächtige.

»Es tut mir leid«, sagte Kalif und legte ihr eine Hand auf die Schulter. Bei ihm hatte diese Geste nichts Sinnliches. Kenzies Haut kribbelte nicht und ihr Herz schlug auch nicht schneller, alles, was sie verspürte, war der Trost, den Kalif ihr spendete.

»Du kannst nichts dafür. Aber falls du die Möglichkeit siehst, mir eine Arbeit zu beschaffen, sag mir Bescheid.«

»Das werde ich.« Er lächelte und wollte gerade noch etwas sagen, als die Luft von einem lauten Knacken erfüllt wurde. Einen Augenblick lang war Kenzie irritiert, ehe sie erkannte, dass das Geräusch aus den Lautsprechern kam, die an den Laternen befestigt waren.

»Einwohner der Kolonie, dies ist eine wichtige Ankündigung«, war Alarics Stimme zu hören. Er räusperte sich ins Mikrofon. »Auf Grund der gestrigen Ausschreitungen und den neusten Entwicklungen in den Mordfällen, die unsere Kolonie derzeit heimsuchen, sieht sich der Rat gezwungen, zusätzliche Sicherheitsmaßnahmen zu ergreifen.«

Callum trat aus der Wohnung. Ein finsterer Ausdruck lag auf seinem Gesicht. Kenzie suchte seinen Blick und griff nach seiner Hand. Für den Bruchteil einer Sekunde hellte sich Callums Miene auf, ehe er wieder ernst wurde, sichtlich misstrauisch darüber, was Alaric zu sagen hatte.

»Um der Bevölkerung dieser Kolonie den Schutz zu bieten, den sie verdient hat, werden alle Männer und Frauen im Alter zwischen achtzehn und fünfunddreißig Jahren, die derzeit keiner Beschäftigung nachgehen, dazu aufgefordert, sich der Sicherheit anzuschließen, um diese in ihren Ermittlungen zu unterstützen. Des Weiteren gilt ab sofort eine Ausgangssperre. Wer sich nach Einbruch der Dunkelheit ohne ersichtlichen Grund auf offener Straße befindet, wird festgenommen. Jeder Verstoß gegen die Ausgangssperre wird zur Anzeige gebracht. Das Höchststrafmaß für dieses Vergehen ist die Verbannung«, sagte Alaric und seine Stimme wurde beinahe selbstgefällig. »Alle Informationen zu dieser neuen Regelung hängen am Rathaus aus. Ich bedanke mich für die Aufmerksamkeit und glaube fest daran, dass unsere Kolonie nur gestärkt aus dieser Zeit der Not hervorgehen kann.«

Zwanzig

Die Geschehnisse der nächsten Tage glichen einem Tsunami, der bewies, dass es nicht viel Zeit bedurfte, um eine Gesellschaft in ihren Fundamenten zu erschüttern. Kenzie wagte sich nur noch selten vor die Tür, denn immer wieder kam es zu Ausschreitungen. Menschen wurden verletzt und das Lazarett, das man eigentlich nur kurzzeitig in einem der Lager eingerichtet hatte, würde bleiben, bis eine Verbesserung der Situation abzuschätzen war.

Doch nicht nur die Einwohner kamen im Eifer des Gefechts zu Schaden, sondern auch die Gebäude. Die Spuren der Verwüstung waren für alle zu sehen. Zerschlagene Fenster. Eingetretene Türen. Beschmierte Wände. Und nicht selten waren die Repräsentativen und auch Kenzie Teil jener Forderungen.

Raus mit denen, die nicht hierhergehören!

Verbannt die Wassergeborene!

Kein Essen für uns – Kein Platz für Repräsentative!

Und tatsächlich wurden die Vorräte für die ärmeren Familien allmählich knapp. Leute wie Robins Eltern bereicherten sich an der Angst der Menschen und trieben die Preise in die Höhe, bis nur noch die wenigsten sich das leisten konnten, was früher selbstverständlich gewesen war.

Callum hatte genug angespart, um sich und Kenzie über die Runden zu bringen, aber für gewöhnliche Arbeiter war es kaum mehr möglich, genug zu kaufen, um eine Familie zu ernähren. Dies hatte zur Folge, dass die Felder in der untersten Ebene trotz strenger Bewachung und aller angedrohten Konsequenzen immer öfter von Dieben heimgesucht wurden.

Doch es war nicht nur der scheinbare Mangel an Nahrungsmitteln, der die Leute in Aufruhr brachte, auch die Anwesenheit der unzähligen Sicherheitsleute machte die Bevölkerung nervös, ebenso wie die Ausgangssperre und die damit einhergehende Drohung einer Verbannung.

Obwohl es den Einwohnern offiziell erlaubt war, bis Einbruch der Nacht unterwegs zu sein, verbarrikadierten sich die meisten von ihnen schon vor Sonnenuntergang in ihren Wohnungen, aus Angst vor einer Strafe, aus Furcht vor dem Mörder oder aus Sorge vor möglichen Ausschreitungen.

Aber nichts von alldem konnte den Morden Einhalt gebieten. Inzwischen waren Callum und Kenzie auch zu dem Entschluss gekommen, dass es dem Mörder nicht nur darum ging, die Repräsentativen zu vertreiben, denn dafür war das Ausmaß der Zerstörung bereits zu groß.

Wer immer der Täter war, er hatte entweder seine Freude daran, andere leiden zu sehen, oder er verfolgte ein Ziel, das sich ihnen noch nicht offenbart hatte. Und dabei stellte er sich geschickt an. Trotz all der Sicherheitsleute fand er immer wieder Lücken im System, um an seine Opfer heranzukommen. Er tötete schnell, effizient und hinterließ niemals Spuren. Die an den Tatorten gesicherten Hinweise führten nur zu Einwohnern, die sich früher am Tag in der Nähe aufgehalten hatten, und die Spuren reichten höchstens für eine vorläufige Festnahme.

Der Druck auf die Sicherheit durch die Bevölkerung wuchs und beinahe rechnete Kenzie damit, dass Jaen und Alaric irgendwann einfach einen Unschuldigen verurteilen würden, um den Leuten das zu geben, was sie verlangten.

Es war eine verzweifelte Situation für alle Beteiligten. Je mehr Morde verübt wurden und umso häufiger gestohlen wurde, desto mehr Aufstände gab es. Aber um diese unter Kontrolle zu bringen, mussten die Wachen von den Lagerhäusern und Feldern abgezogen werden, was wiederum mehr Diebstähle bedeutete.

Das Unterfangen, die Täter endlich zu finden, schien aussichtslos und so kam der Tag, an dem der Rat Jaens Männern schließlich Hausdurchsuchungen gestattete. Demnach durfte die Sicherheit jederzeit und ohne Ankündigung die Häuser der Einwohner durchkämmen. Und es wunderte Kenzie nicht, dass Callums Haus eines der ersten war, das durchsucht wurde. Dabei nahmen die Männer keine Rücksicht auf sein Hab und Gut und die Ordnung, die dank Kenzie herrschte. Sie ließen Schränke offen stehen und leerten Schubladen aus. Natürlich fanden sie nichts und nach knapp einer Stunde zogen sie enttäuscht zum nächsten Haus weiter.

Auch Kalif war Teil des Durchsuchungstrupps, aber er war nur halbherzig bei der Sache, denn seiner Meinung nach war diese Aktion reine Zeitverschwendung. Jaen konzentrierte fast all seine Ressourcen darauf, neue Verbrechen zu vermeiden, anstatt alte aufzuklären. Es gab Tage, an denen niemand in der Sicherheit darum bemüht war, den Mörder zu finden, weil die Aufstände und Diebstähle als oberste Priorität eingestuft wurden.

Aus diesem Grund hatte Kalif sich auch bereit erklärt Callum und Kenzie bei ihren eigenen Ermittlungen zu helfen. Gemeinsam mit Evie versorgte er sie verbotenerweise mit Aufzeichnungen und Daten aus dem Quartier der Sicherheit.

»Wo ist Callum?«, fragte Kalif, als er am Abend vor Beginn seiner zweiten Schicht zurückkehrte.

Eilig schloss Kenzie die Tür hinter ihm, um die Hitze auszusperren, die seit Tagen immer unerträglicher wurde. »Einkaufen.«

»Verstehe.« Kalif ließ sich auf die Couch fallen und noch in derselben Bewegung zog er einen Datenstick aus seiner Hosentasche, den er Kenzie reichte – die neusten Unterlagen aus dem Quartier.

»Danke«, sagte Kenzie und verband den Stick mit dem Tablet. Bisher waren sie aus diesen Papieren nicht schlauer geworden, was hauptsächlich an der lückenhaften Dokumentation lag. Den Wachen blieb kaum Zeit für Bürokratie, und wenn die Vorfälle in der Kolonie überhaupt zeitnah festgehalten wurden, waren die Informationen meist unvollständig. Doch wenigstens konnten sie auf diese Weise die Situation im Auge behalten.

Kalif beobachtete Kenzie einige Sekunden schweigend, ehe er wieder das Wort ergriff. »Wie geht es dir?«

Sie zuckte mit den Schultern, denn sie wusste nicht, was sie darauf antworten sollte. Theoretisch ging es Callum und ihr gut. Sie besaßen das nötige Geld, um sich Vorräte zu kaufen, und Callum hatte das Haus die letzten Nächte nicht verlassen. Ob erholsamer Schlaf oder lediglich die Ausgangssperre dafür verantwortlich war, konnte Kenzie nicht sagen, aber es spielte für sie auch keine Rolle – solange sie nur am Morgen neben ihm aufwachte, war alles in Ordnung.

Nach ihrem Filmabend hatte Kenzie noch zwei- oder dreimal auf dem Sofa übernachtet. Doch inzwischen war sie dazu übergegangen, gemeinsam mit Callum in seinem Bett zu schlafen. Sie kamen sich dabei nie näher und es hatte auch keine Küsse mehr gegeben, dennoch hatte es für Kenzie etwas Beruhigendes, Callum neben sich zu haben.

»Es könnte schlimmer sein«, antwortete sie schließlich und hinterlegte ein Passwort für den neuen Datenordner. »Ich wünschte nur, ich könnte das Haus verlassen, ohne ständig auf der Hut zu sein. Gestern hat jemand eine Handvoll Dreck nach mir geworfen.«

»Ich verstehe diese Leute nicht.«

»Ich glaube, sie verstehen sich selbst nicht.« Kenzies Blick glitt zu dem Fenster, das sich zur Straße hin öffnete. Jemand hatte vor drei Tagen die Worte »Raus du Mörderin!« in das Glas gekratzt, obwohl Alaric die Anklage gegen sie mittlerweile zurückgezogen hatte.

»Wir bekommen das alles wieder in Ordnung«, sagte Kalif und legte Kenzie einen Arm um die Schulter. Seine Worte waren voller Überzeugung. Sie hätte ihm gerne geglaubt, aber allmählich ging ihr Optimismus verloren.

»Stimmt es, was ich gehört habe?«

»Das kommt darauf an«, sagte Kalif. »Was hast du gehört?«

»Habt ihr heute Mittag eine neue Leiche gefunden?«

Kalif nickte und wischte sich den Schweiß von der Stirn. »Ihr Name war Vila. Sie ist das bisher älteste Opfer und hätte die Kolonie in drei Wochen verlassen müssen«, sagte er, ohne den Ekel in seiner Stimme zu unterdrücken. Er verabscheute das *Gesetz des*

Alters ebenso sehr wie Kenzie. »Offiziell hat man ihren Leichnam in einer abgelegenen Gasse gefunden, um die Leute nicht noch mehr zu verunsichern.«

»Und inoffiziell?«

»In ihrer Wohnung«, antwortete Kalif.

Kenzie erschauderte. »Vila war das achte Opfer, oder?«

Kalif nickte. »Habt Callum und du etwas Neues herausgefunden?«

»Vielleicht«, erwiderte Kenzie. »Wir tragen im Moment alle Daten der Opfer zusammen.« Es war ein langwieriges Unterfangen, da es keine zentrale Datenbank für diese Informationen gab und sie nicht nur die Opfer selbst, sondern auch deren Angehörige und Freunde in Augenschein nahmen, um mögliche Gemeinsamkeiten herauszufinden. »Alle Opfer haben innerhalb des letzten Jahres jemanden an das *Gesetz des Alters* verloren, mit Ausnahme von Nilam, aber sie passt ohnehin nicht in das Schema.«

»Klingt für mich nach Zufall.«

»Das sagt Callum auch. Trotzdem ist es eigenartig, oder nicht? Natürlich sind viele Leute von diesem Gesetz betroffen, aber alle Opfer innerhalb von einem Jahr?«

»Ich werde der Sache nachgehen und mich umhören. Aber du solltest dir keine Hoffnung machen, es ist eine sehr vage Theorie«, sagte Kalif. »Gibt es sonst noch etwas?«

Kenzie schüttelte den Kopf. »Wir sind gerade dabei, alle Namenslisten und Einsatzpläne, die du uns vorgestern geschickt hast, miteinander zu vergleichen, um herauszufinden, ob es jemanden in der Sicherheit gibt, der zum Zeitpunkt der Morde nicht im Dienst war.«

»Ihr glaubt, jemand aus der Sicherheit steckt dahinter?«

»Es wäre möglich. Bisher dachten wir, der Mörder wäre einfach nur geschickt darin, Lücken im System zu finden, aber womöglich verfügt er tatsächlich über Insiderwissen.« Unter Callums Führung wäre dies undenkbar gewesen, denn er kannte seine Leute. Sein Vater und er hatten sie selbst geprüft und ausgewählt. Doch mit all den Neuen, die auf Grund der Notsituation von Jaen rekrutiert worden waren, konnte man sich ihrer Loyalität nicht mehr sicher sein. Es war so leicht wie noch nie, ein Mitarbeiter der Sicherheit zu werden.

»Ihr wisst, wie einfach es ist, an die Dienstpläne heranzukommen, oder?«, fragte Kalif und sah vielsagend auf das Tablet, auf dem sich nun nach und nach die Dokumente öffneten, die er ihr mitgebracht hatte.

»Natürlich, aber wir können diese Möglichkeit nicht unbeachtet lassen.«

»Das sollte keine Kritik sein. Ich meine nur ... Ach, keine Ahnung, was ich meine.« Er schüttelte resigniert den Kopf.

Kenzie seufzte. Sie wusste genau, wie er sich fühlte. Sie traten auf der Stelle und klammerten sich an jeden Grashalm, in der Hoffnung, irgendwo in diesen Listen einen Hinweis zu finden, und womöglich war dennoch alles umsonst. »Ich wünschte, wir könnten mehr unternehmen. Wenn Callum noch–«

»Ihr tut euer Bestes«, unterbrach Kalif sie. Er lächelte und stand vom Sofa auf. »Mehr kann niemand von euch erwarten. Und wenn es jemanden gibt, der die Morde aufklären kann, dann seid ihr das, denn Jaen wird es ganz bestimmt nicht tun.«

Einundzwanzig

Kenzie saß auf Callums Bett. Sie ließ ihren Kopf gegen die Wand sinken. Schweiß rann ihr die Schläfen hinunter. Sie fächerte sich Luft zu, um sich etwas Abkühlung zu verschaffen, aber es half nichts. Natürlich musste die Klimaanlage im Haus am wärmsten Tag seit ihrer Ankunft ausfallen.

Kenzie hatte geglaubt sich allmählich an die Hitze zu gewöhnen. Sie mochte die nach Salz schmeckende Luft und ihre Blässe war einem sanften Braun gewichen. Doch die letzten Stunden waren unerträglich gewesen und die Ausgangssperre hielt Callum und sie in diesem Treibhaus gefangen. Mit einem frustrierten Stöhnen schloss Kenzie die Augen. Sie wollte schlafen, einfach nur schlafen, und wenn sie aufwachte, würde diese Hitze vielleicht der Vergangenheit angehören.

Die Tür zum Badezimmer öffnete sich und Callum kam ins Schlafzimmer. Kenzie beachtete ihn nicht, bis sie plötzlich von etwas Kaltem und Feuchtem getroffen wurde. Sie quietschte und riss die Augen auf, während ihr ein kalter Schauer über den Rücken jagte. »Das ist nicht witzig!«, fauchte Kenzie. Sie griff nach dem in Eiswasser getränkten Handtuch, das Callum auf ihre Beine geworfen hatte. »Du hättest mich vorwarnen können.«

Callums Lachen erfüllte den Raum. »Aber wo bleibt da der Spaß?«

Kenzie wollte gerade ausholen, um das Handtuch zurück in seine Richtung zu werfen, als sie in der Bewegung erstarrte. Callum und sie verbrachten viel Zeit miteinander und sein Anblick war Kenzie inzwischen beinahe so vertraut wie ihr eigenes Spiegelbild. Sie hatte Callum geküsst, ihn berührt und seinen Körper an ihrem gespürt, ihn aber noch nie nackt gesehen. Zugegeben, er stand nicht völlig entblößt vor ihr, nein, aber die schwarzen Shorts, die er trug, ließen nicht viel Raum für Fantasie. Seine Haut hatte eine ebenmäßige Bräune und spannte sich über die klar definierten Muskeln seines Körpers.

»Klemm es dir zwischen die Oberschenkel.«

Kenzie riss ihren Blick von ihm los. »Was?«

»Das Handtuch.« Er deutete auf den Stoff. »Falte es zusammen und klemm es dir zwischen die Oberschenkel. Das hilft beim Einschlafen, wenn dir zu warm ist.«

Ihr war warm, sehr warm, aber das hatte nicht länger nur etwas mit der Temperatur im Raum zu tun. Callum ließ sich neben sie aufs Bett fallen. »Ich kann noch immer nicht glauben, dass die Sicherheit tatsächlich mein Haus durchsucht hat. Sie müssen doch wissen, dass wir auf ihrer Seite stehen.«

»Sie wissen, dass *du* auf ihrer Seite stehst«, korrigierte Kenzie ihn und begann das Handtuch zu falten. »Sie waren meinetwegen hier.«

»Dafür haben sie ihre Sache aber sehr ernst genommen.« Callum stützte sich auf seinen Ellenbogen ab. »Hattest du Gelegenheit, mit Kalif zu sprechen?«

Kenzie nickte. Sie schob sich das Handtuch zwischen die Oberschenkel und versuchte, nicht auf Callums Oberkörper zu starren. In der Wasserkolonie gehörte viel nackte Haut zum Alltag. Schließlich ging niemand voll bekleidet schwimmen und Kenzie hatte in ihrem Leben schon einige durchtrainierte Körper gesehen, Noëls eingeschlossen, aber mit Callum war es etwas anderes. Vielleicht lag es an seiner gebräunten Haut, die es in der Wasserkolonie nicht gab, oder an der Art, wie er sie geküsst hatte. Jedenfalls konnte Kenzie nicht aufhören daran zu denken, wie es wäre, die Hand auszustrecken, ihn zu berühren und die Hitze zu erkunden, die sie bereits während ihres letzten Kusses verspürt hatte.

»Ich habe ihm von meiner Theorie mit dem *Gesetz des Alters* erzählt«, sagte Kenzie schließlich und räusperte sich. »Aber wie du hält er es nur für einen Zufall.«

»Und du nicht«, stellte Callum fest.

»Nein.« Sie hatten vor zwei Tagen schon einmal über dieses Thema gesprochen, damals war ihre Theorie bei Callum auf taube Ohren gestoßen. »Ich verstehe, wieso Kalif und du an einen Zufall glaubt, aber wenn wir davon ausgehen, dass dreißigtausend Menschen in dieser Kolonie leben und das *Gesetz des Alters* zwischen fünfundsechzig und siebzig Jahren greift, sind es im Schnitt ... etwa vierhundertfünfzig Einwohner, vielleicht etwas mehr, die jährlich verbannt werden. Eine überschaubare Zahl. Und von allen dreißigtausend Einwohnern sucht sich der Mörder sieben Opfer aus – Nilam nicht mitgerechnet –, welche Angehörige haben, die zu diesen vierhundertfünfzig Verbannten gehören?«

Callum schürzte die Lippen und dachte über ihre Worte nach. »Ich sehe einfach kein Motiv in dieser Theorie. Was will der Mörder damit erreichen? Und auch wenn deine Rechnung stimmt, so haben wir das Wort *Angehöriger* sehr weit gesteckt. Im Fall von

Robin war es sein Großvater und bei Jacobo war es die Frau des Bruders seiner Großmutter. Demnach könnten wir jedem dieser vierhundertfünfzig Verbannten mindestens fünfzehn Angehörige zuordnen, was insgesamt fast ein Viertel der Kolonie ausmacht, und bei knapp siebentausend möglichen Opfern wirkt die Auswahl doch eher zufällig.«

Kenzie verschränkte die Arme vor der Brust. »Ich hasse es, wenn du logisch bist.«

Callum lachte. »Und ich liebe es, Recht zu haben.«

Sie spielten noch ein paar weitere Theorien durch und sprachen auch über mögliche Lücken im System der Sicherheit, bevor sie schlafen gingen. Callums Trick mit dem Handtuch verschaffte Kenzie tatsächlich Abkühlung, dennoch wurde sie noch eine ganze Weile von der Hitze und ihren Überlegungen wach gehalten. Sie konnte nicht aufhören an den Mörder zu denken, und wie immer, wenn sie an ihn dachte, erinnerte sie sich auch an Nilam und Noël, deren Eltern und ihre eigenen, Sasha und Isla, die sie zurückgelassen hatte.

Ob Sasha inzwischen schon Vater geworden war? Es war noch früh in der Schwangerschaft, aber nicht ausgeschlossen, und Kenzie tat es leid, dass sie ihren Neffen oder ihre Nichte nie kennenlernen würde. Aber wenn das Kleine bereits geboren war, würde es zumindest für Ablenkung sorgen und ihrer Familie dabei helfen, über ihr Verschwinden hinwegzukommen.

Kenzie wollte nicht vergessen werden, dennoch sollten ihre Eltern ihr nicht nachtrauern. Sie wünschte sich, es gäbe einen Weg, Noël und den anderen mitzuteilen, wie gut es ihr ging. Natürlich war die Situation in der Luftkolonie gerade alles andere als optimal, aber sie war nicht mehr angeklagt, hatte ein Dach über dem Kopf, genug zu essen und sie durfte ihre Nächte mit dem Mann verbringen, der ihr in dieser Kolonie am meisten bedeutete, und dafür war sie dankbar.

Kenzie spürte jede von Callums Bewegungen durch die Matratze. Achtzehn Jahre lang hatte sie allein in einem Bett geschlafen und es war ungewohnt, einen anderen Körper neben sich liegen zu haben. Was es für Kenzie praktisch unmöglich machte, Callum zu ignorieren, als er mitten in der Nacht aufstand. Blinzelnd öffnete sie die Augen und sah, wie er um das Bett herumlief und zu seinem Kleiderschrank ging, um ein T-Shirt hervorzuziehen.

Kenzie wusste sofort, was er plante, und vielleicht hätte sie ihn aufhalten sollen, aber sie war neugierig und wollte wissen, was Callum so wichtig war, dass er die Ausgangssperre ignorierte und selbst die drohende Verbannung ihn nicht davon abhalten konnte, das Haus zu verlassen.

Sie wartete, bis Callum die Galerie verlassen hatte, ehe sie ebenfalls die Beine über die Bettkante schwang und in ihre abgetragenen Sneakers schlüpfte, die noch aus der Wasserkolonie stammten. Sie machte sich nicht die Mühe, sich etwas überzuziehen. Abgesehen von der Sicherheit war um diese Uhrzeit ohnehin niemand auf der Straße, und wenn sie einer Wache begegnete, war ihr knappes Outfit ihr geringstes Problem.

Kenzie stieg die Treppe nach unten und folgte Callum aus dem Haus. Die Straßenlaternen brannten, jedoch nicht hell genug, um die Sterne auszublenden. Es war eine klare Nacht und die Temperatur war deutlich gesunken. In der Stille konnte Kenzie sogar die Luft hören, die aus den Schächten pfiff.

Sie sah sich um und entdeckte Callums Silhouette direkt am

Rande des Würfels. Er blickte durch das Glas auf das Meer und folgte einem Pfad, der am Abgrund entlangführte. Mit gebührendem Abstand schlich Kenzie ihm hinterher. Er war auf der Hut vor den Sicherheitsleuten und drehte sich immer wieder um, aber Kenzie war flink und konnte sich in der Dunkelheit verstecken. Gelegentlich blieb Callum stehen und zuerst dachte Kenzie, er beobachtete nur das Meer, doch dann wurde ihr bewusst, dass er durch diese kurzen Pausen den Sicherheitsleuten entging. Denn dank Kalif kannte er ihre Einsatzpläne und konnte ihre Routen genau abpassen, damit er keinem von ihnen begegnete.

Kenzie musste an Kalifs Worte denken und daran, wie einfach es war, an diese Pläne heranzukommen. Und in diesem Augenblick bewies Callum, wie leicht es war, sich durch die Kolonie zu mogeln, wenn man die richtigen Informationen besaß.

Je länger Callum durch die Straßen schlich, desto nervöser wurde Kenzie, und der Drang, einfach zu ihm zu rennen und ihn zur Rede zu stellen, wurde beinahe übermächtig. Sie wollte endlich wissen, was hier vor sich ging, auch wenn ein Teil von ihr sich davor fürchtete, was am Ende dieses Fußweges auf sie wartete.

Erneut blieb Callum mitten auf dem Weg stehen und Kenzie glaubte, er würde abermals den Wachen ausweichen. Doch dann wandte er sich der gläsernen Wand des Würfels zu und Kenzie erkannte, dass metallene Sprossen darin eingelassen waren, die eine Leiter formten und aufs Dach führten.

Callum griff nach der ersten Sprosse und ohne Absicherung stieg er die gut fünfzig Meter in die Höhe, bis er die Decke erreichte und durch eine Art Luke auf das Dach kroch.

Nach kurzem Zögern verließ Kenzie ihr Versteck und stieg ihrerseits die Leiter nach oben, der Nacht entgegen. Ihre Finger krallten sich fest um jede Sprosse, die sie erklomm, und ein erleichtertes Seufzen entwich ihren Lippen, als sie schließlich das Dach erreichte. Sie zog sich von der Leiter durch eine Öffnung auf die glasige Oberfläche. Ihr Atem ging schwer, nicht vor Anstrengung, sondern vor Aufregung. Der Würfel war hoch, verdammt hoch, und würde sie jetzt fallen, würde der Ozean sie verschlucken und nie wieder hergeben.

Sollte Callum sie bereits bemerkt haben, so ließ er es sich nicht anmerken. Er saß einige Meter entfernt von der Öffnung am Rand des Würfels und starrte auf das Meer. Kenzie näherte sich ihm und nahm den Geruch von verbrannten Kräutern wahr. Rauch stieg aus Callums Lippen auf. Vielleicht waren Alarics Anschuldigungen nicht völlig abwegig gewesen.

Kenzie setzte sich neben Callum, die Beine überkreuzt. Er reagierte nicht und sie sagte auch nichts. Der salzige Duft des Meeres war hier intensiver, ebenso wie der Wind, der sich frei bewegte und die Wellen vor sich hertrug. Plötzlich wurde Kenzie schmerzlich bewusst, wie sehr sie das Wasser vermisste. Noch vor wenigen Wochen hatte das tiefe Blau ihre Gedanken beherrscht. Sie hatte beinahe jede wache Minute damit verbracht, darüber zu fantasieren, es gemeinsam mit Noël zu erkunden. Doch ihre damaligen Träume gehörten seit ihrer Ankunft in der Luftkolonie und Nilams Tod der Vergangenheit an.

»Bestrafst du mich mit Schweigen?«, fragte Callum. Er sah nicht sie an, sondern starrte auf die in ein großes Blatt gerollten Kräuter, die er zwischen den Fingern hielt.

»Vielleicht.« Kenzie konnte in der Ferne ein Aufwogen des Meeres beobachten. Vermutlich ein Wal, der die Oberfläche zum Atmen durchbrach und nur Sekunden später wieder abtauchte. »Du verstößt gegen die Ausgangssperre.«

Callum lachte trocken. »Du auch.«

»Nur deinetwegen.«

Darauf erwiderte er nichts und sie schwiegen erneut. Callum inhalierte noch etwas von dem beißenden Rauch, ehe er seine Worte wiederfand. »Ich mache das nicht mehr oft.«

Kenzie zog eine Braue in die Höhe. »Meinen Beobachtungen nach kommst du ziemlich oft hier hoch.«

»Ich rede davon.« Er drückte die glühende Spitze am Glas aus und schnippte die Reste über den Rand des Würfels ins Wasser. »Ich bin nicht süchtig, auch wenn Alaric das glaubt. Manchmal hilft es mir nur dabei, meine Gedanken und Sorgen ruhigzustellen. Meist reicht es mir aber, das Meer zu beobachten.«

»Wenn du nicht schlafen kannst und dich nachts aus dem Haus stiehlst, kommst du also hierher?«

»Oder ich gehe zur Klippe«, antwortete Callum. »Ich mag die Nähe zum Wasser. Hier oben wirkt alles so ... weit entfernt.«

Kenzie hatte immer gewusst, dass Callum die Klippe nicht scheute, während viele andere Leute sie mieden. Doch dass das Meer eine beruhigende Wirkung auf ihn hatte, war eine neue Erkenntnis. Die meisten Einwohner der Kolonie fürchteten sich vor dem Meer und seiner Unberechenbarkeit. Kenzie hatte diese Furcht nie geteilt, aber als Wassergeborene hatte sie von klein auf gelernt diese Naturgewalt zu akzeptieren. »Ich vermisse das Wasser«, gestand sie. »Ich war nie die Entdeckerin, die ich immer sein wollte, aber das Meer hat mein Leben bestimmt und das der ganzen Kolonie. Wir sind ein Teil des Ozeans, ihm ausgeliefert und auf eine Art abhängig von ihm, die du dir gar nicht vorstellen kannst.«

»Erklär es mir«, forderte Callum sie auf.

Kenzie schüttelte den Kopf. Nicht weil sie es nicht wollte,

sondern weil sie es nicht konnte. Es war nicht nur eine physische Abhängigkeit, sondern auch eine psychische. Einerseits bot das Meer Sicherheit, andererseits brachte es auch Dunkelheit. Manchmal waren die Schatten beängstigend, aber viel häufiger wirkten sie wie eine schützende Decke. Unter Wasser war es leicht, den Rest der Welt zu vergessen, zumindest für all jene, die nicht wie Kenzie in ständiger Angst vor dem Land leben mussten.

»Vermisst du die Wasserkolonie?«

Kenzie schürzte die Lippen. »Meine Familie? Ja. Die Kolonie selbst? Nein.« Sie vermisste nicht die Regeln, die sie zurückgehalten hatten, und auch nicht die Gesetze, die sie zu etwas machen wollten, was sie nicht sein konnte. Ungeachtet der chaotischen Situation in der Luftkolonie war sie so ungebunden wie noch nie zuvor in ihrem Leben. Sie hatte die Freiheit, alles zu tun und zu lassen, was sie wollte.

»Ich würde gern einmal eine Wasserkolonie besuchen«, sagte Callum. Der Satz hätte beiläufig klingen können – neugierig –, aber es lag ein Gefühl in seiner Stimme, das Kenzie so vertraut war, dass es ihr einen Schauer über den Rücken jagte. Fernweh.

Dieses Gefühl passte nicht zu dem Callum, den Kenzie am Tag ihrer Ankunft getroffen hatte, aber in letzter Zeit schien nichts wirklich zu ihm zu passen. Er war nicht mehr der makellos gekleidete Sicherheitsbeauftragte, der in seiner Uniform einfach nur unverschämt gut aussah. Er war allerdings auch kein Rebell, dem alles egal war. »Kann ich dir eine Frage stellen?«

Callum lächelte. »Immer.«

»Was ist los mit dir?«

»Was meinst du?«

Kenzie holte tief Luft. »Du bist voller Gegensätze, Callum. Du gehörst der Luftkolonie an, magst jedoch das Wasser. Du hast alles und willst trotzdem weg von hier. Du bist verantwortungsvoll, rauchst aber dieses Zeug, was Alaric offensichtlich nicht gutheißt. Du verhältst dich meist ruhig und handelst gewissenhaft, dennoch kannst du dich manchmal nicht beherrschen. Und obwohl du alles daransetzt den Mörder zu finden und dieser Kolonie zu helfen, warst du selten so zufrieden und glücklich wie am Tag deiner Entlassung. Ganz davon abgesehen leidest du offensichtlich unter Schlafstörungen und das nicht erst seit den Morden. Und wider jede Vernunft hilfst du mir. Warum?«

Callum legte sich zurück auf das Glas, ohne ihr zu antworten. Den Blick gen Himmel gerichtet schwieg er.

»Willst du meine Frage ignorieren?«

»Nein, das ist es nicht.« Seine Stimme war kaum mehr als ein Flüstern und in seinen Worten lag eine altbekannte Reserviertheit. Und auf einmal begriff Kenzie, was ihn zurückhielt. Callum war es nicht gewohnt, über seine Probleme zu reden. Er verstand sich zu gut darauf, sie zu verstecken und seine Fassade aufrechtzuerhalten.

Kenzie war diese Situation erschreckend vertraut. Ihr war es ähnlich ergangen, als sie die Wahrheit über sich endlich akzeptiert hatte. Ihr eigenes Ich stand plötzlich gegen die Erwartungen der Kolonie und es hatte sie innerlich zerrissen, mit niemandem darüber sprechen zu können. Schließlich hatte sie sich Noël anvertraut und es war besser geworden, aber Callum hatte keine Freunde und auch keine Familie, der er sich öffnen konnte.

Kenzie legte sich neben ihn auf das Glasdach. »Ich kann keine Kinder bekommen.«

»Was?«

»Ich kann keine Kinder bekommen«, wiederholte sie. Sie fühlte sich bereit ihm ihr Geheimnis anzuvertrauen. »Das ist der

Grund, warum ich die Wasserkolonie verlassen habe. Dort gibt es ein Gesetz, das Frauen dazu verpflichtet, Kinder zu bekommen. Wer nichts zum Erhalt der Gesellschaft beiträgt, muss die Kolonie verlassen. Ich bin zu euch gekommen, um einer Verbannung zu entgehen. Es war riskant, aber meine einzige Chance.«

Callum wandte sich Kenzie zu. »Das tut mir leid.«

Sie zuckte mit den Schultern. »Jetzt bin ich hier und das ist alles, was zählt.«

»Das meinte ich nicht«, erwiderte Callum. »Ich könnte nicht dankbarer dafür sein, dass du bei mir bist, aber es tut mir leid, dass du keine Kinder bekommen kannst.«

»Auch damit habe ich mich schon vor langer Zeit abgefunden.« Kenzie lächelte. »Außerdem kann ich so immer und überall *schmutzige Dinge* mit dir treiben, ohne mir Sorgen machen zu müssen.«

Ein träges Lächeln erschien auf Callums Gesicht. »Ist das eine Aufforderung?«

»Vielleicht.«

Bevor Kenzie sich's versah, beugte sich Callum zu ihr und küsste sie. Trotz ihrer neckischen Worte wurde er dennoch nicht von Gier oder Verlangen getrieben. Ihre Münder begegneten einander zärtlich und Kenzie konnte die Kräuter auf Callums Lippen schmecken. Er legte ihr eine Hand auf die Taille. Sie konnte sich seiner Wärme nicht entziehen und reckte sich ihm entgegen. Beinahe wünschte sie sich, Callum würde ihrer Aufforderung nachkommen. Doch bevor es so weit kommen konnte, unterbrach er ihren Kuss.

»Was? Keine schmutzigen Dinge?«, fragte Kenzie und schob beleidigt die Unterlippe nach vorne.

Callum lachte und küsste ihren Hals. Ein Schauer lief ihr über den Rücken und sie dachte an die Kleideranprobe zurück und daran, wie Callum sie in den Nacken gebissen hatte.

»Ich meinte übrigens ernst, was ich vorhin gesagt habe.« Er tauchte wieder über ihr auf. Seine Lippen nur Millimeter von ihren entfernt. »Ich bin dankbar dafür, dass du hier bist. Vielleicht wäre mein Leben ohne dich einfacher, aber es wäre auch so viel unbedeutender. Mit dir kann ich ich selbst sein.«

»Wieso verstellst du dich vor den anderen?«

Der ernste Ausdruck kehrte auf Callums Gesicht zurück und er ließ von ihr ab. Er legte sich wieder neben sie auf das Glas, als wolle er nicht länger von ihr gesehen werden. Doch Kenzie brachte es nicht über sich, den Blick von ihm abzuwenden. »Ich glaube nicht, dass ich mich verstelle. Nicht direkt. Ich will allen gerecht werden und niemanden enttäuschen. Aber manchmal gebe ich anderen so viel von dem, was sie brauchen, dass ich nicht mehr weiß, was ich selbst will. Es verwirrt mich, bis ich nicht mehr aufhören kann zu denken, und das macht mich rastlos. Aber wenn du mich ansiehst…«, er wandte ihr das Gesicht zu, »dann habe ich das Gefühl, dass nichts, was ich tue, dich enttäuschen kann. Ich weiß nicht, was ich getan habe, um das zu verdienen, aber aus irgendeinem Grund siehst du in mir einen Helden.«

Kenzie wusste genau, was Callum getan hatte, um das zu verdienen. Sie beugte sich zu ihm und küsste ihn. Wie zuvor war es nur ein flüchtiger Kuss, aber er sagte mehr, als Worte es hätten tun können. Kenzie bettete ihren Kopf auf seine Brust und er legte einen Arm um sie. Gemeinsam lauschten sie dem Meer, bis die ersten Sonnenstrahlen den Himmel violett färbten und es für sie Zeit wurde, zu gehen.

Der Weg zurück zum Haus glich einem Spaziergang. Die ganze Zeit hielt Callum Kenzies Hand fest umschlossen und sie versteckten sich nicht länger vor den Wachen. Zwei Mal wurden sie angesprochen, doch es gab keinen offiziellen Zeitpunkt, zu dem die Sperrstunde aufgehoben wurde, und schließlich war der Morgen bereits angebrochen. Kenzie hatte die Kolonie seit Tagen nicht so friedlich erlebt wie in den letzten Stunden. Natürlich gab es Anzeichen für die Aufstände, die sich nicht ignorieren ließen, wie zerschlagene Fenster, die mit Folie überklebt waren, oder zerstörte Vorgärten, aber niemand brüllte herum und forderte die Abschiebung der Repräsentativen – was Kenzie ohnehin nicht verstehen konnte.

Im Vergleich zur Größe der Kolonie war ihre Anzahl verschwindend gering und schließlich waren nicht nur Repräsentative gekommen, sondern auch welche gegangen. Es waren in der Summe daher nicht mehr Einwohner geworden und dennoch waren die Neuankömmlinge plötzlich ein Dorn im Auge der Menschen. Diese waren vor allem von Neid angetrieben. Viele von ihnen litten das erste Mal in ihrem Leben an Hunger, während der Rat weiterhin alle anfallenden Kosten für die Repräsentativen übernahm. Kenzie wartete bereits auf den Tag, an dem Alaric beschloss diese Unterstützung einzustellen. Vermutlich wartete er auf die nächste Katastrophe und würde anschließend die Zahlungen kündigen, um die Einwohner so zu beschwichtigen.

Ruckartig blieb Callum stehen. »Hast du das Licht angelassen?«

Irritiert sah Kenzie auf und verstand erst nicht, was Callum meinte. Dann folgte sie seinem Blick zu seinem Haus, das nur noch wenige Meter von ihnen entfernt war. Licht schien aus allen Fenstern. Sie schüttelte den Kopf. »Ich bin dir sofort nachgegangen.«

»Verdammt«, fluchte Callum. Einen Moment wirkte es, als wollte er sich einfach umdrehen, doch er schien die gleiche Neugier wie sie zu verspüren und gemeinsam gingen sie auf das Haus zu.

Ein Teil von Kenzie malte sich fürchterliche Szenarien aus. Einen Mörder, der auf sie wartete. Einen Dieb, der ihnen alles genommen hatte. Rebellen, die alles zerstört hatten.

Doch welcher Mörder würde das Licht brennen lassen und sie damit vorwarnen? Was für Diebe würden es wagen, sich am Haus des ehemaligen Beauftragten der Sicherheit zu vergehen? Und welche Rebellen würden ihren Tatort so ordentlich verlassen? Denn das brennende Licht war das einzige Indiz dafür, dass etwas nicht stimmte. Es war nichts zu hören oder zu sehen und die Eingangstür war fest verschlossen, ohne jeglichen Hinweis auf ein gewaltsames Eindringen.

»Bleib hinter mir«, sagte Callum und übernahm die Führung, als sie das Grundstück betraten. Kenzie protestierte nicht und folgte ihm. Er zog den Schlüssel aus seiner Hosentasche und wollte die Tür gerade aufschließen, als diese aufgerissen wurde.

»Wo wart ihr?«, zischte eine zornige Stimme. Evie. Die Hände in die Hüften gestemmt funkelte sie Callum an. »Ist das dein Ernst? Du warst einmal Beauftragter der Sicherheit und jetzt kannst du dich nicht einmal mehr an eine Ausgangssperre halten? Was ist nur los mit dir? Hat Kenzie wirklich so einen schlechten Einfluss auf dich?« Trotz ihrer bitteren Worte galt ihre ganze Wut Callum und nicht Kenzie.

»Wie bist du hier reingekommen?«, fragte Callum und ignorierte, was sie gesagt hatte.

Evie seufzte und trat zur Seite, um sie in das Haus zu lassen. »Ich hatte noch den Ersatzschlüssel, den du mir gegeben hast, schon vergessen?«

Seinem Gesichtsausdruck nach zu urteilen hatte er das tatsächlich. »Du solltest ihn für Notfälle behalten.«

»Das hatte ich auch vor«, entgegnete Evie und rollte mit den Augen. Sie trug dieselbe Uniform wie die Wachen, die am Tag zuvor das Haus durchsucht hatten. Ihre Haare waren wie immer zu einem Zopf gebunden, doch er saß nicht mehr perfekt, was erahnen ließ, dass sie die Nacht über wach gewesen war und patrouilliert hatte.

Callum setzte zu einer Erwiderung an, als Stimmen, die von der Galerie kamen, ihn innehalten ließen. Sie waren gedämpft und Kenzie konnte die Worte nicht verstehen, aber das Murmeln war deutlich zu hören. Hatte Evie weitere Wachen ins Haus gelassen?

»Was ist hier los?«, fragte Kenzie.

»Das würde ich auch gerne wissen.« Callum verschränkte die Arme vor der Brust. Diese Geste hätte bedrohlich wirken können, zumal er Evie um mindestens zwanzig Zentimeter überragte, aber die zierliche Frau ließ sich davon nicht einschüchtern.

Sie straffte ihre Schultern. »Keine Ahnung. Wir dachten, Kenzie könnte uns das sagen.«

Das ungute Gefühl, das Kenzie begleitete, seit sie das Haus betreten hatte, verstärkte sich. Würde Evie ihr gleich Handschellen anlegen und sie abführen? »Wovon redest du?« Sie schluckte schwer. »Was–«

»Kenzie!«

Ihr stockte der Atem.

Sie kannte diese Stimme.

Sie wirbelte herum und erstarrte.

Ihr wurde schwindelig und ein dunkler Schatten raubte ihr für einen Moment die Sicht.

Das konnte nicht sein ...

Zweiundzwanzig

Kenzie blinzelte, aber die Gestalt, die nur eine Illusion sein konnte, wollte nicht verschwinden.

Er konnte nicht hier sein.

Unmöglich.

Er gehörte nicht in diese Kolonie.

Du auch nicht, flüsterte eine Stimme in ihrem Kopf, die wie seine klang. »Was …«, setzte Kenzie erneut an, aber der Rest des Satzes ging in einem Wimmern unter. Die Sehnsucht, die sie so lange zurückgehalten hatte, explodierte in ihrer Brust. Und bevor ihr Verstand bereit war zu begreifen, was hier vor sich ging, reagierte ihr Körper – doch Noël war längst bei ihr.

Er umarmte sie so stürmisch, dass ihre Füße den Kontakt zum Boden verloren, und sie konnte nicht anders, als sich an ihn zu klammern. Er war tatsächlich bei ihr, keine Fantasie und kein Wunschdenken. Und er roch wie in ihrer Erinnerung, nach Meer und Neopren.

Noël lachte leise. »Hey, wieso weinst du? Mach ich dich so unglücklich?«

»Wie kannst du mir das antun?«, flüsterte Kenzie.

»Ich kann gerne wieder gehen.«

»Nein!« Sie umarmte ihn noch fester. Er lachte erneut und

erst in diesem Moment begriff Kenzie, wie sehr ihr dieser Klang gefehlt hatte.

Sie wagte es kaum, Noël loszulassen. Er gab ihr einen Kuss auf die Stirn und zog dann die Augenbrauen zusammen. »Eigentlich hättest du keine Umarmung verdient. Was hast du dir dabei gedacht, einfach zu verschwinden?«

Kenzie biss sich auf die Lippe und hoffte inständig, dass er ihr verzeihen konnte. »Du weißt, warum ich es getan habe.«

»Du hättest mich warnen können.«

»Es war zu kurzfristig«, beteuerte Kenzie und das war zumindest die halbe Wahrheit. Hätte sie es Noël gesagt und die Chance ergriffen, sich von ihm zu verabschieden, wäre sie womöglich nie gegangen. »Wie bist du hierhergekommen?«

»Wollen wir uns nicht setzen, ehe wir diese Unterhaltung beginnen?« Kalif lehnte am Treppengeländer und musterte sie, ein träges Lächeln auf den Lippen. Kenzie hatte überhaupt nicht bemerkt, dass er die ganze Zeit direkt hinter Noël gestanden hatte.

»Das ist eine gute Idee«, stimmte Callum zu, die Arme noch immer vor der Brust verschränkt. »Und womöglich könnte mir jemand sagen, wer dieser Kerl ist, der sich offensichtlich an meinem Kleiderschrank vergriffen hat.«

Kenzie sah an Noël hinab. Er trug tatsächlich eines von Callums T-Shirts und eine Sporthose. Jemand anderem wäre wahrscheinlich gar nicht aufgefallen, dass sie nicht Noël selbst gehörten, denn seine Statur ähnelte der von Callum so sehr, dass die Sachen perfekt passten.

»Ich bin Noël.« Er streckte Callum die Hand entgegen.

Überrascht zog dieser die Augenbrauen nach oben und sah fragend zu Kenzie. Sie nickte zur Bestätigung. »Callum.« Er schüttelte Noëls Hand und blickte in die Runde.

Kurze Zeit später erfüllte der süße Duft von Früchtetee die Luft und sie alle hatten es sich gemütlich gemacht. Während Evie und Kalif auf den Sesseln Platz genommen hatten, saß Kenzie auf der Couch zwischen Callum und Noël. Sie konnte einfach nicht aufhören ihn anzustarren. »Also, wie hast du mich gefunden?«

»Es war nicht allzu schwer«, sagte Noël und nippte an seinem Tee. »Nachdem ich erfahren habe, dass du die Kolonie verlassen hast, bin ich in Greys Büro eingebrochen und habe sein Tablet gestohlen, um herauszufinden, wohin das U-Boot euch gebracht hat. Drei Tage später bekamen wir eine Lieferung von einer der Industrieinseln und die Männer haben mich mitgenommen.«

»Einfach so?«, fragte Kenzie skeptisch. Sie konnte sich nicht vorstellen, dass Noëls Reise so reibungslos abgelaufen war, wie er es sie glauben machen wollte. Die Kolonien und Industrieinseln waren in der Regel sehr distanziert zueinander und abgesehen von den Repräsentativen und Arbeitern gab es keinen Austausch.

»Na ja, sie wussten nichts davon.« Noël grinste. »Ich habe mich ihnen erst zu erkennen gegeben, als wir bereits einige Stunden unterwegs waren. Und von der Insel aus habe ich mich dann weiter durchgeschlagen, bis zu einer Öl-Plattform, die sieben Kilometer nördlich von hier liegt, und dann bin ich hierhergeschwommen.«

»Du bist bei Nacht im eiskalten Wasser sieben Kilometer geschwommen?«, fragte Callum.

Noël nickte. »Ich habe mir mehr Sorgen darum gemacht, was die Sonne bei Tag mit meinem Kopf anstellt als die Kälte nachts mit meinem Körper. Außerdem habe ich einen Neopren-Anzug getragen, der die schlimmste Kälte abgedämmt hat.«

»Lügner«, murmelte Kalif. »Er war blau, als ich ihn aus dem Wasser gezogen habe.«

»Wie habt ihr ihn überhaupt gefunden?« Callum schob den Arm über die Lehne des Sofas und streichelte mit seinen Fingern sanft über Kenzies Schulter.

»Kalif und ich haben in der Nähe der Klippe patrouilliert«, erklärte Evie. Ihr Blick folgte Callums Geste und Missbilligung spiegelte sich in ihren Augen wider. »Ich habe keine Ahnung, wie Kalif ihn in der Dunkelheit überhaupt bemerkt hat. Wir dachten, er sei tot, bis Kalif die Klippe hinuntergestiegen ist, um ihn hochzuholen. Zuerst wollten wir ihn an Jaen übergeben, aber als er angefangen hat uns nach Kenzie zu fragen, haben wir uns anders entschieden.«

»Danke«, sagte Kenzie. Sie wollte überhaupt nicht daran denken, was womöglich mit Noël passiert wäre, hätte Alarics Handlanger ihn zuerst in die Finger bekommen. Evies Entscheidung, ihn zu ihr zu bringen, zeugte von großer Loyalität Callum gegenüber.

»Die Frage ist nur, was wir jetzt mit ihm machen«, sagte Kalif. Über den Rand seiner Tasse hinweg musterte er Noëls blasse Erscheinung. »Wenn die Leute von ihm erfahren, werden sie ihn mit Heugabeln und Fackeln über die Klippe treiben.«

Irritiert sah Noël Kenzie an, aber er würde noch früh genug von den Problemen der Kolonie erfahren. »Wir müssen ihn verstecken, bis die Sache vorbei ist.«

»Das könnte noch lange dauern«, sagte Callum.

»Er kann unmöglich bei euch bleiben«, sagte Evie. »Sollte herauskommen, dass Callum noch einem zweiten Flüchtling Unterschlupf gewährt, kann auch sein früherer Status ihn nicht mehr vor der Verbannung retten.«

Callum schürzte die Lippen. »Und was schlägst du vor?«

Evie zögerte. »Es ist nicht das, was ihr wollt, aber es wäre wohl das Beste, wenn Noël zurück zur Öl-Plattform schwimmt. Dort läuft er nicht Gefahr, entdeckt zu werden, und kann zurückkommen, wenn alles überstanden ist.«

»Auf keinen Fall«, sagte Kenzie. Es war egoistisch von ihr, das zu sagen, aber sie würde Noël unter keinen Umständen wieder gehen lassen. Ihn noch einmal zu verlieren und nicht zu wissen, wie es ihm ging, würde sie nicht ertragen.

»Kenzie hat Recht. Ich werde nicht auf die Plattform zurückgehen. Ich bin hierhergekommen, um bei ihr und meiner Schwester zu sein, und das ... Was ist los?« Noël starrte Kenzie an und eine Woge der Trauer, wie Kenzie sie seit Tagen nicht mehr verspürt hatte, erfasste sie. Ihre Freude darüber, Noël wiederzusehen, hatte sie so vereinnahmt, dass sie das, was Nilam zugestoßen war, verdrängt hatte.

»Noël.« Ihre Stimme war nur ein Krächzen. »Ich ... Ich muss dir etwas sagen.«

Er lachte nervös. »Kenzie, was ist los?«

Sie holte tief Luft, aber ihre Kehle war wie zugeschnürt von den Tränen, die in ihr aufstiegen. Einen Moment zog sie in Betracht, Noël mit der Wahrheit zu verschonen, nur für ein paar Stunden, um ihm die Freude über ihr Wiedersehen nicht zu nehmen. Doch auch wenn ihre Freundschaft viel überstehen konnte, war sich Kenzie nicht sicher, ob sie einer solchen Lüge gewachsen war.

Sie seufzte und blinzelte, um die Tränen zu vertreiben. Sie musste stark sein. Ihre Zeit der Trauer war vorüber. Sie musste für Noël da sein. Doch sie wusste nicht, wie sie ihm offenbaren sollte, dass seine Schwester tot war.

Eine Hand legte sich auf Kenzies Knie und sie sah zu Callum auf. Eine stumme Frage lag in seinem Blick: *Soll ich das übernehmen?*

Sie schüttelte den Kopf.

Sie wandte sich wieder Noël zu und griff nach seinen Händen. Sie waren rauer als früher und seine Haut war noch immer kalt von den Stunden, die er im Meer verbracht hatte. »Nilam ist… Sie ist nicht mehr am Leben.«

Noël runzelte die Stirn. »Was… Was meinst du… Was meinst du damit?«, stotterte er mit einem verunsicherten Lachen, aber er kannte die Antwort bereits. Kenzie konnte es in seinen Augen sehen. Dort, wo sich vor einem Moment noch Verwirrung gespiegelt hatte, herrschte jetzt nur noch von Verzweiflung durchzogene Dunkelheit.

»Es tut mir leid«, flüsterte Kenzie mit gebrochener Stimme.

»Was ist mit ihr passiert?«

»Spielt das eine Rolle?«, antwortete Kenzie ausweichend. Sie wollte Noël nicht mit den Details belasten. Er würde noch früh genug erfahren, dass Nilam Opfer einer grausamen Tat geworden und ihr Mörder noch auf freiem Fuß war.

Noël schüttelte den Kopf und wandte sich von Kenzie ab. Seine Lippen bebten und Tränen glänzten in seinen Augen. Er hatte die Hände zu Fäusten geballt und Kenzie konnte förmlich spüren, wie er sich dabei selbst Schmerzen zufügte, um die Kontrolle nicht zu verlieren. Er hatte so viel geopfert, um bei seiner Schwester zu sein, und hatte den Rest seiner Familie zurückgelassen, nur um von ihrem Tod zu erfahren.

Kenzies ganze Aufmerksamkeit lag auf Noël, so dass sie nur am Rande bemerkte, wie Evie und Kalif von ihren Plätzen aufstanden. Sie mussten an ihren Posten zurückkehren, bevor die

Ablösung ihr Fehlen bemerkte. Evie ging zur Tür, ohne sich von Kenzie zu verabschieden, aber Kalif blieb vor ihr stehen. »Wenn ihr alles geklärt habt, kannst du ihn zu mir bringen. Er kann sich bei mir verstecken.«

Dreiundzwanzig

Callum hatte Noël sein Bett auf der Galerie überlassen. Er war erschöpft von der Reise und der Trauer, die ihn schließlich überwältigt hatte. Seine Tränen hatten ihn nach Luft ringen lassen und es hatte Kenzie das Herz gebrochen, Noël wimmernd und schluchzend auf der Couch liegen zu sehen. Sie hatte ihn bisher nur einmal so verletzlich erlebt: an dem Tag, an dem sie ihm gestanden hatte, dass sie womöglich verbannt werden würde. Doch die Situation von damals war nicht annähernd mit dem Verlust seiner Schwester zu vergleichen.

Schließlich hatte sich Noël so weit beruhigt, dass Kenzie ihn dazu hatte ermutigen können, etwas zu essen, ehe sie ihn ins Bett gebracht hatte. Kraftlos war er auf die Matratze gesunken und sofort eingeschlafen.

Von diesem Augenblick an gab es nichts mehr, was Kenzie für ihn hätte tun können, dennoch wich sie nicht von seiner Seite. Sie lag neben ihm und wachte über ihn. Dabei wurde sie immer wieder von dem Drang überwältigt, ihn zu berühren, nur um sicherzustellen, dass er auch wirklich hier war.

Während Noël schlief, konnte Kenzie hören, wie Callum im Erdgeschoss ihre Ermittlungen fortführte und die Unterlagen verglich, die Kalif ihnen gegeben hatte. Immer wieder kam Callum zu ihnen auf die Galerie, um nach dem Rechten zu sehen, und Kenzie fragte sich, wie die nächsten Stunden zwischen ihnen verlaufen wären, wäre Noël nicht aufgetaucht. Sie musste an das denken, was Callum auf dem Dach des Würfels zu ihr gesagt hatte und wie er sie geküsst hatte, so zärtlich und voller Liebe.

»Wie habt ihr euch kennengelernt?«, fragte Noël unerwartet mit verschlafener Stimme und gähnte. Er musterte Kenzie mit seinen von Tränen geröteten Augen.

Sie lächelte. »Meinst du unser offizielles oder unser inoffizielles Kennenlernen?«

Noël richtete sich auf und lehnte sich in seinen Berg an Kissen. »Beides.«

»Inoffiziell war er der Erste, den ich in dieser Kolonie kennengelernt habe. Er hat die Sachen der Repräsentativen ausgeladen und mir geholfen in die Kolonie hochzuklettern. Zu dem Zeitpunkt dachte ich, er wäre irgendein Arbeiter.«

»Und das ist er nicht?«

»Nein, er ist... Er *war* Beauftragter der Sicherheit, was zu unserem offiziellen Kennenlernen geführt hat, als er mich das erste Mal verhaftet hat.«

»Das erste Mal?« Noël zog eine Braue nach oben. »Es gab ein zweites Mal?«

Kenzie nickte und wieder verspürte sie diese Enge in ihrem Hals, die sie davor bewahren wollte weiterzusprechen. Doch früher oder später würde Noël die Wahrheit erfahren müssen. »Ich war diejenige, die Nilam gefunden hat.«

Noël erstarrte.

»Sie ist keinen natürlichen Tod gestorben und es war auch kein Unfall«, erklärte Kenzie weiter. »Sie wurde ermordet. Callum hatte die Aufgabe, mich zu befragen, und ich wurde von Alaric, dem Ranghöchsten der Kolonie, wegen Mordes angeklagt.«

Noël öffnete den Mund und schloss ihn wieder. Fassungslos starrte er sie an. »Wie kam er auf diese schwachsinnige Idee?«

Kenzie unterdrückte ein Lächeln, das nicht angebracht gewesen wäre, aber es bedeutete ihr viel, dass Noël keine Sekunde an ihrer Unschuld zweifelte, und es gab ihr den Mut, ihm alles zu erzählen.

Sie berichtete von ihrer ersten Festnahme, von Nilams Tod, der Skepsis der Leute und davon, welche Rolle Callum seitdem in ihrem Leben spielte. Sie erzählte ihm auch von den anderen Opfern, den Diebstählen, den neuen Regelungen und ihren eigenen Ermittlungen.

Kenzie redete über eine Stunde, bis ihr Hals trocken und ihre Kehle rau waren. Und ihr einmal mehr bewusst wurde, wie viel in den letzten Tagen wirklich passiert war.

»Verdammt«, fluchte Noël. Die Trauer war noch nicht aus seinen Augen verschwunden, aber nun spiegelten sich auch Fassungslosigkeit, Wut und Entschlossenheit in seinem Blick. »Ich dachte immer, unsere Kolonie wäre das Letzte, aber das hier?« Er schüttelte den Kopf. »Ich verstehe die Leute nicht. Wieso machen sie sich das Leben gegenseitig schwer? Es ist niemandem damit geholfen, wenn die Gebäude zerstört werden.«

»Die Leute haben Angst«, sagte Kenzie. Es war die beste Antwort, die sie ihm zu diesem Zeitpunkt geben konnte. Es hatte eine ganze Weile gedauert, bis sie selbst die Gefühle der Einwohner verstanden hatte. Und auch wenn sie längst nicht mehr so naiv und gutgläubig war wie am Tag ihrer Ankunft, fiel es ihr noch immer schwer zu begreifen, was in dieser Kolonie vor sich ging.

Noël und sie redeten noch eine ganze Weile. Er stellte ihr Dutzende von Fragen zur Kolonie, deren Einwohner und ihrem Lebensstil, der ihn sichtlich verwirrte. Erst am Abend unterbrach Callum ihr Gespräch, denn sie mussten Noël vor Einbruch der Nacht zu Kalif bringen.

Zwar würde die Ausgangssperre erst in wenigen Stunden in Kraft treten, aber die ersten Einwohner verbarrikadierten sich bereits jetzt in ihren Häusern. Callum packte für Noël eine Tasche mit ein paar Shirts und Hosen, ehe sie sich auf den Weg machten.

Kalif lebte in einem ärmeren Viertel in der ersten Ebene. Die letzten Renovierungen mussten in diesem Stadtteil schon mehrere Jahrzehnte zurückliegen. Denn während die Häuser in anderen Vierteln bunt leuchteten, waren die Farben hier verblasst und ließen nur noch erahnen, wie es einst gewesen sein musste.

»Wieso starren uns die Leute so an?«, fragte Noël und stieg über eine Glasscherbe hinweg. Vier Meter über ihnen hatte jemand ein Fenster zerschmettert und der Gestank von verbranntem Plastik schwängerte die Luft.

»Kenzie ist eine Verbrecherin, ich ein Verräter und du ... du bist jung, blond und blauäugig. Sie denken, du gehörst zu den Repräsentativen«, antwortete Callum. Er führte sie in eine Gasse, die noch heruntergekommener war als die vorherige. Erde verdreckte den Boden und überall lagen herausgerissene Blumen und Sträucher. Jemand hatte mit Kreide eine Hausmauer beschmiert: *Holt sie, nicht uns.*

Callum grunzte. »Vermutlich können wir froh sein, dass Lebensmittel so teuer sind, anderenfalls würden sie uns womöglich mit Tomaten bewerfen.«

Es sollte ein Witz sein, aber Kenzie konnte darüber nicht lachen. Sie schlang die Arme um ihren Oberkörper, denn sie fröstelte trotz der Hitze. Mittlerweile verstand sie, weshalb sich die Leute bereits vor der Ausgangssperre verschanzten. Es fühlte sich nicht sicher an, auf offener Straße zu sein, denn auch wenn Callum scherzte, erschien Kenzie ein Angriff aus dem Hinterhalt nicht mehr unmöglich. Wut, Frustration und Trauer hatten sich in dem Würfel angestaut und Alaric und der Rat kamen den Forderungen der Einwohner bisher nicht nach. Was also würde mit Kenzie und den Repräsentativen geschehen, wenn sich die Leute dazu entschieden, selbst Hand anzulegen, um das Problem zu beseitigen?

Das Haus, in dem Kalif lebte, war schäbig. Die Fassade musste einst von einem leuchtenden Rot gewesen sein, doch es war nur noch ein Schatten von Rosa übrig und Putz bröckelte von den Wänden. Ein Fenster im Erdgeschoss war eingeschlagen worden und eine Frau spähte bei ihrer Ankunft neugierig heraus. Kalif stand am Eingang und wartete auf sie. Es gab keine Tür, die das Haus absicherte, weshalb der Hausflur ähnlich wie die Straße voller Dreck war.

»Meine drei Lieblingsverbrecher«, sagte Kalif zur Begrüßung mit dem für ihn typischen Grinsen und führte sie zu seiner Wohnung im zweiten Stock. Zumindest diese besaß eine Tür und ein Schloss, das erst entriegelt werden musste.

Kenzie war sich immer bewusst gewesen, dass ihr durch Callums Position im Rat ein gewisser Luxus zuteilwurde, den andere Leute nicht genossen, aber sie hatte nicht damit gerechnet, wie groß der Unterschied sein würde. Im Vergleich zu Callums Haus war Kalifs Wohnung ein Rattenloch. Sie bestand aus nur einem Zimmer, das kaum genug Platz für eine Küche, ein Bett und einen kleinen Tisch bot, an den mit viel Fantasie vier Leute passten. Und Kalifs Badezimmer war nicht mehr als eine Dusche und eine Toilette, die hinter einem Wandschirm versteckt waren. Die einzige Lichtquelle war ein schmales Fenster, das jedoch nach Norden ausgerichtet war und um diese Uhrzeit kaum mehr Licht brachte.

»Ich habe nur ein Bett, das wir uns teilen müssen. Ich hoffe, du kuschelst gerne«, sagte Kalif und sein Grinsen wurde schief. »Ich dachte eigentlich, du hättest nachts deine Ruhe, wenn ich auf Patrouille bin, aber leider haben sich die Dinge geändert.«

»Was soll das heißen?«, fragte Kenzie. Sie war im Raum stehen geblieben, unsicher, ob sie sich auf einen der wackeligen Stühle setzen sollte.

Kalifs Lächeln verschwand. »Evie und ich wurden entlassen.«

»Was?«, bellte Callum. Der Laut ließ alle zusammenzucken. »Wieso?«

»Sie haben bemerkt, dass wir unseren Posten an der Klippe verlassen haben«, sagte Kalif und ließ sich auf sein Bett fallen. »Eine Gruppe Männer und Frauen sind in das Lager nebenan eingebrochen, für das wir verantwortlich waren, und haben eine ganze Menge mitgehen lassen.«

Ein finsterer Ausdruck, der Kenzie bereits vertraut war, legte sich auf Callums Gesicht. Er verschränkte die Hände hinter dem Kopf, als müsste er sich davon abhalten, mit der bloßen Faust gegen die Wand zu schlagen.

Noël setzte sich neben Kalif an den Tisch. »Das alles ist meine Schuld.«

»Nein, ist es nicht. Diese Kolonie ist kaputt.«

Dem konnte Kenzie nur zustimmen, aber es war ein ganz anderer Gedanke, der ihr Sorgen bereitete. »Was machen wir jetzt? Ohne Evie und dich haben wir keine Chance, an die Informationen zu kommen, die wir brauchen.«

Kalif senkte seinen Blick. »Es tut mir leid. Das hätte nicht passieren dürfen.« Ehrliches Bedauern schwang in seiner Stimme mit.

»Du kannst nichts dafür«, sagte Callum und atmete hörbar aus. »Diese Leute sind verzweifelt. Wärt ihr dort gewesen, hätten sie euch womöglich bewusstlos geschlagen. Eure Entlassung macht die Sache nicht leichter, aber ich kenne noch ein paar Leute in der Sicherheit.«

»Wen?«, fragte Kalif neugierig.

»Juliano ist mir noch einen Gefallen–«

»Juliano ist nicht mehr bei der Sicherheit«, unterbracht Kalif ihn. »Er wurde letzte Woche entlassen, weil er Jaens Anweisungen in Frage gestellt hat.«

Callum schürzte die Lippen. »Was ist mit Tyler?«

»Ebenfalls nicht mehr dabei.«

»Blanco?«

Kalif schüttelte den Kopf.

»Was ist mit Yasmin aus der Buchhaltung?«

»Sie wurde auch ersetzt.«

Callum nannte Kalif noch weitere Namen, aber er verneinte bei jedem einzelnen und Callums Blick verfinsterte sich zusehends. »Ist überhaupt noch jemand aus meiner Zeit als Beauftragter übrig?«

Kalif zögerte, dann schüttelte er abermals den Kopf. »Ich glaube nicht.«

»Ich werde Alaric umbringen!« Nervös tigerte Callum durch den Raum, die Hände zu Fäusten geballt. »Ich werde ihn *wirklich* umbringen. Er hat all diese Leute auf die Straße gesetzt, um meine Verbindungen zur Sicherheit zu kappen.«

Im Vorbeigehen griff Kenzie nach Callums Hand. Er stoppte in der Bewegung und sah sie an. Die Hoffnungslosigkeit in seinen Augen erschreckte Kenzie, aber sie war noch nicht bereit aufzugeben. Diese Kolonie war ihr neues Zuhause und sie hatte nicht all diese Strapazen auf sich genommen, nur um ein schlechtes Leben zu führen. Und sie war dem Tod und der Verbannung inzwischen zu oft entkommen, als dass sie darin noch eine Bedrohung sah. »Wir werden einen Weg finden, unsere Ermittlungen fortzuführen«, sagte sie entschlossen. »Und wenn es sein muss, werden wir ins Quartier der Sicherheit einbrechen, um an die Informationen zu kommen, die wir brauchen.«

Callum musterte Kenzie eindringlich, als wäre er nicht sicher, ob sie es ernst meinte. »Du hast Recht. Es ist zu viel passiert und wir haben zu viel erreicht, um aufzugeben und uns Alarics Machtspiel zu beugen.« Er sah zu Kalif. »Kannst du mir eine Liste der Leute besorgen, die für die Sicherheit arbeiten?«

»Ich werde mein Bestes geben«, versicherte ihm Kalif.

Kenzie und Callum verabschiedeten sich von Noël und ihm, um rechtzeitig zur Ausgangssperre wieder in der zweiten Ebene zu sein. »Hältst du es für eine gute Idee, Kalif noch tiefer in die Sache hineinzuziehen?«, fragte Kenzie, nachdem sie das Haus ohne Eingangstür verlassen hatten. »Wenn Jaen und seine Männer ihm auf die Schliche kommen, finden sie Noël.«

»Es ist nur eine Liste und sie ist nicht einmal viel wert«, erwiderte Callum. Er lächelte sie aufmunternd an und griff nach ihrer Hand, wie in der Nacht zuvor während ihres Spaziergangs.

»Wenn sie Kalif erwischen, bekommt er eine Abmahnung und das war's. Jaen hat größere Probleme.«

Bevor Kenzie fragen konnte, was Callum mit dieser *wertlosen* Liste überhaupt anfangen wollte, ertönte das vertraute Knacken und Knistern der Lautsprecher, gefolgt von einer Durchsage.

»In den frühen Morgenstunden kam es erneut zu Diebstählen in den Lagern und auf den Feldern«, erklärte Alaric. »Die Kolonie wurde von einer Gruppe von geschätzt fünfundzwanzig Männern und Frauen bestohlen. Vier der Täter konnten festgenommen werden, verweigern jedoch die Aussage. Ein solches Verhalten kann der Rat nicht unbestraft lassen. Mit dem morgigen Tag werden diese Männer aus der Kolonie verbannt und auf das Festland gebracht.«

»Ist das sein Ernst?«, fragte Kenzie. »Er will diese Männer wegen etwas Korn und Gemüse verbannen?«

»Sie haben auch gegen die Ausgangssperre verstoßen«, sagte Callum. »Nicht dass es eine Verbannung rechtfertigen würde, aber vermutlich glaubt Alaric andere abzuschrecken, wenn er nur hart genug durchgreift.«

»Doch leider sind nicht nur diese vier Männer von den Folgen ihrer Tat betroffen«, fuhr Alaric unterdessen fort. Seine Stimme, die einen Moment zuvor noch siegessicher gewirkt hatte, bekam jetzt einen traurigen Beiklang. »Auf Grund der immer knapper werdenden Lebensmittel sieht sich der Rat gezwungen sie zu rationieren, um die Versorgung der Kolonie langfristig zu sichern. Ab sofort sind Lebensmittel nicht mehr frei verkäuflich, sondern werden nur bei Vorlage einer Essensmarke ausgegeben. Diese Marken gibt es gegen Gebühr am Rathaus zu erwerben.«

Alaric sprach noch weiter, aber das geisterhafte Schweigen,

das sich während seiner Rede über die Kolonie gelegt hatte, wurde auf einmal durchbrochen. Schreie und Rufe erhoben sich und wurden lauter und lauter.

Kenzies Blick glitt zu Callum und in diesem Moment wusste sie es: Alaric hatte einen großen Fehler begangen.

Seit ihrer Ankunft in der Kolonie war es Kenzie gewöhnt, im Mittelpunkt der Aufmerksamkeit zu stehen, aber in diesem Augenblick interessierte sich niemand für sie. Alarics Ankündigung hatte eine Wut und Panik ausgelöst, wie Kenzie sie noch nie erlebt hatte.

Callum und sie hatten gehofft, die zweite Ebene zu erreichen, bevor die Tumulte losgingen, doch sie hatten die Situation falsch eingeschätzt und nun war es zu spät, um umzukehren.

Innerhalb weniger Minuten waren die Proteste zu einer Welle der Frustration herangewachsen. Leute brüllten, pfiffen und riefen Parolen, die jenen glichen, die sie schon zuvor an Hauswände geschmiert hatten. Ungeachtet ihrer Angst waren die Menschen nun auf der Straße. Sie schlugen auf Laternen ein und holten die Lautsprecher von den Masten, bis sie auf dem Boden zerschellten. Der größte Teil der Einwohner allerdings drängte sich in den schmalen Gassen Richtung Transporter oder kletterte die Leitern empor auf die zweite Ebene.

Mit ausgefahrenen Ellenbogen kämpften sie sich ihren Weg durch die Massen. Körper stießen gegeneinander, Schmerzensschreie ertönten und mehrfach konnte Kenzie beobachten, wie Leute, die nicht schnell genug waren, vom Strom mitgerissen wurden und hinfielen. Nur wenige waren bereit diesen Menschen zu helfen. Die meisten waren zu sehr darauf fixiert, sich selbst zu retten.

Kenzie und Callum versuchten der Menschenflut zu entkommen, doch sie waren im Chaos gefangen.

»Pass doch auf«, fauchte eine Frau, die sich an ihnen vorbeidrängte. Sie bedachte Kenzie mit einem finsteren Blick.

Kenzie ließ sich von Callum weiterziehen und entdeckte unter ihren Füßen Blutspritzer, diese waren allerdings nur halb so bedenklich wie der Gestank nach Rauch, der ihr in die Nase stieg und ihre Augen reizte. Irgendwo brannte es und ein schrilles Piepsen warnte die Einwohner vor dem Feuer.

Callum hustete. Er blieb stehen und stellte sich auf die Zehenspitzen, um über die Köpfe der Leute hinwegzusehen. Offensichtlich entdeckte er, wonach er Ausschau gehalten hatte, denn seine Miene hellte sich auf. Er führte Kenzie quer durch den Menschenstrom auf die andere Straßenseite. Vor einem demolierten Fenster blieb er stehen und zögerte kurz. Dann zog er sein T-Shirt aus und wickelte es um seinen Unterarm, um ihn vor dem zersplitterten Glas zu schützen. Er griff durch das Loch hindurch und öffnete das Fenster. »Steig ein!«

Kenzie stellte seine Anweisung nicht in Frage und kletterte in das fremde Haus. Es ähnelte Kalifs Wohnung. Doch hier war etwas mehr Platz und das Mobiliar wirkte moderner. Callum stieg hinter Kenzie durch das Fenster. Er schüttelte sein T-Shirt aus und zog es wieder an. »Lass uns hierbleiben, bis das Schlimmste überstanden ist.«

Den Rücken an die Wand gelehnt setzten sie sich auf den Boden, so dass sich ihre Arme und Beine berührten.

»Wieso macht Alaric so etwas?«, fragte Kenzie und sah sich in dem Raum um. Sie rechnete damit, dass die Besitzer des Hauses sie jede Minute wutentbrannt zur Rede stellen würden, aber nichts dergleichen geschah. Vermutlich waren sie mit all den anderen auf der Straße, um ihrer Empörung Ausdruck zu verleihen, oder sie waren auf dem Weg zum Rathaus, um dort Essensmarken zu kaufen.

»Ich weiß es nicht«, antwortete Callum. Seine Finger spielten nervös mit einem Faden, der sich aus dem Vorhang gelöst hatte.

»Er hätte doch wissen müssen, wie empfindlich die Leute auf eine solche Einschränkung reagieren.« Kenzie war neu in dieser Kolonie, aber selbst sie hatte inzwischen verstanden, dass sich die meisten Einwohner mehr um ihre Verpflegung sorgten als um die Morde, und ein Teil von ihr konnte das verstehen. Die Morde betrafen nur die Opfer und deren Familien, wohingegen ein Mangel an Nahrung für sie alle ein Problem war.

»Vermutlich war er in dem Irrglauben, die Leute würden sich besser fühlen, wenn es gewisse Regeln und Ordnung gibt«, spekulierte Callum. »Oder er macht sich wirklich Sorgen, es könnte zu einem Engpass kommen.«

»Vielleicht«, stimmte Kenzie zu. Alaric tat nichts ohne einen Grund. Er wollte von den Einwohnern geliebt und bewundert werden und all die Entscheidungen, die er in der Vergangenheit getroffen hatte, waren der Kolonie auf die eine oder andere Weise zugutegekommen, egal wie Kenzie persönlich darüber dachte. Und womöglich war diese Entscheidung einfach notwendig, um das Fortbestehen der Kolonie zu sichern.

»Mach dir nicht so viele Gedanken. Ich bin mir sicher, die Lage wird sich beruhigen, sobald die Leute ihre ersten Essensmarken haben und das neue System verstehen«, sagte Callum. Er nahm ihre Hand und verflocht ihre Finger miteinander. Kenzie war dankbar dies alles nicht allein durchstehen zu müssen. Ohne darüber nachzudenken, legte sie den Kopf auf seine Schulter und gab sich diesem Gefühl der Sicherheit hin, während vor dem Fenster die Hölle tobte.

Die Straßen leerten sich mit dem Anbruch der Sperrstunde. Einige rebellischere Einwohner blieben jedoch im Freien zurück, bis sie schließlich von den Wachen zurück in ihre Häuser eskortiert wurden.

Nachdem Callum und Kenzie die Sicherheit der fremden Wohnung verlassen hatten, wurden sie ebenfalls von einer uniformierten Frau abgefangen. Kenzie fühlte sich in der Gegenwart der Wache wie eine Gefangene, noch mehr schien sich jedoch Callum an ihrer Anwesenheit zu stören.

Er sagte nichts, aber Kenzie konnte ihm ansehen, wie sehr es ihm missfiel, so von den Wachen behandelt zu werden. Bis vor wenigen Tagen hatten diese Leute unter ihm gedient und nun war er für sie ein namenloser Bürger, der bis zu seiner Haustür begleitet werden musste.

Vor dem Haus verabschiedete sich Callum mit einem aufgesetzten Lächeln von der Frau und Kenzie tat es ihm gleich. Erleichtert ließen sie die Tür hinter sich zufallen und Kenzie machte es sich umgehend auf der Couch bequem. Obwohl sie eigentlich nur noch ins Bett wollte, griff sie nach dem Tablet, das auf dem Tisch lag, und öffnete die Tabellen, an denen Callum den ganzen Tag gearbeitet hatte. Sie verglichen die Einsatzpläne und Protokolle der Mordermittlungen miteinander. »Ist dir etwas Verdächtiges aufgefallen?«

Callum schüttelte den Kopf. »Aber bei der Masse an neuen Wachen wundert es mich, dass der Rat überhaupt noch über genug Geld verfügt, sie alle zu bezahlen.«

»Suchen sie noch immer neue Mitarbeiter?«

»Wahrscheinlich. In Anbetracht der heutigen Ereignisse und nachdem Evie und Kalif gekündigt wurden, benötigen sie neue Leute, um ihre Posten zu füllen.«

Neue Leute.

Bei diesen Worten formte sich plötzlich eine Idee in Kenzies Kopf, die gleichermaßen genial und verrückt war. »Callum? Wie werden Einwohner in eurer Kolonie erfasst?«

»Wie meinst du das?«

»Na ja, wenn jemand Neues in die Kolonie kommt, wie beispielsweise ein Repräsentativer, wie vermerkt ihr das?«

»Sie erhalten einen Eintrag im System. Bei Neugeborenen werden diese Einträge im Krankenhaus vorgenommen. Änderungen im Profil und die Repräsentativen werden im Rathaus oder im Quartier der Sicherheit erfasst.« Callum runzelte die Stirn. »Wieso?«

»Ich habe eine Idee.«

»Eine Idee?« Er schmunzelte.

»Wir brauchen doch eine neue Kontaktperson in der Sicherheit, der wir vertrauen können.«

»Ja?« Erwartungsvoll zog Callum das Wort in die Länge.

»Und wir haben Noël, den hier niemand kennt und den niemand mit uns in Verbindung bringen kann.«

Callum zog eine Braue in die Höhe. »Schlägst du das vor, was ich glaube?«

»Ob ich vorschlage, dass wir Noël ins System einschmuggeln, damit er sich anschließend bei der Sicherheit bewerben kann, um uns mit Informationen zu versorgen? Ja, genau das schlage ich vor.«

»Sie werden ihn verbannen, wenn sie es herausfinden.«

»Ich weiß ...« Der Plan war nicht nur verrückt, sondern auch gefährlich, und sie sollte Noël nicht in die Sache mit hineinziehen. Er hatte schon genug riskiert, um hierherzukommen, aber hatten sie einander nicht schon immer gerne in Schwierigkeiten gebracht?

»Wir können ihn zumindest fragen«, sagte Callum mit einem feinen Lächeln auf den Lippen, das keinen Zweifel daran ließ, wie er über diesen Vorschlag dachte. »Aber es ist dein Plan und er ist dein Freund. Die Entscheidung liegt bei dir.«

Kenzie ließ ihren Kopf in den Nacken fallen und starrte an die Decke, unsicher, was sie tun sollte. Die Vorteile davon, Noël in die Sicherheit einzuschleusen, waren nicht von der Hand zu weisen, aber konnte sie mit dem Wissen leben, dass er verbannt würde, wenn man ihn entlarvte? Sie wäre indirekt verantwortlich für seinen Tod, andererseits hatte er in dieser Kolonie ohnehin keine Zukunft, wenn sie nicht bald etwas unternahmen und Callum zurück in den Rat brachten.

Ein Klopfen riss Kenzie aus ihren Gedanken. Es kam jedoch nicht aus Richtung der Haustür, sondern von der Fensterfront. Kenzie erkannte die schattenhafte Gestalt nicht, die vor dem Glas stand, aber auf Callums Gesicht zeichnete sich ein Ausdruck der Verwunderung ab.

»Wer ist das?«, fragte Kenzie.

Statt zu antworten, öffnete Callum eines der bodentiefen Fenster und Virgil trat ein. Der Beauftragte der Beseitigung hatte seinen Kittel abgelegt und war stattdessen komplett in Schwarz gekleidet.

Kenzie hatte Virgil noch nie so gesehen, aber es war nicht seine dunkle Kleidung, die sie beunruhigte, sondern der entschlossene Ausdruck in seinen Augen.

»Was willst du hier?«, fragte Callum.

»Und wieso benutzt du nicht die Haustür?«, ergänzte Kenzie.

»Sicherheitsleute«, antworte Virgil knapp. Er sah sich in dem Zimmer um und schien jede Kleinigkeit in sich aufzunehmen. Dabei bewegte er sich frei durch den Raum, als wäre er schon Dutzende Male hier gewesen. »Seid ihr allein?«

»Natürlich.« Callum verschränkte die Arme vor der Brust. »Ich frage mich nur, welchem Grund wir deine Anwesenheit zu verdanken haben. Hat Alaric dich geschickt?«

»Nein.« Virgils Haltung entspannte sich. »Ich werde morgen die vier Männer auf das Festland bringen, die Alaric verbannt hat.«

Callum grunzte und schloss das Fenster. »Wir haben davon gehört, aber was hat das mit uns zu tun?«

»Ich möchte, dass ihr mich begleitet.«

»Wieso sollten wir das tun?«, fragte Kenzie.

»Ich muss euch etwas zeigen.« Virgils Worte klangen beiläufig, geradezu gelangweilt, als wäre an dieser Situation nichts Ungewöhnliches.

»Und was?«

»Ihr würdet es mir nicht glauben, wenn ich es euch sage.«

Callum stieß ein bitteres Lachen aus. »In Ordnung, lass mich das zusammenfassen: Du tauchst hier mitten in der Nacht auf und willst, dass wir mit dir auf das Festland gehen, weil du uns etwas zeigen willst, aber du sagst uns nicht, was?«

»Ja.«

»Das klingt, als hättest du von Alaric den Auftrag bekommen, uns verschwinden zu lassen.«

Die Andeutung eines Lächelns umspielte Virgils Lippen und er schüttelte den Kopf. »Glaub mir, Callum, ich kenne Dutzende von Möglichkeiten, Leute verschwinden zu lassen. Und keine dieser Möglichkeiten beinhaltet es, gegen die Ausgangssperre zu verstoßen und nachts um dein Haus herumzuschleichen.«

Vermutlich stimmte das sogar, schließlich war er der Beauftragte der *Beseitigung*, aber womöglich gehörte dieses Verwirrspiel auch nur zu seinem Plan. Doch sie auf das Festland zu bringen und dort zurückzulassen wäre der effektivste Weg, um sie loszuwerden. In der Einöde würde niemand sie finden – sollte man sie überhaupt jemals suchen.

»Bitte«, sagte Virgil eindringlich. »Ich werde keinen von Jaens Männern mitnehmen. Nur euch zwei und die vier Gefangenen. Ihr dürft auch eine Waffe tragen.« Es war nicht das, was er sagte, sondern die Art, *wie* er es sagte. Die Selbstverständlichkeit war aus Virgils Stimme verschwunden und einem flehenden Tonfall gewichen. Entweder war er ein brillanter Lügner oder er wollte ihnen tatsächlich etwas zeigen. Doch was konnte auf dem verbliebenen Festland schon auf sie warten?

Es war ein Risiko, Virgil zu vertrauen, aber er hatte Kenzies Neugier geweckt und offensichtlich auch die von Callum. Er sah sie an und eine stumme Frage lag in seinem Blick. Kenzie zögerte, doch dann nickte sie. Sie hatte ihr Leben in dieser Kolonie auf Risiken und verrückte Ideen erbaut und sie konnte sich die Chance, das Festland einmal mit eigenen Augen zu sehen, nicht entgehen lassen.

Vierundzwanzig

»Warst du schon einmal auf dem Festland?«, fragte Kenzie und zog ihre Schuhe an. Sie hatte die Nacht über kaum ein Auge zugetan. Ihre Gedanken waren immer wieder um das Festland und Virgils Absichten gekreist, bis sie es schließlich aufgegeben hatte und aufgestanden war.

»Nein, das ist mein erstes Mal.« Callum lächelte, konnte seine Anspannung jedoch nicht verbergen. Sie beide trugen einfache T-Shirts und lange Hosen, die sie vor Gräsern und Insekten schützen sollten, die womöglich außerhalb der Kolonien überlebt hatten. Callum hatte zudem einen Gürtel umgeschnallt, an dem ein Messer befestigt war, das er in seinem Schrank unter einem doppelten Boden versteckt hatte. Die Klinge war aus dunkel glänzendem Metall und mit Zacken versehen.

Lange bevor Virgil sie erwartete, der noch in einer Besprechung des Rats saß, machten sie sich auf den Weg zu dem vereinbarten Treffpunkt auf dem Dach des Würfels. Wie die Nacht zuvor stiegen sie die Leiter empor, was sich bei Tageslicht als weitaus schwieriger für Kenzie herausstellte, da sie plötzlich all das sehen konnte, was die Dunkelheit verborgen hatte.

Auf dem Dach führte Callum Kenzie zu einer runden Fläche, die ihr bei Nacht nicht aufgefallen war. Darauf stand eine große

Maschine mit länglichem Korpus und einem Propeller. Doch anders als bei einem U-Boot war dieser Propeller nicht hinten an der Maschine angebracht, sondern oben und die Flügel waren länger.

Kenzie war noch nie in ihrem Leben geflogen. Sie hatte bisher nur darüber gelesen, und ginge es nach ihr, hätte sie gerne auf diese Erfahrung verzichtet.

Denn wenn Callum und die anderen Luftgeborenen glaubten, es wäre sicherer, in der Luft zu schweben, als mit einem Boot über das Wasser zu fahren, waren sie Idioten. Im Meer konnte man schwimmen, in der Luft war man dem Sturz vollkommen ausgeliefert.

Callum und sie setzten sich auf die Plattform und warteten, bis Virgil schließlich kam. Er trug dieselbe schwarze Kleidung wie am Vortag und hatte einen großen Rucksack dabei. Er war tatsächlich ohne Unterstützung gekommen, ihm folgten nur die vier Männer, die verbannt worden waren.

»Ist heute nicht ein wunderbarer Tag für einen Ausflug?« Virgil legte den Kopf in den Nacken und ließ sich die Sonne ins Gesicht scheinen. Seine gelassene Haltung irritierte Kenzie ebenso wie seine Wortwahl. *Ein Ausflug*? War es das, was er sich einredete, um sein Gewissen zu erleichtern, wenn er diese vier Männer in den Tod schickte?

Callum verschränkte die Arme vor der Brust. »Ich gehe davon aus, dass die Besprechung gut lief?«

Virgil schüttelte den Kopf. »Alaric will ein Versammlungsverbot verhängen. Er hofft die Aufstände einzudämmen, wenn er größere Gruppenansammlungen verhindert.«

Callum schnaubte. »Und wenn die Leute es wagen, sich trotzdem zu versammeln, will er sie allesamt verbannen?«

Kenzie rechnete nicht damit, dass Virgil ihnen noch mehr über die Sitzung verraten würde, doch zu ihrem Erstaunen erzählte er weiter. »Es wird eine Geldstrafe von dreihundert Aktiva für alle Beteiligten geben. Damit will er die Kasse der Kolonie aufbessern, denn allmählich wird das Geld für Jaen und die Sicherheitsleute knapp. Außerdem hat er sich selbst eine Gehaltserhöhung gegeben, da er zurzeit mehr leisten muss als in der Vergangenheit.«

»Wie überraschend«, säuselte Kenzie.

»Zumindest rationiert er die Vorräte nicht weiter«, bemerkte Callum und sah dabei zu den verbannten Männern. Diese zeigten jedoch keine Reaktion.

»Abwarten«, murmelte Virgil. »Alaric weigert sich auch, den Ball der Repräsentativen abzusagen. Er ist davon überzeugt, dass eine solche Veranstaltung Stabilität und Wohlstand symbolisiert und dass die Hetze gegen die Repräsentativen aufhört, wenn sie erst einmal Partner haben. Die Gefahren, die eine solche Versammlung mit sich bringt, ignoriert er völlig, ebenso den finanziellen Aspekt.«

»Alaric hat keine Ahnung«, knurrte einer der Männer. Er hatte schwarzes Haar, das ihm bis auf die Schultern reichte.

Virgil seufzte. »Wie dem auch sei, die Entscheidung ist getroffen und es gibt nichts, was wir daran noch ändern können. Konzentrieren wir uns also auf das, was vor uns liegt.«

Was ist mit ihm los? Kenzie formte die Worte tonlos in Callums Richtung. Virgils plötzlicher Optimismus verwirrte sie zunehmend.

Callum zuckte mit den Schultern und half ihr dabei, in die Maschine zu steigen. Kenzie saß gemeinsam mit den Männern im hinteren Teil, während Callum neben Virgil Platz nahm, der die Maschine flog. Unter dem ohrenbetäubenden Wummern der Propeller hoben sie in die Luft ab, bis sich die Weite des Meeres vor ihnen erstreckte. Aus dieser Perspektive erschien der Ozean endlos und in seiner Unendlichkeit traf sich das Blau des Wassers mit dem des Himmels; identisch und doch unterschiedlich. Es raubte Kenzie den Atem, und wäre sie wegen ihres Landganges nicht so aufgeregt, hätte sie sich in diesem Anblick wohl völlig verlieren können.

Nur am Rande ihres Bewusstseins nahm sie noch die Männer wahr, die bei ihr saßen. Nervös rutschten sie auf ihren Plätzen umher. Ob es der Flug war, der sie beunruhigte, oder das, was danach folgen würde, konnte Kenzie nicht beurteilen, aber sie hatte Mitleid mit ihnen. Dass der Diebstahl von Vorräten sie das Leben kostete, war nicht gerecht, und sie respektierte diese Männer für die Fassung, die sie an den Tag legten.

Schließlich tauchte in der Ferne ein dunkler Schatten auf. Festland. Kenzie reckte neugierig den Hals, denn sie konnte es kaum erwarten, das erste Mal in ihrem Leben auf Land zu laufen. Dieser Gedanke, der vor einem Monat noch grausam gewesen war, schien jetzt aufregend und irgendwie erstrebenswert. Sie fühlte sich eigenartig privilegiert und mit Callum an ihrer Seite und dem Messer an seinem Gürtel auch sicher.

Das Festland war genauso, wie Kenzie es sich vorgestellt hatte, und doch ganz anders. Es war größer, als sie erwartet hatte, aber im Vergleich zum Meer wirkte es dennoch klein und unbedeutend. Noch waren keine Details auszumachen und das Land bestand nur aus grünen, braunen und grauen Flecken.

Virgil setzte zum Landeanflug an. Kenzies Herz schlug schneller, während die Propeller langsamer wurden und sich die Maschine senkte. Mit einem Ruck setzten sie auf der Erde auf.

»Willkommen in Quito«, sagte Virgil mit einem Lächeln.

Callum drehte sich in seinem Sitz um. »Alles in Ordnung?«

»Bestens«, antwortete Kenzie, atemlos vor Aufregung. Die große Schiebetür neben ihr öffnete sich und mit zittrigen Knien stieg sie aus der Maschine auf eine runde Plattform, welche jener auf dem Dach der Luftkolonie ähnelte. Doch damit endeten die Ähnlichkeiten auch schon. Rund um die Landefläche wucherten Gräser, so hoch, dass sie Kenzie bis an die Hüfte reichten. Sie erschienen in den unterschiedlichsten Facetten von Grün und waren von Wildblumen durchsetzt, die einen süßen Duft verströmten und Insekten anlockten.

Gigantische Bäume ragten in den Himmel. Sie waren größer als alle, die Kenzie je gesehen hatte, wild und frei. Das erkannte sie nicht nur an ihrer Größe, sondern auch an ihrer unbändigen Gestalt. Ihre schiefen Äste wuchsen in alle Richtungen und waren nicht mit denen der gestützten Bäume zu vergleichen, welche in den Kolonien wuchsen. Gierig sog Kenzie diesen Anblick in sich auf.

»Beeindruckend, nicht wahr?«, sagte Virgil an sie alle gerichtet, denn auch Callum und die vier Männer betrachteten die Umgebung. »Nur sollten wir uns auf den Weg machen. In zwei Stunden gibt es Mittagessen.«

Mittagessen? Was hatte Virgil nur vor? Hatte er ihnen in seinem Rucksack ein Picknick mitgebracht?

Sie folgten Virgil einen Pfad entlang, welcher in Richtung der Häuser verlief. Kenzie und Callum bildeten das Schlusslicht und hielten einander an den Händen. »Hier ist es traumhaft«, bemerkte Kenzie und musterte im Vorbeigehen eine Blume mit roten Blättern, die sich zur Mitte hin orange färbten.

»Es ist anders als erwartet«, murmelte Callum abwesend.

»Allerdings.« Das satte Grün und die lebendige Fauna wollten nicht zu dem Bild passen, das man Kenzie immer vermittelt hatte. Den Geschichten nach war das Festland ein karger Ort aus Erde und Sand und ohne Leben, da das Salzwasser alles hatte verkommen lassen.

Schließlich mündete der Pfad in eine Straße mit aufgeplatztem Asphalt. Wurzeln drückten sich durch die Risse und die ersten Häuser säumten den Weg, die von der Natur zurückerobert worden waren. Ranken wanderten die Mauern empor, durchstießen Dachziegel und schlängelten sich durch zerbrochene Fensterscheiben. Diese Verlassenheit hatte etwas Schönes, geradezu Märchenhaftes an sich. Kenzie konnte sich schlimmere Orte zum Sterben vorstellen als dieses Fleckchen Erde.

Mit jedem Meter, den sie zurücklegten, wurde die alte Zivilisation dichter. Sie kamen an Häusern vorbei, die aus Glas errichtet worden waren, und an Türmen, auf deren Spitzen Kreuze thronten. Die Sonne hatte längst ihren Höhepunkt erreicht und die Luft war erfüllt von einer brennenden Wärme und einem immer lauter werdenden Summen.

Vigil drehte sich zu seiner Gruppe um. Er lächelte nicht, aber ein zufriedener Ausdruck ruhte auf seinem Gesicht. »Wir sind gleich da«, verkündete er.

Kenzie blickte sich um, in der Hoffnung, einen Anhaltspunkt dafür zu finden, wohin Virgil sie brachte. Doch sie sah nichts und konnte auch nicht mehr erkennen, woher sie gekommen waren.

War das womöglich Virgils Plan? Wollte er sie in der Wildnis allein zurücklassen und hatte Callum nur deswegen erlaubt eine Waffe mitzunehmen? Er musste nur plötzlich verschwinden und die Maschine vor ihnen erreichen und schon würden sie hier festsitzen. Die Vorstellung des Festlandes war nicht mehr so erschreckend und Angst einflößend wie noch vor wenigen Stunden, und dennoch wollte sie unter keinen Umständen hier zurückbleiben.

»Ist alles in Ordnung?«, flüsterte Callum.

»Ich … Ich weiß nicht«, stotterte Kenzie. »Findest du es nicht merkwürdig, dass wir so weit laufen? Ich dachte, Virgil würde die Verbannten einfach absetzen und wieder verschwinden und nicht mit uns das Festland erkunden.«

Callum zog die Augenbrauen zusammen und blickte um sich. Das erste Mal seit einer Weile schien er dabei mehr wahrzunehmen als die Schönheit der Natur. »Er wollte uns doch etwas zeigen.«

»Was könnte es hier noch geben, das wir sehen müssen?«

Callum suchte nach einer Antwort, als Virgil plötzlich stehen blieb. Vor ihm ragte ein Zaun in die Höhe. Er war aus Holz erbaut und spannte sich zwischen einer Reihe dicht bewachsener Bäume, weshalb Kenzie ihn zuerst überhaupt nicht wahrgenommen und für einen Teil der Natur gehalten hatte. Obwohl der Zaun bereits in die Jahre gekommen war, bestand kein Zweifel daran, dass er nicht aus der alten Zeit stammte, sondern in der jüngeren Vergangenheit errichtet worden war.

Virgil trat vor und klopfte gegen das Holz. Einen Moment geschah überhaupt nichts, dann öffnete sich eine Tür im Zaun und das Summen, das Kenzie zuvor schon einmal wahrgenommen hatte, wurde lauter und schwoll zu einem Murmeln an.

Menschen.

Es waren die Stimmen von Menschen.

Eine Frau trat hinter dem Zaun hervor. Kenzie hatte seit ihrer Ankunft in der Luftkolonie niemanden wie sie gesehen. Sie hatte lichtes graues Haar und jeder Zentimeter ihres Gesichts war von

Falten gezeichnet. Ihr Alter konnte man schlecht schätzen, aber vermutlich hatte sie die achtzig bereits überschritten.

»Virgil«, grüßte sie mit rauchiger Stimme.

»Hallo, Rina«, erwiderte Virgil mit einem Lächeln und bedeutete ihnen, ihm hinter den Zaun zu folgen.

»Was soll das?«, fragte Kenzie so leise, dass nur Callum es hören konnte, aber sie alle gehorchten und erneut offenbarte sich ihnen eine neue Welt – keine Wildnis.

Die Häuser hinter dem Zaun waren ebenso heruntergekommen wie jene, die sie gerade passiert hatten. Doch sämtliche Ranken und Wurzeln waren entfernt und die Löcher in den Dächern mit Holz geflickt worden. Die Straße war ebenfalls von der Natur befreit worden und Dutzende von Menschen liefen umher. Manche von ihnen trugen Körbe auf den Rücken und arbeiteten, andere unterhielten sich nur und zu Kenzies Überraschung sah sie auch eine Gruppe Kinder. Sie standen im Kreis, hielten einander an den Händen und flüsterten sich reihum etwas ins Ohr.

Und da begriff Kenzie endlich, was vor sich ging. Virgil brachte die Verbannten nicht auf das Festland, um sie zum Sterben zurückzulassen. Er brachte sie in eine neue Kolonie – eine Kolonie aus Verbannten.

»Wen hast du uns heute mitgebracht?«, fragte Rina und riss Kenzie aus ihren Gedanken.

»Das sind Diego, Worrell, Alberto und Javin«, erklärte Virgil und deutete auf die vier Verbannten. »Sie werden bei euch bleiben. Kenzie und Callum allerdings sind nur zu Besuch hier.«

Rinas schmale Augen weiteten sich. »Callum? *Der* Callum? Der Beauftragte der Sicherheit?«

»Der ehemalige Beauftragte«, korrigierte Callum sie automatisch und senkte den Blick auf seine Stiefel.

Rina sah zu Virgil. »Was ist passiert?«

Er seufzte. »Das ist eine lange Geschichte. Deswegen konnte ich auch nicht früher kommen. Könntest du sie herumführen? Ich würde gerne–«

»Ich weiß, ich weiß«, unterbrach Rina Virgil und machte eine wegscheuchende Handbewegung. »Geh zu Tine, sie fragt ständig nach dir.«

Ein Grinsen, das jeden verbleibenden Funken Traurigkeit auslöschte, breitete sich auf Virgils Gesicht aus. Er legte seinen Rucksack ab und reichte ihn Rina. Kaum hatten sich ihre Finger darum geschlossen, rannte Virgil davon.

Kenzie starrte ihm hinterher. »Wer ist Tine?«

»Virgils Tochter«, antwortete Callum. Er ließ ihre Hand los und nahm Rina den Rucksack ab. »Ich dachte, sie wäre tot. Was ist passiert?«

»Das, was auch mir passiert ist«, sagte Rina und verschränkte die Arme hinter dem Rücken. »Leute wie Tine und ich sind für Alarics wertvolle Kolonie eine zu große Belastung.«

In Rinas Fall konnte Kenzie dies glauben. Vermutlich war sie dem *Gesetz des Alters* zum Opfer gefallen, aber was war mit Tine? Sie konnte unmöglich älter als fünfzehn sein, vermutlich eher jünger.

»Sie haben uns erzählt, sie wäre eingeschlafen und nicht wieder aufgewacht«, sagte der Mann mit den schulterlangen Haaren. Virgils Vorstellung nach war er Alberto.

»Lügen. Lügen. Lügen«, flötete Rina. »Er hat sie auf Grund ihrer Behinderung verbannen lassen, denn sie passt nicht in das Ideal seiner Kolonie. Aber nun gut, jetzt ist sie hier und wir müssen uns beeilen, das Essen ist bald fertig.«

Unter den Blicken der anderen Einwohner führte Rina sie tiefer in die Kolonie. In ihren Gesichtern lag kein Misstrauen und auch keine Feindseligkeit, nur Neugier.

»Dies sind die ersten Ausläufer unserer Kolonie«, erklärte Rina und umfasste das Gebiet mit einer weiten Handbewegung. »Inzwischen haben wir ausgebaut. Wir leben nicht immer in Familien, sondern oft auch in Gemeinschaften. In jedem Haus schlafen sechs bis zwölf Personen. Der Mangel an Privatsphäre ist zuerst merkwürdig, aber man gewöhnt sich daran.« Ihre Worte richteten sich nun offenkundig an die vier Männer, die hierbleiben würden. In ihren Gesichtern spiegelte sich Erstaunen wider, aber sie wirkten nicht völlig überwältigt. Anders als Callum und Kenzie musste Virgil sie vorgewarnt haben.

»Wie viele Leute leben hier?«, fragte Callum.

»Wir zählen nicht nach, aber es dürften um die fünftausend sein«, antwortete Rina.

»Fünftausend?«, platzte es aus Kenzie heraus. Wie war es möglich, dass eine Kolonie von der Größe ihrer Wasserkolonie unbemerkt auf dem Festland existierte? Und die Anwesenheit von Kindern war ein Indiz dafür, dass sich nicht nur die Opfer des *Gesetzes des Alters* in dieser Kolonie eingefunden hatten.

»Fünftausend«, bestätigte Rina. »Wir haben unsere Kapazitäten schon vor langer Zeit überschritten, aber wie können wir jemanden abweisen, der ohne uns sterben würde?«

Rina führte sie weiter durch die Kolonie. Die Häuser ähnelten einander nicht in Farbe und Stil, wie Kenzie es aus der Wasserkolonie gewohnt war. Sie zeugten von der Geschichte der Menschheit und trugen trotz ihres Verfalls mehr Persönlichkeit in sich als die schicken Bauten der Luftkolonie.

Sie kamen auch an mehreren Brunnen vorbei und Rina erklärte, dass noch immer unterirdische Flüsse unter der Stadt verliefen. Viele waren in den vergangenen Jahren von dem Meerwasser versalzen worden oder ausgetrocknet, aber noch führten einige Süßwasser. Diese Flüsse ermöglichten es auch, Ackerbau zu betreiben und Tiere zu halten. Die Menschen ernährten sich außerdem von Gräsern und Insekten, die sie in speziellen Glaskästen züchteten.

»Sie schmecken wirklich gut«, bestätigte Rina und brachte sie zu einem weiteren Gebäude mit einem Kreuz auf dem Dach. Davon gab es in dieser Stadt viele und jedes hatte einen anderen Nutzen. Dieses hier hatte keine Fenster mehr und statt einer Tür verdeckte lediglich ein Vorhang den Eingang.

»Wir haben offiziell keinen Rat oder dergleichen, aber wenn wir einen Anführer benennen müssten, wäre das Ida. Sie hat die Kolonie gemeinsam mit anderen Verbannten vor achtzehn Jahren gegründet.«

Rina schob den Vorhang auf und bedeutete ihnen einzutreten, ohne ihnen zu folgen. Der Innenraum des Gebäudes war kühler, als Kenzie es erwartet hätte, und stand voller Bänke. Allerdings waren diese so umfunktioniert worden, dass sich immer zwei Sitzflächen einander zuwandten und eine Art Koje bildeten. Darin lagen Decken aus zusammengeflicktem Stoff. Kenzie vermutete, dass jeweils zwei Leute in einer Koje schliefen. Was bedeutete, dass um die zwanzig Leute hier lebten. Im Moment waren allerdings nur sieben von ihnen anwesend, vier Männer und drei Frauen.

Eine der Frauen erhob sich von ihrem Platz neben einem großen Steintisch. Sie war hochgewachsen und ihr hellbraunes Haar war von grauen Strähnen durchzogen. Wie auch bei Rina hatte die Sonne Spuren auf ihrer Haut hinterlassen. Das Blau ihrer Augen war so stechend, dass es Kenzie schwerfiel, ihren Blick zu erwidern. Sie betrachtete die Gruppe, ehe sie ihre ganze Aufmerksamkeit Callum widmete. Ihr neutraler Gesichtsausdruck wich einem Lächeln. »Willkommen in unserer Kolonie. Ich bin Ida.«

Verlegen hob Kenzie die Hand zum Gruß, unsicher, ob sie sich vorstellen sollte, da Ida noch immer nur Callum beachtete. Sie musterte ihn eindringlich, als würde sie etwas suchen oder auf etwas Bestimmtes warten.

»Hallo«, sagte Callum schließlich. Sichtbar verlegen rückte er die Riemen von Virgils Rucksack zurecht. »Ich bin Callum und das ist Kenzie.« Er machte sich nicht die Mühe, die anderen vorzustellen.

»Ich weiß, wer du bist«, sagte Ida und ihr Lächeln wurde breiter. Mit einer Handbewegung winkte sie einen der Männer heran. »Mark, könntest du unsere vier Neuankömmlinge ihren Häusern zuweisen?«

»Selbstverständlich.« Mark und die vier Verbannten verließen den Raum und Kenzie fragte sich, ob sie die Männer jemals wiedersehen würde.

»Lasst uns reden, wo wir ungestört sind«, sagte Ida. Eine Tür führte von dem Schlafsaal in einen kleinen Raum. Das Licht in dem Zimmer war so spärlich wie das Mobiliar, das nur aus einem Tisch und mehreren Stühlen bestand.

Kenzie und Callum setzten sich. Ida nahm auf der Tischplatte Platz und schlug die Beine unter. »Wie lange seid ihr schon zusammen?«

Überrascht sah Kenzie auf. Die Frage war gleichermaßen an Callum und sie gerichtet, aber keiner von ihnen antwortete sofort.

»Ich vertraue ihr und sie darf alles hören, was du mir zu sagen hast, falls du das mit deiner Frage andeuten willst«, erklärte Callum.

»Keineswegs. Es hat mich einfach interessiert. Aber ich sehe schon, du bist genauso wie dein Vater.«

»Du ... Du kanntest meinen Vater?«

»Er war ein guter Mann und hat seinen frühen Tod nicht verdient.«

»Nein, das hat er nicht«, stimmte Callum zu. Die Erinnerung an seinen Vater ließ seine Gesichtszüge weicher werden. »Weshalb hat man dich aus der Kolonie verbannt?«

Ida zögerte, dann schüttelte sie den Kopf. »Das spielt keine Rolle.« Sie streckte ihre Hand aus. »Lass mich sehen, was Virgil euch für mich mitgegeben hat.«

Es dauerte einen Augenblick, bis Callum verstand, dass sie den Rucksack meinte. Er reichte ihn Ida und sie begann den Inhalt auf dem Tisch auszuleeren. Zum Vorschein kamen vor allem Verbandsmaterial und Medikamente, aber auch andere praktische Dinge wie Messer und Schnüre.

»Wie lange versorgt euch Virgil schon?«, fragte Kenzie. Sie war sich sicher, dass Alaric davon nichts wusste. Er gehörte zu den Menschen, die nichts geben konnten, ohne zu nehmen.

»Elf Jahre«, antwortete Ida. »Seit wir seine Tochter bei uns aufgenommen haben. Er ist uns eine große Hilfe.«

»Es ist unglaublich, was ihr euch hier aufgebaut habt«, sagte Callum und rutschte auf seinem Stuhl weiter nach vorne, um zu beobachten, wie Ida die Lieferung sortierte. »Vielleicht sollte ich mich auch verbannen lassen.« Er lachte, aber nach ihrer Nacht auf dem Dach der Kolonie wusste Kenzie sehr wohl, dass ein Teil von Callum tatsächlich hierbleiben würde, um den Erwartungen zu entkommen, die man an ihn stellte. Doch er war viel zu selbstlos und pflichtbewusst, um die Luftkolonie im Stich zu lassen.

»Du lässt dich auf keinen Fall verbannen«, sagte Ida. Ihr Tonfall war überraschend streng und ihr Lächeln war verschwunden. Falten zeichneten sich auf ihrer Stirn ab.

Abwehrend hob Callum die Hände. »Das war nur ein Scherz.«

»Das will ich auch hoffen.« Idas Augen sagten mehr als ihre Worte. »Dein Platz ist in der Luftkolonie. Virgil hat mir erzählt, was passiert ist und was du leistest. Die Leute danken es dir noch nicht, aber irgendwann werden sie erkennen, was du für sie getan hast.«

Callum seufzte. »Noch habe ich überhaupt nichts getan.«

»Sei nicht zu bescheiden«, sagte Ida.

»Sie hat Recht«, erwiderte Kenzie. »Immerhin hast du mir geholfen.«

Er sah sie an und lächelte dieses liebevolle und warme Lächeln, das Kenzies Herz dazu brachte, schneller zu schlagen. »Dir zu helfen hatte vor allem egoistische Gründe.«

Fünfundzwanzig

Abschätzend betrachtete Kenzie ihr Spiegelbild. Sie trug das dunkelgrüne Kleid aus *Third-Hand* und ihre Haare fielen ihr in Wellen über die Schultern. Sie hatte es den Tag über geflochten getragen, um diesen Effekt zu erzielen, aber jetzt war sie sich nicht mehr sicher, weshalb sie sich überhaupt diese Mühe machte. Es würde keine Rolle spielen, wie elegant sie aussah, die Leute würden sie dennoch mit ihren giftigen Blicken pfählen. Allein die Vorstellung genügte, um Übelkeit in Kenzie aufsteigen zu lassen.

Sie hatte Callums Einladung zum Ball der Repräsentativen angenommen, weil sie davon überzeugt gewesen war, sein Plan könnte funktionieren. Heute war sie sich dessen nicht mehr so sicher. Es hatte sich zu viel verändert, die Leute hatten die Hoffnung verloren und sie waren ihrem Ziel, den Mörder aufzuspüren, keinen Schritt näher gekommen. Sie sollten an diesem Abend eigentlich auf der Couch sitzen und ihre Recherchen vertiefen oder Noël in ihren Plan einweihen, ihn in die Sicherheit einzuschleusen, anstatt auf einen kontroversen Ball zu gehen, immerhin hatten sie durch den Tag auf dem Festland bereits genug Zeit verloren.

Sie waren noch eine ganze Weile bei Ida geblieben und hatten mit ihr geredet. Die inoffizielle Anführerin der Festland-Kolonie hatte großes Interesse an Callum gezeigt. Sie hatte ihm Fragen über seinen Vater und seine Arbeit bei der Sicherheit gestellt und sich sogar nach dem Umbau des Hauses erkundigt, den Virgil ihr gegenüber irgendwann erwähnt hatte.

Anfänglich hatte dieses Verhalten Kenzies Misstrauen geweckt, aber vermutlich war es nur logisch, dass Ida wissen wollte, wer Callum war. Zwar gehörte er im Augenblick nicht mehr zum Rat, doch in der Zukunft könnten sie vielleicht zu Verbündeten werden – schließlich hatten sie einen gemeinsamen Feind.

Ein zögerliches Klopfen holte Kenzie aus ihren Gedanken. »Bist du fertig?«, fragte Callum durch die geschlossene Tür. »Unsere Eskorte ist hier.« Die Abscheu in seiner Stimme war nicht zu überhören. Alaric hatte veranlasst, dass alle Besucher von Sicherheitsleuten zum Ball begleitet wurden. Die neuen Gesetze sollten die schlimmsten Ausschreitungen und Übergriffe verhindern. Da der Ball der Repräsentativen allerdings Unmengen von Ressourcen verschwendete, war er für viele Einwohner ein Dorn im Auge.

Kenzie seufzte und wandte sich von ihrem Spiegelbild ab, um sich ihrem Schicksal zu stellen. Callum wartete vor dem Badezimmer auf sie und ein Grinsen breitete sich auf seinem Gesicht aus, als er sie sah. Er ließ seinen Blick über ihren Körper wandern. »Du siehst fantastisch aus.«

»Danke.« Kenzie errötete. »Du auch.« Sie hatte Callum schon öfter in der Uniform der Sicherheit bewundert, aber seine Uniform war nichts im Vergleich zu dem Anzug, den er für diesen Abend ausgewählt hatte. Er trug das dunkle Jackett, das seine breiten Schultern betonte, offen und das schwarze Hemd darunter verlieh ihm eine düstere, aber zugleich anziehende Ausstrahlung.

»Wollen wir nicht lieber hierbleiben?«, fragte Kenzie mit einem hoffentlich verführerischen Lächeln. Sie trat an Callum heran und dank ihrer hohen Absätze musste sie sich nicht einmal auf die Zehenspitzen stellen, um ihn zu küssen.

Callum lachte und schlang seine Arme um ihre Taille, um den Kuss zu vertiefen. Ein warmes Gefühl breitete sich in Kenzie aus, doch gerade als in ihr die Hoffnung wuchs, Callum würde ihrem Vorschlag nachgeben, löste er sich wieder von ihr. »Du spielst mit unfairen Mitteln.«

Sie zuckte mit den Schultern. »Das finde ich in Anbetracht der Umstände nur gerecht.«

»Ich verspreche dir, du wirst diesen Abend nicht bereuen.«

Kenzie bezweifelte das, ließ sich aber von Callum nach unten führen. Zwei Wachen warteten auf sie und grüßten sie mit ausdruckslosen Mienen. Sie folgten Kenzie und Callum wie Schatten bis zum Rathaus, auf dessen Vorplatz der Ball stattfand. Der Weg dorthin verlief ohne Zwischenfälle; erst am Rathaus selbst begegneten sie einigen Aufständischen. Sie versuchten die Absperrung zu durchbrechen und beschimpften die ankommenden Gäste – und Kenzie gab ihnen Recht.

Sie wusste aus Callums Erzählungen, dass der Ball eine besondere Veranstaltung war, die der Elite vorbehalten war und daher einen gewissen Standard pflegte. Doch der Anblick, der sich ihr bot, übertraf all ihre Vorstellungen.

Lichtstrahler erhellten den Platz und den Bereich vor dem Rathaus, wo eine Bühne erbaut worden war, die man mit Lichterketten und Girlanden geschmückt hatte. Mehrere Dutzend Tische waren kreisförmig um den Platz angeordnet und bildeten in der Mitte eine Tanzfläche. Die Tische selbst waren mit weißem Stoff überzogen, ebenso wie die Stühle. Gestecke aus Blumen und Gräsern zierten ihre Mitte. Wächter schwirrten zwischen den Tischen umher, aber nicht, um die Eingeladenen zu schützen, sondern um sie zu bedienen. Sie trugen Karaffen, die mit Wasser und Wein gefüllt waren, und schenkten den Gästen ein.

»Wieso lässt die Sicherheit das mit sich machen?«, fragte Kenzie, während sie von ihren Wachen zu ihrem Tisch eskortiert wurden. Sie saßen weit hinten, nahe der Absperrung. Es war ein schlechter Platz und Kenzie war sich sicher, dass Callum bis vor wenigen Tagen direkt vor der Bühne gesessen hätte, aber ihr war es nur recht, das Geschehen aus der Ferne zu beobachten.

»Geld«, antwortete Callum und setzte sich neben sie. »Außerdem sind das nicht alles Sicherheitsleute. Sie tragen nur deren Uniform, um den Gästen Schutz vorzuheucheln. Viele der Wachen werden in den unteren Ebenen sein, um dort Diebstähle zu verhindern. Zumindest hoffe ich das.«

Kenzie ließ ihren Blick über die anwesenden Gäste schweifen. Die meisten Tische waren bereits besetzt, und obwohl es um sie herum wunderschöne Kleider zu betrachten gab, fokussierte sich die Aufmerksamkeit vieler auf ihren Tisch.

»Wein oder Wasser?«, fragte ein verkleideter Kellner.

»Wein«, sagte Callum entschlossen und reichte ihm sein Glas. Kenzie entschied sich für Wasser. Der Abend bescherte ihr schon genug Übelkeit, ohne dass sie etwas von diesem dunklen Saft herunterwürgen musste.

»Würde Alaric diesen Wein an die Aufständischen geben, wären wohl viele Probleme gelöst.« Callum schwenkte sein Glas.

»Weil sie dann betrunken in der Ecke lägen?«

»Richtig, so wie die meisten der anwesenden Gäste es später tun werden.«

»Dich hoffentlich nicht eingeschlossen.«

»Niemals.« Callum grinste und trank einen großen Schluck.

Innerhalb kürzester Zeit füllten sich die noch leeren Plätze. Callum und Kenzie bekamen zwei Tischnachbarn zugewiesen, die nicht versuchten ihre Abneigung gegen sie zu verbergen. Sie baten um einen neuen Tisch, aber dieser Wunsch wurde ihnen verwehrt. Vermutlich bildeten sie das Schlusslicht der Elite, anderenfalls hätten sie bessere Plätze bekommen.

Kenzie entdeckte Alaric. Er saß mit erhobenem Haupt an einem Tisch direkt vor der Bühne, begleitet von einem hochgewachsenen Mann, der dieselbe Uniform trug wie Callum noch vor ein paar Tagen – Jaen. Sein hellbraunes Haar hatte er sich aus dem Gesicht gekämmt und sein Blick war wachsam, als erwartete er einen Angriff der Aufständischen auf Alaric.

Kenzie konnte nicht viel Mitleid mit dem Mann haben, der sich Callums Job unter den Nagel gerissen hatte, aber sie konnte sich vorstellen, wie anstrengend seine Arbeit zurzeit sein musste. Er musste nicht nur die Sicherheit leiten, sondern auch immer ein wachsames Auge auf Alaric haben. Dieser war unter den Einwohnern so unbeliebt wie noch nie zuvor und vermutlich hatte schon der eine oder andere besorgte Bürger versucht auf das Oberhaupt der Kolonie loszugehen.

Neben Alaric war ein Platz frei und ein kurzer Blick in die Runde bestätigte Kenzie, dass dieser Virgil zustand. Sie hätte ihn gerne gesehen und vielleicht ein paar Worte mit ihm gewechselt, aber sie konnte ihm seine Abwesenheit nicht verübeln. An seiner Stelle würde sie es auch nicht mit Alaric aushalten. Nur wegen seiner Gesetze waren Tine und er voneinander getrennt.

»Wo ist eigentlich Tines Mutter?«, flüsterte Kenzie.

»Sie ist bei der Geburt gestorben«, antwortete Callum ebenso leise. »Ihr Tod und Tines Geburt haben Virgil sehr verändert. Damals wollte er sein Amt niederlegen, aber hat es doch nicht getan. Ich dachte, es liegt am Geld, aber vermutlich steckte mehr dahinter.«

Natürlich. Virgil musste Beauftragter der Beseitigung bleiben, um regelmäßig das Festland besuchen zu können. Nur so konnte er sein Versprechen Ida gegenüber halten und seine Tochter sehen. »Was Alaric ihm und anderen Familien antut, ist nicht gerecht«, sagte Kenzie.

»Nein, das ist es nicht«, pflichtete Callum ihr bei. Er griff nach ihrer Hand und führte sie, zur Empörung ihrer Sitznachbarn, an seine Lippen. »Aber seine Macht ist nicht grenzenlos und er begeht Fehler, vor allem jetzt. Er ist mit der Situation überfordert und handelt für seine Maßstäbe zu impulsiv.«

Kenzie nickte und war froh, dass Callum ihre Hand hielt, die andere Hand ballte sie unter dem Tisch zu einer Faust. Sie konnte das *Gesetz des Alters* nicht verstehen. Doch sie war gewillt gewesen, es zu akzeptieren, da sich die Einwohner der Luftkolonie dafür ausgesprochen hatten. Aber hinzunehmen, dass ein junges Mädchen aus den Armen seines Vaters gerissen wurde ...

»Es geht los«, murmelte Callum.

Alaric hatte die Bühne betreten. Er stand am Rednerpult und alle Scheinwerfer waren auf ihn gerichtet. Er räusperte sich und setzte ein strahlendes Lächeln auf. »Herzlich willkommen zum diesjährigen Ball der Repräsentativen. Diese Veranstaltung hat eine lange Tradition. Seit der Gründung der ersten Kolonien gibt es das System der Repräsentativen. Zehn junge Menschen, fünf

Männer und fünf Frauen, verlassen die heimische Kolonie, um ihr Wissen und ihre Gene weiterzutragen. Auch wir haben dieses Jahr wieder zehn Luftgeborene auf die Reise geschickt und heute ist es an der Zeit, ihr Gegenstück, die Wassergeborenen, willkommen zu heißen.«

Die Gäste applaudierten Alaric, als hätten seine Worte die Welt verändert. In Wirklichkeit hielt er vermutlich seit Jahren dieselbe Rede, und dass er Nilam einfach hatte unter den Tisch fallen lassen, schien niemanden zu interessieren.

Eine Eskorte aus fünf Wächtern führte die Repräsentativen zu den vordersten Tischen. Alaric verlas ihre Namen, während die Leute jubelten und Beifall klatschten. Die Repräsentativen lächelten und winkten in die Menge, wobei ihre Bewegungen etwas verkrampft und unsicher wirkten. Sie setzten sich auf ihre Plätze, der Stuhl neben ihnen blieb jeweils für ihren erwählten Partner frei.

»Nun, da wir die Repräsentativen kennengelernt haben, ist es an der Zeit, ihre Erwählten hinzuzuholen«, verkündete Alaric. »Diese Männer und Frauen haben sich vor acht Jahren durch ihre Gene, ihre Stellung innerhalb der Kolonie und das Ergebnis ihres Eignungstests dafür qualifiziert, einen Repräsentativen zu ehelichen. Und gemeinsam werden diese Paare die ethnische Vielfalt unserer Kolonie aufrechterhalten.«

Alaric klatschte und alle stiegen mit ein, als die Erwählten die Bühne betraten. Sie alle trugen elegante Kleidung und ein steifes Lächeln. Ihre Blicke glitten nur kurz über das Publikum, ehe sie sich auf die Repräsentativen hefteten.

»Ich werde nun eure Namen verlesen und bitte die Repräsentativen, zu uns zu kommen, wenn sie an der Reihe sind«, erklärte Alaric und griff nach dem Tablet, das auf dem Rednerpult bereitlag. Er holte tief Luft und legte eine lang andauernde Kunstpause ein. »Mariano ist der Erwählte der Repräsentativen Svenja.«

Einer der Männer trat einen Schritt nach vorne und Svenja erhob sich unter dem Jubel der Gäste aus der ersten Reihe. Mit sichtbar zittrigen Knien erklomm sie die Bühne und die beiden begrüßten sich in einer ungeschickten Umarmung.

Es musste ein eigenartiges Gefühl sein, zu wissen, dass man den Rest seines Lebens mit diesem Fremden verbringen würde. Nilam hatte sich auf diesen Moment gefreut. Kenzie musste daran denken, wie sie am Tag vor der Abreise mit ihr über ihren zukünftigen Ehemann gesprochen hatte. Sie hatte sich nie vor einer Ehe ohne Liebe gefürchtet.

Doch der Partner, der eigentlich für Nilam bestimmt gewesen war, stand nicht wie die anderen auf der Bühne. Wie hatte er darauf reagiert, als er erfahren hatte, dass er sein Leben nicht mit seiner Repräsentativen verbringen würde? Er musste wissen, dass es Nilam gewesen wäre. War er froh darüber gewesen, der Verpflichtung entgangen zu sein, oder trauerte er seinem verlorenen Ansehen hinterher?

Kenzie beugte sich zu Callum. »Kann ich dich etwas fragen?«, flüsterte sie, um ihre Tischnachbarn nicht zu stören, die gespannt der Zeremonie lauschten.

»Immer, das weißt du.«

»Der Erwählte, der Nilam versprochen wurde – als ehemaliges Ratsmitglied weißt du doch sicher, wer er war, oder?«

Callum zögerte, dann nickte er.

»Ist er heute Abend hier?«, fragte Kenzie hoffnungsvoll.

»Warum willst du das wissen?«

»Ich würde gerne mit ihm reden.«

»Wieso?«

Sie zuckte mit den Schultern. »Er hätte ein Teil von Nilams Leben werden sollen. Ich habe einfach das Gefühl, ich sollte ihn kennenlernen.«

»Was ist, wenn er dich nicht kennenlernen will?«

»Dann kann er mich wegschicken«, antwortete Kenzie. »Aber vielleicht will er auch etwas über das Mädchen erfahren, mit dem er sein Leben hätte verbringen sollen.«

Eine Falte bildete sich auf Callums Stirn. Er schüttelte den Kopf und wandte sich wieder seinem Weinglas zu. »Ich halte das für keine gute Idee.«

»Das war nicht meine Frage.« Kenzie sah sich um, ob sie unter den Gästen einen Mann in ihrem Alter ausmachen konnte, aber die Masse war nicht überschaubar, also wandte sie sich wieder Callum zu. »Ich muss ihn kennenlernen. Nilam und ich haben über ihn gesprochen und uns gefragt, wie er wohl sein würde.«

»Das ergibt keinen Sinn, Kenzie. Nilam ist ...« Er unterbrach sich. »Die beiden sind nicht länger dazu bestimmt, ein Paar zu werden. Lass es gut sein.«

»Bitte«, drängte Kenzie. Es hatte als einfache Frage begonnen, aber erst jetzt wurde ihr bewusst, wie dringend sie Nilams Erwählten treffen musste. Acht Jahre lang war er ein Phantom gewesen, über das Nilam, Noël und sie spekuliert hatten. Ihn zu treffen würde all diesen Erinnerungen eine neue Bedeutung geben. »Ich *muss* ihn kennenlernen.«

»Was ist, wenn er nicht der ist, den du dir für Nilam gewünscht hast?«

Kenzie zog die Hand zurück, die Callum noch immer festhielt. »Willst du damit andeuten, dass du mir nicht sagen willst, wer er ist, weil du glaubst, dass mir die Wahl nicht gefallen wird?«

»Ja.«

Kenzie starrte ihn an. »Heißt das, ich kenne ihn bereits?«

Callum biss sich auf die Lippe und wandte seinen Blick ab. Er seufzte. »Ich werde dich nicht anlügen.«

Das war eindeutig ein *Ja.* Kenzie sah sich erneut um, auf der Suche nach einem vertrauten Gesicht. »Wer ist es?«

»Kenzie.« Callum sagte ihren Namen so eindringlich, dass sie nicht anders konnte, als ihn anzusehen. Er stellte sein Weinglas ab und holte tief Luft. Sorge spiegelte sich in seinen Augen. »Ich bin es. Nilam war mir versprochen.«

Seine Worte gingen im Applaus der anderen Gäste beinahe unter, aber Kenzie verstand sie so deutlich, als hätte Callum sie ihr ins Gesicht geschrien. Ihr Herz verkrampfte sich und die Übelkeit, die sie vor dem Ball verspürt hatte, kam zurück, schlimmer als zuvor.

Doch plötzlich ergab alles einen Sinn.

Wenn seine Verpflichtungen nicht gewesen wären, hätte er jede haben können.

Kenzie hätte es wissen müssen. Diese furchtbaren Frauen im Supermarkt hatten Andeutungen gemacht und auch Octavius' Worte hätten ihr einen Hinweis sein sollen, aber sie war zu dumm gewesen sie zu verstehen.

Hunderte von Frauen liegen dir zu Füßen, auch wenn sie wissen, dass sie dich nicht haben können, und du suchst dir die Einzige aus, für die du dich nicht interessieren solltest.

»Es tut mir leid, Kenzie. Ich wollte dich damit nicht belasten.« Callum streckte seine Hand nach ihr aus, doch bevor er sie berühren konnte, sprang sie von ihrem Platz auf.

»Fass mich nicht an!«

»Bitte hör mir zu und lass uns reden.«

»Nein.« Kenzie schüttelte den Kopf. Sie wich einen Schritt zurück, dann noch einen und noch einen, und schließlich wandte sie sich von dem Tisch ab.

»Kenzie!« Callum machte Anstalten, ihr zu folgen.

»Nein, ich will allein sein«, knurrte Kenzie und lief davon. Niemand versuchte sie aufzuhalten, als sie unter der Absperrung hindurchschlüpfte. Sie eilte in eine schmale Gasse und folgte ihr, ohne auf den Weg zu achten. Sie hatte keinen Plan, sie musste nur weg von Callum und dem stechenden Gefühl in ihrer Brust.

Kenzie hatte sich immer gefragt, was sie getan hatte, um Callums Aufmerksamkeit und Fürsorge zu verdienen, und nun kannte sie die Antwort. Er war Nilams Erwählter. Er war für sie bestimmt gewesen und hatte all das nur ihretwegen getan. Nilam hätte es ihm nicht verziehen, hätte er Kenzies Abschiebung damals nicht verhindert. Er hatte sie nicht aus all den ritterlichen und romantischen Gründen beschützt, die sie sich ausgemalt hatte, sondern weil er sich Nilam gegenüber verpflichtet gefühlt hatte.

Kenzie entdeckte ein Loch im Boden, und ohne darüber nachzudenken, stieg sie die Leiter nach unten in die erste Ebene. Sie konnte nicht zurück zu Callum. Er gehörte zu Nilam. Sie hätte an seiner Seite glücklich werden sollen – nicht Kenzie. Nilam hatte alles verloren und Kenzie hatte nichts dagegen tun können. Und nun hatte sie sich auch noch ausgerechnet den Mann genommen, der ihr zugestanden hätte.

Callum hatte nicht einmal den Anstand besessen, es ihr zu sagen. Warum hatte er es ihr verschwiegen? Was wollte er damit bezwecken? Sah er in ihr nur die Chance, der Frau nahe zu sein, der er versprochen gewesen war und deren Tod er nicht hatte verhindern können? Versuchte er mit seinen Küssen etwas gutzumachen, von dem er glaubte, es sei seine Schuld?

Kenzie kniff die Augen zusammen und sprang den letzten Meter von der Leiter auf den Boden. Sie knickte auf ihren hohen Absätzen um und schrie auf. Doch sie fand ihr Gleichgewicht wieder, bevor sie hinfallen konnte. Eilig zog sie die Schuhe aus und lief barfuß weiter. Kleine Steine stachen ihr in die Fußsohlen, aber sie ignorierte den physischen Schmerz. Die Leute auf der Straße starrten sie an und sahen ihr hinterher, aber niemand versuchte sie aufzuhalten, nicht einmal die Wachen.

Ihr Ziel erkannte Kenzie erst, als sie das heruntergekommene Haus ohne Tür erreichte. Sie lief die Treppe nach oben und hämmerte mit der geballten Faust gegen Kalifs Wohnungstür. Er öffnete ihr sofort und ein überraschter Ausdruck huschte über sein Gesicht. »Kenzie, was ist passiert?«

Ohne zu antworten ging sie an Kalif vorbei in das Zimmer und ließ sich auf sein Bett fallen.

Noël war sofort an ihrer Seite. »Was ist mit deinen Füßen?«

Kenzie sah an sich herab und erkannte, dass sie blutige Abdrücke auf den Fliesen hinterlassen hatte. »Ich konnte in den hohen Absätzen nicht laufen.« Sie wollte ihnen ihre Schuhe zeigen und bemerkte erst in diesem Moment, dass sie sie an der Leiter hatte stehenlassen.

Kalif holte ein feuchtes Tuch aus seiner Küche. Er kniete sich vor Kenzie und nahm einen ihrer Füße in die Hand. Sanft wischte er Blut und Dreck von ihren Sohlen. »Bei all dem zerbrochenen Glas, das momentan auf der Straße liegt, hättest du besser aufpassen müssen«, tadelte er. »Warst du auf dem Ball der Repräsentativen?«

Sie nickte.

»Ich habe gehört, sie haben dort guten Wein.«

»Keine Ahnung, ich hab keinen getrunken. Ich wollte überhaupt nicht hingehen. *Callum* dachte, es wäre eine gute Idee.«

Kalif schmunzelte, aber sein Lächeln wirkte steif. »Ah, jetzt verstehe ich.«

»Was verstehst du?« Noël stand mit verschränkten Armen über ihnen und beobachtete Kalif dabei, wie er sich Kenzies anderem Fuß widmete, ehe er das Blut vom Boden wischte.

»Beziehungsprobleme«, säuselte Kalif.

Noëls Miene verfinsterte sich. »Was hat Callum angestellt?«

Kenzie holte tief Luft und merkte, dass ihre Wut verflogen war. Irgendwann zwischen dem Verlassen des Balls und Noëls Frage war der Zorn von ihr abgefallen und hatte ein Gefühl tiefer Enttäuschung zurückgelassen. Doch sie war weniger von Callum als von sich selbst enttäuscht. Wie hatte sie sich nur in den Mann verlieben können, von dem Nilam ihr ganzes Leben geträumt hatte? »Callum war Nilams Erwählter.«

»Ja, und?«, sagte Kalif mit einer Selbstverständlichkeit, die nur eine Vermutung zuließ: Er hatte die Wahrheit bereits gekannt. »Jeder wusste davon«, fuhr Kalif fort. »Okay, nicht jeder. Es wurde nicht offiziell verkündet, aber dass Callum zu den zehn Erwählten gehörte, war bekannt, und nachdem er angefangen hat sich öffentlich mit dir zur zeigen, nachdem er sich so lange für keine Frau interessiert hatte, konnte man sich denken, welche Repräsentative er hätte heiraten sollen.«

»Wie konnte ich nur so naiv sein?« Kenzie vergrub das Gesicht in den Händen. Sie hätte ahnen müssen, dass Callum ein Erwählter war. Wie hatte sie die Zeichen nur übersehen können? Er hatte das typisch gute Aussehen der Erwählten und war im richtigen Alter. »Und wieso hat er es mir nicht früher gesagt?«

Kalif zuckte mit den Schultern. »Ist es denn wichtig?«

Kenzie blickte auf. »Natürlich ist es das. Nilam war meine beste Freundin. *Ihr* war es bestimmt, mit Callum zusammen zu sein. Nicht mir. Sie hat Noël und mir ständig davon erzählt, wie sie sich ein Leben mit ihrem Erwählten vorstellte. Sie ist noch keinen Monat tot und ich ... und er und ...«

Sie schüttelte den Kopf und griff nervös nach einem Buch, das auf Kalifs Nachttisch lag, um etwas in den Händen zu halten. Es sah wertvoll aus, aber vermutlich war es das nicht, wenn die Kolonie Kalif erlaubte es zu besitzen. Der Umschlag war braun und die Seiten waren am Rand mit Ranken verziert.

»Magst du ihn?« Die Frage kam von Noël.

Sie blickte auf. »Wen?«

Er rollte mit den Augen. »Callum natürlich.«

Natürlich. Kenzie zögerte, dann nickte sie. »Ich mag ihn sehr.« Sie biss sich auf die Lippe und konnte ihre nächsten Worte kaum glauben. »Ich denke sogar, dass ich ihn liebe.«

Genau darin lag das Problem. Sie sollte ihn nicht lieben. Aber liebte sie ihn tatsächlich oder redete sie sich das nur ein? Sie kannte Callum gerade einmal vier Wochen und in dieser Zeit hatten sie viel gemeinsam durchgestanden. Natürlich verband sie das miteinander, aber waren das echte Gefühle? Konnte sie ihrem Herzen wirklich vertrauen? Oder waren es nur ihre Dankbarkeit und Einsamkeit, die ihr vorgaukelten, dass sie Callum liebte?

Nein.

Ausgeschlossen.

Ihre Gefühle waren echt, daran hatte Kenzie keinen Zweifel. Es war die Art, wie er sie ansah und wie er sie berührte und küsste. Sie fühlte sich in seiner Nähe wohl und konnte sich fallenlassen.

Die Worte, die er auf dem Dach des Würfels zu ihr gesagt hatte, echoten durch ihren Verstand und ließen sie hoffen.

»Ich sehe das Problem nicht.« Noël setzte sich neben Kenzie auf das Bett und nahm ihr das Buch aus der Hand. »Wenn du ihn liebst, solltest du zu ihm gehen. Vielleicht war er Nilam versprochen, aber sie ist nicht mehr hier.« Seine Stimme brach bei diesen Worten und er musste sich räuspern. »Sie hätte nicht gewollt, dass du deine Beziehung zu Callum ihretwegen aufgibst.«

»Er sollte nicht mit mir zusammen sein. Er gehört zu Nilam und das weiß er. Er hat mich ihretwegen vor der Verbannung bewahrt. Alles, was er für mich getan hat, hat er nur getan, um ihr gerecht zu werden.«

»Hat er dir das gesagt?«, fragte Kalif.

Kenzie schüttelte den Kopf.

»Okay, verrückte Theorie: Er hat es getan, weil er dich mag.«

»Aber–«

»Kein Aber«, unterbrach Kalif sie. »Er war Nilam versprochen, weil er mit seinen dunklen Augen und Haaren und seinem Status all das repräsentiert, was die Luftkolonie zu bieten hat. Doch er kannte sie nicht einmal und das, was die beiden hatten, war nicht echt – noch nicht.«

»Ich stimme Kalif zu«, sagte Noël. »Du kannst hier sitzen, dich bemitleiden, über Callums Gründe spekulieren und dich dabei schlecht fühlen, weil du den Mann liebst, der Nilam versprochen war, oder du gehst zu ihm und redest mit ihm. Und das ist das, was Nilam gewollt hätte. Sie hätte sich gewünscht, dass du glücklich bist, egal mit wem.«

Kenzie biss sich auf die Unterlippe. Was Noël und Kalif sagten, ergab Sinn. Sie sollte mit Callum reden, zumal sie ihn nicht für immer meiden konnte. Sie wohnte bei ihm, hatte dort all ihre

Sachen und sie wollte ihm trotz allem noch dabei helfen, seinen Platz im Rat zurückzugewinnen. Ihre eigenen Zweifel durften dem höheren Ziel nicht im Weg stehen. Dennoch konnte sie die Enttäuschung und die Schuldgefühle, die an ihr nagten, nicht abschütteln. Aber natürlich hatte Noël Recht. Nilam hätte nicht gewollt, dass sie Callum ihretwegen aufgab.

Lange Zeit war Kenzie durch die Kolonie gelaufen und hatte das Limit der Ausgangssperre ausgereizt, um sich Gedanken darüber zu machen, was sie zu Callum sagen wollte, und um sich selbst davon zu überzeugen, dass sie im Begriff war, das Richtige zu tun. Tief in ihrem Innern war sie sich dessen bereits sicher, doch sie hatte Angst vor der Aussprache und davor, dass Callum ihre schlimmsten Befürchtungen bestätigen und ihr das Herz brechen würde.

Doch sie brauchte auch Gewissheit und aus diesem Grund war sie zurückgekehrt. Sie klopfte an die Haustür und trat einen Schritt zurück. Einen Moment später wurde die Tür bereits aufgerissen und Callum stand ihr gegenüber.

Er trug noch immer die dunkle Hose und das schwarze Hemd vom Ball, sein Jackett hatte er abgelegt. Seine Haare sahen chaotischer aus als noch vor zwei Stunden und in seinen Augen lag ein wütendes Funkeln, das Kenzie zurückweichen ließ.

»Wo warst du?«

»Ich …« Sie schluckte. »Bei Noël und Kalif.«

Callum fixierte sie mit seinem Blick, dann stieß er einen Fluch aus. »Ich habe gedacht, du würdest nach Hause laufen, aber als du dann nicht hier warst … Hast du eine Ahnung, was für Sorgen ich mir um dich gemacht habe? Die Straßen sind im Moment alles andere als sicher.«

Kenzie schob sich an Callum vorbei in das Zimmer. Sie hatte überhaupt keine Gedanken an die Gefahr verschwendet. Ihr Zorn und ihre Enttäuschung hatten sie verblendet. »Es tut mir leid. Mir ist nichts passiert.«

»Aber es hätte dir etwas passieren können.« Callum ließ die Tür mit einem Knall zufallen.

Kenzie erwiderte darauf nichts und kickte die zu großen Sandalen, die Kalif ihr geliehen hatte, von ihren Füßen. Ihr dumpfer Aufschlag war alles, was zu hören war, ehe sich Stille über das Haus legte. Sie hielt einige Sekunden an und hinterließ ein Kribbeln auf Kenzies Haut. Die Härchen an ihren Armen stellten sich auf und sie schlang die Arme um ihren Oberkörper, um das verräterische Zittern zu verbergen.

»Es tut mir leid«, sagte Callum schließlich. Er hatte die Hände in die Hosentaschen geschoben. »Ich hätte dir von Nilam und mir erzählen sollen. Es nicht zu tun war ein Fehler.«

Kenzie blieb neben der Couch stehen. Sie setzte sich nicht, denn sie wollte mit Callum auf Augenhöhe sprechen.

»Ich dachte, es sei nicht von Bedeutung.«

»Nicht von Bedeutung?«, knurrte Kenzie. Verstand Callum überhaupt, worum es hier ging? Entschuldigte er sich nur, weil er glaubte, dass es das war, was sie von ihm hören wollte? »Sie war meine beste Freundin und du hättest dein Leben mit ihr verbringen sollen. Hast du eine Ahnung, wie ich mich deswegen fühle? Acht Jahre lang hat sie von dir geredet, von dir geschwärmt, und jetzt bin ich diejenige, die dich küsst! Wie kann das nicht von Bedeutung sein?«

»Es ist, als würdest du uns beide für etwas bestrafen, das es nie gegeben hat. Nilam und ich haben nur in der Theorie zusammen existiert. Es war nie echt und deshalb ist es nicht von Bedeutung. Du würdest dich doch auch nicht so verhalten, wenn ich dir erzähle, dass ich in der Nacht von einer anderen Frau geträumt habe, oder?«

»Das ist dein Argument?« Kenzie zog die Augenbrauen nach oben. »Du vergleichst Nilam mit einem erotischen Traum?«

»Nein!«, rief Callum. »Verdammt, Kenzie, wieso machst du es mir so schwer? Oder willst du es dir nur selbst schwer machen? Ich habe Nilam nicht gekannt, wie du sie kanntest. Doch ich bin mir sicher, sie würde nicht wollen, dass wir ihretwegen beide unglücklich sind, oder?«

Kenzie schüttelte den Kopf. »Nein, das hätte sie nicht gewollt.«

»Dann mach mich glücklich und hör auf, die Situation unnötig zu analysieren. Verzeih mir und auch dir selbst. Denn ich träume nicht von anderen Frauen und auch nicht von Nilam. Ich träume nur von dir und ich will mit dir zusammen sein.«

Kenzie senkte ihren Blick. »Ich will auch mit dir zusammen sein, aber ich weiß nicht, ob ich es kann. Du wirst für immer Nilams Erwählter sein. Das kann ich nicht vergessen und du kannst nicht abstreiten, dass du mir nur ihretwegen geholfen hast.«

»Das stimmt«, bestätigte Callum, ohne zu zögern, und Tränen traten Kenzie in die Augen. Dies war der Moment, vor dem sie sich gefürchtet hatte; der Moment, in dem Callum ihr sagte, dass alles, was sie hatten, auf einer Lüge erbaut war. Er presste die Lippen aufeinander und schien seine nächsten Worte genau abzuwägen. »Ich habe mich damals für dich eingesetzt, weil ich wusste, wie viel du Nilam bedeutet hast. Sie wollte dich bei sich haben und ich wollte die Frau glücklich machen, mit der ich den

Rest meines Lebens verbringen sollte. Das war der Grund, weshalb ich für dich gebürgt habe.«

Kenzie kniff die Augen zusammen. Sie wollte nicht weinen. Sie hatte kein Recht darauf, denn Callum sagte nur die Wahrheit. Ohne Nilam hätte er sich ihrer nie angenommen.

»Und doch täuschst du dich«, sagte Callum und stand plötzlich vor ihr. Geräuschlos hatte er sich durch den Raum bewegt. Er müsste nur noch seinen Arm ausstrecken, um sie zu berühren, und eigentlich sollte Kenzie zurückweichen, doch sie konnte sich seiner Nähe, die ihr inzwischen so vertraut war, nicht entziehen. »Nilam war der Grund, weshalb ich dich vor einer Verbannung bewahrt habe, aber alles, was folgte, habe ich für dich getan. Du hast mich fasziniert und ich wollte erfahren, wer das Mädchen ist, das so mutig, dumm und verrückt ist, auf eigene Faust die heimische Kolonie zu verlassen.«

»Mich als verrückt und dumm zu bezeichnen wird dich nicht weiterbringen.« Kenzie konnte nicht anders. Sie grinste.

Callum lächelte. »Das war ein Kompliment. Bevor du in mein Leben getreten bist, war diese Kolonie für mich kaum auszuhalten. All diese Regeln und Pflichten und Erwartungen haben mich innerlich zerfressen. Vor deiner Ankunft habe ich jeden Tag auf dem Dach gesessen und versucht meinen Verstand zu benebeln, um mir nicht länger Sorgen machen zu müssen. Und ich habe nicht nur einmal darüber nachgedacht, wie es wäre, einfach über den Rand zu treten und allem ein Ende zu bereiten.«

Bei diesen Worten krampfte sich Kenzies Herz zusammen. Die Vorstellung, dass Callum allein auf dem Würfel gesessen und darüber nachgedacht hatte, sich das Leben zu nehmen, war für sie nicht zu ertragen. »Aber du wolltest es nie wirklich tun, oder?«

»Ich glaube nicht«, antwortete Callum. Er streckte eine Hand nach ihr aus und ließ sie wieder sinken, bevor er sie berühren konnte. »Ich habe nie gewusst, was ich will und wer ich wirklich bin, bis du es mir gezeigt hast. Du inspirierst mich und gibst mir das Gefühl, alles tun und lassen zu können, was ich möchte. Für dich muss ich mich nicht verstellen und du zwingst mich auch nicht, jemand zu sein, der ich nicht bin, aber wenn ich bei dir bin, will ich die beste Version meiner selbst sein.«

»Das bist du für mich immer, egal was die anderen behaupten.«

»Mich interessiert nicht länger, was die Leute über mich denken, Kenzie. Mich interessiert nur noch, was *du* von mir denkst.« Callums Stimme war so eindringlich wie sein Blick, mit dem er Kenzie gefangen hielt. Sie ließ zu, dass er ihr noch näher kam, bis ihre Körper einander beinahe berührten. »Kenzie.« Er flüsterte ihren Namen und sein Atem streifte ihre Haut. »Ich liebe dich.«

Kenzie blinzelte und wurde von einer Woge von Gefühlen erfasst, die sie nicht beschreiben konnte. Callum liebte sie. Er liebte sie. Plötzlich fühlte sich ihr Mund trocken an und all die Argumente gegen ihre Beziehung, die sie sich in ihrem Kopf zurechtgelegt hatte, waren verschwunden. Denn wie konnte etwas falsch sein, das sich so richtig anfühlte?

»Wenn du mir nicht glaubst, Kenzie, dann lass es mich dir beweisen«, sagte Callum, der ihr Schweigen offensichtlich falsch deutete, denn Verunsicherung schwang in seinen Worten mit.

Kenzie sah zu Callum auf. »Wie willst du mir das beweisen?«

Er setzte ein schiefes Lächeln auf. »Vertraust du mir?«

»Ich weiß nicht … Ich denke schon«, sagte Kenzie. Es war die Antwort, die Callum ihr einmal auf dieselbe Frage gegeben hatte, und bereits in der nächsten Sekunde küsste er sie. Er schob eine Hand in ihren Nacken, die andere legte er auf ihren Rücken. Kenzie konnte nicht anders, als sich der Berührung hinzugeben. Callum schmeckte nach süßem Wein, und auch ohne davon getrunken zu haben, fühlte sich Kenzie plötzlich berauscht, betrunken von den Empfindungen, die Callum in ihr auslöste.

Sie krallte sich an seinen Schultern fest. Er umfasste ihre Hüften und schob sie langsam in Richtung der Couch, die irgendwo hinter ihnen stehen musste. Dabei konnte Kenzie deutlich spüren, wie sehr Callum sie wollte.

Rastlos glitten seine Hände über ihren Körper und Kenzie ließ sich langsam auf das Polster des Sofas nieder, während er sich vor sie auf den Boden kniete.

Forschend berührte er den Saum ihres Kleides, und als Kenzie keine Einwände erhob, schob er den Stoff nach oben, bis dieser sich um ihre Hüfte raffte und seine Daumen über ihre Oberschenkel strichen. Sie erzitterte unter der Berührung, die sich so vertraut anfühlte, obwohl sie ihr völlig fremd sein sollte.

»Vertraust du mir noch immer?«, fragte Callum.

Kenzie nickte und er legte seine Lippen auf ihren Hals. Sie ließ den Kopf in den Nacken fallen und seufzte. Callum küsste ihr Schlüsselbein hinab bis zu ihrem Dekolleté, und ohne seinen Mund von ihrer Haut zu lösen, tastete er nach dem Bund ihrer Unterwäsche.

In einer fließenden Bewegung zog er sie nach unten, ehe er die Lippen auf die Innenseite ihrer Beine senkte. Langsam küsste er eine Spur nach oben und ließ Kenzies Atmung vor Verlangen immer schneller werden.

Schließlich richtete Callum sich wieder auf. Und selbst ohne ihn anzusehen war sich Kenzie seines Lächelns bewusst.

Mit einem zufriedenen Seufzen beugte er sich über sie und

Kenzie neigte den Kopf, um seinen Hals zu küssen. Der salzige Geschmack seiner Haut brachte sie um den Verstand und sie konnte nicht glauben, dass sie die nächsten Worte tatsächlich aussprach. »Zieh dich aus.«

Ein träges Halblächeln erschien auf Callums Lippen. Er öffnete die ersten beiden Knöpfe seines Hemds, bevor er es sich über den Kopf zog. Kenzie hatte ihn schon einmal ohne Shirt gesehen. Damals hatte sie sich kaum getraut ihn in Augenschein zu nehmen, doch nun hielt sie nichts mehr davon ab. Ihr Blick folgte Callums Händen, als er nach seiner Hose griff. Ohne zu zögern, entledigte er sich all dessen, was sie noch voneinander trennte, und Kenzie hielt erneut den Atem an.

»Ich habe in einem Buch einmal von Leuten gelesen, die ausschließlich nackt in ihrer Wohnung herumlaufen«, bemerkte sie und sah an Callums Körper nach oben. »Ich finde, wir sollten darüber nachdenken.«

Callum lachte und küsste sie. »Bevor wir darüber nachdenken, sollten wir dich aus diesem Kleid holen.«

»Okay«, hauchte Kenzie, und auch wenn sie Callum vollkommen vertraute, konnte sie einen Funken Verunsicherung nicht unterdrücken, als sie sich vor ihn stellte und ihm den Rücken zuwandte. Noch nie hatte ein Mann sie nackt gesehen.

Callum öffnete den Verschluss ihres Kleides und streifte es ihr von den Schultern. Anschließend öffnete er den Clip ihres BHs und schob die Träger langsam von den Schultern. Dabei küsste er jeden Millimeter freigelegter Haut.

»Du bist wunderschön«, murmelte Callum, als er den BH achtlos zur Seite warf und sie von hinten umfasste.

Kenzie drehte sich in seiner Umarmung und erneut fand ihr Mund seinen. Neckisch biss sie ihn in die Unterlippe und er zog sie fester an sich. Sie fuhr mit den Händen über seinen Körper und erkundete seinen flachen Bauch, seine muskulösen Arme und seinen breiten Rücken. Und auch Callum ließ keine Sekunde von ihr ab. Seine Finger hinterließen eine heiße Spur auf ihrem Körper und immer wieder brachte er sie zum Seufzen, wenn er genau die richtigen Stellen berührte.

Kenzie sank rückwärts auf die Couch und schlang ihre Beine um Callums Hüften. Sie wollte nicht länger warten, auch wenn sie nervös war. Vermutlich war das normal. Dieser Moment bedeutete ihr viel, denn Callum bedeutete ihr alles und ihm schien es mit ihr ähnlich zu gehen, wenn das Beben seines Körpers ein Indiz dafür war.

Fieberhaft klammerte sich Kenzie an seinen Schultern fest, um sie einander noch näher zu bringen, und dann gab es nur noch Callum und die Empfindungen, die er in ihr auslöste.

Es dauerte eine Weile, bis sich Kenzies Puls beruhigt hatte. Callum hatte eine Decke über ihre nackten Körper ausgebreitet. »Wie ernst war dein Vorschlag mit dem Nacktsein in der Wohnung gemeint?« Abwesend wickelte er eine ihrer Haarsträhnen um seinen Finger und ließ sie wieder fallen.

»Vollkommen ernst.« Kenzie küsste ihn auf den Hals. »Stell dir vor, wie viel einfacher das hier wäre, wäre nicht ständig Kleidung im Weg.«

Er lachte. »Das würde die Gerüchte um uns jedenfalls noch interessanter machen.«

»Noch interessanter? Ich glaube, das haben wir gar nicht nötig.« Kenzie schmiegte sich an Callums Brust und gähnte. Am liebsten wäre sie die ganze Nacht wach geblieben, um mit ihm zu reden, doch zugleich war sie erschöpft.

»Es tut mir wirklich leid, dass ich dir die Sache mit Nilam nicht erzählt habe«, sagte Callum mit ernster Stimme. Dann grinste er plötzlich. »Aber auch wenn ich ungern mit dir streite, so bin ich doch froh über den Ausgang dieses ... Missverständnisses.«

»Ich auch.« Kenzie lächelte träge. »Und mir tut es leid, dass ich weggerannt bin und du dir Sorgen gemacht hast. Ich war wütend und habe überreagiert. Ich hätte bei dir bleiben und mit dir reden sollen.«

»Versprich mir, dass du nicht mehr allein auf die Straße gehst.« Callum ließ ihre Haarsträhne fallen. »Es geht nicht länger nur um diesen Mörder. Es gibt andere Leute da draußen, die gefährlich sind, vor allem für dich.«

Kenzie nickte. »Einverstanden, aber nur, wenn du mir versprichst, dass auch deine nächtlichen Ausflüge aufhören.«

»Ich glaube, darum musst du dir keine Sorgen mehr machen.« Er küsste ihren Scheitel. »Wir beide haben gerade ein viel besseres Ventil gefunden, um mich meine Sorgen vergessen zu lassen.«

Sechsundzwanzig

»Kenzie.« Callums heisere Stimme erklang dicht neben ihrem Ohr. Sofort stürzten die Erinnerungen der letzten Nacht auf sie ein und ein Kribbeln breitete sich in ihrem Körper aus. Sie lächelte, schmiegte sich an Callums warme Brust – und hielt inne. Irgendetwas stimmte nicht. Seine Haut war nicht nur warm, sie brannte förmlich.

Kenzie richtete sich auf und bemerkte, dass sie nicht länger zugedeckt waren. Einer von ihnen hatte die Decke im Lauf der Nacht auf den Boden geschoben, was bei dieser Hitze nicht verwunderlich war.

»Kenzie.«

»Was ist ...« Das letzte Wort erstarb auf ihren Lippen, als sie Callum ansah. Seine Haut glühte vielleicht, aber sein Gesicht war leichenblass. Schweißperlen hatten sich auf seiner Stirn gebildet und seine Haare waren feucht. Er stieß einen schmerzverzerrten Laut aus.

»Ich glaube, ich muss mich übergeben«, presste er zwischen zusammengebissenen Zähnen hervor.

Kenzie sprang von der Couch, um ihm einen Eimer zu holen, aber da war es bereits zu spät. Callum rollte sich zur Seite und erbrach sich auf den Boden.

Eilig lief Kenzie in die Küche und suchte alles zusammen, was sie brauchte. Callum lag wieder flach auf dem Sofa, als sie zurückkam. Er hatte einen Arm über die Augen gelegt und atmete schwer durch den Mund. Sie kniete sich ans Kopfende neben ihn, bemüht nicht durch die Nase zu atmen. »Wie geht es dir?« Es war eine lächerliche Frage, denn die Antwort war offensichtlich. Doch Kenzie wusste nicht, was sie sonst hätte sagen können.

»Tut mir leid«, keuchte Callum. »Ich wollte nicht–«

»Schon in Ordnung«, unterbrach Kenzie ihn. »Ich habe dir einen Eimer und ein Glas Wasser mitgebracht.« Sie stellte beides griffbereit auf den Tisch. »Ich werde uns etwas zum Anziehen holen und dann kümmern wir uns um dich.« Sie wartete nicht auf eine Antwort, sondern lief gleich auf die Galerie. Achtlos streifte sie ihre Sachen vom Vortag über und zog etwas für Callum aus dem Schrank, als sie hörte, dass dieser im Erdgeschoss Gebrauch von dem Eimer machte.

Wie hatte er innerhalb weniger Stunden nur so krank werden können? Während ihrer gemeinsamen Nacht hatte er sich noch bester Gesundheit erfreut. Nichts hatte darauf hingewiesen, dass es ihm nicht gut ging.

Mit einem Shirt und einer Boxershorts ging Kenzie zurück nach unten. Callum hatte sich aufgerichtet und saß nun auf der Couch, den Eimer zwischen den Beinen, den Kopf gesenkt. Er sah nicht auf, als sich Kenzie neben ihn stellte. »Kannst du dich allein anziehen?«

Callum nickte und stellte den Eimer zur Seite. Es tat Kenzie weh, ihn zu beobachten, denn er hatte eindeutig Schmerzen. Jede seiner Bewegungen war bedacht und langsam. Nachdem er sich wieder hingelegt und Kenzie ihm ein kaltes Tuch auf die Stirn gelegt hatte, machte sie sich daran, das Erbrochene von den Fliesen zu wischen.

Sobald sie damit fertig war, setzte sie sich neben Callum auf den Boden und betrachtete sein blasses Gesicht. Seine Gesundheit hatte sich in der letzten halben Stunde noch weiter verschlechtert.

»Gibt es in der Nähe einen Arzt?«, fragte Kenzie.

»Arno«, antwortete Callum mit geschlossenen Augen und schwacher Stimme. »Aber er wird im Lazarett in der untersten Ebene sein, wie alle Ärzte.«

»Verdammt«, murmelte Kenzie. Es war ausgeschlossen, dass sie Callum in seiner gegenwärtigen Verfassung in die unterste Ebene brachte. Sie war sich nicht einmal sicher, ob er es überhaupt bis vor die Tür schaffen würde. Das Fieber war hoch, und obwohl er nach außen hin zu verbrennen schien, zitterten seine Glieder. »Glaubst du, einer der Ärzte würde hierherkommen, wenn ich ihn darum bitte?«

»Vielleicht.« Callums Körper wurde von einem Hustenanfall erschüttert. Kenzie half ihm dabei, sich aufzusetzen, und streichelte ihm über den Rücken.

Der Gedanke, Callum alleinzulassen, gefiel ihr nicht, aber noch weniger gefiel es ihr, tatenlos herumzusitzen und nicht zu wissen, was vor sich ging. Woran Callum auch litt, es war keine einfache Erkältung, und sie konnte es nicht riskieren, noch länger zu warten, dafür war das Fieber zu hoch.

»Ich werde einen Arzt holen«, sagte Kenzie entschlossen, nachdem sein Husten verebbt war. »Ich beeile mich und bin so schnell wie möglich wieder zurück.«

»Du hast versprochen nicht allein auf die Straße zu gehen.«

Kenzie lächelte und drückte Callum einen Kuss auf die

Wange. »Ich weiß, aber das ist ein Notfall. Es ist fast Mittag und überall sind Sicherheitsleute. Mir wird schon nichts passieren. Versprochen.«

Callum nickte, zu schwach, um zu protestieren. »Sei vorsichtig.«

»Immer.« Kenzie tauschte den feuchten Lappen auf seiner Stirn aus und nahm zur Sicherheit ein Messer aus der Küche mit, das sie sich in den Hosenbund schob, ehe sie sich auf den Weg machte.

Die Luft in der Kolonie war vor Anspannung so dick, dass Kenzie glaubte sie greifen zu können. Jeder Blick war misstrauisch. Es kostete sie einiges, nicht einfach loszurennen, aber sie wollte nicht panisch wirken, nicht jetzt, in einer Zeit, in der die Nerven so blank lagen. In der vergangenen Nacht hatte niemand Kenzie aufgehalten, aber das war Glück gewesen und sie konnte es nicht riskieren, festgenommen zu werden. Callum wartete auf sie.

Sie stieg durch eines der Löcher im Boden in die erste Ebene und lief eine Weile durch die Straßen in Richtung des Lazaretts, ehe sie eine weitere Leiter nach unten kletterte, bis sie in der untersten Ebene stand. Die Wege zwischen den Feldern wurden von Sicherheitsleuten patrouilliert. Sie starrten Kenzie finster an, aber ihr Fokus lag auf den Arbeitern, die auf der Erde knieten. Die ausgelassene Stimmung, die noch vor einigen Wochen bei Kenzies Ankunft geherrscht hatte, war verschwunden. Die Menschen arbeiteten schweigend, mit gesenkten Blicken und ausdruckslosen Gesichtern.

Kenzie näherte sich den Lagerhäusern und erkannte das Lazarett sofort. Das lag nicht nur an dem hellen Laken mit der Aufschrift *Ärztlicher Notdienst*, das man über das Tor gespannt hatte, sondern vor allem an den vielen Menschen vor dem Eingang.

Ihre aufgeregten Stimmen durchbrachen die Stille der Feldarbeiter und ließen Kenzies Schritte schneller werden. Irgendetwas stimmte nicht. Es waren zu viele Leute und sie waren zu aufgebracht.

Hatte es einen neuen Aufstand gegeben?

Hatte man eine weitere Leiche gefunden?

»Was ist hier los?«, fragte Kenzie eine Frau, die am Rande des Geschehens stand. Sie hatte die Haare zu einem Knoten gebunden und trug eine helle Bluse. Ein eindeutiges Indiz dafür, dass sie aus der zweiten Ebene stammte. Tränen glitzerten in ihren Augen.

»Das Lazarett ist überfüllt.«

»Ist etwas Schlimmes passiert?«

Die Frau schniefte, was gar nicht zu ihrem eleganten Auftreten passen wollte. »Sie haben Fieber und erbrechen sich.«

»Wer?«

»Alle. Mein Sohn und mein Mann sind auch betroffen. Sie wissen nicht, woher es kommt. Bisher scheint nur die zweite Ebene betroffen zu sein.«

»Callum hat es auch«, sagte Kenzie, nicht sicher, ob sie Erleichterung darüber verspüren sollte, dass er nicht der Einzige war, oder Sorge.

Die Frau zog eine Braue in die Höhe und musterte Kenzie. »Du bist es. Das Flüchtlingsmädchen, das ihn seinen Platz im Rat gekostet hat.«

»Alarics falsche Anschuldigungen haben ihn den Platz im Rat gekostet.«

Bevor die Frau etwas erwidern konnte, erklang ein schriller Pfiff. Alle Blicke richteten sich auf das Tor vor dem Lazarett. Dort stand ein Mann mit Stethoskop um den Hals auf einem Podest.

»Bitte bewahrt Ruhe. Panik hilft niemandem«, verkündete der Arzt mit lauter Stimme. »Leider sind die Kapazitäten in unserem Lazarett ausgeschöpft, aber ihr müsst euch um eure Angehörigen keine Sorgen machen. Die ersten Untersuchungen haben ergeben, dass es sich bei allen Betroffenen um Vergiftungserscheinungen handelt.«

Ein Raunen ging durch die Menge.

»Das Gift wurde offenkundig dem Wein hinzugefügt, der bei dem gestrigen Ball der Repräsentativen ausgeschenkt wurde. Es ist jedoch nicht tödlich und kann von zu Hause aus behandelt werden. Man muss den Betroffenen lediglich die Arznei verabreichen, die wir gleich verteilen werden. Eine einmalige Anwendung sollte zur Genesung ausreichen. Verschwinden nicht alle Symptome innerhalb von fünf Stunden, sollte eine zweite Dosis verabreicht werden.«

Der Arzt hatte seine Rede kaum beendet, da drängten die Leute nach vorne, um eine der kleinen Dosen zu bekommen, die aus dem Lazarett getragen wurden. Kenzie schob sich an zwei Männern vorbei, um eine der Ersten in der Schlange zu sein. Sie hatte die Ausgabe fast erreicht, als sie sah, wie eine Frau dem Arzt im Austausch gegen eine Dose Aktiva-Münzen reichte.

Verdammt.

Natürlich war das Gegenmittel nicht umsonst, denn nichts in dieser Kolonie war umsonst. Vermutlich hatten sie den Preis für die Arznei sogar extra hoch angesetzt, da es sich bei den Erkrankten um wohlhabende Einwohner aus der zweiten Ebene handelte.

Wie viel verlangten sie für das Mittel? Fünfzig Aktiva? Hundert? Es spielte keine Rolle, denn Kenzie hatte das Geld nicht. Sie hatte das Haus mit dem Plan verlassen, einen Arzt zu holen – der

Gedanke, Aktiva mitzunehmen, hatte ihren Verstand nicht einmal gestreift. Doch sie konnte nicht zulassen, dass Callum wegen ihrer Dummheit noch länger litt, und niemand konnte ihr garantieren, dass von dem Gegengift noch etwas übrig war, wenn sie später mit dem Geld zurückkam.

Kenzie ballte ihre Hände zu Fäusten und studierte ihre Umgebung. Sie konnte keine Sicherheitsleute ausmachen, die den Arzt bewachten, und kurzerhand fasste sie einen Entschluss, von dem sie wusste, dass er ihr eine Menge Ärger einbringen könnte.

Sie schob sich weiter nach vorne, bis sie nur noch eine Armlänge von der Kiste mit dem Gegenmittel entfernt war. Sie stand auf dem Podest, von dem der Arzt eben noch gesprochen hatte. Er reichte den Leuten die kleinen Dosen und stopfte die Aktiva in eine Tasche, die er an seiner Hose befestigt hatte.

Kenzie holte tief Luft, machte einen Satz nach vorne und rempelte gegen die Frau, die gerade für ihr Gegengift bezahlte. Diese verlor das Gleichgewicht und kam ins Stolpern. Der Doktor versuchte sie aufzufangen, aber Kenzie hatte ihrer Bewegung zu viel Schwung verliehen. Zu dritt stürzten sie zu Boden und rissen dabei das Podest mit sich. Die Dosen rollten über den Boden und die Leute keuchten erschrocken auf, vermutlich aus Sorge um das Gegengift.

Kenzie nutzte den Moment des Schocks. Sie griff sich eine der herumirrenden Dosen und stopfte sie sich in die Hosentasche. »Was soll das?«, brüllte sie in die Menge, ohne jemanden direkt anzusprechen. »Tut mir leid. Irgendein Idiot hat mich geschubst«, sagte sie an die Frau gewandt, die sie umgeworfen hatte, und stand vom Boden auf. Sie hätte dem Arzt gerne dabei geholfen, die Dosen wieder aufzusammeln, aber sie konnte nicht riskieren dort zu bleiben und zu warten, ob ihr Diebstahl womöglich auffiel.

Sie drängte sich an den Leuten vorbei, die durch den Zwischenfall noch unruhiger geworden waren. Niemand schenkte ihr Beachtung oder wunderte sich, weshalb sie plötzlich ging, ohne etwas von dem Gegengift gekauft zu haben. Die Menschen waren zu sehr auf die herumrollenden Dosen konzentriert.

»Bitte bleibt ruhig! Wir haben genug Gegenmittel für alle und es wird nicht schneller gehen, wenn ihr drängelt!«, hörte Kenzie den Arzt hinter sich rufen, gerade als sie die Menschenwand durchbrach und endlich aufatmen konnte. So schnell es ging und ohne verdächtig zu wirken, lief Kenzie zur nächsten Leiter und stieg die Sprossen nach oben, bis in die zweite Ebene.

Dieses Viertel der Kolonie war ihr noch nicht vertraut, aber es sollte nicht schwer sein, sich hier zurechtzufinden. Kenzie schlug den Weg ein, von dem sie glaubte, dass er zum Rathaus führte. Obwohl es bereits Mittag war, waren nur wenige Menschen unterwegs. Die Leute schienen es vorzuziehen, ihre Pause im sicheren Schutz der Bürogebäude zu verbringen, was in Anbetracht der fehlenden Sicherheitsleute nicht verwunderlich war. Gelegentlich erblickte Kenzie eine der uniformierten Gestalten, aber sie waren längst nicht so zahlreich vertreten wie in den Abendstunden. Vermutlich gab es keine Aufstände und Diebstähle zu befürchten, solange die Leute arbeiteten, um sich ihre Aktiva zu verdienen.

Kenzie tastete nach der Ausbeulung in ihrer Hosentasche, um sicherzustellen, dass das Gegengift noch da war, als sie auf einmal Schritte hinter sich wahrnahm. Unter normalen Umständen wären sie ihr niemals aufgefallen, aber in dieser gespenstischen Stille waren sie deutlich zu hören.

Wie von selbst wanderten Kenzies Finger zu dem Messer, das in ihrem Hosenbund steckte, und sie beschleunigte ihr Tempo, ohne zu rennen. Ein Prickeln breitete sich in ihrem Nacken aus. Die Schritte hinter ihr kamen unaufhörlich näher. Hatte man das Fehlen der gestohlenen Dose doch noch bemerkt?

Kenzie wagte es nicht, sich umzudrehen und nachzusehen, ob jemand von der Sicherheit ihr auf den Fersen war, als sie plötzlich von hinten gepackt wurde.

Sie stieß einen Schrei aus, aber eine Hand schob sich über ihren Mund und dämpfte den Laut. Der Geruch von Plastik stieg ihr in die Nase und ihr Magen verkrampfte sich. Der andere Arm ihres Angreifers schlang sich um ihre Taille. Er zog sie an sich und zerrte sie von der Straße in Richtung einer schmalen Gasse, die sie im Schatten verschwinden ließ. Dieser Mistkerl musste ihr vom Lazarett gefolgt sein und diesen Moment genau abgepasst haben.

Kenzie stemmte ihre Füße in den Boden und versuchte nach ihrem Messer zu greifen – ohne Erfolg. Hektisch schlug sie um sich, jedoch ohne einen Treffer zu landen. »Hör auf dich zu wehren«, knurrte eine Stimme nahe ihrem Ohr.

Im nächsten Augenblick wurde Kenzie herumgewirbelt und sah ihrem Angreifer in die Augen. Er war mindestens zwanzig Zentimeter größer als sie und komplett in Schwarz gekleidet. Er trug eine Mütze, die er sich tief in die Stirn gezogen hatte, und ein Tuch, das seine untere Gesichtshälfte verbarg. Kenzie wusste nicht, wer er war, aber er kam ihr vertraut vor. »Es ist schneller vorbei, wenn du es einfach geschehen lässt.«

Als Antwort warf Kenzie ihren Kopf nach vorne. Der Mann stöhnte, als ihre Stirn auf seine Nase traf. Kurz darauf presste er sie mit seinem ganzen Körpergewicht gegen die Wand, um sie dort gefangen zu halten. Die Kälte der Steine brannte sich durch Kenzies Kleidung, und das Beben, das längst von ihr Besitz ergriffen hatte, wurde noch stärker. Jeder ihrer Muskeln war zum Zerreißen gespannt.

Sie biss die Zähne zusammen und versuchte erneut ihr Messer herauszuziehen, konnte es aber nicht erreichen. Der Arm, mit dem sie besser hätte danach greifen können, war eingeklemmt. Und so streiften ihre Fingerspitzen das Metall nur.

Mit aller Kraft drückte sich Kenzie gegen ihren Angreifer, um an die Waffe heranzukommen, aber ihr Gegenüber war zu stark. Ein Gefühl der Hilflosigkeit stieg in ihr auf und schnürte ihr die Kehle zu. Sie fragte sich, ob es Nilam auch so ergangen war.

Auf einmal blitzte etwas Silbernes neben Kenzies Kopf auf. Ein gedämpftes Wimmern verließ ihre Lippen, als ihr Angreifer ein Messer an ihren Hals führte. Kenzie verfluchte sich selbst für ihre Naivität. Warum hatte sie nicht auf Callum gehört? Er hatte sie gewarnt, nicht allein auf die Straße zu gehen, und nun würde sie diesen Fehler nicht nur mit ihrem, sondern vermutlich auch mit seinem Leben bezahlen.

Panisch griff Kenzie mit der freien Hand nach der Mütze ihres Gegenübers und zerrte sie ihm vom Kopf. Ihr Angreifer begann zu fluchen und sie drückte den schwarzen Stoff auf seine Augen. Seine Bewegungen wurden unkoordiniert, als er versuchte sie abzuschütteln und seine Sicht wiederzuerlangen. Dabei streifte die Klinge Kenzies Haut und ein brennender Schmerz breitete sich an ihrem Hals aus. Doch davon ließ sie sich nicht beirren, denn wenn sie das tat, wäre sie tot.

Plötzlich wich ihr Angreifer zurück, um ihre Hand loszuwerden, die seine Mütze festhielt. Er hatte sich nur wenige Millimeter bewegt, aber mehr brauchte Kenzie nicht. Sie zögerte nicht, nahm ihr eigenes Messer hervor und rammte es dem Angreifer in die Seite. Er jaulte auf, wohl eher vor Schreck als Schmerz, denn die Klinge steckte nicht sehr tief.

Kenzie stieß sich von der Mauer ab und verpasste dem Kerl einen zusätzlichen Stoß. Unter normalen Umständen wäre er wohl nicht ins Taumeln geraten, aber der Überraschungseffekt und die Klinge in seinem Körper ließen ihn straucheln und Kenzie war frei.

Eilig brachte sie Abstand zwischen sich und den Angreifer, der noch nicht ganz zu begreifen schien, was eben passiert war. Kenzie warf ihm einen kurzen Blick zu und ohne seine Mütze erkannte sie ihn sofort. Vermutlich hätte sie schockiert sein müssen, aber sie war es nicht – nicht wirklich. Ein Teil von ihr wollte zu ihm stürmen und ihm das Messer immer und immer wieder in die Brust rammen, aber Callum wartete auf sie und ihre Rache war es nicht wert, den Tod noch einmal herauszufordern.

Kenzie stieß einen Warnschrei aus, der tief aus ihrem Inneren kam und in ihrer Kehle brannte, ehe sie losrannte. Hinter sich hörte sie ein Fluchen und für den Bruchteil einer Sekunde fürchtete sie, er könnte die Verfolgung aufnehmen, weil er ahnte, dass sie ihn erkannt hatte. Doch seine Schritte verklangen in der entgegengesetzten Richtung. Kenzie hielt trotzdem nicht inne. Sie stürmte die Gasse entlang und auf die Straße. Die Leute dort starrten sie an, aber niemand wagte es, sie aufzuhalten. Nicht einmal die Sicherheitsleute stellten sich ihr in den Weg. Callums Männer hätten sie nie auf diese Weise ignoriert, aber Alarics Handlanger fürchteten sich vermutlich vor ihrem wilden Blick und dem Blut, das aus ihrem Hals sickerte.

Die Anstrengung trieb Kenzie schon bald den Schweiß auf die Stirn, aber sie rannte weiter, bis sie Callums Haus erreichte, und auch dann blieb sie nicht stehen, sondern wurde nur langsamer. Das erste Mal seit dem Angriff tastete sie nach dem Gegengift. Es war noch da. Sie seufzte erleichtert. Die Wunde an ihrem Hals pochte und Schmerz nagte an ihrer Seite, aber sie hatte es geschafft. Sie sperrte die Tür auf – und erstarrte.

Callum lag bewusstlos auf dem Boden.

Siebenundzwanzig

»Callum!« Kenzie ging neben ihm in die Knie. Er lag auf dem Bauch am Fußende der Treppe, als hätte er versucht die Galerie zu erreichen. Sein rechter Arm lag in einem merkwürdigen Winkel zum Körper und sein Kopf viel zu dicht an der Kante der ersten Stufe. Was hatte er sich nur gedacht?

»Callum«, wiederholte Kenzie und streckte ihre zittrigen Finger nach ihm aus. Ihr Herz krampfte sich zusammen, als sie nach seinem Puls fühlte. Es dauerte einige Zeit, aber schließlich konnte sie seinen schwachen Herzschlag spüren. Sie streichelte ihm über die Wange. Er hatte noch immer Fieber und vermutlich hatte ihn die Anstrengung übermannt, bevor er die Chance gehabt hatte, die Treppe nach oben zu steigen.

Kenzie legte sich neben Callum auf den Boden. »Wach auf.« Ihre Stimme klang flehend. Sie hätte niemals gehen dürfen, denn für was war das Gegengift gut, wenn er jetzt starb?

Sie konnte ihn in seinem Zustand unmöglich bewegen. Was, wenn er eine Verletzung am Kopf davongetragen hatte und sie alles nur noch schlimmer machte, wenn sie versuchte ihn umzudrehen? Doch welch andere Möglichkeit blieb ihr?

Sie würde ihn unter keinen Umständen noch einmal alleinlassen. Vielleicht war ihr das auch gar nicht möglich, denn allmählich forderte der Blutverlust durch den Schnitt an ihrem Hals seinen Tribut. Ein flaues Gefühl zog sich von Kenzies Magen durch ihren Körper und ihr wurde schwindelig, obwohl sie auf dem Boden lag. Sie kniff die Augen zusammen und versuchte bei Bewusstsein zu bleiben. Sie durfte sich der Panik nicht hingeben, denn wenn sie das tat, gab es kein Entkommen mehr.

»Kenzie …« Sie riss die Augen auf und starrte Callum an, dessen Blick auf ihr ruhte. »Was … Was ist passiert?«, fragte er mit rauer Stimme.

»Du wolltest offensichtlich auf die Galerie und–«

»Nein.« Er schüttelte den Kopf und richtete sich auf. Ein Stöhnen entwich seinen Lippen. Seine Bewegungen waren langsam, aber er schaffte es, sich aufrecht hinzusetzen und gegen die Wand zu lehnen. Er ließ den Kopf nach hinten sinken und sah sie durch halb geschlossene Lider an. »Was ist *mit dir* passiert?«

»Oh.« Kenzie berührte ihren Hals und Blut benetzte ihre Finger. »Ich …« Sie zögerte. War dies wirklich der richtige Moment, um Callum von dem Angriff zu erzählen? Er war ohnehin nicht in der Verfassung, etwas zu unternehmen, und sie hatte ihm das Gegengift noch nicht gegeben. »Es ist nichts. Mach dir keine Sorgen.«

Callum nickte und Kenzie war froh, dass sein Verstand träge genug war, um nicht auf eine Antwort zu drängen. Sie half ihm aufzustehen und brachte ihn zurück zur Couch, wo er den Inhalt der Dose – zwei grüne Tabletten – hinunterschluckte. Er legte sich hin und es dauerte nicht lange, bis er einschlief. Kenzie wartete noch ein paar Minuten bei ihm, um sicherzugehen, dass es keine unerwarteten Reaktionen gab. Als sie sicher war, dass Callum einfach nur schlief, nahm sie das Tablet und durchsuchte seine Kontaktdaten. Sie schickte Evie eine Nachricht, bevor sie die Wunde an ihrem Hals verarztete.

Im Badezimmer entsorgte Kenzie ihr mit Blut vollgesogenes Oberteil und wischte sich vorsichtig das getrocknete Blut von der Haut, um den Schnitt inspizieren zu können. Er zog sich von einer Stelle unter ihrem Ohr bis zu ihrer Kehle, war aber nicht tief genug, um sie schwer zu verletzen. Dennoch würde es einige Wochen dauern, bis die Wunde verheilt war, und vermutlich würde eine Narbe zurückbleiben, die sie für den Rest ihres Lebens an diesen Tag erinnerte.

Kenzie ließ den Lappen fallen und stützte sich mit den Händen auf dem Waschbecken ab. Ihr Körper zitterte. Die Vorstellung zu sterben hatte sie in den letzten Jahren stetig begleitet und sie hatte oft über den Tod nachgedacht, aber er war ihr noch nie so nahe gekommen wie in der vergangenen Stunde.

Erschöpft vom Blutverlust, dem Sprint zurück zum Haus und von ihrer Sorge um Callum setzte sich Kenzie in die Dusche und ließ sich von dem Wasser beregnen. Nur in ein Badetuch gehüllt lief sie anschließend in die Küche. Sie machte sich etwas zu essen und trank einen stark gezuckerten Tee, ehe sie sich ins Bett legte.

Obwohl ihre Gedanken nicht zu kreisen aufhören wollten und immer wieder zu der Frage *Warum?* zurückkehrten, fiel Kenzie irgendwann in einen unruhigen Schlaf. Sie träumte von Gift und Klingen, von Blut und Schreien, von Nilam und den anderen Opfern und immer wieder sah sie *sein* maskiertes Gesicht und hörte *seine* Stimme, die ihr drohte.

Kenzie erwachte, als sie Schritte hörte. Ruckartig setzte sie sich auf und umklammerte den Knoten, der ihr Handtuch festhielt. Callum erschien am Kopfende der Treppe. Er hielt sich am Geländer fest. Seine Bewegungen waren noch immer bedacht, aber offenbar nicht mehr von Schmerzen begleitet. Sie seufzte erleichtert. »Wie geht es dir?«

»Besser«, sagte Callum. »Was waren das für Tabletten, die du mir gegeben hast?«

»Es war ein Gegenmittel«, antwortete Kenzie. »Der Wein auf dem Ball war vergiftet.«

Callum verzog bei dieser Information keine Miene, als hätte er immer geahnt, dass so etwas passieren könnte. Bisher hatte niemand die Anschuldigung offen ausgesprochen, aber für Kenzie bestand kein Zweifel daran, dass Aufständische den Wein vergiftet hatten.

»Zum Glück hast du dich von dem Wein ferngehalten.«

Kenzie nickte. »Ich mag die rote Farbe einfach nicht.«

Callum lächelte und setzte sich zu ihr auf das Bett. Ein Teil von Kenzie wünschte sich, sie könnten dort weitermachen, wo sie die Nacht zuvor aufgehört hatten, aber in diesem Moment entdeckte Callum abermals den Schnitt an ihrem Hals. »Woher hast du das?« Er streckte seine Hand nach der Wunde aus und berührte sanft die nicht verletzte Haut darum.

»Ich wurde angegriffen.«

»Was?« Callum zog seine Hand zurück. »Wann?« Er antwortete selbst: »Ich habe dir gesagt, du sollst nicht allein auf die Straße gehen.«

Kenzie schwang die Beine über die Bettkante, bis sie festen Boden unter den Füßen hatte. »Und was hätte ich deiner Meinung nach tun sollen? Dir dabei zusehen, wie du dich übergibst, nicht wissend, ob dich das Fieber umbringt?«

Callum schüttelte den Kopf. »Das wäre nicht passiert.«

»Woher willst du das wissen?« Kenzie seufzte und rieb sich

die Stirn. Als sie Callum wieder ansah, lag in seinen Augen weder Sorge noch Zorn, nur Frust. »Bitte, lass uns nicht streiten«, fuhr sie fort. »Was passiert ist, ist passiert. Wir können nichts daran ändern, wichtig ist nur, dass es uns beiden gut geht und ...« Sie atmete tief ein. »Und ich glaube, ich weiß endlich, wer unser Mörder ist.«

Callum starrte sie an. Er schwieg einige Sekunden, dann sagte er nur ein Wort: »Wer?«

»Jaen.«

Kenzie hielt Callums Hand fest umklammert, während sie ihm von dem Angriff erzählte, aus Angst, er könnte losstürmen und etwas Unüberlegtes tun. Es fühlte sich eigenartig an, über den Vorfall zu sprechen, denn sie konnte noch immer nicht begreifen, dass Jaen hinter alldem steckte.

Tausend Fragen und Gedanken rasten ihr durch den Kopf. War er tatsächlich der Mörder, den sie suchten? Oder hatte er Kenzie aus einem anderen Grund angegriffen? Und wenn er tatsächlich hinter allem steckte, *warum* hatte er Nilam und die anderen ermordet?

Er war Alarics Vertrauter und Beauftragter der Sicherheit. Und dennoch war es möglich, dass er der Mörder war; es würde Sinn ergeben. Sie hatten längst vermutet, dass der Täter mit der Sicherheit vernetzt war, und in all den Einsatzplänen, die sie durchforstet hatten, hatten sie Jaen stets vergessen. Als Oberhaupt der Sicherheit war er nicht am aktiven Dienst beteiligt und stand somit auch nicht in den Plänen. Er konnte seine Arbeitszeit frei einteilen und zu jeder Zeit an jedem Ort sein.

»Ich kann das nicht glauben.« Callum saß nach vorne gesunken auf dem Bett und starrte den Boden an. »Jaen war immer so… nichtssagend. Dass er beschließt Menschen umzubringen, kann ich mir nicht vorstellen. Da steckt mehr dahinter. Wo ist er? Hast du ihn der Sicherheit übergeben?«

»Nein.«

Callum hob den Kopf. »Wie meinst du das?«

»Wie ich es sage.« Kenzie stand vom Bett auf und lief zum Kleiderschrank. »Ich habe Jaen nicht der Sicherheit gemeldet. Unser Plan war es, dass du durch das Fassen des Mörders deinen Ruf wiederherstellst.«

»Er ist also noch auf freiem Fuß?«

»Ja, aber er wird heute niemanden mehr angreifen«, sagte Kenzie voller Gewissheit. Sie ließ ihr Handtuch fallen und streifte sich ein Top über. »Nach meiner Flucht wird er es nicht wagen, sein Glück noch einmal herauszufordern.«

»Ich wünschte, du hättest ihn trotzdem gemeldet. Er gehört in eine Zelle.«

»Und da wird er auch hinkommen.« Kenzie stellte sich so dicht vor Callum, dass er zu ihr aufblicken musste. Sie umfasste sein Gesicht und küsste ihn. Erst sanft, dann mit mehr Nachdruck. Callums Hände ruhten auf ihren Oberschenkeln und er fuhr mit seinen Daumen träge Kreise, die in ihr den Wunsch weckten, sie hätten mehr Zeit. Dann öffnete sich jedoch die Haustür und Evies Stimme hallte durch das Haus. »Callum? Kenzie?«

Die beiden lösten sich voneinander und liefen die Treppe nach unten. Dort wurden sie von vier Personen erwartet: Evie, Noël, Kalif und Jaen.

»Wir haben ihn in der Nähe des Rathauses gefunden. Er wollte wegrennen, aber Noël hat ihn zu fassen bekommen«, erklärte Evie und ließ ihre Handschellen einrasten. Jaen stand nun mit dem Rücken zur Treppe, angekettet und ohne Chance auf Flucht. Sein Gesicht war blutig und geschwollen.

Kenzie sah zu Noël. »Wie geht es deiner Hand?«

»Schlecht.« Er funkelte Jaen wütend an. »Aber das war es mir wert. Vielleicht könnt ihr mir noch fünf Minuten mit ihm geben, bevor wir ihn ausliefern?«

»Auf keinen Fall«, sagte Kalif entschlossen. Er hielt Noëls verwundete Hand und kühlte die aufkommenden Schwellungen. »Du hast schon genug Schaden angerichtet, bei ihm und bei dir.« Er zögerte kurz und dann fügte er etwas leiser hinzu: »Diese Hände sind nicht dafür geschaffen, Schmerz zu verursachen.«

»Ich will, dass er leidet«, knurrte Noël.

»Und das wird er«, versicherte ihm Kalif mit einer ruhigen Stimme, die Kenzie einen Schauer über den Rücken jagte. Sie verschränkte die Arme vor der Brust, um das Zittern zu unterdrücken. Sie hatte gewusst, dass sie Jaen wiedersehen musste, seit sie Evie die Nachricht geschrieben und ihr von den Geschehnissen berichtet hatte. Doch auch wenn ihr Verstand dafür bereit war, ihr Körper war es nicht. Die Wunde an ihrem Hals pochte im Rhythmus ihres schneller schlagenden Herzens.

»Wie geht es dir?«, fragte Callum, als hätte er ihre Gedanken belauscht.

»Den Umständen entsprechend.« Sie lächelte und sah zu ihm auf. Der sanfte Tonfall, mit dem er die Frage gestellt hatte, passte nicht zu seinem Äußeren. Seine freie Hand war zu einer Faust geballt und jeder Muskel in seinem Körper war angespannt. Er trat einen Schritt auf Jaen zu. »Warum?«

Jaen funkelte ihn an. »Warum was?«

»Warum hast du all diese Leute ermordet?«

»Ich habe niemanden ermordet«, fauchte Jaen.

»Du streitest es also ab.«

»Ich werde nichts gestehen, was ich nicht getan habe.« Er spuckte Blut auf den Boden. Seine Oberlippe war aufgeplatzt und seine Zähne waren rot gefärbt.

»Du behauptest also, Kenzie heute Morgen nicht angegriffen zu haben?«

Jaen schwieg.

»Sie hat dich erkannt, Jaen.« Evie stand noch immer auf der Treppe und blickte auf ihn hinab.

»Ich habe niemanden ermordet«, wiederholte er.

Callum verschränkte die Arme. »Für wie dumm hältst du uns?«

»Für ziemlich dumm, aber das ist nicht die Antwort, die du hören willst, oder?«

»Ein Mörder treibt hier sein Unwesen«, sagte Callum, ohne auf Jaens Bemerkung einzugehen. »Und heute versuchst du meine Freundin zu töten und willst uns ernsthaft glauben machen, das eine hätte nichts mit dem anderen zu tun?«

»Genau.«

»Du lügst!« Noël sprang von der Couch auf. »Warum hast du meine Schwester ermordet?«

Jaen ließ seinen Blick über Noël gleiten. »Ich weiß nicht, wer du bist oder wer deine Schwester war, aber ich habe sie nicht ermordet.«

»Nilam«, antwortete Noël. »Nilam war meine Schwester.«

»War das nicht die geile Blonde, die Callum hätte schwängern sollen?« Jaen hatte die Worte kaum ausgesprochen, da machte Noël einen Satz nach vorne. Kalif versuchte noch ihn festzuhalten, aber Noël war schneller. Er packte Jaens Hals und ließ seinen Kopf hart gegen das metallene Treppengeländer schlagen.

»Nimm das zurück!«

»Das werde ich nicht«, krächzte Jaen.

»Schluss!« Callum nahm Noël am Arm und drängte sich zwischen ihn und Jaen. »Ich weiß, das ist nicht leicht für dich, Noël, und du willst Rache, aber wir brauchen ein Geständnis und das bekommen wir nicht, wenn du ihn erwürgst.«

»Er hat den Tod verdient«, fauchte Noël. »Er. Hat. Ihn. Verdient.« Seine Stimme brach und Tränen, die aus dem Nichts zu kommen schienen, rannen ihm über das Gesicht. »Er hat es verdient. Er hat Nilam ermordet. Meine Nilam. Er hat ...« Noël stieß ein Wimmern aus, das seinen ganzen Körper zum Beben brachte. Kenzie wollte zu ihm gehen, aber da war Kalif schon an seiner Seite. Er zog Noël an sich und flüsterte ihm etwas ins Ohr.

»Vielleicht wäre es das Beste, wenn du Noël zu dir nach Hause bringst«, sagte Callum an Kalif gewandt. »Ich will nicht, dass so etwas noch einmal passiert. Mörder hin oder her, wenn Noël Jaen tötet, wird er verbannt.«

Kalif nickte und führte Noël nach draußen. Dieser war zu aufgelöst, um sich dagegen zu wehren, und eine Sekunde überlegte Kenzie, ob sie mit ihnen gehen sollte, aber ihre Beine wollten sich nicht bewegen. Sie musste hierbleiben und erfahren, weshalb Jaen das getan hatte. »Warum hast du Nilam ermordet?«, fragte Kenzie. Es waren die ersten Worte, die sie direkt an Jaen richtete.

Dieser zog eine Augenbraue nach oben. Über seiner linken Braue klaffte nun ebenfalls eine Wunde. Das Blut lief sein Gesicht hinab und verfing sich in seinen Wimpern. Immer wieder musste er die Augen zusammenkneifen. »Ich war es nicht.«

»Hör auf zu lügen, Jaen.«

Er grinste finster. »Ich lüge nicht.«

»Ach nein?« Kenzie schlang die Arme fester um sich. »Lass mich raten, du warst auch nicht derjenige, der mich angegriffen hat, obwohl ich dich erkannt habe.«

Schweigen.

»Warum hast du mich angegriffen?«

Jaen schnaubte und schüttelte resigniert den Kopf, als hätte er es nur mit Idioten zu tun. Kenzie erwartete bereits nicht mehr, noch eine Antwort von ihm zu erhalten, als er seine Stimme doch wiederfand. »Du weißt, warum ich es getan habe.«

»Nein. Sag es mir.«

»Du warst es«, zischte Jaen und riss an seinen Handschellen. Das Metall klapperte an dem Treppengeländer und eine Sekunde lang fürchtete Kenzie, dem stämmigen Mann würde es gelingen, sich loszureißen. »*Du* hast unsere Leute vergiftet.«

»Was habe ich?«

»Stell dich nicht dumm. Du hast den Wein vergiftet.« Bei diesen Worten sah Jaen nicht länger Kenzie an, sondern Callum. »Sie hat uns das angetan. Warum, glaubst du, ist sie die Einzige, die den Wein nicht angerührt hat?«

»Sie mag die rote Farbe nicht«, erwiderte Callum nüchtern.

Jaen lachte. Ein höhnisches Grinsen trat auf sein Gesicht. »Sie hat dich wirklich um den Finger gewickelt.«

»Kenzie würde nie jemanden vergiften.«

»Wenn du mir nicht glaubst, rede mit Alaric.« Jaens Lächeln

blieb unverändert, als hätte er die Situation völlig unter Kontrolle und wäre freiwillig ihr Gefangener.

Evie runzelte die Stirn. »Alaric?«

»Hat Alaric dir den Auftrag gegeben, Kenzie umzubringen?«, fragte Callum und trat nach vorne – eine unausgesprochene Drohung. »Was weißt du?«

»Ich weiß nichts – nicht wirklich.« Ein unterschwelliges Knurren schwang in Jaens Stimme mit und verriet Kenzie, dass sich Jaen seiner Position durchaus bewusst war. »Ich erledige Aufträge für Alaric, das ist alles. Wenn ihr mehr wissen wollt, müsst ihr mit ihm reden. Er hat Beweise für Kenzies Schuld.«

Beweise? Kenzie konnte ihre Verwirrung nicht verbergen. Was für Beweise sollte Alaric haben? Sie hatte den Wein nicht vergiftet, und welche Informationen er auch hatte, sie waren falsch oder so fadenscheinig wie bei ihrer Mordanklage.

Doch wieso sollte er sie erneut einer Tat beschuldigen, die sie nicht begangen hatte? Bisher war es ihm immer darum gegangen, Callum aus dem Rat zu verbannen, und das war ihm gelungen. Seitdem hatte er ihnen keine Beachtung mehr geschenkt. Warum ausgerechnet jetzt und auf diese extreme Weise? Wieso ordnete er nicht einfach ihre Verbannung an? Nach Callums Ausscheiden aus dem Rat gab es niemanden mehr, der einflussreich genug war, um sich für sie einzusetzen.

»Wir sollten mit Alaric sprechen.«

Callum riss den Kopf herum. »Was?«

»Wir sollten mit Alaric sprechen«, wiederholte Kenzie. »Wir sollten herausfinden, was das für Beweise sind, die ihn dazu gebracht haben, meinen Tod anzuordnen. Und anschließend müssen wir ihn davon überzeugen, dass er sich täuscht.«

»Glaubst du wirklich, dass du mit diesem Mann vernünftig

reden kannst? Vermutlich lässt er uns in dem Moment exekutieren, in dem wir das Rathaus betreten.«

»Das wird er nicht«, erwiderte Kenzie und Callum wusste es auch. Dafür gab es am helllichten Tag viel zu viele Zeugen.

Er seufzte und sein Blick glitt von Jaen zu Evie und wieder zurück zu Kenzie. »Und du willst das wirklich tun?«

»Ich will es nicht, aber ich muss.«

Kenzie und Callum erreichten das Rathaus kurze Zeit später. Sie hofften, Alaric trotz fortgeschrittener Stunde hier anzutreffen. Der Eingang wurde von zwei Sicherheitsleuten flankiert, die ihnen den Weg versperrten. Sie gingen nicht sofort auf Kenzie los, was wohl ein gutes Zeichen war, denn das bedeutete, dass Alaric nicht jedem von ihren angeblichem Verbrechen erzählt hatte.

»Anliegen?«, fragte die weibliche Wache. Sie hatte breite Schultern und wie Evie trug sie die Haare zu einem straffen Zopf gebunden. Doch anders als Evie war diese Frau bewaffnet. An ihrem Gürtel hing gut sichtbar ein Schlagstock und etwas, von dem Kenzie glaubte, es sei ein Elektroschocker.

»Wir wollen mit Alaric sprechen«, sagte Callum. Schweiß glänzte auf seiner Stirn. Das Gegengift hatte die schlimmsten Symptome abklingen lassen, aber er war noch immer geschwächt und der Fußweg zum Rathaus hatte ihn ausgelaugt.

»Alaric empfängt heute niemanden«, antwortete der Mann.

»Wenn er da ist, kann er uns auch empfangen.«

»Er ist mit anderen Belangen beschäftigt.«

Callum schnaubte. »Plant er gerade ein neues Gesetz, um die Rechte der Einwohner noch weiter einzuschränken?«

»Darüber können wir nicht sprechen«, antwortete die Frau. Ihre Stimme war nüchtern und kalt, als wäre sie von der Situation in der Kolonie überhaupt nicht betroffen. Wie viel Geld bezahlte Alaric diesen Leuten, damit sie derart gleichgültig sein konnten?

»Könnt ihr Kontakt mit Alaric aufnehmen?«, fragte Kenzie. Sie bekam keine Antwort, aber das genügte. »Sagt ihm, dass Kenzie und Callum hier sind, um mit ihm über *den Vorfall* zu sprechen. Sollte er weiterhin ablehnen, verschwinden wir.«

Der Mann zögerte kurz, ging dann jedoch durch die Glastür ins Rathaus. In erdrückender Stille warteten sie auf seine Rückkehr. Schließlich kam er wieder und hielt die Tür für sie auf. »Alaric ist bereit dich zu empfangen.« Sein Blick zuckte zu Kenzie. »Nur dich. *Ihn* darf ich nicht ins Gebäude lassen.«

»Was?« Callum machte einen Schritt nach vorne und die Frau verstellte ihm den Weg. »Wieso? Wir sind gemeinsam hergekommen, um mit ihm zu sprechen.«

»Ich habe meine Anweisungen«, sagte der Mann.

Kenzie legte Callum eine Hand auf die Schulter. »Mach dir keine Sorgen. Ich schaffe das auch allein.« Sie wollte ihm Mut machen, aber sie konnte das Zittern nicht aus ihrer Stimme halten. »Du kannst hier auf mich warten, bis ich zurück bin.«

»Und was, wenn du nicht zurückkommst?« Callum hatte sich ihr zugewandt und seinen Kopf gesenkt. Er flüsterte, damit die Sicherheitsleute ihn nicht hören konnten.

»Ich werde zurückkommen«, beharrte Kenzie. Sie wollte über die andere Möglichkeit gar nicht nachdenken, denn käme sie nicht zurück, wäre sie mit Sicherheit tot. Alaric hatte deutlich gezeigt, dass er aus ihr keine Gefangene mehr machen würde. Doch wenn sie Recht hatte und Jaen der Einzige war, der von dem

Vorfall und den angeblichen Beweisen wusste, war sie in Sicherheit. Alaric würde sie nicht eigenhändig töten.

Callum gab ihr einen Kuss auf die Stirn. »Sei vorsichtig.«

»Bin ich das nicht immer?« Der Schnitt an ihrem Hals strafte sie Lügen, aber Callum wusste es besser, als sie darauf aufmerksam zu machen. Er sah ihr hinterher, während der Wachmann sie ins Rathaus begleitete, das inzwischen dem Quartier der Sicherheit ähnelte, mit mehr Wachen als Personal. Sie patrouillierten durch die Gänge und standen vor verschlossenen Türen Wache.

Eine Gänsehaut zog sich über Kenzies Arm, während der Mann sie in eines der oberen Stockwerke führte. Zu ihrer Überraschung kannte sie den Raum, zu dem sie gebracht wurde, bereits. Es war der Saal, in dem Alaric und die anderen Ratsmitglieder sie verhört und darüber entschieden hatten, ob sie verbannt werden sollte oder nicht. Heute standen gleich fünf Sicherheitsleute vor dem Raum.

Der Wachmann klopfte an, wartete jedoch nicht auf eine Antwort, bevor er die Tür öffnete. Kenzie trat ein und erstarrte. Alaric war nicht allein. Um ihn herum saßen drei der Ratsmitglieder, nur Virgils und Callums Stühle waren leer. Jaen hatte zwar die Leitung der Sicherheit übernommen, aber nicht seinen Platz im Rat. Nicht dass das wirklich eine Rolle spielte, denn Jaen war an das Treppengeländer in Callums Haus gefesselt.

»Hallo, Kenzie«, sagte Alaric, der deutlich älter aussah als während seiner Rede auf dem Ball der Repräsentativen. Das Gift hatte ihm sichtlich zugesetzt; mehr als den anderen, vermutlich auf Grund seines Alters. Seine Haut wirkte fahl, seine Stimme träge und seine Schultern hingen schlaff hinunter. Es war nichts mehr von der stolzen Haltung übrig, die Kenzie von ihm gewohnt war.

»Alaric«, erwiderte sie zum Gruß und nickte den anderen Ratsmitgliedern zu. Es erfüllte sie mit Genugtuung, zu sehen, dass sie sich ebenfalls nicht bester Gesundheit erfreuten. Dies war zwar nicht ihr Werk, wie Alaric glaubte, aber der Rat hatte es verdient. Seine Mitglieder suhlten sich im Wohlstand, veranstalteten Bälle und verschanzten sich in diesem Gebäude, während sie die kritische Situation in der Kolonie mit ihren neuen Bestimmungen nur weiter anheizten.

»Ich möchte gerne allein mit Kenzie sprechen«, sagte Alaric. »Haltet euch an das, was wir besprochen haben, und leitet alle notwendigen Vorbereitungen ein. Octavius, wärst du so freundlich die heutige Ankündigung zu übernehmen?«

Octavius nickte. Vermutlich war der einzige Grund für Alarics Bitte der schwache Klang seiner Stimme, der nicht zu der Autorität passte, die er vermitteln wollte.

»Setz dich«, sagte Alaric, als die anderen gegangen waren, und deutete auf den Stuhl, auf dem Kenzie schon während ihrer Verhandlung gesessen hatte.

»Was für eine Ankündigung soll Octavius machen?«

Alaric lehnte sich zurück. »Nur eine Modifikation der Ausgangssperre.«

»Ist das wirklich nötig? Die Leute sind schon verängstigt genug. Sie sind bereits Stunden vor Anbruch der Sperrstunde in ihren Häusern.«

»Aber offensichtlich haben sie noch immer genug Freiheit, um zu rebellieren und sich gegenseitig zu verletzen, und das muss ich unterbinden«, erwiderte Alaric und trommelte mit den Fingern auf dem Display des Tablets, das vor ihm auf dem Tisch lag. Und plötzlich erkannte Kenzie, dass es nicht nur die Folgen der Vergiftung waren, die Alaric zusetzten, es war die ganze Situation. Irgendwann hatte er die Kontrolle über seine Kolonie verloren. Er wusste das und versuchte sie händeringend wiederzuerlangen.

»Würdest du deinen Sicherheitsbeauftragten seine Arbeit machen lassen und nicht darauf ansetzen, unschuldige Mädchen zu töten, bräuchte es vielleicht keine neuen Regeln«, sagte Kenzie, überrascht von ihrem sachlichen Tonfall.

Alaric schmunzelte. »Mir wäre es auch lieber, wenn ich Jaen nicht mit solchen Aufgaben belangen müsste.«

»Du gibst also zu, dass du ihn beauftragt hast, mich zu töten?«

Alaric zuckte mit den Schultern. Ein Geständnis. Er musste die Worte nicht aussprechen, um Kenzie die Wahrheit erkennen zu lassen.

»Bin ich die Einzige oder sollte Jaen noch weitere Leute töten? Wie viele Menschen hat er schon auf dem Gewissen?«

»Wen sollte ich noch töten lassen?«, fragte Alaric. Dabei zog er die Augenbrauen erwartungsvoll nach oben. »Callum? Ob du mir glaubst oder nicht, es liegt nicht in meinem Interesse, ihn umzubringen. Sein Tod würde zu viel Aufmerksamkeit erregen, auch wenn er sich im Moment keiner großen Beliebtheit erfreut.«

Kenzie bemühte sich darum, ihr Gesicht ausdruckslos zu halten. Alaric sollte ihre Erleichterung nicht bemerken. Callum war in Sicherheit – zumindest vorerst.

»Ich dachte zuerst, der Junge mag dich nur aus Trotz«, fuhr Alaric fort. »Aber allmählich verstehe ich, was er an dir findet. Ich bin zugegebenermaßen beeindruckt, dass du Jaen entkommen konntest.« Alarics Blick glitt über die Wunde an ihrem Hals. »Die meisten belächeln ihn, weil sie nicht verstehen, was seine wahre Aufgabe ist.«

»Und was ist seine wahre Aufgabe?«, fragte Kenzie.

»Alles für mich zu tun.« Alaric sprach es nicht aus, aber die Art, wie seine Zunge die Worte formte, ließ Kenzie erahnen, was diese *Aufgaben* waren, und sie handelten gegen jedes Recht, das es in dieser Kolonie gab.

»Wieso glaubst du, ich hätte den Wein vergiftet?«

»Ich glaube es nicht«, erwiderte Alaric. »Ich weiß es.«

»Woher?«

Er schmunzelte. »Hast du eine Ahnung, was die Leute dafür bereit sind zu tun, wenn man ihnen etwas Geld und ihrer Familie Immunität vor dem *Gesetz des Alters* verspricht?«

Das war es also! Wieso waren Callum und sie nicht schon früher darauf gekommen, dass Alaric seinen Handlangern Immunität vor dem Gesetz bot? Mit diesem Versprechen sicherte er sich ihre absolute Treue. Wer würde schon freiwillig gegen Alaric rebellieren, wenn das Leben der Familie auf dem Spiel stand?

»Kenzie, ich habe meine Augen und Ohren überall.« Alaric schob seinen Stuhl zurück und erhob sich in einer schmerzhaft langsamen Bewegung. »Ich weiß, dass Virgil sich meiner Anordnung widersetzt und Callum und dich mit zu Ida genommen hat.«

»Du weißt von der Kolonie der Verbannten?«

»Aber natürlich. Ich weiß auch, dass *Ida* sehr überzeugend sein kann. Und ich halte es nicht für einen Zufall, dass du ihr begegnet bist und kurz darauf unser Wein vergiftet war.«

Kenzie sollte leugnen jemals die Kolonie der Verbannten gesehen zu haben, aber Alaric sprach mit einer solchen Gewissheit, dass kein Zweifel daran bestand, dass er sich der Wahrheit sicher war. »Du glaubst, Ida hat mich dazu überredet?«

Alaric nickte und stellte sich hinter seinen Stuhl.

»Wieso sollte ich auf sie hören?«

»Vielleicht fühlst du dich diesen Leuten zugehörig, denn obwohl du in dieser Kolonie lebst, bist du eine Aussätzige. Womöglich hast du es aus Rache getan, weil wir dich nicht mit offenen Armen empfangen haben.« Er zuckte mit den Schultern. »Oder eine Kombination aus beidem.«

»Ich bin nicht die Einzige, die aus Rache Interesse daran hätte, die oberen zweihundert zu vergiften. Du hättest den Ball der Repräsentativen niemals ausrichten dürfen.«

»Das weiß ich inzwischen auch«, knurrte Alaric und dabei bröckelte seine ruhige Art. »Doch von diesen Aufständischen habe ich keine Briefe erhalten, die mir drohen.«

»Was für Briefe?«, fragte Kenzie.

Alaric rollte mit den Augen, doch er griff in seine Hosentasche und zog ein zusammengefaltetes Blatt daraus hervor. »Die Verbannten haben es seit langem auf uns abgesehen und du bist nur ein neues Spielzeug in Idas Händen.«

»Was wollen die Verbannten denn?«

»Stell dich nicht dumm.« Alaric warf den gefalteten Brief vor sie. »Sie wollen alles. Unsere Vorräte. Unser Wasser. Unseren Lebensraum. Sie hatten die letzten Jahre Glück, auf dem Festland zu überleben, doch jetzt sterben sie, wie sie es verdient haben.«

Kenzie biss sich auf die Lippe. Sie wollte Alaric widersprechen. Ida hatte es nicht verdient zu sterben, ebenso wenig wie Rina und Tine, aber Alaric sollte weitersprechen, denn jede Information konnte kostbar sein.

»Du wärst nicht die Erste, die für die Verbannten kämpft«, fuhr Alaric fort. »Das *Gesetz des Alters* hat viel Gutes zu Stande gebracht. Wir sparen viel Geld für Pflege, Wohnräume und andere Dinge und das ermöglicht es uns, unsere Kolonie zu verschönern. Ohne das Gesetz hätten wir die Häuser in der ersten Ebene niemals renovieren können und auch der Park wäre nur halb so reizvoll. Gefällt dir der Park?«

Kenzie antwortete nicht. Ihr war dieser Park vollkommen egal, sie interessierte sich nur für die Wahrheit. Sie starrte Alaric an, als könnte sie ihn dazu zwingen, ihr mehr zu verraten, und zu ihrem Glück war er tatsächlich arrogant genug, alles offenzulegen. Er glaubte offenbar nicht, dass die Wahrheit ihm schaden könnte, nicht wenn er sie einer so unbedeutenden Person wie ihr erzählte.

»Es gibt Leute, denen dieses Gesetz nicht gefällt, und sie kämpfen für die Verbannten«, erklärte Alaric weiter. »Vermutlich sind sie es, die unsere Lager bestehlen und unsere Leute ermorden, um uns zu drohen. Sie wollen uns unter Druck setzen, die Kolonie unterwandern und für sich einnehmen. Doch das kann ich nicht zulassen.«

Wusste Callum, dass die Verbannten Sympathisanten hatten? Unwahrscheinlich, denn anderenfalls hätte er sie ihr gegenüber doch erwähnt, oder? Und wenn das, was Alaric sagte, stimmte, hatten sie eine Gruppe Verdächtiger in ihren eigenen Ermittlungen völlig ignoriert.

»Warum wusste Callum nichts von den Briefen?«, fragte Kenzie. »Er war immerhin der Beauftragte der Sicherheit und hätte ein Recht darauf gehabt, sie zu sehen. Immerhin sind diese Briefe Hinweise in den Ermittlungen.«

»Ich wollte den Kreis der Wissenden klein halten«, erklärte Alaric und setzte sich wieder auf seinen Stuhl.

Er verschwieg Kenzie etwas, das konnte sie spüren. Es steckte mehr hinter den Briefen, aber noch konnte sie nicht sagen, was es war. »Und wieso erzählst du mir das alles?«

»Weil du ein Teil davon bist«, antwortete Alaric.

»Ich arbeite nicht für Ida.«

Alaric neigte den Kopf und schien ihre Worte abzuwägen. »Zugegeben, vielleicht arbeitest du nicht *für* Ida, aber eindeutig *mit* ihr«, erklärte er mit einem kalten Lächeln. Er nickte zu dem Brief, der noch immer unberührt vor Kenzie lag. Sie starrte auf das Stück Papier und zögerte einen Augenblick, ehe sie danach griff und es entfaltete:

Alaric,
ich hoffe, Du hast auf Deine edle Kleidung gekotzt.
Nun siehst Du, wozu wir wirklich in der Lage sind.
Dies war nur ein Vorgeschmack.
Ihr alle seid betroffen.
Es wird nicht aufhören.
Bis Du unsere Forderungen erfüllst.
Sieh dies als eine Warnung an.
Das nächste Mal verrate ich Euch das Gegenmittel nicht.

Anschließend folgte eine Liste von Zutaten. Doch Kenzie schenkte ihr keine Beachtung. Sie starrte auf den Brief. Das Papier stammte offenbar aus einem Buch. Man hatte die Seite herausgerissen und zwischen die gedruckten Zeilen geschrieben.

Sie war zerknittert und Ranken verliefen entlang des Randes.

Kenzie wurde übel.

Sie kannte diese Musterung, denn sie hatte das dazugehörige Buch in den Händen gehalten.

Es gehörte Kalif.
Kalif hatte Callum vergiftet.
Kalif hatte die Vorräte gestohlen.
Kalif hatte Nilam ermordet.

Achtundzwanzig

»Tu nicht so, als würdest du den Brief zum ersten Mal sehen«, sagte Alaric. »Es ist eindeutig, dass er von dir stammt, Kenzie. Ich bin kein Idiot. Du hasst mich. Es kann kein Zufall sein, dass du die Festlandkolonie besuchst, und kurz darauf erhalte ich diesen anonymen Brief, der nicht von Ida stammt. Sie unterschreibt ihre Botschaften und dies ist auch nicht ihre Handschrift.«

Sie blickte von dem Brief auf. Das Zittern ihrer Hände breitete sich auf ihren gesamten Körper aus, während sie Alaric anstarrte. »Eindeutig?« Kenzie stieß den Brief von der Tischkante und er segelte zu Boden. »Dies ist ein wertloses Stück Papier. Jeder hätte das schreiben können.«

»Aber du warst es.«

»Ich. War. Es. Nicht.« Kenzie betonte jedes Wort. Sie wollte aufspringen und davonrennen, aber sie zwang sich ruhig zu bleiben. »Du verabscheust mich und suchst nur nach einem Grund, mich loszuwerden. Gib mir einen Stift und ich beweise dir, dass das nicht meine Handschrift ist.«

»Damit ist es nicht getan.«

»Aber mit einem Auftragsmord ist es das?«

Alaric beugte sich über den Tisch und faltete die Hände. »Du sympathisierst mit Idas Leuten; dich aus der Kolonie zu verbannen würde das Problem nicht lösen. Du bist mir im Weg. Nur deinetwegen hat sich Callum gegen mich gestellt.«

»Er war nie auf deiner Seite.«

»Vielleicht, aber er war klug genug den Mund zu halten, bis du gekommen bist«, knurrte Alaric. »Deine Anwesenheit hat etwas in ihm verändert und ich bereue es, dich nicht schon früher aus dem Weg geräumt zu haben. Dich für Nilams Tod verantwortlich zu machen hätte eigentlich die perfekte Lösung sein sollen. Du wärst sofort wieder verschwunden und Callum hätte dich für das, was du seiner Repräsentativen angetan hast, gehasst.«

»Ich habe Nilam nicht getötet«, fauchte Kenzie.

»Natürlich nicht«, schnaubte Alaric. Seine Worte trieften vor Sarkasmus und dennoch leugneten sie die Wahrheit nicht. Er hatte die ganze Zeit über von ihrer Unschuld gewusst!

»Ich werde jetzt gehen, es sei denn, du willst mich auf der Stelle von deinen Leuten umbringen lassen. Callum wartet auf mich.« Energisch schob Kenzie ihren Stuhl zurück und hoffte, dass ihre Körperhaltung genauso viel Selbstsicherheit ausstrahlte wie ihre Stimme. Sie musste hier weg – dringend. Sie konnte sich Alarics Gewäsch nicht länger anhören, sie musste zu Kalif und Noël.

»Verschwinde.« Alaric lachte trocken und machte eine wegwischende Handbewegung. »Ich werde mein Rathaus nicht mit deinem Blut beschmutzen und du kannst ohnehin nirgendwo hin. Jaen wird dich finden und ein zweites Mal wirst du ihm nicht entkommen.«

»Dieses Risiko gehe ich gerne ein«, erwiderte Kenzie und wandte Alaric den Rücken zu. Offensichtlich wusste er noch nicht, dass sie Jaen bereits gefangen genommen hatten.

Es kostete Kenzie viel Kraft, ihre Schritte ruhig zu halten und nicht loszustürmen. Sie wurde von dem Sicherheitsmann hinauseskortiert, der sie bereits zu Alaric geführt hatte. Er lief neben ihr und sie versuchte ihr Tempo seinem anzupassen. Ihre Knie waren weich und sie zitterte am ganzen Körper. Das Gespräch mit Alaric hatte sie physisch und psychisch erschöpft.

Doch ihr blieb keine Zeit, sich auszuruhen. Sie musste zu Noël und ihn vor Kalif warnen. Seine Anwesenheit in der Wohnung dieses Verräters war der einzige Grund, weshalb Kenzie Kalif nicht sofort an Alaric ausgeliefert hatte.

Sie konnte nur hoffen, dass sie schnell genug war, und Noël noch unversehrt. Wie hatte sie ihn nur einem Fremden anvertrauen können?

Zugegeben, sie hatte in Kalif einen Freund gesehen, aber sie kannte ihn nicht wirklich und womöglich musste Noël nun für ihre Naivität bezahlen. Sie hatte ihn in die Höhle des Löwen geschickt, und wenn ihm etwas zustieß, könnte sie sich das niemals verzeihen.

Vielleicht ist *ihm schon etwas zugestoßen*, säuselte Alarics Stimme in Kenzies Kopf. *Womöglich liegt er bereits blutüberströmt in einer Gasse und röchelt um sein Leben.*

Kenzie schüttelte diese Gedanken ab. Sie musste sich noch eine Minute unauffällig verhalten, bis sie dem Rathaus und den Sicherheitsleuten entkommen war.

Sie erreichten den Ausgang und ein Gefühl der Erleichterung erfasste Kenzie. Callum saß auf der Treppe vor dem Rathaus und war binnen einem Herzschlag bei ihr. »Wie ist es gelaufen?«

»Gut«, murmelte Kenzie und ging an Callum vorbei, weg vom Rathaus. Er folgte ihr, und erst als sie außer Hörweite der Sicherheitsleute waren, sprach sie im Flüsterton weiter. »Wir müssen zu Kalif. Noël ist in Gefahr.«

Callum runzelte die Stirn. »Wieso?«

Kenzie sah sich noch einmal um, ehe sie Callum von ihrem Gespräch mit Alaric erzählte. Er hörte ihr schweigend zu, aber Hass und Verachtung spiegelten sich in seinen immer härter werdenden Gesichtszügen wider.

»Ich kann das nicht glauben.« Callum beschleunigte seine Schritte. »Ich habe Kalif vertraut.«

»Nicht nur du.« Kenzie begann noch schneller zu laufen, bis sie eines der Löcher im Boden fand und eine Ebene tiefer klettern konnte. Ihre Muskeln protestierten gegen die erneute Anstrengung. Ihre Kehle brannte und die Wunde an ihrem Hals pochte mit jedem Atemzug schlimmer, aber sie ignorierte den Schmerz und lief weiter. Denn egal wie furchtbar es ihr ging, sie würde sich noch schlechter fühlen, wenn sie zuließe, dass Noël etwas passierte, nur weil sie nicht schnell genug gewesen war.

In der ersten Ebene verdichtete sich die Anzahl der Sicherheitsleute und Kenzie und Callum wurden langsamer. Ihre Schritte waren noch immer eilig und setzten hart auf den Asphalt, doch mit der näher rückenden Sperrstunde schenkte ihnen niemand Beachtung.

Schließlich erreichten sie Kalifs Haus. Es wirkte unverändert, was nur logisch war, aber aus irgendeinem Grund überraschte es Kenzie. Bilder von Nilams misshandeltem Körper keimten in ihr auf. Was, wenn sich die Geschichte mit Noël wiederholen würde? Könnte sie das ertragen? Kenzie presste die Lippen aufeinander, um die aufkommende Übelkeit zu unterdrücken.

Sie liefen durch den Eingang ohne Tür und stürmten die Treppen nach oben. Ein Teil von Kenzie hoffte, dass Noël sie bereits erwarten würde, was natürlich lächerlich war.

Sie erreichten Kalifs Wohnung.

Es war ruhig und die Tür war geschlossen.

Callum klopfte dagegen.

Nichts.

Ließ Kalif Noëls Leiche bereits verschwinden? Kenzie wippte nervös auf ihren Füßen auf und ab. Auf und ab. Auf und ab.

Erneut hämmerte Callum an die Tür.

Dieses Mal fester und härter, nicht zu überhören.

Nichts.

Kenzie hielt den Atem an. Dann hörte sie es. Ein Wimmern. Gefolgt von einem Ächzen. Es kam aus dem Inneren der Wohnung und war von Schmerz verzerrt. Kalifs Name schwang darin mit und eine unausgesprochene Bitte.

Noël.

Callum sah Kenzie an. Wut funkelte in seinen Augen. »Warte hier.« Er war verschwunden, ehe sie reagieren konnte. Sie presste die Hände vors Gesicht, um ein aufkommendes Schluchzen zu unterdrücken. Am liebsten hätte sie noch einmal gegen die Tür geschlagen, aber sie fürchtete sich davor, was Kalif tun würde, wenn sie ihn unter Druck setzte. Noël war am Leben; er musste nur noch ein paar Sekunden durchhalten.

Callum kam zurück. Er atmete schwer und Kenzie wusste nicht, wie, aber er hielt einen Schlüssel in der Hand. Sofort machte er sich an dem Schloss zu schaffen. Die Tür zu Kalifs Wohnung sprang auf und alles erstarrte.

Kenzie hatte mit vielem gerechnet, aber nicht mit dem Anblick, der sich ihr bot. Es gab kein Blut und Noël litt auch keine Schmerzen. Er lag nackt auf dem Bett und Kalif war über ihm.

Seine Hände ruhten auf Noëls Brust und er hatte in der zielführenden Bewegung innegehalten, welche Noël diese wimmernden Geräusche entlockt hatte.

»Wenn ich die Tür nicht öffne, heißt das in der Regel auch, dass ich nicht gestört werden möchte«, sagte Kalif. Er löste sich von Noël und breitete eine Decke über ihre nackten Körper aus. »Woher habt ihr den Schlüssel?«

»Von deiner Vermieterin«, erwiderte Callum. Er hatte die Arme vor der Brust verschränkt, sichtlich um einen neutralen Gesichtsausdruck bemüht.

»Was macht ihr hier?«, fragte Noël. Seine Wangen waren gerötet, ob vor Scham oder Lust, vermochte Kenzie nicht zu sagen und sie wollte auch nicht genauer darüber nachdenken.

Sie räusperte sich. »Ähh, wir ... Wir wollten dich retten.«

Er zog eine Braue nach oben. »Das ist nett von euch, aber ... wovor?«

»Vor ...« Kenzie brachte es nicht über sich, die Worte auszusprechen. Sie konnte Noël nicht sagen, dass er vermutlich gerade mit dem Mörder seiner Schwester geschlafen hatte, während sie noch gemeinsam im Bett lagen.

»Zieht euch an«, sagte Callum zu Kenzies Rettung. »Wir müssen reden.«

Kalif und Noël wechselten einen Blick, ehe sie Callums Anweisung folgten. Kenzie wandte den beiden den Rücken zu, aber Callum ließ Kalif nicht aus den Augen.

»Würdest du mir bitte sagen, was hier los ist?« Noël war neben Kenzie getreten. Sein Oberkörper war frei und er knöpfte gerade seine Hose zu.

»Dasselbe könnte ich dich fragen«, murmelte Kenzie. »Vor drei Stunden hast du Callums Haus schreiend und unter Tränen verlassen und jetzt das hier?« Sie deutete hinter sich in Richtung des Betts.

»Kalif wollte mich nur ablenken.«

»Was für eine interessante Methode.«

»Kenzie.« Noël seufzte und streifte sich sein Shirt über. »Weißt du, wie lange es her ist, seit ich das letzte Mal ... Du weißt schon? Die Männer in der Wasserkolonie waren nicht gerade aufgeschlossen. Kalif hat mich auf andere Gedanken gebracht.«

Kenzie presste die Lippen aufeinander und wünschte sich, sie könnte Noël einfach wegschicken, um ihm die Konfrontation mit Kalif zu ersparen. Doch er konnte nirgendwohin und es waren nur noch wenige Minuten bis zur Ausgangssperre.

»Wir sollten uns hinsetzen«, bemerkte Callum und Kenzie drehte sich wieder in den Raum. Er kam ihr plötzlich noch kleiner vor als bei ihrem letzten Besuch, aber das lag vor allem an Kalif. In Kenzies Gedanken wurde der Schatten, der Nilam ermordet hatte, zu Kalif und sie konnte sich vorstellen, wie die beiden miteinander gekämpft hatten.

Kenzie zog den Stuhl, auf den Noël sich setzen wollte, dichter zu sich heran. Er neigte fragend den Kopf, dennoch nahm er ohne Widerworte Platz und lächelte Kalif an, der seinerseits schelmisch grinste. Er ahnte offenbar nicht, dass sie kurz davor waren, ihn als Verbannten und Mörder bloßzustellen.

»Ich weiß nicht, wo ich anfangen soll«, sagte Callum. Sein Tonfall war ruhig, aber die Anspannung wich nicht aus seinen Gliedern. »Kenzie und ich wissen, wer du bist, Kalif.«

»Natürlich wisst ihr, wer ich bin. Ich habe mich vorgestellt.«

»So meine ich es nicht und das weißt du genau.« Callum beugte sich über den Tisch. »Wir wissen, dass du für die Verbannten arbeitest.«

Kalif schnaubte. »Das ist lächerlich.«

»Ist es nicht.« Kenzie sah sich um und entdeckte auf Kalifs Nachttisch das Buch, das ihn verraten hatte. Sie holte es zu sich und blätterte durch die Seiten, bis sie die fehlende entdeckte. »Jaen hat Nilam nicht umgebracht, denn er hatte nur den Auftrag, mich umzubringen. Er wurde von Alaric angeheuert, weil der glaubt, ich hätte diese Leute auf dem Ball vergiftet. Alaric hat mir einen Brief gezeigt, den angeblich ich verfasst habe. Ich habe das Papier erkannt. Es stammt aus diesem Buch.«

Kalif schüttelte den Kopf. »Du irrst dich.«

»Nein.« Kenzie schlug das Buch wieder zu. »Du wusstest von dem vergifteten Wein, deshalb hast du mich danach gefragt, als ich an diesem Abend zu euch gekommen bin. Ich dachte, du wärst nur neugierig, aber in Wahrheit wolltest du wissen, ob du auch mich vergiftet hattest.«

Nun wich das Lächeln von Kalifs Lippen. Er musterte sie mit seinen dunklen Augen und ein Schauer überkam Kenzie. War dieses Gesicht das Letzte, was Nilam gesehen hatte?

»Stimmt das?«, fragte Noël. Seine Stimme klang leise und verunsichert. »Hast du diese Leute vergiftet?«

Kalif sah Noël an. Nein, er starrte ihn an und dann nickte er. »Ich wollte niemandem schaden, deswegen habe ich Alaric den Brief mit dem Heilmittel zukommen lassen. Es sollte eine Drohung sein, um ihn einzuschüchtern und ihm zu zeigen, wozu wir in der Lage sind.«

»Wer sind *wir*?«, fragte Callum.

»Die Verbannten, wie ihr uns nennt«, erwiderte Kalif, dieses Mal ohne Zögern.

»Du arbeitest also für sie?«

»Ich arbeite nicht nur für sie.« Kalifs vertrautes Grinsen

kehrte zurück. »Ich gehöre zu ihnen. Meine Mutter wurde vor zwanzig Jahren von einer Luftkolonie verbannt, die etwa fünfzig Kilometer südlich von hier liegt. Sie war mit mir schwanger und ich wurde als Verbannter geboren. Vor knapp zwei Jahren habe ich mich in diese Kolonie eingeschmuggelt. Ida hat mir genau gesagt, was ich tun muss. Ich bin ins Rathaus eingebrochen und habe mich im System eingetragen. Hier leben so viele Menschen, dass sich nie jemand gefragt hat, wer ich bin oder woher ich komme.«

»Und seitdem stiftest du Unruhe«, schlussfolgerte Kenzie. Sie fragte sich, ob einer der Gründe, weshalb sie sich vom ersten Moment an so gut mit Kalif verstanden hatte, der war, dass er genauso wenig wie sie in diese Kolonie gehörte.

Er schüttelte den Kopf. »Ich habe fast eineinhalb Jahre darauf verwendet, Kontakte zu knüpfen, mich hier einzuleben und die Menschen zu beobachten. Mein Auftrag hat erst vor vier Monaten richtig begonnen.«

Auftrag. Dieses Wort war wie Säure in Kenzies Ohren. Wut flammte in ihr auf und glühte in ihren Adern. War Nilam für ihn nicht mehr gewesen als das? Ein Auftrag? Ein Punkt, den er von seiner Liste streichen konnte?

Kenzie ballte die Hände unter dem Tisch zu Fäusten und sah zu Noël, dessen Knöchel von seinem Angriff auf Jaen geschwollen und blutig waren. Ob er dasselbe mit Kalif anstellen würde? Sie hoffte es.

»Und was ist dein Auftrag?«, fragte Callum. Er hatte eine ausdruckslose Miene aufgesetzt, die seine wahren Gefühle nicht erahnen ließ. Ein Talent, das er sich vermutlich in seiner Zeit als Beauftragter der Sicherheit angeeignet hatte.

»Seid ihr sicher, dass ihr das wissen wollt?«, fragte Kalif.

»Wenn ich es euch erzähle, gibt es kein Zurück mehr. Dann steckt ihr unwiderruflich in der Sache mit drin.«

»Wir gehen das Risiko ein.« Kenzie musste es hören. Sie musste Kalif sagen hören, dass er Nilam umgebracht hatte, damit sie ihrer Wut endlich freien Lauf lassen konnte.

»Meine Hauptaufgabe ist es, Lebensmittel aufs Festland zu schmuggeln. Mais. Getreide. Obst. Ihr habt keine Ahnung, wie viele Leute dort–«

»Wir wissen es«, unterbrach Callum ihn. »Wir waren dort. Virgil hat uns mitgenommen.«

»Wow, das wurde auch Zeit. Wir sagen ihm seit Jahren, er soll jemandem von uns erzählen, aber er hat sich immer geweigert, aus Angst vor den Konsequenzen für sich und seine Tochter.«

»Lenk nicht vom Thema ab«, sagte Callum. »Es geht hier um dich.«

»Habt ihr es eilig?«, fragte Kalif. »Vor der Ausgangssperre schafft ihr es eh nicht mehr nach Hause. Wir können uns die ganze Nacht Zeit lassen.«

Beinahe hätte Kenzie aufgelacht. Wenn sie mit Kalif fertig waren, würde er sicherlich nicht mehr darauf hoffen, die Nacht gemeinsam mit ihnen zu verbringen.

»Dein Auftrag«, mahnte Callum.

Kalif seufzte. »Wie bereits gesagt, mein Auftrag war es, Mais, Getreide und andere Dinge aus eurem Lager in unsere Kolonie zu schmuggeln. Drei Monate lang ging es gut. Bei der Fülle an Nahrungsmitteln ist es niemandem aufgefallen – bis zur Inventur.«

»Wie hast du all das aus der Kolonie geschafft?«, fragte Kenzie.

»Das war kein Problem, solange die Lager nicht bewacht waren. Meine Leute sind mit den Booten rausgefahren und ich habe die Kisten und Säcke zur Klippe gebracht. Dort treiben sich nie Luftgeborene herum.« Kalif sah zu Callum. »Mit einer Ausnahme.«

Callum presste die Lippen aufeinander. Es missfiel ihm sichtlich, dass Kalif ihn beobachtet hatte und von seinen nächtlichen Ausflügen wusste.

»Nach der Inventur wurde es schwerer, an die Lebensmittel heranzukommen, aber ich habe bei der Sicherheit angeheuert und mich gezielt für den Wachdienst an den Klippen eintragen lassen«, fuhr Kalif fort. »Jaens Leute sind Feiglinge. Kaum einer von ihnen wollte in der Nähe der Lager arbeiten, aus Angst vor aufständischen Dieben.«

»Wirklich clever«, murmelte Callum und lehnte sich in seinem Stuhl zurück. »Du kommst aus dem Nichts, arbeitest in den Lagern, um alles auszukundschaften, und freundest dich mit dem Beauftragten für die Versorgung an. Octavius wäre nie auf die Idee gekommen, dich zu verdächtigen, und anschließend hast du dich bei Jaen eingeschmeichelt, bis du rausgeworfen wurdest.«

»Was nie passiert wäre, hätte ich Noël nicht gerettet.« Kalif lächelte Noël an und das erste Mal, seit Kenzie den Brief gelesen hatte, beschlichen sie Zweifel. Wenn Kalif tatsächlich der Mörder war, wieso hätte er seinen Plan für Noël riskieren sollen? Evie hatte gesehen, wie er die Klippen nach unten gestiegen war, um ihm zu helfen. Wieso hätte ein Mörder dieses Risiko eingehen sollen, nur um einen Fremden zu retten?

Sie brauchte Gewissheit. »Kalif?« Er sah sie fragend an. »Hast du Nilam und die anderen ermordet?« Kaum hatte sie die Frage ausgesprochen, verkrampfte sich Noël auf dem Stuhl neben ihr. Blind tastete sie nach seiner gesunden Hand und umschloss sie mit ihren Fingern. Allerdings nicht fest genug, um ihn zurückzuhalten, sollte er wirklich etwas Unüberlegtes tun.

»Nein!« Kalif schüttelte den Kopf. »Wie kommst du auf so eine Idee?«

Verunsichert sah Kenzie sich im Raum um. Wie viel durfte sie Kalif verraten? Ihr Blick glitt zu Callum. Er nickte kaum merklich; eine Aufforderung, und sie erzählte abermals von ihrer Begegnung mit Alaric. »Er ist davon überzeugt, dass ein Sympathisant der Verbannten die Leute ermordet hat, um ihn unter Druck zu setzen.«

Fassungslos starrte Kalif sie an, dann begann er zu lachen. Es war kein freundliches Lachen, wie Kenzie es von ihm gewohnt war. Nein, es war ein kühles und bitteres Lachen, voller Abscheu. »Alaric, dieser Drecksack«, presste Kalif zwischen zwei Atemzügen hervor. »Er ist sich wirklich für keine Lüge zu schade.«

»Du glaubst, er hat gelogen?«, fragte Kenzie.

»Natürlich«, beteuerte Kalif. »Ich würde niemals jemanden ermorden. Nie. Die Sache mit dem Gift war extrem, das gebe ich zu. Sie war jedoch notwendig. Meine Leute leiden Hunger, aber ich hätte niemals zugelassen, dass jemand stirbt. Ich habe zur Sicherheit sogar selbst etwas von dem Gegengift hergestellt. Es ist in dem Regal über der Spüle.«

Callum stand auf und lief zu dem Schrank. Hinter ein paar Tellern und Gläsern zog er eine Dose hervor und warf einen Blick hinein. »Angenommen, du hast diese Leute tatsächlich nicht umgebracht. Wäre es möglich, dass ein anderer Verbündeter der Verbannten die Morde begangen hat?«

»Nein. Ich bin der Einzige, der für Ida arbeitet.« Eine noch nie da gewesene Härte trat in Kalifs Blick. »Aber ich habe da eine Vermutung ...«

»Eine Vermutung?«, fragte Callum mit hochgezogener Braue.

Kalif nickte. »Alaric möchte offenbar glauben, dass eine ganze Gruppe hinter den Diebstählen steckt. Womöglich hat *er* aus diesem Grund Robin und die anderen töten lassen. Vielleicht dachte er sie, stünden in Verbindung mit den Verbannten«

Kenzie klappte der Mund auf. Sie wusste nicht, was sie darauf sagen sollte. Ihre Gedanken und ihre Gefühle stürzten sie ins Chaos. Tagelang hatten sie erfolglos nach dem Mörder gesucht und nun wurden sie innerhalb weniger Stunden mit Aussagen und Beweisen überflutet. Wem sollte sie glauben? Für sich selbst, aber auch Noël zuliebe wünschte sie sich, dass Kalif unschuldig war, doch alles würde noch so viel komplizierter werden, wenn Alaric selbst die Morde in Auftrag gegeben hatte.

»Wieso sollte Alaric seine eigenen Leute umbringen?«, fragte Callum.

»Ich weiß es nicht mit Gewissheit, aber Ida und er stehen seit geraumer Zeit in Kontakt. Ida fordert von Alaric Unterstützung, aber er weigert sich, schließlich ist es *nicht seine Angelegenheit*«, erklärte Kalif und seine Worte trieften vor Hass. »Wir nehmen eure Ältesten seit Jahren in unserer Kolonie auf, weshalb unsere Ressourcen knapp sind und ich zu stehlen begonnen habe. Alaric glaubt offensichtlich, dass Sympathisanten hinter alldem stecken. Genauer gesagt, Leute, die erst kürzlich jemanden an das *Gesetz des Alters* verloren haben, da bei ihnen das Motiv am stärksten wäre.«

»Was willst du damit sagen?«, fragte Noël. Er sah genauso verwirrt aus, wie Kenzie sich fühlte. »Dass Alaric diese Leute hat töten lassen, weil er sie davon abhalten wollte, die Verbannten zu unterstützen?«

Kalif nickte. »Ihr Tod sollte anderen Sympathisanten Angst

machen, nur dass es diese angeblichen Sympathisanten überhaupt nicht gibt.«

Callum kniff die Augen zusammen und rieb sich über die Stirn. Offensichtlich war Kenzie nicht die Einzige, die von diesem ständigen Hin und Her Kopfschmerzen bekam, aber wenn sie darüber nachdachte, ergab es einen Sinn.

Alaric hatte sich noch nie vor extremen Maßnahmen gescheut, und wenn er tatsächlich davon überzeugt war, dass Robin und die anderen Ida geholfen hatten, war es nur logisch, dass er ihren Mord befohlen hatte. Er hatte Kenzie zuvor selbst gesagt, dass eine Verbannung keine angemessene Strafe war, wenn man für die Verbannten arbeitete.

»Ein paar Dinge verstehe ich noch nicht«, sagte Noël. »Vielleicht übersehe ich etwas, weil ich nicht so tief in der Sache drinstecke wie ihr, aber wieso hat Alaric Callum nicht von Anfang an etwas von Ida und den anderen erzählt? Das ergibt doch überhaupt keinen Sinn. Er hätte ihm bei der Verteidigung der Kolonie helfen können.«

»Alaric hasst mich«, sagte Callum. »Er hat mich immer nur das Nötigste wissen lassen und vermutlich war ihm klar, dass ich seine Methoden nicht gutheißen würde.«

»Okay, Alaric hat Callum ausgeschlossen, weil er ihn hasst, aber warum hast *du* ihm nichts davon erzählt?« Noël sah wieder zu Kalif. »Du hast sogar seine und Kenzies Ermittlungen unterstützt.«

»Ich habe in den letzten Tagen oft darüber nachgedacht, euch einzuweihen«, gestand Kalif. »Aber noch vor ein paar Wochen wäre das undenkbar gewesen. Ich kannte Callum nicht und die Sache ist zu wichtig, als dass ich ihm von heute auf morgen hätte vertrauen können. Es geht schließlich um die Sicherheit meiner

Kolonie – meiner Familie – und ich konnte das Risiko nicht eingehen. Das fällt mir noch immer schwer, aber es geht nicht mehr anders. Und ich hoffe, euch ist die Verantwortung bewusst, die dieses Wissen mit sich bringt. Menschenleben stehen auf dem Spiel.«

»Das wissen wir und du hättest mir vertrauen können«, sagte Callum. »Alaric hasst mich vielleicht, aber ich hasse ihn mindestens genauso sehr und ich hätte, ohne zu zögern, geholfen, wenn du mir nur den kleinsten Beweis geliefert hättest.«

Kalifs Mundwinkel verzogen sich zu einem winzigen Lächeln. »Ich bin froh darüber, dass ich jetzt endlich offen mit euch darüber reden kann.«

»Das sind wir auch«, erwiderte Kenzie, die ihre Sprachlosigkeit endlich abgeschüttelt hatte, obwohl sie nicht sagen konnte, wohin das alles führen sollte. Sie waren nicht in der Position, Alaric anklagen zu können. Wer würde auf ihrer Seite stehen? Wer würde sie unterstützen? Vermutlich würden sie alle selbst eine Anklage wegen Verleumdung bekommen, und wenn sie Glück hatten, würde man sie nur verbannen.

»Zusammengefasst bedeutet das, dass Alaric die Morde begangen hat –«

»In Auftrag gegeben hat«, korrigierte Kalif. »Er war es nicht selbst.«

»Die Morde in Auftrag gegeben hat, um den Sympathisanten zu drohen, von denen er glaubte, sie hätten seine Nahrungsmittel gestohlen«, setzte Noël neu an. »Er wollte Callum nicht einweihen, weil er ihn hasst, und du hast ihm nichts gesagt, weil du ihm nicht vertraut hast.«

»Richtig«, bestätigte Kalif.

»In Ordnung, und nun die Frage, die mich am meisten interessiert: Was hat Nilam mit alldem zu tun?« Noël schluckte schwer. »Wieso musste meine Schwester sterben? Sie hat nichts mit Alaric oder den Verbannten zu tun.«

Kenzie drückte Noëls Hand fester und rügte sich dafür, dass sie selbst noch nicht daran gedacht hatte, diese Frage zu stellen. Sie war so in Kalifs Erzählungen gefangen gewesen, dass ihr entgangen war, wie wenig Nilam in das Bild passte. Aber sie war schon immer ein Faktor in ihren Ermittlungen gewesen, der einfach keinen Sinn ergeben wollte.

Kalif räusperte sich. »Ich habe eine Theorie.«

»Und die wäre?« Callum hatte die Augenbrauen zusammengezogen. Er wirkte so ernst und pflichtbewusst wie bei ihren ersten Begegnungen. Es fehlte nur noch seine Uniform.

»Du hattest Recht, als du meintest, Alaric hätte dich nicht eingeweiht, weil ihr euch hasst, aber das ist nur die halbe Wahrheit«, sagte Kalif und biss sich auf die Lippe. »Es geht auch um den Grund, *warum* ihr euch hasst.«

Callum stutzte. »Wie meinst du das?«

»Du bist schon länger Teil dieser Auseinandersetzung, als du ahnst, Callum. Und ich glaube, Alaric hat Nilam umbringen lassen, um deine Ehe mit ihr zu verhindern. Jeder in dieser Kolonie hat dich als Ratsmitglied geliebt – hättest du eine Repräsentative wie Nilam geheiratet, hätte das dein Ansehen nur noch weiter gesteigert und du hättest an Einfluss gewonnen. Es wäre ihm zunehmend schwerer gefallen, dir Dinge zu verheimlichen, und seine größte Sorge war immer, dass du in die Sache mit den Verbannten hineingezogen wirst und die Wahrheit erfährst.«

Noël stand ruckartig von seinem Stuhl auf und begann durch den kleinen Raum zu tigern. »Meine Schwester musste sterben, weil dieser Alaric die Luftkolonie für sich allein will?«

Kalif griff nach Noëls Hand, als dieser an ihm vorbeiging. Er stoppte und sah überrascht auf Kalif hinab. »Alaric ist von Macht besessen. Er ist ein Monster ohne Gewissen und irgendwann werden wir ihn für den Mord an deiner Schwester zur Rechenschaft ziehen, das verspreche ich dir.«.

»Danke«, flüsterte Noël und Kalif zog ihn zu sich herab und küsste ihn. Es war ein flüchtiger, geradezu liebevoller Kuss, und da erkannte Kenzie, dass ihr bester Freund Kalif glaubte. Hätte Noël auch nur den geringsten Zweifel an seiner Unschuld gehabt, würde er ihm diesen Kuss nicht gewähren.

»Du sagtest, Alaric hätte das alles getan, damit ich die Wahrheit nicht erfahre.« Callums Blick war auf die ineinander verschränkten Hände von Kalif und Noël gerichtet. »Welche Wahrheit? Ich kann mir nicht vorstellen, was es noch gibt, das er mir hätte verschweigen können.«

Kalif ließ Noëls Finger los. »Eigentlich sollte ich nicht mit dir darüber reden. Du solltest die Wahrheit von Ida erfahren.«

»Was sollte ich von Ida erfahren?«, fragte Callum eindringlich.

»Es gibt wohl keinen einfachen Weg, dir das zu sagen, also wähle ich den direkten.« Kalif seufzte. »Ida ist deine Mutter.«

Die Worte hatten Kalifs Mund so schnell verlassen, dass Kenzie zuerst glaubte sich verhört zu haben, aber dann sah sie zu Callum. Seine Augen waren weit aufgerissen. »Nein. Meine Mutter ist eine Repräsentative.«

»Deine Mutter *war* eine Repräsentative«, betonte Kalif. »Alaric hat deinem Vater erzählt, Ida wäre ihrer Pflicht als Repräsentative nachgekommen, aber in Wahrheit hat er sie verbannt. Er sah ihre Schwangerschaft als einen Protest gegen das System an und hat sie als Rebellin aufs Festland bringen lassen, da es eine

Schande gewesen wäre, sie in ihrem *verdorbenen Zustand* in eine andere Kolonie zu schicken.«

»Das kann nicht sein.« Callum lehnte seinen Kopf gegen einen von Kalifs Schränken. »Wenn sie wirklich meine Mutter ist, wieso hat sie mich nicht mitgenommen?«

»Damals gab es noch keine Kolonie auf dem Festland und Ida dachte, sie würde dort sterben. Was wäre sie für eine Mutter gewesen, ein Baby an einen solchen Ort mitzunehmen? Dich bei deinem Vater zu lassen war die bessere Entscheidung.«

Kenzie dachte an ihr Treffen mit Ida zurück und daran, wie interessiert die Anführerin der Verbannten an Callum gewesen war. Sie hatte ihm viele persönliche Fragen gestellt und selbst zugegeben seinen Vater gekannt zu haben. Und dann hatte sie noch diese strahlend blauen Augen. Bei ihrem Treffen war es Kenzie nicht aufgefallen, aber wenn sie jetzt daran zurückdachte, erkannte sie die Ähnlichkeit. Und die Art, wie Alaric während ihres Treffens Idas Namen ausgesprochen hatte ...

Er wusste es. Ida war Ayda, Callums Mutter.

»Ida war schon öfter kurz davor, Kontakt mit dir aufzunehmen, vor allem nach dem Tod deines Vaters«, erzählte Kalif weiter. »Aber sie wollte nicht, dass du dich zwischen den beiden Kolonien entscheiden musst. Es ging dir hier bis vor kurzem sehr gut.«

»Sollte sie meine Mutter sein, hätte sie es trotzdem tun müssen«, knurrte Callum.

»Sie *ist* deine Mutter«, betonte Kalif.

»Dann war ich ihr egal.«

»Wenn du das glaubst, bist du ein Idiot.« Kalif verschränkte die Arme vor der Brust. »Ich bin mit Ida aufgewachsen und sie hat ständig von dir geredet. Sie konnte nicht viel Zeit mit dir verbringen, aber die wenigen Minuten nach deiner Geburt, die ihr miteinander hattet, hat sie immer wieder durchlebt. Sie hat keine Gelegenheit ausgelassen, Virgil nach dir zu fragen, und jedes Mal, wenn sie hier war, um Vorräte abzuholen, hat sie sich auch bei mir nach dir erkundigt.«

Callums Kiefer war angespannt, aber Hoffnung sprach aus seinem Blick. »Sie war hier?«

»Ein paarmal.«

»Wann kommen deine Leute das nächste Mal hierher?«, fragte Kenzie.

Kalif sah aus dem schmalen Fenster. »In vier oder fünf Stunden. Sie rudern zurzeit jede Nacht hierher, in der Hoffnung, dass ich endlich wieder in eines der Lager komme.«

»Gut, wenn das so ist, wirst du uns zu ihnen bringen.«

Callum riss den Kopf hoch. »Was?«

Kenzie lächelte. »Wir werden Kalifs Kolonie einen Besuch abstatten, damit Ida und du euch unterhalten könnt. Du musst von ihr hören, was damals vorgefallen ist.«

»Hältst du das für eine gute Idee?«

»Sollten wir nicht lieber einen Weg finden, Alaric zu stellen, bevor er noch mehr Leute töten lässt?«, fragte Noël. »Diese Mutter-und-Sohn-Vereinigung kann doch warten.«

»Niemand wird zu Schaden kommen, solange wir Jaen in Gewahrsam haben. Er ist Alarics Mann für alles, und wenn Kalif Recht hat, ist Jaen der Mörder. Wir sollten die Zeit, die Evie bei ihm ist, nutzen, um mit Ida zu sprechen. Wenn es jemanden gibt, der uns helfen kann Alaric auffliegen zu lassen, ist sie es. Es muss irgendwelche Beweise geben.«

»Es gibt Briefe«, antwortete Kalif und Kenzie erinnerte sich daran, dass auch Alaric weitere Briefe erwähnt hatte. »Gelegentlich hat Virgil sie zwischen Alaric und Ida vermittelt. Keine Ahnung, was in ihnen steht, aber sie wären ein Anfang. Das Problem ist allerdings, dass Ida nur einen Teil der Briefe hat. Und ich weiß nicht, wo Alaric seine aufbewahrt, falls er sie nicht längst zerstört hat.«

»Wenn die Briefe noch in seinem Besitz sind, wird er sie bei sich zu Hause haben«, bemerkte Callum und schwang sich auf die Küchenzeile. »Im Rathaus laufen zu viele Leute umher, die sie entdecken könnten, aber seine Villa gehört ihm ganz allein. Er lässt nur einen kleinen Kreis Ausgewählter in sein Haus.«

»Ich finde, wir sollten zuerst Ida aufsuchen«, sagte Kenzie. Ihr missfiel die Vorstellung, in Alarics Villa einzudringen, mehr als alles andere. Denn sollten sie dabei erwischt werden, war ihnen der Tod gewiss. »Vielleicht reichen ihre Briefe aus, um Alaric so weit zu belasten, dass es zumindest für eine Anklage reicht.«

»Vielleicht«, erwiderte Kalif mit wenig Hoffnung.

»Dann ist es beschlossene Sache?«, fragte Kenzie und wischte sich ihre vor Nervosität feuchten Hände an der Hose ab. »Wir gehen zu Ida, und wenn ihre Briefe nicht als Beweis ausreichen, statten wir Alaric einen Besuch ab?«

Kalif und Noël nickten, nur Callum zögerte. Sein Blick ruhte auf seinen eigenen Händen, die er im Schoß gefaltet hatte. Er bewegte die Finger und starrte sie an, als würde er sie zum ersten Mal sehen. »In Ordnung«, sagte er schließlich. Seine Stimme war nur ein Flüstern. »Allerdings kann ich unter keinen Umständen zulassen, dass es so weitergeht. Egal was mit uns passiert. Wenn das alles nicht hilft, werde ich Alaric töten. Ich erwarte nicht, dass ihr mir dabei helft, aber ich muss es tun. Er darf diese Kolonie nicht länger führen.«

Kenzie hatte selbst schon das eine oder andere Mal mit dem

Gedanken gespielt, Alaric umzubringen, aus Rache für seine falschen Anschuldigungen und für all die anderen Dinge, die er getan hatte. Es gab dennoch einen großen Unterschied zwischen dem eigenen Wunschdenken und der Realität – doch in diesem Moment erkannte Kenzie die Entschlossenheit in Callums Blick. Er redete nicht nur über eine Ermordung, er plante sie bereits. Doch dieser Mord würde nicht nur Alarics Leben ein Ende setzen, sondern auch Callums. Er war zu gutherzig für eine solche Tat und würde sich Alarics Tod niemals verzeihen, auch wenn er der einzige Weg war, die Kolonie vor diesem Mann zu schützen. Callum würde nie aufhören sich zu fragen, ob es nicht eine andere Möglichkeit gegeben hätte. Er würde in Zweifeln und Sorgen versinken und das konnte Kenzie nicht zulassen, denn dafür liebte sie ihn zu sehr.

»Du solltest das nicht tun, Callum.«

»Wieso?«

Kenzie schluckte schwer und sah nun ebenfalls auf seine Hände. Vermutlich malte er sich gerade aus, wie es wäre, Alaric damit zu töten. »Du bist kein Mörder.«

»Nein, das bin ich nicht.« Callum lächelte traurig. »Aber zum Wohl der Kolonie kann ich zu einem werden.«

Neunundzwanzig

Callums Worte ließen Kenzie erzittern, denn sie konnte seine Entschlossenheit dahinter spüren. Callum war kein Mörder, aber wie so oft war er bereit einen Teil von sich zu opfern, um allen gerecht zu werden.

Kenzie wollte ihm gerade sagen, dass sie diese Aufgabe übernehmen würde, als ein lautes Knistern eine Durchsage ankündigte. Kalif öffnete seine Fenster und eine Sekunde später war Octavius' Stimme zu hören. Sie klang dunkel und kalt durch die Lautsprecher: »Einwohner der Kolonie. Inzwischen werden die meisten von euch von dem Zwischenfall erfahren haben, der sich auf dem Ball der Repräsentativen ereignet hat. Das Vergiften von Nahrungsmitteln ist ein schweres Verbrechen.«

Pause.

»Es ist nur eines von unzähligen Vergehen innerhalb der letzten Wochen. Der Rat nimmt diese Vorfälle sehr ernst, und um den Schutz und die Gesundheit unserer Einwohner zu gewährleisten, sehen wir uns verpflichtet jedes Aufkommen krimineller Energie noch im Keim zu ersticken.«

Pause.

»Daher wird die Ausgangssperre mit sofortiger Wirkung zu einem Arrest. Dies dient eurer eigenen Sicherheit. Begebt euch nach eurer Arbeit sofort zurück in eure Häuser und haltet eure Kinder von der Straße fern. Essensmarken werden zukünftig mit dem Gehalt verrechnet und ausgegeben. Teilt euren Bedarf eurem Arbeitgeber mit. Eingelöst werden können diese Marken während eines Zeitfensters, das euch noch mitgeteilt wird.«

Pause.

»Abweichungen dieser Regel benötigen die Zustimmung des Rats.«

Pause.

»Ein Verstoß gegen diese Vorschrift wird mit der Verbannung geahndet.«

Pause.

»Dies dient eurer eigenen Sicherheit.«

Das Knistern verstummte; die Durchsage war beendet. Kenzie erschauderte. Sie wusste, dass Alaric verzweifelt war und der Rat vor ihrem Besuch im Rathaus einen Beschluss gefasst hatte, aber das? Das übertraf all ihre Vorstellungen.

Es gab nur ein geringes Maß an Veränderung, das Menschen ertragen konnten. Sie hatten sich mit der Ausgangssperre arrangiert, das Versammlungsverbot hingenommen und nach anfänglichen Ausschreitungen sogar die Essensmarken akzeptiert. Doch mit diesem Arrest überschritten Alaric und der Rat eine Grenze, die sie nicht hätten überschreiten dürfen. Sie deklarierten die Kolonie, die Heimat von Tausenden, zu einem Gefängnis und beraubten sie alle ihrer Freiheit.

Es dauerte nicht lange, bis ein inzwischen allzu vertrautes Chaos auf den Straßen herrschte. Kenzie beobachtete die Situation von

Kalifs Wohnung aus. Menschen verließen ihre Häuser, die zu Zellen geworden waren. Eingesperrt in diesem Würfel waren diese Leute nie wirklich frei gewesen. Doch die *Illusion* der Freiheit war perfekt gewesen – bis zu diesem Augenblick.

Sicherheitsleute, die durch die Kolonie patrouillierten, versuchten die Menschen zurück in ihre Häuser zu drängen, aber das ließen diese sich nicht gefallen. Es gab mehr Aufständische als Wachen und ihr Zorn erfüllte die Kolonie.

Es war wie ein Vibrieren im ganzen Körper. Zuerst hörte man die Wut in den Schreien, dann sah man sie in der Zerstörung und zuletzt spürte man sie, als der Höhepunkt erreicht war und alles in Gewalt niederbrach.

Gegenüber von Kalifs Wohnung zersprang eine Straßenlaterne. Instinktiv zog Kenzie den Kopf ein, als die Glassplitter zu Boden und auf die Leute regneten.

»Callum, wenn du vorhast Alaric umzubringen, dann wäre dies der richtige Moment. Ich glaube, gerade würde dir das niemand übel nehmen«, bemerkte Noël scherzhaft. Er stand neben Kenzie am Fenster und beobachtete das Treiben auf der Straße. Sie strafte ihn mit einem zornigen Blick und verpasste ihm einen Stoß in die Seite. »Niemand ermordet Alaric. Zumindest keiner von uns. Noch nicht.«

Was die Einwohner hingegen tun würden, vermochte Kenzie nicht zu sagen. Während der Ausschreitungen nach der Einführung der Essensmarken hatten die Leute keine Zeit gehabt, Alaric und den Rat zu überrennen, sie hatten nur ein Ziel gehabt – die Marken – und das hatte ihr Handeln vorhersehbar gemacht, aber nun handelten sie nicht länger logisch und zivilisiert, sondern instinktiv. Sie waren in die Ecke getriebene Tiere, unberechenbar.

Unter Kalifs Fenster entdeckte Kenzie einen Mann, der ein abmontiertes Stuhlbein in den Händen hielt und seinen Blick über die Menge schweifen ließ. Kenzie erspähte die zwei Sicherheitsleute im selben Moment wie er und dann gab es kein Halten mehr. Er stürmte auf die beiden los und …

Kenzie wandte sich vom Fenster ab und ließ sich an der Wand zu Boden gleiten. Callum setzte sich neben sie und griff nach ihrer Hand. Was dort auf der Straße vor sich ging, war falsch und es gab nur einen Weg, dem Einhalt zu gebieten.

Alles musste ein Ende finden.

Die Gesetze.

Die Diebstähle.

Die Morde.

Die Angst.

Kenzie machte einen tiefen Atemzug. Sie konnte nicht tatenlos zusehen, wie die Leute sich gegenseitig verletzten. Ihr Plan war es, Alaric zu stürzen, und daran sollten sie sich halten. Entschlossen stand Kenzie vom Boden auf. »Lasst uns zur Klippe gehen. Wer weiß, wie lange wir brauchen, um einen Weg durch dieses Gedränge zu finden.«

Noël wirbelte herum. »Spinnst du? Du kannst da nicht rausgehen.«

»Ich kann aber auch nicht hier sitzen und nichts tun«, entgegnete Kenzie. »Wir sind wohl die Einzigen in dieser Kolonie, die wissen, wie man all das stoppen kann, ohne ein Blutbad anzurichten. Du hast gesehen, was eben mit diesen Sicherheitsleuten geschehen ist.«

»Ja!« Noël nickte heftig. »Und deswegen ist es verrückt, das Haus zu verlassen.«

»Du kannst hierbleiben, wenn du Angst hast.«

»Ich habe keine Angst, ich bin nur vernünftig«, fauchte Noël, aber seine zitternden Hände straften ihn Lügen. Er ballte sie zu Fäusten und sah zu Kalif und Callum. »Sagt ihr, dass sie verrückt ist. Sagt ihr, dass die Sache warten muss.«

Kalif drehte dem Fenster den Rücken zu. Seine Lippen zu einem dünnen Strich gepresst, sah er Noël entschuldigend an. »Kenzie hat Recht. Vielleicht funktioniert unser Plan nicht, aber wir müssen es zumindest versuchen, anderenfalls geht jeder Verletzte und Tote auch auf unsere Rechnung.«

Noël funkelte Kalif an. »Das ist lächerlich! Callum?«

Drei Augenpaare richteten sich auf Callum, der noch immer auf dem Boden kauerte. Seine Augen waren geschlossen und seine Stirn hatte er in Falten gelegt. Er zuckte leicht zusammen, als ein Kreischen von außerhalb ihr Schweigen durchbrach wie das Schaben einer Gabel über Porzellan. Er schlug die Lider auf. »Ihr habt alle Recht. Ich kann hier nicht sitzen und nicht wissen, wann all das ein Ende findet. Aber genauso wenig kann ich jetzt die Kolonie verlassen, um mich mit Ida auszusprechen.«

»Du willst gehen, aber dann auch wieder nicht.« Noël verzog den Mund. »Das ist logisch.«

»Ich will, dass Kalif und du geht, um Hilfe zu holen«, erklärte Callum. »Kenzie und ich bleiben hier.«

»Großartig.« Noël verschränkte die Arme hinter dem Kopf. »Eine noch bessere Idee. Trennen wir uns, damit wir den Totschlägern noch hilfloser gegenüberstehen.«

»Noël, bitte«, flehte Kenzie. »Diese Kolonie braucht uns.«

»So wie sie Nilam gebraucht hat?«

Kenzie seufzte. Sie hatte nicht die Kraft, jetzt über Nilam nachzudenken. »Ich werde dich zu nichts zwingen; wenn du hierbleiben und dich verstecken willst, darfst du das tun. Ich werde mit Callum zu Alaric gehen und es liegt an dir, ob du Kalif im Stich lässt oder nicht.«

Noël verengte seine Augen zu Schlitzen. »Du kämpfst mit unfairen Mitteln.«

»Ich sage nur, wie es ist.« Zwang hatte bei Noël noch nie etwas bewirkt, dafür war er zu stur. An sein Gewissen zu appellieren hatte Kenzie hingegen schon oft geholfen. Auf diese Weise hatte sie ihn auch davon überzeugt, sie in das Quartier der Entdecker zu schmuggeln, damit sie die Taucherausrüstung bewundern konnte.

Noël stöhnte. »Einverstanden, aber wenn ich sterbe, werde ich als Geist wiederkehren und dir das Leben zur Hölle machen.«

In den Straßen stank es nach Blut, Schweiß und Erbrochenem. Körper drängten sich aneinander. Jeder Blick war eine Provokation und jede Bewegung eine Aufforderung zum Kampf.

Gestalten lagen zusammengesunken auf dem Boden, die meisten bewusstlos, andere tot, wie die zwei Wachen. Drei Männer machten sich daran, die Leichen der einstigen Sicherheitsmänner zu durchsuchen. Sie nahmen ihre Aktiva und ihre Schlagstöcke an sich. Ein wildes Funkeln lag in ihrem Blick. Kenzie presste sich die Hand vor den Mund und versuchte ein Würgen zu unterdrücken.

»Komm.« Callum packte ihren Arm und zerrte sie mit sich, bis sie den Blick von den Toten abwenden musste. Instinktiv legte sich ihre Hand auf das Messer, das sie sich in den Hosenbund gesteckt hatte. Es war nicht sehr groß, aber die Klinge war scharf und würde in der Not ihren Zweck erfüllen.

Zu viert drängten sie sich durch die panische Menge. Immer wieder stellten sich ihnen Leute in den Weg und der Ansturm der Menschen drohte sie auseinanderzureißen. Sie rannten und blieben nicht stehen. Sie schlugen Haken und sprangen über Hindernisse hinweg, damit sich niemandem die Chance bot, sie aufzuhalten. Kenzie war jedoch beinahe dankbar für das Durcheinander, das ihre Gedanken lahmlegte und sie handeln statt zögern ließ.

Schließlich erreichten sie eine der Leitern und hier trennten sich ihre Wege. Kenzie zog Noël zum Abschied in eine Umarmung, die nicht annähernd lang genug dauerte, doch ihnen blieb keine Zeit. Während Noël und Kalif nach unten stiegen, um die Verbannten abzufangen, kletterten Kenzie und Callum in die zweite Ebene empor, in Richtung von Alarics Villa.

Die Leiter schwankte stark, aber inzwischen hatte Kenzie genug Übung, um nicht in Panik zu verfallen. Von oben kamen ihnen drei Leute entgegen. Sie schlängelten sich geschickt auf die andere Seite der Leiter und kletterten aneinander vorbei. Oben angekommen half Callum Kenzie aus dem Loch zu klettern. »Alles in Ordnung?«

Sie nickte und tastete nach ihrem Messer. Callum trug ebenfalls eines bei sich, aber während Kenzie ihres versteckt hielt, trug er seines zur Schau und ließ den Griff provokant aus seinem Gürtel ragen.

Die Leute in der zweiten Ebene hatten ebenfalls ihre Häuser verlassen, aber die Straßen waren breiter und weniger überfüllt, was das Vorankommen leichter machte. Die Einwohner bedrohten die Sicherheitsleute und beschimpften Alaric und den Rat.

Sie forderten, dass die *Feiglinge* sich ihnen stellten, damit sie sich ihre Freiheit zurücknehmen konnten.

Kenzie und Callum kamen am Rathaus vorbei, das trotz später Stunde noch hell erleuchtet war. Vermutlich hatten Alaric und die anderen längst eine neue Sitzung einberufen.

Der Eingang und die Seiten des Gebäudes wurden von mehreren Dutzend Sicherheitsleuten bewacht, die keinen ins Innere ließen. Sie hatten alle Hände voll zu tun, denn Hunderte von Menschen standen auf dem Vorplatz.

Ein Mann, der offensichtlich jede Mahnung missachtet hatte, wurde von zwei Sicherheitsmännern immer und immer wieder in den Magen getreten. Er hatte sich zu einem Fötus zusammengekrümmt und konnte sich längst nicht mehr verteidigen, aber das hielt die zwei Wachen nicht ab, die vermutlich nur auf Alarics Seite standen, da er sie und ihre Familien vom *Gesetz des Alters* befreit hatte.

Unerwartet traten Kenzie Tränen in die Augen. Sie blinzelte und ein beißender Gestank stieg ihr in die Nase. Ihre Kehle zog sich zusammen und sie begann zu husten. Callum hielt sich die Hand vor den Mund und erst da bemerkte Kenzie den Rauch. Er kam aus dem Nichts und war plötzlich überall. Er stieg aus einer der unteren Ebenen empor und fraß sich durch die gesamte Kolonie.

Kenzie schob den Saum ihres T-Shirts über Mund und Nase, denn der Rauch wurde immer dichter und dunkler. Dies war kein kleines Feuer, sondern ein Flammeninferno, dem die Lüftung der Kolonie nicht mehr gewachsen war.

»Ich muss in die untere Ebene«, hörte Kenzie einen der Sicherheitsmänner sagen, als sie am Rathaus vorbeiliefen. Seine Stimme klang besorgt und er starrte auf ein kleines Tablet in seiner Hand.

»Eines der Lager hat Feuer gefangen. Sie fürchten, die Flammen könnten auf die Felder überspringen, aber die Leute stehen ihnen im Weg…«

Kenzie konnte seine letzten Worte nicht verstehen, da Callum sie dazu antrieb weiterzulaufen. Sie konnte nur hoffen, dass Noël und Kalif dadurch keine Probleme bekamen. Sie sollten inzwischen an der Klippe sein, um dort auf die Verbannten zu warten und mit ihnen gemeinsam zurück zum Festland zu fahren. Doch war das bei diesem Rauchaufkommen und dem Feuer überhaupt noch möglich? Sicherlich scharten sich die Menschen nun um die Klippe.

»Callum–«

»Ich weiß«, unterbrach er sie und führte sie durch eine schmale Seitengasse. »Aber wir können nichts daran ändern. Entweder finden Noël und Kalif einen Weg oder nicht. Wenn nicht, ist es umso wichtiger, dass wir etwas gegen Alaric in der Hand haben.«

Kenzie nickte und versuchte ihre Sorge um Noël zu verdrängen. Kalif war bei ihm und er wusste, was er tat, schließlich hatte er sich über Monate hinweg unbemerkt durch die Kolonie bewegt.

An einer Kreuzung blieb Callum stehen. Zögerlich spähte er um die Ecke. »Die Villa wird bewacht«, stellte er fest. »Sechs Wachen, und das Haus ist beleuchtet, aber ich bezweifle, dass Alaric dort ist.«

»Und was machen wir jetzt?«, fragte Kenzie. Sie sah ebenfalls um die Ecke und musste nicht fragen, welches Haus Alaric gehörte – sie erkannte es. Die Villa hatte zwei Stockwerke und ein flaches Dach, das mit Grün bewachsen war, wie sie es aus der Wasserkolonie kannte. Die Fassade war strahlend weiß und von großen Fenstern unterbrochen. Zwei davon waren zersprungen und jemand hatte mit roter Farbe Beschimpfungen an die helle Haustür geschmiert.

Im Vorgarten patrouillierten die sechs Sicherheitsmänner, die Callum bereits gesehen hatte. Eine der Wachen diskutierte mit einer wild gestikulierenden Frau, aber sie war die einzige Aufständische, die bis hierhin vorgedrungen war.

Kenzie zog sich zurück und ein Plan formte sich in ihren Gedanken. Er war riskant, denn ihnen blieb nur ein Versuch, aber es war ihre einzige Chance, die Männer lange genug loszuwerden, um einzubrechen.

»Ich hoffe, du erinnerst dich noch daran, wie es war, Beauftragter der Sicherheit zu sein«, sagte Kenzie an Callum gewandt und erzählte ihm von ihrer Idee. Er wirkte nicht überzeugt, widersprach Kenzie jedoch nicht, denn ihnen fehlte die Zeit, einen besseren Plan auszuarbeiten.

»Stell dir vor, du würdest deine Uniform tragen«, sagte sie und strich den Stoff seines T-Shirts glatt. »Und achte darauf, aufrecht zu stehen. Ball die Hände nicht zu–«

Callum beugte sich nach vorne und brachte sie mit einem Kuss zum Schweigen. »Mach dir keine Sorgen. Ich weiß, was zu tun ist.«

Kenzie nickte, auch wenn sie nicht aufhören konnte sich Sorgen zu machen. Mit einem letzten Lächeln wandte sich Callum ab. Er rannte nicht, steuerte aber zielstrebig auf die Villa zu. Seine Hände hielt er nahe am Körper– nahe an der Waffe, die nun nicht mehr zu sehen war – und seine Schultern bildeten eine gerade Linie. Er sah aus wie ein Mann, der das Recht hatte, hier zu sein und Befehle zu erteilen.

Die Sicherheitsleute regten sich, als sie Callum kommen

sahen, aber hielten ihn nicht davon ab, in den Vorgarten zu marschieren. »Was macht ihr noch hier?«, herrschte Callum die Wachen an und blieb vor einem der Männer stehen. »Solltet ihr nicht längst am Grund sein und das Feuer löschen?«

Der Blick des Mannes zuckte zu einem seiner Kollegen. »Wir sollen die Villa bewachen.«

»Und jetzt sollt ihr das Feuer löschen«, beharrte Callum.

»Wir sind dir nicht unterstellt, Callum«, sagte ein anderer Mann. Er war jung und trug sein Haar nur wenige Millimeter kurz.

»Doch, das seid ihr, und wenn ihr euch nicht gleich rührt, könnt ihr eure Uniform später an meinem Schreibtisch abgeben.« Genau genommen trugen die Männer überhaupt keine Uniform, sondern nur diese dunkelblauen T-Shirts, aber die Drohung verfehlte ihr Ziel nicht.

»Jaen ist–«

»Verschwunden«, unterbrach Callum. »Alaric hat mir meinen Posten zurückgegeben. Und wenn ihr euch meinem Befehl verweigert, wird das Konsequenzen haben. Das Feuer ist wichtiger als Alarics Villa und wir wissen alle, dass er ohnehin gerade im Rathaus ist und ihm keine Gefahr droht.«

Kenzie hielt die Luft an, denn ihr ganzer Plan hing von dieser einen Information ab. War Alaric doch in seiner Villa, würden diese Männer ihre Posten nicht aufgeben und Callum würde zudem als Betrüger auffliegen.

Die Männer diskutierten noch eine weitere Minute miteinander und zuerst war Kenzie sich nicht sicher, wohin diese Unterhaltung führen würde, aber Callums Haltung strahlte Zuversicht aus und schließlich verließen die Sicherheitsleute das Grundstück.

Callum blieb stehen und starrte den Wachen hinterher, ehe er sich der Frau am Zaun zuwandte, die alles beobachtet hatte. Er redete ruhig auf sie ein, bis auch sie sich zurückzog. Kenzie wartete noch einen Moment, dann löste sie sich aus dem Schatten.

Callums Gesichtszüge verloren an Härte, als er sie kommen sah. »Es hat tatsächlich funktioniert«, flüsterte er.

»Du bist eben ein sehr überzeugender Sicherheitsbeauftragter.« Kenzie lächelte und war froh, dass Jaens Leute ihm nicht so treu ergeben waren, wie Evie und die anderen Wachen es Callum gegenüber waren.

»Wir sollten uns beeilen.« Callum nahm ihre Hand und führte sie um die Villa herum. Im Vorbeigehen hob er einen Stein auf, der dekorativ ein Blumenbeet abgrenzte, und wartete, bis sie von der Straße aus nicht mehr zu sehen waren, ehe er ihn in ein bodentiefes Fenster warf. Das Glas splitterte und hinterließ eine Öffnung, gerade groß genug, um hineinzugreifen.

Callum öffnete das Fenster, und bevor Kenzie sich's versah, war sie in Alarics Allerheiligstem. Der Raum, in dem sie standen, war größer als Kalifs gesamte Wohnung. Mehrere Sessel waren um einen runden Tisch angeordnet und wie die Villa selbst war auch die Einrichtung hell und schlicht gehalten. Überall standen frisch geschnittene Blumen und Schalen mit Obst.

»Wir müssen sein Büro finden, oder einen Tresor.«

»Sollen wir uns aufteilen?«, fragte Kenzie.

Callum nickte. »Ich sehe oben nach. Du bleibst hier unten, und wenn du entdeckt wirst, verschwindest du, okay? Warte nicht auf mich. Wir treffen uns dann bei mir zu Hause.«

Der Gedanke, Callum im Notfall alleinzulassen, gefiel Kenzie nicht, aber wenn sie beide festgenommen wurden, hatte auch niemand etwas davon, also teilten sie sich auf.

Kenzie streifte durch das Erdgeschoss. Obwohl die Villa wirklich schön war, wirkte sie trotz all der Dekoration kalt und unbewohnt. Alles war ordentlich, nichts deutete darauf hin, dass Alaric hier wohnte. Kenzie würde Callums Unordnung dieser Leblosigkeit jederzeit vorziehen.

Neben dem Raum mit dem runden Tisch lag die Küche. Vorsichtig zog Kenzie ein paar der Schränke auf. Sie waren voller Töpfe und Pfannen und es überraschte Kenzie nicht, dass Alarics Kühlschrank bis auf den letzten Zentimeter gefüllt war. Das System der Essensmarken galt natürlich nicht für das oberste Ratsmitglied.

Ebenfalls im Erdgeschoss befand sich eine Art Wohnzimmer mit einer großen Couch. Kenzie schlich um das Möbelstück herum und ihre Augen weiteten sich, als sie entdeckte, dass die Bücher in den Regalen keine Attrappen waren, die nur der Dekoration galten. Sie waren echt und ihre Seiten bedruckt. Andächtig strich sie über ihre Rücken und wünschte sich inständig, sie hätte die Zeit, in einigen von ihnen zu lesen.

Kenzie entfuhr ein frustriertes Seufzen. Abgesehen von zu vielen Lebensmitteln, übertriebenem Luxus und einem Mangel an eigenem Stil ließ sich Alaric hier nichts zu Schulden kommen. Gegenüber dem Wohnzimmer gab es einen weiteren Gang. Er führte geradeaus zu einer zweiflügeligen Tür, die geschlossen war.

Kenzie blieb davor stehen und lauschte. In dieser Villa herrschte eine unheimliche Stille. Sie hörte nicht einmal Callum, dessen Suche offensichtlich ebenso erfolglos verlief wie ihre.

Ein letztes Mal ließ Kenzie ihren Blick durch den Flur gleiten, ehe sie die Tür öffnete. Die Scharniere gaben ein leises Quietschen von sich und Kenzie erstarrte, als sie einen Blick in den Raum erhaschte.

Sie hatte Alarics Büro gefunden.

Und es war nicht leer.

Drei Sicherheitsleute standen um einen Stuhl, auf dem Virgil gefesselt war. Seine Hände waren mit Seilen an die Lehnen gebunden und sein Mund war mit einem Stofftuch geknebelt. Er stöhnte auf, als er Kenzie erblickte.

»Ich sagte doch, ich habe was gehört«, feixte eine uniformierte Frau.

Kenzie fluchte. Sie wirbelte herum und wollte wegrennen, aber eine der Wachen war schneller. Sie packte ihren Zopf und riss ihren Kopf daran zurück. Der jähe Schmerz in der Schnittwunde an Kenzies Hals raubte ihr den Atem. Sie schrie auf, während sie gleichzeitig versuchte ihren Angreifer abzuschütteln. Es war die Frau, und als Kenzie sich losriss, blieb ein Büschel Haare in ihrer Hand zurück. Kenzies Kopfhaut brannte und Tränen stiegen ihr in die Augen.

»Miststück.« Die Frau wedelte mit ihrer Hand, um Kenzies Haare loszuwerden. Diese nutzte den Moment der Unachtsamkeit. Mit all dem Zorn, den sie die letzten Tage angesammelt hatte, verpasste Kenzie der Wache einen Faustschlag ins Gesicht. Wie oft hatte sie davon geträumt, genau das zu tun? Erst mit Alaric, dann mit Jaen, dann mit Kalif und schließlich wieder mit Alaric. Und mit einem Knacken brach die Nase der Frau.

Sie stieß einen Schrei aus und versuchte die Blutung zu stoppen. Jaen oder eine von Callums ausgebildeten Wachen hätten sich davon vielleicht nicht beeindrucken lassen, aber diese Frau war keine Kämpferin, ebenso wenig wie Kenzie.

Reglos hatten die zwei männlichen Wachen das Geschehen beobachtet und ihrer Kollegin den Vortritt gelassen. Doch jetzt stürmten sie auf Kenzie zu, gerade als ein dunkler Schatten neben sie trat. Callum. Er hielt sein Messer in der Hand und sofort stürzte er sich auf einen der Männer. Dieser hatte seinen Schlagstock gezogen und verteilte wilde Hiebe, aber Callum tauchte unter den Schlägen hindurch.

Kenzie blieb keine Zeit, ihn weiter zu beobachten, denn der zweite Mann griff nun sie an. Er hielt ebenfalls einen Stock in der Hand. Kenzie zog instinktiv das Messer aus ihrem Hosenbund, auch wenn es ihr auf diese Distanz nicht helfen würde. Sie musste näher an den Kerl herankommen, um ihm Schaden zuzufügen.

»Schämt ihr euch denn nicht?«, fragte Kenzie in der Hoffnung, den Mann mit Hilfe eines Gesprächs abzulenken. »Alaric treibt diese Kolonie ins Verderben und ihr bewacht hier Virgil? Er ist harmlos.«

»Wir haben unsere Anweisungen«, erwiderte der Mann und stieß mit der runden Spitze seines Stocks nach Kenzie, um sie aus dem Zimmer zu drängen.

»Anweisungen, die Menschen das Leben kosten.« Kenzie wich zurück in den Flur und wog den Griff des Messers in ihrer Hand. Wie hatte sie glauben können, dass diese zehn Zentimeter lange Klinge irgendwas ausrichten könnte? Andererseits hatte sie Jaen mit einem ähnlichen Messer bezwungen und der war ein breitschultriger Riese.

Kenzie drehte das Messer in der Hand und umfasste die glatte Seite der Klinge. Eilig trat sie noch ein paar Schritte zurück, dann schleuderte sie das Messer auf ihren Angreifer. Sie verfehlte, aber das war geplant, denn sie hatte sich nie der Illusion hingegeben, tatsächlich einen Treffer zu landen. Doch der Mann zuckte vor

Schreck zurück und das verschaffte ihr die Zeit, die sie brauchte. Sie wirbelte herum und stürmte in die Küche. Sie riss eine der Schubladen auf, griff sich die größte Pfanne, die sie auf die Schnelle entdeckte, und positionierte sich neben dem Durchgang – keine Sekunde zu spät.

Die Wache bog um die Ecke. Kenzie stellte ihm ein Bein und holte mit der Pfanne aus. Das Metall vibrierte in ihrer Hand, als es auf seinen Kopf traf. Der Mann schrie auf, taumelte rückwärts und stürzte zu Boden. Kenzie verpasste ihm noch einen Tritt in den Magen, bevor sie ihm den Schlagstock abnahm und den Elektroschocker von seinem Gürtel löste. Sie hatte ein solches Gerät noch nie benutzt, aber mit nur zwei Knöpfen war es selbsterklärend, und ehe Kenzie sich's versah, lag der Mann zuckend am Boden. Er stöhnte auf und krümmte sich. Doch Kenzie hielt ihn mit den Stromstößen gefangen, bis sie sicher war, dass er nicht mehr aufstehen würde – und wenn, dann nur, um davonzulaufen.

Sie rannte zurück in das Büro, bereit sich jeder Bedrohung zu stellen, aber Callum hatte die Situation unter Kontrolle. Er hatte Virgil losgeschnitten und fesselte gerade die zwei Sicherheitsleute. Der Mann war bewusstlos und die Frau zu benommen, um sich zu wehren. Ihre Nase hatte einen sichtbaren Knick und blutete noch immer.

Callum sah zu Kenzie auf. »Der andere?«

»In der Küche«, antwortete sie und beobachtete, wie Callum aus dem Zimmer humpelte.

»Der Schlagstock hat sein Knie getroffen«, antwortete Virgil auf die unausgesprochene Frage. Er saß neben den zwei Gefesselten auf dem Boden und stopfte ihnen Tücher in den Mund. Die Frau schüttelte ihren Kopf hin und her, aber Virgil packte sie am Kinn und schob den Stoff zwischen ihre Lippen.

Kenzie ließ ihren Blick über Virgil gleiten. Er sah mitgenommen aus. Seine Haare waren ein verschwitztes Durcheinander und dunkle Ringe lagen unter seinen Augen. Das rechte war geschwollen, als hätte man ihn geschlagen, und sein grauer Anzug verdreckt. »Wie lange hält Alaric dich hier schon fest?«

»Wann war der Ball der Repräsentativen?«

»Gestern Abend«, antwortete Kenzie nach kurzem Zögern. Lag die Feier wirklich erst einen Tag zurück? Sie hatte in den letzten Stunden so viel durchgemacht. Sie hatte Callum geliebt und Alaric gehasst und mehr Leid gesehen als in den gesamten achtzehn Jahren ihres bisherigen Lebens.

Virgil ließ sich auf den Stuhl sinken, auf dem man ihn gefesselt hatte. »Alaric hat mich festnehmen lassen, nachdem er erfahren hat, dass ich Callum und dich mit zu Ida genommen habe.« Er seufzte. »Es gibt so viel, das ich euch erzählen muss, und es tut mir leid, dass ich es nicht früher getan habe.«

»Ich glaube nicht, dass du noch etwas zu sagen hast, das wir nicht längst wissen.« Callum betrat das Büro. Der Mann aus der Küche war bei ihm. Er war gefesselt und geknebelt. Die Pfanne hatte einen Abdruck auf seinem Gesicht hinterlassen, der wahrscheinlich noch wochenlang zu sehen sein würde. Callum schubste ihn zu seinen Kollegen auf den Boden. »Ida ist meine Mutter und Alaric verweigert ihr Unterstützung.«

Virgil runzelte die Stirn. »Wer hat euch das erzählt?«

»Kalif«, antwortete Kenzie und setzte sich auf den Boden.

Sie berichtete Virgil kurz, was in den letzten Stunden vorgefallen war. Er hatte nichts von dem Gift und dem Arrest mitbekommen, dennoch schien ihm Kalifs Theorie über Alarics Verstrickungen in die Morde nicht zu überraschen. Er wusste, wozu

Alaric fähig war. »Ich kenne diesen Kalif zwar nicht, aber er hat viel geleistet.«

»Du kennst ihn nicht?«, fragte Kenzie überrascht.

Virgil schüttelte den Kopf. »Ida redet mit mir nicht über die Festlandkolonie, weil sie fürchtet, Alaric könnte sich dieses Wissen zu eigen machen.«

»Weiß Alaric, dass du mit Ida in Kontakt stehst?« Callum lehnte gegen Alarics Schreibtisch und spielte mit einem Bleistift.

»Ja, ich habe zwischen ihnen vermittelt und Briefe überbracht.« Virgil rieb sich die Handgelenke. Die Fesseln hatten rote Druckstellen hinterlassen. »Alaric war bis vor zwei Tagen jedoch arrogant genug, zu glauben, dass mir Ida und ihre Kolonie völlig egal sind, trotz meiner Tochter.«

»Wir werden Tine zurück in die Kolonie holen«, sagte Callum. »Aber zuerst müssen wir diese Briefe finden, die Alaric mit Ida ausgetauscht hat. Wir brauchen Beweise für das, was er getan hat.«

»Ihr werdet die Briefe nicht finden.« Virgils Gesichtszüge wurden hart und Kenzie konnte die niederschmetternden Worte in seinen Augen lesen, bevor er sie aussprach. »Alaric hat sie verbrannt. Alle.«

»Bist du dir sicher?«, fragte Callum.

Er nickte. »Nachdem ich Alaric die Briefe übergeben habe, hat er sie direkt gelesen und vor meinen Augen verbrannt. Anschließend hat er mir gesagt, ob ich vor meinem nächsten Landgang zu ihm kommen sollte, um eine Antwort für Ida abzuholen.«

Callum stieß einen Fluch aus.

»Hast du die Briefe gelesen?«, wollte Kenzie wissen. Mit Hilfe der Schriftstücke hätten sie Alarics Schuld ganz einfach beweisen können, aber jetzt brauchten sie ein Geständnis oder sie mussten weiter hoffen, dass Ida noch etwas gegen ihn in der Hand hatte.

»Nein, die Briefe waren stets versiegelt. Vermutlich hätte ich das Risiko eingehen sollen, aber ich hatte Angst, Alaric würde mich Tine nicht mehr besuchen lassen.«

»Schon in Ordnung. Du konntest nicht ahnen, wie wichtig diese Briefe sein würden, und selbst wenn du sie gelesen hättest, es würde kaum etwas nutzen. Wenn es Aussage gegen Aussage steht, können wir nur verlieren.«

»Wir brauchen ein Geständnis«, sagte Callum und sprach damit ihren früheren Gedanken aus. »Alaric muss zugeben, dass er die Morde in Auftrag gegeben hat.«

»Womöglich findet Kalif Beweise bei Ida«, sagte Virgil. Es war ein verzweifelter Versuch, ihnen Hoffnung zu machen, zumal seine eigene Stimme völlig hoffnungslos klang, und Kenzie konnte es ihm nicht verübeln. Jahrelang hatte er getan, was Alaric von ihm verlangt hatte, um Tine helfen zu können, und nun stand all das auf dem Spiel.

»Wir sollten von hier verschwinden, bevor die Sicherheitsleute von draußen zurückkommen«, sagte Callum.

Virgil und Kenzie stimmten zu.

Sie überprüften ein letztes Mal die Fesseln und Knebel ihrer Gefangenen, ehe sie die Villa auf dem Weg verließen, durch den sie hereingekommen waren. Callum führte sie nicht sofort wieder auf die Straße, sondern sie schlichen durch ein paar Hintergärten, bis sie sich in einer Gasse wiederfanden.

In der Stunde, die sie in Alarics Villa verbracht hatten, hatte sich der Rauch gelichtet. Kenzie spürte noch immer ein Brennen in der Nase und ihre Augen fühlten sich trocken an, aber sie musste nicht länger husten.

»Wohin gehen wir?«, fragte Virgil. »Kalif und Noël wurden wahrscheinlich eben erst abgeholt. Es wird noch Stunden dauern, bis sie zurück sind.«

Kenzie dachte an den Marsch vom Hubschrauberlandeplatz bis zur Kolonie. Vermutlich würde es in der Dunkelheit weitaus schwerer sein, sich in der Wildnis zurechtzufinden.

»Wir sollten zurück zu Kalifs Wohnung gehen. Niemand weiß, dass er in die Sache verwickelt ist«, schlug Callum vor.

Sie suchten sich eine Öffnung im Boden, und während sie hinabkletterten, offenbarte sich ihnen von oben das volle Ausmaß der Katastrophe.

Viele Einwohner hatten sich inzwischen in ihre zerstörten Häuser zurückgezogen. Einige Leute waren jedoch auf der Straße geblieben und überall lagen Tote und Verletzte.

Kenzie senkte den Blick auf ihre Hände und konzentrierte sich auf die Sprossen der Leiter, um nichts anderes sehen zu müssen. Nicht weil sie die Augen vor der Realität verschließen wollte, sondern weil sie sich des Ausmaßes der Zerstörung zu deutlich bewusst war.

Sie wollte helfen.

Sie *konnte* helfen. Aber sie musste warten und die nächsten Stunden würden die längsten ihres Lebens werden.

Dreißig

Kalifs Haus war von der Zerstörung nicht verschont geblieben. Drei Fenster waren mit Steinen eingeworfen worden, Wände waren mit Dreck beschmiert und Müll war im Treppenhaus verteilt, bis vor Kalifs Wohnung.

Virgil, Kenzie und Callum setzten sich auf den Boden vor der Küchenzeile, so weit wie möglich von Fenster und Tür entfernt. Getrieben von der Erschöpfung des letzten Tages schlief Virgil nach wenigen Minuten ein. Kenzie lehnte ihren Kopf gegen Callums Schulter, aber obwohl sie ebenfalls erschöpft war, wollte der Schlaf sie nicht holen. Zu viele Gedanken schwirrten ihr durch den Kopf und vor allem eine Sorge lag wie ein Schatten über allen anderen.

»Callum?«

»Mhhh?«

»Du musst mir etwas versprechen.«

»Was immer du willst.«

»Versprich mir, dass du Alaric nicht tötest.«

»Wieso?«, fragte er mit ruhiger Stimme.

»Weil du kein Mörder bist, und das weißt du.« Sie starrte auf den Boden vor sich. »Du willst es sein, weil du glaubst, dass die Leute es von dir erwarten. Doch wenn du Alaric tötest, bringt es auch dich um. Diese Schuld würde dich im wahrsten Sinne des Wortes über die Klippe treiben.«

»Und was schlägst du vor? Soll Virgil ihn töten?«

»Nein.« Kenzie zögerte. »Ich werde es tun.«

Sie konnte spüren, wie Callums Schultern sich anspannten. »Du?«

»Ich«, bestätigte Kenzie und war überrascht von der Selbstsicherheit in ihrer Stimme. »Ich meine damit nicht, dass ich es tun *will*, aber ich kann damit umgehen. Ich kann mit der Schuld leben, du nicht. Und ich brauche dich heil und gesund, um selbst glücklich zu sein.«

Callum lachte leise, dann verfiel er in Schweigen und Kenzie wartete darauf, dass er protestierte, doch er tat es nicht. »In Ordnung.«

Überrascht blickte sie auf. »In Ordnung?«

Er nickte und gab ihr einen Kuss auf die Wange. »Du hast Recht und ich werde das nicht abstreiten, nur um mein Ego anzufüttern. Ich vertraue dir, und wenn es mir möglich ist, werde ich Alaric nicht töten.«

Bei diesem Versprechen fiel Kenzie ein Stein vom Herzen. Sie klammerte sich an dieses Gefühl der Erleichterung und versuchte nicht daran zu denken, was Callums Worte für sie bedeuteten. Sie schmiegte sich an ihn und gestattete sich zur Ruhe zu kommen, auch wenn sie nicht einschlafen konnte.

Die Stimmen, die durch das eingeschlagene Fenster drangen, waren fast gänzlich verstummt, als sie sich Stunden später auf den Weg machten.

Die aufgehende Sonne tauchte die Zerstörung in ein orangegelbes Licht und nur noch wenige Einwohner waren auf den Beinen. Sie kämpften unerbittlich gegen die eigene Erschöpfung und die neuen Gesetze.

Zu dritt stiegen Virgil, Kenzie und Callum in eine der Gondeln und fuhren zum Grund. Sie glitten im Transporter über die Felder hinweg, die völlig zertrampelt waren, und über allem lag der erstickende Mantel der Asche.

Der Geruch von Verbranntem hing schwer in der Luft. Schwarze Zungen aus Ruß leckten über den Boden und aus den Fenstern des Lagers, das gebrannt hatte. Die Tore waren geöffnet und Kenzie konnte einen Blick in das Innere erhaschen. Die Halle war völlig ausgebrannt. Es war nichts mehr übrig, nur Staub und Asche und dunkle Metallgestelle.

Sicherheitsleute bewachten die anderen Lager wie die kostbaren Schätze, die sie waren, und versperrten damit den Zugang zur Klippe.

»Wir brauchen ein Ablenkungsmanöver, das sie dazu zwingt, ihre Posten zu verlassen«, sagte Virgil. Er hatte sich in Kalifs Wohnung gewaschen und sah inzwischen wieder mehr wie er selbst aus. »Eure Freunde schaffen es niemals ohne unsere Hilfe an ihnen vorbei.«

Kenzie nickte. »Und wir sollten uns beeilen, bevor die Wachen beschließen Alarics Arrest in die Tat umzusetzen.« Während der Ausschreitungen war es kaum möglich gewesen, alle Aufständischen festzunehmen, aber dies schien sich gerade zu ändern, denn sie wurden bereits seit einiger Zeit misstrauisch von den Sicherheitsleuten beobachtet.

»Wir brauchen etwas Großes, das nicht zu übersehen und ignorieren ist«, überlegte Virgil.

»Habt ihr eine Idee?«, fragte Kenzie.

»Vielleicht«, antwortete Callum mit einem Grinsen. »Was haltet ihr von einem Feuer?«

Das Feld brannte lichterloh. Kenzie und Callum hatten Virgil die Aufgabe überlassen, eines auszusuchen. Er hatte sich für einen zertrampelten, beinahe leer geernteten Acker entschieden, um nicht unnötig viel Getreide zu verlieren.

Callum und Kenzie hatten sich in Richtung der Lagerhäuser geschlichen, während Virgil das Feuer gelegt hatte. Die Reste der Ernte waren sofort in Flammen aufgegangen.

Rauch quoll empor, zog durch die Kolonie und lockte wie erhofft die Sicherheitsleute an. Binnen Sekunden waren sämtliche Lager unbewacht und nur wenige Wachen blieben zurück, und an diesen konnten sich Kenzie und Callum vorbeischleichen.

»Hoffentlich hält das Feuer lang genug an«, murmelte Kenzie. Sie wollte sich keine Sorgen machen, konnte das nagende Gefühl in ihrem Magen jedoch nicht abschütteln. Was, wenn Noël und Kalif etwas zugestoßen war? Was, wenn sie nicht schnell genug waren? Würde ihnen ein weiteres Ablenkungsmanöver gelingen?

»Es wird schon klappen«, erwiderte Callum, aber in seiner Stimme schwang Verunsicherung mit.

Sie tauchten zwischen den Lagerhäusern ab und schlichen durch das Labyrinth der flachen Gebäude, bis sie die Klippe erreichten. Eine der Luken im Boden war aufgeschoben worden und das Ende der herabgelassenen Leiter berührte das aufgewühlte Meer. Immerhin hatten es Kalif und Noël bis hierher geschafft und konnten die Kolonie verlassen.

»Aus welcher Richtung werden sie kommen?«, fragte Kenzie.

Callum deutete hinter sie. »Sie kommen aus dem Norden und werden unter dem Würfel hindurchfahren. Ich schaue mal nach, ob bereits etwas zu sehen ist. Warte hier und renn weg, sollte dich jemand bemerken.«

Kenzie stimmte zu, auch wenn sie Callum nicht im Stich lassen würde. Er stieg die schwankenden Sprossen nach unten, um einen besseren Blick über die See zu haben. Angespannt hielt Kenzie die Luft an, denn die nächsten Minuten würden darüber entscheiden, wie es mit ihrem Plan weiterging.

»Kannst du was erkennen?«, fragte sie.

»Nein, es ist zu dunkel.« Callum stieg die Leiter wieder hoch und setzte sich neben sie an den Rand der Klippe. »Es wird schon klappen«, wiederholte er und nahm Kenzies Hand in seine. »Uns bleibt mindestens eine halbe Stunde, bis sie das Feuer im Griff haben, und so lange werden wir warten.«

Kenzie nickte. Ihre Arme kribbelten und sie konnte ihre Beine nicht ruhig halten. Sie wollte aufstehen, laufen und ihrer Nervosität Ausdruck verleihen, aber sie blieb bei Callum sitzen. Abwechselnd richtete sie ihren Blick auf das Meer und in die Kolonie. Aber niemand schien sich für die Klippe zu interessieren, warum auch? Kein Einwohner der Luftkolonie wollte sich ins Meer flüchten, und wenn doch, hatte wohl niemand ein Problem damit.

Kenzie rieb die feuchten Hände an ihrer Hose ab und beobachtete den Rauch, der hinter den Lagern aufstieg. Er war weniger dicht als beim Brand des Lagers und wanderte zu den Lüftungsschlitzen in der Decke.

Callum kletterte erneut die Leiter hinunter. Kenzie beobachtete ihn dabei und konnte erkennen, wie die Hoffnung ihn mit jedem Schritt, den er dem Meer näher kam, verließ.

»Und?«, fragte sie.

Er schüttelte den Kopf. »Der Würfel wirft einen zu großen Schatten. Ich kann nichts erkennen. Obwohl ... Warte ...«

Kenzie lehnte sich weiter nach vorne, aber sie sah nur Callum, der konzentriert in die Ferne starrte. »Ich ... Ich glaube, ich sehe sie! Und ...«

»Und was?« Kenzies Herz drohte ihr aus der Brust zu springen. Hoffnung und Vernunft rangen in ihrem Inneren. Sie wollte nicht enttäuscht werden und zugleich musste sie daran glauben, dass Kalif und Noël tatsächlich die notwendigen Beweise gefunden hatten und alles gut werden würde.

»Kalif und Noël sind nicht allein«, sagte Callum.

Kenzie blinzelte. Was sollte das heißen? »Nein?«

»Sie haben mindestens ein Dutzend Boote bei sich. Vielleicht mehr.«

»Ist das gut?«, fragte Kenzie verunsichert. Das gehörte nicht zu ihrem Plan.

»Ich denke schon.« Callum kletterte zurück in die Kolonie und öffnete die beiden anderen Luken. Die letzte Leiter rollte sich gerade nach unten, als das erste Boot unter den Klippen zum Stehen kam. Darin saßen Kalif und Noël, gemeinsam mit drei weiteren Männern. Noël winkte und Kenzie konnte ein erleichtertes Seufzen nicht unterdrücken.

Der erste Mann stieg die Leiter nach oben und zog sich über den Rand der Klippe. Kenzie meinte sich zu erinnern, dass sein Name Mark war.

Callum reichte ihm die Hand.

»Perfektes Timing.«

»Na ja, perfekt ist anders.« Mark sah Callum nicht an, sondern ließ seinen Blick fasziniert über die Lagerhäuser gleiten. Weitere Verbannte kletterten die Leiter empor. Kalif blieb bei den Booten und koordinierte sie, da es keine Anlegestellen gab. Fixiert wurden die Ruderboote mit Steinen, die über Bord geworfen wurden. Einem Sturm würden sie nicht standhalten, aber bei normalem Wellengang genügten die Steine, um die Boote nicht davontreiben zu lassen.

Kurze Zeit später fand sich Kenzie zwischen etwa achtzig Fremden wieder. Es waren mehr Männer als Frauen unter ihnen und sie waren ohne Ausnahme bewaffnet, mit Messern, Schlagstöcken oder selbst gebastelten Speeren, deren Spitzen aus Stein oder Glas bestanden. Noch immer stieg Rauch aus der Ferne auf, aber er wurde weniger – ihnen blieb nicht mehr viel Zeit.

»Das waren alle«, verkündete Kalif. Er hievte sich über den Rand der Kolonie und auf der Leiter neben ihm tat Ida dasselbe. Sie hatte ihr von grauen Strähnen durchzogenes Haar zu einem Zopf geflochten, den sie am Hinterkopf fixiert hatte. Trotz des spärlichen Lichts erkannte Kenzie dieses Mal die Ähnlichkeit zwischen Callum und ihr. Nicht nur ihre Augen hatten eine ähnliche Farbe, ihre Wangenknochen beschrieben denselben Bogen, ebenso wie ihre Nasen.

Ida ließ den Blick über ihre Leute gleiten, bevor sie zu Callum sah. Ihre harten Gesichtszüge wurden weicher und ein Ausdruck, so liebevoll, dass es Kenzie geradezu schmerzte hinzusehen, trat in ihre Augen. »Callum.«

»*Ayda.*« Callum verschränkte die Arme vor der Brust. »Du hättest es mir sagen müssen.«

»Wenn du hören willst, dass es mir leidtut, muss ich dich enttäuschen, denn das wäre eine Lüge.« Ida trat dichter an Callum heran und einen Moment lang glaubte Kenzie, die Frau würde versuchen ihn zu umarmen. »Ja, ich bin deine Mutter und ich habe es dir verschwiegen, weil es in meinen Augen das Beste für dich war.«

Callum schüttelte den Kopf. »Du hast dich geirrt, aber ich kann dir keinen Vorwurf machen. Um die richtigen Entscheidungen für mich zu treffen, müsstest du mich kennen.«

»Ich kenne dich«, beteuerte Ida. »Ich habe mit Virgil immer wieder über dich gesprochen.«

»Und? Das bedeutet überhaupt nichts«, knurrte Callum. Kenzie stellte sich neben ihn und legte ihm eine Hand auf den Rücken. Seine Muskeln waren zum Zerreißen gespannt. »Du kennst vielleicht den Callum, den ich Virgil habe sehen lassen, aber das bin nicht ich. Du kennst mich nicht.«

»Ich–«

»Dies ist nicht die richtige Zeit und nicht der richtige Ort, um dieses Gespräch zu führen. Wir werden darüber reden, aber nicht jetzt«, unterbrach Callum sie. »Hast du die Briefe dabei, von denen Kalif erzählt hat?«

Ida griff in ihre Hosentasche und zog einen Stapel klein gefaltetes Papier hervor. »Alaric und ich haben einander geschrieben, aber er hat meist verlangt, dass ich meine Antwort auf die Rückseite seiner Briefe schreibe, damit er sie zurückerhält. Er war sehr darauf bedacht, mir nichts in die Hand zu geben, das ihm später schaden könnte. Ich habe nur wenige Briefe behalten dürfen, sie enthalten jedoch kaum Informationen. Sie beweisen lediglich, dass Alaric von unserer Kolonie wusste und sie euch verschwiegen hat.«

»Und was ist dein Plan?«, fragte Kenzie mit einem verunsicherten Blick auf die bewaffneten Verbannten.

»Ich werde Alaric stellen und ihn zu einem Geständnis zwingen«, erklärte Ida. Der weiche Blick, den sie Callum geschenkt hatte, war verschwunden und abermals einer entschlossenen Härte gewichen. »Er ist vielleicht ein Tyrann, aber er ist auch ein Feigling. Intrigen, Lügen oder Auftragsmörder, ihm ist jedes Mittel recht, solange er nicht direkt damit konfrontiert wird. Deswegen weigert er sich seit Jahren sich mit mir zu treffen, aber seine Ausflüchte haben heute ein Ende.«

»Du glaubst, du kannst das schaffen?«, fragte Callum. »Ihn zum Geständnis zwingen?«

»Natürlich«, erwiderte Ida ohne Zögern. »Aber ich mache das nicht für dich oder euch, sondern für meine Leute, und ich habe Bedingungen.«

Callum starrte seine Mutter an, schien jedoch nicht überrascht. Ida hatte eine Kolonie aus dem Nichts erschaffen und das sicherlich nicht aus reiner Selbstlosigkeit. »Was für Bedingungen?«

»Eigentlich ist es nur eine. Ich verlange, dass meine Leute in diese Kolonie aufgenommen werden. Wir alle – ohne Ausnahme, vollwertig und ohne eingeschränkte Rechte.«

Callum presste die Lippen zu einem dünnen Strich und wandte sich von Ida ab, um in Ruhe nachzudenken. Er tat Kenzie leid, doch sie war froh nicht an seiner Stelle zu sein. Diese Entscheidung war keine leichte. Ginge es nur um die achtzig Männer und Frauen, die sich um sie versammelt hatten, gäbe es kein Zögern, aber auf dem Festland lebten Tausende und diese Kolonie hatte in den letzten Wochen viel verloren. Ein Lagerhaus, mehrere Felder und vor allem das Vertrauen der Einwohner in das

System. Fünftausend *Verbannte* würden die Situation keineswegs stabilisieren und niemand wusste, ob diese Kolonie danach noch zu halten war. Wenn die Leute nach Alarics Absetzung rebellierten und ein Bürgerkrieg ausbrach, war die Kolonie verloren.

Callum schüttelte den Kopf. »Ihr seid zu viele.«

»Diese Kolonie ist mit ihren Gesetzen selbst daran schuld, dass wir diese Bedingung stellen müssen«, erwiderte Ida. »Die meisten meiner Leute sind alt und krank. Sie brauchen Pflege, Schutz und Sicherheit. Wir anderen sind von Hunger und Durst geplagt, weil uns das Festland nicht mehr reicht.«

»Und ich weiß nicht, ob uns diese Kolonie reicht.«

Noch vor vier Wochen hätte Kenzie nicht daran gezweifelt, dass sie alle Platz im Würfel hatten, doch inzwischen war sie sich dessen nicht so sicher. Von den Verwüstungen der letzten Tage ganz abgesehen – die Einwohner der Luftkolonie dachten anders über das Leben. Sie definierten sich über Besitz und Alaric hatte sie in diesem Denken bestärkt. Es würde eine Herausforderung werden, dies zu ändern, das hatten die neuen Regelungen deutlich zum Vorschein gebracht.

»Du solltest nicht zögern«, sagte Ida und stemmte die Hände in die Hüften. »Du hast keine andere Wahl.«

Callum holte tief Luft und sah seine Mutter wieder an. »Du auch nicht.«

Ida zuckte mit den Schultern. »Vielleicht, aber ich habe auch nichts mehr zu verlieren. Du allerdings schon. Entweder stimmst du meiner Bedingung zu und wir versuchen diese Kolonie zu retten oder ich gehe wieder und wir betrachten das Geschehen aus der Ferne.«

Callum zögerte und sah noch einmal zu den Rauchwolken, die inzwischen nur noch Nebel glichen. Ihnen blieb nicht mehr viel Zeit, den Lagerhäusern zu entkommen, ehe die Sicherheitsleute ihren Kreis wieder enger zogen. Bei ihrer Zahl würde es ohnehin kein leichtes Unterfangen werden, unbemerkt bis in die zweite Ebene vorzudringen. Denn während Noël und Kalif nicht als Eindringlinge zu erkennen gewesen waren, würde es nicht lange dauern, bis sich die Nachricht von der Anwesenheit einer ganzen Gruppe Verbannter verbreiten würde.

»Einverstanden«, sagte Callum schließlich mit einem schweren Seufzen. »Wenn es uns gelingt, Alaric zu stürzen, nehmen wir euch auf.«

Ida lächelte und nickte zufrieden. Sie sah ihre Leute an, die sich in kleinen Gruppen um sie herum versammelt hatten. Einige wirkten angespannt, andere erwartungsvoll, und während manche leise miteinander sprachen, lauschten viele ihrem Gespräch.

»Wo ist Alaric?«, erkundigte sich Ida.

»Vermutlich sitzt er im Rathaus und arbeitet eine Rede aus, von der er hofft, dass sie die Einwohner wieder milde stimmt«, antwortete Callum.

Ida zog die Augenbrauen nach oben. »Eine Rede?«

Callum nickte. »Die hält er in letzter Zeit besonders gerne, wenn er die Aufgabe nicht gerade Octavius übergibt, weil er nicht möchte, dass das Volk seine von eurem Gift angeschlagene Stimme hört.«

»Das tut mir übrigens noch immer leid«, sagte Kalif. Er und Noël gehörten zu jenen, die ihr Gespräch verfolgten. »Ich hätte nicht erwartet, dass du nach allem, was passiert ist, den Ball gemeinsam mit Kenzie besuchen würdest.«

Callum machte eine wegwischende Handbewegung. »Das ist nicht mehr wichtig.«

»Ist das Rathaus streng bewacht?«, fragte Ida.

Kenzie nickte. »Gestern Nacht standen etwa dreißig Sicherheitsleute um das Gebäude herum. Im Inneren werden es...« Der Rest ihres Satzes ging in einem Ruf unter. Zwischen den Lagern waren zwei Wachen hervorgetreten – sie waren entdeckt worden.

Einunddreißig

Ida fluchte und bellte Befehle, die Kenzie nicht verstand, aber ihre Leute handelten autonom. Es waren offenbar Codenamen für Aufstellungen und Manöver, die dem Gegner nicht verraten sollten, was sie tatsächlich planten. Die Verbannten hatten sich auf diesen Tag vorbereitet. Vermutlich hatte Ida immer damit gerechnet, diese Kolonie irgendwann gewaltsam für sich einnehmen zu müssen.

Zwanzig Männer und Frauen stürmten in Richtung der Lager, die Waffen hoch erhoben. Weitere Sicherheitsleute traten aus dem Schatten. Kenzie hielt die Luft an. Ihr Instinkt riet ihr wegzurennen, aber Flucht gehörte nicht mehr zu ihrem Plan. Dabei war es viele Jahre lang ihr einziger Plan gewesen. Flucht vor der Wahrheit. Flucht vor Grey. Flucht vor der Verbannung. Doch dieses Mal würde sie bleiben.

Ida packte Kenzies Arm. »Hast du eine Waffe?«

»Nein.« Einen Herzschlag später hielt sie einen Dolch in der Hand. Er war knapp dreißig Zentimeter lang und das Metall wies bereits dunkle Stellen auf, aber die Klinge war scharf, als wäre sie erst kürzlich geschliffen worden.

»Haltet ihr diesen Jaen noch immer in Callums Haus gefangen?«, fragte Ida.

»Ja, Evie bewacht ihn.«

»Kalif!« Er blickte auf. »Hohl Jaen. Er könnte für das Geständnis hilfreich sein«, befahl Ida. »Nimm *die Falken* mit. Los!« Erneut lösten sich ein paar Männer – offenbar die Falken – aus der Gruppe und folgten Kalif. Noël sah zu Kenzie. Sie nickte und er eilte Kalif ebenfalls hinterher.

»Der Rest kommt mit uns«, sagte Ida. »Shane, du gibst Callum und Kenzie Deckung.«

Ein Mann trat aus der Gruppe hervor. Er war groß und hatte eine ähnliche Statur wie Jaen. Sein braunes Haar reichte ihm bis zur Taille und an seinen Unterarmen hatte er Holzplatten befestigt, die sich perfekt dafür eigneten, Schläge abzublocken.

All diese Befehle wurden innerhalb von Sekunden gegeben, auch wenn es sich für Kenzie länger anfühlte. Sie umklammerte das Heft ihres Dolches und wagte einen letzten Blick zu den Lagern. Die Wachen und Verbannten kämpften miteinander. Immer wieder versuchten Sicherheitsleute ihre Blockade zu durchbrechen, jedoch ohne Erfolg. Während Jaens Männer nicht einmal ein Grundtraining absolviert hatten, hatten Idas Leute offensichtlich seit langem auf diesen Tag trainiert.

»Los!«, rief Ida und die verbliebenen Verbannten, eine Gruppe aus etwa fünfzig Leuten, setzten sich in Bewegung. Kenzie zögerte, doch Callum nahm ihre Hand und zog sie mit sich. Shane blieb in ihrer Nähe. Der Mann hatte etwas Bedrohliches an sich und es war beruhigend zu wissen, dass er auf ihrer Seite stand.

Die nächsten Minuten erlebte Kenzie wie in Trance. Ihre Beine bewegten sich mechanisch, angetrieben von dem, was um sie herum passierte. In einer Formation, die Hunderte Male geprobt worden sein musste, ordneten sich die Verbannten an und bildeten einen Schutzwall um Ida, Callum und sie. Sie stürmten zu einer Leiter. Zehn Verbannte kletterten ohne Zögern in die erste Ebene, zehn weitere in die zweite. Dort bewachten sie die Leiter, während ihre Schützlinge folgten. Erst danach kam der Rest. Sie waren schnell und wendig und verloren keine Zeit.

Auf dem Weg zum Rathaus schalteten sie jeden aus, der sich ihnen in den Weg stellte. Die wenigen Zivilisten auf der Straße machten ihnen Platz und auch ein paar Sicherheitsleute traten zur Seite. Doch nicht alle waren so klug. Einige Wachen versuchten sich den Speeren und Dolchen zu stellen. Passierte dies, löste sich ein Verbannter aus der Formation und machte mit dem Angreifer kurzen Prozess.

In diesen Momenten musste Kenzie den Blick abwenden. Idas Leute ließen keine Verletzten zurück. Dies war nicht nur ein Aufstand, dies war Krieg gegen ein System, das nicht länger existieren durfte.

Die Angriffe wurden zahlreicher, je näher sie dem Rathaus kamen, und schließlich erreichten sie den Vorplatz. Scherben und Dreck zeugten von dem Kampf, der in dieser Nacht bereits ausgefochten worden war. Im Tageslicht erkannte Kenzie, dass sie sich verschätzt hatte: Es waren nicht nur dreißig Männer, die das Rathaus flankierten, es waren mindestens fünfzig. Abschätzend betrachteten sie die Verbannten und zogen ihre Waffen und Schlagstöcke hervor.

»Seid auf der Hut und zögert nicht. Wenn ihr versagt, werden fünftausend andere darunter leiden«, sagte Ida und mit einer Bewegung, die wirkte, als würde sie über die Saiten eines Instruments streichen, löste sich die Formation auf und die Verbannten stürzten über den Platz auf die Sicherheitsleute zu. Ein paar von ihnen blieben zurück, darunter auch Shane.

Langsam und vorsichtig bewegten sie sich über den Vorplatz, während um sie herum das Chaos tobte. Kenzie wagte es kaum zu atmen und klammerte sich an ihren Dolch. Er fühlte sich fremd in ihrer Hand an, bot ihr aber zugleich Sicherheit und Entschlossenheit.

Die Männer und Frauen um sie herum kämpften schonungslos. Immer wieder konnte Kenzie das Vibrieren eines Elektroschockers hören und Bilder des Wachmannes, wie er zuckend auf dem Boden der Küche lag, tauchten vor ihrem inneren Auge auf.

Es fühlte sich falsch an, sich hinter diesen Fremden zu verstecken und ihre Körper als Schutzschilde zu benutzen, während sie sich auch selbst verteidigen könnte. Callum und Ida mussten überleben, um die Kolonie nach Alarics Geständnis zu führen. Doch Kenzie war ein Niemand, ein Flüchtling, und hatte keinen Einfluss. Sollte sie sich nicht auf andere Weise nützlich machen?

»Vergiss es«, zischte Callum und packte ihr Handgelenk. Er sah sie aus dem Augenwinkel an, sein Gesicht ein Konstrukt aus harten Linien. »Ich weiß, was du denkst. Ich will es auch, aber sie brauchen uns im Rathaus.«

»Nein, sie brauchen *dich* im Rathaus.«

Callums Griff um ihr Gelenk wurde sanfter. »Und *ich* brauche *dich.*«

Er hatte die Worte kaum ausgesprochen, als Kenzie plötzlich von hinten angerempelt wurde. Sie taumelte nach vorne und fiel gegen Ida. Callum bewahrte sie beide vor einem Sturz und Shane wirbelte herum. Sie hatten das Rathaus fast erreicht und eine Gruppe aus vier Wächtern griff sie an. Shane nutzte seinen linken Arm, um die Schläge einer Frau abzuwehren, mit der Rechten führte er seinen Dolch. Trotz seiner Größe waren seine Bewegungen anmutig. Ein weiterer ihrer Beschützer stürzte sich ebenfalls auf die Angreifer.

»Nicht stehen bleiben«, sagte eine der Verbannten. Sie war kaum älter als Kenzie, vermutlich sogar jünger, aber in ihrer Stimme lag eine Härte, die Kenzie nicht zögern ließ. Sie wandte ihren Blick von Shane und den anderen Kämpfenden ab und ließ sich gemeinsam mit Ida und Callum von dem Mädchen ins Rathaus führen.

Mit einem Speer voraus konnten sie ohne weitere Probleme ins Innere vordringen. Die Sicherheitsleute wichen ihnen aus oder fanden ein schnelles Ende. Kenzie kniff die Augen zusammen und versuchte nicht auf die dunkelblau gekleideten Gestalten zu achten, die leblos auf dem Boden lagen oder sich vor Schmerzen wanden. Die Luft war stickig und Kenzies Magen zog sich zusammen. Schweiß trat auf ihre Stirn, obwohl sie sich kaum bewegte. Sie ließ sich führen und setzte geduldig einen Schritt vor den anderen, auch wenn ein Teil von ihr einfach die Treppe nach oben stürmen wollte, um alldem ein Ende zu bereiten. Doch ein anderer, viel größerer Teil von ihr fürchtete sich davor, was passieren würde, wenn sie das Ende erreicht hatten.

Würde Alaric ein Geständnis ablegen? Könnten sie ihn bezwingen? Und wenn nicht, was würde aus ihnen werden? Würde man sie erneut verbannen? Einsperren? Hinrichten?

Vielleicht würde Alaric sie vom Dach des Würfels springen lassen. Und wenn der Aufschlag aus über hundert Metern Höhe sie nicht tötete, dann würde das Wasser dies früher oder später übernehmen.

»Zweiter Stock?«, fragte Ida über ihre Schulter.

»Zweiter Stock«, bestätigte Callum. Der Weg zur Treppe war freigekämpft und sie rannten los, begleitet von zwei Verbannten. Die meisten Sicherheitsleute waren im Erdgeschoss versammelt. Sie sollten mögliche Eindringlinge schon dort davon abhalten, in die oberen Stockwerke zu gelangen.

»Aaaah!« Kenzie schrie auf, als sie von der Seite angesprungen wurde. Sie riss die Arme in die Höhe und setzte blindlings einen Hieb mit ihrem Dolch in die Richtung. Die Klinge traf etwas – jemanden – und ein Fluch ertönte. Kenzie blinzelte und konnte gerade noch sehen, wie Callum ihrem Angreifer einen Tritt in die Seite verpasste. Der Mann taumelte rückwärts und fiel zurück in die Ecke, in der er sich zuvor versteckt hatte.

Weitere Verbannte strömten durch die Tür ins Rathaus und nahmen es für sich ein. Kenzie blieb keine Zeit, über die unschuldigen Menschen nachzudenken, die womöglich in ihren Büros saßen. Sie wurde angetrieben die Treppe nach oben zu steigen und zum zweiten Mal innerhalb von vierundzwanzig Stunden fand sie sich in dem Gang wieder, der zum großen Saal führte.

Die zweiflüglige Tür wurde von fünf Sicherheitsleuten bewacht. Sie sahen entschlossen aus und hatten ihre Waffen gezückt. Kenzie wollte ihnen erklären, wie unnötig dieser Kampf war. Wenn sie ihre Waffen niederlegten und sie gewähren ließen, würde alles ein Ende finden und sie müssten sich keine Sorgen mehr um das *Gesetz des Alters* machen, das ihre Familien bedrohte. Doch dafür war es zu spät.

»Haltet uns den Rücken frei.« Bevor Kenzie sich's versah, stürzte sich Ida gemeinsam mit den zwei Verbannten in den Kampf und ließ Callum und sie alleine am Treppenaufgang zurück. Der erste Wachmann ging schnell zu Boden. Er keuchte auf, als ihn ein Speer durchstieß. Die Spitze des Speers blieb im Körper des nun Toten stecken. Der Verbannte, der ihn geführt hatte, fluchte und zerrte an seiner Waffe. Ein anderer Wachmann wusste diese Situation für sich zu nutzen, und noch bevor Kenzie einen Warnschrei ausstoßen konnte, schlitzte er dem Verbannten die Kehle auf.

Dolche klirrten gegen Messer, Fäuste trafen Gesichter und Tritte wurden ausgeteilt. Alles geschah auf einmal und Kenzie wusste nicht, wo sie hinsehen sollte. Ihr Puls raste und ihr Blick zuckte nervös zwischen den Gegnern hin und her, während Callum offensichtlich nur Augen für seine Mutter hatte. Sie bewegte sich geschickt durch den breiten Flur und ließ sich von den Schreien und Rufen, die durch das Rathaus hallten, nicht beirren. Anders als Kenzie war sie eine Kämpferin durch und durch. Ohne Zögern erledigte sie den nächsten Wachmann.

Nun stand es zwei gegen drei.

Eine der übriggebliebenen Wache war bereits am Arm verletzt. Ida verpasste ihm mit dem Heft ihres Dolchs einen Stoß gegen die Schläfe und er sackte bewusstlos zusammen.

Umgeben von reglosen Körpern kämpften Ida und das Mädchen nun getrennt gegen die zwei Männer, die ihnen als Einzige noch den Weg zu Alaric versperrten – vorausgesetzt, er war tatsächlich im Saal.

Was dachte Alaric wohl in diesem Moment?

Hörte er sie kommen?

Hatte er Angst?

Versuchte er zu fliehen?

Der einen Wache war es gelungen, das Mädchen in eine Ecke zu drängen. Mit dem Rücken zur Wand versuchte sie ihn mit ihrem Dolch abzuwehren. Ein Blutfleck hatte sich an ihrer Seite gebildet. Kenzie wusste nicht, wann man sie erwischt hatte, aber nun konnte sie nicht länger tatenlos zusehen. Sie umklammerte ihren Dolch und machte einen Satz nach vorne. Callum hatte offenbar dasselbe gedacht und war ihr bereits einen Schritt voraus. Er stürzte sich auf den Mann, der mit seiner Mutter kämpfte, während Kenzie dem Mädchen zu Hilfe eilte.

Sie sprang der Wache von hinten auf den Rücken und schlang einen Arm um seinen Hals. Sie drückte zu, so fest sie konnte. Er wich zurück und versuchte Kenzie abzuwerfen. In diesem Moment trieb ihm das Mädchen ihren Dolch in den Magen. Der Mann schwankte nach vorne und Kenzie ließ ihn los. Er brach in der Ecke zusammen, in der eben noch das Mädchen gestanden hatte.

»Danke«, keuchte sie, atemlos vor Anstrengung.

Kenzie nickte und wandte sich zu Callum und Ida, gerade als Ida die Wache mit einem Tritt zwischen die Beine zu Fall brachte. Sie rammte seinen Schädel gegen ihr Knie und er sackte bewusstlos zusammen. Ida betrachtete die Körper, die den Flur vor ihnen säumten und mit ihrem Blut den Boden färbten. Sie wirkte keineswegs glücklich oder zufrieden. Ein dunkler Schatten lag über ihrem Gesicht und sie beugte sich zu dem Verbannten mit der aufgeschlitzten Kehle. Sachte fuhr sie mit der Hand über seine Wange.

Kenzie stellte sich neben Callum und griff nach seiner Hand. »Geht es dir gut?« Er schüttelte den Kopf und lächelte traurig. Ihm war nichts passiert, aber Kenzie verstand, was er meinte. Es war zu viel von allem.

Zu viel Gewalt.

Zu viel Blut.

Zu viel Tod.

»Seid ihr bereit?« Ida richtete sich wieder auf.

»Sollten wir nicht lieber auf Shane und die anderen warten?«, fragte Callum.

»Shane ist tot«, sagte Ida mit erschreckender Gewissheit. »Wir sind auf uns allein gestellt.« Sie nickte den leeren Flur entlang. Aus dem Erdgeschoss erklangen noch immer Kampfgeräusche.

Callum straffte die Schultern. »Es wird Zeit, dass Alaric gesteht.« Seine Worte ließen Kenzies Brust vor Aufregung anschwellen. Alles – ihr Plan, ihr Leben, ihr Sterben – hing von den nächsten Minuten ab.

Plötzlich schwang die Tür zum Saal auf. Kenzie wirbelte herum und erblickte Jaen. Er trug dieselbe zerrissene Kleidung wie beim letzten Mal, als Kenzie ihn gesehen hatte. Das Blut von Noëls Schlägen klebte ihm noch immer im Gesicht und weitere Wunden waren hinzugekommen. Was machte er hier? Noël und Kalif ...

Das Mädchen reagierte als Erste. Sie ließ sich von Jaens Größe nicht beeindrucken und verpasste ihm einen Tritt, aber er zuckte nicht einmal zusammen. Ein grimmiges Grinsen trat auf seine Lippen, als er das erhobene Bein des Mädchens packte und herumriss. Sie schrie vor Schmerzen auf und landete bäuchlings auf dem Boden.

Jaen holte mit dem Fuß aus, doch bevor er sie treffen konnte, war Ida an seiner Seite. Er blockte ihren Hieb mit seinem linken Arm ab, mit dem rechten verpasste er ihr einen Stoß. Ida keuchte auf und taumelte rückwärts gegen die Wand.

Erschrocken trat Callum einen Schritt nach vorne.

»Bleibt zurück!«, brüllte Ida und hob abwehrend die Hand. Sie stieß sich von der Mauer ab und streckte Jaen entschlossen ihren Dolch entgegen.

Jaen hielt inzwischen selbst ein blutiges Messer in der Hand, das er vom Boden aufgehoben haben musste.

Ida knurrte. Sie sprang vorwärts und zielte auf Jaens Brust. Dieser riss seine Waffe in die Höhe und blockte Idas Angriff ab. Sie prallte abermals mit dem Rücken gegen die Wand und Jaen holte aus. Seine Klinge streifte Idas Oberarm. Sie stieß einen wilden, von Schmerz und Wut durchzogenen Schrei aus, ließ sich jedoch nicht aufhalten. Plötzlich hielt sie einen zweiten, kürzeren Dolch in den Händen. Das Heft war aus Holz und völlig abgegriffen.

Jaen setzte ein schiefes Lächeln auf, als wäre Ida nicht mehr als ein nerviges Hindernis. Kenzie ließ ihren Blick an ihnen vorbei zur offenen Tür in den Saal gleiten und entdeckte Alaric. Er saß mit aufrechter Haltung auf seinem Platz am runden Tisch und beobachtete den Kampf. Offenbar zweifelte er nicht daran, dass Jaen sie alle töten würde. Vielleicht hatte er Recht – vielleicht aber auch nicht, und Kenzie würde nicht länger tatenlos herumstehen, um auf ihr Schicksal zu warten.

Sie berührte Callum am Arm und sagte nur ein einziges Wort: »Alaric.«

Callums Blick folgte ihrem. Er nickte knapp und mit bedachten Schritten näherten sie sich dem Saal, denn der Weg zu Alaric war mit gefallenen Waffen und Körpern gepflastert und die Fliesen waren vom Blut rutschig geworden.

Jaen, der noch immer mit Ida rang, hob den Kopf, gerade als sie sich an ihnen vorbeibewegen wollten.

»Halt!« Jaen löste sich von Ida und mit erhobener Waffe machte er einen Satz in ihre Richtung. Instinktiv riss Kenzie die

Arme in die Höhe, um sich vor der scharfen Klinge zu schützen, aber noch im selben Moment verpasste Callum ihr einen Stoß. Sie stolperte hinter ihn und beinahe wäre sie gestürzt, aber in letzter Sekunde gelang es ihr, sich am Türrahmen zum Saal festzuhalten.

»Geh!«, befahl Callum. Seine Stimme klang vor Wut und Sorge gepresst. Er hatte sich zwischen Jaen und ihr aufgebaut. Blut klebte an seinem Arm, ob es sein eigenes war oder das einer anderen Person, konnte Kenzie in diesem Moment nicht erkennen. »Bring dich in Sicherheit!«

»Was?« Sie schüttelte den Kopf und trat einen Schritt nach vorne. »Ich lass dich hier nicht alleine!«

»Kenzie«, zischte Callum, sein Augenmerk auf Jaen gerichtet, dessen Blick zornentbrannt zwischen Callum und seiner Mutter hin und her glitt. »Geh. Bitte.«

Ein roter Schleier der Panik hatte sich über ihre Sicht gelegt. Sie konnte nicht gehen – wollte nicht gehen, aber Callum ließ ihr keine andere Wahl. Er wirbelte herum und, ohne zu zögern, verpasste er ihr einen weiteren Stoß, der sie dieses Mal direkt in den Raum und auf den Boden beförderte. Und noch ehe Kenzie reagieren konnte, zog Callum die Tür zu. Er selbst blieb auf dem Flur zurück – Jaen im Rücken. Ein lautes Poltern war zu hören, als ein Körper von außen gegen das Metall gedrückt wurde.

»Nein!« Kenzie sprang auf die Beine. Sie griff nach der Türklinke und rüttelte an dem Knauf, aber die Tür ließ sich nicht öffnen. »Callum! Lass mich raus!« Blind vor Zorn hämmerte sie mit den Fäusten gegen das Metall, ihren Dolch noch immer in der Hand, obwohl sie wusste, dass es sinnlos war. Sie war gefangen.

»Ist das nicht rührend? Er glaubt dich retten zu können.«

Kenzie drehte sich herum und starrte Alaric an. Er war von seinem Stuhl aufgestanden, und obwohl seine Haut von den Nachwirkungen des Gifts noch immer blass war, hielt er sich aufrecht. Seine Mundwinkel verzogen sich zu einem Lächeln, das Kenzie einen Schauder durch den Körper jagte. Dies war das erste Mal, dass sie Alaric mit dem Wissen gegenüberstand, dass er ein Mörder war. Zwar hatte er diese Leute nicht eigenhändig umgebracht, aber das machte keinen Unterschied.

»Was wollt ihr hier?«, fragte Alaric und stützte sich mit den Händen auf dem Tisch ab. »Glaubt ihr wirklich, diese Kolonie mit ein paar Wilden einnehmen zu können? Meine Leute werden euch niemals folgen.«

»Vielleicht nicht, aber dir folgen sie auch längst nicht mehr«, erwiderte Kenzie und hörte erneut ein Poltern von der anderen Seite der Tür. »Hast du nicht gesehen, was all dieser Hass und die veränderten Gesetze mit deiner Kolonie angerichtet haben?«

Alaric funkelte sie an. »Das ist nicht meine Schuld.«

»Ist das dein Ernst?« Kenzie stieß sich von der Tür ab und näherte sich Alaric mit bedachten Schritten. »*Alles* ist deine Schuld. Wir wissen von dem kranken Machtspiel, das du getrieben hast. Du hast all diese Leute verbannt und Jaen befohlen, Nilam und die anderen zu ermorden.«

»Politik ist kein Machtspiel«, erwiderte Alaric. »Politik ist Krieg und im Krieg sterben nun einmal Leute. Das ist unvermeidlich. Alles, was ich getan habe, habe ich aus Liebe zu dieser Kolonie getan. Ich habe meinen Leuten ein richtiges Leben geboten, das nicht nur dem Zweck des Überlebens dient.«

»Überleben?«, schnaubte Kenzie. »Du hast Leute ermorden lassen. Das ist unverzeihlich.«

»Ich habe töten lassen, um diese Kolonie zu retten«, fauchte

Alaric. Seine Worte boten kein umfangreiches Geständnis, aber sie bestätigten noch einmal, was Kenzie bereits gewusst hatte: Kalif hatte die Wahrheit gesagt.

Kenzie konnte die Welle des Ekels nicht unterdrücken, die sie nun überkam, wenn sie Alaric ansah. Er wirkte vielleicht wie ein alter Mann, aber in seinem Herzen war er ein Tyrann. »Du glaubst tatsächlich, richtig gehandelt zu haben, aber in Wirklichkeit hast du das Ziel schon vor langer Zeit aus den Augen verloren und mehr Schaden angerichtet, als du je wiedergutmachen könntest.«

»Die einzige Person, die dieser Kolonie Schaden zugefügt hat, war Ayda. Hätte sie ihre Meinung für sich behalten, wäre alles nicht passiert.«

»*Du* warst derjenige, der Ida verbannt hat.« Kenzie blieb neben Alaric stehen. »*Du* hast Callum seine Mutter genommen.«

Alaric lachte bitter. »Darum geht es also? Um Callum? Du bist wütend auf mich, weil ich deinem Geliebten seine Mama genommen habe?«

»Nein, es geht um so viel mehr«, entgegnete Kenzie und konnte förmlich spüren, wie der Zorn in ihrem Körper wuchs. Zorn darüber, dass Alaric Nilam hatte töten lassen, und Zorn wegen all des Leids, das er der Kolonie gebracht hatte. Und ja, auch Zorn wegen Callum, Ida und Nicolas und all der möglichen Momente, die Alaric ihnen geraubt hatte. Fest umklammerte Kenzie das Heft ihres Dolches und Alaric folgte der Bewegung mit seinem Blick, ehe er ihn wieder anhob.

Mit zusammengekniffenen Augen sah er Kenzie unverwandt ins Gesicht. Der Moment schien sich unendlich lange hinzuziehen, bis Alaric plötzlich einen Satz nach vorne machte und den Stoff ihres Oberteils zu fassen bekam.

»Du elendiges Miststück«, zischte Alaric und versuchte nach der Waffe in ihrer Hand zu greifen.

Verdammt. Kenzie zog an ihrem Arm, um sich von Alaric loszureißen. Das Geräusch berstender Nähte war zu hören. Sie kämpfte noch stärker gegen den Griff des Oberhauptes an und auf einmal war sie frei. Sie taumelte rückwärts und konnte ihr Gleichgewicht gerade noch halten, aber eine Sekunde später war Alaric bereits wieder bei ihr.

Die beherrschte Maske, die er all die Zeit getragen hatte, hatte Risse bekommen und Kenzie konnte nun die Rohheit seiner Verzweiflung erkennen. Mit geballten Fäusten ging er auf Kenzie los, doch in seinem angeschlagenen Zustand war er kein ernst zu nehmender Gegner.

»Gib auf«, sagte Kenzie und riss die Hand mit dem Dolch in die Höhe, um einen von Alarics Hieben abzublocken.

»Niemals!« Er versuchte ihr Handgelenk zu fassen zu bekommen, um ihr die Waffe abzunehmen, aber das konnte Kenzie nicht zulassen. Sie hatte zu viel durchgemacht, um sich nun von Alaric umbringen zu lassen. Und auf einmal wusste Kenzie, was zu tun war. Sie brauchten kein Geständnis und kein Verhör, das ihnen Antworten lieferte. Denn sie kannten die Wahrheit bereits und nichts, was Alaric sagte oder tat, würde ihnen dabei helfen, die Herausforderungen zu meistern, die ihnen bevorstanden.

Kenzie wappnete sich innerlich für das, was sie gleich tun würde. Als Alaric das nächste Mal auf sie zukam, duckte sie sich unter seinem Schlag hindurch, doch anstatt zurückzuweichen, trat sie nach vorne und rammte ihm die Klinge ihres Dolches geradewegs in den Unterleib.

Alaric schrie auf und seine Augen weiteten sich vor Entsetzen. Sein Mund blieb offen stehen, aber es kamen keine Worte heraus.

»Es tut mir leid«, flüsterte Kenzie. Sie zog ihre Waffe zurück, und obwohl Alaric es wohl nicht anders verdient hatte, stiegen ihr Tränen in die Augen.

»Was hast du getan?« Alaric hielt seine Hände vor die Wunde, aus der nun ungehalten Blut floss. Sie musste eine Arterie getroffen haben, so schnell, wie sich seine Finger dunkelrot färbten.

»Ich ...« Ihr fehlten die Worte. Sie hatte Callum gesagt, sie würde Alaric töten, aber das bedeutete nicht, dass sie es wirklich gewollt hatte. Blut tropfte zu Boden und sein Gesicht wurde noch blasser. Er wankte und für einen Moment konnte er sich noch auf den Beinen halten, ehe er zu Boden stürzte. Sein Atem kam jetzt stoßweise ...

Kenzie ließ ihren Dolch fallen und schlug die Hände vor dem Mund zusammen. Ein Wimmern entkam ihren Lippen, während sich die rote Lache um Alarics Körper unaufhörlich ausbreitete. Japsend starrte er an die Decke und seine Hände rutschten von der Wunde. Ihm schien die Kraft zu fehlen und der Ausdruck in seinen Augen wurde leer. Dennoch schien es eine gefühlte Ewigkeit zu dauern, bis das unebenmäßige Heben und Senken seiner Brust völlig zum Erliegen kam.

Fassungslos starrte Kenzie auf den leblosen Körper und war kaum in der Lage zu begreifen, was sie eben getan hatte.

Alaric war tot.

Sie hatte ihn umgebracht.

Er würde nie wieder jemandem Schaden zufügen. Er würde keine Intrigen mehr spinnen und keine Lügen verbreiten. Er konnte das Gedankengut der Einwohner nicht länger vergiften und niemanden mehr wegen seines Alters verbannen.

Sollte es sich nicht gut anfühlen, die Kolonie von solch einer Person befreit zu haben? Kenzies Verstand sagte Ja, dennoch rannen ihr Tränen über das Gesicht und ihr Körper bebte bei dem Anblick der blutigen Leiche.

»Kenzie.«

Der Klang ihres Namens riss sie aus ihrer Trance.

»Kenzie!«

Sie drehte sich rum und entdeckte Callum in der offenen Tür. Sein Gesicht war blutig und selbst aus der Distanz konnte sie sehen, dass sein linkes Auge gerade zuschwoll, aber er war am Leben! Er war Jaen entkommen!

Eine Welle der Erleichterung durchdrang Kenzies Schuldgefühle und mit zitternden Beinen lief sie zu Callum, obwohl der Raum um sie herum sich zu drehen schien. Er kam ihr entgegen und auf halbem Weg trafen sie sich. Callum umarmte sie und drückte sie fest an sich, ehe er zurückwich und ihr beide Hände auf die Schultern legte. Nervös zuckte sein Blick über ihr Gesicht. »Ist alles in Ordnung?«

Kenzie nickte. »Mir geht es gut.« Ihre Stimme klang kalt und distanziert.

»Du weinst«, stellte Callum fest.

»Ich ...« Kenzie fuhr sich mit der Zunge über die Lippen und schmeckte das Salz der Tränen. »Ich ... Nein, ich bin glücklich, ich ...« Ihr fehlten die Worte. War es in Ordnung, glücklich zu sein, nachdem man jemanden getötet hatte? Kenzie wusste es nicht, aber die Erleichterung, die Alarics Tod mit sich brachte, war überwältigend.

Kraftlos sank sie auf die Knie und Callum rutschte mit ihr zu Boden. Sie vergrub ihr Gesicht an seiner Brust, und ohne ein Wort zu sagen, nahm er sie erneut in den Arm. Er stellte keine Fragen, denn er wusste, was geschehen war. Das Blut an ihren Händen und Alarics Körper, der reglos hinter dem Tisch hervorragte, waren Antwort genug.

Zweiunddreißig

Einwohner der Kolonie,

hier spricht Virgil, Beauftragter der Beseitigung. Legt eure Arbeit nieder. Diese Durchsage ist wichtig und betrifft uns alle – ausnahmslos.

Die letzten Stunden und vergangenen Tage waren für diese Kolonie eine Bewährungsprobe. Viele haben gekämpft, manche sind gestorben und wir bedauern den Verlust jedes Einzelnen.

Leider muss ich euch mitteilen, dass unser Ratsmitglied und Oberhaupt, Alaric, tot ist. Die Gründe, die zu seinem Tod geführt haben, sind auch für mich erschütternd. Wie Ermittlungen des ehemaligen Sicherheitsbeauftragten Callum ergeben haben, war Alaric, gemeinsam mit seinem Berater Jaen, in die Morde verwickelt, bei denen zahlreiche Unschuldige ums Leben gekommen sind.

Bis sich die Situation beruhigt hat und neue Wahlen durchgeführt werden können, werde ich Alarics Aufgaben übernehmen, unterstützt durch den Rat. Callum wird mit sofortiger Wirkung seinen Posten als Sicherheitsbeauftragter wieder einnehmen. Er hat sein Können und seine Treue zur Kolonie einmal mehr unter Beweis gestellt.

Alle zum Schutz der Bevölkerung erlassenen Gesetze treten mit sofortiger Wirkung außer Kraft. Verstöße gegen diese Gesetze in den vergangenen Wochen werden nicht geahndet.

Doch wenn uns die letzten Tage etwas gelehrt haben, dann, dass wir nicht so weitermachen können. Es müssen sich grundlegende Dinge verändern. Dies hat auch etwas mit einer Entdeckung zu tun, die uns Alaric jahrelang verschwiegen hat.

In der Nähe gibt es eine weitere Kolonie. Auf dem Festland des ehemaligen Quito haben sich Männer und Frauen zusammengeschlossen, um gemeinsam zu überleben. Sie besitzen wenig und haben dennoch alles gegeben und sich der Menschen angenommen, die auf Grund des Gesetzes des Alters *verbannt wurden. Viele unserer tot geglaubten Familienmitglieder sind noch am Leben. Wir werden denselben Fehler nicht noch einmal begehen, sondern sie zurück in die Kolonie holen.*

Somit tritt auch das Gesetz des Alters *außer Kraft.*

Doch der Kolonie bei Quito ist es nicht nur zu verdanken, dass einige unsere Ältesten überlebt haben. Sie hat auch maßgeblich dazu beigetragen, die Ordnung hier wiederherzustellen. Dafür stehen wir in ihrer Schuld und diese Schuld werden wir umgehend begleichen. Wir werden nicht nur unsere Ältesten zurückholen, sondern jedem Bewohner des Festlands Einlass ins unsere Kolonie gewähren.

Wir – der Rat und ich – sind davon überzeugt, dass unsere beiden Kolonien viel voneinander lernen können. So werden uns zukünftig Boote und Schwimmer zur Verfügung stehen, wodurch wir uns am Fischfang beteiligen können.

Die Situation in den nächsten Tagen mag euch ungewöhnlich erscheinen und der Rat kann eure Sorgen verstehen. Auf dem Vorplatz des Rathauses haben wir zu diesem Zweck eine Zentrale eingerichtet, die all eure Fragen bezüglich der neuen Kolonie-Mitglieder beantworten wird.

Solltet ihr Platz in euren Wohnungen und Häusern haben, wäre der Rat euch sehr verbunden, wenn ihr ihn Neuankömmlingen zur Ver-

fügung stellen würdet, bis die Wohnsituation neu arrangiert werden kann.

Bitte bewahrt Ruhe. Wir versichern euch, dass uns allen keine Gefahr droht. Wir sind bereit für die Veränderungen, die kommen werden.

Vielen Dank.

Epilog

3 Tage später

Kenzie beobachtete die Menschen, die lächelnd über den Rand der Klippe in die Kolonie stiegen. Ihr eigenes Grinsen wurde breiter und das Bild, das Alarics lebloser Körper in ihrem Kopf hinterlassen hatte, verblasste mit jedem weiteren Ankömmling ein wenig mehr.

Kenzie würde nie vergessen, wie Alaric blutend vor ihr auf dem Boden gelegen hatte, und das wollte sie auch nicht. Sie hatte dieses Verbrechen zum Wohle vieler Menschen begangen. Aber sie war dennoch eine Mörderin und ihr Gewissen würde sie so schnell nicht in Ruhe lassen.

In den Minuten nach Alarics Tod hatte die Welt für Kenzie stillgestanden und sie hätte sich am liebsten für immer an Callum festgehalten. Doch die Welt war nicht stehengeblieben und alles um sie herum schien plötzlich viel zu schnell zu passieren. Die Verbannten hatten das Rathaus eingenommen. Ida war bei ihrem Kampf gegen Jaen schwer verletzt und Evie war von ihm getötet worden, als es ihm gelungen war, sich aus Callums Haus zu befreien.

Noël und Kalif hatten nur noch ihre Leiche finden können und sich anschließend auf die Suche nach Virgil begeben. Sie hatten ihn zum Rathaus gebracht und ohne Zögern hatte er die Führung übernommen.

Jaen war verbannt worden. Virgil hatte diese Entscheidung nicht leichtfertig getroffen, aber Alarics rechte Hand hatte zu viele Leute auf dem Gewissen, um weiterhin ein Mitglied der Kolonie zu bleiben.

Sie hatten Alarics Leiche beseitigen lassen und noch während Virgils Bekanntgabe hatten die ehemaligen Sicherheitsleute damit begonnen, die Kolonie wiederaufzubauen.

Obwohl Callum im Augenblick nicht gut auf Octavius zu sprechen war, hatten die beiden gemeinsam einen Plan ausgearbeitet, der ihnen dabei helfen sollte, die verbleibenden Ressourcen sinnvoll aufzuteilen.

Kalif und Noël waren mit einigen von Idas Leuten zurück aufs Festland gefahren und seitdem damit beschäftigt, die Kolonie überzusiedeln. Callum und seine Leute, die ihre Posten in der Sicherheit zurückbekommen hatten, sorgten für den Schutz der Neuankömmlinge. Und Eleanor koordinierte gemeinsam mit Ricardo die Unterkünfte der neuen Bewohner.

Ein vertrautes Gesicht riss Kenzie aus ihren Gedanken. Noël war am Rand der Klippe aufgetaucht. Gemeinsam mit einer Gruppe aus dem Festland saß er auf der Metallplatte, welche einst nur dazu gedient hatte, das Gepäck der Repräsentativen in die Kolonie zu befördern.

Zwei der freiwilligen Helfer eilten den Neuankömmlingen zur Hilfe und schickten sie in Richtung des Lazaretts, das noch eine Weile bestehen bleiben würde.

Viele Einwohner der Festland-Kolonie benötigten ärztliche Versorgung, aber die Aufstände hatten auch viele Verwundete zurückgelassen. Es gab mehr Verletzte als Tote, das änderte jedoch nichts an dem Schmerz, den dieser Tag hinterlassen hatte. Die Leute trauerten nicht nur um die Verstorbenen, sondern auch um den kurzzeitigen Verlust ihrer Menschlichkeit. Die meisten zeigten Einsicht und schämten sich für die Dinge, die sie in diesen Stunden getan hatten.

Eine Gruppe Jugendlicher hatte sich dazu bekannt, das Lager in Brand gesetzt zu haben. Es war ein Verlust, der nicht wiedergutgemacht werden konnte. Doch Callum hatte sich dazu entschlossen, Milde walten zu lassen und die Jugendlichen nicht zu verbannen. Stattdessen hatte er sie zum Dienst an der Klippe eingeteilt und ihre Eltern waren dazu verpflichtet worden, jeweils mindestens zwei der Neuankömmlinge aufzunehmen.

Nicht alle Einwohner freuten sich über den Zuwachs in der Kolonie. Immer wieder kamen kritische Stimmen auf, doch zum Glück überwog die Akzeptanz.

»Wenn du nicht aufpasst, überanstrengst du dich noch beim Rumstehen«, neckte Noël, während er auf Kenzie zulief. Sein blondes Haar war nass, und als er neben ihr stehen blieb, bemerkte Kenzie den vertrauten Geruch des Ozeans an ihm.

»Ich warte auf Renée. Sie sucht nach ihrer Familie.«

»Ihre Mutter ist auf dem Boot, das gerade anlegt.« Noël verschränkte die Arme vor der Brust. Trotz der Hitze trug er einen langärmligen Pullover, um seine blasse Haut vor der Sonneneinstrahlung auf dem Meer zu schützen. »Wie viele nehmt Callum und du auf?«

»Fünf«, antwortete Kenzie. »Renées Familie und Ida, sobald sie aufwacht. Ihr?«

»Nur Kalifs Mutter. Er würde die Leute am liebsten in seiner Wohnung stapeln, aber es ist kein Platz. Dieses Loch ist selbst für zwei schon zu klein.«

»Wie läuft es zwischen euch?«

Noël zuckte mit den Schultern. »Keine Ahnung, was das zwischen uns ist. Ich mag ihn, das ist alles, was ich im Moment weiß.«

Kenzie hüstelte. »Dafür hast du ihn aber schon ziemlich nah an dich herangelassen.«

»Erinnere mich bloß nicht daran.« Noëls Gesicht färbte sich rot. »Für mich wäre es völlig in Ordnung, wenn wir nie wieder über diesen Zwischenfall sprechen. Nie wieder!«

»Einverstanden. Wie oft müsst ihr noch rüberfahren?«

»Oft«, seufzte Noël. »Mit nur zwanzig Booten wird es noch einige Tage, vielleicht sogar Wochen dauern, bis wir alle hierhergebracht haben, von ihren Vorräten und anderen Dingen ganz abgesehen.«

»Gefällt dir die Arbeit?«, fragte Kenzie. Er und Kalif arbeiteten nun offiziell für den Rat. Kalif war für die Verbannten zu einer Art Vertrauensperson geworden, bis Ida wieder auf die Beine kam.

Noël nickte. »Ich hätte nie erwartet, dass es mir so viel Spaß macht, über das Wasser zu rudern. In mancher Hinsicht ist es sogar besser als ein Entdecker zu sein. Ich stinke nicht nach Neopren und bekomme ein bisschen Farbe.«

Kenzie rollte mit den Augen. »Du lügst.«

»Erwischt.« Noël grinste sie an. »Ich würde gerne wieder tauchen. Aber hey, wenn all das hier vorbei ist, können wir endlich zusammen tauchen gehen, wie klingt das?«

Kenzie lachte. »Wie etwas, das Grey missbilligen würde.«

»Grey ist nicht hier.«

»Das stimmt«, seufzte Kenzie. Trotz allem vermisste sie den alten Herrn, ebenso wie ihre Eltern und Geschwister, und sie musste ständig daran denken, wie sie reagieren würden, wenn sie von alldem je erfuhren. Wären sie stolz auf sie? Oder würden sie sie für den Mord an Alaric verabscheuen, auch wenn sie dadurch vielen Menschen eine Zukunft ermöglicht hatte?

»Ich sollte besser wieder an die Arbeit, nicht jeder kann so faul herumstehen wie du. Wir sehen uns später.« Noël verpasste Kenzies Schulter einen sanften Stoß, bevor er zurück zur Klippe ging, wo Kalif gerade über den Rand stieg.

»Kenzie!«

Sie blickte in die Richtung, aus der ihr Name gerufen wurde, und entdeckte Renée, das Mädchen, das ihnen dabei geholfen hatte bis zu Alaric vorzudringen. Der Arm, den Jaen ihr gebrochen hatte, lag in einer Schlinge und sie humpelte leicht wegen der zahlreichen Prellungen, die sie während des Kampfes davongetragen hatte.

Hinter Renée liefen ihre Eltern und etwas weiter abseits ein Junge, der noch keine zwölf Jahre alt war. Sein Blick wanderte unaufhörlich durch die Kolonie und sein Mund stand vor Staunen offen.

Renée umarmte Kenzie flüchtig mit ihrem gesunden Arm. Ein breites Lächeln lag auf ihren Lippen und sie hatte nichts mehr mit der Kriegerin gemein, die Kenzie mit ihrem eigenen Leben beschützt hatte. »Das sind meine Eltern Brigid und Leon und mein Bruder Kasper.«

Kenzie begrüßte die Familie, welche die nächsten Wochen bei Callum und ihr leben würde. Sie besaßen nicht viel, nur die Kleidung, die sie am Leib trugen, und kleine Bündel, die sie während der Bootsfahrt auf dem Schoß hatten transportieren können.

Kenzie führte Renée und ihre Familie zwischen den Lagerhäusern hindurch zum Lazarett. Vor der Krankenstation war ein

Tisch aufgebaut worden, an dem zwei Frauen saßen. Sie waren dafür verantwortlich, die Neuankömmlinge im System zu registrieren, damit Virgil und die anderen einen Überblick darüber hatten, wie viele Einwohner versorgt werden mussten.

»Renée, hilfst du deiner Familie bei der Anmeldung?«, fragte Kenzie. »Ich will kurz nach Ida sehen.«

»Natürlich.« Renée verpasste ihrem Bruder einen Schubs in Richtung der Warteschlange.

Kenzie beobachtete die Familie noch einen Moment, ehe sie das Lazarett betrat. Augenblicklich schlug ihr der Geruch von Desinfektionsmittel entgegen und Hunderte von leisen Stimmen überlagerten sich gegenseitig. Auf dem Boden waren für die Verletzten Decken ausgebreitet worden und Ärzte und Pfleger eilten umher, um alle zu versorgen. Freiwillige Helfer verteilten Essen und Getränke.

Während Kenzie durch die provisorischen Flure lief, fühlte sie die Blicke der Leute auf sich ruhen. Sie tuschelten und redeten noch immer über sie, aber nicht aus denselben Gründen wie zuvor. Virgil hatte alle wissen lassen, wie wichtig sie für die Ermittlungen gewesen war, und ihr eine Stelle als seine Beraterin angeboten. Es war nicht die abenteuerlustige Arbeit einer Entdeckerin, die sie sich immer gewünscht hatte, aber nun konnte sie etwas verändern. Sie konnte Menschen helfen und dafür sorgen, dass sie ein besseres Leben führten. Niemand sollte unter den Ängsten und Sorgen leiden müssen, die früher ihr eigenes Leben dominiert hatten.

Am Ende des Lazaretts erreichte Kenzie den abgesperrten Bereich für Patienten, die besonders intensive Pflege benötigten. Ida gehörte zu ihnen, denn sie schlief seit drei Tagen ununterbrochen. Die Ärzte hatten ihnen versichert, dass kein Anlass zur

Sorge bestand und Idas Körper sich nur die Auszeit nahm, die er brauchte.

Callum stand neben ihrem Bett und bei seinem Anblick stahl sich ein Lächeln auf Kenzies Lippen. Er trug die dunkelblaue Uniform der Sicherheit, die noch vor ein paar Wochen einschüchternd auf sie gewirkt hatte, inzwischen jedoch nicht mehr. Die oberen Knöpfe seines Jacketts hatte Callum offen stehen gelassen und seine Haare waren das für ihn typische Durcheinander. Kenzie wollte ihre Hand ausstrecken, um die Strähnen zu bändigen, die in alle Richtungen abstanden.

Callum sah auf und sein Blick begegnete dem von Kenzie. Er versuchte ihr Lächeln zu erwidern, doch er konnte seine Sorge nicht verbergen. »Ist Renées Familie angekommen?«

»Sie melden sich gerade an und ich dachte mir, ich sehe kurz nach Ida. Wie geht es ihr?«

»Gut. Die Ärztin meinte, sie wird bald aufwachen. Heute oder morgen.«

»Das sind gute Neuigkeiten«, sagte Kenzie.

»Allerdings.« Callum lächelte abermals und dieses Mal lag weniger Kummer in seinem Blick. Er griff nach Kenzies Hand und führte ihre Finger an seinen Mund. Zärtlich küsste er zuerst ihre Knöchel, ehe er sich nach vorne beugte und sie auf die Lippen küsste. Ein warmes Gefühl breitete sich in Kenzie aus und sie genoss es, Callum so nahe zu sein, denn in den vergangenen drei Tagen hatte sie ihn kaum gesehen. Und mit Renée und ihrer Familie unter einem Dach würde die ungestörte Zweisamkeit auch noch etwas länger auf sich warten lassen.

Doch Kenzie konnte sich gedulden. Sie hatte achtzehn Jahre lang auf einen solchen Moment gehofft und konnte kaum glauben, wie schnell er nun gekommen war und wie rasant sich ihr

Leben verändert hatte. Noch vor einem Monat hatte Kenzie in der Dunkelheit gelebt und von einer Zukunft über Wasser geträumt, die nicht ihren Tod bedeutete. Nun war dieser Würfel, der über der Meeresoberfläche schwebte, ihr Zuhause und ihre Zukunft lag nicht nur vor ihr, sondern stand neben ihr. Sie liebte Callum und gemeinsam mit ihm würde sie alles durchstehen, was das Leben zu bieten hatte – bis zum Schluss.

ENDE

Danksagung

Eine Danksagung zu schreiben ist ein bisschen wie Kofferpacken: Man hat immer das Gefühl, etwas vergessen zu haben, und ohnehin ist nie genug Platz!

Denn kein Buch entsteht im Alleingang und ohne Hilfe von außen wäre es mir niemals gelungen, die Geschichte von Kenzie, Callum, Noël und Kalif zu der zu machen, die sie heute ist. Und auch wenn es unmöglich ist, jeder Person zu danken, die etwas zu *Water & Air* beigetragen hat, so gibt es jene Menschen, die ich nicht ungenannt lassen kann.

Daher danke ich …

Meiner Lektorin Julia, die dieses Buch inzwischen vermutlich in- und auswendig kennt und deren Kritik und Feedback mit nichts aufzuwiegen ist.

Meinem Agenten Markus, der stets an mich geglaubt hat und mir mit Rat und Tat zur Seite steht.

Stefan Wendel, der mir mit viel Geduld und einem kritischen Auge dabei geholfen hat, das Beste aus *Water & Air* zu machen.

Yvo, auch wenn es allmählich langweilig wird, ihr zu danken, aber ohne sie würde einfach nichts funktionieren!

Nina, die das Manuskript wie immer in einen Regenbogen verwandelt hat, und Verena, die von der Geschichte überzeugt war, als ich es nicht mehr war, und mir den Glauben daran zurückgegeben hat.

Mona, die jeden Tag zu einem guten Tag macht, und Bianca, deren Motivation einen alles schaffen lässt.

Caro, die einfach immer das Richtige sagt, und den Möwen – für alles!

Außerdem danke ich Carlsen, Impress, Pia, Nicole, Anke und jedem, der etwas dazu beigetragen hat, aus dem Wirrwarr in meinem Kopf ein Buch zu machen, das von der Welt gelesen werden kann.

Und vor allem danke ich meinen Lesern, egal ob ihr mich bereits seit *Light & Darkness* begleitet oder ob ihr durch *Water & Air* neu dazugekommen seid, denn erst durch eure Leidenschaft werden meine Geschichten lebendig.

Endlich: Sandra Regniers neue Fantasy-Trilogie

Sandra Regnier
Die Zeitlos-Trilogie, Band 1:
Das Flüstern der Zeit
432 Seiten
Klappenbroschur
ISBN 978-3-551-31422-2

Platzregen und Sturmwinde gehören für die englische Kleinstadt Lansbury und damit für die 17-jährige Meredith zum Alltag. Doch diese Gewitternacht ist anders. Unheimliche Kornkreise tauchen am Ortsrand auf, unerwartete Gestalten suchen Lansburys Steinkreis heim und dann ist da noch Merediths bester Freund Colin, der sie genau in dieser Nacht küsst, und mit dem nun nichts mehr so ist, wie es war. Irgendetwas ist in jener Nacht passiert, irgendetwas, das Zeit und Raum kurzfristig aufgehoben hat.
Und ausgerechnet Meredith ist der Schlüssel zum Ganzen ...

CARLSEN

www.carlsen.de

bitter sweet
STILLE DEINE SEHNSUCHT.
AUF WWW.BITTERSWEET.DE
Hier treffen sich alle, deren Herz für Romantik, Helden und echte Leidenschaft schlägt.
Aber sei gewarnt, die Sehnsucht kann auch dir gefährlich werden ...